ROWOHLT · BERLIN

Deutsch von
Klaus Detlef Olof

Dževad Karahasan

Schahrijârs Ring

Roman einer Liebe

Rowohlt · Berlin

Die Übersetzung wurde gefördert vom Literarischen
Colloquium Berlin mit Mitteln des Auswärtigen Amtes
und der Senatsverwaltung für Wissenschaft,
Forschung und Kultur Berlin.

1. Auflage September 1997
Copyright © 1997 by Rowohlt · Berlin Verlag GmbH, Berlin
Die deutsche Ausgabe wurde vom Autor durchgesehen.
Die Originalausgabe erschien 1994 unter dem Titel
«Šahrijarov prsten» bei Bosanska knjiga, Sarajevo
Copyright © 1994 by Dževad Karahasan
Alle Rechte vorbehalten
Umschlaggestaltung Walter Hellmann
(Illustration Juro Grau)
Satz aus der Guardi (Linotronic 500)
Gesamtherstellung Clausen & Bosse, Leck
ISBN 3 87134 239 4

Spuren auf dem Wasser

Die Stimmen

I

Modernes Mobiliar eignet sich ganz wunderbar zum Umziehen, es ist, könnte man meinen, für nichts anderes gemacht. Aus Elementen gefügt, die mittels Häkchen und Schrauben zusammenhalten, läßt es sich mühelos auseinandernehmen, handlich verpacken, transportieren und anderswo wieder zusammensetzen, als wäre nichts geschehen. Die einzelnen Schritte sind so simpel wie logisch und folgen einer rein mechanischen Notwendigkeit, so daß jeder, der an dem Komplex leidet, technisch ein Idiot zu sein, sich hier erfolgreich trösten kann. Es ist unmöglich, beim Auseinandernehmen und Zusammensetzen von modernem Mobiliar etwas falsch zu machen, man braucht nur zwei Hände, einen Schraubenzieher und ein Paar Augen im Kopf. Der Kopf muß nicht einmal denken, es ist sogar besser, wenn er während der Prozedur nicht denkt, denn das Ganze unterliegt demselben Gesetz wie der Regentropfen, der zur Erde fallen muß, wenn er sich erst einmal auf den Weg gemacht hat. Alles läuft von allein ab, und der Mensch, im stolzen Glauben, er sei es, der all das bewirkt, ist nur das Auge, das die Schraube sieht, und die Hand, die den Schraubenzieher hält.

Einen weiteren Vorzug des modernen Mobiliars nennen seine Schöpfer die Kompatibilität: es wird immer gleich zusammengesetzt, sieht überall gleich aus und funktioniert überall gleich, in jeder beliebigen Wohnung in jeder beliebigen Stadt der modernen Welt. Modernes Mobiliar ist die vollkommene Allgemeinheit, weshalb es vollkommen egal ist, wo es steht – es sieht aus wie modernes Mobiliar und erfüllt den Zweck, den man ihm ansieht. Kompatibilität bedeutet, daß jeder Teil eines beliebigen Ganzen sich mit jedem Teil eines beliebigen anderen Ganzen verträgt. Mein Tisch hier, der Stuhl aus einer Wohnung in China, das *placard* aus einer Wohnung in Amerika und das *taburett* aus einer Wohnung in Australien – an einem beliebigen Ort zusammengestellt, bilden sie ein Ganzes, das genauso aussieht und funktioniert, wie jenes Ganze bei mir in der Wohnung: zum Umziehen bestens geeignet.

Als wichtige Eigenschaft modernen Mobiliars gilt auch die leichte Pflege. Man mag ans Polieren denken, aber im Grunde reduziert sich alles auf Staubwischen und die Tilgung aller Spuren menschlicher Berührung. Das Mobiliar sieht nur dann so aus, wie es aussehen soll, wenn es vor Gleichgültigkeit glänzt, wie ein blanker Spiegel oder eine gefrorene Pfütze. Staub oder die Spuren menschlicher Berührung sehen darauf sofort schmutzig aus, oder besser: widernatürlich, denn sie deuten auf Vergangenheit hin, geben einen Beweis der Dauer oder zeigen zumindest ihre Möglichkeit an. Während modernes Mobiliar nur dann mit seiner Natur übereinstimmt und seinem Ideal entsprechend aussieht, wenn es immer und überall seine gleichgültige Gegenwart widerspiegelt. Jedes Zeichen von Vergangenheit an ihm ist unrein und wider seine Natur.

Die Materialien, aus denen modernes Mobiliar hergestellt wird, verlangen geradezu danach, Erinnerung auszuschließen und unmöglich zu machen; ihrer Natur nach sind sie reine gleichgültige Gegenwart und deshalb unveränderlich: Glas, poliertes Metall und Spanplatte. Glas und poliertes Metall können wir außer acht lassen, wohingegen die Spanplatte, eine Erfindung der modernen Zeit, ihr vollkommener Ausdruck ist, denn die wesentlichen Eigenschaften der Epoche sind zugleich auch die der Spanplatte. Wer die Grundeigenschaften der Spanplatte begriffen hat, der hat, könnte man sagen, sowohl die Eigenschaften der modernen Materialien wie die Natur der modernen Epoche begriffen.

Die Spanplatte wird aus Holzspänen und Kleister gepreßt. Holz wird zerkleinert und zermahlen, bis man eine Späne bekommt, in der Rinde und Kernholz, Eiche und Esche, Stamm, Wurzel und Zweig ununterscheidbar geworden sind. Alle Eigenschaften sind auf eine einzige reduziert – alles ist Späne. Ist die Platte zur Möbelherstellung bestimmt, wird sie mit einem Furnier beklebt, das ebenfalls nur eine einzige Eigenschaft hat – gleichgültig zu glänzen, reine Gegenwart zu sein.

Die Erfinder des modernen Mobiliars sprechen ihm praktische Mobilität, Kompatibilität und Pflegeleichtigkeit zu. Aus diesen Eigenschaften ergeben sich alle weiteren Bestimmungen. Praktische Mobilität heißt, daß es den Möbeln vollkommen gleich ist, wo sie stehen, denn niemals werden sie einen Raum bestimmen, ihm ein Gesicht verleihen, ihn zu einem individuellen, echten, persönlichen, wiedererkennbaren Raum machen. Praktische Mobilität bedeutet, daß sich meine Wohnung nicht von einer beliebigen anderen unterscheiden kann, daß das Unpersönliche eines Anwaltsbüros, einer Arztpraxis und meiner Wohnung überall gleich und vollkommen ist, so daß es allenfalls graduelle, nie aber generelle Unterschiede geben kann. Die Berührung zwischen dem einzelnen und seinen Möbeln ist heute unmöglich geworden, sie würde Spuren hinterlassen; also gibt es weder Korrespondenz noch irgendeine Art von Affinität.

Mobilität bedeutet, daß sich meine Möbel besser dazu eignen, mit mir umzuziehen, als mein Heim zu gestalten, einen Raum mit meiner Anwesenheit, mit dem Geruch meines Körpers, mit den Ängsten meiner Seele und den Gestalten meiner Träume zu füllen. Und vielleicht sind sie nur deshalb zum Umziehen bestimmt, weil ihre Gleichgültigkeit den von ihnen begrenzten oder ausgefüllten Raum immer nur zu meinem augenblicklichen Aufenthaltsort machen kann, egal wie lange ich darin verweile. Jeden Tag beziehe ich meine modern möblierte Wohnung aufs neue, auch wenn ich in ihr geboren und alt geworden bin.

Es wäre ganz falsch, diesen Begriff des Augenblicklichen, des Provisorischen mit den Ideen der Berufsmetaphysiker (bekanntlich Schöpfer von Banalitäten) in Verbindung zu bringen, denen zufolge jeder unserer Aufenthaltsorte auf dieser Welt vorläufig ist, weil wir vorläufig sind. Nein, es geht gerade um den Unterschied zwischen dem Vorläufigen und dem Augenblicklichen: denn das Vorläufige impliziert die Ganzheit der Zeit; ein Maß, das mir eine Vergangenheit gewährt, die ich, wenn auch nur als Erinnerung, in diesem Augenblick, meiner Gegenwart, gleichwohl besitze; es erlaubt mir, auf dem Boden der bekannten Vergangenheit eine noch unbekannte, mögliche Zukunft in der realen Gegenwart zu denken (zu entwerfen). Im Vorläufigen darf ich über die Ewigkeit nachdenken und mir einbilden, etwas von ihr verstanden zu haben. Im Augenblicklichen kann ich das nicht, denn hier ist mir die Zeit nur in Einheiten gegeben, über die ich nicht nachdenken kann. Die Augenblicklichkeit stellt mich in eine mörderische Ewigkeit, weil sie den Unterschied zwischen dem jeweiligen Augenblick und aller Zeit verwischt, indem sie «Übergangseinheiten» der Zeit bestreitet, die ich «perzipieren», über die ich nachdenken und auf deren Basis ich Pläne machen könnte. Im Augenblicklichen ist alle Zeit nackte Gegenwart, weil sich in ihr Augenblick und Ewigkeit berühren, genauer, zur Deckung kommen. Und diese Augenblicklichkeit, auf die das moderne Mobiliar die Zeit an meinem Aufenthaltsort reduziert, verwandelt mein ganzes Leben in ein Umziehen. Die Beweglichkeit des modernen Mobiliars überträgt sich auf den Raum, den es ausfüllt, und mein irdischer Aufenthaltsort verwandelt sich in einen Ort, der umzieht, in einen Ort, dessen wichtigste (wenn nicht die einzige, so doch die wesentliche) Eigenschaft es ist, sich im Zustand des Umziehens zu befinden.

Kompatibel zu sein bedeutet unpersönlich, entindividualisiert zu sein, die unterste Form der höchsten Allgemeinheit. Hochkompatibel ist, was sich mit allem in Übereinstimmung bringen läßt und demnach keine Eigenschaften hat, die es auch nur graduell als Einzelwesen auszeichnen. Hochkompatibel ist zum Beispiel ein Mensch, der grenzenlos tolerant und ausnahmslos allen genehm ist, die ihn kennen. Was läßt sich von so einem anderes sagen, als daß er jener Gattung gesichtsloser Niemande angehört, die sich am liebsten selbst heiraten würden, um niemandem etwas zu verderben, etwa dadurch, daß sie jemand anderen heiraten. Denn hast du ein Gesicht, so muß sich jemand finden, der daran etwas auszusetzen hat; sonst hast du kein Gesicht, sondern einen Kinderpopo, das einzige am Menschen, was jedem gefallen darf. Und zwar deshalb, weil ein Kinderpopo hochkompatibel ist und bei allen Kindern gleich, die je einen gehabt haben.

Etwas Besonderes hat es mit der Pflegeleichtigkeit der modernen Möbel auf sich, sie ist bedingt durch die Materialien, aus denen sie hergestellt werden, Materialien, die keine Farbe annehmen und keinen Geruch, die keine Berührung dulden und kein Gedächtnis besitzen, die nichts sind als absolute Gegenwart. Deshalb ist modernes Mobiliar neu – bis zur ersten Beschädigung, ihretwegen wird es bei der ersten Beschädigung zur Ruine oder eher noch – zu Sperrmüll. Es gibt keine verblaßte Farbe, die sich auffrischen ließe, kein Reparieren, kein Altern.

Wie soll man ein Mensch sein, mit einer bestimmten Physiognomie, einer Identität, mit unverrückbaren moralischen Überzeugungen – in einer Wohnung, die wie alle anderen Wohnungen ist, voll von Dingen, die wie alle anderen Dinge sind und denselben Zweck auf dieselbe Art erfüllen? Hochkompatible Wohnungen voll mit hochkompatiblem Mobiliar. Und was sind wir darin? Hochkompatible Menschen, einzeln, stabil und fest wie ein Kinderpopo. Späne. Winzige Stückchen von etwas, das dem Menschen einmal ähnlich war, zerkleinert bis zur Unkenntlichkeit. Rinde und Kernholz, Eiche und Pappel, Stamm und Ast – in der Späne ist alles gleichgemacht. Du verrührst das Ganze mit Kleister und preßt es – und da hast du sie, die Spanplatte oder die moderne Welt.

Das ist das moderne Mobiliar: Es kann dir dazu dienen, bequem zu wohnen, es kann dir zur Ausarbeitung von Wirtschaftsanalysen dienen, es kann dich zum Verfassen von ökologischen Studien anregen oder zur Verwendung abgegriffener literarischer Mittel, etwa der globalen Metapher – alles kann es, nur eines nicht: dir dabei helfen, ein Heim zu schaffen und darin zu leben wie ein Mensch.

2

Der Schnee fiel in schweren Flocken, die einen schönen weißen Tod über die Welt breiteten. Wenn er so fällt, strahlt der Schnee Stille aus und einen Frieden, der in die Dinge und in die Menschen einzieht, die Welt umschließt und alles auf ihr ausfüllt, so daß nur noch die sanfte stille Ruhe wirklich ist. Die rechte Zeit zum Sterben und für das ganze Drumherum, dachte Azra, als sie vors Haus trat, aber sicher nicht die rechte Zeit für Faruks Geburtstag; mit ihm ließ sich das schöne gesegnete Gefühl des Friedens nicht verbinden, mit nichts von ihm, auch nicht mit seiner Ankunft auf dieser Welt.

Sie ging hinaus, um den Trauerzug zu beobachten, wie er sich unter der Überführung hindurchschob, sich oberhalb der Straße bergwärts wandte und dann über den Hügelrücken zum Fuß des großen Berges gelangte, an dem der Friedhof liegt. Eine lautlose Bewegung in vollkommener Harmonie mit der Stimmung und dem Zustand, in den die Welt geraten war, seit der Schnee so dicht fiel. Die Menschen beugten sich tief zur Erde hinab, die geöffneten Handflächen dem Gesicht zugewendet, und über den Hang ergoß sich ein leises Gebet, schön und sanft. Wie rinnender Sand. Schön sind die Begräbnisse, richtig wohltuend in ihrer ruhigen, stillen Langsamkeit, zumindest für Leute, denen an Faruk liegt oder die mit ihm zu tun haben. Schade, daß nicht auch sie jetzt dort sein konnte, auf dem Friedhof, um in den eigenen Handflächen den Widerschein ihres Gesichts zu suchen, vergebens, weil sich in ihnen jetzt nur das allgegenwärtige Antlitz des Todes ausdrückt, schade, daß sie nicht dort sein darf und das melodische Murmeln des Gebets hören kann, schade, denn so hätte sie sich vielleicht von Faruks Vortrag über das Mobiliar erholt.

Er erzählte, sein Onkel, den sie gerade begruben, sei vielleicht der einzige Mensch in der ganzen Familie gewesen, den er wirklich geliebt habe; von keinem seiner Verwandten hatte er so viel und so gut gesprochen wie von ihm, noch heute morgen hatte er sich aufgeführt, als würde es ihn umbringen, wenn er nicht zum Begräbnis ginge, doch dann hatte er hier, im Hause des Onkels, unter all den weinenden oder stumm trauernden Menschen nichts Besseres zu tun, als plötzlich in seinen neurotischen Zustand zu verfallen und ihr einen Monolog über moderne Möbel ins Ohr zu flüstern. Eine Fortsetzung des Vortrags von heute früh, als er weitschweifig, prätentiös und banal über die Beziehung zwischen Geburtstag und Sterben geredet hatte und über seine fatale Eigenart, daß ihm die teuersten Menschen immer an seinem Geburtstag sterben. Kompliziert, schwer erträglich, doch letztendlich harmlos, wie Faruk selbst. Man kann ihn ertragen, und wem nichts an ihm liegt, für den mag er sogar ganz in Ordnung sein – so unklar, müde und fern. Das hatte sie ihm auch gesagt, sobald sie ihn etwas besser kannte, sie sagte, er habe kein Recht, über seine Nächsten zu sprechen, weil sie ihm alle fern seien, auch er sich selbst. Doch seit sie mit ihm zusammen ist, muß sie sich davon überzeugen lassen, daß nur diejenigen mit ihm Probleme haben, die sich nicht damit abfinden können, für ihn nur die Fernen zu sein.

Für Azra ist er leider aus bestimmten Gründen wichtig. Sie würde nicht sagen, daß es Liebe ist, obwohl, nicht einmal das könnte sie behaupten, denn ihrer Meinung nach hat sie die Liebe noch gar nicht erlebt, wie soll sie sie also kennen. Aber sie würde es sicher nicht Liebe nennen, eher würde sie ihn und ihre Beziehung zu ihm als eine Art Wette bezeichnen, die sie mit sich selbst eingegangen ist. Sie liebt die Art und Weise, wie sie sich kennengelernt haben, das kann sie mit Bestimmtheit sagen, und sie liebt Details, einige Momente in ihrer Beziehung, sie liebt auch in manchen Augenblicken ihn und einige seiner Gebärden. Vielleicht ist das die Liebe, wie sie im wirklichen Leben möglich ist, doch es bleibt zu fürchten, daß es schrecklich mühsam und schier unerträglich wäre, wenn wir in der Wirklichkeit aushalten müßten, was wir uns normalerweise unter Liebe vorstellen: jeden Augenblick, an jedem Ort und in jeder Verfassung beim Gedanken an den anderen zu zittern wie Espenlaub. Die Espe ist ja deshalb verflucht, weil sie ständig zittert.

Obwohl es wirklich gut wäre, jemand zu haben, an den du denken kannst, an dessen Dasein du dich freust, morgens vor dem Duschen, wenn dein ganzes Inneres sich gegen das Aufstehen sträubt. An einem grauen und stinkenden Morgen in Sarajevo, wenn du absolut sicher weißt, weil du es mit dem ganzen Körper fühlst, daß die Welt weder Sinn noch Zweck hat und auch keinen haben kann. An so einem Morgen, wenn der Blick aus dem Fenster dir die Unzahl von Gründen herzählt, die gegen dich sprechen, gegen deine Anwesenheit auf der Welt und gegen die Existenz dieses beschissenen Lochs, das sich auch noch stolz Stadt nennt, an so einem Morgen, vor dem Duschen, vor dem Make-up und vor all den Kleinigkeiten, mit denen du dich davon zu überzeugen versuchst, daß du auch diesen Tag noch ertragen wirst – an einem solchen Morgen denkst du an jemand und spürst, daß du sehr wohl einen Grund hast und sogar Kraft für diesen Tag. Als würden die Gestankswolken, in denen Sarajevo ständig schwebt, von einem Sonnenstrahl durchbohrt. Man muß befürchten, daß so eine Liebe im wirklichen Leben genauso unmöglich ist wie ein Sonnenstrahl in Sarajevo, aber vielleicht wäre es doch gut, so eine Liebe zu haben. Aber selbst wenn – Faruk ist es mit Sicherheit nicht. Der graue Faruk als lebenspendender Lichtstrahl. Hör auf, ich bitte dich!

Wenn wahre Liebe diese Wirkung hat, dann liebt sie Faruk mit Sicherheit nicht. Oder anders: Wenn Liebe diese Wirkung haben soll, dann kann sie Faruk nicht lieben, denn der Gedanke an ihn bewirkt eher dasselbe wie ein Morgen in Sarajevo – er zeigt dir, wie wenig Sinn und wie viel Mühsal es gibt, wie viel Verdruß und Vergeblichkeit in dir und deiner Anwesenheit auf der Welt. Aber sie braucht Faruk, aus bestimmten Gründen, und vielleicht liebt sie ihn ja doch.

Mit ihm hat sie ihre Selbstwahrnehmung entdeckt, die Fähigkeit, ihren Körper zu erleben, ihren augenblicklichen Zustand, Verlangen oder Erregung, alles so zu erleben, wie sie ein Bild oder ein Buch erlebt, es gleichzeitig zu spüren und sich bewußtzumachen. Vor Faruk kannte sie das nicht, sie hatte nicht einmal eine Ahnung davon, daß man so etwas erleben kann. Allerdings hat sie es wohl deshalb gerade mit ihm entdeckt, weil er sie zu neurotisieren, sie bis an die Grenze des Erträglichen zu irritieren verstand (wogegen sie sich durch innere Sammlung und Konzentration zur Wehr zu setzen versuchte), und gerade durch ihn ist ihr klargeworden, wie schön es ist, das eigene Verlangen oder die eigene Form zu spüren, wie schön und gut es ist, den eigenen Körper und seine eigenen Gefühle zu erkennen und zu erleben.

Sie könnte behaupten, daß sie vor Faruk sich selbst so erlebt hat, wie sie jetzt ihn erlebt – unklar, schemenhaft und wie aus der Ferne. Was sie empfunden hat, könnte sie schwer sagen, wohl aber, daß sie das, was ihr geschehen ist, im nachhinein tatsächlich erlebt hat, immer dann nämlich, wenn sie sich oder jemand anderem davon erzählte. Das reine Geschehen und sich selbst darin eingeschlossen empfand sie, solange es dauerte, wie eine Szene hinter trübem Glas, genauso wie sie jetzt Faruk sieht, erlebt und empfindet – schemenhaft, mittelbar oder entfernt, wie in einem trüben Spiegel oder durch eine schmutzige Scheibe, nicht als ganzen, wirklichen Menschen, sondern als eine wirre Folge von Erzählungen, Begebenheiten, Erinnerungen. Faruks Geschichten von seinem Onkel, den sie gerade in die Erde betten, erscheinen ihr viel realer als Faruk selbst, der immer abseits steht, als käme er nie auf die Idee, das, was sich vor ihm abspielt, könnte ihn auch etwas angehen.

Die leuchtendgelben Kürbisblüten, die für Faruk unauflöslich mit dem Onkel verbunden waren, zumal er hier, im Haus seines Onkels, beschnitten worden war, und von denen er ihr jedesmal erzählte, wenn er sich an seinen Onkel oder an die Kindheit erinnerte, die in dieses leuchtende Gelb und den starken körperlichen Schmerz getaucht war, diese Kürbisblüten sind für sie so real, daß sie damit den ganzen Hang übersäen könnte, der vom Haus zur Neretva abfällt. Als spürte sie sie in der Hand. Sie sind viel realer als Faruk, den sie jetzt dem Haus zustreben sieht, obwohl das Begräbnis noch nicht zu Ende ist. Viel realer als er, den sie niemals aus der Erinnerung aufrufen könnte; selbst wenn er vor ihr steht, erlebt sie ihn nie so real, nicht einmal, wenn sie ihn berührt, denn seine Gestalt, sein Körper, sein ganzes Ich entzieht sich ihr und zerfällt in einzelne Stücke, zwischen denen zwar eine Verbindung bestehen mag, die aber nie und nimmer zu einem Ganzen zusammenfinden. Daran scheint nicht ihre Beziehung zu Faruk schuld zu sein, sondern seine Natur. Dieses Zerbrechen, dieses Aufsplittern in Teile, von denen einige eine starke Färbung haben (die liebt sie, danach braucht sie niemand zu fragen, auch wenn sie nicht gewußt hat, was Liebe ist) – das ist er, und daraus läßt sich kein Ganzes herstellen, keine Liebe und keine Beziehung vermögen das. Aber wie kommt es, daß er so unerträglich grau ist, wo doch manche Teile eine so starke Färbung aufweisen?

Wir müssen uns beeilen, wenn wir noch den Fünfuhrzug aus Mostar kriegen wollen, sagt Faruk, und seine Stimme zittert.

Bibbernd vor Kälte, sein Gesicht verfroren und gleichgültig, wie immer. Wenn sie ihren Geliebten mit einem Satz charakterisieren müßte, würde sie sagen: ein gleichgültiger Mensch und dauernd verfroren. Auch in der heißesten Sonne. Verfroren und gleichgültig, es sei denn, er hat schlechte Laune, obwohl auch seine schlechte Laune etwas Gleichgültiges hat.

Du hättest bis zum Schluß bleiben können, um sieben fährt noch einer, sagt Azra ungehalten, überrascht von ihrem Ungehaltensein, das so stark ist, daß sie gar nicht erst versucht, es zu verhehlen oder zu beherrschen.

Es gibt keinen Grund, es hätte nichts geändert, auch wenn ich geblieben wäre.

Es hätte auch nichts geändert, wenn du überhaupt nicht hingegangen wärst, sagt Azra. Sie spürt, wie die Wut in ihr hochsteigt, sie kann es kaum erwarten, sich so recht von Herzen mit dem Geliebten zu streiten. Am Wesentlichen, für den Toten, hätte es nichts geändert, aber manches hätte anders sein können für das Nebensächliche, also für die Lebenden.

Nein, es wäre dasselbe gewesen, sagt Faruk gedehnt und angewidert. Ohne mich oder mit mir, sie hätten ihre Möbel gehabt, das Gefühl der Erhabenheit, ihren eigenen Schmerz zu besitzen, das Gefühl der Wichtigkeit, etwas Wahres und Erschütterndes zu erleben, ihren Zorn auf die wohlmeinenden Widerlinge, die hergekommen sind, ihnen den Schmerz zu rauben…

Dafür hätten sie dich nicht gehabt, mein Lieber, der du ihnen auf alles pfeifst. Sie hätten auf den nahen Verwandten gut verzichten können, der unter ihnen weilt, ohne einem einzigen von ihnen sein Beileid auszusprechen, Onkels Liebling, der bei der halben Beerdigung weggeht, ich hätte mir keinen abgedrehten Vortrag über Möbel anhören müssen, wir beide wären nicht klatschnaß geregnet und durchgefroren bis auf die Knochen. Vieles wäre anders gekommen, wenn wir bereit gewesen wären, auch auf die Lebenden Rücksicht zu nehmen, die zwar Nebensache sind, die aber auch noch da sind, so deine Erhabenheit es ihnen erlaubt.

Wir sind wegen des Toten hier.

Du bist wegen der Möbel hier, nach dem zu urteilen, wie du dich benommen hast.

Hast du das gesehen, ich bitte dich?! Glas, poliertes Metall und furnierte Sperrholzplatten. Schrecklich! In einer Wohnung nimmt man sie ja noch hin, dort sind solche Möbel schon fast natürlich und Teil des großen Versuchs, allgemeines Vergessen zu erzeugen. Aber in einem Haus sind sie unerträglich und widernatürlich. Früher ist ein Haus eine Heimat gewesen, denn es war voller Erinnerung. Dort konnte man das Flüstern der Abwesenden hören und den Geruch der längst Verstorbenen wahrnehmen, den sich das Haus gemerkt hat, die schweren Betten, die wie Särge waren, und die riesigen, in die Wände eingelassenen Schränke bewahrten die Erinnerung an die Alten, ihre Ängste und Freuden, ihre Lieben und Zweifel. Die Wände bewahrten die Erinnerung, denn sie hatten sich vollgesogen mit dem Atem und den Gerüchen der Menschen, die Dinge behielten die Erinnerung, denn an ihnen hafteten die Abdrücke der Hände und der Körper, der Schweiß und die geheimen Ausdünstungen der Menschen – alles war in ihrem Gedächtnis gespeichert. Und so ist es gewesen, bis Ibrahim mit den neuen Möbeln aus Deutschland kam, um das anzurichten, was du gesehen hast. Das ist schlimmer als eine Ruine, es ist die Parodie einer Ruine. Eine Ruine hat ihr Pathos und ihre Trauer, wenn du eine Ruine siehst, weißt du, daß etwas für immer fortgegangen ist. Aber was denkst du, wenn du ein solches Haus siehst, aus dem die Erinnerung vertrieben wurde, um an ihrer Statt Platten einzuschieben, die Vergessen erzeugen?

Du hast deinen Onkel geliebt, sagst du?

Ja, sehr. Er war ein wunderbarer Mensch, ein heiliger Mann, bestimmt schwebt seine Seele jetzt auf irgendeinen Südhang zu, der von flammenden Kürbisblüten bedeckt ist. «Alles hat seine Ordnung, mein Junge, glaube mir, alles hat seine Ordnung», sagte er immer. Ich glaube ihm, und deshalb weiß ich, daß seine Seele am Südhang eines wunderschönen Hügels zwischen leuchtendgelben Kürbisblüten wohnen wird. Wohnen muß. Die Ordnung, an die wir beide so stark glauben, wird es nicht anders wollen, denn diese Ordnung liebt die Guten und stellt sie an einen Ort, der gut für sie ist.

Ich pfeife auf die Ordnung, an die du glaubst! Es gibt sie nicht, mein Lieber, du bist die Unordnung, du glaubst an die Unordnung, und du setzt allein auf die Unordnung. Ekelhaft.

Aus dem vollkommen weißen Himmel kam der Schnee noch immer in großen feuchten Flocken, aber auf der Erde war es weder still noch weiß. Sobald er dort ankommt, wohin er aufgebrochen ist, verwandelt sich der Schnee in sein Gegenteil und bringt der Erde statt Friede und schönem Weiß ein häßliches dunkelbraunes Gemisch – Schmutz und Durcheinander. Sie stapften keuchend zum Bahnhof, und überall schien ein brodelnder brauner Teig angerührt zu werden, der sich niemals zu fester Form beruhigen würde.

Bist du wütend auf mich? fragte Faruk unschuldig, und diese Unschuld klang Azra völlig aufrichtig, was sie viel wütender machte, als wenn er es spöttisch gesagt hätte. Wie gleichgültig gegenüber allem Menschlichen muß jemand sein, daß er seine Geliebte so unschuldig fragt, ob sie wütend auf ihn ist, während sie neben ihm durch den Dreck stapft und er ihr mit dem Regenschirm, den er nie so tragen kann, daß auch sie geschützt wird, am Kopf scheuert!? Und das fragt er nach allem, was heute war! Deshalb zählte sie ihm, immer mehr in Rage, seine Untaten auf: Er hatte sie in dieses Bergkaff geschleppt zur Beerdigung seines Onkels, den er am meisten auf der Welt liebte, und seinen Schmerz über den Tod des geliebten Menschen hatte er durch einen idiotischen Vortrag über Möbel zum Ausdruck gebracht; er war gekommen, seinen Onkel auf dem letzten Weg zu begleiten, doch zu Beginn der Beisetzungsfeierlichkeiten war er wieder gegangen und hatte eine Rede über die Ordnung und über sein Vertrauen in die Ordnung gehalten. Jetzt schleppte er sie hier entlang und beschüttete sie mit dem Wasser vom Regenschirm, damit sie um fünf Uhr den Zug erreichten, er hatte nicht einmal daran gedacht, sich von den Verwandten zu verabschieden, wenigstens von der Tante, die er angeblich auch so liebt wie den Onkel. Was ist das für eine Ordnung, an die er glaubt, wo ist hier die Logik, was für eine Liebe ist das? Azra war stolz auf sich, daß sie so vernünftig redete, obwohl sie vor Wut am ganzen Leib zitterte und ihn am liebsten kräftig in die Schulter gebissen hätte.

Nach langem Schweigen, als sie draußen auf dem Bahnsteig herumstanden, erklärte Faruk, sie habe recht, sie habe gerade sein tiefstes Zerwürfnis mit sich selbst formuliert, das vielleicht die Quelle aller weiteren Zerwürfnisse mit sich selbst und der Welt sei.

Ich habe es immer als eine Art Schuld empfunden, daß

ich den Tod meiner Lieben nicht tief genug erlebe, sagte Faruk. – Eigentlich geht bei mir kein Erlebnis besonders tief, ich muß eine Art angeborenes organisches Anästhetikum besitzen, denn seit frühester Jugend laufe ich mit einem Schuldgefühl herum, weil ich beim Tod der liebsten Menschen fast gleichgültig bleibe. Vielleicht weil ich von allen wesentlichen menschlichen Erfahrungen dem Tod am frühesten begegnet bin. Und dann das Schuldgefühl, in dieser wesentlichen menschlichen Erfahrung nichts Besonderes zu erleben – als ob ich zu so wesentlichen Erfahrungen und tiefen Gefühlen unfähig wäre. Ich weiß nicht, das ist alles sehr kompliziert und ein wenig betrüblich. Der Gang zum Zahnarzt hat mich immer viel stärker mitgenommen als irgendeine der sogenannten menschlichen Grunderfahrungen. Das habe ich schon früh bemerkt und mich danach gefragt, ich habe mich an diesem Zustand schon früh schuldig gefühlt, allzu früh.

Der Zug lief ein, und die Stimmen, die bis dahin einzeln auszumachen gewesen waren, verloren ihre erkennbare Individualität und verschwammen zu einem häßlichen Durcheinander.

3

Der Knabe saß neben Jusos Stall und klopfte mit einem Stein mal auf seine Finger, mal auf das Stück Eisen, das sein Amboß war, und manchmal auch auf einen verrosteten Nagel, den er geradebiegen wollte. Die Finger taten ihm schon weh von den Schlägen, aber er mußte es so machen, weil er einen Amboß hatte, jeder weiß ja, was man mit einem Amboß macht. Er hatte ihn von Maho bekommen, als Belohnung, weil er in Mahos Schmiede den Blasebalg getreten hatte, mit dem das

Feuer angefacht wird. Maho hatte dazu erklärt, das sei ein kleiner Amboß, von nun an könne er seine eigene Werkstatt betreiben und brauche nur ab und zu bei ihm hereinschauen, etwa wenn er ihn ruft und um Hilfe bittet. Da er seine Werkstatt nur mit alten herumliegenden Nägeln ausstatten konnte, suchte er jetzt schon den dritten Tag zwischen den Nachbarhäusern und zerschlug Steine am Amboß, an den eigenen Fingern, an den Nägeln, die herumlagen und die er geradebiegen wollte, um sie seiner Werkstatt einzuverleiben.

Er liebte diese Arbeit, obwohl ihn die zerschlagenen Finger auf den Gedanken brachten, daß die Erforschung des Ligači-Hauses ebenso nützlich sein könnte. Er liebte sie, weil er sich wichtig fühlte mit eigener Werkstatt, aber im Ligači-Haus fühlte er sich genauso wichtig, weil er sich vor nichts fürchtete. Das Ligači-Haus zu betreten war verboten, denn man wußte noch nicht, ob es ihnen gelungen war, über die Grenze zu kommen, oder ob sie verhaftet und ins Gefängnis gesteckt worden waren. Außerdem war es verboten, weil sich in verlassenen Häusern die Feen, Waldgeschöpfe und Geister trafen, und man weiß ja, was sie mit Kindern machen, die sich an ihren Treffplätzen herumtreiben. Gäbe es die Nachricht, daß die Ligačis in Australien angekommen oder zumindest in einem Lager in Italien gelandet sind, von wo man sie nicht zurückschicken wird, wäre die Gefahr geringer, denn dann würden die Leute das Haus abreißen und die Kinder könnten nach Lust und Laune in der Ruine spielen, da die Feen, Waldgeschöpfe und sonstigen Wesen keine echten Ruinen mögen. Sie treffen sich in Häusern, die wie lebendig aussehen, obwohl sie verlassen sind. Wenn die Nachricht kommt, daß eine Familie, die geflohen ist, an der Grenze umgekommen ist oder sich woanders angesiedelt hat, reißen die Leute das Haus ein, um andere Wesen von ihm fernzuhalten. Wenn Gras und Büsche aus der Ruine einen Schutthügel gemacht haben, wird der nach der geflüchteten Familie benannt, und alles ist wieder in Ordnung.

Von den Ligačis war noch keine Nachricht gekommen, und deshalb stand ihr Haus noch da und lockte die Kinder an, es zu erforschen und so den anderen Wesen in die Hände zu fallen. Er war dreimal dort gewesen und hatte sich überzeugt, wie gefährlich es war, das leerstehende Haus zu untersuchen. Hajrudin, sein großer Bruder, hatte gesagt, daß sich beim Menschen die Augenfarbe nach dem ändert, was er sieht, und bei ihm hatte sich im Ligači-Haus die Augenfarbe gleich mehrmals geändert, obwohl das nicht hätte sein dürfen, weil man in einem leeren Haus außer Wänden und ähnlichem gar nichts sehen kann. Es war also kein leeres Haus, sondern dort wimmelte es von anderen Wesen, die einem die Augenfarbe änderten und so taten, als seien sie nicht da und man könne sie deshalb nicht sehen. Aber die Farbe seiner Augen hatte sich ganz bestimmt geändert, deutlich hatte er ein Brennen gefühlt, einen Druck, und als ob es sich dreht.

Wegen des Ligači-Hauses hatte er eines Tages, als er zum zweiten Mal dagewesen war, auch Prügel vom Vater bekommen. Er war nämlich noch zu Stipe gegangen, um ihm zu berichten, was er alles herausgefunden hatte, und fragte Stipes Mutter Matija, warum sie mit den Kindern nicht in das Ligači-Haus zöge, sondern in der kleinen Hütte wohne, die ihnen der verstorbene Josip hinterlassen hatte.

Gott bewahre! hatte Matija ausgerufen. – Wir sind nicht die Grahovljani, daß wir uns in fremdes Unglück hineinsetzen, rechtschaffene Leute finden kein Glück auf fremdem Besitz und in fremdem Haus.

Er durfte nicht weiterreden mit Matija, denn sie

schien böse auf ihn zu werden, und er hatte ehrlich gesagt auch keine Lust, ihr mehr zu erzählen, warum sollte er, wenn er doch Stipe erzählen kann, was er alles im Ligači-Haus entdeckt und herausgefunden hat, wo der noch gar nicht, er hingegen schon zweimal gewesen war. Abends war ihm Matija unglücklicherweise wieder eingefallen, und er hatte den Vater gefragt, was das seien, Grahovljani, und weshalb die ruhig auf fremdem Besitz leben könnten, obwohl das kein Glück bringe. Der Vater wollte die Frage nicht begreifen, und so hatte er ihm alles erzählen müssen, worauf ihn der Vater gepackt und ordentlich durchgeprügelt hatte. Anschließend hatte er ihm erklärt, daß die Grahovljani aus Grahovo stammten und daß das eine Kolonisierung sei, über die man nicht sprechen dürfe, vor allem nicht so. Und nur deshalb habe er ihm die Prügel verabreicht, erklärte der Vater am Ende, damit er nicht mehr über Kolonisierung und fremdes Eigentum spreche, denn das könne sie alle in Trauerschwarz hüllen. Er hatte sich Vaters Erklärung gemerkt, vermutlich wegen der Prügel, aber er hatte weder das mit den Grahovljani noch das mit Matija noch das mit der Kolonisierung verstanden, er hatte nur verstanden, daß man nicht danach fragen darf und daß Erklärungen kein Trost sind.

Trotzdem war er noch einmal im Ligači-Haus gewesen, und während er sich jetzt vergebens bemühte, den Nagel geradezubiegen, den er bei Jusos Stall gefunden hatte, dachte er immer stärker daran, es ein weiteres Mal zu tun, weil ihm die Finger unerträglich weh taten, der Stein zerbröckelte und der Nagel krumm blieb. Schon wollte er Amboß und Nagel in den Keller schaffen, als Leute an ihm vorüberhasteten und seinem Haus zustrebten.

Drinnen herrschte ein Gedränge, als würde sich die ganze Welt in ihre Küche und ihr Vorzimmer schieben, und zwar hauptsächlich mit der Absicht, ihn zu erdrücken, über ihn hinwegzusteigen und ihm mitleidig über den Kopf zu streichen. Da war sogar Izeta Alina, sie fuhr ihm über den Scheitel und nannte ihn «Meine Sonne», und Begos Schwester Sidika drängelte sich zur Kredenz durch, schnitt eine längliche Schnitte Brot ab, streute Zucker darauf und drückte sie ihm in die Hand. Aus alledem schloß er, daß sich etwas Großes ereignet haben mußte, etwas, das ihn zu einer wichtigen Person machte. Sie hätten sich nicht alle hier versammelt, sich nicht so auffällig nach ihm umgedreht, Izeta Alina wäre bei seinem Anblick nicht so gefühlvoll geworden, wenn man nicht entdeckt hätte, wie nützlich, wichtig und notwendig er war.

Es stellte sich heraus, daß dieses große Ereignis weder seine Werkstatt noch seine Untersuchung des Ligači-Hauses war, wie er gemeint hatte, sondern der Selbstmord seines ältesten Bruders Hajrudin. Im Grunde hätte er es sich denken können: Wer sonst wäre wohl auf die Idee gekommen, etwas zu tun, wegen dem er so wichtig werden würde, wenn nicht sein großer Bruder Hajro, dem immer etwas Schönes und Besonderes für ihn einfiel? Wer sonst hätte Sidika klarmachen können, daß Zucker auch für Kinder ist, und wer sonst hätte alle diese Leute zum Kommen bewegen können, um ihn zu besuchen und ihm über den Kopf zu streichen? Eine große Sache ist es, einen so lieben, großen Bruder zu haben. Und er hat so einen Bruder, der sich sogar umgebracht hat, damit alle sehen, wie gut und notwendig er ist, obwohl er so klein ist.

Seine Wichtigkeit hielt den ganzen Tag über an. Er durfte das Deckelbrett für den Sarg aussuchen, und keines von den Kindern regte sich auf, als er vorne ging und das Brett zum Friedhof trug. Dort hatten ihn alle durchgelassen, so daß er direkt am Grab stand, obwohl jeder weiß, wem dieser Platz gebührt. Am Schluß hatten sie ihm erlaubt, als einer der ersten einen Klumpen Erde auf die schrägstehenden Bretter im Grab zu werfen, obwohl jeder weiß, daß nur die Großen das Recht dazu haben.

Er war ein wenig verwirrt und zögerte, als das mit der Erde begann, er begriff, daß man dabei war, seinen großen Bruder zu verscharren. Er hatte keine Lust mitzutun, er mußte dagegen aufbegehren und es irgendwie aufhalten. Doch auch Vater und Maho und andere machten mit, Menschen, die Hajro sicher liebten; wie könnten sie so etwas tun, wenn es sich gegen Hajro richtete. Und Hajrudin wird wohl auch gewußt haben, daß es dazu gehört, wenn er möchte, daß sein kleiner Bruder den ganzen Tag der Nützlichste auf der Welt ist, er hat es bestimmt gewußt und sich auch für diese Situation eine Lösung ausgedacht.

Alles an diesem Tag war durcheinander, so viele Menschen, aber wunderschön. Alle waren sanft und aufmerksam, kümmerten sich um ihn, fragten ihn, ob er hungrig oder durstig sei, traurig oder erschrocken, und dabei hatten sie doch genug mit sich selbst zu tun, um ihn in Ruhe zu lassen, so als würden sie sich um ihn kümmern und ihn lieben, aber ohne ihn zu quälen und zu etwas zu zwingen, was gut für ihn war. Wegen dieser abscheulichen Dinge, die angeblich gut für uns sind, war er den Erwachsenen immer hartnäckig aus dem Weg gegangen, sie hatten ihn immer zwingen wollen, etwas zu tun, was für ihn gut, in Wirklichkeit aber scheußlich und höchst unangenehm war.

Schwierig wurde es erst, als sich herausstellte, daß Hajrudin nicht wiederkam und auch nicht daran dachte wiederzukommen. Sonst hatten sich abends alle in der Küche versammelt, die älteren Geschwister saßen um die Lampe und machten ihre Aufgaben, während er auf dem Boden neben der Tür saß und sich im Halbdunkel mit sich selbst beschäftigen mußte. Solange Hajrudin dabeigewesen war, hatte auch Faruk wie die anderen bei der Lampe gesessen, manchmal sogar hoch über ihnen, denn er war, wenn ihm langweilig wurde, auf Hajrudin hinaufgeklettert und hatte sich auf seine Schultern gesetzt, während er seine Aufgaben schrieb. Jetzt konnte er nirgends hinklettern, denn Hajrudin kam nicht zurück, und ohne Hajrudin hatte er keinen Zutritt zu dem warmen gelben Kreis um die Lampe. Die Älteren fanden, er störe sie.

Wieder kommen die großen Kinder aus der Schule, und wieder erwartet er sie an Lucas Hügel, zu dieser Jahreszeit ist es schon warm genug, um auf den Steinen zu sitzen, aber keinem dieser großen Kinder kann er erzählen, was er getan hat, niemand hat unterwegs eine Geschichte für ihn gefunden, mit keinem kann er zur Boća-Schlucht laufen, um die angsteinflößenden Dinge zu untersuchen, vor denen er sich aber nicht fürchtet, weil er ja nicht allein ist. Als würde nie wieder jemand aus der Schule kommen. Als gäbe es auf der Welt keine Geschichten mehr, die sich unterwegs finden lassen, als wäre er niemals ohne Angst durch die Boća-Schlucht gegangen.

Später erkannte er, daß er irgendwie anders hätte trauern müssen. Er hätte einen starken Schmerz empfinden müssen, und es war gemein und verkehrt von ihm, dem warmen Kreis um die Lampe, den Geschichten und der Boća-Schlucht nachzutrauern. Er erkannte auch, daß der Selbstmord seines Bruders nichts mit ihm zu tun hatte. Von ersterem war er überzeugt und fühlte sich aufrichtig schuldig wegen seines egoistischen Trauerns, an letzteres hingegen konnte er nicht glauben, so sehr er sich auch von der objektiven Wahrheit zu überzeugen suchte. Es konnte einfach nicht sein, daß sich Hajrudin umbrachte, ohne daß es etwas mit ihm zu tun hatte. Es wäre gut, dies zu glauben, denn das würde ihn von dem Gefühl der Schuld an diesem Tod befreien, aber wenn das die Wahrheit wäre, würde alles sehr dumm aussehen. Deshalb kommen wir ja doch auf die Welt, wegen einander. Von einander. Für einander. Vielleicht ist sein guter Bruder auch wegen verschiedener anderer Dinge weggegangen, aber völlig sicher hat einer der Gründe mit ihm zu tun, und wenn es nur sein Wunsch war, sein kleiner Bruder möge einen Tag lang unermeßlich wichtig sein.

Viel, viel später durchschaute er die List, die ihn dazu verführt hatte, sich selbst die Schuld an seines Bruders Tod zu geben, indem er annahm, daß Hajrudin seinetwegen oder in irgendeinem Bezug zu ihm gestorben war. Akzeptiert er, nicht schuldig zu sein, akzeptiert er auch, daß zwischen ihm und seinem Bruder keinerlei Verbindung bestand. Aber das wäre so, als hätte man ihn für immer aus dem warmen gelben Kreis um die Lampe in den dämmrigen Winkel des Zimmers verbannt, in dem er so hoffnungslos klein und allein war.

4

Jede seiner Schweinereien erklärt Faruk gern mit einer solchen Geschichte. Aber kann dieses rührende Episödchen eine ganz konkrete Schweinerei in diesem konkreten Leben entschuldigen? Das ist ja das Problem mit Faruk, bis zu dieser offenbar allzu banalen Frage, die in seinem traurigen Fall mehr als angebracht scheint, ist er nie vorgedrungen. Man löst keine Probleme, indem man eine rührende Geschichte zwischen sich und das Problem schiebt, Faruk aber macht genau das: ständig schiebt er irgendwelche Geschichten zwischen sich und die Welt, Geschichten, die er als seine Erinnerungen ausgibt und die ihn und sein dummes Verhalten erklären sollen.

So auch jetzt, im überfüllten Zug, wo er ihr, eingezwängt zwischen kräftigen, Schweiß und Schneewasser ausdünstenden Körpern, die rührende Geschichte seiner Kindheitsbegegnung mit dem Tod ins Ohr träufelt. Könnte diese Geschichte sein Verhalten auf der Beerdigung seines Onkels und während des ganzen Tages entschuldigen? Das wissen nur die Vögel – und Faruk, den Menschen ist dies Wissen nicht gegeben. Vor allem, weil diese rührende Geschichte beim letzten Mal, als er eine andere Schweinerei erklären wollte, etwas anders geklungen hatte.

Auch das ist schwer zu ertragen, vor allem wenn man die Frau ist, die ihn liebt. Wie besessen wiederholt er ein paar Geschichten, die sich ständig ändern, so daß sie jede schon ein paarmal gehört hat, aber jedesmal in einer neuen Version. Das Ganze zwischen ihnen hat im übrigen auch mit einer Geschichte angefangen.

Es war eine jener seltenen Nächte gewesen, in denen man über Sarajevo den Vollmond sieht (der die anständigen Sarajlier sonst zum Wahnsinn treibt, wenn er sich nämlich hinter den Ruß- und Staubwolken über ihrer Stadt verbirgt – die Ärmsten sind völlig verzweifelt und glauben, sie wären von sich aus gestört und nicht vom Vollmond). Sie war zu später Stunde auf dem Weg zu ihrem Elternhaus, um einen Skandal zu machen und endlich mit ihrem schrecklichen Vater und mit allen auf der Welt abzurechnen. Sie kam aus dem Hotel Europa, wo sie mit zwei Kolleginnen geplaudert und das Ende ihrer erhabenen Ehe gefeiert hatte, die ein Fehler gewesen war, noch bevor sie ihren Gatten überhaupt kennengelernt hatte. Jahrelang hatte sich die Sache hingezogen, wegen ihrer Angst vor dem Vater, der von

Scheidung nichts hören wollte («Du hast nach deinem eigenen Kopf geheiratet, nun leide auch an deiner eigenen Haut»), aber sie hatte sich doch durchgesetzt und heute das befreiende Papier bekommen, das ihr versprach, nie wieder die süße Fresse ihres Gatten sehen zu müssen. Sie mußte ihren Mut feiern und lud zwei Kolleginnen ins «Europa» ein und leerte mit ihnen zwei Flaschen Wein. Bei der zweiten Flasche fiel ihr ein, sie könnte heute eigentlich alle trüben Rechnungen ihres Lebens begleichen und ihren Vater zu später Stunde davon in Kenntnis setzen, daß er es von nun an mit einer erwachsenen und geschiedenen Dame zu tun habe, die weiß, was sie will, und die sich selbst erhalten kann; dann würde sie in ihr Kinderzimmer gehen, um ein letztes Mal im Elternhaus zu schlafen.

Als sie wenig später die Lateinerbrücke überquerte, vernahm sie ein seltsames Geheul. Im ersten Stock eines Gebäudes mit der Aufschrift Stiftung des Effendi Hadži-Jakub stand am offenen Fenster ein Mann, der den Mond anheulte.

Verjagst du die Nachtfalter? fragte Azra, ermutigt durch ihre heutigen Entscheidungen und Taten.

Ich verjage die Unruhe, antwortete er. Ich habe weder Weib noch Kind, ich habe niemand, bei dem ich sie loswerden könnte. Deshalb schütte ich sie über den Vollmond aus.

Und ist er von deiner Wut erschüttert? fragte Azra amüsiert.

Würde ich nicht sagen, aber so finde ich es gut, denn so hält er mehr aus.

Auch ich habe niemand, weder Weib noch Kind, nicht einmal einen Mann. Würde es dich stören, wenn ich mich auch ein bißchen über deinen Mond ausschütte?

Das wird er schon aushalten. Wir können es auch zusammen tun, wenn du willst, ich hole dich.

Sie trafen sich auf halber Treppe, und in der Wohnung öffnete Faruk das Fenster neben seinem, wobei er ihr erklärte, sie könnten nicht vom selben Fenster aus heulen, weil jeder seine eigene Unruhe und jede Unruhe ihren eigenen Weg zum Mond habe. Wenn sie denselben Weg nähmen, würden sie durcheinandergeraten und sich vermischen und die Hauswand hinunterrutschen, statt zum Mond aufzufahren und sich ihm auf die Seele zu legen.

Das gefiel Azra, sie wurde richtig aufgeregt, denn dies hier schien ihr ein Beweis ihrer Freiheit zu sein, jener wirklichen Freiheit, wie sie kaum jemand hat, jedenfalls niemand, der erwachsen ist und bereit, für seine Schritte die Verantwortung zu übernehmen. Mit seiner Haut sein Recht zu verteidigen, zu tun, was er will. Es ist eigenartig, aufregend und für sie, wie für viele, eine völlig unbekannte Erfahrung, für viele im Leben einfach unvorstellbar, aber in ihrem Leben geschieht es, und das bereits an dem Tag, an dem sie sich entschlossen hat, es in die eigenen Hände zu nehmen.

Azra meinte, sie sollten gleichzeitig heulen, aber Faruk erklärte ihr, sie müßten sich abwechseln, das eine Heulen müsse genau dann einsetzen, wenn das andere aufhöre. Sie sahen sich an, jeder beugte sich aus seinem Fenster, und sie heulten abwechselnd, bemüht, die eigene Intonation auf den anderen abzustimmen oder eine zu suchen, die widersprach oder verspottete, sich der anderen näherte oder sich nur nach ihr richtete. Sie hatten sich tatsächlich heulend unterhalten, sich einander genähert, sich umeinander gewunden. Mit ihrem herrlichen Gatten hatte sie nie so gute Gespräche geführt, sie waren einander nie so nahe gewesen, und er hatte sich nie so stark um sie geschlungen und sie in jede seiner Poren eingesogen. Eindringend in sie und sie zugleich umschlingend. Völlig verrückt.

Wer könnte heute noch sagen, ob sich Faruk an ihrem oder sie sich an seinem Fenster wiederfand, aber sie weiß noch, und sie wird es nie vergessen, daß sie solche Nähe zwischen sich und einem anderen Menschen nie zuvor empfunden hatte. Sie könnte schwören, daß sie Faruks Hände mit dem Bauch spürte, der sich von diesen Berührungen rundete und sich in einen schönen runden Ball verwandelte. Alles in ihr verwandelte sich in ein Beben, das den ganzen Körper in den Mittelpunkt des Balls strömen ließ, in jenen heißen Ort, der den vollen Ball mit einer einzigen heftigen Bewegung aus dem atemlosen Taumel in eine wunderbare, reglose Ruhe stieß.

Als sie sich auf dem Fußboden wiederfanden, war sie bereit gewesen, sich diesem Beben und dem inneren Schrei hinzugeben (hört man ihn auch mit dem äußeren Ohr, oder hallt er nur im Innern? – das hatte sie ihn nie gefragt und wird sie wohl nie erfahren). Aber genau in diesem höllischen Augenblick, in dem der Körper zum Schrei zersprüht, der kein Echo mehr erzeugt, weil er nicht in die Weite geht, sondern in die Tiefe, in diesem höllischen Augenblick hielt Faruk inne und fragte sie besorgt, was mit ihr sei.

Nichts, ich habe mir erlaubt zu denken, daß es mir endlich einmal gutgeht, antwortete Azra auf seine wiederholte Frage, als sie zu Atem und zu sich selbst gekommen war.

Du hast mich erschreckt, dein Gesicht hat sich so verzerrt, als ob du...

Hör auf, mich zu beschreiben! schrie Azra, in der Hoffnung, mit ihrer Wut die Scham zu verdecken, die ihr Inneres überflutete. Das ist ja ekelhaft.

Nein, nein, glaub mir bitte, ich versuche nur, es dir zu erklären, sagte Faruk eilig.

Er sprach schnell und viel, unter Gesten und Mienenspiel. Die Pausen und raschen Intonationswechsel verrieten seine ganze Nervosität, aber es war etwas Gutes und Beruhigendes in seinen ununterbrochenen Wortkaskaden. Die Scham und das quälende Gefühl des Zukurzgekommenseins verließen sie allmählich, sie wurde ruhiger und überließ sich dem Rhythmus seines Sprechens, ohne zu hören, ohne zu verstehen, und es war auch nicht wichtig. Vielleicht wurde ihr deshalb plötzlich klar, wie lächerlich und wunderschön zugleich die Situation war: splitternackt auf dem Fußboden in einer fremden Wohnung zu liegen und einem unbekannten nackten Mann zuzuhören, der klug redet, gestikuliert und grimassiert, als bemühte er sich, unbekannte Zuschauer zu verführen. Naiv und irgendwie komisch. Zwei Gestörte in einer Situation, die nur ihr passieren konnte. Sie brach in Lachen aus.

Siehst du, ich wußte es ja, daß du es verstehst, strahlte Faruk. Jetzt wollen wir Tee trinken und uns wie Menschen unterhalten.

Er half ihr auf und führte sie in die Küche zum Teemachen, ohne auf die Idee zu kommen, daß man sich auch anziehen könnte. Er redete unablässig, brüstete sich damit, auch im Halbdunkeln Tee machen zu können, erkundigte sich, was für Tee sie am liebsten hätte und ob sie überhaupt Tee trinke. Es kam ihr überhaupt nicht mehr lächerlich oder seltsam vor, sich nackt in der vom Mondlicht kaum erhellten Küche herumzudrücken und sich zu unterhalten, als wäre alles normal. So ruhig und so sicher war sie an einen Ort gelehnt, an einen sicheren Halt in sich, vielleicht jener Mittelpunkt des Balls, in den zu verströmen ihr kurz zuvor nicht gelungen war. Das ist sie. Diese nackte Frau, die so tut, als würde sie einem unbekannten nackten Mann in einer unbekannten Küche, einer unbekannten Wohnung beim Teemachen helfen – sie tut so, als helfe sie mit, damit sie sich unterhalten können, als sei alles normal, denn es ist alles normal. Ja, das ist sie, die wahre Azra, jene, die so schön und ganz mit sich zufrieden ist, daß sie nichts an sich ändern würde, nichts hinzufügen und nichts wegnehmen, die sich selbst und ihrem Maß genügt. So ist es gut.

Den Tee tranken sie wieder auf dem Boden, und Faruk philosophierte darüber, daß Erotik genaugenommen Kommunikation sei, sagen wir, die Fortsetzung des Gesprächs mit anderen Mitteln, die totale Kommunikation, in der zwei Wesen einander das offenbaren und zeigen, was sie auf keine andere Weise zeigen können, weil es zu tief in die Fundamente der höchst persönlichen Identität eingelassen ist, als daß es sich durch eine jener Kommunikationsformen darstellen ließe, die das Gesagte objektivieren. In der erotischen Kommunikation sage ich dir nicht, was mich zu einem menschlichen Wesen macht, sondern was mich von allen anderen menschlichen und sonstigen Wesen unterscheidet, ich zeige dir, wodurch ich nur ich bin – einzig und unwiederholbar (deshalb brauchen wir die Erotik wohl auch so sehr).

Verletzend ist, daß Erotik ständig mit Sex verwechselt wird, schwadronierte Faruk, und daß auf Grund dieser Verwechslung ein Kommunikationswunder zu einem rein biologischen Bedürfnis degradiert wird. Das ist widerwärtig und dumm, so vulgär wie der Versuch, den Glauben an Gott als Kampf ums Überleben oder als Bedürfnis nach sozialem Einfluß hinzustellen. Natürlich könnte man sich darauf verständigen, daß der rein körperliche Verkehr biologischer Notwendigkeit entspringe, wie der Hunger. Und wie gestillter Hunger Kot erzeugt, so erzeugt die Befriedigung der rein körperlichen Begierde neue Menschen. Aber das ist nicht Erotik, nicht jenes wunderbare Zwiegespräch, in dem zwei Wesen sich ihr Innerstes enthüllen.

Dieses Mal hörte Azra zu und registrierte, was er sagte, während sie spürte, wie die Zärtlichkeit ihr Inneres überflutete. Es war rührend und kindlich, sein Bedürfnis, auf diese Weise über etwas zu philosophieren, was gerade geschehen war, was geschehen mußte, weil es von selbst und nur seiner selbst wegen geschehen war, über etwas zu philosophieren, was sicherlich gut war, weil wirklich gute Dinge nur so, nur von selbst geschehen. Als sei er verwirrt oder erschrocken gewesen und würde jetzt den Versuch machen, sich zu rechtfertigen oder das Geschehene zumindest zu verstehen.

Erotik ist wie die Kunst, philosophierte Faruk weiter, sie ist so schön und vollkommen, daß sie in unserer Welt, in der die Früchte aus dem Mangel oder im besten Fall aus dem Schmerz kommen, einfach nicht fruchtbar sein kann. Ich baue mit dir keine erotische Beziehung auf, um Kinder zu machen, die erotische Beziehung brauchen wir, damit wir einander alles über uns enthüllen können, auch das, was wir selber von uns nicht wußten und nie erfahren hätten, weil es sich nur in der vollkommenen erotischen Beziehung erfahren läßt. Nur die Kunst kann mir ein Wissen vom Anderen vermitteln, das mir wie meine eigene Erfahrung erscheint und mir ermöglicht, mich für einen Augenblick in ihn zu versetzen, mich wie er zu fühlen, so daß ich mich selbst besser verstehe, wenn ich in mich zurückkehre; nur die Erotik gibt mir Wissen über mich durch mich selbst, da sie in mir das Bedürfnis weckt, mich dir hinzugeben. Deshalb ist die Erotik eine Kunst – eine Technik, die mir Wissen über mich selbst gibt. Alles andere menschliche Wissen führt mich aus mir heraus und versucht, unter dem Anschein, mir die Welt zu enthüllen, mich zu verbergen. Deshalb sind die Künste, zu denen zweifellos auch die Erotik gehört, das einzige Wissen, das den Menschen zu sich selber führt.

Sie hörte ihm zu, und es gefiel ihr. Soll er reden. Seine Geschichte, diese hier, aber auch die über den Eros, den ersten und ältesten, mit der er sein Spintisieren eingeleitet hatte, wird wenigstens für einen Augenblick bewirken, daß er sich fragt, ob er weiß, was passiert ist, und ob er es gewollt hat. Er ist gut, aber wie alle Kindsköpfe möchte er unbedingt glauben, daß er nur das tut, was er auch wirklich will und wofür er die Gründe kennt. Er könnte es nicht ertragen, daß ihm etwas Großartiges und Schönes einfach so, von ganz allein, widerfährt. Dann soll er es eben nicht ertragen können, dann soll er erklären und ästhetisieren, wenn er dabei nur so sanft, verwirrt und entspannt bleibt. Gut ist er und lieb, und sie wird ihm helfen, so weit sie kann, damit er seine Abneigung vor dem Leben und seine Unsicherheit überwindet.

Sie hatte sich der angenehmen Mattigkeit überlassen, ohne zu bemerken, wie Faruk still geworden war. Schließlich neigte er sich zu ihr herüber.

Ich bin Faruk.

Und ich Azra.

Weißt du, warum ich wollte, daß wir uns kennenlernen? Ich wollte dir vorschlagen, daß wir zusammen Kinder machen, aber das können wir nicht, solange der eine nicht den Namen des anderen kennt.

Wir können keine Kinder machen, Kinder gedeihen nicht in dem Klima, das du schaffst, lächelte Azra. Aber deshalb können wir uns trotzdem lieben, wie du dich gerade auszudrücken geruht hast.

So hatte es angefangen, so war sie bei ihm gelandet, und so war sie einen Augenblick zuvor bei sich selbst gelandet. Und so wie damals – ist es auch heute, bis hin zu dem überfüllten Zug, in dem er ihr rührende Geschichten ins Ohr träufelt, von denen er glaubt, sie könnten irgend etwas erklären.

5

Kristall ist ein beliebtes Symbol der Romantik, seine Eigenschaften versammeln all das in sich, was die romantische Seele fürchtet und wonach sie sich verzehrt: Härte, Kälte, Selbstgenügsamkeit. Wahrscheinlich liegt es daran, daß der Kristall in sich die schönen Spiele der Geometrie verwirklicht – eine Kunst, die in einer klareren und vielleicht besseren Welt gründet, eine Kunst, die sich mit reinen Qualitäten befaßt, die eine Welt erbaut, ferner und exotischer als die unsere und deshalb der romantischen Seele teuer und zur Symbolbildung geeignet, wenn man schon nicht in ihr wohnen kann. Kristalle sind Teile jener Welt, in der die Geometrie erschaffen wurde, durch ein Wunder sind sie in unsere Welt eingedrungen (in der die Geometrie leider nur ein Traumgebilde oder eine Erinnerung besonders edler Seelen ist), und Quarz, Diamant, Edelstein und alle anderen Dinge mit kristalliner Struktur sind Kostbarkeiten – nicht so sehr wegen ihres Gebrauchswerts oder der Geldsumme, die notwendig ist, um in ihren Besitz zu gelangen, sondern weil sie den klaren Beweis erbringen, daß unsere Seele einst in einer Welt geometrischer Formen und reiner Qualitäten zu Hause war, die Geometrie somit keine Träumerei unserer Seele ist, sondern ihre wahrhaftige Erinnerung. Vielleicht wurden die Kristalle durch einen unermeßlich hohen Druck in einer unermeßlich langen Zeit geschaffen, doch ihre Anwesenheit hier wurde von der menschlichen Seele entdeckt, die in den Kristallen ihre Verwandten oder doch wenigstens Landsleute wiedererkannte als unwiderlegbaren Beweis ihrer wahren Erinnerung an eine wahrere Welt. Platon, der erste europäische Romantiker, hat ausführlich, präzise und voller Sehnsucht von den Kristallen gesprochen, obwohl er nichts über sie wissen konnte.

Nur der Schnee bildet eine kristalline Struktur, ohne für das Spiel der Symbolableitungen zu taugen, mit denen beschworen wird, wonach die Romantiker sich so angstvoll verzehren. Vielleicht liegt es daran, daß die Schneeflocke ihre Kristallstruktur zur Sichtbarkeit bringt, während sie bei den anderen Kristallen nur als reine Transparenz erscheint. Also ließe sich der Schnee als Sündenfall in der kristallinen Welt der reinen Geometrie verstehen und definieren, denn er zeigt sie, er gibt sie preis und macht sie sichtbar: die Idee der Ordnung, der Struktur, des Beziehungsgeflechts, aus denen die reine und vollkommene Form erzeugt wird. Die menschlichen Ureltern verfielen in dem Augenblick der Sünde, als sie sich ihrer Nacktheit und ihrer Form bewußt wurden, und nicht, als sie im irdischen Paradies als zwei nackte Körper, als zwei Formen entstanden; so ist vermutlich der Schnee die Ursünde der kristallinen Welt, weil hier die kristalline Struktur zur Sichtbarkeit gebracht wird; Schnee ist ein Kristall, der die Frucht vom Baum der Erkenntnis gekostet hat.

Die Idee beziehungsweise Struktur der vollkommenen Form soll, ja muß ein Geheimnis bleiben, und die Ordnung oder die Summe der Verhältnisse, auf denen die vollkommene Form beruht, muß verborgen bleiben, deshalb sind die Kristalle in dieser Welt durchsichtig (so können sie ihre Natur auf die bestmögliche Weise verbergen). In ihrer Welt ist diese Struktur vielleicht sichtbar, hier aber, in dieser Welt der unvollkommenen und mißglückten Formen, zeigt sie sich einzig als Transparenz, in der sich Struktur und innere Logik der Anordnung dem menschlichen Auge entzieht. Eine Schneeflocke verrät somit dem menschlichen Auge das Grundgeheimnis der Welt, aus der sie kommt, das Geheimnis der guten Welt der Kristalle.

Die Häresie des Schnees, seine Verantwortlichkeit

für die Ursünde, zeigt sich auch in zahlreichen anderen Bereichen, zum Beispiel darin, daß alle Kristalle so hart sind, daß sie für immer zu einem Symbol der Härte und Dauer geworden sind, während der Schnee so weich ist, daß man ihn gern zum Symbol der Weichheit und Unbeständigkeit macht. Das zeigt sich auch auf der Ebene der Farbe. Vollkommene Kristalle, etwa der Diamant, sind reine, durch das Fehlen jeglicher Farbe oft geradezu betonte Transparenz; die weniger vollkommenen sind mit einer der Farben dieser Welt gefärbt, wie alle anderen Edelsteine auch, die eingewilligt haben, ihre kristalline Vollkommenheit durch eine Farbe zu mildern, wenn diese rein genug ist, um durchsichtig zu sein. Schnee ist dagegen so stark gefärbt, daß es ihm an jeglicher Transparenz mangelt, dank einer Farbe, die nicht von dieser Welt ist und geradezu das Fehlen von Farbe bedeutet.

Kurzum, Schnee ist eine Art mittlere Form zwischen der kristallinen Welt der reinen Geometrie und dieser Welt der gefärbten und schäbig realisierten Formen, die schon von allein wieder zerfallen. Mit jener Welt verbinden ihn Flockenstruktur, Kälte, Gleichgültigkeit und Stille, mit dieser Welt die dem Auge sichtbare Strukturiertheit, Unbeständigkeit, Weichheit und eine auf dumme Art buchstäbliche Anwesenheit im unmittelbar Gegebenen. Diese Grenzposition des Schnees zeigt sich am deutlichsten in seiner weißen Farbe, die nicht von dieser Welt ist, die in den Handbüchern der Farbsymbolik als Farbe der Abwesenheit und manchmal als Farbe des Todes bezeichnet wird, dabei für zarte Seelen aber, ungeachtet der Handbücher, so stumpf und wortwörtlich präsent, so unbestreitbar sichtbar, daß der Schnee völlig undurchsichtig ist. Schnee ist somit der sündige Schritt aus jener Welt in diese oder der ebenso sündige Versuch dieser Welt, sich durch Herbeirufen des Todes jener zu nähern.

Schnee ist die einzige Materie, die durch ihre Bewegung Stille erzeugt. Ich bitte dies buchstäblich zu nehmen, denn wenn Schnee fällt, befördert er nicht den subjektiven Eindruck von Stille, sondern erzeugt eine ganz objektive Stille, die völlig real und völlig objektiv die realen und objektiven Klänge dieser Welt erstickt. Schnee ist weiß, was soviel bedeutet, daß er zumindest auf der symbolischen und auf der Erlebnisebene die Abwesenheit von Dingen und Leben bezeichnet, die ihrer Natur nach dieser Welt angehören. Übrigens ist Schnee rein, solange er nicht mit Menschenwerk vermischt wird, an sich und durch sich rein aber ist nur, was nicht Körper, nicht von dieser Welt und nicht das Leben ist. In reiner Erhabenheit deckt er alles zu und breitet über die Welt eine Stille und Gleichgültigkeit, die der vollkommenen Kristallstruktur seiner Flocken entspringt. Wie ein schöner weißer Tod.

Ich weiß nicht, ob es sich um eine bizarre Folge von Konvergenzen handelt, um meine Neigung, in allem eine Ordnung und Logik zu suchen, um bloße Phantastereien, zu denen mich meine Mystifizierungen führen, oder um reale, objektive Wahrheit, aber ich weiß, daß ich den Schnee und den schönen weißen Tod als unauflöslich miteinander verbunden erlebe. Ich wiederhole: Vielleicht rührt das daher, daß es, so wie heute, jedesmal wie verrückt geschneit hat, wenn ich einen teuren Toten beerdigen mußte, der auf schöne Weise gestorben war. Und das war gar nicht so selten, ja, fast könnte ich sagen, daß meine Erinnerungen eine Folge von Beerdigungen bei Schnee sind und daß für mich der Schnee aus Gewohnheit, aus erworbenem Reflex unauflöslich mit dem Tod verbunden ist.

Auch sonst ist mein Leben voller Schnee, seit meiner Geburt fällt Schnee auf mein Inneres, Schnee, der mit seinen dicken Flocken Gleichmut, Kälte und Stille in mir verbreitet. Alles was ich erlebt habe, sehe ich durch einen Vorhang aus Flocken, der alle Worte überflüssig und alle Gefühle unmöglich macht. Unter einem Vorhang aus Schnee habe ich meinen Freund Bahtijar begraben, meinem Vater das letzte Geleit gegeben, Maho bestattet, mich in das Leben eines Erwachsenen gezwängt und heute nun also meinen Onkel beerdigt... Auch geboren wurde ich, so wird erzählt, bei Schnee, unter einer wahren Flockenkuppel, aus der eine Stille voll schönem weißem Tod strahlte.

Ich habe deine Verwandtschaft mit dem Schnee bemerkt, sagte Azra, während sie aus dem Zug stiegen. Ihr seid beide in gleicher Weise gleichgültig, gleich todbringend, und es ist in eurer Nähe auf gleiche Weise kalt. Und vielleicht deshalb oder gerade deshalb lieben euch die Frauen, die so verrückt sind wie ich.

Faruk faßte sie dankbar um die Schulter und zog sie an sich.

6

Es schneite, als rieselte ein Blütenfrühling aus dem Himmelsgarten. Er saß im Küchenfenster und sah, wie sich die weiße Stille in Kaskaden auf den Obstgarten senkte, er versuchte sich vorzustellen, daß hinter ihm keine Mutter mit dem Geschirr klappert und lärmt, weil sie nicht weiß, ob der Vater heute mittag nach Hause kommt und ob sie auch für ihn das Essen machen soll. In Wirklichkeit ist es gar keine Küche, sondern eine gefährliche Höhle, in die er und Bahtijar sich vor zahlreichen Gefahren geflüchtet haben. Es ist warm, friedlich und sicher, und außerdem haben sie keine Angst, weil sie Helden sind.

Da kam Ivan Radoš und erzählte, daß der Vater nicht

wiederkommen werde. Vor einigen Tagen, als er und der Vater bei Bidžan saßen, waren zwei Leute aus Mostar mit Ware gekommen. Der Vater hatte ihnen den Schlüssel vom Magazin gegeben, damit sie ausladen konnten, und als sie zurückkamen, bestätigte er ihnen den Empfang, spendierte jedem einen Kaffee und verabschiedete sich herzlich von ihnen. Kaum zwei Stunden später kamen zwei andere. Sie wollten das Magazin kontrollieren und müßten deshalb den Vater dazuholen, und boten ihm an, zwei Zeugen mitzunehmen, falls er Bedenken habe.

Der Vater lachte und meinte, es sei Unsinn anzunehmen, er könnte Bedenken haben, sie seien jetzt doch alle Genossen – egal ob es sich um Lieferanten oder Geschäftsprüfer handelte. Auch er sei schließlich Genosse und kämpfe seit dem ersten Tag für eine Welt, in der sie alle Genossen sein werden. Im übrigen glaube er an die Menschen und benötige keine Zeugen, aber er, Ivan, könne mitkommen, denn sie beide hätten bis eben hier zusammengesessen und wollten nach der Magazinkontrolle wieder herkommen. Er bot den beiden etwas zu trinken an, aber sie wollten nicht, und so gingen sie zusammen zu Vaters Magazin.

Dort stellten sie fest, daß das Magazin im großen und ganzen in Ordnung war, aber sie fanden drei Kilo Tabak. Vater und Ivan schwiegen, und die beiden anderen sagten, sie würden den Tabak mitnehmen und Bericht erstatten. Dann setzten sie ein Protokoll auf, alle vier unterschrieben, die zwei gingen ihres Weges, und Vater und Ivan kehrten zu Bidžan zurück, um zu besprechen, was passieren könne und was nun zu tun sei.

Der Vater meinte, alles habe seine Richtigkeit, nur er sei ein Idiot, weil man in solchen Zeiten nicht einmal dem eigenen Kinde trauen dürfe, und er habe zwei Unbekannten vertraut. Sie hätten das ganze Magazin einsacken und wegtragen können, statt ihm nur diese drei Kilo Tabak unterzuschieben.

Laß jetzt deine klugen Reden, sagte Ivan, sieh lieber zu, wie du dich da rauswindest.

Ich habe mich aus nichts rauszuwinden, sagte der Vater, der letzte Idiot in dieser Stadt weiß, daß ich ehrlich und sauber bin wie die Sonne.

Deshalb haben die beiden auch nichts weggeschleppt, sondern etwas hergebracht, sagte Ivan.

Glaubst du wirklich? fragte Vater.

Es kann gar nicht anders sein. Warum sind denn gleich, nachdem die beiden ersten weg waren, die anderen zur Kontrolle gekommen? Dir soll der Prozeß gemacht werden, und jeder Prozeß braucht erst mal Beweise. Irgendwem in deiner Partei paßt deine Nase nicht, und das läßt er dich wissen. Und wenn der Prozeß erst einmal im Gange ist, bringen sie ihn auch zu dem Abschluß, den sie brauchen.

Am Ende, so sagte Ivan, hätten sie beschlossen, daß sich der Vater sofort auf den Weg machen sollte. Er habe ihm das bißchen Geld gegeben, das er bei sich hatte, und ihm die Stellen an der italienischen Grenze empfohlen, wo jeder, der bei der Flucht über die Grenze erwischt wird, nicht festgenommen, sondern gleich umgebracht wird. Ivan rechnete damit, daß der Vater zu diesem Zeitpunkt entweder tot oder bereits in Italien war, er sei gekommen, um ihnen zu sagen, daß sie nicht länger auf ihn warten sollten.

Während Ivan erzählte, verzog sich das Gesicht der Mutter in einem häßlichen Krampf, ohne daß sie ein Wort herausbrachte. Eine Zeitlang schweigen alle, nur Faruk wurde von einer Sorge befallen, derer sich seine Mutter und Ivan offensichtlich nicht bewußt waren.

Ziehen jetzt auch in unser Haus Geister ein? Wie bei den Ligačis? fragte er schließlich. Doch er sah, daß die beiden diese Möglichkeit überhaupt nicht in Betracht zogen. Aber daran denken mußte man doch, es wäre ja schrecklich, wenn sich einem im eigenen Haus ständig die Augenfarbe veränderte vor all den Wesen, die sich darin breitmachen.

Auf diese Worte hin brach die Mutter in Tränen aus, während Ivan abwinkte und nur ein «Verfluchte Scheiße» hervorstieß. Dann zog er eine riesige dunkle Geldbörse heraus, klappte sie auf und suchte lange in ihr herum, bis er mit zwei Fingern ein blechernes Fünfdinarstück herauszog, das er ihm hinhielt.

Wird unser Haus wie das Ligači-Haus sein? fragte er streng, ohne das Geldstück zu nehmen.

Nein, seufzte Ivan. Nein, wenn Gott will.

Gut, beruhigte er sich und nahm das hingehaltene Geldstück.

Dann gehe ich jetzt. Ivan erhob sich, steckte die Geldbörse ein und ging zur Tür. Aber gut war er, der Tabak, verdammt noch mal. Schade.

Kurz darauf kamen schwarenweise Leute, als ob alle Bescheid wüßten und es sich um eine abgemachte Sache handelte. Alle versuchten die Mutter zu trösten und zu überzeugen, daß alles in Ordnung kommen würde, und die Männer gaben ihm weiße Zwei- und Fünfdinarstücke, so daß er die ganze Tasche voll davon hatte. Die Mutter weinte trotz aller Tröstungen, ihr Gesicht zuckte entsetzlich, als sei das Haus nicht voll fremder Leute und als müsse man sich nicht schämen, vor ihnen zu weinen. Er freute sich über soviel Geld, aber alles andere war gräßlich. Unerträglich, wie sie ihm alle über den Scheitel strichen, wobei sie stark aufdrückten, wie er gegen irgendein Bein stieß, sobald er sich zu verkrümeln versuchte.

Irgendwie wand er sich zwischen den unzähligen Beinen hindurch und stahl sich aus dem Haus. Er mußte etwas unternehmen, er war jetzt das Oberhaupt im Haus, und an ihm war es, die Mutter zu trösten, damit sie die Leute aus dem Haus jagte und irgendwie Ordnung machte. Am besten, überlegte er, ginge er zu Salih Saran, um von seinem Geld Zucker für die Mutter zu kaufen. Genug Zucker, um ihn auf den schmalen Brotkanten zu streuen, der bei ihnen Ente heißt, so daß auch sie noch vom reinen Zucker nehmen kann, wenn sie möchte. Das würde sie beruhigen, wie es jeden beruhigte. Dann wird auch alles andere leichter, aber erst muß er bis zu Salih Saran kommen und zu seinem Geschäft, in dem es Zucker gibt, soviel man will.

Draußen in der Kälte hat der Schnee nicht mehr die geringste Ähnlichkeit mit einem Blütenfrühling aus dem Himmelsgarten, was jeder Idiot weiß, der einmal bei Schneefall draußen war. Er ist feucht, kalt und pappig. Da kann man ein noch so großer Held sein, es fällt einem schwer zu gehen, wenn man bis zu den Knien in etwas Kaltes und Pappiges einsinkt, wenn man nach jedem Schritt den Fuß mühsam herausziehen muß und andauernd ausrutscht. Aber er muß gehen, alles wird wieder gut, wenn er mit dem Zucker zurückkommt.

Er überlegte, ob er umkehren und seinen Mantel holen sollte. In Panik vor dem Wald aus Beinen, durch den er sich hindurchkämpfen mußte, verstört durch das unangemessene Benehmen der Mutter vor fremden Leuten, in dem dringenden Wunsch, sofort etwas Entscheidendes zu tun, war er aus dem Haus gerannt, ohne zu bedenken, daß ihm in Hemd und Pullover zu kalt sein würde, und schon jetzt, noch in Rufweite des Hauses, war er naß bis auf die Haut und durchgefroren, als sei ihm der Schnee in die Knochen gekrochen. Es wäre vernünftiger umzukehren, weil es so tatsächlich kaum auszuhalten war, aber zu Hause könnte man ihn entdecken und mit Gewalt zurückhalten, so daß er zwischen all den Beinen ersticken und seine Mutter sehen müßte, wie sie sich krümmt und weint. Er wird es aushalten, wenn er die Zähne zusammenbeißt, und anschließend, wenn alles in Ordnung gebracht ist, kann er sich nach Herzenslust trocknen und wärmen. Nur, wie die Zähne zusammenbeißen, wenn ihm das Kinn zittert und hüpft, als hätte es sich selbständig gemacht und drohte, ihm die Zunge durchzubeißen, wenn er sie nicht weit genug zurückzieht?

An Hajrudins Schule stürzte er das erste Mal, und ein Teil des Geldes fiel ihm aus der Tasche. Niemand war in der Nähe, und so hoffte er, das Verstreute unbehelligt einsammeln zu können, doch die kleinen Münzen fielen ihm gleich wieder in den Schnee, versteckten sich vor seinen Augen, die sich wie zum Trotz trübten, und mit klammen Fingern grub er im knietiefen Schnee, suchte hier und dort und fand die Münzen an Stellen, die er mit seinen Sohlen eingedrückt hatte, so daß er sie mit den schmerzenden Fingern nicht herausbekam. Und dann flossen aus heiterem Himmel die Tränen und verschleierten ihm das wenige, das er vor Schmerz, Schnee und Kälte gerade noch sehen konnte. Man kann keine weißen Münzen im weißen Schnee suchen, wenn es schneit und die Tränen fließen, als wäre man ein Idiot.

Gleich hinter Hajrudins Schule steht Bahtijars Haus. Seit Hajrudin tot ist, ist Bahtijar sein bester Freund, vielleicht könnte er bei ihm hereinschauen und ihn um soviel Geld bitten, wie er verloren hat. Er weiß freilich nicht, wieviel er verloren hat, aber Bahtijar, als alter Mann, wird ohne Probleme ausrechnen können, wieviel Geld er jetzt hat und wieviel ihm für den benötigten Zucker noch fehlt. Die Idee war nicht gut, Bahtijar konnte ja gar nichts haben, denn wenn er wenigstens ab und zu Geld gehabt hätte, würde nicht so über ihn geredet. Die Älteren erzählten, während des Krieges hätten zwei italienische

Soldaten Bahtijar öfter etwas zu essen gebracht; ihnen habe es gefallen, daß es in Duvno jemanden gab, der nicht mit sich handeln ließ; und später, nach dem Krieg, hatten ihn Vaters Genossen nicht verurteilt, obwohl er von den italienischen Soldaten zu essen bekommen hatte und alle verurteilt wurden, die mit dem Okkupator zusammengearbeitet hatten. «Wenn die Italiener ihn gefüttert und die Partisanen ihn nicht verurteilt haben, hast du dir über ihn nicht das Maul zu zerreißen», sagten die Älteren. Warum sollte er dann hingehen und Bahtijar in Verlegenheit bringen, er ist doch sein bester Freund und kann ihm bestimmt nicht helfen.

Er kehrte auf die Hauptstraße zurück, obwohl es bis zu Bahtijars Haus nur ein paar Schritte gewesen wären. Der Schnee rutschte ihm in den Stiefelschaft und schmolz, seine Strümpfe waren naß, und die erfrorenen Füße platschten in den viel zu großen Stiefeln, die bei jedem zweiten oder dritten Schritt im Schnee stecken blieben. Sein Weg zu Salih Saran war eher ein Stolpern und Rutschen als ein Gehen.

Nicht nur die Stiefel machten alles so mühsam, er hatte keine Kraft mehr und fühlte sich leer wie ein Strohwisch. Als er die verstreuten Münzen einsammeln wollte, war etwas in ihm aufgegangen wie ein Loch und seine ganze Kraft einfach ausgeronnen. In einem konzentrierteren Zustand, das fühlte er deutlich, hätte er genau beobachten können, wie die Kraft ausrann und die Füße, an denen die Stiefel nicht halten wollten, sich immer schwerer bewegen ließen.

Jeder Atemzug schmerzte wie eine Wunde, es preßte ihm die Brust zusammen und nahm ihm die Lust, und der Schnee begann sich erst rötlich, dann dunkelblau zu färben... Kurz unterhalb von Hajrudins Schule wurde alles dunkel.

Gut zehn Tage später erklärte ihm Bahtijar, daß es auf

dieser Welt unterschiedliche Menschen gebe. Die einen seien jene, die im großen und ganzen erreichen, was sie sich vornehmen, aber nie so, wie sie es planen, und nie durch ihr Wissen und ihr Bemühen, sondern durch irgendeinen Fehler. «Vielleicht gehörst du zu dieser Sorte», sagte Bahtijar zu ihm, «aber das, glaube ich, ist nicht der schlechteste Teil, den der Mensch vom Schicksal bekommen kann. Du hattest also den Plan, deiner Mutter Zucker zu bringen, um sie zu trösten. Gott allein weiß, was geschehen wäre, wenn du an jenem Tag in all dem Durcheinander mit dem Zucker aufgetaucht wärst, aber ich will nicht beschwören, daß alles so gekommen wäre, wie du es geplant hattest. Doch jetzt ist alles genau so gekommen, wie du es gewollt hast: deine Mutter hat sich über den Weggang deines Vaters getröstet, sie hat ihn fast vergessen, weil sie sich Tag und Nacht nur um dich kümmern mußte. Und alles nur deshalb, weil du dich auf halbem Weg zu Salih Saran in den Schnee gelegt und dir eine Lungenentzündung geholt hast. Vielleicht geht es ja nur darum, ob du zu dieser oder zu jener Sorte Mensch gehörst, wer weiß.»

So hatte Bahtijar, der den Kranken jeden Tag besuchte, zu ihm gesprochen. Damals hatte er über Bahtijars Erläuterung nicht weiter nachgedacht, später glaubte er, der Alte hätte sich auf seine nachsichtige, freundliche Art über ihn lustig gemacht, doch jetzt schien ihm immer mehr, daß er im Ernst gesprochen und die reine Wahrheit gesagt hatte. Er gehörte jener Bahtijarschen Sorte Mensch an, der, wenn er in die Tasche griff, um ein Unterhemd herauszuziehen, immer eine Unterhose zu fassen kriegte. Es war völlig egal, daß ihm später kluge Leute erklärten, das sei ein großes Glück, denn trockene Unterhosen wären wichtiger, und er verstehe stets, eine Unterhose herauszuziehen, wenn er in großer Eile und verschwitzt in die Tasche greife, um das Hemd zu wechseln, und er wisse, daß das sein Schicksal sei und daß ein so oder anders geartetes Schicksal von einem so oder anders gearteten Charakter herrühre. Je älter er wurde, desto überzeugter war er, der Bahtijarschen Sorte Mensch anzugehören, der auch dann, wenn er tut, was er will, und auch wenn ihm etwas sehr Gutes widerfährt, daß er es immer wegen eines Fehlers, eines Mißverständnisses oder wegen ihrer Armseligkeit tut oder bekommt. Vielleicht gehört ja auch Bahtijar dazu und verstand deshalb soviel davon.

Aber heute interessiert ihn an Bahtijars Erklärungen etwas völlig anderes, es interessiert ihn, seit er in die reiferen Jahre gekommen ist. Woher wußte Bahtijar von seinem Plan? Hatte er ihn selbst im Fieber ausgeplaudert, als er in Bahtijars Haus lag? Oder hatte er es ihm später anvertraut, in einem Augenblick ergebener Freundschaft, als er das Bedürfnis verspürte, seinen guten alten Freund in sein heiligstes Geheimnis einzuweihen? Hatte Bahtijar den Plan auch ohne diese Beichte gekannt, ihn so gekannt, wie er sich selbst kannte, weil er selbst Zucker holen gegangen wäre, um einen lieben Menschen zu trösten? Oder ist Bahtijar meine schöne Fiktion, eine Art gealtertes Ich, das mich seit meiner Geburt begleitet, damit es mich über alle meine Fehler, Unzulänglichkeiten und Müdigkeiten hinwegtröstet?

Und wenn du mich totschlägst, ich weiß es nicht. Auf dem Friedhof von Duvno gibt es kein Grab Bahtijars beziehungsweise keinen Stein mit seinem Namen. Und auch keine Spur seines Hauses. Aber die Erinnerungen an mein fünftes oder sechstes Lebensjahr sind voll von Bahtijar, ohne ihn hätte ich die Jahre zwischen Hajrudins Tod und der Schule vielleicht nicht überlebt. Genaugenommen ist das einzige, woran ich mich aus dieser Zeit erinnere, Bahtijar. Ich erinnere mich an unsere

Gespräche, ich erinnere mich an die Gräser, die wir sammelten und als Tee trockneten, ich entsinne mich der Belehrungen über die Eigenschaften einzelner Pflanzen, ich erinnere mich an seine Beerdigung. Aber es gibt keinerlei Spuren seiner Anwesenheit an den Stätten, an denen wir zusammengewesen sind und an denen ich, meiner Erinnerung nach, seine Worte gehört habe, die ich ebenso bewahrt habe wie die Stimme, mit der sie gesprochen wurden und die ich auch jetzt mit meinem inneren Ohr höre. Ich habe natürlich weder meine Altersgenossen noch ältere Leute gefragt, ob es irgendwann einen gewissen Bahtijar in Duvno gegeben hat, das habe ich mich nicht getraut, denn man hätte mich für verrückt erklärt. Ich hätte mich ganz sicher nicht getraut, weil sie mir vielleicht mit nein geantwortet hätten. Es hätte sein können, vielleicht. Ich weiß es nicht.

7

Als im Morgengrauen des tausendundzweiten Tages der Großkönig Schahrijâr erwachte und seine geliebte Frau Scheherezâde umarmen wollte, entdeckte er, daß neben ihm nicht seine wunderschöne Frau lag, sondern ein Instrument zum Übertragen der menschlichen Stimme, das ihm die Geschichten erzählt hatte. Sagen wir, eine Art Klingdarm. Oder nicht einmal das, es war gar nichts. Ein leeres Bett und ein schwerer Kopf von den Träumen, die ihm tausendundeine Geschichte beschert hatte. Und in den Geschichten aus dem Traum, im Traum, der Betrug seiner Frau und die geköpften Schönheiten und Scheherezâde und die Söhne, die er mit ihr hatte...

An einem solchen Morgen hatte sich der Großkönig

Schahrijâr bestimmt so gefühlt, wie sich Azra jetzt fühlte, während sie Faruks Schilderung jenes Tages zuhörte, an dem er vom Weggang seines Vaters erfahren hatte. Bahtijar hat ihn an jenem Tag gerettet, aber er weiß nicht, ob Bahtijar tatsächlich existierte. Hervorragend. Ganz zu schweigen, daß ein gut Teil der Liebestage, die sie zusammen verlebten, mit Faruks Erinnerungen an Bahtijar und den Gesprächen über ihn ausgefüllt war. Was sie sich übrigens auch hätte denken können, alles was sie an Gemeinsamem hatten, war zu schön, als daß es gut ausgehen konnte. Schön, leicht irrsinnig und erregend, schon von Anfang an, mit Sicherheit aber seit jenem Tag, als ihre Beziehung eine endgültige Gestalt angenommen hatte. Gut vierzehn Tage nach jenem gemeinsamen Mondanheulen.

Sie kam in der Dämmerung zu Faruk, so wie es sich zwischen ihnen ohne jede Absprache eingespielt hatte, und bevor er öffnete, fragte er nach, ob sie es sei, die geklingelt hatte. Der Grund dieser Nachfrage offenbarte sich ihr, als sie das einzige Zimmer seiner Wohnung betrat.

Sein flaches Bett hatte Faruk mit einer schwarzen Plastikfolie bedeckt (vermutlich aus zerschnittenen Müllsäcken) und mit fünf dreiarmigen Kristalleuchtern umstellt, zu beiden Seiten des Kopfteils ein großer Messingleuchter mit weißen Kerzen. Alle Kerzen brannten und beleuchteten zwei Kristallpokale mit dunklem Wein und einer weißen Lilienblüte darin.

Von diesem Anblick verwirrt, blieb Azra bei der Tür stehen. Zwei gleich starke Regungen, die sich zur selben Zeit meldeten, ließen sie innehalten: in Lachen auszubrechen oder ihrem Liebsten eine gepfefferte Ohrfeige zu versetzen. Das billige, für sie vorbereitete Arrangement machte sie wütend. Erotische Phantasien eines Dorfpornographen. Und was erwartete dieser

Idiot jetzt? Daß sie sich ihr Zeug vom Leib riß und ihn, nackt wie ihre Mutter sie gebar, mit einem Bauchtanz erfreute? Daß sie sich in durchsichtige Schleier hüllte und ihm hüftwackelnd eine Liebesarie voller Leidenschaft und Sehnsucht heruntersang? Daß sie vor Leidenschaft in Geheul ausbrach, wie ein Wolf in eisiger Nacht? Fehlte nur noch, daß er sich auf sie warf, ihr das neue Kleid zerriß und sie im Lustkrampf aufs Müllsackbett streckte. Und daß sie dabei stöhnen und stammeln mußte vor Vergehen und Leidenschaft. Wesentlich war allerdings die Frage, woraus er geschlossen hatte, sie mit so einem Arrangement erwarten zu dürfen beziehungsweise sie mit derlei Idiotien in Erregung versetzen zu können. Das war verletzend, das verdiente eine saftige Ohrfeige.

Und doch war in ihr auch etwas, das sich als qualvolle und ungewollte Erregung bezeichnen ließe. Als ob etwas in ihr bereit wäre, dieser beleidigenden Einladung zu folgen, und als ob diese Bereitschaft gerade Faruks verletzend schlechter Meinung über sie entspränge. Es kränkt und reizt sie zugleich, daß er erwartet, sie werde auf diese dummen Vorbereitungen mit Erregung reagieren. Dorfpornograph verführt Schlampe aus der Mahala. Ja, soll er doch zudringlich werden, sie wird darauf eingehen und ihm eine verrückte Nacht bereiten, doch dann wird sie ihm alles Fällige sagen und ihn verlassen, so daß er sie nach dieser Nacht einschließlich allem, was er zum Abschied zu hören kriegt, im Gedächtnis behalten wird.

Faruk wurde aber gar nicht zudringlich und zeigte keinerlei Absichten. Er lag wie eine Odaliske auf der linken Hüfte, den Kopf aufgestützt, und bedeutete ihr mit der anderen Hand, sich neben ihn zu legen. Normal angezogen und auch sonst ganz normal, also auch ohne Hintergedanken.

Damit, so schien ihr, änderte sich der Charakter der vorgefundenen Szene und bekam etwas Kindliches und Rührendes. Er hatte Kerzen angezündet, vielleicht hatte er sich sogar eine Zahlensymbolik der Kerzen und Kerzenhalter ausgedacht. Jedenfalls sind sie nicht der Dorfpornograph und die Schlampe aus der Mahala, dies ist die Hausaufgabe eines geborenen Strebers zum Thema Verführung unter Beimischung von Perversion. Genau so, deshalb liegt er so regungslos und verwirrt da, anstatt wie verrückt auf sie loszugehen und sie anzuspringen, wie es ein Dorfpornograph täte.

Dieser Gedanke besänftigte sie und stimmte sie zärtlich. Soll er sich ruhig all diese Dummheiten ausdenken, soll er ruhig noch weniger Phantasie und Geschmack zeigen, sie wird ihn trotz allem umarmen und in Schutz nehmen. Er mußte sich den ganzen Tag auf sie vorbereitet haben, und es war sicher ziemlich anstrengend gewesen, sich einen solchen Haufen Blödsinn auszudenken und auch auszuführen. Und alles für sie. Das ist rührend, denn es zeigt, daß er sich ganz unschuldig darbietet, daß er ihr vertraut und daß sie ihm etwas bedeutet. Sie wird ihn annehmen, sie wird ihn umschlingen, ihn vor allem beschützen, sie wird ihm ein weicher und warmer Zufluchtsort sein, sie muß ihn, den Unsicheren und Preisgegebenen, beschützen.

Wenn das Leben einen Wert hat, dann wegen des Überflüssigen, auf das man verzichten kann, hörte sie Faruk philosophieren wie immer. – Erträglich und für Augenblicke vielleicht sogar schön wird es durch das, was du nicht brauchst, es wirkt wie ein Aufputz am Kleid des Lebens, ein unnötiger Schmuck, ein zigeunerhafter Flitter.

Er liegt da wie eine Bajadere neben dem Bett aus Müllsäcken und philosophiert über Grundlegendes. Ein Knabe, den es zu verbotenen Dingen zieht und der das Verbotene gerade deshalb tun muß, weil es verboten ist. Er weiß, wo man nicht eintreten darf, dahinter ist es leer, und er tritt dort nur wegen des Verbotes ein, nicht wegen dem, was er dort finden könnte. Deshalb zögert er den Eintritt so lange wie möglich hinaus, denn er weiß ja, daß der einzige Genuß und Gewinn in seinem Eintreten besteht. Wenn man erst eingetreten ist, dann ist alles gleich, hinter jeder Tür wartet ein weiterer Raum, den man nicht hätte zu betreten brauchen, weil er wie die anderen Räume ist. Also ist der neugierige Knabe, der alles weiß und deshalb traurig ist, immer schon im voraus traurig. Sie lächelte und legte sich neben ihn, an die Stelle, die er ihr zugedacht hatte.

Er faselte von Erotik, von erotischem Erleben, das erst dann seinen wahren Wert gewinne, wenn der Mensch das körperliche Bedürfnis überwinde, wenn er aufhöre, die Freude seines individuellen Körpers auszudrücken und die vollkommene Vereinigung seines Körpers mit einem anderen Körper in objektiver, allumfassender Erotik erreiche. Einzig in dieser Anonymität besteht sie, in diesem Aufgehen meines Ichs in einem Dritten, das wir beide gemeinsam erbauen, in einem Dritten, das mehr ist und zugleich weniger als jeder von uns für sich und als wir beide gemeinsam, im völligen Aufgeben der Identität, zu dem wir vordringen, indem wir uns den die Welt beherrschenden Gesetzen der allgemeinen Erotik unterwerfen. In diesem Augenblick werden wir eins mit dem Birnbaum vorm Haus, mit dem Wasser und dem Sperling, und jetzt, in diesem Augenblick des völligen Ausströmens der Identität, wenn du dich selbst, wenn du dein ganzes Wesen spürst wie den Sand, der dir durch die Finger rinnt, hast du den wahren Wert des erotischen Erlebens erfahren, denn du hast die Vereinigung mit allem erlebt. Du hast mit der Welt gevögelt, wenn man so sagen darf. Du hast den echten Orgasmus erlebt, den einzigen, für den sich die Mühe lohnt.

Sie hörte ihm ohne besondere Aufmerksamkeit zu, nippte am Wein, wobei sie darauf achtete, nicht die Lilie zu verschlucken, die Faruk vielleicht etwas bedeutete (wie sehr er sie auch liebte, mit Symbolen würde er sie hoffentlich nicht füttern), und registrierte, wie sich in ihr der Ansturm von Zärtlichkeit legte. Diese Zärtlichkeit zog sich nicht zurück, sie war nur nicht mehr so gespannt, sondern eher sanft, sie erfüllte ihre Füße und Zehen, Haar und Nieren mit der Bereitschaft, ihn anzunehmen, zu wiegen und vor allem zu beschützen. Dieses angenehme, ruhige Gefühl begann die geheimsten Räume ihres Körpers zu durchströmen, und als sie nach langen Stunden des Miteinandersprechens anfingen, einander zu berühren, war in ihr stärker als alles andere eine kühle Leidenschaft, die sie bis dahin nicht gekannt hatte und nicht hatte kennen wollen – eine Leidenschaft, die sie beide dazu trieb, sich bis zur völligen Erschöpfung zu lieben, so daß sie eine Liebe kennenlernte, die die Seele nicht beruhigt, sondern den Körper bis zum äußersten ermüdet.

Seit dieser Nacht ist ihr Verhältnis mit Faruk hauptsächlich von dieser Art – kompliziert, schön, stark und unerträglich. Sie haben ihre Leidenschaft, sie haben Gespräche, die sie mehr liebt als alles, was sie vor Faruk mit Männern gehabt hat (vielleicht gerade deshalb, weil sie so völlig unnütz sind), sie haben ihre Spaziergänge und Albereien, die Anfälle von Zärtlichkeit. Und sie haben leider ihre, Azras, Familie, die unbedingt möchte, daß sie heiraten. Die Schwester versucht ihr einzureden, sie müsse Faruk jetzt gleich heiraten, auf der Stelle, obwohl er nicht ihr Typ sei, der Vater ist geradezu verliebt in Faruk, denn mit keinem sonst kann man so schön reden bei einem guten Tropfen, die Mutter erwähnt diskret, das erste Kind müsse bis zum dreißigsten Lebensjahr geboren sein, und mit Verlaub gesagt, fehle es Faruk doch an nichts.

Das Problem aber liegt in der Natur ihrer Beziehung und darin, daß Faruk einfach kein Ehemann ist. Es mag ja anrührend sein, alles zu ästhetisieren, zu rechtfertigen und mit Philosophieren das Körperliche zu überspielen, aber wer vor Scham in die Erde versinkt, weil seine Scheiße nun einmal nicht nach Maiglöckchen duftet, kann niemals der Ehemann einer normalen Person sein. Er bringt sich halb um vor Scham, daß er schwitzt und aufs Klo muß, er muß Gott weiß was für Philosophien erfinden, um sich zu rechtfertigen, daß er gelegentlich ißt oder Liebe macht. So einen kann man lieben, aber man kann mit ihm keine Kinder haben, Wintervorräte anlegen, Wäsche flicken und sich einreden, daß Essig erträglich riecht. Alles Menschliche und Körperliche muß er filtrieren, ästhetisieren, harmonisieren, sterilisieren. Das erregt sie und macht sie zugleich wahnsinnig, denn welche normale Frau will eine lange Diskussion führen, nur um sich zu entschuldigen, daß sie mit Appetit gegessen oder gut geschlafen hat. Nicht daß er ihr Vorhaltungen machte, aber sie fühlt sich ihm gegenüber so eklig verfressen – was bleibt ihr denn anderes übrig, wenn er so steril und introvertiert ist. Schön, daß er das Leben so sehr verachtet, das macht es ihr möglich, auch mütterliche Zärtlichkeit an ihn zu verschwenden, gerade deshalb liebt sie ihn vielleicht so zärtlich, aber das alles ist noch kein Grund, ihn zu heiraten. Kurzum, Faruk taugt nicht zum Ehemann.

Wie einer besorgten Mutter erklären, daß du unmöglich jemand heiraten kannst, der dich bittet, im Liebeskrampf nicht das Gesicht zu verziehen? Und dir diese widernatürliche Forderung mit einer rührseligen Erinnerung begründet, die er jedesmal wiederholt, wenn er seine verrückte Forderung erneuert. Die Schwierigkeit liegt übrigens weniger in der Wiederholung als darin, daß es gar keine Wiederholung ist, denn er erinnert sich jedesmal anders. Er erzählt dir, er könne kein verzerrtes Gesicht ertragen, weil es ihn an seine Mutter erinnere, die ihr Gesicht beim Versuch verzerrt habe, Schmerz zu empfinden oder zumindest zu zeigen, als sie die Nachricht vom Tod seines Vaters erreichte. Und genau so, erzählt er dir, habe die Mutter ihr Gesicht verzerrt, als sein Bruder beigesetzt wurde. Dann erzählt er dir... Zehnmal erzählt er dir seine Erinnerung, und du bekommst zehn unterschiedliche Geschichten über zehn Ereignisse oder zumindest zehn Situationen. Taugt so ein Mensch einer halbwegs normalen Frau als Ehemann?

Alle seine Verrücktheiten erklärt er mit einer Geschichte von einem Ereignis oder einem Menschen, an den er sich erinnert; diese Ereignisse und diese Menschen aber sind jedesmal, wenn er sich ihrer erinnert, wieder andere. Schon seit drei Jahren, seit sie beisammen sind, versucht sie heroisch, sich die Ereignisse und Menschen, von denen er so besessen ist und die ihn so stark geprägt haben, wenigstens ahnungsweise vorzustellen. Völlig vergebens. In ihrer Erinnerung haben sich unzählige Versionen von Geschichten angesammelt, die sich voneinander nicht nur in den Details, sondern auch im Grundverlauf unterscheiden, aber in keinem einzigen Fall ist es ihr gelungen, ein Ereignis oder eine Person zu erahnen. Hat er sich alles ausgedacht? Oder ist es so, daß ihm, seinen Worten und seiner Erinnerung, einfach die Realität entgleitet? Weiß er das? Ist er je zu diesen Fragen vorgedrungen?

Die Distanz zwischen ihm und der Realität scheint mit der Zeit zuzunehmen. Als zerfiele ihm die Welt vor seinen Augen und in seiner Erinnerung oder drehte sich wie ein Jahrmarktskarussell, dessen Figuren bei jeder Umdrehung anders aussehen.

Gibt es dafür einen ernsthafteren Beweis als dieses Glanzstück mit Bahtijar, der vielleicht nie existiert hat?

Als er das letzte Mal vom Weggang des Vaters erzählte, gingen die Dinge anders aus. Damals lag er krank bei Bahtijar, und die Mutter besuchte ihn jeden Tag. Bahtijar pflegte ihn und verließ nur vorübergehend das Haus, um seine Genesung durch aufregende Nachrichten aus der äußeren Welt zu beschleunigen. Das erste Mal tröstete er ihn wegen seiner Niederlage im Kampf mit dem Schnee, indem er ihm berichtete, an diesem Tag sei so viel Schnee gefallen, daß die Hühner alle Sterne aufgepickt hätten. «Und weißt du, wieviel Schnee das ist, mein Junge? So viel, daß nicht einmal der Allererwachsenste damit fertig wird, geschweige denn du mit deinen fünf Jahren.» Das sagte Bahtijar zu ihm, als er aus der Ohnmacht zurückgekehrt war. Das zweite Mal erzählte er ihm, da seien irgendwelche kleinen Leute nach Gradina gekommen, die bauten Häuser aus Eis, und es sei lustig, ein Haus mit durchsichtigen Wänden zu sehen, als bestünde es ganz aus Fenstern. Als er fast wieder gesund war, kam Bahtijar mit der freudigen Nachricht, er habe auf ihrem Bach, der wegen Schneeschmelze Hochwasser führte, ein Schiff gesehen. Zehn Tage später kehrte er nach Hause zurück, in die mütterlichen Arme, und da duftete schon alles nach gepflügter Erde und frischem Grün.

Und jetzt ist es nicht einmal sicher, daß Bahtijar gelebt hat und daß ihr Geliebter ihn tatsächlich hat kennen können. Und wieder wird er sich unschuldig wundern, wenn sie ihm sagt, daß für sie ihre Liebe immer mehr einem Alptraum gleiche.

War es da verwunderlich, daß sich in ihr der uralte

Wunsch nach Weggehen wieder meldete, ein Wunsch, der zu jenem Zeitpunkt zur Entscheidung herangereift war, als sie Faruk begegnete, und von dem sie nur wegen ihrer Liebe Abstand genommen hatte. Ein wichtiger Teil ihres Planes in jener Nacht, als sie einander getroffen und den Mond angeheult hatten, war das Weggehen aus Sarajevo gewesen. Sie hätte, angesäuselt wie sie war, nach Haus gehen und dem Vater alles Notwendige erklären sollen, um am nächsten oder übernächsten Tag, befreit von der Familie und der Angst vorm Vater, nun für immer erwachsen – wegzugehen. So wäre wenigstens etwas zu Ende gewesen.

Seit ihren frühen Mädchenjahren träumt sie vom Weggehen, genaugenommen träumt sie davon, seit sie von sich selbst und von dieser Stadt weiß, aber in ihren frühen Mädchenjahren ist sie sich dieses Traums bewußt geworden. Es war ihr plötzlich klar, daß sie dieses Sarajevo immer schon als vorübergehenden Aufenthaltsort empfunden hatte. Mit fünfzehn sprach sie mit ihren Freundinnen darüber, daß es Orte gibt, die sich für die Entwicklung von Schwerindustrie eignen, andere, die sich für den Weizenanbau eignen, und wieder andere, die sich zum Weggehen eignen, und Sarajevo sei das beste Beispiel einer Stadt, die sich zum Aufgeben eigne. «Das ist meine intime Geographie», sagte sie in jenen Jahren, «und in dieser Geographie heißt es von Sarajevo nur: ein idealer Ort zum Weggehen.» Später, als sie es ein wenig kennengelernt hatte, weitete sie ihre Definition auf ganz Bosnien aus.

Sie wußte nicht, wohin sie gehen würde. Von allen anderen Teilen der Welt hatte sie nur sehr vage Vorstellungen, die auf spärlichen Informationen beruhten, und keine Gegend der Welt zog sie aus bestimmten Gründen besonders an. Deshalb wußte sie nur, daß sie wegwollte, und zwar dringend. Egal wohin. «Das ist das einzige, was an Bosnien etwas taugt», sagte sie als Studentin, «nur aus Bosnien kannst du weggehen, ohne dich zu fragen, wohin. Es ist egal, denn auf alle Fälle wirst du es dort besser haben – wo immer und wie immer das sein wird.»

Mit zwanzig entdeckte sie, daß Venedig ihr Ziel war und sie sich mehr als alles auf der Welt wünschte, dort zu leben. Sie belegte sogar einen Italienischkurs, um gut vorbereitet zu sein, wenn die Stunde schlug. Sie fragte sich nicht, warum gerade Venedig, es gab ja so viele Städte, über die sie genausowenig wußte. Bordeaux zum Beispiel, über Bordeaux wußte sie zwar viel mehr als über Venedig, dort wird die Farbe gemacht, die sie nicht mag, obwohl sie ihr steht (sie mag sie wohl nur deshalb nicht, weil sie als kleines Mädchen in ein festliches Kleid von dieser Farbe gesteckt wurde, das ihr Tante Ajsa geschenkt hatte). Aber warum nicht Budapest oder New York? Über beide weiß sie garantiert noch weniger als über Venedig.

Daß sie ihre Wahl nicht hinterfragte, war für sie der Beweis ihrer Wahrhaftigkeit, denn nur das, was ganz natürlich und deshalb ganz wahrhaftig ist, braucht keine Gründe, die man kennen müßte. In ihrer und in der Natur Venedigs liegt es, daß sie dorthin geht, so wie es in der Natur Bosniens liegt, daß sie es verläßt.

Sie machte ihr Diplom und begann zu arbeiten, sie heiratete und ließ sich scheiden, stets zum Weggehen bereit. Im Laufe dieser fünf, sechs Jahre lernte sie, über Venedig in vertrautem und beiläufigem Ton zu sprechen, wie man eben über die Stadt spricht, in der man lebt, und wie sie über Sarajevo ihrer Meinung nach nie gesprochen hatte. Mit besonderer Betonung übte sie einen Satz ihrer Freundin Rada ein, Venedig sei die schönste Stadt des Orients, denn sie liege hoch im Norden und tief im Westen; sie lernte ohne besondere Betonung und eher obenhin zu sagen, die Fäulnis dort rieche so stark und schamlos, daß selbst die Treppengeländer erotisiert seien; sie merkte sich die Namen einiger Lokale und lernte sie so auszusprechen, als würde sie sehr viel verschweigen, weil sie genau wisse, was ihr Name in Wirklichkeit bedeute. Mit einem Wort, sie wurde Venezianerin genug, um dorthin gehen zu können, wenn sie geschieden war; diesen Teil ihres Lebens empfand sie tatsächlich als abgeschlossen. Sie fühlte förmlich, wie ihr die Vorläufigkeit schon bis zum Hals stand, und Vorläufigkeit ist alles, was sie und Sarajevo verbindet. Dann begegnete sie Faruk.

Ihr Venedig wurde eines der Themen, über die sie endlos reden konnten. Sie verzichtete nicht aufs Weggehen, sie fand sich zu keiner Verzichtserklärung bereit, statt dessen verwandelte sich ihr Wunsch wegzugehen in ein endloses Gespräch ohne Gründe und Folgen, ohne Aussicht auf ein Resultat. Vielleicht war es gar nicht mehr der Wunsch nach Weggehen, sondern das Bedürfnis, darüber zu reden, und wenn doch einmal der Wunsch nach wirklichem Weggehen aufblitzte, dann war er so schwach, daß er sich im Gespräch ganz verbrauchte. Hatte sie sich bei Faruk angesteckt und begonnen, die Realität in Worte umzugießen, oder war ihre Liebe tatsächlich so überwältigend, daß sie keine anderen Bedürfnisse mehr kannte, auch nicht dieses bosnische Grundbedürfnis – wegzugehen? War ihre Verbindung mit Faruk so stark, daß alles in ihr, sogar ihre Sehnsucht nach der fernen, fremden Stadt, zum Stoff für diese Verbindung wurde? Darauf hätte sie keine Antwort gewußt, aber sicher ist, daß sie bis vor kurzem tatsächlich kein Bedürfnis mehr verspürt hatte wegzugehen.

Erst vor ein paar Monaten war es wieder aufgetreten, vielleicht in dem Moment, als Faruks ständiges Variieren seiner Erinnerungen sie plötzlich störte. Hatte er sich von ihr entfernt? Nein, bei ihm hatte sich nichts verändert, wie im übrigen auch bei ihr nicht, nur daß ihr auf einmal nicht mehr genügt, was nun fast drei Jahre anhält. Er ist ein guter Mensch, sie liebt ihn, alles in Ordnung, aber es ist nicht mehr zu ertragen, daß allem, was sie tun und sind, Realität und Leben fehlen. Sie würde ihrer Verbindung gern ein wenig Fleisch hinzutun, ein wenig Körper, ein wenig irdische Unreinheit, die nicht besonders schön sein mag, dafür aber lebendig ist. Außerdem löst sich in diesem Wirrwarr seiner unterschiedlichen Erinnerungsversionen auch Faruks Gesicht auf, das in ihren gemeinsamen Jahren der Garant einer gewissen Beständigkeit gewesen ist. Vielleicht ist gerade Faruk, so wie sie ihn gekannt oder sich zumindest vorgestellt hat, jenes Beständige gewesen, das den Wunsch nach Weggehen unterdrückt hat, doch jetzt, in diesem Wirrwarr der Erinnerungen, die vielleicht ausgedacht sind, die sich aber auf jeden Fall ständig ändern, zerfließt dieser Faruk, zerfällt, vergeht. Wo ist er, und wie ist er wirklich?

Weißt du, daß die Lagune jetzt nach faulem Fisch stinkt? fragte sie Faruk, der schläfrig an die Decke blinzelte. Weißt du, daß Venedig jetzt feucht ist vom eisigen Regen, aufreizend von schweren Düften und teuflisch erregend, lebendig, leidenschaftlich?

Sie wußte, daß Faruk mit einer langen Tirade antworten würde, der sie nicht besonders aufmerksam lauschen und die sie doch ärgern wird. Aber sie mußte es sagen, denn sie wußte, daß es ihn ärgerte, und sie mußte ihn ärgern, weil sie sich nur so dafür rächen konnte, daß er in ihr das Bedürfnis nach Weggehen wiedererweckt hatte.

8

Vielleicht zeigt sich das Ausweglose der Menschen von hier, ihr hilfloses Unvermögen, Vollkommenheit und Individualität zu erlangen, sich als menschliches Wesen zu vollenden und dank dessen etwas allein und im eigenen Namen zu entscheiden und durchzusetzen, vielleicht zeigt sich, sage ich, dieses hoffnungslose Gefangensein der Leute im eigenen Dunst und Klüngel nirgends so nackt und schmerzlich augenfällig wie in einer ihrer Lieblingsvergnügungen, die natürlich weit mehr ist, weil darin ihr tiefster und größter Wunsch und zugleich ihre wahre Geistesverfassung zum Ausdruck kommt. Das deprimierende Bild dieser Ausweglosigkeit der Menschen von hier ist der sogenannte *narodno kolo*, der Volksreigen.

Der hiesige Mensch tanzt den Kolo, wenn ihn eine unbändige Freude erfüllt, jene Wonne, in der Seele und Körper miteinander in Einklang sind und die von innen kommt und nach außen drängt, die hinaus muß wie eine körperliche Geste, weil sie den Geist erfüllt und den Körper erfaßt. In solch starken Momenten der Verzückung faßt er die anderen Menschen an den Händen und beginnt zu hüpfen, in der Hoffnung, auf diese Weise dem, was in ihm ist, Gestalt zu geben und die ihn erfüllende Verzückung und Spannung zu mäßigen. In ihm ist also jene Wonne, die sein ganzes Wesen erfüllt, deren körperliches Moment nur durch die Bewegung, deren geistiges Moment hingegen allein durch die Anordnung und Abfolge, also durch Regeln und ihre Einhaltung ausgedrückt werden kann, weil sich die Seele an der Ordnung freut wie der Körper an der rhythmischen Bewegung. Dann tanzt der hiesige Mensch seinen Kolo, er springt und hüpft nach einem aufgegebenen Muster, womit er seinen Geisteszustand und seine

Beseeltheit ausdrückt, seine Bereitschaft für die Ordnung und die tiefe Freude seiner Seele.

Wie sieht dieser Ausdruck unserer Verzückung aus, und was sagt er über uns? Schon die Bezeichnung Kolo, Ringtanz oder Reigen verrät, daß er einen Kreis bildet oder eine Kreisbewegung vorschreibt. Meine Hände sind mit den Händen der Nachbarn fest verschlungen, und so sind wir, Hand in Hand, zu einer Kette verbunden, die sich am Schluß, wenn alle einbezogen sind, zum Kreis schließt. Zu einer vollkommenen, geschlossenen Form, die sich einzig um ihre leere Mitte bewegen oder, wenn dir die Formulierung lieber ist, sich lediglich leer drehen kann. Wie aber sieht dieses Leerdrehen aus? Im selben Augenblick heben wir alle den rechten Fuß, im selben Augenblick knicken wir alle im linken Knie ein, im selben Augenblick stampfen wir alle mit dem rechten Absatz auf unsere Alma Mater ein, unser schwarzes Erdreich, um sie mit diesem Tritt zu strafen und zu preisen, daß sie uns so hervorgebracht hat, wie wir sind, unfähig, die Strafe vom Lobpreis und den Tritt vom Ausdruck der Dankbarkeit zu trennen. Wir stampfen mit aller Kraft auf unser schwarzes Mütterchen Erde ein, um diese Verzückung, die unsere Augen zum Glänzen, unsere Stirnen zum Glühen, unsere Halsschlagadern zum Anschwellen bringt, keuchend, gurgelnd, jauchzend auf sie zu übertragen, über sie auszugießen. Dabei schwitzen meine Hände, mein Schweiß mischt sich mit dem Schweiß der Menschen neben mir, meine Augen füllen sich mit den Gesichtern der Menschen, die mir im Kreis gegenüberstehen und zur Grenze meiner Verzückung und meiner Welt werden, denn sie sind mein Gegenüber. Meine Füße haben sich als ihre beste und vielleicht endgültige Möglichkeit den Bewegungsablauf zu eigen gemacht, den sie nun bis zur Besinnungslosigkeit wiederholen, meine Verzückung hat sich mittlerweile ganz so gesteigert, wie es der Kreis verlangt, in dem ich gefangen bin, in dem wir gefangen sind, jetzt und für immer. Denn aus dem Kreis gibt es kein Entrinnen, ob er sich dreht oder steht. Deshalb lösen sich die Grenzen zwischen mir und den anderen auf. Unsere Gerüche vermischen sich, unsere Bewegungen und Formen gleichen sich an, unsere Entrückung fließt in eine einzige, allgemeine Entflammung zusammen. Ich kann ihn nicht mehr verlassen, denn es gibt mich nicht mehr.

Ich möchte den Kolo nicht interpretieren und will mich auch nicht in Spekulationen über die ödipalen Neigungen der hiesigen Menschen ergehen, über ihre ödipalen Perversionen, die ja nur zu deutlich aus dem Bedürfnis ablesbar sind, mit dem Einstampfen auf die Große Mutter ihre Verzückung über beziehungsweise in sie zu ergießen, woraus sich problemlos das mentale Verlangen nach einem Diktator ableiten ließe, der ein strenger und gerechter Vater wäre. Ich möchte auch nicht über die selbstverliebte Dummheit sprechen, die die Geste der Dankbarkeit nicht von einem Fußtritt unterscheiden will und Dankbarkeit oder Anerkennung am liebsten durch Schulterklopfen ausdrückt. Das alles sind Deutungen, und ich möchte bei der reinen Objektivität bleiben, also bei der äußeren Beschreibung und bei der Geometrie.

Vergleichen wir unseren Kolo mit anderen Tänzen, etwa dem rituellen Tanz eines Volksstammes. Die sogenannten Wilden tanzen nach demselben Rhythmus und mit denselben oder ähnlichen Bewegungen, aber jeder tanzt für sich, von den anderen getrennt und seiner Einsamkeit überlassen. Vielleicht versetzt sie der Tanz in eine Art Trance, und vielleicht ist diese Trance die Verschmelzung der Persönlichkeit mit ALLEM und so auch mit den anderen, die im selben Rhythmus tanzen, aber der Weg eines jeden von ihnen bis zum ekstatischen Verströmen seiner Persönlichkeit ist völlig individuell und selbständig, ein Weg, der nur aus seiner Einsamkeit entspringt. Es mag schon sein, daß in diesem endgültigen Verschmelzen der Person mit jenem Allgemeinen jeder von unseren «Wilden» doch etwas Eigenes zurückbehält, obwohl das eigentlich unwichtig ist. Das wichtigste ist, daß man nur dann in Trance verfällt und sich in etwas Allumfassendes auflöst, wenn man für sich allein tanzt, losgelöst von den anderen, in tiefste Einsamkeit versunken. Deshalb kann unser Kolo zu keiner Verzückung führen, die stärker wäre als Kopfschmerz verursachende Trunkenheit.

Unserem Kolo stehen die modernen Tänze gegenüber, die aus dem Bedürfnis entstanden sind, die Intimität vor dem totalitären Rationalismus zu verteidigen, und die zu zweit, von einer Frau und einem Mann, getanzt werden. Ihr Tanz hat sozusagen keine inneren Gründe, sie tanzen nicht, um den höchsten Grad der Verzückung, die Vereinigung mit ALLEM, zu erreichen, sondern sie drücken im Tanz die Wonne ihrer Körper aus, sie zeigen, daß sie sich in ihrem Körper wohl fühlen und sich an ihm erfreuen. Sie berühren sich, schmiegen sich aneinander, vermischen ihre Körperdüfte, und es tut ihnen gut, sie haben Spaß daran, es genügt ihnen, denn ihr Tanz hat keinen Grund, der jenseits ihrer Körper läge, und kein anderes Ziel, als ihre Körper auf noch schönere und lustvollere Formen der Nähe vorzubereiten. Ihnen droht nicht die Gefahr der totalen Angleichung oder des Verströmens ineinander, denn zwischen ihnen ist eine Grenze, die sie klar und deutlich voneinander trennt wie zwei flache Spiegel. Sie verhalten sich sogar spiegelbildlich, denn ihr rechter Fuß folgt seinem linken, ihr linker Arm liegt auf seinem rechten... Sie ist sein Gegenüber und entspricht ihm vollständig, sie können niemals eins werden, und nur deshalb können sie sich nach einander verzehren. Einer bestätigt dem anderen die gegenseitigen Unterschiede und ermöglicht ein schönes Spiel gleichzeitigen Übereinstimmens und Kontrastierens.

Unser Kolo bringt körperliche Gründe und geistige Ziele durcheinander, er strebt nach geistiger Vereinigung durch körperliche Übereinstimmung und nach körperlicher Annäherung durch Verwischung der geistigen Unterschiede. Der rituelle Tanz hingegen ist ein geometrischer Wirrwarr, in dem die Körper getrennt sind und die Seelen, dank dem einheitlichen Rhythmus, aus ihrer äußersten Einsamkeit zu allumfassender Einheit aufsteigen. Der Paartanz schließlich ist ein geordnetes geometrisches Spiel von Ähnlichkeit und Gegensatz, ein Ausdruck von Symmetrie, der die inneren Unterschiede größer werden läßt. Alles das ist im Kolo durcheinandergeraten, aus Symmetrie wird Gleichheit und Verwischen der Unterschiede, er vollendet sich im Kreis, wo die eine Hälfte mit der anderen identisch, ja austauschbar sein muß. Den Überschuß an geometrischer Ordnung, der sich in seiner Kreisform zeigt, kompensiert der Kolo durch ein extremes inneres Durcheinander, in dem sich die vielfältigsten menschlichen Seelen zu einem trunkenen Gebrodel vermischen, das sich nur noch durch unartikuliertes Jauchzen ausdrücken kann.

Darum handelt es sich ja gerade: Der rituelle Tanz mit seinen hochartikulierten Bewegungen führt dein Inneres über die Artikulation hinaus oder verläßt, wenn man so will, den Bereich der Artikulation; der Paartanz – die reine Artikulation, da bloße Abfolge vorgeschriebener Bewegungen, von allem Inwendigen entleert – ermöglicht dir in vollkommener Weise, jene Seite deines Selbst zu artikulieren, die vom Tanz erfaßt ist, und an diesem Teil deines Selbst, dem einzigen, den dir dein Tanz zubilligt, dein Genügen zu finden; die einzige Artikulationsform hingegen und der höchste Grad der Harmonie, zu dem dich unser Kolo führen kann, ist der unbändige Jauchzer. In diesem blinden Wirbel, in dieser trüben Mischung aus Körpergerüchen und trunkener Begeisterung, kannst du nichts erkennen, nichts ordnen und in eine endgültige Form bringen, was dein wäre. Das einzige, was du noch kannst, ist dumpf zu jauchzen und dir weiszumachen, daß es wunderschön ist, wenn dein dumpfer Jauchzer spurlos im Chor der anderen, ebenso dumpfen Jauchzer untergeht, wenn er zu einem einzigen unartikulierten Schrei verschmilzt, der nichts ist als ein ohrenbetäubender dummer Jauchzer.

So verhält es sich damit, meine liebe schöne Prinzessin. Wer einmal im Chor gejauchzt hat, der preßt keine klare menschliche Rede mehr aus sich heraus. Vielleicht könnte er es noch irgendwie, aber nach dem Blöken in der Herde kommt ihm die Rede eines Menschen so schwächlich, kraftlos und lächerlich vor, daß er sich seiner menschlichen Stimme fast schämt und seinen Lauten, die so schwach, kraftlos und verloren sind, einfach keinen Glauben mehr schenkt. Und dazu fürchtet er sich noch, er fürchtet sich schrecklich vor dieser Schwäche und Einsamkeit.

Außerdem kannst du den Kreis nicht verlassen, denn aus dem Kreis kannst du nur in die Leere hinausfallen, von der der Kreis immer umgeben ist, da nach der Definition das leer ist, was nicht umgrenzt ist. Ich will damit sagen, daß du den Kolo nicht verlassen kannst, aus ihm kannst du nur herausgeworfen sein, selbst dann, wenn du ihn aus eigenem Willen verlassen hast. Doch auch wenn du weggehst und selbst wenn du sehr weit kommst, bist du von ihm gezeichnet und hast dich nicht von ihm freigemacht, denn er hat deine Welt zum Kreis geformt. Wie weit du auch fortgehst, deine Hände riechen nach fremdem Schweiß, auch wenn du nur einmal im Kolo getanzt hast, selbst wenn du nur zugesehen hast. Nie wird dein Körper die fremden Gerüche loswerden, nie werden deine Augen wieder rein von den erhitzten Gesichtern und den glühenden Augen, die dir gegenüber im Kolo gehüpft sind, deine Ohren werden nie wieder eine menschliche Rede vernehmen und begreifen können. Wo du dich auch befindest und wie weit du auch gelangt sein magst, du bist vom Kolo gezeichnet, mehr noch, du wirst sein Brandmal nicht los, und zöge man dir die Haut vom Leibe. Die fremde Begeisterung prägt dich tiefer als jedes Siegel. Sie ist Teil jener einzigen dumpfen Begeisterung, in die ihr verwandelt und von der ihr alle verschluckt wurdet, als du das erste und einzige Mal im Kolo getanzt hast. So stehen die Dinge, und das ist euer Schicksal. Wo immer ihr seid, was immer ihr tut, ihr wippt in eurem Kolo, ihr tragt ihn mit euch herum, denn er ist in euch, und ihr seid er.

Daran ist nicht der Kolo schuld, sondern ihr. Er ist so, weil ihr so seid, er ist einfach euer Ausdruck. Ihr seid nicht ehrlich genug für den rituellen Tanz und nicht diszipliniert genug für den vornehmen und inhaltslosen Tanz zu zweit. Ihr seid zu verdorben für die sogenannten Wilden, und ihr seid zu wild für den selbstgenügsamen Paartanz. Der Kolo zeigt einfach, wie ihr seid, und nicht der Spiegel ist schuld, wenn das Gesicht häßlich ist. Deshalb schlag dir das ganze Weggehen und all die Träume vom Weggehen aus dem Kopf. Ihr könnt nicht weggehen; die einzige wahre Reise ist der Weg aus sich selbst, doch dazu seid ihr nicht fähig, denn ihr besitzt euch nicht selbst – ihr seid nicht in euch, sondern im Kolo.

Alles das sage ich, weil ich spüre, daß es dir mit deinem Wunsch nach Weggehen jetzt ernst ist. Seit wir uns kennen, quatschen wir über dein Weggehen, so wie hier über alles gequatscht wird – über Fortschritt und Gerechtigkeit, über Reichtum und ferne Länder, über Fußball und das Leben im Jenseits, über fremde Frauen, die man gern gehabt hätte, und über seine eigene, die man ertragen muß. Der Kolo erklärt dir, weshalb man hier soviel redet: wegen der mangelhaften Ausgeprägtheit eurer Innenwelt könnt ihr eure Wünsche nicht ordnen, ihr müßtet die unwichtigen unterdrücken, damit die wichtigen so stark werden, daß ihr sie zur Ausführung bringen und im realen Leben befriedigen könnt; doch ihr wünscht euch ständig alles, und eure Wünsche sind so hilflos und so schwächlich, daß ihr sie mit dem bloßen Reden über sie befriedigen könnt. So war es auch mit deinem Weggehen, und deshalb habe ich darüber auf diese Weise mit dir gesprochen. Jetzt ist es anders, jetzt möchtest du tatsächlich weggehen, aber ich weiß, daß du es nicht tun wirst, denn ihr könnt nicht, ihr bringt die Kraft dazu nicht auf, wie ihr sie auch für nichts anderes Nutzbringendes aufbringt.

Bei dir ist es nicht so, sagte Azra abwesend, als Faruk schwieg.

Vielleicht ist es auch bei mir so, vielleicht rede ich mich gerade deshalb so in Rage, weil ich mich nicht damit abfinden kann.

Das war keine Frage an dich, sondern eine Folgerung. Bei dir ist es wirklich nicht so, aber ich glaube nicht, daß dir es zum Vorteil gereicht.

Warum gehe ich dann nicht, Philosophin? Glaubst du, ich hätte nicht den Wunsch gehabt? Glaubst du, ich hätte nur auf deine Eröffnung gewartet, daß man von hier auch weggehen kann? fragte Faruk.

Auch du kannst vermutlich nicht weggehen, aber aus

anderen Gründen. Um von irgendwo weggehen zu können, mußt du zuerst dort gewesen sein; um zum Abtrünnigen zu werden, mußt du zuvor dazugehört haben. Man kann nur von einem Ort weggehen, an dem man tatsächlich ist. Aber du bist ein Fremder, du bist wie dein Farnak. Deshalb sind wir wahrscheinlich einer zum anderen verurteilt – ich, die ich weggehen möchte und es nicht kann, und du, der du egal wohin kommen möchtest und es nicht kannst.

Anfangs lachten sie darüber, daß dieses Gespräch ein solches Ende genommen hatte, doch dann gerieten sie in Streit, weil Faruk meinte, sie mache sich über ihn lustig, aber schließlich brachten sie diesen Tag doch noch zu einem schönen Ende. Ein Tag, an dem Faruk seinen Onkel beerdigt hatte, ohne ans Grab gegangen zu sein, an dem sie ohne Grund nach Jablanica gefahren und zurückgekehrt waren, ein Tag, an dem viel schwerer nasser Schnee auf sie gefallen war.

9

Es war alles wegen des Geburtstags gewesen.

Seit der Vater fort war, hatte sich die Mutter ganz auf ihn gestürzt und ihn ohne Unterlaß herausgeputzt, gewaschen und gekämmt, als wäre es für einen Jungen die wichtigste Sache auf der Welt, gekämmt und gewaschen zu sein. Dann war ihr auch das zuwenig, und sie hatte Vaters Anzug herausgeholt und für ihn geändert, als ob sie nicht noch einen älteren Sohn und zwei Töchter hätte. Obwohl er noch nicht in die Schule geht und das Recht hat, ungewaschen, staubig und zerrissen herumzulaufen wie alle normalen Kinder, wird er ständig zurechtgemacht wie ein Mädchen und kann deshalb nicht so mit den anderen Kindern spielen, wie er es gern getan hätte. Ihm gefällt es bei Bahtijar, und er weiß sich keinen besseren Freund als ihn, aber es wäre vielleicht gut, noch einen anderen besten Freund zu haben, zumindest damit er sich mit Bahtijar ab und zu streiten kann und es nicht immer nach seinem Willen geht. Außerdem ist es unfair, daß alle neuen Sachen er bekommt und tragen muß, während sein älterer Bruder, der in die Schule geht und von Rechts wegen die neuen Sachen tragen müßte, das Recht hat, in alten Sachen zu gehen, als ginge er nicht zur Schule.

Damit konnte man der Mutter nicht kommen. Frau Doktor Jelena hatte ihr erklärt, er sei empfindlich und noch längst nicht auf dem Damm, und die Lungenentzündung sei von seiner Empfindlichkeit gekommen, nicht daher, daß es kalt war und der Schnee himmelhoch lag, alles mögliche hatte sie ihr über ihn erzählt, obwohl sich die beiden gar nicht so oft sahen und er mit ihren Kindern nur spielte, wenn er mußte. Daraufhin erzählte die Mutter jeder Frau davon, die ins Haus kam und sie beim Ändern von Vaters Hemd, Hose oder Pullover antraf. Jedes dieser Gespräche endete mit Mutters Tränen und mit der Geschichte, wie er losgezogen sei, um bei diesem Wetter Zucker für sie zu kaufen. Natürlich erwähnte sie nie, daß er auch deshalb losgegangen war, weil sie vor den anderen Leuten geweint hatte, obwohl jeder weiß, daß nicht einmal Kinder vor fremden Leuten weinen dürfen. Nach all den Schrecken, die sie ihm mit dem Waschen, Kämmen und Herausputzen bereitet hatte, kam die Mutter auf die Idee, er müsse auch einen richtigen Geburtstag haben.

An alldem war abzulesen, daß sich der Tag von Vaters Weggang jährte: wieder war es kalt, wieder fielen Unmengen Schnee, wieder konnte man mehrere Tage lang nicht aus dem Haus. Nur Bahtijar schaute gelegentlich herein, und Ivan Radoš kam, wenn er Kohle und Holz anlieferte. Er hörte, wie seine Mutter den Besuchern beteuerte, sie werde alles tun, damit er dasselbe bekomme wie die anderen Kinder und noch mehr. Sie sagte, er werde immer aufgeregter, je näher der große Tag komme, sie werde etwas besonders Schönes und Fröhliches für ihn veranstalten, sie sehe alles schon ganz deutlich vor sich, etwas, das ihn ganz beschäftigen und vor der Erinnerung an das bewahren werde, was ihn fast umgebracht hat. Sie hatte die Idee, eine Geburtstagsfeier für ihn auszurichten, wie Frau Doktor Jelena sie ihren Kindern immer bereitete.

Als er merkte, was auf ihn zukam, bat er Bahtijar, die Mutter von ihrem Vorhaben abzubringen. Was sollte er, um Gottes willen, mit einem Geburtstag?! Was hatte er verbrochen, daß man für ihn eine Geburtstagsfeier veranstaltete, und womit hatte er verdient, daß man ihm das antat, was Frau Doktor Jelena ihrem Miro antat, dem es schlechter ging als jedem Mädchen? Bahtijar wand sich, er sah zur Seite und versuchte ihn zu überzeugen, daß ein Geburtstag zu den geringeren Übeln zählt, die einen anständigen Menschen treffen können.

Du hast Kämmen und Zähneziehen ertragen, du wirst auch den Geburtstag überstehen, mein Junge, sagte Bahtijar. Außerdem ist es nichts gegen das, was dich in der Schule erwartet oder in der Liebe und überhaupt im Leben. Man gewöhnt sich zum Glück daran, wenn dein Schicksal will, daß du es erlebst.

Kommst du denn? fragte er Bahtijar listig, als er sah, daß ihm sein bester Freund nicht helfen und der Geburtstag ein Verhängnis werden würde.

Nein, ich werde am Tag danach kommen. Weißt du, mir gebührt kein Platz unter euch.

Ich kann auch am Tag danach kommen, wie jeder Feigling und Verräter. Aber man muß ein ganzer Kerl sein und dann kommen, wenn Geburtstag ist.

Ich bin zu alt. An deinem Geburtstag sollen deine Spielkameraden kommen.

Du bist mein Kamerad, weil du mein bester Freund bist. Oder soll ich an meinem Geburtstag zu dir kommen, und wir gehen dann am Tag danach zu mir?

Das geht leider nicht, denk an deine Mutter.

Dann mußt du auch kommen. Du bist mein Freund, denk an mich.

Gut, ich werde kommen, stimmte Bahtijar am Ende zu, und es zeigte sich eine kleine Hoffnung, daß doch alles gut ausgehen könnte.

Ach, du kommst ja doch nicht, sagte er, als Bahtijar sich zum Gehen wandte. Man muß ein Geschenk mitbringen, und du hast doch nichts zum Mitbringen, aber bitte, komm trotzdem, komm einfach so, ich tue so, als ob du was mitgebracht hättest, und sage allen, daß du was mitgebracht hast.

Vielleicht finde ich etwas zum Mitbringen, mach dir keine Sorgen.

Alle Nachbarn schickten ihre Söhne, und Ivan hatte Stipe und Frane gezwungen, sich festlich herauszuputzen, als ginge es in die Messe. Die Mutter hatte ein kleines Blech Lokumkonfekt gemacht und den Kindern vorgesetzt, die sich darum drängelten, als ob morgen kein Tag mehr käme und die Lokumstücke nicht beliebig lange daliegen könnten. Nachdem sie in kürzester Zeit das Blech leergeputzt hatten, saßen die Kinder verlegen da; niemand wußte, was man an einem Geburtstag anfangen soll, wenn das Konfekt verspeist ist, und auf Grund dieser Verlegenheit bekamen alle immer schlechtere Laune und verfielen in eine Art Traurigkeit. Stipe und Frane hatten nicht einmal vom Lokum gekostet, sondern nur aufgeplustert und beleidigt dagesessen, weil sie so fein rausgeputzt waren und achtgeben mußten, obwohl kein Sonntag war und sie nicht in die

Kirche gingen. Auf einmal sahen alle ihn an, vielleicht in der Erwartung, daß er wisse, was jetzt zu tun sei, denn es war sein Geburtstag und seinetwegen hatte man sie in diese Küche gequetscht, doch er saß wie auf Nadeln, trauerte der Unmenge Lokum nach und hoffte auf Bahtijar, wobei er so tat, als würde er nicht auf ihn warten und es wäre ihm alles egal.

Es wurde immer qualvoller. Man kann nicht so lange herumsitzen – wenn du nicht weißt, was du mit dir anfangen sollst, wenn du dich nicht unterhalten kannst, weil die Älteren da sind, und du dir nicht irgendein Spiel ausdenken kannst, weil du keine Ahnung hast, was und wie man an einem Geburtstag spielt. Er fühlte sich von Anfang an schlecht und an allem schuld, denn er wußte, daß er wichtig zu sein hatte, daß sich hier alles um ihn drehte und seinetwegen veranstaltet wurde, er wußte, daß er etwas Besonderes tun müßte, denn seinetwegen lief hier etwas Besonderes ab. Doch wie etwas Besonderes tun, wenn du ganz einfach zu nichts Lust hast? Wie irgendwo eine Hauptperson sein, wenn es dein einziger Wunsch ist, nicht hier zu sein? Jetzt wird er schon ganz offen angesehen, jetzt spürt man schon deutlich die Wut dieses kleinen Kollektivs auf seinen lustlosen Anführer, der er nur deshalb geworden ist, weil er der Hausherr ist, und der, das ist jetzt offenkundig, die Sache weder in die Hand nehmen kann noch will.

Was machen wir jetzt? fragte Omer, als es nicht mehr auszuhalten war.

Jetzt geht jeder nach Haus, antwortete er. Ihr habt gegessen, euch aufgewärmt, herumgesessen und euch aneinander satt gesehen, und jetzt könntet ihr eigentlich nach Haus gehen.

Er hatte es in der Absicht gesagt, sie zu verletzen und sich so an ihnen zu rächen, weil sie überhaupt gekommen waren und Zeugen seines Geburtstags geworden waren, weil sie das Lokum aufgegessen hatten und sicherlich auch, weil ihretwegen Bahtijar nicht kommen konnte. Er hatte es in der Hoffnung gesagt, er könnte, wenn er sie verletzte, seine Wut und Erniedrigung über sie ausgießen, seine Enttäuschung und Trauer wegen Bahtijars Verrat, aber er hatte sie, nach ihnen zu urteilen, gar nicht verletzt, denn sie waren einfach aufgestanden und weggegangen.

Bis zum späten Nachmittag saß er trübsinnig am Fenster, erduldete die mütterliche Zärtlichkeit, ertrug den Spott der Schwestern und des älteren Bruders wegen des Geburtstags und sah zu, wie der Schnee fiel und die Welt zuschüttete. Ihm war schrecklich zumute, aber er beschloß, stolz zu leiden und nicht zu Bahtijar zu gehen, und sollte er krepieren. Man weiß, wer am heutigen Tag der Verräter ist und wer den ersten Schritt tun muß, wenn ihnen beiden an ihrer Freundschaft gelegen ist. Doch am späten Nachmittag, als es völlig klar war, daß Bahtijar nicht mehr kommen würde, zog er sich an und lief zu seinem Haus.

Er war fest entschlossen, nicht mit ihm zu reden, ja nicht einmal seine Erklärung anzuhören, wie immer sie lauten würde. Er würde ihm nur sagen, wie sich wahre Freunde benehmen, wie sich ein Mensch zu benehmen hat, wenn er Freunde haben will, und zum Schluß erwähnen, daß es keinen größeren Schmerz gibt als den Verrat eines Freundes. Vielleicht hätte er dem Geburtstag auch entkommen können, wenn er, sein bester Freund Bahtijar, ihm nicht zugeredet und sein Kommen versprochen hätte. Alles wird er ihm sagen, und dann wird er sich traurig abwenden und wieder nach Hause gehen. So wird er es machen.

Bahtijar öffnete nicht, und das traf ihn schlimmer als alles, was vorangegangen war. Er mußte ihn gesehen haben, er konnte doch unmöglich denken, es wäre ein anderer, den er vielleicht nicht gern in sein Haus ließe. Er mußte zu Hause sein, jeder wußte, daß Bahtijar nirgends hinging, wenn es kalt war und man draußen nicht herumstromern konnte. Demnach wollte Bahtijar ihm, seinem besten Freund, nicht öffnen, er sieht keinen Grund, eine Erklärung für sein Verhalten zu geben. Vor Verletztheit und Wut fast erstickend, warf er sich gegen die Tür, und sie ging auf, fast wie von selbst. Am anderen Ende seines einzigen Zimmers, dem Blick sowohl vom Fenster als auch von der Tür her verborgen, lag Bahtijar, regungslos und kalt.

Am nächsten Tag war er wieder die Hauptperson und der unfreiwillige Anführer der anderen Kinder. Buchstäblich der Anführer, denn er trug vor den anderen Kindern das Brett, mit dem er seinen besten Freund im Grab zudecken würde. Alle benahmen sich so, als wäre er die Hauptperson, auch die Erwachsenen, denn alle wußten, daß er als einziger trauerte, weil er als einziger Bahtijar geliebt und ihm nahegestanden hatte. Doch nur er wußte, daß er die Hauptperson war, weil er schuldig, und nicht, weil er Bahtijars Freund war, denn er und Bahtijar waren seit dem Tod Hajrudins Freunde, und nur deshalb ist er heute die Hauptperson. Bahtijar ist gestorben, weil er, Bahtijars Freund Faruk, Geburtstag hatte, zu dem Bahtijar nicht kommen konnte, weil er nichts zum Mitbringen hatte. Bahtijar ist gestorben, weil er seinen Freund nicht verraten wollte, er ist gestorben, um seinen Freund nicht verraten zu müssen. Sein Freund ist also schuld, daß er gestorben ist, derselbe Freund, der so wütend gewesen war über seinen Verrat.

So hatte er Bahtijar begraben, während der Schnee rieselte, als sei die Zeit reif, um die ganze Welt zuzuschütten, vielleicht unter genau solchem Schnee, wie er vor einem Jahr gefallen war, als sein Vater von ihm gegangen war. So fühlte er außerdem endgültig und für alle Zeit, daß die Menschen, an denen ihm gelegen war, deshalb starben, weil sie ihn liebten. So regt sich wohl schon im Knabenalter das Gefühl der Schuld, und so vertieft und verstärkt sich die Schuld zum Grundgefühl des Lebens, je früher sie sich gezeigt hat.

10

Findest du nicht, daß du wahnsinnig bist, mir auf der Hochzeit meiner Schwester solche Geschichten ins Ohr zu flüstern? Merkst du wirklich nicht, wie pervers das ist? fragte Azra wütend und bewunderte sich selbst, daß sie nicht schrie.

Warum? fragte Faruk unschuldig zurück, wie es zu erwarten war. Hochzeiten und Beerdigungen sind die einzigen Rituale im Leben des heutigen Menschen, die einzigen Ereignisse, die ihn vor Zeugen in einen qualitativ neuen Zustand überführen. Deshalb scheint es mir nur natürlich und völlig legitim zu sein, daß man sich bei der Teilnahme an dem einen des anderen erinnert. Sie sind wesensmäßig verbunden, und so sind sie es auch in meinem Bewußtsein, ob ich will oder nicht.

Sie forderte ihn auf, sich mit ihr einen Ort zu suchen, wo sie ruhiger und vor weniger Zeugen miteinander sprechen konnten, und Faruk folgte ihr mit einem einfältigen Lächeln und fragte, ob weniger Zeugen bedeute, sie wolle ihm eine kleben. Sie gab keine Antwort, weil sie sich innerlich auf das Gespräch vorbereiten wollte, ein Gespräch, bei dem sie ihm ruhig und konzentriert sagen würde, was sie schon längst hätte sagen müssen, was sie ihm aber aus Angst vor einem Übermaß an Emotionen nicht gesagt hatte, aus Angst vor allzu langen Erklärungen, aus Trägheit...

Seit heute morgen lief bei ihr alles so, wie es nicht sollte, und danach zu urteilen, fügte sich dieser Tag in die Reihe jener scheußlichen Tage, an denen sich alles gegen sie verschworen hat, an denen die Menschen genau das zu ihr sagen, was sie nicht hören möchte, an denen sie im selben Moment, wo sie etwas sagt oder tut, schon weiß, daß es genau das ist, was sie in diesem Moment nicht hätte sagen oder tun dürfen. Deshalb ist heute vielleicht der richtige Moment für ein abschließendes Gespräch mit Faruk, ein Tag, an dem die Unglückskette verfehlter und dummer Tage, an denen alles gegen sie ist, vielleicht unterbrochen werden kann. Sie hoffte, daß alles klarer und einfacher sein würde, wenn sie die Dinge mit Faruk ins reine gebracht hat.

Alles hatte vor gut zehn Tagen begonnen, als ihre Schwester vorschlug, eine gemeinsame Hochzeit auszurichten, das wäre großartig, aufregend und sehr interessant (in der Welt dieser kleinen Gans ist interessant das größte Lob, das sie für irgend etwas aufbringen kann, von den Netzstrümpfen bis zum heiligen Gral und von ihrem Gesprächspartner bis zu einer Landschaft, als sei die Welt mit allen Dingen, Menschen und Ereignissen darin zu dem einzigen Zweck geschaffen – sie zu unterhalten). Der Schwester schloß sich natürlich gleich die Mutter an, die den Vorschlag ausgesprochen vernünftig und den Zeitpunkt günstig fand. Azra wehrte sich nur schwach gegen diese Vorschläge und ohrfeigte sich innerlich selbst, um nicht einen von ihnen zu ohrfeigen, wütend und erniedrigt, überzeugt, daß ein derartiger Blödsinn unter allen Menschen, die je gelebt haben oder leben werden, nur ihr passieren könne – sich gegen etwas zu wehren, was man selbst möchte, etwas zurückzuweisen, was man sich mit aller Macht wünscht – das bringt wirklich nur sie zustande.

Einige Tage später teilte ihr die Schwester mit, daß Faruk von ihrer Idee begeistert sei. «Ich habe gesehen, daß du mit ihm darüber nicht reden wirst, weil du dazu nicht fähig bist», erklärte ihre Schwester. «Du findest es viel interessanter, eine Prinzessin oder deine eigene Tante zu spielen, als dich vor dem Mann, der dir gefällt, als normale Frau aufzuführen. Deshalb habe ich es für dich erledigt, ich habe mich mit Faruk unterhalten und ihn für dich geangelt. Der Mann ist begeistert, er meint, das sei sehr praktisch, er sagt, es hinge nur von dir ab.»

Darin besteht ja gerade das Problem, daß alles von ihr abhängt, aber wie das der kleinen dummen Gans erklären. Sie hat keine Lust, die Prinzessin zu spielen oder die eigene Tante, nach der ersten unrühmlichen Erfahrung hat sie aber ebensowenig Lust, in irgendeine andere Ehe hineinzuschlittern. Herr Faruk würde sich beweiben, wenn ihr daran gelegen wäre, vielleicht würde er sich sogar bemannen, wenn ihr daran gelegen wäre, aber eine Ehe kann nur dann gedeihen, wenn auch ihm daran gelegen ist. Aber ihm ist es mehr oder weniger egal. Ihm ist nur wichtig, daß sie zusammen sind und sich lieben, damit er bis zur Besinnungslosigkeit seine Einbildungen, seine Verstorbenen, seine Schuldgefühle, seine Ahnungen vor ihr ausspinnen kann... Alles andere ist ihm egal: Ob sie in einer bürgerlichen oder in einer wilden Ehe leben, ob als Verlobte oder als Verliebte, ob in einer eigenen oder in einer gemieteten Wohnung, ob sie Konserven essen oder menschliche Nahrung, ob sie sich in Seide hüllen oder in etwas, was gerade bei der Hand ist... Nein, das ist nicht egal, wenn du ein Ehemann sein willst!

Faruk will freilich nicht, und hier liegt das Problem. Sie möchte, daß Faruk ihr Mann wird, aber ein richtiger

Ehemann, kein Klotz am Bein. Sie liebt ihn, und er ist sicher ihr Typ, aber ein Alltagsleben, das sich darauf reduziert, was ihm wichtig ist, kann sie sich weder vorstellen noch akzeptieren. Ein in sich gekehrtes Leben, aufs Zimmer beschränkt, wo man Hirngespinsten nachjagt und bis zur Erschöpfung sein Inneres durchwühlt. Gut, sie könnte es auf sich nehmen, sie beide hin und wieder auszuführen oder etwas Eßbares ins Zimmer zu stellen, aber der Herr müssen vorher sagen, ob ihm daran gelegen ist und sie zumindest darum bitten, statt darauf zu warten, daß sie alles für ihn macht.

Sämtliche Vorbereitungen für das Großereignis hatte natürlich Azra am Hals. Restaurants mußten aufgesucht werden, Geschäfte, Juwelierläden, man mußte mit den Leuten reden und etwas aussuchen, man mußte Amra überzeugen, das zu nehmen, was ihr steht und gut aussieht, nicht das, was teuer ist, und obendrein mußte man den Auserwählten ihres Herzens ertragen, Nenad, diesen widerlichen Primitivling, der bei jeder sich bietenden Gelegenheit betont, daß Geld keine Rolle spiele, beim Geld dürfe man nicht sparen.

In diesen Tagen bekam sie Faruk fast nie zu Gesicht, und die wenige Zeit, die sie gemeinsam verbrachten, war zermürbend. Einmal warf sie ihm vor, daß er sie in dieser unangenehmen Lage im Stich lasse, und er verzog das Gesicht angewidert und erklärte, mit dieser Halbwelt würde er sich höchstens darauf einlassen, einen Kalbsschlegel auszusuchen. Sie stritten sich entsetzlich, denn Azra wurde wild wie eine Furie, am meisten tobte sie über sich selbst und ihr Talent, jedesmal genau das zu sagen oder zu tun, was unnötig oder tabu war. Sie wäre verrückt geworden, wenn Faruk in diesen Tagen bei ihr gewesen wäre, aber sie machte ihm Vorwürfe, daß er nicht da war; sie schrie ihn an, weil er ihre Schwester und ihren Schwager als Halbwelt bezeichnete und beklagte sich tagelang bei ihm, es mit dieser Halbwelt zu tun zu haben. Und weil sie genau wußte, wie dumm ihre Reaktion war, weil sie spürte, daß sie sich grundlos und mit falschen Argumenten stritt, gerade deshalb ließ sie nicht davon ab.

Am Tag nach dem großen Streit, in einem privaten Juwelierladen, wo Amra und Nenad sich für ein viel zu teures Armband entschieden, erklärte sie ihrem lieben Schwager, daß Geld eben doch ein Problem sei, denn Menschen, die es zu leicht verdienen, kommen nicht dazu, Geschmack zu entwickeln. Aber Geschmack und Finesse ließen sich nicht kaufen, und deshalb gebe es so viel Häßlichkeit auf der Welt, Häßlichkeit, die von der Halbwelt hartnäckig und mit aller Gewalt als Geschmackskriterium aufgestellt werde. Amra ließ diesen Vortrag schweigend über sich ergehen, aber am Nachmittag, unter vier Augen, erklärte sie ihr, daß es blöd sei, sich wegen so eines bescheuerten Idioten kaputtzumachen. «Du könntest was Besseres kriegen, wenn deiner es sich noch lange überlegt», beschwor Amra sie und erwähnte einen unheimlich interessanten Typen, einen guten Freund von Nenad, der ihr gegenüber angeblich erklärt hatte, er würde Azra in Venedig heiraten und dort die Flitterwochen mit ihr verbringen.

Den ganzen Nachmittag fühlte sie sich mies. Die kleine Blödfrau hat vielleicht sogar recht, Faruk überlegt es sich möglicherweise tatsächlich, und vielleicht reißt er sich gar nicht so darum, mit ihr verheiratet zu sein, wie sie denkt. Weiß Gott, was Amra und ihre Clique über sie erzählen, wenn sie schon bei der Hochzeitsreise nach Venedig sind. Faruk ist an allem schuld: an dem Spott, dem sie ausgesetzt ist, an der morgendlichen Situation im Juwelierladen und an dieser Jämmerlichkeit, die schlimmer zu ertragen ist als Tod, Krankheit und Alptraum. Faruk ist schuld.

Wieder tat sie das einzige, was man nicht tun durfte – sie lief zu später Stunde zu Faruk, um es mit ihm zu diskutieren. Zuerst wollte sie gleich an der Tür vorschlagen, jetzt am Samstag zu heiraten, gemeinsam mit der Kleinen; dann entschloß sie sich, es bleiben zu lassen, sie ist doch nicht verrückt, aus reiner Panik einen Idioten zu heiraten, der womöglich nicht einmal ein Mensch ist, sondern ein wandelndes Sammelsurium trauriger Erinnerungen; dann beschloß sie, ihm doch eine Chance zu geben, sie würde ihm vorschlagen, die Flitterwochen in Venedig zu verbringen, anstatt sich hier mit der Halbwelt auf einer fremden Hochzeit herumzuschlagen; am Ende kam ihr das alles seicht vor, der Schwere seiner Schuld unangemessen, und sie entschied, ihm an der Tür eine Ohrfeige zu geben und ihn zu fragen, womit sie es verdient habe, daß er sie dem Spott begriffsstutziger Halbwüchsiger aussetze.

Nichts von alledem geschah, denn Faruk war kreidebleich, gequält von seinem Magengeschwür, das ihn jedes Frühjahr anfallsartig heimsuchte. Wie konnte sie wütend sein, wenn sie ihn so sah? Und wer sonst sollte ihm alle Schweinereien verzeihen, die sie seinetwegen erduldete?

Es ist Frühling, Prinzessin, die Vögel kehren zurück und die Erinnerungen, mit diesen Worten erwartete Faruk sie an der Tür, indem er auf seinen Magen deutete und sich ein Lächeln abrang.

Die Vögel kehren zurück, und wer bei Trost ist, geht weg, die Leute gehen fort, antwortete Azra beim Eintreten und fragte sich, was sie mit diesem Unsinn sagen wollte.

Dann tranken sie einen jener schalen Tees, für die Faruk berühmt war, und Azra, wieder nicht wissend, was sie tat, lud ihn ein, morgen mitzukommen, um gemeinsam das Hochzeitskleid für Amra auszusuchen.

Ich, Prinzessin, kann nur für dich das Hochzeitskleid aussuchen. Nur für dich, denn Menschen wie ich tun so etwas nur einmal im Leben, antwortete Faruk pathetisch, aber wahrscheinlich aufrichtig.

Ich würde nicht sagen, daß der Aussuchende sich dabei etwas abbricht, bemerkte Azra ungeduldig.

Ich breche mir nichts ab, ich habe nicht gehört, daß ich es aussuchen soll. Ich habe keine Aufforderung gehört.

Azra explodierte, ihre ganze Wut, alle Mißverständnisse, Vorwürfe, Zweifel, all die Momente, in denen sie sich erniedrigt und gealtert gefühlt hatte, alles, was sie in den letzten Tagen gekränkt oder verletzt hatte, schüttete sie in einer langen, so unzusammenhängenden wie erregten Rede über Faruk aus. Doch statt Erleichterung fühlte sie schmerzende Leere. Ihr war zum Weinen.

Sie winkte ab und ging rasch weg, genaugenommen rannte sie aus Faruks Wohnung. Sie konnte, sie durfte vor ihm nicht weinen, nicht jetzt und nicht deshalb. Was dieses «deshalb» war, hätte sie freilich nicht sagen können, aber sie fühlte, daß «deshalb» hier und vor ihm zu weinen, jene endgültige Erniedrigung gewesen wäre, nach der ein Zurück nicht mehr möglich war. Sie fühlte, daß sie diesen Augenblick, in dem sie so dringend hätte weinen müssen, es aber nicht durfte, Faruk nie vergeben würde. So etwas ließ sich nicht wiedergutmachen. Vor allem, weil er ihr nicht nachgelaufen war, sie festgehalten und wieder in die Wohnung gezogen hatte, weil er ihr nicht zugeredet und sie dazu gebracht hatte, sich vor ihm auszuweinen, indem er sagte, daß sie vor ihm und mit ihm gar nicht verletzt und erniedrigt sein könne.

Die folgenden zwei Tage verliefen ohne Zwischenfälle, Azra tat mechanisch, was man ihr sagte, ohne Wünsche und Ratschläge, ohne das Verlangen, irgend etwas nach eigenem Willen zu tun oder jemand zu etwas zu überreden. Und nichts mehr. Offene Verstimmungen gab es deshalb in diesen zwei Tagen nicht, aber die Mißverständnisse zwischen ihr und den anderen waren tiefer und für sie offenkundiger denn je. Buchstäblich alles, was sie zu ihrer Gesprächspartnerin sagte, wurde so aufgefaßt, wie sie es nicht gemeint hatte, und buchstäblich alles, was jemand in ihrem Umkreis sagte oder tat, wurde von ihr offenbar falsch aufgefaßt. Eine Unzahl winziger Dummheiten, die bedrücken, kränken und verletzen, und du hast weder die Kraft noch den Willen noch einen Grund, all das zu erklären, zu korrigieren, geradezubiegen.

Morgens erwachte sie mit schwerem Kopf, unausgeschlafen und zerschlagen. Als sie sich für die Volksbelustigung zurechtmachte, sah sie, daß ihre Augenränder bis über die halbe Wange reichten, daß ihre Lippen müde herabhingen und ihrem Gesicht einen säuerlichen Ausdruck gaben, der jemand anderem komisch vorkommen konnte, daß ihr Haar keinen Glanz hatte... Sie sah, daß sie alt war und häßlich, eine arme Unglückliche, die nicht zwei anständige Fetzen besaß, festlich und geschmackvoll genug, um mit Würde unter die Menschen zu treten, wenn sie schon nicht glänzen konnte, und das konnte sie mit Sicherheit nicht mehr, nie mehr.

Faruk kam kurz nach neun, um sie abzuholen, gequält von seinem Magengeschwür, noch müder und krummer als sonst. Er steckte in seinem Abiturs- und Diplomanzug und trug seinen blauen Seidenschal auf die «weltläufige» Art der Provinzler unterm Hemd gebunden. Ein trauriger Anblick, der sie vielleicht sogar getroffen hätte, wäre sie nicht selbst so traurig gewesen. Faruk setzte ein Lächeln auf, als er ihren Gesichtsausdruck sah. «In unseren Jahren, Prinzessin, sind wir füreinander das Beste, was uns passieren kann», sagte er, als fühlte oder hörte er sogar, was sie dachte. Und das verletzte, ja beleidigte sie geradezu. Sie weiß ganz genau, wie sie aussieht, und er hätte sich durchaus eine schöne oder wenigstens tröstliche Lüge ausdenken können, die ihr vielleicht doch geholfen hätte, diesen Tag und alle seine Freuden, Segnungen, Schönheiten zu ertragen.

Jetzt, während sie sich mit liebenswürdigem Lächeln durchdrängelt und einen Ort sucht, an dem Faruk und sie sich in Ruhe aussprechen können, gibt sie sich ungeheure Mühe, die letzten Tage zusammenzubringen, um daraus ein paar vernünftige Grundsätze für ein einigermaßen menschliches Gespräch und Übereinkommen abzuleiten. Aber es gelingt ihr nicht, denn die ganze Zeit über schwappen Bilder herein, allzu starke Bilder, die keinen klaren Gedanken zulassen, die Abfolge der Ereignisse zerstören und jede Möglichkeit von Ordnung negieren: Ein irgendwoher bekanntes Gesicht, das sich buchstäblich in sie eingeprägt und jeden Gedanken zerstört, die Erinnerung gelöscht und mit seiner überstarken Deutlichkeit alles getrübt hat, was Azra in sich erneuern möchte; ein müdes Lächeln, das jedes Lächeln von Faruk und die ganze Müdigkeit enthält, die in diesen drei gemeinsamen Jahren von ihm auf sie übergegangen ist; ihr Gesicht vor drei Nächten, das sich krampfhaft bemüht, die Tränen zurückzuhalten. (Woher kommt dieses aggressive, überdeutliche Bild? Doch nicht etwa aus Faruks Geschichten vom Gesicht seiner Mutter?!) Dann die große gestickte Rose auf irgendeinem Kleid, mit einem Zweig über der linken Brustspitze.

Die schnelle, erschöpfende Folge von Bildern, die im verrückten Rhythmus wechseln und wie Stiche oder Schläge auf sie eindringen, vernichtete den Wunsch, noch einen klaren Grund für irgend etwas zu finden.

Und dann die Müdigkeit. Als hätte sich die ganze Müdigkeit, mit der Faruk sie im Verlauf ihrer drei Liebesjahre beschwert hatte, in diesem Moment auf einmal über sie gebreitet.

Sie traf auf Faruk bei dem jungen Pflaumenbaum im Garten ihrer Eltern, weit genug von den Gästen, um sich allein fühlen zu können. Sie hob den Kopf und sah, wie sich die Falten um seinen Mund spannten, als versuchte er ein Lächeln. Dann trafen sich ihre Blicke, und sie dachte, er müsse eigentlich wissen, was sie fühlt, so wie heute morgen und wie so viele Male bisher. Ein unendlich müder Mensch, der nichts tun kann, weil er alles versteht. Ein gemeiner Kerl, der so viel von seiner Müdigkeit in sie ergossen hat, daß sie schwer und wund ist, statt gleichgültig zu sein wie er. Sie kann nicht gleichgültig sein, denn sie trägt an einer fremden Müdigkeit, an seiner.

Über der rechten Seite seines Gesichts hing ein Pflaumenzweig, ein Marienkäfer saß auf einem Blatt. Müdes Gesicht mit Schattenzweig und Marienkäfer. Mein Gott, was für ein Kitsch! So viel Kitsch und so wenig Grund und Sinn, nichts, um damit das Innere zu füllen. Nur Bilder ohne Tiefe und Hintergrund.

Warum gehst du jetzt nicht einfach? fragte sie ihn, selbst überrascht von ihrer Frage, während sie sich bemühte, in seinem Blick zu lesen, was es wohl war, was er so gut verstand und was für sie nur Verzweiflung bedeutete.

Um deinen Eltern nicht die Hochzeit zu verderben, du weißt, daß ich immer geduldig ertrage, woran anderen stark gelegen ist.

Ich meine diese Stadt, mein Leben. Warum gehst du nicht fort? Dir ist es egal, aber ich bin, wie du sagst, hierzu verurteilt. Warum gehst du nicht weg von hier, um aus meinem Leben zu verschwinden? Geh, Faruk, ich bitte dich. Du lastest auf mir, du bist so furchtbar schwer. Du bist gleichgültig und erträgst es, aber mich zermalmt es. Ich bin lebendig, ich kann es nicht aushalten wie du.

Meinst du, das sei so einfach, teure Prinzessin? Ich liebe dich doch.

Kannst du es nicht auf einfache Weise tun, so geh eben auf spektakuläre Weise, aber geh, bitte, geh. Begreif doch, daß ich nicht mehr für uns da bin, begreif, daß ich so müde und schwer nicht durch Sarajevo laufen kann, geschweige denn je mein Venedig erreichen werde. Aber ich brauche es wie reines Wasser, wenn ich jemals etwas gebraucht habe, so brauche ich jetzt den Traum von Venedig.

Ich fürchte, du hast recht, und ich sollte weggehen, sagte Faruk nach kurzer Pause, wobei er seinen Blick durch den Garten wandern ließ.

Ich habe recht, glaub mir. Du mußt weggehen, du bist nicht für hier, du bist schon viel mehr in deinen Erinnerungen als im menschlichen Leben. Geh, mein Freund. Geh wie dein Farnak, geh wohin du willst, aber geh und befreie mich von deiner Liebe, deiner Müdigkeit, deiner Schwere. Geh, Faruk, und mach mir das Hierbleiben leichter, damit ich die wenigen Tage, die mir geblieben sind, irgendwie überstehe.

Die Hinterlassenschaft

I

Ein freier Mensch kann die Tür, an die geklopft wird, öffnen oder nicht, er kann den Hörer des klingelnden Telefons abheben oder nicht, kann das Tageslicht ins Zimmer lassen oder nicht. Ein freier Mensch kann in ein Geschäft gehen und einkaufen, er kann im Restaurant speisen oder zu Hause sitzen und hungern, wenn ihm danach ist, oder er kann sich ein Viertes ausdenken. Ein freier Mensch kann gegen Abend aus dem Bett steigen und gegen Mittag schlafen gehen. Ein freier Mensch kann zur Arbeit gehen, und er kann eine Kollegin um Vertretung bitten und zu Hause bleiben. Ein freier Mensch kann tun, was er will, und verweigern, was er nicht will. Ein freier Mensch ist eine reife Frau, die ihre jüngere Schwester verheiratet und sich Faruks entledigt hat. Ein freier Mensch, das ist Azra heute, vierzehn Tage nach der Hochzeit ihrer Schwester und nach Faruks Weggang.

Sie kann sich einen Kosmetiktag gönnen, wenn ihr danach ist. Sie braucht keinen Feiertag oder ein Wochenende abzuwarten, sie muß sich keine Rechtfertigung für den Liebsten ausdenken, für die Eltern und für alle, die glauben, sie hätte diesen Tag mit ihnen zu verbringen statt mit sich selbst... Sie muß nur in der Firma anrufen und sagen, sie habe Temperatur. Oder nicht einmal das. Sie muß nur, was sie wirklich muß, und das ist: sich ein Bad einlassen, eine Maske auflegen und die

Augen schließen oder die Zeitung überfliegen und sich gesegnet fühlen, weil sie wieder zu sich selbst kommt und endlich fühlt, wie sich ihre Mitte erneuert, die zu einem empfindungslosen leeren Nichts geworden war. Und dann zieht der freie, neugeborene Mensch am nächsten Tag eine neue Seidenbluse an, geht zur Arbeit und lebt erneut mit allem, was er braucht.

Ein freier Mensch kann in aller Ruhe und ohne besondere Vorbereitung der Mutter erklären, daß man weder Zeit noch Lust hat, die glücklich vermählte Schwester zu besuchen und am Sonntag nicht zum obligaten Familienessen kommen wird.

Ein freier Mensch kann tun, was immer er will, monatelang, bis sich die Menschen ringsum an seine Freiheit gewöhnt haben und ihn in Frieden lassen. Aber dann, wenn sie deine Freiheit akzeptiert haben, stellt sich auf einmal heraus, daß sie ein durchaus zwiespältiges Vergnügen ist, das große Freude macht, wenn du sie jemand demonstrieren kannst und sie vor Publikum genießt, und viel Verdruß mit sich bringt, wenn ihr beide, deine Freiheit und du, allein bleibt, weil ihr einfach nicht wißt, was ihr in eurer schönen Isolation miteinander anfangen sollt. Wie zum Beispiel frei entscheiden, ob du das Telefon abhebst, wenn es nicht läutet? Wie aus deiner Freiheit heraus die Tür nicht öffnen, an die keiner klopft? Warum nach Italien oder sonst wohin gehen, wenn es keinen Faruk oder sonst wen gibt, den dein Weggehen, ja schon der Gedanke daran, sehr stören würde?

Diese Ambivalenz wurde ihr besonders deutlich, als sie etwa in der Jahresmitte anfing, sich nach Urlaubsmöglichkeiten in Italien zu erkundigen. Die Angestellten in den Reisebüros erklärten ihr erstaunt, sie hätten ihre Buchungen wieder rückgängig gemacht, doch sie sei selbständig und könne ja auf eigene Faust fahren, man rate ihr zum Flugzeug, da die Landwege unsicher seien, obwohl Fliegen... Im Laufe eines dieser typischen stickigen Tage suchte sie fünf Reisebüros auf und bekam überall dieselbe Antwort, mal in erstauntem Ton, mal ironisch formuliert oder gereizt. Am späten Nachmittag kehrte sie müde und gleichgültig nach Haus zurück und packte alles wieder weg, was sie für ihre erste Reise nach Italien zurechtgelegt hatte; sie duschte (in der Hoffnung, sie sei nur deshalb so gleichgültig und niedergeschlagen, weil sie geschwitzt hatte und alles an ihr klebte wie ein Sommertag in Sarajevo), sie aß etwas und legte sich hin und versuchte, sich von dem gräßlichen Tag zu erholen oder wenigstens das Ausmaß der eigenen Ähnlichkeit mit ihm zu verringern.

Erst später, nach dem Kaffee, während sie überlegte, wie das Abendessen zu retten wäre, fiel ihr auf, wie ruhig sie sich von Italien losgesagt hatte, wie sie alles weggepackt hatte, noch bevor sie den Schweiß abgespült und sich von der äußeren Welt erholt hatte. Wie erleichtert sie die Sachen aus dem Koffer und der Reisetasche genommen hatte. Aber eben nicht erleichtert, das ist es ja gerade; es war weder Erleichterung noch Wut noch Enttäuschung noch... Es war Gleichgültigkeit. Wenn überhaupt, war es Gleichgültigkeit gewesen, so wie auch jetzt hinsichtlich des Abendessens, wenn es völlig egal ist, ob sie sich zu Hause zwei Eier kocht oder unten auf der Straße Ćevapčići kauft oder den Hunger mit ein paar Keksen überlistet oder sich gleich ohne Abendbrot hinlegt und versucht, hungrig einzuschlafen. Nur der Restaurantbesuch scheidet aus, weil sie allein und es so anstrengend ist, sich normal und wie ein Mensch anzuziehen.

Ein Grund für diese Gleichgültigkeit ist sicher Faruk, der nicht hier ist, um dagegen zu sein. Gegen ihn hätte sie ihre Würde verteidigen müssen, ihre Freiheit, überhaupt alles, sie wäre weggegangen und hätte sich wie verrückt darüber gefreut; oder sie wäre geblieben und deshalb wütend auf sich selbst gewesen, weil sie wieder nachgegeben hat, und auf ihn, weil er so ein aggressiver Schwachkopf ist. Jetzt aber ist es gleichgültig. Man kann sich für einen Weg entscheiden, wenn einem zwei offenstehen, aber wenn einem alle offenstehen, die es überhaupt auf der Welt gibt, dann bleibt einem nur der Stillstand, denn alle zusammen führen sie nirgendwohin. Aber man kann auch ohne diese ärgerliche Leere still auf seinem Fleck bleiben. Und man braucht keinen Faruk, um sich die Welt und die Tage zu versüßen.

In den wenigen Monaten seit Faruks Weggang hat sie übrigens nur ein paarmal in dieser Weise an ihn gedacht und dann vergeblich versucht, in ihren Fingern die Erinnerung an seine Haut, in ihrem Körper die Erinnerung an seine Berührung zu wecken oder seine Gestalt zu beschwören. Nur seine zahllosen, ineinander verflochtenen Geschichten waren in ihr lebendig und gegenwärtig, die Sätze, die er oft gesagt hatte, seine Aussprache einzelner Wörter oder der Tonfall, wenn er auf einen bestimmten Typ Fragen antwortete. Als ob er keinen Körper hätte – weder ihre Haut noch ihre Eingeweide erinnerten sich an ihn, sie konnte sich seines Gesichts nicht mehr entsinnen, und selbst ihre gemeinsamen Bekannten erkundigten sich nicht nach ihm. Als wäre ihr Geliebter gar nicht körperlich, gar kein wirklicher Mensch gewesen, sondern eine Ansammlung manchmal glänzend formulierter Sätze, die in ihr nachklangen, weshalb er auch nur in ihr wirklich gegenwärtig sein konnte. Sie erinnerte sich nicht an ihn, nur an das, was er gesagt hatte, sie sehnte sich nicht nach ihm, nur in ganz seltenen Nächten, sie sprach nicht von ihm und hatte auch niemanden, mit dem sie über ihn hätte sprechen können, sie rief ihn nicht und empfand kein

Verlangen nach ihm, und auch sein Wegsein spürte sie nicht besonders. Sie hatte sich von ihm mit derselben gleichgültigen Ruhe losgesagt, mit der sie sich heute von ihrem Italien losgesagt hatte. Diese Ruhe läßt sich jedenfalls nicht damit erklären, daß es keinen Faruk gibt, der an ihrer Italienreise Anstoß genommen und ihr damit erst einen Wert verliehen hätte.

Sie hat Faruk nicht vergessen, und schon gar nicht hat sie ihn für immer verloren, so wie sie heute Italien verloren hat. Es gab Situationen, in denen sie Faruks unvermeidlichen Kommentar mit dem inneren Ohr förmlich hörte, seine Stimme, in seinem Tonfall gesprochen; es gab Situationen, zum Beispiel Gespräche mit ihrer Mutter, wo sie seine Worte verwendete und seine müde Stimme nachahmte, die zur gleichen Zeit allem zustimmte und sich von allem lossagte; in manchen Augenblicken konnte sie sich lebhaft an einige seiner Geschichten erinnern, an jede seiner Redepausen, an jedes Senken und Heben der Stimme, an die Unregelmäßigkeiten der Aussprache, so als würde sie in diesem Augenblick die Geschichte von ihm gesprochen hören. Aber solche Erinnerungen waren auch schon die einzige Form von Faruks Anwesenheit – Wörter, nur Wörter. Und sie waren momentan, an eine konkrete Situation gebunden, und dauerten nicht länger als diese Situation.

Einmal hatte er ihr erzählt, wie der Brief aus Frankreich kam, in dem ihnen mitgeteilt wurde, wo und bis wann und unter welchen Bedingungen sie den Leichnam seines Vaters überführen lassen konnten. Frater Klemo (der einzige Mensch in Duvno und im weiteren Umkreis, der Französisch konnte) las den Brief am Küchenfenster vor, wo es genügend Licht gab, dann ließ er die Arme sinken und zuckte mit den Schultern; Faruk stand neben dem Eisenherd und rauchte und schnippte die Asche in die Aschenlade, und seine Mutter saß auf der Sitzbank und wiegte sich in sehr langsamem Rhythmus. Auf einmal stand sie auf und hängte sich ihm schreiend und schluchzend an den Hals. Mit der freien Hand tätschelte er ihre Schultern, sprach beruhigend auf sie ein und bemühte sich, seiner Stimme einen warmen Klang zu geben, strich ihr über den Kopf, soweit ihm das seine unbequeme Haltung erlaubte, und die ganze Zeit war er mit der Frage beschäftigt, wie sich von der brennenden Zigarette befreien, an der sich schon eine Menge Asche angesammelt hatte, die jeden Moment der Mutter ins Haar oder auf den Teppich fallen konnte, von einer Zigarette, die ihm jeden Moment die Finger verbrennen würde. Die Nachricht vom Tod seines Vaters war Faruk vor allem wegen der Probleme mit der Zigarette in Erinnerung geblieben und wegen der Schlußfolgerung, daß es unangenehm und ungeschickt ist, gleichzeitig zu rauchen und jemand zu umarmen. Das Unangenehmste, was dir in erhabenen Momenten passieren kann, ist, daß dich jemand in heißer Umarmung packt, und sei es deine trauernde Mutter, die dich umklammert, während du eine Zigarette im Mund oder zwischen den Fingern hältst – dieser erhabene Moment gräbt sich dir für immer in die Erinnerung, in die Gefühle ein.

Genauso ergeht es ihr heute mit Faruk. «Wohin mit der Asche?» Das unbehagliche Gefühl, daß es nichts Höheres gibt und die Asche das einzige ist, was dich beschäftigt. Eigentlich ist es gut, daß es dieses «Höhere» in bezug auf Faruk nicht gibt (ihr fehlt nur noch etwas lyrisches Leiden!), aber es ist nicht gut, daß sie nur noch Gleichgültigkeit für Italien übrig hat oder für ihr Aussehen, für das Essen, für den Tag, der an ihr vorübergeht wie ein unbekannter, unauffälliger Mensch, und daß sie den Genuß an der gerade entdeckten Freiheit schon so rasch verloren hat, es ist nicht gut, daß sich ihre Freiheit darauf reduziert, von allem Abstand zu nehmen, sogar von dem, was ihr gar nicht angeboten wurde.

Seit drei Tagen ist sie nach dem Verzicht auf Italien damit beschäftigt, sich von der Gleichgültigkeit zu befreien, die mit der Freiheit gekommen ist, überzeugt davon, sich bereits in der Vorphase des Sterbens und Seligwerdens zu befinden. Sie ist zu dem Schluß gekommen, daß der erste Schuldige Faruk ist. Mit seiner Art, sie zu lieben, mit seinen Wortkaskaden, aus denen er fast ganz besteht, hat er einen leeren Kreis um sie geschaffen, der sie von den Menschen, den Dingen und Ereignissen fernhält; und mit seiner Anwesenheit in ihrem Leben, besser gesagt mit der Art, abwesend zu sein, mit den Kommentaren, die sie von seiner Stimme gesprochen in sich hört, wenn sie sich dem wirklichen Leben nähert, hält er diesen leeren Kreis aufrecht und verstärkt die Distanz zwischen ihr und der Realität, indem er sie in der Rolle des ruhigen Beobachters beläßt. Sie ist zu dem Schluß gekommen, daß der zweite Schuldige sie selbst ist, die so etwas zugelassen hat und immer noch in diesem Kreis lebt, auch nachdem sie sich von Faruk freigemacht hat. Deshalb hat sie ihre schöne Freiheit, als lebte sie auch weiterhin nach Faruks Anweisungen, auf das Recht und die Möglichkeit reduziert, irgend etwas nicht zu wollen. Aber sie muß wollen, sie muß etwas dafür tun, daß sie wieder ein lebendiger und realer Mensch wird, sie muß sich für immer von Faruk und dem geheimen inneren Tod freimachen, der untrennbar wie ein Schatten neben ihm einhergeht, sie muß sich kraft ihrer Freiheit aus dem Kreis herausziehen, den Faruk um sie gezogen hat.

Und wirklich fühlte sie sich sofort besser, als habe der Entschluß, den Kreis zu verlassen, die Energie zum Handeln in ihr freigesetzt. Sie ging automatisch ins Bad, wohin sie sich immer vor allem Unangenehmen geflüchtet und wo sie stets ihr Selbstvertrauen wiederhergestellt hat. Sie bemerkte es, als sie zur Wanne ging; sie mußte über sich selbst lächeln und beschloß, nur zu duschen. Ich verberge mich im Bad wie ein Kind im Mutterschoß, wie ein Gläubiger im Tempel, wie ein mythischer Mensch am heiligen Ort, dachte sie unter dem Wasserstrahl, obwohl sie tief innerlich einem richtigen guten Bad nachtrauerte, das durch nichts auf der Welt zu ersetzen ist, ihm somit nachtrauerte wegen ihres festen Charakters und des Entschlusses, sich im kurz zuvor begonnenen neuen Leben nicht den bekannten Tröstungen zu überlassen. Plötzlich wurde ihr klar, daß es Faruks Methode entsprach, sich selbst dauernd wie eine Versuchsratte zu beobachten, sie sprang aus der Wanne und ließ Wasser für ein Bad ein, empört über sich, die es Faruks Gleichgültigkeit gestattete, so tief in sie einzudringen, daß sie sich selbst ruhig und desinteressiert zu beobachten beginnt. Daß sie sich selbst zu empfinden aufhört und zu verstehen beginnt.

Fehlte nur noch, daß ich ein Opfer finde, dem ich einen verrückten Vortrag über das Badezimmer als dem einzig möglichen Mittelpunkt moderner Häuser und Wohnungen ins Ohr flüstere, dachte sie, als sie in das Rosmarinbad stieg, das sie als ersten großen Sieg über den Faruk in sich empfand. Eine verrückte Geschichte darüber, wie sich die Menschen immer wieder erneuern, indem sie an heiligen Stätten verweilen, die in Wahrheit Mittelpunkt, ursprüngliche Knoten sind, aus denen die Welt entstanden ist. Es ist legitim, daß sich das Kind auf den Schoß der Mutter flüchtet, um sein Vertrauen in sich und in die Welt wiederzufinden, weil der mütterliche Schoß für das Kind der ursprüngliche Ort ist, aus dem ihm die Welt entstanden, aus dem es ins Leben getreten ist. So war der zentrale Ort in alten

Häusern die Küche – der Raum, in dem das Feuer wohnt, das reinste, leichteste und beweglichste Element. In der Küche wurde Feuer gemacht und Essen bereitet, hier versammelte sich die Familie, in die Küche kamen die Menschen, um ihre Zugehörigkeit zur Familie und zur Welt zu spüren, um ihr Vertrauen in sich selbst, in die menschliche Gemeinschaft und in die reale Welt zu erneuern, die aus vier oder fünf Elementen erbaut ist. Seit es keine Häuser mehr gibt, seit die Rolle des Äthers oder der Weltseele als fünftes Element (quinta essentia incl. quintaessentia) vom elektrischen Strom und von verschiedenen Formen der Abwesenheit übernommen wurde, seit die Einsamkeit die wahre Form der menschlichen Existenz ist, seit die polizeiamtliche Adresse das einzige ist, was die Glieder einer Familie miteinander verbindet, ist als Zentrum des Hauses beziehungsweise der Wohnung, denn das Haus gibt es nicht mehr, nur eines geblieben – das Badezimmer. Es ist der einzige Ort in der Wohnung, an dem man einem der vier Urelemente der Welt begegnen kann, seit das offene Feuer aus den Wohnungen verschwunden ist und die Luft mittels Elektrizität geliefert wird; es ist der Ort, an dem sich die Einsamkeit am vollständigsten und reinsten als der Zustand verwirklicht, in dem die Menschen heute auf der Welt sind, und hier hat der Mensch mitunter auch etwas mit der Nahrung zu schaffen.

An dieser Stelle mußte Azra laut auflachen, überaus zufrieden mit sich. Genau dies hätte ihr Faruk ins Ohr geträufelt, wenn er hier gewesen wäre, aber was die Menschen mit der Nahrung anstellen, dort in der «Naßzelle» als dem modernen Zentrum des Alltags- und Familienlebens, dem «Urort», aus dem die Wohnung entsteht und in dem die Bewohner ihre Vitalität erneuern, das hätte er ausgespart, weil es in seinem Erleben der Welt (und vor allem seiner selbst) nicht existiert oder nicht existieren darf und somit nicht Gegenstand der Rede sein kann. Sie ist einen Schritt weiter als er, und das bedeutet, daß sie sich sehr wohl von Faruk freimachen kann, daß sie sich genaugenommen schon freigemacht hat.

Sie ist einen Schritt weiter als er, denn sie ist, wie er auch selbst immer gesagt hat, dem Einverständnis mit sich selbst näher. Er hat sich immer ein wenig geschämt, das Klo aufzusuchen, er hat sich immer bemüht, die Tatsache vor sich zu verbergen, daß er ißt und daß in ihm aus der gegessenen Nahrung das wird, was daraus wird. Aber sie hat die verrückte kleine Geschichte, ganz ähnlich jenen, die er erzählt, bis zum Klo weitergeführt und damit auch bis zu ihrer Freiheit. Es geht darum: Sie ist vital, sie kann das Leben packen, sie kann ihre Freiheit auch nutzen, um zu leben und nicht nur um zu überdauern, sondern leidenschaftlich und intensiv zu leben, und dabei können und dürfen Faruks Schatten und seine übellaunigen Kommentare sie nicht begleiten.

Selbstzufrieden, heiter und gelöst spülte sie den Schaum von sich ab und ging zum Wandschrank mit den Kleidern. Das erste Mal nach langer Zeit fühlte sie, wie sich ihre Beinmuskeln spannten, während sie ausschritt, spürte im Fuß, den sie auf den Boden setzte, das Gewicht des eigenen Körpers, spürte ihre Form, als sie durch das schmale Vorzimmer ging und sich an den Dingen vorbeiwand.

Sie griff tief in den Wandschrank und zog ihren ersten großen Triumph heraus, den ersten wirklichen Beweis ihrer Freiheit und Selbständigkeit – ein Kostüm aus feinem rotem Leder, das sie auf dem Abiturball getragen hatte. Gegen die Meinung der Eltern und ihrer Schwester, gegen die Ratschläge ihrer besten Freundinnen und ihres damaligen Freundes, gegen alle Gewohnheiten und jede Logik, ja selbst gegen die damals herrschende Mode, hatte sie nicht in einem langen festlichen Kleid auf den Abiturball gehen wollen, sondern in einem roten Lederkostüm mit kurzem Rock. Es war ein durchschlagender, hinreißender Erfolg gewesen, denn sie war das schönste, interessanteste, am besten gekleidete und am meisten beachtete Mädchen auf dem ganzen Ball, was selbst ihre Eltern zugeben mußten.

Deshalb hatte sie ihr triumphales rotes Kostüm mit solcher Liebe gehütet und es durch die Jahre des Studiums, der Stellensuche und der Arbeit, durch unzählige Umzüge, durch alle Liebesverbindungen und durch ihre berühmte scheidungsgekrönte Ehe hindurchgerettet. Sie trug es, allen Moden und der Enge in den Kleiderschränken zum Trotz, wenn sie sich Mut machen, sich sammeln und sich selbst davon überzeugen mußte, daß sie etwas kann und weiß. Und jetzt war es, sie könnte schwören, ihr Arm, der das rote Abiturkostüm ohne ihre bewußte Entscheidung herauszog; seit sie mit Faruk zusammen war, hatte sie es nicht ein einziges Mal getragen.

Sie hatte richtiges Lampenfieber, als sie versuchte, in den Rock zu schlüpfen, doch dann erfüllte sie ein Wohlgefühl, an das sie sich kaum mehr erinnern konnte: Das Zauberkostüm wirkte noch immer und verwandelte mit einem Schlag ein müdes und gleichgültiges Aschenbrödel in eine stolze, verführerische Prinzessin. Wenn eine Frau in ihrem Alter noch einen enganliegenden Rock vom Abiturball tragen kann, wenn sie in diesem Rock so aussieht... Alle Achtung!

Sie pfiff einen ordinären Schlager, an dessen Text sie sich beim besten Willen nicht mehr erinnern konnte, und freute sich aus ganzer Seele, daß sie schön war, daß der Rock sich so angenehm spannte, daß sie so gut duftete, daß sie noch pfeifen konnte wie ein sympathischer

Bengel, der einen Flegel mimt und sich selbst furchtbar ernst nimmt, während er versucht, etwas Ordinäres zu pfeifen. Sie freute sich, daß sie schön war und daß sie wieder empfinden konnte, wie schön und lebendig sie war.

Draußen war ein Sommerabend wie jeder andere in Sarajevo, müde, reglos und stickig, mit dem Mief eines ungelüfteten Zimmers. Aber heute abend lag auch etwas Angenehmes und Befreiendes in diesem Geruch, Jod, Frische und Süden. Selbst die «Sozialversicherung», die häßlichste Straßenbahnhaltestelle der Welt, wo zu jeder Tages- und Nachtzeit Massen von verschwitzten und getretenen Menschen herumhängen, selbst dieser Alptraum von Straßenbahnhaltestelle war jetzt fast leer und wirkte beinahe freundlich. Und die Straßenbahn, die in Sarajevo eine Reihe besonderer Eigenschaften aufweist, deren auffälligste die ist, daß sie meistens nicht fährt und deshalb nicht kommt, kam sehr rasch und war nur halbvoll. Der Zauber hält an, die Ballnacht der roten Prinzessin geht weiter mit der schönen Verheißung, daß es nicht tagen wird. Und die Prinzessin hat Gründe, dieser Verheißung zu glauben, denn die Nacht findet selbst Gefallen daran, verrückt zu sein, wundersam, zauberhaft, mindestens so sehr, wie sie der Prinzessin gefällt.

Mein Gott, wie weit ist es mit uns gekommen, sagte in der Straßenbahn die Frau vor ihr zu dem Mann neben ihr. In Kroatien schlachten sie Frauen und Kinder ab, zerstören alles, was ihnen in die Hände kommt, und wir ziehen uns so an und jagen dem Vergnügen nach. Woher diese Selbstsucht, seit wann sind wir so?

Vielleicht ist es ja nicht Selbstsucht, sondern Angst, sagte der Mann, vielleicht wehrt sich das Mädchen.

Wie denn, ich bitte dich? fragte die Frau auf dem Sitz vor Azra ungehalten.

Sie weiß, daß auch sie ihr Sunja erleben wird und daß für uns jetzt die Zeit der Massaker kommt. Aber sie weiß nicht, wann das sein wird und verkürzt sich das Warten.

Sich die Zeit verkürzen, indem man den Rock kürzt? Ach hör auf, wir wissen doch auch, was uns erwartet, und benehmen uns nicht so.

Wir sicher, wir alle wissen, daß wir sterben müssen und warten doch nicht auf den Augenblick des Todes. Das heißt, wir erwarten ihn auf diese oder jene Weise, jeder auf die seine, und nur darum geht es.

Daran könnte etwas Wahres sein, aber... Ich weiß nicht, ich könnte das nicht.

Azra begriff, daß sich das Gespräch auf sie bezog. Sie wußte nicht, an was die Frau dachte, als sie von Kroatien und Sunja sprach, aber sie wußte, daß die Frau weder häßlich noch alt war – sie war ja an ihr vorbeigegangen zu dem Platz, auf dem sie jetzt saß – und sich an ihrem enganliegenden Rock und ihrem glänzenden Aussehen stieß, deutlich war die Wut (vielleicht aber auch Neid?) in ihrer Stimme herauszuhören, und dieser Neid tat ihr, ehrlich gesagt, wohl. Sie wurde innerlich von Lachen geschüttelt, und jener sympathische Flegel in ihr summte mit spöttisch-nasaler Stimme den Schlager vom Nachmittag. «Sie würde ihn tragen, wenn sie könnte, bestimmt würde sie ihn tragen», müßte der Text jetzt lauten.

Die Stimme summte in ihr, die Straßenbahn fuhr durch den Abend von Sarajevo mit seinem Hauch von Jod und Süden, der Zauber hielt an, und alles war gut. Azra ahnte, ihr ganzes Inneres wußte es bereits, was in dieser Nacht geschehen würde.

2

Warum ist die Lady so allein? Vor Azra stand ein hochgewachsener, schlanker Mann mittleren Alters (vierzig oder wahrscheinlich darüber) mit einem hübschen, verführerischen Grübchen am Kinn.

Weil ihr niemand Gesellschaft leistet, gab Azra seufzend und mit melancholischem Augenaufschlag zurück und bedeutete ihm mit einer wegwerfenden Bewegung, wie arm und traurig sie war in dieser seelenlosen Welt voller Gefahren.

Der Alkohol und ich, wir haben Seele (vermutlich etwas, was schnell verfliegt), wir werden dich aus der Einsamkeit befreien. Was trinkst du? fragte der Mann.

Ich hatte schon einen ziemlich schlechten Espresso…

Nein und hundertmal nein! Das erlaube ich nicht, in meiner Gesellschaft wird eine so schöne Lady keinen prosaischen Espresso trinken, viel zu banal, wie du ja selbst zugegeben hast. Auf keinen Fall. Aber wir haben von der Seele und dem Bedürfnis der Welt nach ihr gesprochen, nach der lieben guten Seele, die so schnell verfliegt und nur Kopfschmerzen hinterläßt. Die Seele trübt uns den Verstand, nicht wahr, ihretwegen sind wir ehrlich und begehen Schweinereien. Aber wir haben beschlossen, die ganze Nacht eine Seele zu haben, um der Welt das zu geben, was sie braucht, und um uns selbst unsere Wünsche zu erfüllen, wenn wir welche haben. Wir haben also beschlossen, ehrlich zu sein und Schweinereien zu begehen, sozusagen Menschen mit Seele zu sein. Uff, allzulang ist diese Rede für einen Maler, ich geh uns was Gutes aussuchen, auf richtig gekühlten Wein verstehe ich mich besser als auf Reden.

Azra sah dem Maler nach, wie er zum Tresen ging und mit dem Barmann diskutierte. Das Collegium artisticum schien eine ganz gute Wahl zu sein, obwohl man von Wahl eigentlich nicht sprechen konnte, sie war ja ganz zufällig an der Skenderija aus der Straßenbahn gestiegen und ganz zufällig hierhergekommen, weil das Collegium artisticum direkt an der Skenderija liegt und eine attraktive Frau dort ebenso angenehm allein wie in Gesellschaft sitzen kann. Wenn schon eine Wahl, dann war es todsicher Faruks Wahl, denn das Collegium ist einer der Orte, die er niemals freiwillig und bei gesundem Verstand aufsuchen würde (Azra mußte lächeln, als ihr das aufging). Und dann war alles genauso abgelaufen, wie Faruk es bestimmt nicht gewollt hätte und wie sie es jetzt brauchte. Schon beim Eintreten hatte sie alle Blicke auf sich gezogen, sicher nicht nur, weil da ein neues Gesicht im Klub war, sondern weil sie aussah, wie sie aussah (sie fühlte es, sie registrierte die Gründe ganz deutlich, weshalb die Blicke auf sie geheftet waren). Sie fand einen Platz an einem der Tische mit zwei tiefen Sesseln.

Sie sah sich um und wurde angeschaut, sie war allein und so lange im Mittelpunkt der Aufmerksamkeit, wie es ihr Spaß machte, und dann sprach sie genau der Mann an, den sie sich als interessantesten der Anwesenden ausgeguckt hatte, vielleicht weil ihm alle anderen so viel Aufmerksamkeit widmeten. Alles lief also, wie man es sich nur wünschen konnte, alles ging nach dem Willen des zauberischen Abiturkostüms. Es war unvernünftig, Wein auf leeren Magen zu trinken, aber es war genau das, was man heute abend tun mußte. Man mußte verrückt sein, frei und ganz, bis zum letzten, bis an den Grund – lebendig.

Warum ist die Lady so allein? lachte Azras Maler, als er die schön beschlagene Flasche Žilavka und Gläser auf einem Tablett brachte. Kennst du den Witz, den besten Witz, den ich im Leben gehört habe?

Nein, aber er muß eminent sein, wenn er dir so gefällt.

Am Dienstag, zwei Tage nachdem der Pastor die Verlobung der schönen Jenny, des schönsten Mädchens weit und breit, mit dem jungen Billy, dem reichsten Mann weit und breit, bekanntgegeben hatte, wurde die schöne Jenny vom Schnellen Jack, einem gefährlichen Mörder und dem Spielkameraden ihrer Kindheit, gewarnt. Sie solle die Hochzeit unbedingt absagen, denn sie gehöre ihm und nur ihm. Die schöne Jenny kannte den Schnellen Jack nur zu gut und nahm die Drohung nicht sehr ernst, so daß im Frühherbst auf Bills riesiger Ranch die üppigste Hochzeit gefeiert wurde, die man in dieser Gegend je gesehen hatte. Kälber und Ochsen drehten sich am Spieß, Kuchenberge verdeckten fast die Sonne, und gegen Mittag, als das Fest seinem Höhepunkt zustrebte, flossen die Getränke schon in Strömen. Da zeigte sich ein Staubwölkchen am Horizont. Die wenigen, die es bemerkt hatten, dachten, ein verspäteter Gast käme zur Hochzeit, aber die meisten wollten oder konnten nichts mehr denken, selbst wenn sie etwas gesehen hätten. Als das Wölkchen so groß geworden war, daß erfahrene Leute zu dem Schluß kamen, es handele sich um einen Reiter in wahnsinnigem Galopp, wurde aus dem Wölkchen eine Kugel abgefeuert, die den Koch dran glauben ließ. Niemand regte sich auf, erstens waren die Ochsen fertig gebraten, und zweitens war der Schuß so präzis und edel angesetzt, daß der Koch weder gezappelt noch geschrien, noch geröchelt oder besonders geblutet hatte. Bald flogen die Kugeln nur so aus dem Wölkchen, das schon eine Wolke war und unaufhaltsam zunahm, und sie räumten, gleichberechtigt und gleichrangig, Gäste und Bediente aus dem Weg. Als sich die Wolke in einen Reiter verwandelt hatte, von dem nur das Gesicht noch nicht zu erkennen war, begannen statt der Büchse zwei Pistolen in seinen Händen zu arbeiten, so daß die Festgäste jetzt zu zweit, paarweise, dahingingen: der Gitarrist und der Farmer von der anderen Seite der Stadt, der Farbige am Zapfhahn und der Vater der schönen Jenny, Bills Schlachter und Bill selbst... Als das Pferd staubbedeckt endlich zum Stehen kam und der Reiter absprang und die Colts in die Halfter zurücksteckte, herrschte Totenstille im Hof. Man hörte nur das Klirren der Sporen an den Stiefeln des Schnellen Jack, als er zu der schönen Jenny trat, sich vornehm verbeugte und sanft fragte: «Warum ist die Lady so allein?»

Azras Maler schwieg einen Moment, ohne seine große Erwartung zu verhehlen, und fragte dann, irritiert von der Stille, die jener zu Ende seiner Geschichte glich: Ist er nicht glänzend?!

Ja, er ist originell, so... absurd, antwortete Azra. Die Erwartung des Malers und dann seine Enttäuschung verunsicherten sie.

Ja, ja, das muß man verstehen, pflichtete der Maler bei, es gibt wenige, bei denen so etwas funktioniert.

Vielleicht liegt das Problem darin, daß das Absurde ziemlich schwer zu begreifen ist, stimmte Azra zu, wobei sie die Augen zuklappte und nachdenklich mit dem Kopf nickte.

Nicht so schwer für jemand mit Talent, protestierte der Maler, das Problem ist, daß nur wenige Talent haben. Ich gebe dir ein Beispiel, an dem du das Absurde perfekt begreifen kannst: Du hast wunderschöne Augen, in die ich so gern eintauchen würde, in denen ich mich am liebsten suhlen würde wie das Ferkel im Dreck und von denen ich meinen Blick nicht lösen kann; aber du hast genauso wunderschöne Beine, die so gut präsentiert werden, daß ich auch von ihnen meinen Blick nicht lösen möchte, bis ich verschmachte; und indem ich mich masochistisch in dem Dilemma zwischen Augen und Beinen verliere, schaue ich auf halbem Wege zwischen diese beiden Punkte, wo es nur einen Rock zu sehen gibt. Da hast du es, das Absurde.

Aber das sage ich ja, mein Lieber. Wie könnte man beispielsweise dich verstehen? Ich meine, als lebendiges Beispiel des Absurden.

Mich zu verstehen ist nicht weiter schwierig, dort wo ich hinsehe, liegt ja das Wesentliche, und alles andere sind Köder. Verstehst du? Das, was meinen Blick anzieht und fesselt, ist nur ein Köder, an dem ich hängenbleibe, um in die Hauptfalle zu tappen. Und deshalb habe ich meinen Blick sofort auf sie gerichtet, in meinem Alter ist es dumm, allzulange um den heißen Brei herumzuschleichen. Ha-ha-ha, ist das gut, lachte der Maler herzlich und gutmütig.

Wie einfallsreich du bist, rief Azra und hob ihr Glas, aus dem sie einen kleinen Schluck abtrank, wobei sie über das Glas hinweg ihren Gesprächspartner ansah. Ich bin noch gar nicht dazu gekommen, mich mit dem Revolverhelden Schneller Jack anzufreunden, und schon bist du der Jäger. Oder das Wild.

Vielleicht war der Maler der Meinung, ein so offenes Lob würde ihm ein kleines Schweigen abverlangen, vielleicht fand er, dem sei weder etwas hinzuzufügen noch wegzunehmen, vielleicht schwieg er auch aus einem dritten Grund. Jedenfalls schwieg er. Er ließ es zu, daß der Engel der Stille zwischen ihnen hindurchflog, hob sein Glas und bohrte seinen Blick tief in die Augen Azras, die ihn noch immer über das Glas hinweg ansahen.

Das ist gut, du bist die richtige Frau für mich, sagte der Maler schließlich, nachdem er sein Glas abgesetzt hatte, und streckte die Hand über den Tisch, um mit seiner Pranke Azras linke Hand zuzudecken. Wir werden Liebe machen und mit ihrer Hilfe zu einigen tieferen Wahrheiten vordringen.

Trotzdem ist der Žilavka zu stark für den leeren Magen einer Lady, dachte Azra, als sie spürte, wie sich Mattigkeit in ihr ausbreitete. Kam diese dumpfe Schwere, die ihre Glieder eroberte, nur vom Wein auf leeren Magen oder auch von der leeren papierenen Phrasendrescherei ihres Gesprächspartners, der unermüdlich erklärte, er sei unfähig für große Reden, wenn ihm kein Gemeinplatz einfiele? Sie ließ ihren Kopf auf die Brust sinken und fragte sich im selben Moment, ob das doppeldeutig genug sei für das dumme Spiel, auf das sie sich eingelassen hatte. Wird ihr gutmütiger Gesprächspartner dies als kokett-verschämtes Einverständnis auffassen, oder wird er erkennen, daß sie vom starken Wein müde und berauscht ist? Diese Frage ließ sie auf sich beruhen, trotzig richtete sie ihren Blick auf sein Gesicht mit dem hübschen Grübchen.

Dieses Gesicht benahm sich so, wie sich ein anständiges Gesicht nicht benehmen dürfte und wie es Azra sicher nicht von ihm erwartet hatte: es begann sich gleichsam zu entblättern, es vervielfältigte sich, indem es in eine Reihe von Schichten zerfiel, durchsichtige Schichten, die übereinanderlagen und einander gleich und völlig austauschbar waren. Wie Zeitungsseiten.

Wie vielschichtig du bist! murmelte Azra durch die Zähne und wurde nur mit Mühe der Starre und unnatürlichen Dicke der eigenen Zunge Herr, die den Mund irgendwie eng machte.

Ha-ha, doppelter Boden, ich wußte, daß es dir gefällt. Ich spreche immer doppelbödig, brüstete sich der Maler. Es ist sonst nicht meine Art, aber wenn ich rede, rede ich, und zwar mit doppeltem Boden.

Nur daß ich die Rolle, die du mir zugedacht hast, nicht zu Ende spielen kann. Entschuldige bitte, du bist wirklich süß, versuchte Azra klar und überzeugend zu sprechen. Es scheint, daß ich mich bei jenem Schwachkopf daran gewöhnt habe, unter einer Maske herumzuhüpfen; das werde ich einfach nicht los. Verstehst du, es geht einfach nicht, ständig bleibt ein Rest, schaut unter der Maske hervor und macht mir die Konzentration kaputt, ich sehe ihn, und nichts läuft so, wie es sollte, ich weiß aber auch, daß du diesen Rest siehst, und das stört und ärgert dich, und du glaubst mir nicht.

Ich verstehe dich nicht. Der Maler sah Azra verunsichert an.

Ich finde, du solltest mir ein Taxi rufen oder mich ein Stück begleiten. Es läuft nicht, verstehst du?

Was läuft nicht?

Das Spiel. Wir müßten Romeo und Julia sein, das wäre herrlich. Aber ich sehe, daß das Rouge auf meinem Gesicht weder Jugend noch Erregung ist, sondern Schminke, ich erkenne an dir den Maßanzug vom letzten Gewerkschaftstreffen, das Telefon klingelt und unterbricht uns dauernd, und bald kommt die Aufwartefrau, um die Aschenbecher auszuleeren und das Büro abzusperren. In meinem Alter und in meiner Verfassung fahre ich einfach nicht auf eine Lockenperücke über einem Maßanzug ab. Wir sind keine Schauspieler, geschweige denn wirkliche... Das ist weder komisch noch tragisch, es ist nur quälend... Absurd, du hast es selbst gesagt...

Du bist mir ja eine ganz Belesene! Da hast du es mir aber gegeben, gehen wir zum Taxi. Der Maler sprang auf und kam um den Tisch, um Azra beim Aufstehen zu helfen. Er gab dem Barmann und der Gesellschaft am großen runden Tisch in der Saalmitte irgendwelche Zeichen, aber Azra griff selbst nach seinem Arm. Ich kann mit solchen wie dir nichts anfangen, ihr könnt nicht spontan sein, und ich wäre auch gar nicht zu dir gekommen, hätte ich gewußt, was für eine du bist, erklärte der Maler, wobei er sie kräftig um die Schulter faßte und zum Ausgang führte.

Am schlimmsten ist, daß es wegen dieses Schwachkopfs ist, er hat mir beigebracht, alles, auch mich selbst, aus der Distanz zu sehen. Mir ist schlecht vom Wein, mir ist schlecht von unserer Schauspielerei, von den Zeitungssätzen und Zeitungsgesichtern, aber am meisten davon, daß dieser Schwachkopf so tief in mir steckt.

Ich glaube dir ja, daß er nichts für dich ist, aber du hast dich hier auf die falsche Sache eingelassen. Denk lieber daran, zu ihm zurückzugehen, tröstete sie der Maler und faßte sie um, damit sie geradegehen konnte. Schaffst du die hundert Meter allein, oder soll ich dich ins Auto setzen?

Ich schaff es schon, du bist süß, wirklich. Entschuldige bitte, und – danke.

3

Tagelang gelang es Azra nicht, sich von ihrem Verführungsabenteuer im Collegium artisticum zu erholen. Die Trunkenheit konnte es nicht sein, davon ist einem ein oder zwei Tage schlecht, mit Kopfweh, Übelkeit und allgemeiner Schwäche; Azra aber war völlig zusammengebrochen, sie konnte nicht mehr auf die Straße gehen, wurde von starken Fieberanfällen heimgesucht, mit Schüttelfrost und unangenehm riechenden Schweißausbrüchen, und die nicht besonders starken, aber unangenehmen Schmerzen am ganzen Körper hätten ihr, wenn sie noch fähig gewesen wäre, sich danach zu fragen, den Gedanken an Grippe oder eine leichte Nervenentzündung nahegelegt.

Zum Glück kam ihre Mutter am zweiten oder dritten Tag, «schaute herein», wie sie erklärte, «um zu sehen, was los ist, weil sich Azra am Telefon nicht meldet, nicht kommt und nicht verreist sein kann». Sie erschien zweimal täglich und pflegte sie wie ein Kind, kochte ihr kräftige Suppen, rieb sie nach dem Duschen ab wie früher, als sie noch ein kleines Mädchen war, und redete ununterbrochen, um nur keinen Augenblick des Schweigens aufkommen zu lassen, der an die unangenehme Verpflichtung erinnern könnte, die Vorfälle um die Hochzeit der Schwester und Azras Verhalten danach zu erörtern. Die Mutter sah, wie elend sie war und vertrat wie immer in solchen Situationen die Meinung, daß Unglück eine ausreichende Rechtfertigung und Erklärung für alles sei. Sie widersprach nicht, verlangte keine Erklärung und versuchte nicht, die Beziehung zu kitten oder alles an den Anfang zurückzuführen, in jenen guten Zustand vor ihrer Scheidung. Sie war, mit einem Wort, wunderbar.

Sie war auch komisch, denn dadurch, daß sie persönlichen Themen auswich, mußte sie über Politik, Krieg und das daraus folgende Unheil reden, über Dinge, über die sie eigentlich weder sprechen konnte noch wollte.

Sie erklärte Azra, daß die Armee sämtliche Zufahrtswege nach Sarajevo besetzt habe, daß aber fürs erste die Menschen, die unterwegs seien, nicht behelligt würden. Ein vorsichtiger oder doch halbwegs vernünftiger Mensch werde allerdings nicht ohne dringende Notwendigkeit Sarajevo zu verlassen oder zu erreichen versuchen. Sie erzählte ihr von dem Dorf Kijevo (zwanzig Häuser, irgendwo in Kroatien), das die Armee tagelang mit Kanonen beschossen habe, angeblich, um es einzunehmen, in Wirklichkeit aber, um jede Spur von Leben an diesem Ort auszulöschen. Sie erzählte davon, für welchen Zeitpunkt eine ihrer Freundinnen den Beginn des Angriffs auf Bosnien vorhersage und was jede von ihnen an Kriegsvorräten eingekauft habe. Sie berichtete auch ausführlich von ihren Nachbarn aus Bistrik: wer sich wie auf den Krieg vorbereitet, wer wohin flüchten will und wer sich vorbereitet, die Stadt zu verteidigen, wer wie versucht, seinen Sohn von der Armee freizukriegen und wer Optimist ist und glaubt, daß das Ganze schnell vorbei sein werde, denn dies sei ja kein richtiger Krieg (es ist doch keiner so verrückt, Krieg zu führen), vielmehr habe die Regierung in Belgrad beschlossen, den kleinen Leuten etwas Blut abzuzapfen, um sie zu beruhigen und ihnen die Gedanken an Freiheit und ähnliche Hirngespinste auszutreiben.

Azra überließ sich dankbar der mütterlichen Fürsorge und ihrem Reden, der wohltuenden Sanftheit, die sie verbreitete, und der Schläfrigkeit, die sich nach der Suppe, dem Duschen und dem Abgetrocknetwerden einstellte. Sie hörte nicht ernsthaft zu und verstand auch nicht wirklich, was die Mutter redete (wer würde auch mütterlichen Überlegungen über Politik ernsthaft zuhören?), dieses Reden war mehr ein vertrauter und deshalb liebgewordener Klangvorhang als ein Bündel von Informationen, es war eine angenehme Einleitung zu all dem, was so schön nach Kindheit duftete und wegen dieses Kindheitsduftes so heilsam war. Sie wußte, daß es für ihre Mutter nicht anders war, und so wurde ihr noch wohler.

Zwanzig Tage verbrachte Azra so, aus müder Betäubung in den Schlaf und aus dem Schlaf in müde Betäubung oder Schläfrigkeit sinkend. Nur zeitweise, meist nach dem Duschen, fühlte sie sich im eigenen Leben anwesend. In solchen Augenblicken begriff sie, daß sie in jener Nacht keineswegs betrunken gewesen war, sondern daß die paar Schluck Wein irgend etwas in ihrem Körper oder in ihrer Seele dazu gebracht hatten, gegen ihren dummen Verführungsplan zu rebellieren. Der Verstand hatte beschlossen, sie solle sich auf das Spiel einlassen, der arme Körper, vom Verstand zu oft mißbraucht, um sich noch auflehnen zu können, hatte sich unterworfen, aber dann hatte ein Teil von ihr, weiser oder dümmer als der Verstand, rebelliert und sie aus dem Spiel zu werfen versucht, an dem so vieles von ihr nicht beteiligt war. Diesem empfindsameren und feineren Teil von ihr hatte der Wein zu der Schwäche verholfen, er hatte ihr dazu verholfen, sich selbst ruhig und wahrhaftig zu sehen. An alles kann sie sich vollständig erinnern, in dem ganzen ruhmreichen Unternehmen gibt es keinen einzigen unklaren Augenblick.

Sie brauchte nicht nachzuforschen. In einer jener konzentrierten Perioden, wenn sie erfrischt vom Duschen und warmgerubbelt dalag, versammelte sich alles, was damals geschehen war, vor ihrem inneren Auge. Und sie konnte aufatmen, etwas sagte ihr, daß alles gut sei und sie das Ganze abstreifen könne, wenigstens fürs erste. Genaugenommen war es von ihr abgefallen, es hatte sie verschont, und das bewies nur, daß alles gut war.

Dieser Tage kam die Mutter mit der Nachricht, daß der Sommer vorüber sei, denn die ersten Zucker- und Wassermelonen seien eingetroffen, jene richtigen, die von früher, die bergeweise jeden freien Platz einnahmen, nicht diese modernen plastischen, die in den Gemüseläden und auf den Märkten schon im Juli oder sogar Ende Juni auftauchten. Immer haben in Sarajevo die Melonen das Ende des Sommers angekündigt, das Ende der großen Hitzewellen, das Ende des Badens in Flüssen und Seen. Deshalb duften die Melonen hier nach Sommer und nach Herbst zugleich, duften so mild und gelassen. Das gemahnte Azra an die Zeit und erinnerte sie daran, daß sie nur noch drei Tage Urlaub hatte.

Sie beschoß, diese drei Tage für die Rückkehr ins Leben zu nutzen, und fing damit an, morgens, beim ersten Besuch ihrer Mutter, das Bett und abends, nach dem zweiten Besuch der Mutter, auch die Wohnung zu verlassen. Die ersten beiden Spaziergänge fielen ihr noch schwer, aber den dritten genoß sie bereits, so daß sie am linken Miljacka-Ufer bis zur Skenderija gelangte und den Rückweg über die Omladina-Promenade nahm. Am nächsten Tag begann sie wieder zu arbeiten, sorgte für sich selbst, war allein und frei, wie sie es seit Faruks Weggang und bis vor kurzem noch gewesen war.

Sie ging zur Arbeit und kehrte von der Arbeit zurück, fuhr mit der Straßenbahn, aß und schlief, sie funktionierte besser als je zuvor. Die Straßenbahnen rochen nicht, das Gedränge ermüdete nicht, das Essen schmeckte nicht besonders, aber sie verspürte auch keinen Widerwillen, sie fühlte sich nicht schlecht – sie fühlte sich einfach überhaupt nicht. Sie kam von der Arbeit nach Haus und erledigte in kürzester Zeit alles, was zu tun war: duschen, umziehen, etwas zum Essen richten, das Angerichtete essen. All das geschah rasch, flüssig, ohne Zweifel und Unterbrechungen, so daß sie jeden Tag schon gegen fünf Uhr nachmittags auf der Ottomane in der Ecke ihres Zimmers lag.

Einen Fernseher besaß sie nicht, Radio hörte sie nicht, weil sich die aufgeregten Stimmen und die unklaren panischen Berichte überschlugen, Zeitungen las sie nicht, denn sie waren voller Bilder der Gewalt, ohne Erklärung über die Herkunft dieser Gewalt, und für Bücher fehlten ihr die Lust und die Konzentration. Sie streckte sich auf der Ottomane aus und lag einfach so da. Dann fühlte sie Kälte in sich aufsteigen, wickelte sich in die Decke und lag wieder da, als wartete sie auf etwas. Wenn das Telefon klingelte, sprang sie hin, um sich zu melden und erfand vor jeder möglichen Frage des Anrufers schnell eine Lüge. «Gerade habe ich den und den an die Tür gebracht», sagte sie, oder: «Du hast mich gerade noch erwischt, ich bin dabei, da und dahin zu gehen.» Und kehrte auf die Ottomane zurück, wikkelte sich in die Decke und wartete weiter.

Ende September ging sie ohne besonderen Grund zu ihren Eltern. Sie wußte nicht, ob sie zu Hause waren, sie hatte sich nicht angemeldet, sie wußte selber nicht, weshalb sie hinging, denn ihr war nicht nach mütterlichem Mittagessen und väterlichem Philosophieren, seinen guten Ratschlägen und Anweisungen für ein ordentliches Leben. Sie ging hin, weil der Tag unsagbar schön war und weil sie irgendwohin aufbrechen mußte. Sie fuhr wie immer mit der Straßenbahn bis zur Lateinerbrücke, wechselte auf die andere Seite des Flusses und ging hinauf nach Bistrik. Auf dem Wendeplatz der Trolleybusse fiel ihr Blick auf ein Gebäude, die Stiftung des Effendi Hadži-Jakub, wie eine Aufschrift verkündete, mit einem großen Selbstbedienungsgeschäft im Erdgeschoß. Sie erinnerte sich, daß Faruks Vermieter im zweiten Stock wohnte, über der einstigen Wohnung von Faruk. Sie ging hinein und stieg die Treppen zum zweiten Stock hinauf, sie mußte damit rechnen, daß er zu Hause war, denn er gehörte sicher nicht zu denen, die ein Wochenendhaus haben oder Sonntagsausflüge unternehmen.

Azra, du bist es! Der keineswegs überraschte Alte schien aufrichtig erfreut. Komm herein, du kommst gerade recht, den ganzen Tag habe ich noch mit keinem Menschen geredet. Nicht einmal Kaffee habe ich getrunken, mit wem denn auch.

Azra trat ein, und der Alte redete, während er den Kaffee bereitete, in einem fort, als müßte er das Schweigen des ganzen Tages wettmachen. Das Schlimmste, was einem Mann zustoßen könne, sei, ohne Frau zurückzubleiben, Kinder sind wichtig und gut, können aber die Frau («seinen Kameraden», wie er sagte) nicht ersetzen und wären sie auch so zahlreich wie früher, geschweige denn heute, wo sie allein oder zu zweit sind und der Egoismus das erste ist, woran sie sich im Leben gewöhnen. Er war seit zwei Jahren ohne seine Lebenskameradin und hatte diese zwei Jahre in Schweigen und Einsamkeit zugebracht, obwohl er bei seiner Tochter und deren Familie wohnte. Das hatte er auch viele Male zu Faruk gesagt und ihm geraten, sie beide sollten es auf keinen Fall bei einem Kind belassen, denn das sei weder für sie gut noch für das Kind.

Ist Faruks Wohnung frei? fragte Azra, als der Alte den Kaffee brachte und sie bat einzuschenken («es ist schöner, wenn die Frau einschenkt, irgendwie ist der Kaffee nicht richtig, wenn er nicht von Frauenhand kommt»). Sie wunderte sich selbst über ihre Frage.

Sie ist frei, aufgeräumt und wartet auf dich, antwortete der Alte ruhig, als sei das ganz selbstverständlich.

Wieso?

Ganz einfach. Faruk hat ordnungsgemäß bis Ende November bezahlt. Wenn sich, so sagte er, etwas Unvorhergesehenes ereignet und du nicht kommst, soll ich das, was von ihm dageblieben ist, wegwerfen und die Wohnung weitervermieten. Aber ich weiß nicht, wie vernünftig es für dich ist zu bleiben. Wenn du auf mich hörst, packst du deine Sachen und fährst deinem Mann nach.

Du meinst, wegen dem...

Weswegen sonst. Das hier bei uns wird ein ganz böses Ende nehmen, ich habe auch zu meinen Leuten gesagt, sie sollen gehen, nur sie wollen nicht, sie glauben nicht an meinen Verstand, sagte der Alte wütend und fröhlich zugleich.

Und du?

Was ich?

Warum gehst du nicht? fragte Azra lächelnd. Du hast genug Ersparnisse, um irgendwo in Frieden das zu verleben, was dir geblieben ist.

Es ist nicht an mir, Kind, zu gehen, sei vernünftig, gab der verletzte Hausherr schroff zurück.

Für die Deinen und für mich, sagst du, wäre es aber vernünftig wegzugehen. Azra blieb hartnäckig.

Sehr vernünftig, ich rate dir wie meinem eigenen Kind. Geh so weit weg wie möglich. Das wäre viel vernünftiger, als hierzubleiben.

Wie kann dieselbe Sache für den einen vernünftig sein und für den anderen dumm?

Eine Nierenoperation ist vernünftig, wenn jemand einen Nierenstein hat, und dumm, wenn er keinen hat, erklärte der Alte ruhig. Außerdem folgt man in meinem Alter nicht dem Verstand, sondern dem Herzen. Wann soll ich so handeln, wie mir ums Herz ist, wenn nicht jetzt, wo ich keinem mehr schaden kann und wo auch der Tod schon in der Nähe ist? Aber bei euch ist es etwas anderes, ihr müßt noch auf euren Verstand hören und euch bezähmen, auf euren Nächsten Rücksicht nehmen und aufpassen, daß ihr nicht zu viel verliert, denn ihr seid in den Jahren, wo man noch etwas zu verlieren hat.

Trotzdem sehe ich nicht, warum es für dich besser sein soll, hier auf das zu warten, wovor du dich fürchtest, und nicht woanders wie ein Mensch zu leben, behauptete Azra, obwohl sie die Diskussion eigentlich nicht interessierte.

Zum Beispiel deshalb, weil ich woanders nicht als Mensch leben kann. Siehst du dort das Verkehrsschild? Der Hausherr zeigte aus dem Fenster. Es besagt, daß man dort nicht halten darf. Mein Herz hüpft vor Freude, wenn ich es betrachte, sein Anblick macht mich glücklich, wie überhaupt alles hier. Wo kann ich so etwas ein zweites Mal finden, in meinem Alter.

Das Beispiel ist nicht gerade sehr einleuchtend. Azra mußte lachen. Ich fürchte, auch anderswo auf der Welt findet sich ein ähnliches, fast identisches Verkehrszeichen.

Niemals. Ich erinnere mich noch daran, wie es aufgestellt wurde, ich erinnere mich an den sommersprossigen Blonden, der dabei so etwas wie der Chef war (ich habe noch nie einen Menschen mit so vielen Sommersprossen gesehen). Fast dreißig Jahre kennen wir uns jetzt, die Tafel und ich. Ich mache schon Witze mit ihr und bleibe absichtlich vor ihr stehen, weil sie sagt, daß man nicht stehenbleiben darf. Wo auf der Welt finde ich ein Verkehrsschild, mit dem ich dreißig Jahre lang Blicke wechseln kann, von dem ich alles weiß und an das ich mich wenden kann, bis es mir antwortet. Alles unter dem Himmel antwortet dir nach einer gewissen Zeit, alles spricht zu dir, wenn du dich ihm lange genug und geduldig zuwendest, nicht wahr? Jedes Haus von hier bis zur Schule von Bistrik kenne ich wie meinen Namen, jedes verfolge ich, von jedem weiß ich, wem es gehört, was an ihm repariert werden müßte und wie teuer das würde, mit jeder Mauer kann ich mich unterhalten, denn ich verfolge und sehe sie nun schon so lange, daß wir uns langsam verstehen. Hier spricht alles zu mir; an jedem anderen Ort hingegen würden selbst die Menschen stumm vor mir sein, denn wir denken an unterschiedliche Dinge und fühlen selbst dann unterschiedlich, wenn wir dasselbe sagen.

Wo sind die Schlüssel? Gehen wir uns die Wohnung ansehen, sagte Azra und stand auf.

4

Brief an Azra
Ich kann nicht weggehen, liebe Prinzessin, ohne wenigstens den Versuch zu machen, das zu begreifen, was mit uns geschehen ist, was mit uns hätte geschehen können, wenn wir unsere Chance besser erkannt hätten; was ich von Dir bekommen habe und was ich hätte bekommen können, wenn ich fähig gewesen wäre, es anzunehmen; was ich Dir geben wollte und was ich Dir vielleicht auch gegeben habe. Ich kann es mir nicht vorstellen, und ich wäre unendlich traurig, wenn Ihr, Du und dieser Brief, einander nicht fändet; das würde bedeuten, daß auch Du mir nicht geholfen hast, eine Spur zu hinterlassen, und sei sie noch so schwach, und daß ich mich geirrt habe in dem, was ich mit Dir hatte. Deshalb lasse ich den Brief für Dich hier zurück, zusammen mit meiner Hinterlassenschaft: Wenn Du ihn findest, hatte ich recht, und dieser Versuch war begründet, und wenn Du ihn nicht findest, ist es klar, daß ich unrecht hatte und daß dies alles, daß überhaupt alles unbegründet ist. Deshalb sende ich Dir den Brief und meine Hinterlassenschaft nicht mit der Post, und deshalb hat mein (unser?) Hauswirt die Anweisung, wenn Du bis Ende November nicht kommst, alles wegzuwerfen.

Immer wenn ich über mein Leben nachdachte, wenn ich versuchte, meinen Aufenthalt auf der Welt zu verstehen, ist mir dasselbe passiert: Alles, woran ich mich erinnerte, was doch meine Tage und Jahre erfüllt haben muß, ist mir durch die Finger geronnen, die dabei sauber und trocken blieben. Ausgeronnen wie Sand. Die Alten lehren, es habe einmal ein goldenes Zeitalter gegeben, nach ihm sei das bronzene gekommen, und dann, mit den Menschen oder für die Menschen, das eiserne Zeitalter. Ich lebe, soweit ich sehe, im Zeitalter des Sandes, im Zeitalter der reinen Gegenwart, bestehend aus kleinsten Teilchen, aus allerreinsten Partikeln, die nichts ausdrücken und an nichts erinnern, in die sich keine Spur einprägen läßt und die man nicht behalten kann, weil sie keine Spur hinterlassen. Schlicht und einfach Sand. Jede Inventur meines Lebens vor Dir führte zum gleichen Resultat: viele kleinste Teile, eine Unzahl von Sandkörnern, die sich zu keinerlei Form verbinden und in denen ich weder mich noch die Wirklichkeit wiedererkennen kann.

Dann bist Du gekommen, und mit Dir kam ein ganz neues Gefühl, vielleicht sogar eine andere Erfahrung. Ich weiß nicht, wie ich es nennen soll, ich weiß es nicht zu beschreiben, aber es geht vermutlich (hoffentlich) auch Dir so, und ich brauche es Dir nicht zu erklären. Ganz einfach, in alldem war Wirklichkeit, es gab Augenblicke, in denen ich gleichzeitig fühlte und wußte, daß wirklich etwas geschah und daß es mir geschah, ich hatte etwas, um meine Erinnerungen daran zu knüpfen, meine Wünsche, meine Empfindungen und meine Gedanken. Wenn ich eine abgegriffene Metapher benutzen darf, würde ich sagen, daß unsere Liebe wie eine Sanduhr ist, in die sich mein Sand ergießt und so wenigstens von außen her eine Form, ein Maß, einen Grund bekommt. Deshalb die Hoffnung, Du werdest diesen Brief finden, und die Bitte, Du mögest kommen und ihn finden.

Ich gehe fort, denn Du hast mich gebeten zu gehen, und soweit ist alles völlig klar und in Ordnung. Die Gründe dafür sind indes völlig falsch, und deswegen ist keineswegs alles in Ordnung. In uns und zwischen uns gibt es keinen Grund für Deine Bitte und für meinen Weggang. Du verlangst ihn aus Abstumpfung durch das Alltägliche, das sich aus dem verzweifelten Bedürfnis nährt, etwas möge sich verändern, und sei es dies und auf diese Art, aus der dummen Hoffnung, das Leben werde leichter zu ertragen sein, wenn sich etwas verändert. Du hast mich aus rein äußerlichen Gründen gebeten zu gehen, Gründe, die mit uns buchstäblich nichts zu tun haben. Sie sind falsch, und ich darf ihnen nicht zustimmen, aber ich stimme doch zu und gehe. Das ist nicht in Ordnung, aber es widerfährt mir seit eh und je und in allem. Es ist auch nicht in Ordnung, daß ich keine Verzweiflung empfinde, keinen Schmerz, keinen Zorn... Nur das dumpfe Einverständnis und ein leichtes, fast unmerkliches Bedürfnis, zu verstehen und vielleicht zu erklären.

Schon sehr lange, seit dem Begräbnis meines Onkels und unserem langen nächtlichen Gespräch, ist mir klar, daß ich mir Dich nur bewahren kann, wenn ich Dir helfe, Dich aufzuraffen und wegzugehen. Irgendwo anders, an einem Ort, wo wir im Alltag von Leere umgeben wären, so daß wir seinen Zerfall nicht so deutlich sehen und erleben, könnten wir gemeinsam existieren. Seit damals weiß ich, daß ich zu wählen habe zwischen dem Weggehen, das Dich mir bewahren würde, und unserer Trennung. Seit damals quäle ich mich, rechte mit mir, wäge ab.

Die Waagschale mit dem Entschluß, mit dem Bedürfnis, einmal im Leben gut und anständig zu sein, hat sich auf meiner Seite gesenkt. Ich verliere Dich, aber ich helfe Dir, Deinen Dir vom Schicksal zugedachten Platz zu bewahren und alles, was Du brauchst, bis auf mich.

Meine Entscheidung entspringt natürlich nicht reinem Edelmut, obwohl es in Wirklichkeit auch das gibt. Ich gehe Deinetwegen (damit Du alles bewahren kannst, was Dein ist und was Du bist, alles was Du brauchst und alles was Dich ausmacht), aber auch meinetwegen – in der Hoffnung, daß sich alles verändert, wenn wir die Rollen wechseln.

Bisher sind andere von und wegen mir gegangen – Hajrudin, mein Vater, Bahtijar. Jedesmal wurde mir ein Teil der Wirklichkeit genommen, jedesmal war ich danach weniger wirklich: was in mir immer weniger wurde, ähnelte dem, was um mich herum war, die Distanz zwischen meiner Innenwelt und der objektiven Welt wurde größer. Wirklichkeit ist die Harmonie oder Übereinstimmung zwischen dem Persönlichen und dem Objektiven, dem Inwendigen und dem Äußeren. Aber das war bei mir mit jedem Weggehen immer weniger der Fall, vielleicht deshalb, weil sie es waren, die weggingen. Deshalb gehe jetzt ich weg in der Hoffnung, daß mit meinem Weggang die Rückkehr der Wirklichkeit beginnt und daß das Maß der Übereinstimmung zwischen meinem Innern und dem Objektiven wieder zunehmen wird.

Dummheiten. Ich lüge, ich denke mir hohle Phrasen aus, die weise klingen, in der Hoffnung, sie könnten mich trösten. Aber sie können es nicht.

In Wirklichkeit gehe ich weg, weil Du es willst. In Wirklichkeit bemühe ich mich, gut, anständig und edel zu sein, und so beraube ich mich Deiner. Ich bleibe somit ohne das, was mir das Wertvollste ist, wie alle Menschen, die wirklich gut, anständig und edel sind. Ich habe begriffen, daß nichts, was ohne Liebe möglich ist, die Mühe lohnt und daß ich Dich, wenn ich Dich wirklich liebe, nicht darin unterstützen darf, Deine ganze Welt auf mich zu reduzieren. Ich habe begriffen, daß ich Dich darin unterstützen würde, wenn ich mit Dir wegginge, um Dich zu behalten. Deshalb trete ich edel auf wie jeder Idiot und entsage Dir, damit Du wenigstens irgendeine Ganzheit bewahren kannst.

Ihr könnt nicht weggehen, liebe Prinzessin, und letztendlich geht es nur darum. Bosnien ist seit jeher ein Raum, aus dem man weggeht, flieht, vertrieben wird, und alle, die es glücklich schaffen wegzugehen, zu fliehen oder vertrieben zu werden, sie alle werden – auch wenn sie es bis dahin nicht wußten – zu Bosniern, sobald sie sich irgendwo anders niederlassen, in einer Welt, die glücklicher ist als Bosnien. Ich habe Dir von dem alten Arzt und seiner Frau erzählt, die ich in München kennengelernt habe, wo ich als Student glücklich mein täglich Brot mit Schwarzarbeit verdiente. «Wir sind Deutsche von uns», sagte der Alte zu mir. Dieses «von uns» bedeutete, daß er und die Seinen 1945 zusammen mit allen «Feinden des Fortschritts», mit den Volksdeutschen aus den flachen und den Bergleuten aus den gebirgigen Gegenden vertrieben wurden. Er war zufällig gerade aus Sarajevo vertrieben worden, zusammen mit den Eltern, die aus Vareš nach Sarajevo gekommen waren. Und er, schon in den Siebzigern, war noch immer «ein Deutscher von uns» und dabei tief innen und vor sich selbst verborgen vielleicht mehr Bosnier als Du oder Dein Vater, ebendeshalb, weil er vertrieben worden war und es nur so erfahren hatte. Wie oft haben wir über Menschen gesprochen, die mit ihrem Schicksal meine These bestätigen, daß der Weggang aus Bosnien der sicherste Weg ist, zum Bosnier zu werden? Ein paarmal hast Du mir in konkreten Fällen auch zugestimmt, was sonst nicht gerade zu Deinen ausgeprägteren Eigenschaften und Neigungen zählt.

Warum ist das so? Warum werden die Bosnier (und ich würde sagen, daß es sich mit den Süditalienern und den Iren ähnlich verhält) so leidenschaftliche Patrioten, wenn sie weggehen, und warum lieben sie ihre Gegend so gar nicht, wenn sie zu ihr verurteilt sind, das heißt, solange sie dort leben? Ich weiß es nicht. Ich weiß nur, daß es so ist.

Wenn es mir schlechtgeht, wenn ich fühle, daß mich diese Stadt niemals als einen der Ihren akzeptieren wird, erkläre ich es mir damit, daß die Menschen ihre zurückgebliebenen und gescheiterten Kinder am meisten lieben. Wenn ich mich mit Dir streite, wenn ich versuche, Dich vom Weggehen abzubringen oder Dich verletzen möchte, erkläre ich es damit, daß wir den Kolo tanzen und Sliwowitz trinken. (Was verrät diese Bereitschaft, etwas zu trinken, das gleichzeitig stinkt, Brechreiz verursacht und den Magen zerstört? Wo sonst als in Bosnien können Menschen existieren, die bereit sind, so etwas zu trinken?) Wenn mich ein Geschwür zerfrißt, erkläre ich unsere Verbundenheit mit Bosnien mit dem Klima, das heißt, mit den Übergangsperioden, also Vorfrühling und Frühherbst, die in Bosnien jedesmal das ganze Jahr dauern, und daß es die Menschen aus Bosnien dort unerträglich finden, wo das Jahr unterschiedliche Jahreszeiten hat, so daß ihr Geschwür sie nur ein paar Monate quält. Aber wenn ich ernsthaft darüber nachdenke, gerate ich in Verwirrung, und alles, was ich sagen kann, ist, daß es so ist.

Vielleicht könnte die richtige Erklärung in der Vielfalt liegen, die unser Alltagsleben so unendlich kompliziert macht. Ein guter Bosnier liebt seine Nachbarn, die allen möglichen Glaubensrichtungen angehören, mit Zärtlichkeit, und das heißt, er hat darauf zu achten, wie man jemanden grüßt, wie man ihm sein Mitgefühl ausdrückt oder ihm gratuliert, wenn er einen Feiertag hat, wann und wie welcher Feiertag begangen wird und wie man jemand anläßlich des Feiertags Glück wünscht. Wenn man mit den Menschen um sich herum gut auskommen möchte, erfordert ein einziger Gang durch Sarajevo so viel Wissen über die verschiedenen Religionen und Kulturen, daß sich jeder von uns für einen Kandidaten der Kulturanthropologie oder Ethnologie halten könnte.

Das macht das Alltagsleben unendlich kompliziert

und zugleich so wunderbar reich, denn es sind vor allem solche Rituale, die den Tagen eine Form und einen Inhalt geben. (Hast Du jemals über die Tatsache nachgedacht, daß sich nur erfüllen kann, was eine Form besitzt, und daß wir uns deshalb vor der Ewigkeit fürchten?) Jeden Bekannten, den wir treffen, begrüßen wir nach seinem Gesetz und seiner Religion, und er grüßt uns nach unserem Gesetz zurück. Jeden Monat finden wir uns mindestens einmal zu einem Fest oder einer Trauerfeier bei jemand vom anderen Glauben und von der anderen Kultur ein, und wir trauern oder feiern mit ihm nach seinem Gesetz, so wie er es bei uns tut nach unserem. So können unsere Begrüßungen und unsere Rituale nicht leer und mechanisch werden, trotz aller Wiederholung bleiben sie eine Hinwendung zu diesem und jenem konkreten Menschen, weil wir uns, bevor wir den Gruß aussprechen, erinnern müssen, wie dieser oder jener zu begrüßen sei. Und deshalb sind wir verwirrt und verloren, wenn wir irgendwo hinkommen, wo das Alltagsleben unkompliziert ist, weil es nur ein Gesicht hat, wo sich alle Menschen gleich begrüßen, alle Feiertage gleich feiern und jede Trauer gleich ausdrükken. Wir finden uns in der Situation eines Menschen wieder, der nur von sich selbst umgeben ist, von seinen Gipsabgüssen und Spiegelbildern. Wir fühlen uns wie jemand, der sein ganzes Leben lang Fremdsprachen und Klavier studiert hat, sich unter Holzfällern fühlen muß. Somit finden wir uns in einer Situation wieder, in der wir uns mit unseren vielen unnötigen Kenntnissen dumm vorkommen müssen und die uns deutlich zeigt, daß diese Kenntnisse, auf die wir so stolz waren und die wir für außerordentlich wichtig hielten (von denen wir wußten, daß sie außerordentlich wichtig sind), ganz einfach sinnlos sind. Wir finden uns von Leere umgeben, in der wir uns nur mit uns selbst beschäftigen können. Und so kommen wir zu dem, was wir in uns haben – eine Unzahl von Ritualen aller Religionen, deren wir jetzt nicht bedürfen, die uns vielmehr stark belasten, um so stärker, je teurer sie uns früher waren, weil sie unsere Tage formten und unsere Zeit erfüllten, uns mit den Nachbarn verbanden und uns zwangen, die standardmäßigen Redeformeln mit konkreten Bedeutungen zu füllen, weil wir sie mit Bewußtsein aussprachen und an konkrete Menschen richteten... Und so werden wir uns unserer selbst immer deutlicher bewußt, wir werden immer mehr zu Bosniern und sind immer abwesender von den Orten, an die wir uns aus Bosnien geflüchtet haben.

Ob ich phantasiere, mystifiziere, idealisiere? Ich weiß, daß ich weggehe, innerlich bin ich längst weggegangen, so daß ich all das schon aus einer Ferne sehe, die es in eine himmelblaue Farbe taucht, ich mache Dir und mir etwas vor, so wie wir uns immer etwas vormachen über das, was vergangen ist. (Verflossene Liebhaber hatten nie Mundgeruch.)

Ich weiß es nicht. Aus Erfahrung weiß ich, daß es Euch mit Eurem inneren Wesen nicht wirklich gelingt wegzugehen, aber ich kann es nicht erklären. Ich weiß, daß wir uns, ohne meine Schuld, in einer Situation wiederfanden, in der wir weggehen oder uns trennen mußten. Ich weiß, daß ich es bin, der weggehen muß, denn Du wirst, wenn wir gemeinsam weggehen, alles verlieren bis auf mich, und ich werde, wenn ich allein gehe, nur Dich verlieren (was freilich alles ist, da ich nichts anderes habe).

Du hast auch selbst bemerkt, daß ich ohne Probleme weggehen und überall in gleicher Weise ein Fremder sein kann, weil ich keinen Vater habe. Ich meine – ich habe ihn nicht in mir, mir fehlt das, was wir von einem Vater bekommen: Zugehörigkeitsgefühl und Heimat.

Für mich ist die Mutter das Zuhause und der Vater die Heimat, die Mutter Sicherheit und der Vater Zugehörigkeit. Weil ich keinen Vater gehabt habe (und das ist mit Sicherheit der Grund), wußte ich nie, wie es ist, dazuzugehören und eine Heimat zu haben.

Meine Mutter hat mir Heim und Sicherheit gegeben. Wenn ich das sage, meine ich das wichtige Gefühl, daß ich nicht grundlos geboren bin, daß meine Ankunft auf dieser Welt erwünscht war, so daß ich meine Existenz nicht zu rechtfertigen brauche und mir das Recht auf Anwesenheit nicht ständig neu erkämpfen muß, indem ich nützlich, freundlich und hilfsbereit bin. Das ist, glaube ich, das beste, was man von einer Mutter bekommen kann, und zwar nur von einer Mutter. Vom Vater habe ich nur ein paar trübe Erinnerungen, ein häßliches und schlecht verfaßtes Dokument (in der Anlage) und das quälende Bedürfnis, ihn zu suchen und ihn gleich wie und um welchen Preis zu finden.

Vater bedeutet für mich Abwesenheit, Bedrückung, weil etwas nicht da ist, was dasein müßte. Es ist kein Schmerz, nichts Bestimmtes, sondern nur ein Druck, weil etwas fehlt, das nicht fehlen dürfte. Die wenigen Male, die er mit mir zusammen war, war er nur der Sieger, nie der Vater, so kann kein Vater sein. Später war er Emigrant, und dann einer, nach dem man sich irgendwie sehnt, denn die Mutter weint oft, und du weißt, es ist wegen ihm. Seit ich begriffen hatte, wie sehr ich meinen Vater brauchte, unternahm ich richtig polizeiliche Nachforschungen, um die Wahrheit über ihn und sein Weggehen herauszufinden, was mir zum Teil auch gelang. Erstens waren da seine Parteigenossen, Sieger wie er, die aber mit gezinkten Karten spielten. Zweitens war ihm klar, worum es ging, so daß er sich schnell und weit genug absetzte, denn er wußte, was die erwartet, die gegen gezinkte Karten spielen müssen. Drittens wurde ihm wegen illegalen Besitzes von drei Kilo Tabak in Abwesenheit der Prozeß gemacht. Viertens habe ich in dem ganzen Spiel am schlechtesten abgeschnitten, denn mir ist von alledem nur ein vages, bedrückendes Gefühl der Scham wegen meines Vaters geblieben (worüber ich mich ebenfalls geschämt habe): der eine hat keinen Vater wegen einer Verschwörung gegen Volk und Staat; beim anderen ist er als Held für die Freiheit und den Fortschritt des arbeitenden Volkes gefallen; der dritte hat keinen, weil sein Vater ein Verräter und Diener des Okkupators war; und bei mir ist es wegen drei Kilo Tabak. Verstehst Du meine Scham? Es wäre großartig gewesen, wenn er für die Freiheit gefallen wäre und schrecklich, wenn er ein Verräter oder ein Verschwörer gegen den Fortschritt gewesen wäre. Ich wäre gebrandmarkt, aber es hätte einen Grund gegeben, etwas Konkretes, es hätte mich das Fürchten gelehrt, aber den Vater auch gegenwärtig gemacht, es wäre eine Art Anwesenheit gewesen. So war alles ohne Grund, ohne Prägung, ohne starke Gefühle und starke Erfahrungen. Ohne Vater. Die reine Abwesenheit.

Hab keine Angst, liebe Prinzessin, es folgt keine weitere Beichte, ich bin mit mir und meinen traurigen Erinnerungen schon am Ende. Ich wollte Dir erklären, warum ich weggehen kann, warum ich nirgendwo dazugehöre und überall in gleicher Weise zu Hause bin. Ich hoffe, daß Du etwas verstehst, wenigstens so viel, wie ich vielleicht. Daß ich ein Idiot bin, der den Großmütigen spielt, statt Dich zu packen, ans Ende der Welt zu schleppen und zu lieben... Wenn ich das könnte, wenn ich nur anders wäre.

Dies hier hinterlasse ich Dir, liebe Prinzessin: meinen ganzen Besitz und ein mögliches, vielleicht besseres, vielleicht nur gewünschtes Ich, ein Ich, dem ich wohl zustimmen könnte. Komm bitte in diese (unsere?)

Wohnung. Lies dies und spüre, daß ich hier bin. Wenn ich nicht hier bin, wenn Du mich nicht spürst – dann gibt es mich auch nicht.

F.

5

Der Alte hatte sich diskret zurückgezogen, als sich Azra an den Tisch in Faruks ehemaliger Wohnung setzte, so daß sie den Brief, der seit Ende Mai auf sie wartete, in aller Ruhe lesen konnte, ohne die Nervosität, die sie immer empfand, wenn ihr jemand beim Lesen zusah; ohne die Notwendigkeit, ihre Reaktionen auf das Gelesene zu kontrollieren oder gar zu verstecken.

Sie konnte Faruks Gefühle hinsichtlich seines Vaters gut verstehen, ebenso erging es ihr ja gerade in bezug auf ihn. Sie saß in der Wohnung, in der ihr Geliebter elf Jahre gelebt hatte, und spürte weder seine Gegenwart noch seinen Geruch, nichts von dem, womit ein Mensch den Raum erfüllt, in dem er sich lange aufhält. Hier gab es wirklich keine Spuren von Faruk, womöglich würde sie es gar nicht glauben, daß er hier war, wenn sie selbst die gemeinsamen drei Jahre nicht häufiger hier als in ihrer eigenen Wohnung verbracht hätte. Nicht einmal in ihr, so kam es ihr vor, hatte er tiefere Spuren hinterlassen: nach dem Lesen seines Briefes fühlte sie nur ein Unbehagen wegen seiner Abwesenheit, vermutlich genau das, was ihn hinsichtlich seines Vaters gequält hatte.

Zweimal ging sie durch die Wohnung, berührte hier einen Gegenstand, nahm dort einen Aschenbecher, eine Teetasse in die Hand, setzte sich auf das Bett. In der Küche hingen ein frisches und ein gebrauchtes Geschirrtuch, ihres, mit dem sie jetzt grundlos das Blech neben der Spüle zu polieren begann. Im offenen Regal aus gedunkeltem Massivholz stand «ihrer beider» ganzes Geschirr, sogar das Kaffeeservice, das er als Erstsemester gekauft und durch alle Umzüge, Untermietzimmer, Wohnungen mitgeschleppt hatte. Alles ist noch da, alles ist wie immer, nur Faruk ist nicht da. Sie spürt ihn nicht, sie kann ihn nicht herbeirufen, es gelingt ihr nicht, die Erinnerung an ihn zu beschwören, weder mit der Hand noch über die Haut, noch mit dem inneren Auge, noch über den Geruch... Es gibt keine Spuren – und keinen Schmerz, daß es so ist. Irgendwo tief in ihrem Innern hat sie es auch nicht anders erwartet.

Sie kann Faruk nicht erkennen, sie erinnert sich an kein einziges Erlebnis mit ihm in dieser Wohnung, obwohl es doch etliche gab im Verlauf der drei Jahre. Fast möchte sie bezweifeln, daß sie tatsächlich hier gewesen ist, ob es stimmt, daß sie hier jemand getroffen und geliebt und sich selbst dabei auf so wundervolle Weise kennengelernt hat. Es ist aber ohne jeden Zweifel klar, daß sie alles, was sie hier besessen hat, zurückgewinnen muß, es ist das einzige, was ihr noch geblieben ist, und mit etwas weniger Vollständigem und weniger Wahrhaftigem kann sie sich nicht zufriedengeben. Aber wie soll sie all das wieder in Besitz nehmen, wenn es keinen Faruk gibt?

Sie kehrte zum Tisch zurück, auf dem, ordentlich gebündelt, das wartete, was Faruk seine Hinterlassenschaft nannte (er mußte tatsächlich in einem besonderen Zustand gewesen sein, wenn er auf Grund der Trennung von ihr plötzlich so ordentlich sein konnte). Unter dem Brief lag ein Blatt dünnes Kanzleipapier (ich glaube, es heißt *pelure* oder so ähnlich und ist dermaßen häßlich, daß die Menschen allein seinetwegen Zuschriften aus den verschiedenen Ämtern mit Angst entgegensehen), an den Rändern zerfranst, von Furchen durchzogen, die durch das Falten des Blattes in Viertel entstanden waren, maschinenbeschrieben mit winzigen verschmierten Buchstaben, so daß das «o» und «c» die gleichen Abdrücke hinterlassen hatten und bei «a», «e» und den anderen Buchstaben die Rundungen völlig ausgefüllt, also schwarz waren.

VOLKSREPUBLIK BOSNIEN UND HERZEGOWINA
STAATSANWALTSCHAFT MOSTAR
(darunter ein riesiger rechteckiger Stempel derselben Dienststelle, nur mit anderem Schriftzug, und über einer Linie eine Zahl und ein Datum: 24. April 1959)
An das Kreisgericht Mostar
Auf Grundlage der Art. 18, 45, Abs. 2 Punkt 3, und 263, Abs. 1 StGB erhebe ich bei obigem Gericht
ANKLAGE
gegen Karabeg Hamid, genannt Hamdo, Sohn des Adem und der Bisera, geborene Alić, geboren in Duvno am 15. Juli 1917, wohnhaft in Duvno, ul. Boriše Kovačevića Nr. 57, Nationalität Unbestimmt, Staatsbürger der FNRJ, Beruf Kaufmann, verheiratet, Vater von vier minderjährigen Kindern, schreibkundig, mit abgeschlossener Handelsschule, Militärdienst in Pljevlje 1937/38, ohne Dienstgrad, Angehöriger der Volksbefreiungsarmee Jugoslawiens seit 1942, demobilisiert im Range eines Hauptmanns, geführt in der Militärevidenz Kreis Mostar, Gemeinde Duvno, ohne Auszeichnungen, mittlerer Vermögensstand, bisher weder vorbestraft noch anderweitige Strafverfahren anhängig, auf der Flucht, *illegal im Besitz von 3 kg herzegowinischen Tabaks der Sorte Flor handgeschnitten gewesen zu sein, was durch eine kommissarische Kontrolle des Magazins, das der Genannte führt, bestätigt und protokollarisch am 17. Januar 1959 festgehalten wurde, womit er sich folgender Vergehen schuldig*

gemacht hat (hier endete der Text; ein weiteres Blatt, auf dem die Vergehen aufgeführt und erläutert wurden, fehlte, und so bliebe einem verspätet und wider Willen Nachforschenden nur, Faruks Untersuchung und seinem diesbezüglichen Bericht zu glauben).

Schön von Faruk, daß er ihr dieses vielleicht größte seiner Heiligtümer hinterlassen hat. Schön und ziemlich verlogen. Sie muß dieses wertvolle, dieses heilige Exemplar der Juristerei hüten, denn sie weiß, was es besagtem Faruk bedeutet, sie weiß aber weder, was sie mit ihm anfangen, noch ahnt sie, wie sie mit ihm enden soll (vielleicht könnte sie es als Beweis benutzen, daß die Rechtsgelehrten nicht nur die Gerechtigkeit und das Recht vernichten, sondern auch die Sprache und das, was früher einmal schöner Stil hieß). Und so ist es immer mit Faruk: er drängt dir sein Problem oder seinen kostbarsten Besitz auf, und bis du dich zurechtgefunden hast, ist er schon auf und davon, leicht und frei. Ein bißchen zu leicht und zu frei, als daß es sich ertragen ließe.

Sie legte das Dokument rechts neben einen Haufen Papiere und entdeckte ein Blatt, auf das Faruk mit der Hand und in ungewöhnlich großen Buchstaben geschrieben hatte: DIE GESCHICHTE DES SANDES. Darunter lag ein Blatt, auf dem in derselben Schrift, nur mit etwas kleineren Buchstaben, geschrieben stand: SCHEICH FIGANIS LEHRJAHRE. Und darunter viele maschinenbeschriebene Blätter. Ein Text, den sie in Fragmenten schon kannte, denn Faruk hatte ihr oft vorgelesen, was er unmittelbar zuvor geschrieben hatte.

Sie legte die handschriftlichen Blätter auf den Haufen zurück und erhob sich vom Tisch. Gut, sie wird es tun, es paßt ihr nicht, aber sie wird es tun. Es paßt ihr nicht, daß alles an ihr vorbei entschieden wurde, daß sie, passiv wie ein Schaf, mit allem einverstanden ist, aber sie wird es tun. Sie wird hierher übersiedeln. Und den Text lesen, den sie schon einmal gehört hat. Vielleicht setzt sie aus den Wörtern, vielleicht aus der Stimme ein Ganzes zusammen und beweist sich so selbst, daß sie es tatsächlich besessen hat, daß sie es wirklich erlebt hat, was sie in sich trägt, was jetzt als Abwesenheit auf ihr lastet und ihr nicht erlaubt, die Leichte und Freie zu sein, die sie einst war und zu der sie sich selbst gemacht hat.

*Scheich Figanis
Lehrjahre*

Der Bericht

I

«Scheich Ata, meinem Lehrer zu Aleppo, Selam.

Wer viel reist, sieht viel, und wer viel gesehen hat, fragt sich vieles und weiß viel. Wer aber viel weiß, sieht viel, denn Wissen öffnet die Augen und macht sie sehen. Man muß wissen, um zu sehen, und man muß schauen, um zu wissen, denn das Wissen öffnet die inneren Augen, die inneren aber lernen das Schauen von den äußeren.

So hast Du, mein Lehrer, gesprochen, als Du mir Deinen Auftrag erläutertest, nach Istanbul zu gehen, die lange Reise auf mich zu nehmen, einen Halt zu machen, wenn ich ermüde, und mit offenen Augen nach beiden Seiten des Weges zu schauen. Ich bin gereist, wie Du mir gesagt hast, und jetzt scheint mir, daß ich verstehe, was Du meintest: bemüht, still und unsichtbar zu sein, bin ich mit Kaufleuten, Handwerkern und anderen gereist, die in Geschäften unterwegs sind, bestrebt, so auszusehen wie sie, zu reden wie sie, aufzutreten wie sie, Deines Hinweises eingedenk, daß ich um so mehr sehe, je weniger ich gesehen werde, und daß ich am wenigsten gesehen werde, wenn ich einer von vielen bin, wenn ich so bin wie alle. Deshalb habe ich mich bemüht, nicht auszusehen wie einer, der um des Lernens und Schauens willen reist und sich dadurch von den übrigen Reisenden abhebt, sondern wie einer jener Unzähligen und Ungesehenen, die geschäftehalber von

Ort zu Ort wechseln, nicht schauend, nicht reisend, ihren Ort nur wechselnd, um ihr Geschäft zu betreiben.

Vergleiche ich diese Reise mit jener, die mich zu Dir geführt hat, staune ich, wie recht Du hattest. Von Trapezunt bis Aleppo bin ich wie ein Blinder gegangen, und ich bin nicht sicher, ob ich auf demselben Weg zurückfinden würde. Ich würde nichts wiedererkennen, und das ist, wie Du mich gelehrt hast, als hätte ich nichts gesehen. Gesehen haben wir nur das, was wir später wiedererkennen, was eine Spur in unserem inneren Auge hinterläßt, so daß die Form des Gesehenen im Gedächtnis bewahrt und vom Verstand jederzeit aufgerufen werden kann. Darauf habe ich mich nicht verstanden, als ich von Trapezunt nach Aleppo zog, und das ist so, als hätte ich überhaupt nicht zu sehen vermocht. Von Aleppo nach Istanbul bin ich als Sehender und Sehenwollender gereist, ich habe alles mögliche gesehen und einiges gelernt und brenne darauf, Dir von alledem zu berichten, um aus Deiner Antwort noch mehr zu lernen und in mir zu festigen, was ich auf der Reise gelernt zu haben glaube.

Auf manche meiner neuen Erkenntnisse bin ich sogar stolz und kann es kaum erwarten, sie im scharfen Spiegel Deines Verstandes zu prüfen. Vielleicht werde ich nicht bis zu unserer Begegnung warten, sondern in einem meiner nächsten Briefe davon schreiben. Jetzt drängt es mich jedoch, Dir zu berichten, wie sich mir ein weiteres Mal offenbart hat, welch großer Lehrer und Geist Du bist.

Erinnerst Du Dich an Abdul Kerim Çelebi, der gerade die Aufnahme und Beschreibung der Besitztümer im Sandschak von Aleppo abgeschlossen hatte und sich zur Rückreise nach Istanbul anschickte. (Ich war noch immer Proband, äußerer Schüler, der sich darauf vorbereitete, unter die Geweihten, Deine ständigen Hörer, aufgenommen und einmal innerer Schüler zu werden.) Erinnerst Du Dich, daß Du damals zu Abdul Kerim sagtest, die Regierung unseres Padischah Süleyman – Allah mehre seinen Ruhm und stärke seine Rechte – werde im Zeichen der Harmonie, des Gesetzes und des Wohlergehens stehen? Erinnerst Du Dich daran? Wir saßen hinten im Garten, am Feigenbaum neben einem Ameisenhaufen, die Sonne ging unter, und Du sprachst davon, daß eine Frucht möglichst gleich nach dem Pflücken gegessen werden sollte, weil ihre Säfte frisch und lebendig sind, sich noch des Baumes und der Erde erinnern und uns das Höchste geben, was sie geben können; Du warst mitten im Satz, als Abdul Kerim Çelebi kam, um sich zu verabschieden. Der glückliche Padischah Süleyman – Allah mehre seine Tage – hatte gerade seinen Platz eingenommen, und Kerim, der seine Arbeit beendet, alle Besitztümer im Umkreis aufgenommen und beschrieben hatte und sich anschickte, nach Istanbul zu reisen, der neuen Regierung seine Dienste anzubieten, dieser Kerim stellte wie beiläufig die Frage, was uns wohl erwarte unter dem neuen Herrn, dessen leuchtendes Antlitz er bald zu sehen hoffte.

Deine Antwort war folgende: die Zehn ist die vollkommenste aller Zahlen, denn in ihr vereinen sich die Eins und die Null, erstere die Grund- und Urzahl eins, eine Zahl, die gleich ihrem Quadrat und ihrer Wurzel ist, eine Zahl, die mit sich selbst vermehrt und durch sich selbst geteilt sich selbst ergibt, eine Zahl, die bei anderen Zahlen, wenn mit ihr vermehrt oder durch sie geteilt, nichts verändert, eine Zahl, die vollendet ist, weil sie sich selbst genügt und in allen Operationen sich selbst gleich ist, eine Primzahl, weil man sie mittels Teilung einer beliebigen Zahl durch sich selbst erhält; die einzige, die älter ist als die Eins, weil sie ihr vorangeht und tiefer ist als sie, ist die Null, die noch keine Zahl ist, sie ist die Ruhe, der Mittelpunkt der WAAGE, der Punkt, in dem alles möglich, weil noch nichts wirklich ist, und gerade sie, die Null, ist es, die sich mit der Eins zur Zehn vereint. Deshalb ist die Zehn die vollkommenste Zahl: in ihr vereinen sich die Primzahl und das, was alle Zahlen erst möglich gemacht hat. Mit der Zehn endet ein Zählkreis und beginnt ein zweiter. Zehn Teile umfaßt das BUCH, und auf zehn Arten wird das BUCH gelehrt. Zehn ist die Anzahl der Nachfolger des Propheten, zehn die der Stockwerke des Himmels, zehn die der Gebote ALLAHS, die uns der Prophet Musa überbracht hat. Zehn Finger sind an Händen und Füßen, zehn Sinne hat uns ALLAH verliehen, wenn wir äußere und innere zusammenrechnen, zehn Fähigkeiten der Seele gibt es. Und auch unser Padischah steht im Zeichen der Zahl Zehn, denn er ist der zehnte Sultan in seinem gesegneten Stamm und geboren im ersten Jahr des zehnten Jahrhunderts. Deshalb erwarte ich, daß seine Regierung im Zeichen der Zahl Zehn stehen und allumfassend, segensreich und von innerer Harmonie bestimmt sein wird.

So hast Du zum werten Abdul Kerim Çelebi gesprochen und Dir noch einmal seine Bewunderung und Ehrfurcht gewonnen, hast ihn beruhigt und ihm Kraft eingeflößt für die Reise, vor der er ein wenig ängstlich war und von der er sich zugleich viel Gutes erhoffte. Er hat Dir seine Bewunderung damals nicht in Worten ausgedrückt, denn er wußte, wie wenig Du dergleichen duldest, aber ich erinnere mich gut seines Blickes, und er kennt noch heute Deine Antwort, an die er mich vor zwei Tagen erinnerte, als er mein Gastgeber war (ich hatte ihn in der Hoffnung aufgesucht, er würde sich meiner entsinnen und mir einen Hinweis geben, wie ich meinen jetzigen Lehrer finde, und ich hatte mich nicht getäuscht: er nahm mich zwei Tage bei sich auf und kümmerte sich um mich wie um seinen eigenen Sohn, alles aus Erinnerung an Dich).

Er ist jetzt ein wichtiger Beamter an der Hohen Pforte, ein Mensch von großem Glück und Einfluß, und doch beruft er sich stets auf Dich, wenn er von der jetzigen Blütezeit spricht. Er hat, sagt er, als er die Sandschaks bereiste und beschrieb, viele Menschen gesehen, die in den großen Kriegszügen ihre Lieben verloren, die Hand, Fuß oder Auge eingebüßt haben, er hat Verstümmelte, Verwaiste und Verlorene gesehen, und dennoch konnte er, so seine Worte, bei allen die Freude und den Stolz spüren, den Herrn der Welt, den Emir von Mekka und Medina, den Süleyman unserer Zeit, ihren Padischah nennen zu dürfen. Er hat gespürt, daß diese Menschen an ihren Orten sicher sind und wissen, daß ihnen ein gutes Los zugefallen ist, weil sie heute und hier geboren sind. Alles das, sagt Abdul Kerim, hat der große Scheich Ata schon damals gesagt, und ich habe es unzählige Male bezeugt. Bei seinen Worten habe auch ich Stolz empfunden, daß ich jetzt und hier lebe und die Gelegenheit hatte, Dich zu hören. Jetzt weiß ich, daß Du groß bist, weil Du in einer großen Zeit lebst, und daß diese Zeit Dich den Ihren nennt, weil es eine große Zeit ist.

Es ist wirklich schade und ein Fehler, mein Lehrer, daß Du keine einzige Einladung hierher angenommen hast. Bei Deinem Verstand und Wissen! Du säßest heute zu Knien des Großwesirs oder zumindest in seiner Nähe. Dir könnte nicht geschehen, was dem armen Süleyman Halif geschehen ist, den vor Scham und Schande der Schlag traf, weil er dem Padischah in einem öffentlichen Disput über die erste Sure des BUCHES keine zufriedenstellende Antwort zu geben wußte. Du hättest sie gegeben und jeden in Bewunderung versetzt, und die anderen Teilnehmer am Disput hätten nach Deinen Worten nur betreten schweigen können. Und den lieben Gott bitten, der Schlag möge sie treffen, um sie vor Scham und Neid zu bewahren.

Istanbul, sagt Abdul Kerim, ist ein Ort des Luxus und des Glanzes, davon habe ich mich in diesen wenigen Tagen selbst überzeugen können. Ich kann mich gar nicht fassen vor Staunen und Stolz. Und in alledem sehe ich Dich. Wer keinen eigenen, natürlichen Glanz hat, wer nicht aus sich selbst heraus glänzt, wird sich im Glanze quälen und am Ende verbrennen; wer aber wie Du Glanz in sich selbst ist, der wird im Glanze wohnen wie in seinem Haus. Deshalb ist es, glaube ich, ganz richtig, daß es Süleyman Halif so ergangen ist und daß Dir etwas anderes widerfahren würde, wenn Du herkämest, nämlich, da bin ich ganz sicher, der Eintritt in Ruhm und Glanz nahe dem glänzenden Thron.

Das mit Süleyman Halif hat sich auf der Hochzeit des Großwesirs Ibrahim zugetragen. Noch immer spricht die ganze Stadt davon, denn so etwas hat die Welt bis heute nicht gesehen: Magier, Gaukler und Possenreißer, Meister im Gläserwerfen und Seiltänzer, richtige Stürme auf richtige Festungen, Tiere, die niemand je gesehen; auf einem zwischen einer Säule und einem Obelisken gespannten Seil kämpfte ein ägyptischer Tänzer mit zwei Säbeln gegen sich selbst, daß allen der Atem stockte, er wirbelte fünf volle Gläser durch die Luft und fing sie wieder auf, als ob es nicht Wunders genug sei, daß er auf diesem Seil stand und niemand sah, wie er hinauf- oder herunterkam. Ringer und tscherkessische Reiter traten auf, es gab Festungen in Flammen und heftige Säbelkämpfe, jemand kletterte an einem talgbestrichenen Pfahl empor, die lustigsten Wettbewerbe fanden statt, wie jener, in dem Janitscharen in Säcken, die sie um den Gürtel geschlungen hatten, einen mit Honigkuchen beladenen Esel fangen mußten. Es gab zehn Hochzeitspalmen mit goldenen Vögeln, die mit Golddraht an die Äste gebunden waren. Und erst die Geschenke: syrischer Damast und ägyptische Baumwolle in Ballen, indische Shawls und Musselins, zarte rumelische Gewebe und venezianische Samtstoffe, randvoll mit Goldstücken gefüllte Silberteller und Goldpokale mit Edelsteinen, Lasurschalen und Kristallpokale, chinesisches Porzellan und tatarische Felle, arabische und turkmenische Pferde, mameluckische und rumelische Knaben und dreißig äthiopische Jünglinge.

Wem gebührt der Platz in all diesem Glanz, wenn nicht Dir, der Du voll des inneren Glanzes bist?

Am siebenten Tag der Feierlichkeiten gab es eine gelehrte Disputation vor dem Padischah über die erste Sure al-Fatiha. Süleyman Halif, der Ärmste, sagte in seinem Vortrag nichts Neues, nichts, womit er die Anwesenden überrascht, verwirrt oder auf andere Weise unterhalten hätte, und so ließ der Padischah ihn seine Unzufriedenheit merken. Das war gleichbedeutend mit einem Todesurteil, denn hier, vor allen, traf ihn der Schlag, und auf dem Weg nach Haus ist er gestorben. So ergeht es jenen, die danach streben, ohne inneren Glanz in den Glanz zu gelangen und in ihm zu wohnen. Dir wäre das nicht geschehen, und so bitte ich Dich, die Einladung anzunehmen und nach Istanbul zu kommen, wo Dein Platz ist.

Gestern nun hat mich Abdul Kerim Çelebi hierhergeführt, zu Scheich Demir, zu dem Du mich zum weiteren Studium gesandt hast. Ich glaube verstanden zu haben, warum Du mich hierhergeschickt hast, als ich entdeckte, daß es hier keine äußeren und inneren Schüler gibt, sondern daß wir anscheinend alle innere Schüler sind. Wir sind neun und alle in einem Haus untergebracht, das sich an das des Scheichs anlehnt. Es ist schön hier, ein schönes Haus und schön gelegen inmitten eines riesigen Gartens, fast am Goldenen Horn. Uns gegenüber, nur über das Wasser, liegt der vierte Stadthügel, und von meinem Fenster aus kann ich die Moschee Mehmed II. sehen. Auch jetzt sehe ich sie, und mir ist wohl ums Herz. Alles wäre wirklich schön, wenn ich nicht so fern von Dir wäre und diese verwirrenden Zweifel nicht wären, von denen ich Dir raschest Mitteilung machen muß.

Es handelt sich um Scheich Demir, zu dem Du mich gesandt hast, es handelt sich genaugenommen darum, daß der, der mich aufgenommen hat, nicht jener ist, zu dem Du mich gesandt hast. Er ist es wohl auf den ersten Blick, und ich habe ihn anhand Deiner Beschreibung auch sofort erkannt, aber er ist völlig anders, ihm nicht einmal ähnlich, er ist ganz einfach ein anderer.

Abdul Kerim hat mich zu dem Mann geführt, den ich gesucht habe und den er, dank seiner Stellung und seinem Ansehen, gut kennt (so hoch steht Abdul Kerim, will mir scheinen, daß er die ganze Stadt kennt und das halbe Reich dazu), und alles war soweit in Ordnung, denn der Mann ist untersetzt, hat einen recht großen, völlig kahlen, glänzenden Kopf und kurze Arme mit auffallend großen Händen. Er ist somit jener, den ich suche. Aber zugleich war da von Anfang an etwas Unbekanntes, Verwirrendes. Er empfing uns liegend und war sichtlich bemüht, diesem Empfang durch seine Haltung eine Art herrschaftlicher Würde zu geben und so etwas wie Verachtung für seine Umgebung zu demonstrieren. Etwas Schweres war darin, das ist es.

Bevor wir ihn noch begrüßt hatten, bedeutete er mir, wohin ich mich setzen solle, Abdul Kerim hieß er, mit der gleichen Geste, beim Eingang stehenbleiben, obwohl der gar keine Absicht hatte erkennen lassen, tiefer ins Zimmer zu treten. Er folgte mir mit dem Blick, als wollte er abschätzen, wie ich ging, mich setzte und saß, und erhob sich dann mit Hilfe eines Jünglings, der kein Schüler war, aber auch kein Diener zu sein schien. Ich gestehe, auch das verwirrte mich, denn warum sollte man einem Menschen beim Aufstehen helfen, der von Gesundheit und Kraft strotzt, und warum hat der Scheich Menschen um sich versammelt, die weder seine Schüler noch Diener sind, die ihm helfen sich zu erheben und ihm ständig zu Diensten sind.

Er unterhielt sich leise mit Abdul Kerim, und obwohl ich nicht weiß, worum es in dem Gespräch ging, kann es wohl kaum um mich gegangen sein, denn sie schauten kein einziges Mal zu mir herüber oder deuteten auf mich. Genaugenommen schauten sie überhaupt nicht, sie standen regungslos und erstarrt, als fürchteten sie sich vor dem Jüngling, der neben ihnen in unterwürfiger Haltung stand. Was ist das, was sie und den Jüngling verbindet, ihn mit Unterwürfigkeit und sie mit Furcht erfüllt, die die Augen bannt und die Stimme unhörbar flüstern läßt? Ich weiß es nicht, solche Dinge sind mir fremd, bei Dir habe ich nichts darüber gehört, und bevor ich zu Dir kam, habe ich, so scheint mir, gar nichts gewußt, ich weiß nur, was ich gesehen habe, daß es sich nämlich um etwas handelt, was zwischen ihnen oder über ihnen ist, denn obwohl es auf alle drei verschieden wirkt, verzaubert und bannt es sie auf die gleiche Weise. Obwohl ich mich erinnere, wie oft Du uns Derartiges verwehrt hast, greife ich vor und behaupte, bevor ich es sicher weiß, daß sie Gefangene und Teilhaber eines gemeinsamen Geheimnisses sind.

Nach dem Gespräch verabschiedete sich Scheich Demir von Abdul Kerim, der offensichtlich nicht einmal daran dachte, sich auch von mir zu verabschieden, als hätte ich für ihn zu existieren aufgehört, nachdem er mich hergebracht hatte. (Es ist mir nicht recht, aber ich sende Dir diesen Brief dennoch durch ihn, denn das ist der schnellste und sicherste Weg. Ich glaube allerdings, daß ich mit ihm weiter nichts zu tun haben werde, ich möchte mich dort nicht aufdrängen, wo ich nicht erwünscht bin.) Aber Scheich Demir hat mich sofort gerächt, denn er verabschiedete sich von ihm so, wie es ihm bestimmt nicht gefallen hat. Nachdem sie einander gesagt, was sie zu sagen hatten, verneigte sich Abdul Kerim kurz und wollte gehen, doch Scheich Demir streckte seinem schon halb abgewandten Gesprächspartner die Hand hin. Und zwar, klein wie er ist, so tief, daß sich Abdul Kerim bücken, sich buchstäblich zu einer tiefen Verbeugung krümmen mußte, um die freundschaftlich hingestreckte Hand, die einen Abschied voller Ehrerbietung bedeutete, ergreifen zu können. Ich gebe zu, daß ich derartiger Spielchen nicht kundig bin, und gewiß verdiene ich Deinen Tadel, weil ich in alles etwas hineinlese, aber hier kann ich nicht widerstehen, denn es ist allzu deutlich. Ich versichere Dir, dies war kein Spiel, das ich nicht hätte verstehen können oder sollen, dies war eine Demonstration, und es ist nicht meine Schuld, daß ich bei der Demonstration zugegen war.

Scheich Demir kehrte an seinen Platz zurück und richtete seinen Blick auf mich, was ich als Aufforderung auffaßte. Ich stand auf, nahm Deinen Brief aus der Tasche, ging zu ihm, um ihn, wie es der Anstand gebietet, von Hand zu Hand zu überreichen, doch weil Demir die Hand nicht weit genug ausstreckte, mußte ich mich auf die Knie fallen lassen. Dann erhob ich mich rasch wieder, als hätte mich sein Blick vertrieben, und kehrte auf meinen Platz zurück. «Von Scheich Ata», sagte ich, als ich wieder saß, worauf er den Brief stirnrunzelnd dem Jüngling reichte, der ihn sogleich in den Ärmel steckte. Mir war, als hätte man mich angespuckt.

Was geht da vor? Ich weiß es nicht. Ich schwöre, daß ich nicht übermäßig stolz bin, aber ich bin nur bereit, vor Allah dem Großen und vor unserem Padischah – Allah mehre seinen Ruhm – aus Angst und Ehrfurcht zu knien. Warum aber habe ich vor Scheich Demir gekniet? Gewiß war es die günstigste Stellung, ihm den Brief zu übergeben, aber nicht nur das. Es war etwas in seinem Blick, und es war etwas in mir. Ich konnte seiner Verwunderung nicht standhalten, ich hatte nichts, womit ich mich ihr hätte widersetzen können, ich konnte einfach nicht... Ganz bestimmt hat er mich so angesehen. Aber es ist nicht nur sein Blick, das bin auch ich: Nicht nur, daß ich gehorcht, sondern daß ich so rasch gehorcht habe und daß sich nur einen kurzen Augenblick etwas in mir aufgelehnt hat, eigentlich mehr geschwankt hat als sich wirklich aufgelehnt, und daß ich, vielleicht sogar schneller, als er es erwartet hätte, auf die Knie gefallen bin. Tatsächlich war es die bequemste Stellung, ihm den Brief zu übergeben, aber das heißt nicht, daß es nicht auch anders möglich gewesen wäre. Ich bin auf die Knie gefallen, ich wollte auf die Knie fallen, und mir war leichter, nachdem ich es getan hatte. Das ist es. Meine schwache, meine allzu schwache Abwehr erschien mir fast wie unerlaubte Auflehnung. So habe ich es empfunden, und mir war tatsächlich leichter, als ich sie aufgegeben hatte, als hätte ich einen Makel oder einen dummen und unwürdigen Irrtum abgelegt.

Aber meine Erniedrigung hat mich nicht so sehr getroffen wie das geringschätzige, ja verächtliche Verhalten Deinem Brief gegenüber. Er hat ihn nicht einmal angesehen! Er hat ihn sofort dem Jüngling weitergereicht, der ihn in den Ärmel steckte, als handelte es sich um ein Geschäftsbillett oder noch Geringeres, obwohl ich deutlich gesagt habe, von wem er ist.

Und dann hieß er mich einquartieren, ohne mich zu fragen, wer ich bin, warum ich zu ihm gekommen bin, ohne zu prüfen, wieviel ich weiß, ohne mich zu fragen, was und wieviel ich bei ihm zu lernen wünsche und was und wieviel ich bisher gelernt habe. Als ob das alles auch ohne mich bekannt sei, obwohl es dabei doch um mich geht. Als ob ich kein Mensch und neuer Schüler sei, sondern eine Lieferung für die Küche. Als mich der Jüngling zum Schluß aus dem Hauptraum führte, hätte ich mich am liebsten umgedreht und gesagt, daß ich nur um eine Spende für die armen Greise und Invaliden vom Feldzug gegen Ungarn gekommen sei. Aber ich habe als der, zu dem ich geworden war, mich dieses Wunsches entschlagen, bevor ich ihn noch richtig verspürt hatte.

So ist es mir ergangen, mein Lehrer. Ich spreche aufrichtig zu Dir wie zum lieben Gott, und jetzt bitte ich Dich, mir zu sagen, was da eigentlich geschehen ist, denn aus meinem Verstand will es mir nicht aufgehen.

Was war es also? Du hast mich zum Scheich gesandt, damit ich die innere Welt besser kennenlerne und Frieden finde, und es hat mich jemand empfangen, der alles Unklare in mir aufstörte, auch das, von dem ich gar nicht gewußt habe. Was ist in mir so schnell zerbrochen und hat mich vor ihm auf die Knie geworfen? Was für ein Scheich und Lehrer ist das, der es braucht, daß man vor ihm kniet? Wer ist dieser Mensch überhaupt, der so aussieht, wie Du ihn beschrieben hast, aber keine Ähnlichkeit hat mit der Vorstellung, die ich aus Deiner Beschreibung gewonnen habe, keine Ähnlichkeit mit dem, was man sonst als Scheich bezeichnet, oder mit dem, was ein Lehrer sein sollte, wenn ich nach Dir urteile? Was für ein Scheich ist das, der jemand als Schüler aufnimmt, ohne mit ihm ein Wort zu wechseln? Was für ein Mensch ist das, der sich an jemand satt sieht und sich ihm doch nicht zuwendet? Was für ein Lehrer ist das, den Dein Brief nicht interessiert? Du bist schließlich nicht irgendwer, viele Menschen wären stolz, sich eines Briefes von Dir rühmen zu können.

Morgen werde ich, wenn Gott will, diesen Brief Abdul Kerim bringen, der bald, vielleicht schon übermorgen, durch unsere Lande nach Ägypten aufbrechen und sicher in Aleppo haltmachen wird. So haben wir abgemacht, er hat mir nur bedeutet, daß ich mich nicht um den Brief sorgen müsse, mit dem ich mich erstmals bei Dir melden werde. Ach, wie gut wäre es, an der Stelle von Abdul Kerim oder wenigstens meines Briefes zu sein!

Antworte mir, ich bitte Dich, antworte mir rasch, sofort! Ich weiß, daß Du nicht gern schreibst, ich habe alle Deine Unterweisungen über das Reden im Gedächtnis, ich erinnere mich Deiner Worte, daß dem Menschen die Zunge näher ist als Schreibrohr oder Feder. Aber jetzt schreibe mir, erkläre mir und hilf mir. Ich bin verwirrt, ich weiß nicht, was ich tun soll. Es gefällt mir hier, und zugleich möchte ich nicht bleiben; ich wünschte, ich könnte Deine Unterweisungen hören, und ich denke unablässig an Flucht. Ich bin verwirrt und habe Angst. Ich habe Angst vor diesem Menschen, und noch mehr habe ich Angst vor dem, was er in mir ausgelöst hat. Deshalb schreib und erkläre mir bitte, was es mit mir auf sich hat und was ich tun soll.

Ich wollte einen Brief schreiben, der Dich erfreuen und mich in etwas beßrem Licht zeigen würde. Es ist mir nicht gelungen, aber ich habe es versucht, vielleicht ist zu sehen, daß ich es versucht habe. Angst und Zweifel haben mich gepackt, sie sind in mir aufgebrochen wie eine Flut, und dabei wollte ich nur Andeutungen machen. Möge Dir dies zeigen, wie mir zumute ist, und Dich bewegen, mir sobald wie möglich zu schreiben. Über alles, aber zuerst, was ich tun soll.

In tiefster Treue küßt Dir die Hand Dein Schüler und geistlicher Sohn Ramadan aus Trapezunt, für alle übrigen

Figani.»

2

Dies ist dein Brief? fragte Scheich Demir, nachdem er einen schön gravierten Silberbecher, in dem Rosenblätter schwammen, zum Munde geführt und die durch das lange Vorlesen ausgetrocknete Kehle befeuchtet hatte.

Figani, der nur für Scheich Ata noch Ramadan aus Trapezunt war, stand vor ihm und schwieg, im Glauben, das sei das erste Vernünftige, was er seit seiner Ankunft in Istanbul tue.

Dies hier hast du aufgesetzt und mit deiner Hand in meinem Haus geschrieben? fragte Scheich Demir abermals, doch Figani schwieg weiter, so daß Demir, zwar ohne drohenden Unterton, doch mit Ingrimm nach kurzer Pause fortfuhr. Was für ein Lehrer, fragst du, ist das, der mich aufnimmt, ohne mich etwas zu fragen? Warum, willst du sagen, habe ich mich nicht bei dir über dich erkundigt. Nur die Wahrheit hätte ich erfahren: daß du ein kluger und aufgeweckter, ergebener Schüler und ehrlicher Mensch bist, ist es so? Wenn du über einen Menschen etwas Zuverlässiges und Wahres erfahren willst, frage ihn, und er wird dir alles ehrlich und aufrichtig sagen, ist es so? Was kümmert dich, was im BUCHE steht, wo es heißt, ihr sollt nach euren Werken gerichtet werden. Nach euren Werken, du Esel, und nicht nach dem, was ihr eurem Lehrer gern über euch erzähltet!

Scheich Demir lag in seinen Kissen, das linke Bein angewinkelt, das rechte auf einen hohen Kissenberg gelagert. Er ist ein großer Mann, dachte Figani, nur ein großer Mann kann so bequem und regungslos daliegen, obwohl er auf jemand wütend ist. Ein gewöhnlicher Mensch würde aufspringen, hin und her gehen, mit den Armen fuchteln und brüllen, aber dieser liegt reglos da wie eine müde Schönheit. Er erklärt mich zum Toren, jagt mir Angst ein, ohne einen Finger zu rühren und mit der Wimper zu zucken. Ein großer Mann.

Bestimmt würdest du die Wahrheit sagen, eingebildet wie du bist. Die Besten und Klügsten denken viel erhabener von sich als angemessen, doch so ein Kleiner wie du, wenn er zudem noch so eingebildet ist, denkt von sich so erhaben, daß es geradezu eine Sünde ist. Ich habe mich nicht nach ihm erkundigt und ihn überdies dazu gebracht zu knien. Sieh einer an, welche Verfehlung! Woher weißt du eigentlich, daß ich dich zum Schüler genommen habe? Vielleicht habe ich dich in mein Haus aufgenommen, damit du deinen törichten Kopf nicht auf der Straße verlierst? Vielleicht habe ich dich für eine bestimmte Zeit aufgenommen, um dich auf die Probe zu stellen? Aber das heißt noch immer nicht, mein Schüler sein, du aufgeblasener Holzklotz!

Plötzlich begann Scheich Demir zu lachen; zum ersten Mal seit Beginn des Gesprächs, wenn man das hier ein Gespräch nennen konnte, machte er eine Bewegung. Selbst jetzt, als er sich über die Kissen wälzte und vor Lachen den Kopf zurückwarf, wobei er seine zerfressenen Eckzähne und den stark geröteten Gaumen zeigte, wie ihn Figani bei einem Opiumraucher hätte sehen können, selbst jetzt, mit zurückgeworfenem Kopf, verlor er nichts von seiner massigen Würde, mit der er die Menschen in seiner Nähe bannte wie die Schlange die Maus. Selbst in dieser heftigen Bewegung, in diesem Lachen, das den Mund zu einem bösartig gähnenden Loch verzerrte, war etwas Großes und Schweres, etwas, was hätte Gefallen finden müssen, wenn sich der Ärmste nicht vor alldem gefürchtet hätte. Es war da etwas, wahrhaftig.

Aber du bist nicht nur ein Esel, sondern auch eine Schlange, eine zarte, empfindsame Schlange, die einen sanft berührt, die sich fein schlängelt, die einem wunderbar behagt, wenn man verrückt und stark genug ist. Und ich bin stark genug, und es behagt mir, obwohl ich über Schlangen und ihre Sanftheit alles weiß, fuhr Demir nach einem Lachen fort, das ebenso jäh abbrach, wie es eingesetzt hatte. Du hättest nach dem, was du mit dem Brief angestellt hast, nicht in mein Haus hereinstänkern und diese schlangenhafte Empfindsamkeit zeigen können, die ich fürchten müßte, wenn ich nicht stark und sicher genug wäre. Ich nehme dich zum Schüler.

Mit einer kurzen Bewegung des Fingers, die einem weniger angespannten Menschen als Figani zu diesem Zeitpunkt sicher entgangen wäre, bedeutete ihm Demir, sich zu setzen. Figani hätte nicht zu sagen gewußt, wie (er würde es nach dieser Erfahrung mit dem Brief auch nicht versuchen), aber er war sich sicher, daß diese fast unmerkliche Bewegung mit dem Zeigefinger eine ganze lange Anordnung mit Erläuterung und Verbot enthielt, so daß er sich seinem neuen Lehrer gehorsam gegenübersetzte, auf einen viel dünneren Teppich als jenen, auf dem Demir lag, wobei er sehr darauf achtete, dessen üppigem Teppich, eine gute Spanne dick und mit dreieckigen, zu strahlendblauen Farbdreiecken versammelten Blättern verziert, nicht zu nahe zu kommen. Nachdem er sich gesetzt hatte, schaute er Demir an und sah, daß der zufrieden war, weil er die Bewegung seines Zeigefingers gut verstanden hatte, und empfand große Freude darüber, gleichzeitig aber auch Wut auf sich selbst wegen seines Gehorsams und dieser gehorsamen Freude. Etwas in ihm lehnte sich auf und verlangte, er solle aufstehen von seinem dünnen fahlgelben Teppich, auf Demirs Teppich treten und ein paarmal auf ihm herumspringen, um zum Schluß vor seinem neuen Lehrer die Zähne zu blecken und hinauszugehen, ganz gleich wohin. Der größere und stärkere Teil von ihm wußte allerdings, daß er zum Glück nichts dergleichen tun würde und deshalb dem rebellierenden Teil gestatten konnte, eine Zeitlang in der eingebildeten Auflehnung zu schwelgen.

Sprich, jetzt bist du mein Schüler und hast das Recht zu sprechen, erklärte Demir, als Figanis schwächlicher Wunsch nach Auflehnung abgeklungen war, als könnte er deutlich sehen, was sich in ihm abspielte.

Was soll ich sagen? Ich habe nichts zu sagen, antwortete Figani.

Doch, du hast, antwortete Demir rasch, in einem Ton, der einen neuen Wutanfall anzukündigen schien, aber dann überraschte er Figani erneut durch die Geschwindigkeit, mit der er die Stimmung wechselte, um ganz ruhig, fast sanft fortzufahren. Oder besser, nein, es ist nicht an dir zu reden, sondern zuzuhören. Du bist gekommen, um zu lernen? Ich weiß nicht, was du bei deinem alten Ata gelernt hast und was ihm eingefallen ist, dich zu mir zu schicken, ich weiß nicht, um was für ein Wissen du zu mir gekommen bist, aber ich weiß, was du hier lernen wirst und daß es genau jenes Wissen sein wird, das du brauchst und von Ata nicht bekommen konntest. Das ist das Wissen über dich selbst und über den Zweck deines Daseins in dieser Welt.

Nach diesen Worten, die nicht ohne Drohung waren,

wälzte sich Scheich Demir wieder auf die Kissen zurück und begann mit drei kleinen goldenen Kugeln zu spielen, die er hochwarf und auffing, so daß sich immer zwei und manchmal auch alle drei im Fluge befanden. Man hätte von solchen Pranken keine derartige Geschicklichkeit erwartet, geschweige denn von einem so schweren Mann in dieser Pose eine solche Zerstreuung. Aber Figani störte sich nicht am Unpassenden des Spiels, sondern an der Hingabe des Scheichs, an seiner völligen Konzentration auf das Spiel, die alles übrige ausschloß, die ganze Welt, vor allem aber seinen neuen Schüler Figani. Welch dumme, erniedrigende Eifersucht auf das Spiel und die goldenen Kugeln! Figani fühlte sich vernachlässigt, schlimmer noch – er fühlte sich nichtexistent. Als hätte sich (rechne mir, Gott, solche Gedanken und diesen Vergleich nicht zur Sünde an) zusammen mit der Aufmerksamkeit des Scheichs auch der ALLSE-HENDE BLICK von ihm abgewandt und ihm damit die Realität genommen. Vielleicht daher diese kindliche Eifersucht, die Bereitschaft, selbst eine goldene Kugel zu sein, wenn er damit nur die Existenz schenkende Aufmerksamkeit wieder auf sich lenkt. Und das Gefühl, daß das Problem nicht in ihm, sondern einzig in Scheich Demir liegt, in der Art, wie er ihn angesehen und dann den Blick von ihm abgewandt hat, in der Art, wie er Aufmerksamkeit schenkt und nimmt. Als hätte er ihn in der realen Welt einfach ausgelöscht.

Gestern hast du die erste Lehre bekommen, aber in deiner Dummheit und Unwissenheit hast du sie nicht verstanden und weißt nicht einmal, daß du sie bekommen hast, begann Scheich Demir nach geraumer Zeit wieder, wobei er weiterhin mit seinen Kugeln spielte und für nichts Augen hatte als für sie. Vielleicht schien es Figani deshalb, daß das, was er hörte, nicht die an einen anderen gerichteten Worte eines Mannes waren, sondern eine Stimme, in die sich die Welt hüllte und die zugleich aus dieser Welt selbst kam. Oder hätte er, derart verloren und verwirrt, auch das Knarren einer Tür, das Piepsen einer Maus, das Bröckeln einer Wand als etwas Göttliches empfunden? Gestern kamst du dir erniedrigt vor, und das hat dich wütend gemacht, aber neben der Wut hast du ein süßes Bangen und Behagen verspürt. Das ist die erste Lehre, die du von mir bekommen hast, und das ist auch die endgültige Lehre, die man überhaupt bekommen kann: sich selbst aufheben, sich in allem auflösen, das heißt, in dem Einen, das alles ist – das ist das Höchste, was wir vermögen. Gestern haben Aufhebung und Auflösung deiner selbst ihren Anfang genommen, und das ist erst eine Andeutung, eine ferne Ahnung des Zieles, an das du gelangen wirst. Du bist am Ziel, wenn diese Aufhebung aus dir selbst kommt. Nur aus dir, ohne jeden äußeren Anstoß. Deine Lehre wirst du beendet haben, wenn du in dir den Widerstand gegen die Vernichtung, nach der du strebst und zu der ich dich anleite, überwindest, wenn alles an dir, dein Herz und dein Haar, bereit ist, jenes süße Bangen zu genießen, wie es sich dir gestern angekündigt hat, und wenn der Wunsch nach diesem Genuß stärker ist als der Wunsch nach Atem, stärker als Hunger und Schmerz, als deine Form und dein Verlangen nach ihr. Erst dann wirst du deine Lehre bei mir beendet haben. Hast du gestern Genuß empfunden, als du vor mir knietest? Hast du für kurze Zeit eine ganz unbekannte Süße gespürt, als du dich dorthin setztest, wohin ich es wollte? Nur deshalb, weil ich ein wenig an deiner inneren Form gerüttelt habe, hast du Genüsse empfunden, von denen du nicht einmal gehört, die du nicht einmal geahnt hast. Und versuche dir jetzt den Genuß des vollständigen Verlustes der Form vorzustellen. Der inneren wie der äußeren. Es gibt keine Grenze zwischen dir und der Welt GOTTES. Es gibt keinen Stolz, es gibt keine Überzeugung, und es gibt weder Verbot noch Zwang, es gibt weder Denken noch verpflichtende Gefühle. Nur das eine unendliche Gefühl, ein Tropfen Wasser zu sein, im Zweig eines Apfelbaums zu erbeben und im kommenden Frühling in Blüte zu stehen, in einem Stein einen Abhang hinunterzukollern, losgetreten vom Fuß eines Schafes, in dem wiederum du selbst bist. Alles das auf einmal, in diesem Moment, gleichzeitig. Kannst du dir das vorstellen, du faule, hochfahrende Seele? Kannst du dir vorstellen, keine äußere Form zu haben? Gleichzeitig kugelig und würfelig zu sein, viereckig und sternförmig, alles auf einmal? Es gibt keinen Arm, der sich wie jeder Idiot nur nach einer Seite hin abknicken läßt. Es gibt keinen Magen, der schwer ist vom fetten Essen, es gibt keinen Kopf, der vor Leere oder starkem Licht schmerzt. Alles bist du, und deshalb liebst du alles und verstehst alles. Du frißt die krepierte Katze am Flußufer, du strömst mit den Frühlingswassern um die Wette und belaubst dich im Tal. Das ist das Gefühl, zu dem ich dich führen werde.

Auch Scheich Ata hat so gesprochen, ganz ähnlich, sagte Figani nicht ohne Trotz und erklärte eifernd, Ata habe das alles ruhiger, klarer und viel konzentrierter gesagt, so daß man es auch verstehen konnte.

Ich weiß gut, was er zu sagen hat, lächelte Scheich Demir, den Figanis Rache offenbar verfehlt und geradezu belustigt hatte, ich weiß, daß er ein alter Narr ist, wie du ein kleiner Narr bist, ich weiß, daß er etwas Derartiges hätte ahnen können, aber dann wäre er darum herumgestrichen wie eine Katze um den heißen Brei und hätte sich nie getraut, es klar und ehrlich auszusprechen. Aber du bist ein anderer Fall, aus dir werde ich etwas machen, das verspreche ich dir.

Du kannst nicht so über ihn sprechen, das erlaube ich nicht! begehrte Figani auf, fand aber keine Kraft aufzustehen oder seinem Einspruch auf andere Weise Nachdruck zu verleihen.

Steh auf! Greif mich an, schlag mich! Ich bitte dich, tu etwas, ich gäbe viel darum, würdest du mich zur Ordnung rufen, sagte Demir spöttisch und belauerte Figani aufmerksam, der diesen Blick auf sich zu spüren glaubte wie eine unerträgliche Last, wie einen Sandberg, der sich auf ihn gelegt hatte und jede Bewegung unmöglich machte, ihm alle Kraft aus Körper und Seele zog und damit die Lust, sich je wieder zu bewegen. Alles auf der Welt gäbe ich darum, höhnte Demir weiter, würde mich jemand zur Ordnung rufen, auf so einen warte ich schon lange. Vielleicht bist gerade du derjenige, warum willst du es nicht versuchen? Du tätest mir einen großen Gefallen.

Figani spürte ein Brennen in den Augen, ein Zeichen, daß er in Weinen ausbrechen würde, sollte nicht ein Wunder geschehen, das ihn rettete und dieses Gespräch unterbrach. Immer wenn es etwas zu verteidigen galt, widerfuhr ihm das einzige, was einem Menschen in einer solchen Situation nicht widerfahren darf – er brach in Weinen aus. Das widerfuhr ihm als Knaben, zum Beispiel damals, als er seinen jüngeren Bruder gegen die Mutter zu verteidigen suchte; das widerfuhr ihm als Jüngling, als er nach Aleppo ging, zu Scheich Ata, und sich in einer Herberge gegen einen Eseltreiber wehren mußte; das widerfuhr ihm, als er sich bei demselben Scheich Ata gegen dessen Vorwurf zu verteidigen versuchte, er sei zu unterwürfig.

Ata hatte seinen Schülern jene kleinen Dienste nicht erlaubt, die man sonst aus Liebe tut und die man mit Dankbarkeit annimmt, wenn sie einem die geliebte Frau erweist, mit Unbehagen hingegen, wenn es jemand anderer tut. Als er einmal (freilich viel zu hastig, das muß er selbst zugeben) mit dem Löschsand herzugesprungen war, um eine noch feuchte Niederschrift zu trocknen, hatte ihm Ata erklärt, seine Schüler müßten ihre persönlichste Individualität entdecken, sie erkennen und mit ihr übereinstimmen, sie lieben lernen und bis zum äußersten verteidigen. «Nur wer seine Besonderheit erkennt, nur wer sich auf sein Ausgesondertsein aus der Welt einläßt, kann sich selbst lieben lernen und in sich die ganze Welt entdecken», hatte Scheich Ata damals zu ihm gesagt. «Aber du kannst nicht in dir wohnen und dich in dir wohl fühlen, wenn du so sehr von anderen abhängig bist, daß du ihnen sogar das gibst, was sie gar nicht verlangt haben.» So hatte ihm Ata damals erklärt.

Und dann hatte Figani, viel später, als die Geschichte mit dem Sand eigentlich schon vergessen war, dem Lehrer Granatapfelkerne gebracht und ihn damit so ernstlich erzürnt, daß er ihn fast fortgejagt hätte. Damals hatte Ata vom Zuviel an Unterwürfigkeit gesprochen, deretwegen Figani, so stehe zu fürchten, niemals sein wahrer Schüler sein werde, denn die Unterwürfigkeit erlaube dem Menschen nicht, seine Individualität zu entdecken und liebzugewinnen, was bedeute, daß die Auflösung des Menschen, der wir alle entgegengehen, in seinem Fall nur die Auflösung eines Unterwürfigen sein könne, eines Menschen ohne wirkliche Individualität. Die Auflösung eines Unterwürfigen verläuft nicht nach innen, sondern nach außen. Figani hatte sich schwach damit verteidigt, daß es sich nicht um Unterwürfigkeit, sondern um Liebe handele, und war dann in Weinen ausgebrochen, wie jedesmal, wenn es galt, etwas zu verteidigen, und hatte damit seinen sonst immer gelassenen Lehrer dazu gebracht, ihn aus seiner Nähe zu verbannen.

Du bist kein schlechter Kerl, sagte Demir endlich, nachdem er Figanis Kampf mit den Tränen längere Zeit aufmerksam beobachtet hatte, du bist wie eine Fliege, aber du weißt, wo dein Platz ist, und das gefällt mir. Außerdem bist du empfindsam und scharfsinnig wie eine richtige Schlange, und solche habe ich am liebsten. Du hast sofort bemerkt, daß ich nicht jener Demir bin, zu dem dich dein Ata geschickt hat, und das zeigt am besten, wie scharfsinnig und empfindsam du bist. Wie sagst du? Dem Körperlichen nach ist er es, und ich habe ihn sofort erkannt, aber der inneren Form nach gibt es nicht die geringste Ähnlichkeit, und auch das habe ich sofort erkannt. Das gefällt mir, ich liebe die Empfindsamkeit, deshalb habe ich dich auch aufgenommen, obwohl du sonst nichts Besonderes bist. Da hast du recht, ich bin nicht jener Demir.

Nur wenn du es mir auch erklärst. Figani klammerte sich an das Gespräch wie an ein Rettungsseil. Ich glaubte, du zürnst mir deswegen, aber du gleichst dem, den ich erwartet habe, den ich erwarten mußte, wirklich überhaupt nicht. Und du sagst ja auch selbst, daß du es nicht bist. Wer aber bist du dann, erkläre es mir, hilf mir.

Das ist etwas, worüber ich sonst nicht spreche, denn es sind wenige, die ich in dieses Geheimnis einweihen darf. Ich bin nicht Demir, obwohl ich es bis vor vier Jahren war. Heute bin ich Bedreddin, so nennen mich meine Schüler, und auch du wirst mich von nun an so nennen. Vor vier Jahren in der siebenundzwanzigsten Nacht des Ramadan bin ich zu Bedreddin geworden. Ich stieg nach dem Nachtgebet zum Ufer hinab, gleich unterhalb des Weges, den du gekommen bist, und setzte mich nieder, um mich der Einsamkeit hinzugeben. Ich versuchte mir jenen Augenblick vorzustellen, der in dieser heiligen Nacht eintreten sollte, jenen

Augenblick, in dem das Wasser die Fülle seines Geschmacks gewinnt. Ich versuchte, mir diesen Augenblick vorzustellen und den Geschmack zu spüren, den vollen, reinen Geschmack des reinen Wassers, der das wichtigste Versprechen dieser heiligen Nacht ist. Ich versuchte, mir selbst die Frage zu beantworten, ob sich dieser Geschmack im Gedächtnis bewahren läßt, wenn er nur jenen einen Augenblick währt, in dem die Himmel aufbrechen, ich versuchte, mir einzureden, daß vielleicht auch ich den vollen, reinen Geschmack des klaren Wassers schmecken werde. Ich wollte schon weitergehen, als ich einen Menschen erblickte, der auf mich zukam. Er kam über das Wasser, über das Goldene Horn, bei dem großen Oleanderbaum stieg er an Land und kam geraden Wegs herüber. Das war Bedreddin, der große Scheich und Imam aus der Zeit Bayezids I. und der Gesetzlosigkeit, die nach ihm kam. Bis zu jener Nacht, von der ich dir erzähle, hatte Bedreddin im Verborgenen gelebt, im unsichtbaren Zustand scheinbarer Abwesenheit, denn er fand keinen Grund zurückzukehren, da er hier keinen wahren Nachfolger und Gesprächspartner sah. Er erwies mir eine große Ehre; ich könne dieses Gegenüber sein, sagte er, wenn ich nur alles verstünde, was er mir im Verlauf des Gesprächs mitteilen werde. Ich verstand alles, und wir sprachen die ganze Nacht miteinander. Er enthüllte mir Geheimnisse, die nicht für dich sind und es vielleicht auch nie sein werden, die ich jedoch verstand, noch während er sie aussprach, weil sie bereits in mir waren, wie er mir vor Ende der Unterredung erklärte. Der neue Tag kündigte sich an, der Himmel im Osten begann bereits zu verbleichen, es war der letzte Moment, noch etwas vor Tage zu essen, da bot ich ihm endlich an, mit mir das Mahl zu halten. Doch er war nicht mehr neben mir, aber er war auch nicht gegangen, ich hätte ihn weggehen sehen, wie ich ihn hatte kommen sehen. Nun, ich habe ihn nicht sehen können, denn er war nicht neben mir, sondern in mir, und er meldete sich aus mir und erklärte, daß ich jetzt Bedreddin sei. Später begriff ich, wieviel ich versäumt habe, weil ich nicht zum Himmel hinaufschaute, als ich ihn kommen sah: das war wahrscheinlich der Augenblick, da die Himmel aufbrechen und jedem von uns sich das Schicksal offenbart. So, jetzt weißt du es und bist mein Schüler geworden. Von nun an wirst du mich Bedreddin nennen.

In diesem Augenblick trat der Bursche von gestern ein, den Ramadan aus Trapezunt, der für alle, außer für seinen Lehrer Ata, Figani ist, in seinem Brief einen Jüngling genannt hatte. Er verbeugte sich stumm, und Demir, der Bedreddin ist, nickte zustimmend. Darauf zog der Bursche den Türvorhang zurück und ließ eine Gruppe junger Leute herein. Alle drängten sich neben dem schweren dunkelgrünen Stoff und fielen auf die Knie, wobei sie mit den Stirnen hörbar gegen den Boden schlugen.

Ich entlasse dich, alte Schüler von mir sind gekommen, sagte Demir, der den stürmischen Gruß der neuangekommenen Jünglinge zu ignorieren schien. Geh in dein Zimmer und ruhe dort, bis ich nach dir schicke.

Der Bursche geleitete Figani zu seinem Zimmer, sei es, damit sich der neue Schüler in dem ihm noch unbekannten Haus nicht verlief, sei es, damit er sich nicht unerlaubt umschaute. Als sie hinausgingen, rief Demir ihm nach: «Und keine Briefe schreiben!», aber der Bursche blieb nicht stehen, und so konnte auch Figani, dem der Bursche auf dem Absatz folgte, nicht stehenbleiben, der Bursche hätte ihn gerammt, wenn er nur den Schritt verlangsamt hätte.

Im Gehen versuchte Figani den Burschen nach jenen Schülern zu fragen, die kurz zuvor eingetroffen waren und mehr an Bedienstete in einem Badehaus erinnerten, etwa an Masseure und Aufgießer, als an Jünglinge, die sich dem Studium der inneren Welten geweiht haben; doch der Bursche schwieg hartnäckig. Jetzt erinnerte sich Figani, daß er von ihm noch kein einziges Wort gehört hatte, und ihm wurde unbehaglich bei dem Gedanken, lange mit jemandem zusammenzusein, der womöglich jenseits von Stimme und Klang lebte. Dieser leichte Schauder angesichts eines Taubstummen verband sich mit dem schon zuvor empfundenen Unbehagen, als er jene breitschultrigen Riesen gesehen hatte, mit denen er lernen sollte.

Der Bursche geleitete ihn bis zu seinem Zimmer und schloß die Tür hinter ihm ab, als würde er ihn eskortieren oder als wüßte der neue Schüler nicht, wie man eine Tür hinter sich schließt. Deshalb versuchte Figani gleich, sei es aus Trotz, Stolz oder sonst einem Grund, die Tür zu öffnen, er wollte nur hinausspähen und sie dann wieder schließen, denn außerhalb seines Zimmers hätte er ohnehin nichts zu tun gehabt. Es war ja doch die Tür seines Zimmers, und er hätte es angemessen gefunden, sie mit eigener Hand zu schließen. Er konnte es nicht, die Tür ließ sich nicht öffnen, so angestrengt er sie auch untersuchte.

Eine Zeitlang stand er verloren gegen die Tür gelehnt, die sich offenbar ohne seinen Willen und sein Zutun öffnete und schloß. Dann ließ er sich – womöglich wußte er selbst nicht, was er tat – am Tisch unterm Fenster auf die Knie nieder, griff nach dem Schreibrohr und begann zu schreiben. Der Gedanke schoß ihm durch den Kopf, daß dies eine neuerliche Rebellion war, weil er hier schrieb, obwohl Demir es ihm verboten hatte, ganz heiß wurde ihm bei dem Gedanken, sich mit dieser Rebellion für all das zu rächen, was ihm zugefügt worden war. Vielleicht war es das letzte Mal, und sicher war es aussichtslos, aber es war eine Rebellion, und zwar seine, einzig und allein seine.

So setzte er sich unter das Fenster und schrieb, während die Hitze langsam aus ihm wich, als würde sie das angespitzte Schreibrohr hinablaufen.

«Scheich Ata, meinem einstigen Lehrer, nach Aleppo, Selam.

Diesen Brief, mein Lehrer, werde ich nicht absenden. Ich werde es nicht einmal versuchen, denn ich weiß, daß er Dich nicht erreicht, so wie keinerlei Kunde von mir mehr irgendwohin gelangt, außer zu dem Manne, dem Du mich in die Hände gegeben hast. Diese Hände sind eine Schlinge, aus der weder ich noch etwas von mir heraus kann.

Trotzdem schreibe ich Dir, denn so mache ich zumindest den Versuch zu verstehen, kann Fragen und Zweifel aufzählen, mich dessen erinnern, was geschehen ist, wenn ich es schon nicht verstehe und auf keine einzige Frage antworten kann, vor die Du mich geführt hast. Denn hierher hast Du mich geführt, nicht wahr?

Warum?

Während meiner Reise war ich mit mir zufrieden, ja sogar stolz. Ich glaubte, meine innere Form vollständig ausgebildet zu haben, zu Deiner und meiner Zufriedenheit. Ich dachte, Du hättest mich weitergeschickt, weil ich genügend von Dir gelernt, weil ich mich selbst erkannt und angenommen und damit die Fähigkeit erlangt habe, auch anderes zu lernen.

Darüber habe ich sofort nach meiner Ankunft mit Abdul Kerim gesprochen. Er fragte mich, warum Du gerade mich, der ich weder Dein jüngster noch Dein ältester Schüler bin, zu einem anderen Lehrer sendest. Er versuchte mir einzureden, Du wolltest mich auf die Probe stellen (willst Du mich auf die Probe stellen?), wie geeignet ich für jene Art des Lernens, wie offen ich für jenes Wissen sei, das Du mir geben kannst. Ich habe Abdul Kerim zustimmen müssen. Aber jetzt weiß ich nicht mehr, warum Du mich hierhergeschickt hast, ich weiß nur, daß nichts von dem zutrifft, was ich geglaubt habe, und so wird auch das nicht zutreffen, was Abdul Kerim gesagt hat. Mir scheint, er hat mich nur trösten wollen, weil er mehr sah als ich. Er wollte mich trösten, nicht wahr, mein Lehrer?

Heute morgen ist mir bei Demir oder Bedreddin oder wer immer jener ist, zu dem Du mich gesandt hast, der Gedanke gekommen, Du könntest mich ganz einfach fallengelassen haben. Ich mußte daran denken, als ich mich erinnerte, wie sehr Dich gestört hat, was Du als meine Unterwürfigkeit bezeichnet hast. Du konntest nicht begreifen, daß es sich nicht um Unterwürfigkeit handelte, sondern um Liebe. Und Du hattest recht, auch ich fürchte, daß es sich nicht um Liebe gehandelt hat. Eine Liebe, die man nicht erwidern kann, ist möglich, nicht aber eine Liebe, die man nicht verstehen oder wenigstens erkennen kann.

Hast Du mich deshalb von Dir entfernt? Bist Du zu dem Schluß gekommen, ich könne die innere Form nicht erlangen, und hast Dich deshalb meiner entledigt? Damit ich Dir aus den Augen bin – steckte ich auch in der Schlinge, wäre ich auch im Unglück?

Das ist nicht mehr wichtig. Trotzdem wüßte ich gern, ob das, was ich nicht habe, dieser Demir, Bedreddin oder jemand dritter hat, zu dem Du mich geschickt hast. Wie kann jemand in einer Nacht, und sei es die Nacht der Wunder, die GESEGNETE NACHT, in der sich der Himmel öffnet, zu Bedreddin werden, der vorher jahrelang Demir gewesen ist? Kann er das? Um was für eine innere Form handelt es sich dabei? Ihn hast Du nicht von Dir entfernt, mit ihm hältst Du Verbindung, und zu ihm hast Du mich mit einer eigenhändigen Empfehlung geschickt. Warum zu ihm?!

Bei ihm stört Dich weder der Mangel an Stolz noch das Fehlen der inneren Form. Auch ihn scheint das nicht zu stören – er fühlt sich als Herrscher und mehr als das. Die anderen empfinden ihn auch so und verhalten sich ihm gegenüber, als sei er ein höheres Wesen. Welche Erklärung haben wir dafür? Bist Du sicher, daß so zu sein wie er etwas ausgesprochen Schlechtes ist, eine unveränderliche und klare innere Form zu besitzen hingegen – etwas Gutes, das Beste auf der Welt? Ich bin mir nicht mehr sicher, ich würde sogar sagen, es ist besser, sich als Herrscher ohne klare Form zu fühlen, als eine wunderschöne Form zu haben und sich wie ein Narr zu fühlen, so wie ich mich jetzt fühle und wie ich mich allzuoft gefühlt habe, solange ich bei Dir war.

Ich sage nichts, ich frage nur, mein Lehrer. Ich prüfe, was Du mich gelehrt hast und was in mir nicht gefestigt ist, weil Du mich weggeschickt hast. Ich bin mir nicht sicher, ob ich Dir glaube, ob ich mir glaube, ob in mir geblieben ist, was Du in mich hineingelegt hast.

Jetzt ist das wichtig, was mit mir geschieht. Ich laufe mir durch die Finger wie Sand. Ich sehe mich mit fremden (vielleicht mit Deinen?) Augen, als hätte ich mich selbst, mein Inneres, mit Händen gepackt, und jemand biegt mir die Finger auseinander, und ich rinne, ich ströme, ich gleite aus den Händen und durch die Finger, ohne etwas zurückzulassen und ohne in ihnen ein Gefühl zu erzeugen. Wenn ich sie doch wenigstens kitzelte! Auch das nicht, weder Staub noch eine Frische wie von Wasser, nichts bleibt von mir.

Glaub mir, Angst ist es nicht (wenn ich wenigstens erschrocken wäre!). Ich habe keine Angst vor ihm, und doch tue ich, was er will. Hier geht es nicht um Angst, denn das ist etwas, was es gibt; dies hier gibt es nicht, und so etwas ist viel schlimmer. Ich freue mich, wenn er mit meinen Fortschritten zufrieden ist, aber weder habe ich Angst vor ihm, noch liebe ich ihn (möge ihn Gott lieben, wie sehr ich ihn liebe). Warum? Vielleicht weil ich ihm nichts entgegenzusetzen habe. In mir gibt es nichts, was einen klaren Grund hätte und ein Ziel kennte, für mich gibt es nichts, was ich muß und nichts, was ich nicht darf. Ich tue, was er will, denn ich habe nichts Eigenes und weiß nicht, was ich tatsächlich habe tun wollen.

Ist es so? Wäre es so gekommen, wenn ich an jemand anderen geraten wäre? Hätte ich auch dessen Willen erfüllt und mich gefreut, wenn er mit dem zufrieden gewesen wäre, was ich tue und wie? Ich weiß es nicht, ich fürchte… Ich weiß es nicht. Diese Fragen brechen in mir auf wie ein kalter Brunnen, Du hättest mich darauf vorbereiten müssen.

Wie ein Spiegel. Gleichgültig und leer, solange sich nichts vor mir befindet, das mich füllt. Aber so ist es auch wieder nicht, ein Spiegel ist wenigstens kühl und gleichgültig, ich hingegen schäme mich, ich bebe und sehne mich. Wonach, mein Gott?!

Wie Sand. Genauso wie der Sand, der fühlt, daß er eine Form haben könnte, es fehlt nur wenig, wenn du ihn in ein Gefäß fängst, hat er sie! Bis du das Gefäß neigst und er zu rinnen beginnt und alles verliert, nur nicht die Sehnsucht nach Form; er rinnt aus, ohne eine Spur zu hinterlassen, weder im Gefäß noch in sich selbst, erinnerungslos, grundlos. Wir sind nicht einmal schmutzig genug, um eine übelriechende Spur zu hinterlassen, wir sind nicht einmal Wasser, das eine Spur des beseitigten Gestanks hinterließe. Wir sind rein, aber wir reinigen nicht, der Sand und ich.

Es ist auch kein Vergessen, man kann nur vergessen, was im Gedächtnis aufbewahrt wurde.

Noch auf dem Weg hierher habe ich geglaubt, all das zu besitzen, was einmal sein könnte und sich sehnt in mir, daß es jeden Moment Wirklichkeit werde. War alles, was mir vollendet, fast vollendet schien, nur eine kurze Erinnerung an Dich? War das, was ich für Glauben, für Selbstvertrauen hielt, nur ein blasses Erinnern Deiner Gestalt, zu schwach, als daß es mich hätte aufrichten können?

Ich lese, was ich geschrieben habe, und sehe, daß meine Fragen hoffnungslos verworren sind. Wie auf solche verworrenen Fragen antworten? Was will ich eigentlich fragen? Wonach ich frage, wird durch mein Fragen noch verworrener. Es gelingt mir einfach nicht, zu den Fragen vorzudringen. Klares Fragen hat die Dinge bereits geordnet oder wenigstens angedeutet, wie man sie ordnen könnte, es verspricht, daß sie einmal einem Prinzip nach geordnet sein könnten. Klar fragen kann man nach dem, was sich ordnen läßt, weil es seine Formen hat, seine Gründe und Relationen. Doch das, wonach ich frage, ist wie Sand – grau, formlos, grundlos und ohne Beständigkeit. Unklar. Verworren. Bloße Sehnsucht.

Bist Du wirklich so klar, wie mir scheint? Oder wolltest Du nur, daß ich Dich dafür halte: für wirklich, beständig und gesammelt. Kann man heutzutage so sein, kann man es überhaupt wollen?

Hast Du etwas verstanden von dem, was ich Dich gefragt habe, mein Lehrer? Während ich schrieb, wußte ich mit Bestimmtheit, was ich mit jeder einzelnen Frage will, jetzt, wo ich sie lese, scheint mir, daß ich es nur ungefähr weiß, und wenn jetzt jemand verlangte, ich möge ihm erklären, was die eine oder andere Frage bedeuten soll – ich wüßte es nicht zu sagen.

Es ist nicht wichtig, diesen Brief werde ich ohnehin nicht absenden oder jemand zeigen. Wichtig ist er allein wegen der Zeit: was geschieht mit der Welt und den Menschen in einer Zeit, in der die Sprache zu klaren Fragen nicht mehr taugt und die Menschen aus ihrer Sprache keine klaren Fragen mehr bilden können? In der die Menschen die Sprache gebrauchen, in der die Sprache die Menschen gebraucht, und weder die einen noch die andere zu klaren Fragen fähig sind? Wenn das nicht nur meine Eigenschaft ist, wenn das auch die Eigenschaft dieser Zeit oder zumindest der Menschen in dieser Zeit ist?

Vielleicht wird mir einmal alles klar werden. Vielleicht wird mir dieser Brief einmal teuer sein und mich an schönere Zeiten erinnern, derer ich dann mit Trauer gedenken werde. So wie wir uns der Kindheit erinnern, die sicher nicht schön war, so wie wir uns alles längst Vergangenen erinnern. ‹Wie habe ich nur nicht gesehen, wie gut ich es hatte›, sagen wir zu uns selbst, wenn wir uns an etwas weit Zurückliegendes erinnern, und fügen hinzu: Was bin ich für ein Narr gewesen. Aber es geht darum, daß ich jetzt der Narr bin, weil ich vergessen habe, wie häßlich es mir ergangen ist. Jeder Mensch kann sagen, daß er ein schönes Leben hatte, wenn er nur hinreichend vergißt.

Nicht mehr Dein Schüler, nicht mehr Ramadan aus Trapezunt. Den gibt es nicht mehr, der ist ausgelaufen, durch die Finger geronnen und geworden zu
          Figani aus Istanbul.»

3

Ein Außenstehender könnte meinen, Figani habe die folgenden zwanzig Tage in eintöniger Gelassenheit verbracht, weil jeder Tag dem vorangegangenen ähnelte und anzeigte, wie der nachfolgende sein würde. Nach dem Frühstück ging er zu Demir, wo er erzählen mußte, was Ata ihn gelehrt hatte. Das wurde dann von Demir zerpflückt, der immer anders zu ihm sprach, Atas Lehren das eine Mal als Dummheit, das andere Mal als Gotteslästerung bezeichnete und sie manchmal überhaupt nicht kommentierte.

Allah hat den Menschen gesegnet und ihn über alle seine Geschöpfe erhoben, indem er ihm eine Seele gab und mit ihr die Möglichkeit, in einem einzigen Leben eine Vielzahl von Schicksalen zu durchleben, bald dies, bald jenes, bald so oder so zu sein. Ein Stein braucht nur Stein zu sein, aber auch er kann sich verändern und von einem großen zu einem kleinen und von einem runden zu einem eckigen werden. Dein weiser Ata hingegen verlangt vom Menschen, er solle entdecken, was er ist, um sich dann in dem, was er entdeckt, einzuscharren wie ein Esel und zu erstarren. Aber wir sind deshalb das höchste Geschöpf, damit wir uns ändern können.

Wir tragen den Stein und die Pflanze, das Tier und den reinen Engel in uns. Warum soll ich nicht das eine Mal jener Stein sein, der in mir ist, und ein anderes Mal Föhre oder Grashalm, Hündchen oder Eidechse? All das kann ich sein, all das habe ich in mir, da ich ihre Namen als erster ausgesprochen habe und über ihnen stehe. Ich darf nicht immer derselbe sein, wenn ich nach Gottes Willen leben will. Solange ich eine lebendige Seele habe, trage ich alle Menschen, alle Charaktere und alle menschlichen Schicksale als Möglichkeit in mir, Schurke und Märtyrer, Lüstling und Asket, Prasser und Hungerleider, Kahlkopf und Dickwanst, Räuber und Büßer, Angsthase und Selbstentleiber – alles das ist in mir, alles das bin ich und muß ich sein, wenn ich mich gegenüber den Gaben des Allsehenden nicht als undankbar erweisen will. Wie kommt dieser alte Narr nur darauf, daß ich entdecken soll, wer ich bin, damit ich mir selbst Fesseln anlege und für ewige Zeiten im eigenen Saft schmore?! Warum soll das Wasser nicht im Meere baden?

So sprach Demir, der von sich selbst glaubte, Bedreddin zu sein, und den alle so anreden mußten. Einmal hatte ihn Figani während ihres Morgengesprächs fälschlicherweise mit Demir angesprochen, worauf ihm jener Bursche für alles einen großen Zinken in den Rücken stieß, der an einer Latte befestigt war. Diese Stange, wie die Kameltreiber sie verwenden, hatte der Bursche ohne jeden Wink von seiten Demirs hinter einem Wandvorhang hervorgeholt, woraus Figani den direkten Schluß zog, daß so in diesem Haus alle gestochen werden, die vergessen, daß Demir eigentlich Bedreddin und ihn so zu nennen eine der Verhaltensregeln hier ist.

An diesem Tag hatte der Lehrer über die Zeit gesprochen. Er erklärte gerade, daß der Augenblick, dieser und nur dieser Zeitpunkt, die einzige wirkliche Zeit sei, als der Schüler den Stich in die Rippen bekam. Indem er auf den leuchtendblauen Vorhang mit den beiden in Form einander anblickender Löwen gestickten Koransprüchen zeigte, erklärte Bedreddin, das BUCH sei in einem Augenblick entstanden, der kürzer währte als ein Wimpernschlag, genaugenommen unendlich kurz, und daß dieser unermeßlich kurze Augenblick auch heute noch währe, denn er werde immer währen, da in ihm die ganze Zeit enthalten sei. So sei das MUTTER-BUCH entstanden, das in der SPRACHE geschrieben ist, das heißt, in Gedanken, Sinn, Ideen, Bildern. Als es galt, das MUTTER-BUCH zu offenbaren, sei aus diesem unendlich kurzen Augenblick die Zeit entflossen. All diese Zeit aber bestehe aus Augenblicken, die jenem ersten und einzigen gleichen.

Seht diese Löwen dort, sagte Demir, Faden um Faden

sind sie in langwieriger Arbeit aus den Buchstaben und Wörtern von Koransprüchen gestickt, aber in jenem Moment, da sie vollendet waren, wurde die ganze Zeit zu einem einzigen Augenblick. Figani, der gebannt auf den gestickten Vorhang mit den goldenen Löwen starrte, murmelte kaum hörbar «aber Demir», wohl in dem Wunsch, nach etwas zu fragen, was ihm in dieser Geschichte unklar geblieben war, als der Bursche schon die Stange hinter dem Vorhang hervorzog und ihm den Zinken zwischen die Rippen rammte.

Der Schüler verstummte, und der Lehrer fuhr mit seinen Erklärungen fort, als sei nichts geschehen. Figani hätte nicht beschwören können, die verdrehte Philosophie seines Lehrers über die Zeit (seiner Meinung nach eigentlich nur ein Versuch, jenem einzigen Augenblick zu gleichen) völlig verstanden zu haben, aber er hatte sich fast jedes Wort für immer gemerkt, allerdings auch für immer verbunden mit dem schmerzlichen Pulsen in der Weiche, in die der zum Antreiben der Kamele verwendete Zinken gestochen hatte.

Was dieser Einleitung über die Zeit folgte, war leichter zu behalten, denn es war verständlicher und hatte wenigstens zum Teil mit dem menschlichen Leben zu tun. Der Lehrer erklärte, ein verständiger Mensch lebe in diesem Augenblick und nur in diesem Augenblick, weil er wisse, daß allein die Gegenwart wirklich ist. Was brauche ich jetzt? Was kann ich in diesem Moment bekommen? Das sind Fragen eines verständigen Menschen, der weiß, daß es keinen gestrigen und morgigen Tag gibt, weil sie nicht wirklich sind. Deine Erinnerung ist eine Geschichte, die du dir selbst erzählst, sie verpflichtet dich und bestimmt dein heutiges Tun, genau wie eine Geschichte, die du gehört oder erfunden hast, wie irgendwas aus Tausendundeiner Nacht. Deshalb ist es lächerlich, einem verständigen

Menschen, einem Menschen, dem an der Wirklichkeit und an der WAHRHEIT liegt, vorzuschreiben, er habe um der Vergangenheit oder der Zukunft willen so oder so zu sein, so oder so zu verfahren, dieses oder jenes zu tun. So wie in der Zeit allein jener Augenblick wahrhaftig ist, der in der Wirklichkeit dieser Welt den Zeitpunkt der Entstehung des MUTTER-BUCHES wiederholt, ist im Menschen einzig der jetzige Augenblick wahrhaftig und wirklich – du Heutiger hast nichts gemein mit dir Gestrigem. Tue das, was du jetzt tun möchtest, denn wirklich und wahrhaftig bist du einzig jetzt. Wer nicht so tut, lebt gegen die Wirklichkeit und arbeitet gegen die WAHRHEIT.

Diese morgendlichen Gespräche endeten stets mit dem Eintreffen der anderen Schüler. Figani hatte geglaubt, er sei der neunte Schüler seines Lehrers, denn er hatte in seiner Unterkunft neun Zimmer gezählt, aber schon in den ersten zwanzig Tagen hatte er jede Übersicht verloren und war vor der Anzahl der Menschen verwirrt geblieben, die wegen eines Geschäfts zu seinem neuen Lehrer kamen, obwohl sie sicher nicht alle auf seinem Besitz wohnten.

Jeden Tag geschah das gleiche: der Jüngling verneigte sich, Demir nickte ihm zu, hinter dem dunkelgrünen Tuch kamen Leute hervor, die mit der Stirn an den Boden schlugen, Demir sagte zu Figani, er sei entlassen, denn er müsse sich den anderen Schülern widmen, und der Bursche für alles führte ihn hinaus, wobei er ihn in den ersten Tagen bis zu seinem Zimmer begleitete und ihn darin einsperrte, ihn später jedoch einfach draußen stehen ließ, damit er sich selbst zurechtfinde. Jeden Tag indessen kamen andere Leute, Demir mußte also mindestens ein gutes Hundert Schüler haben, wenn das tatsächlich alles Schüler waren, wie er sagte. Unter ihnen waren alle möglichen Leute anzutreffen, so daß Figani seine neue Schule wie ein Feldlager vorkam, große, ungeschlachte Burschen, die aussahen, als wären sie gerade aus den Bergen herabgestiegen, wo sie Steine zum Hausbau gebrochen hatten, ausgemergelte Männer in mittleren Jahren, die durch ihren Geruch anzeigten, daß sie Häute gerbten und zuschnitten, abgerissene Haudegen mit schmutzigen Pranken, aber auch richtige Milchbärte, und in einer Gruppe befand sich ein Greis, von dem Figani hätte schwören können, daß er ihn schon bei seiner Ankunft, als er Abdul Kerim suchte, auf dem Bazar gesehen hatte, wie er den Pöbel unterhielt, indem er sich Nadeln durch Gesicht und Waden zog.

Wäre nicht diese ungewöhnliche Zusammensetzung der Schüler gewesen, hätte Figani sich vielleicht einreden können, daß er bei seinem neuen Lehrer ein ruhiges und gutes Leben führe. Diese seltsame Schar aber war ein sichtbarer Beweis für die berechtigte Unruhe, die er schon bei der ersten Begegnung mit Demir empfunden und die seither ständig zugenommen hatte. Diese unfrohen Ahnungen verstärkten sich ohne ersichtlichen Grund, vielleicht wegen der verworrenen, tief in ihm verborgenen Bedürfnisse (so wie jenes, das er am ersten Tag entdeckt hatte und das ihm den Genuß des blinden Gehorsams beschert hatte), die in Demirs Gegenwart heftiger wurden. Vielleicht hätte er seine Zweifel durch vernünftige Erklärungen ein wenig im Zaum halten können, wenn die Menschen, denen er hier begegnete, etwas mehr nach Schülern ausgesehen hätten. So jedenfalls erlaubte ihm sein Verstand nicht, sich einzureden, alles sei in Ordnung, sondern verstärkte nur seine quälende Unruhe.

Die ersten Tage, die der Bursche ihn ins Zimmer eingesperrt hatte, war er dem Ekel vor sich selbst und der Verwirrung, in die er gestürzt war, wehrlos ausgeliefert.

Er wollte Briefe schreiben, die er nicht abschicken würde, aber er konnte nicht; er versuchte, das BUCH oder Mewlanas Verse zu lesen, aber er starrte nur auf die Schriftzeichen, ohne zu verstehen; er versuchte zu schlafen, doch auch das gelang ihm nicht; am Ende öffnete er das Fenster und schrie alle Verse hinaus, die er auswendig wußte. Er war sich sicher, so der Seele Erleichterung zu verschaffen und mit seinem Schreien den Kopfschmerz zu vertreiben, der sich jeden Nachmittag mit dumpfem Druck im Nacken ankündigte.

Deshalb wurde ihm spürbar leichter, als sie ihn endlich nach draußen ließen. Er fand keine Erklärung dafür, warum er erst auf sein Zimmer verbannt gewesen war und jetzt mit einem Mal frei umhergehen und tun und lassen durfte, was er wollte, er bemühte sich aber auch nicht, den Grund von dem Burschen zu erfahren, der sich neben Demir als einziger mit ihm abgab. Sich selbst erklärte er es so, daß der Lehrer und die Leute, die er als seine Schüler bezeichnete, mit etwas zu tun gehabt hatten, das man vor ihm verbergen mußte, irgendwelche geheimen Geschäfte, die jetzt abgeschlossen waren. Es interessierte ihn nicht besonders, worum es sich dabei handelte, er machte keinen Versuch, es herauszufinden (vielleicht schreckte er sogar vor einer möglichen Entdeckung zurück, die ihn zum Eingreifen verpflichtet hätte). So schlenderte er den ganzen Tag umher, suchte verschiedenste Plätze auf, nahm sie in Augenschein, voller Hoffnung, die Unruhe und quälende Bangigkeit zu dämpfen, die immer schmerzhafter an ihm fraßen. Er erwanderte und erkundete nicht nur jenen Kreis unmittelbar um das Gebäude, in dem er untergebracht war, sondern auch die Umgebung von Demirs prunkvollem Haus.

Demirs Besitztum lag am Ufer des Goldenen Horns, unweit des Stadttores, ganz in der Nähe des kleinen

Kasimpaša-Hafens, wo die Boote anlegten, die das Goldene Horn befuhren. Demirs Haus und das kleinere, an das Haupthaus angelehnte Gebäude für die Schüler waren auf der Uferhöhe errichtet worden, weit genug vom Wasser gelegen, um der Nacht- und Morgenfeuchtigkeit zu entgehen, und nahe genug, um nie den Mücken zu entkommen, die in der Abenddämmerung alles in Besitz nahmen, was auf diesem Anwesen existierte. Mücken und kleine Fliegen, wie Figani sie nie zuvor gesehen hatte (in Trapezunt, wo das Wetter dem hiesigen glich, hatte es sie nicht gegeben), die sich zu kleinen, in der Sonne zitternden Wölkchen sammelten und schmerzhaft zubissen, ohne Spuren auf der Haut zu hinterlassen – sie beherrschten hier den frühen Morgen und die Dämmerung und zwangen selbst Demir, sich in abgedunkelte Ecken zurückzuziehen. Trost, wenn auch keine Hilfe, konnte einem zerbissenen und verschwollenen Menschen der herrliche Ausblick bieten, der am vorgerückten Morgen, wenn sich die Feuchtigkeit auflöste und der Sonnenglast noch nicht die Sicht beeinträchtigte, bis zur al-Fatih-Moschee und sogar bis Topkapi reichte.

Um das Haus erstreckte sich ein riesiger Garten in Form eines unregelmäßigen, ein wenig abschüssigen Halbrunds, der genaugenommen kein richtiger Garten war, denn er war nicht nur ungepflegt, sondern schien absichtlich vernachlässigt. Nirgends eine Blume, nirgends ein Obstbaum, nirgends ein Zierstrauch. Nicht einmal ein kleines Bäumchen, das keine Pflege verlangt hätte, sondern einfach nur schön aussah, eine Zypresse oder eine jener breitblättrigen Palmen. Nur Kiefern, wilde Olivenbäume und Gestrüpp, völlig verwildert und mit scharfem hartem Gras durchsetzt, an dessen Halmen man sich schneiden konnte, wovon sich Figani selbst überzeugen mußte. Auf dem Plateau, wo die

Häuser standen, war das Gras weicher und das Buschwerk weniger dicht, so daß man hier schön gehen und sich auch erholen konnte, sofern man sich nicht vor Eidechsen fürchtete und bei dem Gedanken an Schlangen vor Angst erstarb. Dieser Teil des Anwesens war mit einer hohen zinnenbewehrten Mauer eingefriedet, während das Besitztum auf den Hängen zu beiden Seiten offen war, vielleicht weil man auf der steilen Steinhalde keine Mauer hatte errichten können und von dieser Seite wohl kaum jemand zu erwarten war.

In dieser Mauer fand Figani drei Durchlässe, die von schweren Toren verschlossen und durch Eisenstangen mit faustgroßen Vorhängeschlössern gesichert waren. Was sollten die so verborgenen, fest verschlossenen Durchgänge, wenn das Haupttor den ganzen Tag über einladend offenstand? Freilich bewacht – Figani war von einem wilden und schreiwütigen Menschen vom Haupttor vertrieben worden, als er dort umhergeschlendert war, aber dieser Wächter war so gut versteckt gewesen, daß sich jeder beim Anblick eines derart offenstehenden Tores willkommen gefühlt hätte.

Dort am Abhang, wo keine Mauer mehr war und das Gestrüpp am dichtesten stand, an der Seite zum kleinen Kasimpaša-Hafen, hatte Figani einmal, um den fünfzehnten Tag seines Aufenthalts, einen Knaben mit zwei Ziegen angetroffen. Als Figani sich ihm näherte, verging der Knabe fast vor Angst, die offensichtlich nicht nur von der Überraschung kam. Starr vor Schreck versuchte er nicht einmal zu flüchten, so daß Figani ihn umarmen und mit schönen Worten beruhigen konnte.

Er fragte den Knaben, warum er die Ziegen nicht hinaufführe, wo das Gras weicher und das Strauchwerk freundlicher und besser sei. Der Knabe sagte, er erschrecke jetzt noch bei dem Gedanken an ein solches Unterfangen. Einmal habe er es getan, und man habe ihn ergriffen, ins Haus geführt und mörderisch verprügelt, ein würfeliger Glatzkopf, der dort der Chef zu sein scheine, habe ihm glühende Nadeln in die Fußsohlen gestochen, die im ersten Moment nicht allzu weh getan und auch kein Blut gelassen, die aber später einen Schmerz im Kopf erzeugt hätten, von dem ihm fast die Knochen zersprungen wären. Sie hätten ihn bedrängt zu gestehen, wer ihn geschickt, was er gesucht und was er gesehen habe, aber am Ende hätten sie ihm doch geglaubt, daß er nur seine Ziegen habe weiden wollen. Vielleicht hätten sie Mitleid gehabt und gespürt, daß er die Wahrheit sagte: Sein Vater sei auf dem Heereszug in Ungarn umgekommen und habe ihm die Mutter und die Schwester hinterlassen, die er nun mit den beiden Ziegen und mit dem, was er zusammenstehle, ernähren müsse. Für nichts auf der Welt würde er dort hinaufgehen, noch zwanzig Tage nach jenen Nadeln hätte er nicht auftreten können, und auch jetzt schmerze ihm der Kopf, wenn er sich der Nadeln erinnere oder des Würfelkopfes. Wenn er die Ziegen woanders weiden könnte, würde er nicht hierherkommen, aber es gebe keine andere Stelle, Figani solle doch selbst schauen und sich überzeugen, daß es auf dieser Seite nichts zu äsen gebe, nachdem sie unten den Hafen gebaut und alles gerodet hätten. Allzu weit könne er auch nicht gehen, er müsse gegen Sonnenuntergang auf einem der Märkte sein, um irgend etwas mitgehen zu lassen, wenn sich die Gelegenheit biete.

Nach dieser Begegnung konnte Figani die leise Panik, die ihn heimsuchte, nicht länger mit rationalen Gründen vertreiben oder besänftigen. Diese Sache ist weder sauber noch gut, man mußte sich so schnell wie möglich herauswinden und weit weggehen.

Ein wenig schämte er sich auch für das alles, denn er kam sich selbst lächerlich vor. Seit Tagen erforschte er seine leichten Ängste, rätselte herum, warum er Demir so bereitwillig gehorchte, überlegte hin und her und fragte sich, ob dieser erniedrigende Gehorsam von einem Zuviel an Unterwürfigkeit kam oder daher, daß Demir mehr als ein gewöhnlicher Mensch war, allerdings umgeben von... Er tappte im dunkeln, fragte sich, ob er zum Lernen hergekommen oder in Gefangenschaft geraten war, ärgerte sich, weil er sich eingestehen mußte, daß er tatsächlich mehr Gefangener als Schüler war, und am meisten ärgerte ihn, daß er infolge seiner Gefangenschaft daran gehindert war, der vornehmen Welt seine elegischen Verse vorzutragen. Andererseits...

Wenn er nur wüßte, in was er hineingeraten war, wenn er wenigstens ahnte, wozu sie ihn benutzten, dann würde sich diese Panik, die ihn scheinbar grundlos und doch gänzlich überflutete und alles in ihm zerfraß, wenigstens würde sich diese Panik zu deutlicher Angst mit einem Ursprung, einem Grund und vielleicht auch einer Lösung verdichten, zu einer Angst, die menschlich ist und dem Menschen verständlich, während dies hier ohne Anfang ist, ohne Form, ohne Ursprung, und alles ergriffen hat und ihm das Leben unerträglich macht. Angst ist gut, sie hat einen Sinn, denn sie verweist auf etwas, sie hat einen Grund, aber das hier ist verworren und ausweglos, drängt sich in sich selbst zusammen, entspringt aus sich selbst und mündet in sich selbst, das ist verkappter Wahnsinn.

Die folgenden Tage lief Figani fieberhaft umher und bemühte sich, eine verläßliche Antwort wenigstens auf die Frage zu erhalten, wo er sich denn eigentlich befand. Er suchte in jeder Richtung, schaute sich um, prägte sich ein, was er fand, zeichnete in seinem Zimmer auf, was er gesehen hatte und wie das Gesehene angeordnet war, in der Hoffnung, daraus über den Zweck des Ganzen Schlüsse ziehen zu können. Wenn er es erst enträtselt haben würde, so würde er sich zwar weiterhin vor diesem und jenem fürchten, doch das würde ein wahrer Segen sein gegenüber dem jetzigen Zustand, wo ihn alles einlullte, sich ihm als Annehmlichkeit darbot und für ihn sorgte, aber um ihn und in ihm eine Leere schuf, die bedrohlich war und aus der die Kälte herausschlug.

Er entdeckte, daß er das große Haus Demirs nur mit Aufforderung und nie ohne Begleitung des Burschen für alles betreten konnte; aber diese Entdeckung brachte, wie alle bisherigen auch, mehr Unbehagen als Nutzen, denn sie verstärkte nur die Bangigkeit und verdunkelte das Geheimnis. Am siebzehnten Tag seines Aufenthalts besaß er schon eine Skizze von der Mauer, die das Besitztum umgab, mit sämtlichen Toren, auch die beiden Häuser waren eingezeichnet, der Mittelpunkt des unregelmäßigen Halbkreises, und ihre Lage gegenüber Mauer und Toren. Daraus ließen sich noch keine Schlüsse ziehen, und so erweiterte er die Zeichnung und bestimmte auf ihr die Lage des gesamten Anwesens gegenüber dem Umland, woraus er ablesen konnte, daß man hier einfach alles tun und verbergen konnte: man konnte schmuggeln, Verschwörungen schmieden, eine kleine Armee aufstellen, die den Sultan auf seinen Kriegszügen unterstützen würde, es konnte aber auch durchaus sein, daß sich hier von Zeit zu Zeit Menschen versammelten, um in Ruhe über unsere gesegneten Zeiten zu plaudern. Obwohl es unklar blieb, was sie einander erzählen sollten, denn die geheimen Tore, die großen und gut geschmierten Riegel, die wohlverborgenen Wachen und das ganze verlassene Land in so guter Lage – all das kostete viel und war ein wenig zu teuer, um sich hier nur zu versammeln und in Ruhe ein Schwätzchen zu halten. Daraus ließ sich freilich schließen (aber zu diesem Ergebnis hätte er auch ohne seine Forschungen kommen können), daß hier das große Geld dahinterstand und mächtige und reiche Leute an der Sache beteiligt waren. Es konnten nicht jene Leute sein, die er zu seinem Lehrer hatte kommen sehen, und es konnte auch nicht dieser Lehrer sein – selbst die größten und anständigsten Weisen hätten einen solchen Besitz weder kaufen geschweige denn ihn so ausstatten und derart gründlich sichern können. Wer waren diese mächtigen und reichen Leute, was steckte hinter ihren geheimnisumhüllten Geschäften, warum verbargen sie ihre Geschäfte und ihre Verbindungen zu diesem Anwesen?

Das Herz des Geheimnisses mußte in Demirs Haus liegen. So beschloß er an diesem siebzehnten Tag, nachdem ihn der schweigsame Bursche wieder hinausgeführt hatte, während Demir mit den anderen Leuten, seinen angeblichen Schülern, beschäftigt war, heimlich ins Haus zurückzukehren und es zu untersuchen.

Sein Entschluß, der ihn weniger erschreckte, als er erwartet hatte, erfüllte ihn mit solcher Spannung, daß er buchstäblich gelähmt war. Er spreizte die Finger und grub die Nägel in die Handflächen, er betastete seinen Körper und stemmte die Beine gegen den Boden, als wollte er ein Zittern unterdrücken, obwohl nichts zitterte, sondern im Gegenteil alles geschwollen war und sich taub anfühlte und starr wie ein Knochen. Ohne das geringste zu verstehen, starrte er Demir an und tat, als hörte er ihm zu, und ebenso betäubt und erstarrt wartete er auf den Zeitpunkt der Entlassung, als würde sich Gott weiß was ereignen, wenn er dem Lehrer aus den Augen ginge. Demir fragte, was mit ihm sei, er wurde sogar laut, worauf Figani völlig erstarb, weil er spürte, wie man Licht oder Hunger spürt, daß er alles gestehen und danach noch um Verzeihung bitten würde, sollte der Lehrer in diesem Nachforschen hartnäckig bleiben (denn wie sich eine Lüge ausdenken, mit der er Demir hintergehen kann, und wie sich überhaupt eine Lüge ausdenken, solange er derart geschwollen und starr ist?). Zum Glück hatte es Demir eilig, ihn loszuwerden, und entließ ihn früher als sonst, ohne viel Willen gezeigt zu haben, sich mit ihm und mit dem zu beschäftigen, was heute in ihm vorging.

Er verließ den Raum, kaum fähig zu gehen, als käme er aus einer Folterkammer. Erst draußen merkte er, daß er ganz naß war, und fragte sich verwundert, wie es möglich sein konnte, daß ein Mensch sein Schwitzen nicht fühlt. Dann befiel ihn ein Zittern, so daß er hinter einen Baum treten mußte, um keine Aufmerksamkeit auf sich zu ziehen. Er spürte Blicke auf sich gerichtet, er wußte, daß er von sorgsam verborgenen Augen umgeben war, und fürchtete, daß ihn sein Zittern verdächtig machte. Doch im Schatten des Ölbaums, hinter dem er sich verborgen hatte, wurde es heftiger, sein ganzer Körper begann zu beben, daß ihm die Zähne klapperten, die Hände flatterten und die Beine fast den Dienst versagten.

Erst nach einer guten halben Stunde hatte er sich einigermaßen beruhigt und wechselte zur Wand von Demirs Haus und schob sich, an sie gepreßt, langsam vorwärts, in der Hoffnung, etwas von dem Gespräch im Innern zu hören, zumindest wüßte er dann, ob die nach ihm Gekommenen noch immer da waren. Doch es war nichts zu hören; wenigstens verstand er nun, warum alle Wände, Fenster und Türen mit Gardinen, Teppichen und schweren Stoffen verhängt waren.

Was aber, wenn er jetzt auf Demir traf? Wenn die Leute schon weg waren und der Lehrer in ein anderes Zimmer ging und sein neuer Schüler ihm geradewegs in die Arme lief? Er hatte sich keinerlei Rechtfertigung zurechtgelegt, etwa eine Frage zu dem, was Demir heute gesagt hatte. Was hatte er überhaupt gesagt? Wieso konnte er sich nicht erinnern, wieso hatte er sich keine Ausrede für den Fall zurechtgelegt, daß sie ihn ergriffen? Mit einem Spatzenhirn und ohne jede Erfahrung kann man ein solches Geheimnis nicht enthüllen! Er spürte, wie er wieder ins Schwitzen geriet, weil seine Haut von dem verklebten Gewebe weniger fröstelte; alles in ihm war bis an die Schmerzgrenze gespannt.

Er schlich zur Tür. Sie stand offen. War sie es sonst auch? Nein, gestern hatte er gehört, wie sie vom Jüngling hinter ihm geschlossen wurde und daß sie leise, aber hörbar knarrte. Er hatte Glück. Gott ist mit den Dummen. Dies war das Zeichen einzutreten – und wenn nicht, auf jeden Fall hätte er eintreten müssen, denn jetzt fühlte er sich viel besser als an all den Tagen zuvor. Jetzt hatte er unverkennbar Angst, schöne, gute Angst, die eine Freude und Wonne war verglichen mit der stummen Panik, die ihn nicht verlassen hatte, seit er hier aufgekreuzt war.

Er sah sich um, lauschte und sprang schnell durch die Tür. Etwas knackte, als würde ein trockenes Brett brechen. Figani erstarrte. Er schlich nach rechts, um von der Tür wegzukommen und sich hinter den Vorhang zu stehlen, falls jemand auftauchen sollte, um dieses Knacken zu untersuchen. Doch im selben Moment, als er ihn mit dem Rücken berührte, wickelte sich der schwere Tuchvorhang um ihn, und etwas Scharfes bohrte sich in seine Weichen.

Rühr dich nicht und schrei nicht, sagte eine vom Tuch gedämpfte Stimme. Als wollte er ihn verspotten, verbietet er ihm, was er, derart zu Eis erstarrt und atemlos, auch bei der größten Fülle göttlicher Gnade nicht gekonnt hätte. Was suchst du hier?

Gern hätte Figani geantwortet, gern hätte er sich erklärt, vielleicht wäre ihm auch etwas Überzeugendes eingefallen, denn Gott hatte ihn doch wohl nicht völlig vergessen – wenn er nur Atem gefunden und seine Stimme aus ihm herausgewollt hätte. Und vielleicht hätte sich auch der Atem gefunden, wenn ihn das Tuch weniger erstickt und wenn der Druck dieses scharfen Gegenstandes an den Weichen nur etwas nachgelassen hätte.

Als hätte er ihn gehört, wickelte jener, der ihn ergriffen hatte, den Vorhang auf und gab Figani den Blick auf einen zweiten Mann frei, der mit gezücktem Säbel vor ihm stand.

Daß du dich nicht rührst, warnte ihn der hintere, aber der andere lachte, ließ den Arm mit dem Säbel sinken und winkte, nicht ohne Verachtung, mit der Linken ab.

Der kleine Neue, der hier studiert, erklärte er dem mit dem Vorhang den Grund seines Lachens.

Was tust du hier? Daß dich der Donnerschlag treffe! Der erste drehte ihn zu sich, vermutlich wütend, weil sie ihn wie jemand Gefährlichen gejagt hatten, vielleicht auch gekränkt durch das Lachen und den verächtlichen Ton, mit dem sein Kamerad das Unternehmen begleitet hatte.

Ich wollte mich einer Sache vergewissern, Demir fragen, Bedreddin. Figani brachte endlich ein paar Worte heraus.

Den Meister? Den hast du gar nichts zu fragen, ihr hättet einander schon längst ausgefragt, wenn ihr vorgehabt hättet zu heiraten.

Ich meine wegen dem, was er heute gesagt hat...

Verschwinde von hier! Und merke dir, daß man hier nur auf Aufforderung und in Begleitung hereinkommt.

So hatte Figani einen weiteren Grund erfahren, warum die Wände, Fenster und Türen in diesem Haus mit Vorhängen verhüllt waren, doch auch von dieser Entdeckung hatte er keinen besonderen Nutzen.

An diesem Tag versuchte er nicht mehr weiterzuforschen. Er schleppte sich in sein Zimmer, schloß sich ein, starrte benommen auf die Tür in der Erwartung, daß jeden Moment Demir erscheinen würde mit vor Wut hervorquellenden Augen. Dann öffnete er das Fenster und schätzte die Aussichten ab, einen Sprung zu überleben. Schließlich fiel er, von all dem Geschehenen erschöpft, schon zur Abenddämmerung in einen todesähnlichen Schlaf, der erquickte wie lauteres Wasser.

Am nächsten Morgen setzte er seine Untersuchungen mit der Besichtigung des kleineren Hauses fort, in dem er allein untergebracht war, in der Hoffnung, daß sich kein Vorhang um ihn wickeln und ihm kein Krummdolch an die Rippen gesetzt würde.

Alle Zimmer neben seinem waren verschlossen und schienen unbewohnt zu sein. Figani untersuchte sämtliche Türen, indem er die Klinke hinunterdrückte, an ihnen zog, die Tür in die eine oder andere Richtung zu schieben versuchte, die ganze Oberfläche und den Türstock abdrückte und abklopfte. Diese Gründlichkeit wurde belohnt. Als er schon glaubte, die Untersuchung der Türen sei ganz nutzlos und aufgeben wollte und noch gegen die letzte in der Reihe drückte, ging sie auf und gab eine Treppe frei, die nach oben führte. Er stieg leise hinauf, zuvor jede Stufe untersuchend, weil er wußte, daß in Häusern, wo sich Vorhänge um die Besucher schlingen, auch die Treppenstufen gern einstürzen, und gelangte in einen größeren Raum, offenbar ein Bodengeschoß, mit schön geordneten Regalen, auf denen gleichartige Kleidungsstücke, Uniformen gleich, verschiedene Waffen und große Ballen Stoff, der aussah wie Fahnentuch, gestapelt waren. Wie die Ausrüstung eines vielköpfigen Heeres, das von der Hohen Pforte oder jemand ähnlich Reichem und Mächtigem aufgestellt wird. Wer benötigt das alles, und wem gehört es?

Was für Fahnen sind das? Er entfaltete eine und erblickte auf dem himmelblauen Stoff einen roten Stern und einen Halbmond. Wer könnte einer solchen Fahne Treue schwören? Wer hat soviel Waffen vorbereitet und für wen? Säbel, Pfeile, Gewehre, Zündsteine.

Am anderen Ende des Bodenraums, hinter einem Regal, befand sich eine Stiege, die weiterführte, aber nicht in das Stockwerk mit den Zimmern noch in das Stockwerk darunter, sondern in den Keller, wo sich Ruhelager befanden, zu Boxen angeordnet wie in großen Pferdeställen und, vermutlich, in Militärunterkünften. Ein närrisches Glück und (wozu verhehlen) ein Übermaß an Angst, durch die Erinnerung an den gestrigen Tag genährt, verleiteten ihn, ganz leise hinabzusteigen, genaugenommen unhörbar. Gott allein weiß, was sonst geschehen wäre, denn auf einigen Lagern schliefen Leute, auf zwei, drei anderen war man beim Brettspiel, und auf den übrigen lagen ihre Benutzer einfach herum. Ohne nachzuforschen, was für Leute das waren und zu wem sie gehörten, völlig zufrieden mit seiner Vermutung, daß es sich offenbar um Wächter handelte, wie sie überall im Verborgenen kauerten, zog sich Figani unbemerkt zurück und schlich in sein Zimmer. Als er sich genügend gesammelt hatte, ging er hinaus in den Garten.

Den ganzen folgenden Tag verbrachte er in einem Versteck bei einem jener geheimen Tore, in der Hoffnung, jemand dabei zu beobachten, wie er hereinkam oder hinausging, und durch ihn wenigstens eine Ahnung zu bekommen, wem dies alles diente und wozu. Diese Tore wurden benutzt, sie wären nicht so sauber, ordentlich und gut erhalten, wenn sie nicht benutzt und oft geöffnet würden, mit ein wenig Geduld würde man sehen, von wem und für wen sie geöffnet wurden. Figani hockte sich in einen Busch, in der feuchten Hitze, lange, lange Stunden, um am Ende einzuschlafen und mit steifen Gliedern aufzuwachen, ohne etwas entdeckt zu haben. Am nächsten Tag kam er wieder, vom Sinn seines Planes überzeugt, versteckte sich beim selben Tor, und alles wiederholte sich wie tags zuvor, so daß er in der Dämmerung des neunzehnten Tages seines Lernens bei Demir schmerzgekrümmt vom langen Liegen auf harter Erde in sein Zimmer zurückkehrte.

Dafür stieß er am zwanzigsten Tag, als er eine Stelle für ein Versteck neben dem Tor suchte, das zum kleinen Hafen hinausging, auf ein herrliches Kiefernwäldchen, das er zwar auch vorher schon gesehen, aber nicht betreten hatte, weil es keinen Grund dafür gab; es war dicht und völlig abgeschieden, mit einer Holzhütte, die man erst sah, wenn man buchstäblich mit der Nase anstieß. Eine Zeitlang beobachtete er die Hütte vom Rande einer kleinen Lichtung aus und erbebte für einen Augenblick durch und durch, denn ihm war, als hätte sich im Fenster ein von hellem Haar umrahmtes Mädchenantlitz gezeigt. Wenn es keine Erscheinung war, so war es eine Frau, schön wie eine Erscheinung, so schön, daß man nicht wünschen durfte, ihr im wirklichen Leben zu begegnen.

Er beschloß, um das Haus herumzugehen, es von allen Seiten zu untersuchen und sich ein wenig auf der Lichtung umzusehen. Zehn Schritte von der rückwärtigen Wand entfernt entdeckte er einen Hügel aus unlängst ausgehobener Erde. Wie ein Grab. Er schlich heran, kniete nieder und bohrte die Finger in das Erdreich. Ja, es war frisch gegraben, es konnte nicht länger als zwanzig Tage her sein, in jedem Fall nach dem letzten Regen, der Größe und Form nach mußte es ein Grab sein. Er würde es aufgraben; sich irgendwo eine Schaufel besorgen und wiederkommen.

Figani richtete sich auf, und sein Blick begegnete den heiteren Augen Demirs, voller Lachen und Spott. Als es ihm nach einer Zeit der völligen Lähmung gelang, einen Schritt zu machen, trat er wie ein Verurteilter vor seinen Lehrer, doch der nahm ihn um die Schultern wie einen von den Seinen, über den er sich von Herzen freut.

Wo versteckst du dich, ich habe dich ja kaum gefunden, sprach ihn Demir mit guter, herzlicher Stimme an.

Die Ermittlung

I

Scheich Jakub war nach Istanbul gekommen, ernsthaften Meinungen zufolge der wahre Nachfolger des großen Mevlana, der nur deshalb nicht an der Spitze des Mevlevi-Ordens steht, weil er keine äußerlichen Ehren duldet und keine Zeit verschwenden möchte an etwas, was nicht Lehre und geistige Arbeit ist, ein Weiser, würdig dieser großen Zeit, einer so großen Stadt wie Istanbul und eines so großen Sultans wie Süleyman – ALLAH mehre seinen Ruhm. Er war im Auftrag des erhabenen Sultans gekommen, eine Medrese bei der Süleyman-Moschee zu errichten und ihr mit seiner Weisheit die Grundorientierung zu geben, doch hatte er vom Padischah als besondere Gnade erbeten, nach getaner Arbeit unverzüglich nach Konya zurückkehren zu dürfen, in den Schatten seines großen Lehrers, denn hier werde man seiner nicht mehr bedürfen, wenn der Unterricht erst einmal wie vorgesehen angelaufen sei. Deshalb werde er nur so lange in der Stadt bleiben, bis er die Lehrer ausgewählt und sie angewiesen habe, wie und wohin der Unterricht zu lenken sei.

Als Scheich Demir, der seit geraumer Zeit Bedreddin war, seinen neuen Schüler Figani bei dem Häuschen im Kiefernhain überraschte, war er wegen dieses Ereignisses nach ihm auf der Suche gewesen. Er hatte beschlossen, ihn mit einer Empfehlung zu Jakub zu senden, denn Figani schien ihm begabt und würde bei rechter

Unterweisung einiges erreichen. Soll er zu Jakub gehen, soll er auch ihn kennenlernen und sehen, was der ihm geben kann, Demir lägen vor allem die Fortschritte seines Schülers am Herzen, alles andere stehe weit zurück, und deshalb solle der Kleine eine so seltene Gelegenheit nicht versäumen. Er fürchte keinen Vergleich und glaube nicht, ein schlechter Lehrer oder gar schlechter als Jakub zu sein, nur weil er jünger sei und keine Zeit gehabt habe, ein so großes Ansehen zu erwerben, aber vielleicht werde Figani Jakubs Art der Wissensweitergabe mehr zusagen, vielleicht werde in ihm das, was Jakub ihm geben könne, besser aufgehen. Er schreibe doch Verse, und die Mevlaner beschäftigten sich viel mit Versen, schließlich habe Mevlana selbst Verse geschrieben.

Von alldem sprach Demir herzlich und voll Freude zu Figani, als er ihn dabei antraf, wie er mit den Fingern in etwas herumwühlte, von dem er glaubte, es sei ein Grab. Erschrocken wie er war, beschämt und verwirrt, überrascht vom Verhalten des Lehrers, in dem nichts von dem war, was er bisher kennengelernt hatte, als stünde ein ganz anderer Mensch vor ihm, hörte Figani diese Worte ohne Verständnis und wirkliches Interesse, als wären sie an einen anderen gerichtet und er habe sich hier nur als zufälliger Zeuge eingefunden. So nahm er das Empfehlungsschreiben seines Lehrers auch buchstäblich als ein anderer entgegen; er vernahm die Anweisungen, die ihm helfen sollten, ohne Schwierigkeiten zu Jakub zu kommen, und kehrte zu seinem kleinen Haus zurück, vom Lehrer bis zum Eingang begleitet.

Als er in sein Zimmer kam, setzte gerade eine jener Istanbuler Abenddämmerungen ein, die nie ein Ende nehmen wollen. Hier muß die Dämmerung jeden beunruhigen, der auch nur ein klein wenig unserer

Wirklichkeit verhaftet ist, denn hier stellt die Dämmerung die Wirklichkeit nicht in Frage, wie in anderen Gegenden der Welt, sondern hebt sie vollständig auf. Eigentlich verwandelt sie sie und zeigt den Menschen jene Wirklichkeit, die wohl mit der endgültigen Dämmerung kommen wird, am Vorabend des GERICHTS.

Zuerst nehmen die Sonne und ihr Licht eine eigentümliche rötliche Farbe an, wie von einer fernen Feuersbrunst, die Farbe der Dämmerung, und mit ihr färbt sich alles, was sie berührt: Mauern, Gewässer, Bäume und Menschen. Die Wasser hören zu fließen auf, denn sobald die Farbe der Dämmerung auf den Wassern erscheint, erstirbt jede Bewegung, und sie nehmen das Aussehen einer rötlichen Steinplatte an. Auch um sie herum hält alles inne. In den großen und kleinen Häfen bleiben die rötlichen Menschen stehen, unterbrechen das Be- und Entladen, jeder läßt sich auf dem nieder, was ihm gerade bei der Hand ist, wo er sich gerade befindet, und wartet auf das Vergehen der Dämmerung und die Rückkehr der Wirklichkeit aus der Reglosigkeit. Auf den Menschen lassen sich Schwärme von Mücken und Istanbuler Eintagsfliegen nieder, die aber nicht verscheucht zu werden brauchen, weil sich auch die Insekten in die Reglosigkeit zurückgezogen haben.

Sogar die Feindschaft zwischen Hunden und Katzen, die in den Häfen immer zu finden sind, endet hier. Mit eigenen Augen hat Figani einen Hund neben einem Bündel liegen sehen, über sich eine Wolke rötlicher Fliegen, der so tat, als sähe er nicht die Katze nur zwei Schritte weiter. Hechelnd lag er da und leckte sich nicht einmal die große Schwäre an der linken Pfote, die über und über von reglosen Fliegen bedeckt war. Obwohl er noch nie welche gesehen hatte, hätte Figani schwören können, daß es hier draußen Mäuse und Ratten gab, die sich hierhergeflüchtet hatten, als sich die rötliche Farbe über die Welt ergoß und auch sie in die Reglosigkeit tauchte.

Und so ist es jeden Tag zur Zeit der Dämmerung. Gräser, Stein und Bäume färben sich rötlich und verharren in völliger Stille, und alle Unterschiede zwischen ihnen verlieren sich, und wenn doch einer zurückbleibt, dann nur in der Form, die sich von der inneren Natur zu lösen scheint. All das dauert unendlich lange, ohne Hoffnung, irgendwann zu enden, es dauert so lange, daß man hier in Istanbul die Zeit einteilen könnte in Tag, Dämmerung und Nacht.

Heute wurde Figani weder von der Dämmerung, die er schon kannte, in Unruhe versetzt noch von der bevorstehenden Begegnung mit dem großen Lehrer, wie man es bei jemand wie ihm erwartet hätte. Er war voller Unruhe und konnte sich nicht fassen, er schien ein anderer zu sein, auch nachdem er sich von der Begegnung mit Demir erholt hatte – wegen jener Erscheinung in dem Häuschen.

Er war sich nicht einmal sicher, ob er die wunderschöne helle Frau tatsächlich gesehen hatte, genaugenommen wünschte sich etwas in ihm, daß das Gesehene keine Frau gewesen war, und wenn doch – daß sie nicht schön war und er ihr niemals begegnen würde. Er hatte keinen anderen Wunsch als den, daß es sie nicht geben möge, es durfte sie nicht geben.

Doch ihr Bild vor seinem inneren Auge, die Erinnerung eines Teils von ihm an sie oder an etwas, was in jenem Augenblick in ihm vorgegangen war, als er sie zu sehen vermeinte – all das geriet mit Beginn der Dämmerung in Unruhe und zog ihn in einen leichten, langsamen Taumel von Bildern, Träumereien, Geschehnissen. Sie hatten sich getrennt. Er durchlebte die Trennung von ihr und sah sie zugleich als Zeuge. Sie lieben sich, sie wissen, daß sie einander alles sind, was man sich auf dieser Welt wünschen kann, aber sie trennen sich, sie trennen sich gerade deshalb, weil sie wissen, daß sie sich sonst zu stark an diese Welt binden.

Über das Bild der Trennung legte sich das Bild der Sehnsucht. Sie sehen sich aus der Ferne, eigentlich sehen sie sich nicht, sondern können einander nur erahnen, denn die Entfernung ist riesig, wenn auch nicht groß genug, um ihre Seelen zu trennen – sie sehnen sich. Sie können nicht zueinander und wollen es nicht, sie können nicht voneinander und wollen es nicht. Und das erlebt Figani als einer der Mitwirkenden in diesem Spiel der Sehnsucht, er sieht es und versteht es zugleich als Zeuge.

Dann ein ferner und ruhiger Ort, ferner und ruhiger als Trapezunt, wo er ein Heim für sie baut, ein Heim, in dem nicht er wohnen wird sondern sie, und das er deshalb mit soviel Liebe und Zärtlichkeit baut, viel sorgsamer, als wenn er es für sich oder gar für sie beide bauen würde.

Und noch viele andere Szenen, Geschichten ohne Anfang und Ende, ohne Form, die sie auch nicht benötigen, weil aus ihnen keine Erzählung entsteht, sondern nur Bewegungen der Seele, schöne Rührung, die wohlig und süß erstickt.

Die ganze Nacht überließ sich Figani dem Taumel der Empfindungen, wie er sie vor langer Zeit, als Knabe in Trapezunt, gekannt und später in den Lehrjahren bei Scheich Ata vergessen hat. Vielleicht hätte er diesen Taumel anhalten, die Bilder und Szenen, die ihn erschütterten und ihm den Atem raubten, auslöschen können, er hatte genügend gelernt und war erwachsen genug dazu. Aber er wollte nicht. Im Gegenteil, er überließ sich seiner Schwärmerei, als gewährte sie ihm Heilung, er überließ sich ihr mit jenem Übermaß an

Freude, mit der sich ein Schwärmer oder ein Verzweifelter einem todbringenden Tanz hingibt.

Am anderen Morgen war er wie zerschlagen und brach zu der wichtigen Begegnung mit dem großen Weisen auf, ohne recht zu wissen, wohin er ging, noch wie er dorthin gelangen würde.

Jakub erinnerte ihn an Scheich Ata, und das gab ihm etwas von jener nächtlichen Empfindung zurück. Genauso hager und alt, hell und fast durchscheinend, die gleiche reine Haut und die gleiche ruhige Gesammeltheit, die man für Gleichgültigkeit hätte halten können, wäre da nicht etwas Sanftes im Ausdruck und in den Bewegungen gewesen. Gemeinsam war ihnen auch jene Strenge, die man gern sieht, wenn einer sie gegen sich selbst übt, und die man als Gewalt erfährt, wenn sie gegen uns gerichtet ist – doch sie werden sie, aus einem unerfindlichen Grund, in allen Beziehungen und gegenüber allen Menschen in gleichem Maße üben. Gemeinsam ist ihnen auch die Neigung, in der Stille zu weilen, allem entrückt, was die Menschen anzieht und ihr Herz erfreut. Gemeinsam ist ihnen, wie man auf den ersten Blick sieht, eine ausgesprochene Abneigung gegenüber allem, was den Menschen Genuß bedeutet, und eine tiefe Überzeugung, daß man lediglich an dem Genuß finden könne, was von den Menschen als Arbeit und unangenehme Verpflichtung angesehen wird.

Auf Figanis Mitteilung, er komme von Demir, der jetzt Bedreddin ist, riß er die Augen auf, das Empfehlungsschreiben legte er zur Seite, ohne es anzusehen, er wisse, was jener in gleich welchem Brief geschrieben habe, so auch in einem Empfehlungsschreiben.

Und wozu kommst du zu mir? fragte er Figani, nachdem er ruhig alle Erklärungen angehört hatte.

Um bei dir zu lernen. Wenn es möglich ist, antwortete Figani und bemühte sich, überzeugend zu klingen.

Unter kurzem «Na» beschrieb Jakubs offene Handfläche einen Bogen nach oben, was Angebot, Gutheißen und Zustimmung bedeuten sollte. Aber er blieb weiterhin regungslos sitzen und schwieg. So sitzt nur, wer etwas erwartet, obwohl es nichts zu erwarten gibt, denn Figani hatte deutlich gesagt, was er wollte, und er hatte deutlich genug zugestimmt. Figani solle, hieß das, sitzen bleiben, schweigen und abwarten.

Figani fiel dieses Schweigen schwer. Er war von den erschütternden Empfindungen mitgenommen und müde, und er war voller schöner Hoffnungen und Erinnerungen an Scheich Ata, aber er mußte schweigen, denn er fürchtete, mit seiner Aufdringlichkeit könnte er den Weisen verletzen und erzürnen, der ihn doch vielleicht von allen qualvollen Fragen und Zweifeln befreien würde, wenn er ihn annähme und von Demir wegholte. Sollen sie machen, was sie wollen, und verstecken, soviel ihnen lieb ist – es kümmert ihn nicht, wenn es nur weit genug weg ist. Er hat die Zustimmung, vielleicht kann er sich schon als Jakubs Schüler betrachten, es gibt also keinen Grund nachzufragen, aber es gibt auch keinen Anlaß, klug zu reden und von etwas anzufangen, wonach er nicht gefragt wurde, denn an ihm, dem Schüler, ist es, zuzuhören und zu lernen. Deshalb muß er schweigen, aber es ist entsetzlich schwer, regungslos wie ein Stück Holz zu schweigen, während einem die Augen vor Müdigkeit zufallen.

Er litt, solange er konnte, doch als er fühlte, daß er es nicht mehr aushalten, sondern vor dem erleuchteten Weisen wie ein Stein einschlafen würde, wiederholte er seine Frage, indem er so tat, als wollte er nur die Zustimmung bestätigen.

Du nimmst mich also zum Schüler?

Jakub wiederholte jene Handbewegung, mit der er etwas anzubieten schien.

Und wann soll ich mit dem Lernen beginnen? fragte Figani und machte sich selbst Mut, hartnäckig zu bleiben.

Du hast schon begonnen und die erste Lehre bekommen, antwortete Jakub ruhig und mit einem Ton, der das Bemühen erkennen ließ, Geduld zu zeigen.

Und wie wird die zweite aussehen?

Genauso.

Wenn du mir erklären würdest, was die erste Lehre war! bat Figani, dem es gelang, hartnäckig zu bleiben.

Das Schweigen. Und alle folgenden können nur so und nicht anders aussehen. Das ist alles, was dich jemand lehren kann, wenn er ein aufrichtiger, ehrlicher und wahrhafter Weiser ist. Wenn dich jemand etwas lehren möchte, was in keinem Fall eine Lüge oder ein Fehler ist – muß er dich das Schweigen lehren.

Es würde mir viel bedeuten, wenn du es mir erklärtest, bat Figani wieder.

Die erste Grundlehre lautet: es gibt keinen Gott außer Allah. Ist es so? So ist es. Braucht es viel Verstand, um aus ihr die zweite Grundlehre abzuleiten: es gibt nichts außer Allah? Doch ihn können wir nicht wissen, und deshalb haben wir zu schweigen.

Uns beide gibt es, und wir sprechen miteinander. Wir sprechen mit Worten, und die gibt es. Es gibt den Tag, an dem wir miteinander sprechen, widersetzte sich Figani. Es gibt dein Haus und die Teppiche, auf denen wir sitzen, es gibt meine Gedanken, die sich gegen deine Gedanken auflehnen.

Alles das ist von Ihm gegeben. Dafür gibt es zwei mögliche Erklärungen: entweder ist alles das Er, oder alles das ist von Ihm, Sein Werk. Wenn alles das Er ist, wenn es also kein Werk gibt, sondern alles, was du aufgezählt hast, Teil des EINEN ist, dann haben wir davon zu schweigen, denn die ganze Sprache zusammen ist nicht SEIN Name, wie erst könnte sie da IHN aussprechen. Und auch wenn es nicht so wäre, haben wir zu schweigen, denn die ganze Sprache können wir nie aussprechen. Wenn das zweite zutrifft, das heißt, wenn alle diese Dinge Werke von IHM sind, dann ist alles heilig, weil alles, was von IHM ist, heilig ist, und über das Heilige gilt es zu schweigen, weil es sich nicht aussprechen läßt.

Aber wir sprechen doch, mein Lehrer!

Wir sprechen, aber vielleicht sprechen wir Lügen. Das BUCH hat uns Wörter gegeben, mit denen wir IHN rühmen können und die ohne Zweifel wahrhaftig sind, aber wie ist es mit den übrigen? Wie wahr sind sie? Wie wahr sind die Verbindungen, die wir aus den Wörtern bilden, die im BUCH gegeben sind? Die Wörter wurden uns, vergiß es nicht, auch deshalb gegeben, damit wir übermütig werden und dadurch zeigen, wie große Toren wir sind. Ich sage nicht, daß wir nicht sprechen können, ich sage, daß wir lediglich im Schweigen oder wenn wir das BUCH sprechen, sicher sein können, nicht zu lügen und uns gegen die Welt zu versündigen. Sobald du mit deinen Worten aussprichst, was du meinst – lügst du oder vielleicht auch nicht, aber wahrscheinlicher ist es, daß du lügst, denn die Wahrheit wird sich wohl kaum gerade dir offenbart und sich ausgerechnet in deinen Worten verborgen haben. Deshalb sage ich, daß Schweigen die einzige unverdächtige Lehre ist, die ich dir geben kann.

Da brach aus Figani alles heraus, was ihn seit seiner Ankunft in Istanbul quälte. Seine Zweifel und Ängste, der Verdacht, den er hegte, die Panik, die ihn ergriffen, die Nachforschungen, die er angestellt hatte, die Erniedrigungen und schmerzlichen Genüsse des Gehorsams, die er kennengelernt hatte, all das ergoß sich vor Scheich Jakub in einer überstürzten, leidenschaftlichen Beichte, die er selbst nicht erwartet hatte und die ihn selbst mehr überraschte als Jakub. Er sprach hastig, wie in einem Krampf, zwischendurch voller Wut, er erzählte allzu empfindsam, weil ihn seine Ängste und Befürchtungen mehr beschäftigten als die Ereignisse, er schrie und wurde wieder leise bis zur Unhörbarkeit, aber Jakub folgte geduldig und schien ihn zu verstehen, denn die ganze Zeit über saß er ruhig da, schwieg und nickte von Zeit zu Zeit mit dem Kopf. In einem Augenblick, Gott allein weiß, woher und warum, schlich sich in Figanis Bekenntnis Verbitterung über Jakub ein, so daß es zuletzt in eine Auseinandersetzung mit der Lehre vom Schweigen überging – wogegen es, um die Wahrheit zu sagen, gar nicht einmal soviel einzuwenden gegeben hätte, wäre man nicht Dichter und hätte man sich nicht so echauffiert.

Ich glaube nicht, daß ich die Wahrheit sagen kann, ich gebe auch zu, daß ich nicht weiß, worum es sich handelt. Die Wahrheit über das, was sich vorbereitet und mir zugedacht ist, entzieht sich mir ... Das weiß ich sehr gut, und ich tue nicht so, als wäre es anders. Aber kann ich schweigen, habe ich das Recht dazu? Vielleicht kann ich es, gewiß bin ich weiser, wenn ich schweige, aber dann bin ich auch weniger ehrlich. Und ich muß ehrlich sein, ich muß genauso weise, aber viel ehrlicher sein als du. Ich bin kein Hundsfott, ich will kein Hundsfott sein, gewiß nicht.

So endete Figani sein Bekenntnis und wunderte sich selbst über diesen Schluß, für den Scheich Jakub tatsächlich nichts konnte. Aber auch Figani nicht, denn all diese schweren Anschuldigungen hätte er nie aus eigenem Willen und Verstand gegen den großen Lehrer gerichtet. Sie hatten sich selber ausgesprochen, sie hatten sich einem anderen Figani entrungen, mit dem der wahre Figani nichts gemein haben wollte, schon gar nicht vor einem so großen Menschen. Deshalb stammelte er eine Entschuldigung, sobald er ein wenig zu sich gekommen war und begriff, was er gesagt hatte, ließ aber beschämt davon ab, als er erkannte, daß er damit nicht nur sich, sondern auch seinen Gesprächspartner in noch größere Verlegenheit stürzte.

Du sagst, Weisheit ohne Ehrlichkeit sei niederträchtig, schloß Scheich Jakub nach einer Pause, als habe er den Abschluß der Überlegungen Figanis abwarten wollen, in einem Ton, der Erleichterung darüber ahnen ließ, daß Figani von einer Rechtfertigung Abstand nahm. Ich stimme dir zu, sagen wir einmal, daß ich zustimme. Aber, mein Bruder, Ehrlichkeit ohne Weisheit ist langweilig, und das ist keine geringere Sünde, besonders in den Augen jener, die Opfer dieser Langeweile sind. Da hast du also auf mich wie auf einen Stiefsohn eingeschrien, wobei du mir die ganze Zeit etwas erklärt und unerhörte Wahrheiten gesagt hast, aber du hast mir nichts gesagt, was ich nicht auch ohne dich gewußt hätte. Langweilig ist das, mein Sohn, langweilig und ein wenig frech.

Scheich Jakub erklärte Figani, daß er vor allem auch Demirs wegen gekommen sei; die Gründung der Lehranstalt an der Moschee des Padischah sei nur eine Nebenbeschäftigung, die er auch von Konya aus hätte ins Werk setzen können. Ob er glaube, daß er in seinem Alter gern reise? Alle diese jungen Leute, die an Süleymans – ALLAH mehre seinen Ruhm – Lehranstalt unterrichten würden, hätten auch zu ihm nach Konya kommen können; alle ihre Anstrengungen zu einer vereint wären geringer gewesen als seine eine, diesen Weg auf sich nehmen zu müssen. Aber nun sei er einmal hier.

Er habe bemerkt, daß mit Demir etwas nicht stimme. Er sei sein ehemaliger Schüler und Freund, der ihm jedes Jahr einen oder zwei seiner besten Schüler geschickt und sich oft, viel zu oft gemeldet habe, man hätte sich etwas weniger Ergebenheit gewünscht. Seit zwei Jahren seien keine Schüler mehr gekommen und auch die Meldungen selten geworden. Das allein würde ihn nicht stören, vielleicht wäre ihm ihr Ausbleiben auch nicht aufgefallen, aber jene wenigen Briefe und Botschaften reichten aus, um seinen Argwohn zu nähren, mit Demir stimme etwas nicht. Das war nicht jener Demir. Aber er war ihm ähnlich genug, daß schon die kleinsten Unterschiede deutlicher machten, daß er es nicht war, als wenn er ihm überhaupt nicht geähnelt hätte. Die Gedanken sind die gleichen, die Wörter auch, aber die Sätze sind nur ähnlich, denn die Verbindungen zwischen den Wörtern wirken oft wie eine Verhöhnung jenes Demir. Manches hätte der wahre Demir weder betrunken noch unter Opium gesagt, etwa «er küßt und reicht mir die Freundeshand»! Ich bin nicht seine Frau, daß er mir die Hand reicht. Schwerlich hätte ein ernsthafter Mensch so etwas geschrieben, und Demir schon gar nicht.

Aber was geht da vor? meldete sich Figani zu Wort, als Jakub eine Pause machte.

Möglich ist zweierlei: entweder ist Demir etwas Schwerwiegendes zugestoßen, oder ein anderer gibt sich als Demir aus. Ersteres ist schwer zu glauben, denn so stark kann sich ein Mensch nicht verändern, wenn er ein richtiger Mensch ist, vor allem aber hätte Demir sich nicht so stark verändern können, ohne daß ich davon erfahren hätte. Letzteres ist möglich, wenngleich unwahrscheinlich. Ich weiß, daß Demir einen Bruder unter den Ismailiten hat, vielleicht fischt dieser Bruder im trüben und drängt sich an seine Stelle.

Hast du dir diesen neuen Demir angesehen?

Warum sollte ich ihn mir ansehen? Mit seinem Äußeren kann dich ein Mann täuschen, aber nicht mit dem, was seine Hand schreibt. Ich muß ihn nicht sehen, um zu wissen, daß er es nicht ist.

Glaubst du, daß er das nicht weiß? fragte Figani.

Was? Daß er nicht der echte Demir ist? Es wäre angebracht, daß er es weiß, vielleicht besser als ich.

Glaubst du nicht, daß er von deinem Verdacht weiß?

Er müßte es wissen, er wäre ein großer Narr, wenn er es nicht wüßte. Und er ist weder verrückt noch ein Narr.

Warum hat er mich dann zu dir geschickt? Er muß wissen, daß er auch für mich nicht ganz sauber ist.

Möglich ist zweierlei: entweder ahnt er meinen Verdacht und hat dich hergeschickt, um zu überprüfen, wie sicher ich mir bin, oder er läßt mir durch dich eine Herausforderung zukommen. Stimmt ersteres, ist er sehr dumm, was mir nicht gerade überzeugend zu sein scheint. Stimmt das zweite, dann will er mich durch dich wissen lassen, daß er mich nicht fürchtet.

Und was jetzt?

Möglich ist zweierlei: entweder wird er zuschlagen, oder er wartet, daß ich zuschlage. Er hat dich hergeschickt, er fordert mich heraus, das heißt, er ist bereit. Auch ich bin nicht unvorbereitet, allerdings darf man nicht lügen... Wir werden sehen.

Aber was will er eigentlich? Woran möchtest du ihn hindern, worum geht es überhaupt?

Das kann man nicht mit Bestimmtheit sagen, es gilt abzuwarten, daß er es aufdeckt und zu erkennen gibt, was er will. Ich jedenfalls möchte ihn, um es dir genau zu sagen, an allem hindern, was er vorhat, es gefällt mir nicht. Es kann mir nicht gefallen, er ist so ein Mensch. Hör doch nur, er reicht mir die Freundeshand!

Was kann ich tun?

Was du willst, nur reiche mir nicht die Hand, um mich deiner freundschaftlichen Ergebenheit zu versichern.

Kann ich bei dir bleiben?

Warum? Nicht daß du mich störtest, aber es ist auch nicht so, daß du mich nicht störst. Sei nicht dort, wo du nicht erwünscht bist, das ist mein Rat als Lehrer, und ich gebe ihn dir wie einem Sohn. Ich könnte nicht beschwören, daß mein Herz für dich schlägt. Was willst du also hier?

Da brach in Figani wieder die Frage auf, die ihn seit seiner Ankunft bedrückte. Ihn schmerzte nicht Jakubs Zurückweisung, nichts von Jakub kann ihm weh tun, weil er mit ihm nicht verwachsen ist, aber diese Zurückweisung ließ den Schmerz aufleben, der in ihm schwelte, seit er Demir kennengelernt hatte und daran denken mußte, daß sich sein alter Lehrer von ihm losgesagt hat, indem er ihn diesem in die Arme schickte.

Könnte Scheich Ata deine Zweifel an Demir teilen? fragte er Jakub, ohne zu verhehlen, wie sehr er sich vor der Antwort fürchtete.

Gewiß, es würde sich gehören, daß er sie teilt, antwortete Jakub. Ich sage nicht, daß er Demir besonders nahe gestanden hat, aber sie werden sich schon gekannt und einander hin und wieder in Erinnerung gebracht haben. Dieser neue Demir dürfte auch ihm nicht ganz geheuer sein.

Warum hat er mich ihm in die Arme geschickt, das quält mich.

Möglich ist dreierlei: entweder du hast ihn gelangweilt, wie mich zum Beispiel, und er hat dich zu ihm gesandt, um dich loszuwerden; oder er hat gespürt, daß dein Schicksal hier ist, und dich gesandt, es zu finden; oder du bist ihm besonders ans Herz gewachsen, und er hat dich gesandt, daß du diesen Fall für ihn untersuchst, weil er in dich am meisten Vertrauen setzt.

Welche der drei Möglichkeiten kommt deiner Meinung nach am ehesten in Betracht? fragte Figani voller Hoffnung.

Alle drei, möglich ist jede für sich, und möglich sind alle drei zusammen.

Scheich Jakub begann zu erläutern, daß solche Fälle mit gleich wahren Möglichkeiten gar nicht so selten waren, aber Figani hörte nicht zu, so konzentriert war er auf das, was in ihm vorging – das Wiedererwachen der Hoffnung, das Vertrauen in etwas, das er nicht durch den eigenen Willen steuern konnte: daß jene dritte Möglichkeit die wahre war. Scheich Ata hatte ihn, seinen Lieblingsschüler, hergesandt, damit er statt seiner diesen neuen Demir prüfe und in diesem Fall so handle, wie er es täte.

Es wäre schön, wenn es so wäre; er könnte sich Demir widersetzen, alle Widrigkeiten überwinden und sich für immer in seiner inneren Form einleben, nach der er in Atas Auftrag sucht. Ata muß gefühlt haben, daß er ihn liebt, er muß gefühlt haben wie ein wahrer Vater, und deshalb hat er ihn gesandt. Ata weiß, daß der Mensch sich nicht wehren kann, daß er die Welt nicht von sich fernhalten kann, wenn er keinen Vater gehabt hat, den er liebt und der ihn liebt. Du bist nicht auf die Welt vorbereitet, wenn sich dein Vater dir entzieht, weil du dich selbst nicht gewinnst, und wenn du dich selbst nicht hast, gibt es nichts, womit du dich der Welt widersetzen kannst. Der nahe Vater, nur die Nähe zum Vater weist den Weg zur festen inneren Form.

Glaubst du, daß ich dorthin zurückkehren darf? fragte Figani jetzt mit größerer Festigkeit in der Stimme.

Ich möchte, mein Sohn, nicht gern über dich nachdenken müssen, es gibt auf der Welt vernünftigere Dinge.

Sag mir nur, ob ich zurückkehren soll.

Ich möchte nicht für dich denken müssen, ich kann es nicht einmal für mich, wie kann ich es dann für andere.

Was rätst du mir, danach habe ich dich gefragt.

Mein Rat an dich ist, gut nachzudenken und nach deinem Herzen und deinem Verstand zu entscheiden.

Was werde ich deiner Meinung nach entscheiden, was meinst du?

Ich meine, daß es egal ist, weil es so kommen wird, wie es muß. Wenn du hierhergekommen bist, um dein Schicksal zu finden, wirst du es finden, wie immer du entscheidest. Wenn es dir bestimmt ist, bei diesem neuen Demir zu bleiben, wirst du zu ihm gehen, auch wenn du und ich jetzt beschließen, daß du bis ans Ende der Welt gehst. Aber trotz allem ist es wichtig, daß du aus dir selbst heraus entscheidest.

Du rätst mir also, zu ihm zurückzugehen?

Ich rate dir, nachzudenken und selbst zu entscheiden. Ich werde dir eine Empfehlung für meinen ehemaligen Schüler Idriz mitgeben, der jetzt beim Großwesir Ibrahim als Erzieher tätig ist. Ich sage nicht, daß du zu ihm gehen sollst, und ich sage nicht, daß du nicht gehen sollst, ich gebe dir die Empfehlung nur, damit es nicht so aussieht, als hätte ich statt deiner entschieden. Würde ich dir erlauben, hier zu bleiben, hätte ich statt deiner entschieden. Hielte ich dich nicht zurück, würde ich wieder statt deiner entscheiden, denn dann hättest du keine andere Wahl, als zu Demir zurückzugehen. Wenn ich dich zu einem Dritten schicke, kannst du wählen und mußt nach deinem Willen und deinem Verstand entscheiden. Soviel von mir.

Idriz kam ihm entgegen und begrüßte ihn wie einen seltenen und besonders teuren Gast, wobei er freilich betonte, daß er diese Ehren nicht ihm erweise, sondern jenem, der ihn geschickt habe; das Herz sei ihm stehengeblieben vor Freude, als er die Unterschrift gesehen und erkannt habe, wer ihn schickt. Figani tat es wohl, mit solchen Ehren erwartet zu werden, obwohl sie jemand anderem galten.

Auch Idriz gefiel ihm. Hochgewachsen, einst schlank und jetzt würdig gerundet, machte er den Eindruck eines Menschen, der an keinerlei Anstrengung Gefallen findet, selbst nicht an jener gewissen körperlichen, an der einige Leute tatsächlich soviel Genuß finden mögen, wie sie sich ihrer gern rühmen. Er war weder dick noch schwer, aber seine Bewegungen waren träge wie bei sehr fetten Menschen, denen ihr Körper eine Last ist; zugleich drückten sie etwas Leichtes, Genießerisches aus und unverhohlene Selbstzufriedenheit – es waren die Bewegungen eines Menschen, der Erfolg hatte und von der Rechtmäßigkeit dieses Erfolgs überzeugt war.

Figani folgte ihm ins Gesprächszimmer, wobei er sich den Genuß vorstellte, den dieser Mensch an sich selbst fand, an seinem Essen, an seiner Frau und an allem, was der liebe Gott den Menschen gegeben oder versagt hat. Auch daran, an der Versagung, kann man Freude haben, dieser hier genießt es sicher auch, keiner fliegenden Eidechse begegnet zu sein, darin findet er mehr Genuß als ich in meinem ganzen Selbst und in allem, was mir die Welt bietet. Eine große Sache ist es, klug zu sein und zu wissen, daß du klug bist, in Ordnung zu sein und zu spüren, daß mit dir alles in Ordnung ist, gut zu sein und zu empfinden, daß du in allem gut bist – einen solchen Menschen zu beneiden ist keine Sünde. Aber wichtiger ist es, so zu empfinden, als tatsächlich so zu sein, das ist etwas, was mein Ata niemals begreifen wird und was er mich nicht lehren kann. Laß mich nur ein einziges Mal im Leben etwas mit jenem Genuß und Stolz tun, mit dem dieser hier morgens seinen Bart kämmt oder stutzt, dachte Figani bitter, ohne dabei etwas Häßliches gegenüber seinem Hausherrn zu empfinden, der ihm auch weiterhin sehr gefiel. Wenn es darin etwas Häßliches gab, dann schob er es auf sich selbst und nicht auf seinen glänzenden Gastgeber.

Sie betraten ein wunderschön eingerichtetes Zimmer, das schönste, das Figani je gesehen hatte, was allerdings, Hand aufs Herz, kein besonderes Lob sein mußte. Teppiche in herrlichen Farben, die nicht so sehr durch ihre Leuchtkraft als gerade durch die Feinheit und Weichheit der Wolle bestachen und das Herz durch die Harmonie der blauen, grünen und goldenen Farben erfreuten; eine geschnitzte Zimmerdecke, die Fittiche darstellte (wie ein Flügel des Vogels Simurgh), umrahmt von einem Geflecht aus Efeuranken in Rosenholz; Kissen in farbigem Leder und Seide; ein reich graviertes Kupfertablett, dessen Oberseite mit Silber statt mit Zinn überzogen war und auf silbernen Füßchen in Form von Löwentatzen stand. Und als sie sich setzten, reichte ihm Idriz eine Kristallschale voll Rosenblätter in Honig. Figani wußte nicht, was schöner war, ihren Anblick zu genießen oder sie zu essen.

Scheich Jakub schreibt mir, du hättest mir etwas Interessantes zu erzählen. Sprich frei, du bist mir ein Freund, wenn Jakub dich schickt, und ich halte etwas auf Freundschaft, wie alle ehrenhaften und vorbildlichen Menschen, wandte sich Idriz zu ihm, als sie es sich bequem gemacht hatten.

Figani erzählte ihm alles, was er zu sagen hatte, er

brachte auch Vermutungen und Verdachtsmomente vor und ließ sogar die Details seiner Erniedrigung nicht aus, das Genießen des Gehorsams, die Zweifel an Atas Gründen, ihn hierherzuschicken. So aufmerksam verstand Idriz zu lauschen, so treffend und kurz wußte er zu fragen, so gut verstand er es, Ohr und Interesse darzubieten, daß Figani ihm rückhaltlos auch von seiner Sehnsucht nach der hellen Frau aus dem Häuschen im Kiefernhain oder von seiner Kindheit in Trapezunt erzählt hätte, als ihn die anderen Knaben quälten, indem sie mit Eidechsen nach ihm warfen, vor denen er Angst hatte – richtige Männer aber dürfen keine Angst haben – das alles hätte er ihm erzählt, wenn Idriz es verlangt oder Interesse gezeigt hätte. Er gab auch sein Gespräch mit Jakub wieder und dazu seine Meinung, daß Jakub wohl ein großer Weiser und Lehrer, zugleich aber ein selbstsüchtiger und gleichgültiger Mensch sei, wovon hinreichend zeuge, daß er sich über Figanis Geschichte und Geschick so wenig erregt hatte, als sei er längst tot.

Man muß die Dinge kennen, erklärte Idriz, nachdem er Figanis Erzählung bis zu Ende angehört, kurz nachgedacht und seine Zustimmung zum Ausdruck gebracht hatte. Du kannst nicht gut handeln, wenn du nichts begriffen hast, und du begreifst nicht, wenn du nichts weißt. Er ist Bedreddin, sagst du? Er hat hoch gezielt, hoffen wir, daß ihm das Ziel auf den Kopf fällt. Jetzt ist es wichtig herauszufinden, wer sein Mustafa ist und wer Kemali Hudbin. Und wer sein armer Prinz Musa sein wird.

Ich bin nicht sicher, ob ich dich völlig verstanden habe, beschwerte sich Figani, weil er vor diesem geschliffenen Alleswisser sein Unwissen fast als Schande empfand.

Da gibt es nichts zu verstehen, antwortete Idriz in ruhigem, belehrendem Ton; vermutlich war er so sehr an seine Lehrerposition gewöhnt, daß er auch mit seinen Frauen so ruhig, korrekt und lehrerhaft redete. Wie kann so ein Mensch auf jemand angenehm wirken, wie er es auf Figani tat?! Schön, erfolgreich, genußerfahren und klug. Korrekt und vorbildlich, und das weiß er auch und bietet sich sogar als Vorbild an. Unausstehlich, und doch angenehm.

Dann führte Idriz aus, daß unter Bayezids Sohn Musa ein gewisser Bedreddin von Simavne den Rang eines Richters bekleidet habe, ein Mann von so großer Gelehrsamkeit und Weisheit, daß sich nur seine Verderbtheit daran messen konnte. Er habe den armen Musa mit seinen verworrenen Geschichten verrückt und mit abwechselndem Schmeicheln, Tadeln und Belehren völlig hörig gemacht. Darin sei wie mit der Goldwaage gemessen ebensoviel überprüftes und wahres Wissen gewesen wie Phantasterei und Schwindel aus dem Kreis der alexandrinischen Mystiker, unter denen er sich lange aufgehalten hatte. Er habe dann mit dem derart verrückt gemachten Prinzen tun können, was er wollte. Er habe Musa zu sinnlosen Grausamkeiten verführt, er habe ihn dazu gebracht, sein ganzes Gold unter die Janitscharen zu verteilen, er habe einen Verrat inszeniert, für den Musa mit dem Kopf büßen mußte, und ich könnte nicht schwören, daß er ihn nicht mit eigener Hand fertiggemacht und in einen entweihten Teich gestoßen hat.

Hier riß zum Glück Prinz Mehmed die Sache an sich und hinderte den Lügner daran, seine Wühlarbeit und Intrigen weiter zu betreiben. Leider verzieh er ihm und beließ ihn in dem Rang des Militärrichters.

Doch Bedreddin zog aus dem ersten Mißerfolg keine Lehre und wühlte weiter. Er fand einen gewissen Mustafa aus Izmir, einen Narren, der zu nichts taugte und deshalb davon träumte, ein Märtyrer zu werden, zugleich aber eine hohe Meinung von sich hatte und deshalb unbedingt als Weltverbesserer sterben wollte. Diesem Narren setzte Bedreddin Dummheiten in den Kopf und sandte ihn aus, sie in der Welt zu verbreiten, und so wurde aus dem verrückten Mustafa bald der Begründer eines neuen Glaubens und der zukünftige Beherrscher der Welt.

Es fand sich auch ein Jude, der behauptete, unseren Glauben angenommen zu haben (vielleicht hatte er ihn auch angenommen, wer weiß), ein Abenteurer und Jahrmarktsgaukler, der sich als Torlak Kemali Hudbin vorstellte und sich auf allerlei Kunststücke verstand wie Gehen auf dem Seil und auf dem Wasser, Feuerschlukken, Durchstechen mit Nadeln und Säbeln. Dieser Kemali Hudbin verbreitete gemeinsam mit Mustafa Bedreddins Lehre, machte die Menschen verrückt und sammelte Anhänger, bereitete einen Aufstand vor und stellte ein Heer auf, das diesen Aufstand ausführen sollte, wobei er mehr unter den Derwischen und dergleichen wirkte, während Mustafa die Tagediebe und den Pöbel verführte.

Für ihre Lehre mußten sich vor allem Sklaven und hoffnungslose Fälle begeistern. Sie sprach davon, daß alle Menschen vor Gott gleich seien und sie deshalb auch auf dieser Welt, auf der sie weilen, bevor sie vor den ALLMÄCHTIGEN gelangen, alle gleich sein müßten. Sie sprach davon, daß Armut keine Schande sei, sondern der beste und wünschenswerteste Zustand auf dieser Welt, denn er bewahre die Tugend und öffne das menschliche Herz: ein armer Mensch wird gern alles mit dir teilen, was er hat, und das ist nach dieser Lehre der beste Beweis, daß er sich ein offenes Herz, eine gute Seele und die ursprüngliche menschliche Tugend bewahrt hat. (Das scheint mir eine große Sache zu sein, etwas zu verteilen, wo es nichts gibt! Soll er erst einmal etwas erwerben und dann mit mir teilen, dann werde ich an seine Güte glauben. Sonst vielen Dank für deine Güte, von der ich keinen Nutzen und du keinen Schaden hast.) Sie sprach davon, daß den Menschen alles gemeinsam gehören sollte, bis auf den Harem. «Ich werde mich deines Hauses bedienen und du dich meiner Kleidung», sagten sie, «du dich meines Wagens und ich mich deiner Waffen.» Alles, aber auch wirklich alles, sollte gemeinsam sein, außer den Frauen. Dieser Unterschied sei deshalb notwendig, weil uns mit den Frauen die Liebe verbindet, mit den Dingen hingegen der Nutzen; Liebe ist gut und Gott angenehm, Nutzen aber bindet uns an diese Welt und versklavt uns zugleich, deshalb müssen wir uns von ihm freimachen, wir müssen gegen ihn ankämpfen und die Dinge als etwas ansehen, was nicht unser sein kann, denn im Gegensatz zu den Dingen sind wir nicht von dieser Welt oder zumindest nicht nur. Wenn du an die Dinge gebunden bist und sie dir das teuerste sind, bist du ein Ding wie sie auch.

Du kannst dir vorstellen, wie die Sklaven und Taugenichtse über diese Lehre erfreut waren! Als wäre sie ihrer Seele entsprungen. Besitzlos sind sie nicht aus Unfähigkeit und Faulheit, sondern weil sie besser sind, weil sie Gott näher sind als jene, die gearbeitet und etwas erworben und erreicht haben. So fiel es Bedreddin nicht schwer, mit seiner Lehre, die als schamlose Schmeichelei daherkam, Anhänger zu sammeln und aus ihnen ein richtiges Heer zu bilden.

Bedreddin und seine zwei Freunde stellten ein so gewaltiges Heer auf die Beine, daß ihr Aufstand erst im dritten Versuch erstickt werden konnte, als Sultan Mehmed seinen Sohn Murat gegen sie schickte. Und du weißt, was es bedeutet, einen Prinzen gegen jemand zu schicken.

Der verrückte Mustafa, der sich Dede-Sultan nennen ließ, wurde ergriffen, mit Armen und Beinen in Form eines Kreuzes an ein Brett genagelt, auf ein Kamel gebunden und durch die Stadt geführt, damit die Menschen sahen, wie wahrhaftig und stark sein neuer Glaube war. Wer wollte, konnte mit allem, was gerade zur Hand war, nach ihm werfen. Auf der Agora stellten sie ihn auf ein Podest, denn er sollte sehen, welches Ende seine Schüler und Gefolgsleute nahmen. Unter Lobpreisungen töteten diese sich selbst mit allem, dessen sie habhaft werden konnten, um für ihren Sultan und Vater zu sterben. So fand sein Ende Mustafa, so fand sein Ende der zum Türken gewordene Jude Kemali Hudbin, so endete irgendwo auf dem Balkan der Urheber des Ganzen, der schurkische Weise Bedreddin von Simawna.

Ich kenne zahlreiche Fälle mit ähnlichem Ausgang, ich weiß von so vielen ähnlichen Schicksalen, daß ich mich frage, ob es eine Gattung gibt, in deren Natur oder Schicksal (falls das nicht dasselbe ist) es liegt, auf einem Tier durch die Stadt geführt zu werden, dem Lachen, dem Spott, dem Bespucken und den Schlägen der Menschen preisgegeben, um am Ende dieses Zuges umgebracht zu werden. Ich denke ernsthaft, daß eine solche Gattung existiert und daß sie einem uns verborgenen Weltengesetz entspringt, einem Verlangen der Welt nach solchen Geschöpfen, nur daß wir nicht in der Lage sind, dieses Verlangen zu erkennen und zu verstehen. Auch ist es kein Zufall, daß sie in regelmäßigen Abständen auftreten, nach einer abgemessenen zeitlichen Ordnung, und daß sie auf der Erdenkugel mal hier, mal dort erscheinen, wieder nach einer bestimmten Ordnung und Verteilung. Es liegt darin eine Gesetzmäßigkeit, aber nun enträtsele unsereins einmal die Weltengesetze, wenn sie von GOTT gegeben und SEIN WILLE sind! Vielleicht ließe sich das Verlangen der Welt nach solchen Leuten sogar verstehen, wenn Mangel an ihnen herrschte, aber solange es sie gibt, ist dieses Verlangen nicht zu verstehen. Ich frage mich nur, wie es auf der Welt sein wird, wenn erst einmal die Zeit gekommen ist, da jene, die man in unseren Zeiten zum Spott durch die Stadt führt, von den Menschen gepriesen und gerühmt werden. Vielleicht wird das eine schreckliche, vielleicht aber auch eine schöne Zeit sein – nur, was wird aus der Welt, die ihr Verlangen nach solchen Leuten nicht befriedigen kann? Dieses Verlangen aber existiert, es existiert mit Gewißheit, denn es ist eine Eigenschaft der Welt.

So endete Idriz seine belehrenden Ausführungen, mit denen er Figani die Geheimnisse um Demir, der seit geraumer Zeit Bedreddin war, zu deuten versuchte.

Du glaubst, daß der jetzige Bedreddin etwas mit jenem aus der Zeit des ersten Mehmed zu tun hat? fragte Figani, sichtbar mißtrauisch gegenüber der Schlußfolgerung des Lehrers.

Hältst du mich für verrückt? wies Idriz Figanis Frage scharf zurück. Natürlich hat er nichts mit ihm zu tun, aber ich glaube, daß er absichtlich auf ihn verweist. Warum er auf ihn verweist, ist eine andere Frage, erklärte Idriz geduldig, und Figani vermißte nur das «möglich ist zweierlei», denn diese Antwort hatte durchaus Ähnlichkeit mit Jakubs Auslegungen.

Vielleicht versucht er auf diese Weise eine falsche Spur zu legen? Während wir hier nach Mustafa suchen, treibt er seine Pläne voran und lacht über uns, schlug Figani vor.

Vielleicht ist es auch etwas anderes. Du weißt, daß auf dieser Welt nichts geschehen kann, wenn es nicht zuvor ausgesprochen ist, denn alles besteht zuerst in der Sprache und dann in der Wirklichkeit, begann Idriz wieder zu erklären, klug, ruhig und unerträglich korrekt. Daraus haben einige Schulen die ganz unsinnige Lehre abgeleitet, auf der Welt könne nichts Neues geschehen, denn alles sei mit kleinen Abweichungen nur die Wiederholung des Gewesenen. Dieser Gedanke ist gar nicht so dumm, nur die Schlußfolgerung ist verrückt und monströs. Sie behauptet die Unwandelbarkeit der Sprache und die unbezweifelte Wahrheit, daß der Mensch, wann immer er etwas sagt, Teile der Sprache nimmt und sie gemäß dem, was er sagen will, zusammenfügt. Alles, was irgendwann von irgendwem gesagt wird, kehrt in die Sprache zurück, denn dein Gesprächspartner versteht, was du ihm sagst, wenn er deine Worte, nachdem er sie empfangen hat, der Sprache zurückgibt. Das heißt, die Rede kehrt, um verstanden zu werden, zu ihrem Ursprung und ihrer Vergangenheit zurück, denn die Sprache ist der Ursprung jeder Rede. Somit gibt es Vergangenheit und Gegenwart, diese und jene Wirklichkeit. Die Sprache ist jene, und die Rede ist diese Wirklichkeit, die Sprache ist unwandelbar, und die Rede ist im Fluß. Diese Verrückten, von denen ich dir erzähle, behaupten, so sei es mit der ganzen Welt und mit allem in ihr. Die Vergangenheit sei wie die Sprache, unbeweglich und allumfassend, die Gegenwart aber und diese Wirklichkeit seien wie die Rede. Die Gegenwart nehme, ähnlich der Rede im Verhältnis zur Sprache, Teile der Vergangenheit und füge sie zusammen gemäß dem, was sie schaffen will. In der Gegenwart sei nur möglich, was schon in der Vergangenheit war, so wie in der Rede nur das möglich ist, was schon in der Sprache ist. Alles, was geschieht, sei schon einmal geschehen, und du könntest, wenn du ein früheres Ereignis kennst, das sich heute wiederholt, ein Detail verändern und damit vielleicht den Ausgang des Geschehens beeinflussen. Alle Menschen, die leben, hätten bereits gelebt und vergeudeten dasselbe Schicksal jetzt nur zum zweiten Mal (oder dasselbe Schicksal vergeudet sie). Jene Menschen, die das ihnen auferlegte Schicksal in der Vergangenheit entdecken, können an ihm etwas verändern, wenn es ihnen gelingt, ein Detail in seinem Ablauf zu verändern. Nur an ihrem Charakter können sie nicht das geringste ändern. Daraus aber folgt, daß es keine Gegenwart gibt, denn alles ist nur ein Widerspiegeln der Vergangenheit, obwohl auch der gegenteilige und genauso überzeugende Schluß erlaubt ist – alles ist nur Gegenwart, und wahr ist lediglich dieser Augenblick. Denn die Sprache ist unbeweglich und immer nur die gegenwärtige.

Etwas Ähnliches hat auch mein Demir gesagt, der von sich glaubt, er sei Bedreddin. Einmal hat er so zu mir über die Zeit gesprochen und einen ähnlichen Schluß gezogen, meldete sich Figani zu Wort.

Nur ist das keine endgültige Antwort. Gut möglich, daß er einer von jenen ist und glaubt, er wiederhole Bedreddins Schicksal, er sei der Bedreddin unserer Zeit. Aber genausogut ist es möglich, daß alles nur ein Spiel ist, mit dem er eine falsche Fährte legt, wie du selbst kurz zuvor gesagt hast, spann Idriz seinen Gedanken weiter. Dir sagt er, er sei Bedreddin und nicht Demir, er vermittelt dir seine Lehre, und dann schickt er dich zu Jakub, damit du sie zu ihm weiterträgst. Und während Jakub mit Bedreddin kämpft, betreibt er Demirs Geschäfte. Er wollte, daß du Jakub alles das sagst, was du ihm gesagt hast, und er hat sicher Gründe dafür. Er hat einen Toren gesucht, den er aus der Ferne lenken kann.

Du meinst mich?

Ja, denn du bist ein Tor, das mußt du zugeben. So vieles ist dir nicht klar, so vieles weißt du nicht. Du bist ein Tor, nicht wahr? erklärte Idriz ruhig und verständig.

Das stimmt, ich stehe da wie ein Tor, aber was jetzt? bequemte sich Figani ohne Begeisterung.

Warten. Deine Arbeit tun und warten.

Welche Arbeit? Ich will kein Tor sein, ich glaube nicht, daß ich ein Tor bin.

Möchtest du ihm heimzahlen, daß er dich zu einem Narren gemacht hat?

Ob ich das möchte?! Was denkst du von mir? Ich bin hergekommen, um etwas aus mir zu machen, und nicht, damit andere aus mir einen Narren machen, auch Scheich Ata hat mich nicht deshalb hergeschickt.

Warum, glaubst du, hat er dich gerade zu diesem Demir geschickt? Mit welchem Ziel?

Ich weiß es nicht, aber ich möchte mich das auch nicht mehr fragen. Ich bin hergekommen, weil hier der Mittelpunkt der Welt ist, weil es hier viele große Menschen gibt, denen ich meine Verse zeigen kann, von denen ich lernen kann, die mich in die Nähe der Stätten führen, von denen der Glanz ausgeht – weil ich glaube, daß ich hier etwas erreichen kann, sagte Figani in einem Atemzug und fühlte sich zum ersten Mal, seit er nach Istanbul gekommen war, stark und sicher. Er war von seiner inneren Kraft überzeugt.

Du schreibst Verse? Idriz tat überrascht. Und hast du zuvor etwas gelernt, verstehst du dich auf eine Arbeit?

Ich habe bei Scheich Ata in Aleppo gelernt.

Kannst du übersetzen, Kinder unterrichten, sonst etwas? Du gefällst mir, und ich habe eine gute Stellung, vielleicht kann ich dir helfen.

Ich kann Persisch und Pehlewi, ich könnte auch schreiben. Ich kann Arabisch. Ich kenne das BUCH, ich kann es lehren und auslegen, aber Kinder durfte ich noch nicht unterrichten. Vielleicht kann ich noch mehr, aber es fällt mir jetzt nicht ein.

Das genügt. Idriz ließ ein Lächeln erkennen. Ich

werde dir eine alte persische, in Pehlewi verfaßte Schrift geben, damit du sie übersetzt. Die Übersetzung wirst du dem Großwesir Ibrahim widmen, und ich werde sie zusammen mit dir unterschreiben, um die Aufmerksamkeit zu erhöhen. Später, wenn dich der Großwesir kennengelernt hat und unter seinen hohen Schutz nimmt, werden wir es so einrichten, daß auch einige deiner Verse an ihn gelangen, und dann stehen dir alle Türen offen.

Das willst du tatsächlich für mich tun?!

Es kostet mich nichts, und ich würde sogar sagen, du könntest es wert sein. Ich werde den Großwesir über unser Gespräch unterrichten, die Sache mit Demir könnte eine große Verschwörung, es könnte aber auch Dummheit oder ein Spiel sein. Du kehrst zu ihm zurück, hältst die Augen offen und übersetzt, was ich dir geben werde. Wenn etwas Wichtiges oder Eiliges sein sollte, kommst du zu mir, und wenn nicht – dann kommst du, wenn du mit der Übersetzung fertig bist, damit ich dich beim Großwesir einführen kann.

Idriz gab ihm die Schrift und geleitete ihn hinaus, wie es einem gelehrten Gast gebührt. Er verabschiedete ihn liebenswürdig und herzlich, fast wie einen Menschen von gleichem Rang.

Nach alledem war Figani so aufgeregt, so von hellen Erwartungen erfüllt, von Hoffnung beschwingt, daß er nicht einfach in die düstere Nähe Demirs zurückkehren konnte. Zumindest mußte er erst ein wenig durch den Garten des Wesirs spazieren, er hatte jetzt das Recht dazu, denn er kam vom Lehrer der Söhne des Wesirs, und außerdem mußte er sich wohl auch daran gewöhnen, denn, falls Gott es fügte, würde er... Er könnte sich, fiel ihm ein, unterwegs auch die großen Metallmenschen ansehen, eigentlich Dschinns von übermenschlicher Größe, die der Wesir als Kriegsbeute aus

Buda mitgebracht und zuerst vor der Rennbahn und später in seinem Garten neben der großen Fontäne aufgestellt hatte.

Von ihnen hatte Figani gleich am ersten Tag nach seiner Ankunft gehört, denn alle städtischen Tagediebe erzählten davon, daß der Großwesir aus Buda drei seltsame Götzenbilder angeschleppt und sie zuerst mitten in der Stadt und dann im eigenen Garten aufgestellt habe. Sie sahen aus wie nackte Menschen, zwei Männer und eine Frau, aber so riesig, daß das menschliche Auge sie nicht erfassen konnte, und waren aus Messing, Bronze oder sonst einem Metall gemacht. Das Ärgste sei nicht die Unanständigkeit, solche Nacktärschigen dem menschlichen Auge auszusetzen, hatten sie Figani erklärt, sondern daß es jenseits von Gesetz und Ordnung sei; die Verteidiger des Wesirs hatten erklärt, es handelte sich nicht um walachische Geschäfte und Betrügereien, sondern um Figuren von Dschinns, die noch vor der Offenbarung des Tevrat auf der Welt gelebt hätten; sie sahen aber nicht, daß sie mit dieser Verteidigung das Schlimmste gesagt hatten, was man sagen konnte, denn dann waren es Götzen, und gegen die Götzen ist schließlich das BUCH offenbart worden. Und Götzen sind es, was sonst als Götzen, wenn sie Dschinns aus jener Zeit sind, und dazu noch in menschlicher Gestalt und so riesengroß.

Um sich zusammen mit der ersten Gesellschaft in der großen Stadt zu präsentieren, wie es sich gehörte, und um dem Gespräch ein wenig Vornehmheit zu geben, hatte Figani die ganze Geschichte vom Wesir und seinen Metallmenschen in zwei Verse gebracht, in denen er alles, was er gehört hatte, als den Unterschied zwischen den zwei Ibrahimen zusammenfaßte:

Der erste Ibrahim stieß die Götzen um –
Der zweite stellt sie wieder auf.

Mit diesem Einfall hatte er sich großes Ansehen erworben, und jetzt erinnerte er sich gewiß nicht zufällig daran, als er durch den Garten des Wesirs spazierte, in dem er, wenn Gott es fügte, viel und oft spazierengehen würde.

Es war tiefe Finsternis, als er nach Hause, das heißt, zu Demir zurückkehrte, aber der Lehrer hatte von seiner Rückkehr erfahren und schickte nach ihm. Ohne viele Erklärungen und seltsamerweise ohne die vor Demir gewohnte Bangigkeit sagte er, er wähle doch lieber ihn, denn Jakub scheine ihm allzu gleichgültig und schwächlich. Darauf erhob sich Demir, ohne auf fremde Hilfe zu warten, trat zu ihm und küßte ihn auf beide Wangen.

Du weißt nicht, du ahnst nicht, was du mir soeben gegeben hast, erklärte der Lehrer feierlich und fügte aufseufzend noch feierlicher hinzu: In diesem Moment hast du mich als großen Lehrer geboren.

Dann entließ er ihn und schickte ihn mit vielen schönen Worten schlafen. Figani indessen schlief nicht. Müde vom stürmischen Tag, betäubt von der vorangegangenen Nacht, in der er kein Auge zugetan hatte, konnte er dennoch nicht einschlafen, konnte er sich nicht einmal vorstellen zu schlafen. Wie in der vergangenen Nacht baute er Luftschlösser, aber jetzt hielten ihn keine Taumel starker Empfindungen vom Schlaf und von dieser Welt fern, sondern die schönen, lieblichen Wolken heller Erwartungen.

3

Scheich Demir, der enthüllt hatte, daß er Bedreddins Schicksal und Natur wiederholte und demnach Bedreddin war, rief seinen neuen Schüler Figani nach dem

Morgengebet zum gemeinsamen Frühstück und zu einem anschließenden Spaziergang.

Gestern hast du mich zum großen Lehrer erklärt, und heute erkläre ich dich zu meinem Schüler, zum ersten unter meinen Schülern, wurde er von Demir begrüßt, als er jenes Zimmer betrat, das der Lehrer anscheinend nur dann verließ, wenn er ihn suchte. Ich erkläre dich zu meinem Freund, denn Lehrer und Schüler müssen einander durch Freundschaft und Liebe verbunden sein, wenn sie zu den tiefsten Kenntnissen gelangen wollen. Warum braucht ein junger Mensch einen Lehrer, warum genügen ihm nicht das BUCH und die Schriften der Weisen, um sich im Wissen zu vervollkommnen und selbst ein wahrhaft Weiser zu werden? Hat Scheich Ata jemals darüber zu dir gesprochen?

Selten, antwortete Figani zwischen zwei Bissen, doch als ihm schien, daß es vielleicht ungehörig war, auf eine so lange Frage so kurz zu antworten, entschloß er sich, den nächsten Bissen aufzuschieben und seine Antwort ein wenig auszuführen: Er hatte etwas gegen das Schreiben, er meinte, dem menschlichen Herzen und der Seele sei die Zunge näher als die Feder, weshalb das Gesprochene immer aufrichtiger sei als das Geschriebene und deshalb notwendigerweise auch näher an der Wahrheit, und sei es auch nur geringfügig. Aber gegen das Lesen hatte er nichts, das Lesen hat er stets gelobt und empfohlen.

Nach dieser Erklärung wandte sich Figani wieder beherzt dem Frühstück zu, denn er verspürte den wahren Hunger eines Wüstenhundes, jenen tiefen Hunger, von dem der Mensch glaubt, er könne nie gestillt werden. Zum einen war er sicher durch die konkreten Bedürfnisse seines noch jungen Körpers bedingt, zum anderen durch den Anblick der Köstlichkeiten, die vor ihnen aufgetragen wurden, vor allem aber durch die Erinnerung daran, daß er gestern nichts zu sich genommen hatte außer bei Idriz ein paar Rosenblätter in Honig.

Auch bei Demir gab es Rosenblätter in Honig, aber zum Glück wurde auch anderes aufgetischt: Schafsdrüsen in Sauce, Lammfleisch in Milch, Käse aus Anatolien und getrocknete Trauben aus Rumelien, Früchte aus Ägypten und heimische Vögel in Kamelhöckerspeck gebraten. Wer hätte bei einem solchen Mahl Verlangen nach Schulgesprächen gehabt, vor allem nach einem ganzen Tag des Fastens?

Recht hat er gesprochen, aber er ist um die Wahrheit herumgegangen und hat sie wie immer aus der Ferne umrundet, fuhr Demir fort, als wären die Köstlichkeiten vor ihm nicht dem Verzehr, sondern dem Gespräch gewidmet. Es geht hier nicht um Aufrichtigkeit, sondern um die Möglichkeit, alles zu sagen, auch das Tiefste, was unter der Sprache und hinter jeder Rede liegt. Mit Worten kann man die äußere Wahrheit und das äußere Wissen ausdrücken, und deshalb sprechen wir mit Unbekannten und mit Menschen von draußen in Worten. Aber es gibt ein Wissen, das sich nicht mit Worten übertragen läßt, ein inneres Wissen, das man nur an jene weitergeben kann, mit denen uns Liebe, Freundschaft oder sonst eine Verbindung eint. Mit Nahestehenden, mit Menschen, die wir in uns tragen, sprechen wir zwar in Worten, aber auch auf viele andere Weisen, vor allem im Gespräch unserer innersten Wesen, durch das wir Erfahrungen und Erlebnisse übertragen, Beispiele geben und dem anderen unser inneres Wissen vermitteln. Deshalb braucht der junge Mensch einen Lehrer, und deshalb sollten Lehrer und Schüler einander durch Freundschaft und Liebe verbunden sein. Du kannst das BUCH lesen und die Worte der menschlichen Sprache verstehen, in denen uns das BUCH offenbart wurde. Du kannst, bedeutet das, seine äußere

Schicht verstehen. Aber dahinter liegen die inneren Schichten des BUCHES, die du nicht verstehen kannst, indem du die Worte liest, sondern nur durch Liebe, Freundschaft und anderer Weisen der Übertragung des inneren Wissens. Es gibt viele innere Schichten des BUCHES. Manche sagen, es seien ihrer zehn, andere sprechen von zwölf, ich aber sage, es gibt ihrer so viele, wie es Wörter gibt im BUCH. Jedes Wort ist ein Weg zu einer der inneren Schichten des BUCHES, und deshalb kennt jeder, der das BUCH betreten hat, nur einen, nur seinen Weg unter der Vielzahl von Wegen, die in das BUCH führen. Das ist wie mit der Wüste: ins Herz der Wüste führen so viele Wege, wie es Sandkörner in ihr gibt; jeder Fußbreit Wüste ist ein Weg zu ihrem Herzen, aber der Mensch, der zu diesem Herzen gelangt, hat nur einen einzigen Weg entdeckt und kann deshalb nur diesen einen kennen – jenen, auf dem er selbst an den Ort gelangt ist, an dem er sich befindet. Alles, was in der Wüste ist, ist ein Weg zu ihrem Herzen, aber jeder von uns, wenn ihm dorthin zu gelangen beschieden ist, kommt nur auf einem einzigen der unzähligen Wege dorthin. Man kann diesen Weg nicht zweimal zurücklegen, denn von diesem Ort, der die reine Innerlichkeit ist, gibt es keine Rückkehr. Deshalb sind die Lehrer wichtig und notwendig: durch Liebe, durch Übertragung von Ahnungen, durch Berührung, durch Vermischen von Stoffen und Düften, auf Weisen, die sich nicht benennen lassen und von denen wir niemals erfahren werden, überträgt der Lehrer seine Erfahrung auf den Schüler und mit ihr sein Wissen von dem Teil des Weges, den er schon zurückgelegt hat; so hilft er ihm, seinen eigenen Weg zu finden, und geht mit ihm so lange, wie es ihm beschieden ist. Deshalb ist der Lehrer wichtig, und deshalb schuldet der Schüler dem Lehrer völligen Gehorsam, Liebe und rückhaltlose Ergebenheit. Der Lehrer tötet dich nicht, wenn er zu dir sagt, «Spring von der Klippe!», er überträgt damit nur eine Erfahrung auf dich, die dir hilft, den Weg bis zum Herzen der Wüste und bis zur tiefsten Schicht des BUCHES zu gehen, in der du vielleicht ein einziges WORT findest, weiter und umfassender als alle Sprache, als alle menschlichen Sprachen.

«Und besonders den Weg bis zum Fuß der Klippe zu gehen hilft er dir», dachte etwas in Figani, nicht er und nicht sein Wille, aber dieses Etwas dachte völlig klar. Figani indessen schwieg. Er beendete sein Frühstück, nachdem Demir seine Erklärung beendet hatte, aber er konnte sich weder zustimmend noch ablehnend zu den Worten seines Lehrers äußern. Er kaute, und deshalb schwieg er, aber Demir schien das nicht zu begreifen. Das Schweigen seines Schülers war ihm offensichtlich nicht recht; und nach einer Pause, in der er Figanis Antwort erwartet hatte, fuhr er fort, ein wenig ungeduldig zwar, aber noch immer mit dem Wunsch zu überzeugen.

Sicher hat dein Ata ähnlich zu dir gesprochen, nur milder und in sanfte Worte verpackt, auch sonst hat er nie die Kraft gefunden, die Wahrheit in ihrer reinsten inneren Form auszusprechen. Auch ich spräche anders zu dir, hätte ich dich heute nicht in den engsten Kreis meiner geweihten Schüler aufgenommen, denen ich meine endgültige Lehre vollständig offenbare. Ich verhülle sie nicht wie Ata, sondern ich werde dir meine Gedanken Schritt um Schritt enthüllen, damit du sie annehmen und mit dir tragen kannst.

Ja, stimmte Figani zu, ein wenig atemlos von der üppigen Mahlzeit. Scheich Ata sprach ähnlich und ein wenig drum herum, er sprach von Gehorsam und Ergebenheit als wichtigsten Pflichten eines Schülers, aber er sprach auch von der Pflicht zu Auflehnung und Widerrede, die den Schüler ermuntern sollen, seinen eigenen

Weg zu entdecken. Er sprach davon, daß sich nicht zwei Menschen finden lassen, die ein einziges Wort des BU- CHES auf dieselbe Weise verstanden hätten, so wie es auch nicht zwei Menschen mit gleich langem Schritt gibt. Er sprach wie du davon, daß jeder Mensch nur einen, nur seinen eigenen Weg zu den inneren Schichten des BUCHES hat... Aber ich möchte nicht über ihn sprechen; jetzt bist du mein Lehrer, und jetzt möchte ich dir zuhören.

Weil er mit dieser Antwort zufrieden oder weil er mit neuen Gedanken beschäftigt war oder aus einem dritten Grund schwieg Demir und ließ sich auf die Kissen zurückfallen, als suchte er Erholung oder eine Stellung, in der er seine Gedanken am besten sammeln könnte, wobei er von Zeit zu Zeit ein Korn oder zwei trockene Beeren nahm, offensichtlich ohne sich dessen bewußt zu sein und sicher nicht ihren Geschmack empfindend. Ganz von allein erschien vor Figanis innerem Auge die Erinnerung an Idriz, und er fühlte einen stummen unerklärlichen Stolz, einen solchen Menschen zum Beschützer zu haben.

Sie brachen zu einem Spaziergang auf, begleitet von Demirs zahlreichen Einfällen: daß ein satter Körper besser im Gedächtnis behält; daß das Wissen am besten anschlägt, wenn es zusammen mit der Nahrung eingenommen wird. Dann erklärte er ernst, Figani werde jetzt, im Verlauf des Spaziergangs, seine Lehre bis ans Ende zu hören bekommen. Damit werde der erste Teil der Lehrzeit Figanis bei ihm beendet sein; nur allzu kurz sei er ausgefallen, wohl weil er so leidenschaftlich war. Der zweite Teil werde sicherlich länger dauern, denn es sei sein Ziel, daß sich Figani jenes Wissen zur Erfahrung mache, von dem Demir im ersten Teil gesprochen habe, und daß ihm dieses Wissen eine Hilfe sei auf dem Weg zur Innerlichkeit.

Da er nicht verstehen könne, was er von den Menschen und ihrem Verhalten in der Welt und gegeneinander wissen müsse, solange er nicht das Grundsätzliche der Natur der Welt und ihres Verhaltens erkannt habe, werde Demir zu Beginn davon sprechen, wie das Verhalten der Welt und wie unser Verhalten in ihr geregelt sind.

Die Propheten und Imame, erinnerte Demir, überbringen den Menschen GOTTES Botschaften; genaugenommen sind es die Propheten, die sie überbringen, und die Imame müssen darüber wachen, daß die Menschen sie beachten und sich an die Empfehlungen halten, die sie von den Propheten bekommen haben. Ist es nicht so? Groß sind indessen die Zeitabstände zwischen zwei Propheten, große Zeiten, in denen die Menschen nur von den Imamen geführt werden, die ihnen GOTTES WILLEN auslegen und darauf achten, daß alle Menschen gemäß diesem WILLEN handeln. Alles könnte stimmen bei jenen, die an das Imamat glauben, jedenfalls dann, wenn sie einen anerkannten und legalen Imam haben – sie kennen GOTTES WILLEN, weil jemand da ist, der auf Grund verschiedener Zeichen den Menschen zu sagen weiß, wie sie handeln sollen, was bedeutet, daß sie korrekt und gemäß dem WILLEN handeln können. Was aber ist mit denen, die nicht an das Imamat glauben? Die in Zeiten leben und glauben, in denen sich das Imamat in die Abwesenheit zurückzieht – wenn der Imam stirbt, ohne einen Nachfolger bestimmt zu haben, oder wenn er einfach verschwindet, ohne ein Zeichen zu geben, wann er als Mahdi zurückkehren wird, ohne einen Vertreter zu bestimmen und ohne Anweisungen zu geben, wie man weiterleben soll? In den Zeiten, da wir ohne Imam sind, müssen wir arbeiten, leben und uns verhalten, als hätten wir einen Imam und als kennten wir den wahren WILLEN GOT-

TES, obwohl wir ihn nicht kennen können, weil wir ohne Imam sind, der sein erleuchteter Dolmetsch ist. Was bedeutet das? Das bedeutet, daß GOTT gleichgültig ist und daß es IHM gleich ist, wie die Menschen handeln, wie sie leben und wie sie sich gegeneinander verhalten. Oder, wenn es schon nicht so ist, wie ich gesagt habe, daß die Menschen ohnehin nicht darüber entscheiden, was sie tun und sagen, sondern daß sie tun und sagen, was ihnen bestimmt ist, und es folglich einerlei ist, ob sie einen Aufseher haben oder nicht, ob sie etwas wissen oder nicht, ob sie dieses oder ob sie jenes wollen. Deshalb ist die Sorge der guten Menschen, wie sie sich verhalten sollen, lächerlich und unbegründet, denn entweder handeln sie so, wie sie müssen, weil es ihnen ohne ihren Willen so bestimmt ist, oder sie handeln so, wie sie wollen, weil es völlig einerlei ist, wie sie handeln, da ALLES gleichgültig ist, was sie angeht, und vielleicht auch völlig gleichgültig, was das Ganze betrifft.

Während Demir seine Lehre erläuterte, schritten sie zum Ufer hinab, zwängten sich durch Gebüsch, gingen an spärlichen Olivenbäumen und häufigen Felsbrocken vorbei und kamen zu einer vorspringenden Felsklippe, fast unmittelbar über dem Wasser. Als sie sich ihr näherten, schwieg Demir und gab Figani ein Zeichen, ebenfalls leise zu sein und ihm zu folgen. Unhörbar erklommen sie die Spitze der Felsklippe, wo Demir mit sichtlicher Freude auf das Nest einer Seeschwalbe mit vier Jungen darin deutete.

Ich habe es vom Wasser aus entdeckt, flüsterte Demir stolz. Ich habe nur verfolgt, wo sie landet, und habe es beim ersten Versuch gefunden.

Sie sahen den jungen Schwalben eine Zeitlang zu, Demir spielte mit ihnen, indem er sie mit einem Grashalm, den er unterwegs abgerissen und achtlos in der

Hand gehalten hatte, ein wenig neckte. Dann gab der Lehrer das Zeichen zum Aufbruch. Als sie sich entfernt hatten, erklärte er, die Schwalbe dürfe nicht wissen, daß das Nest entdeckt sei, weil sie es dann wegtragen oder zerstören würde, auch wenn ihre Jungen dabei umkommen sollten. Figani bedauerte, nicht gewußt zu haben, daß sie hierherkämen, denn dann hätte er ein paar Körner mitgenommen, um sie zu füttern, doch Demir maß ihn mit leichtem Spott und schritt schneller aus.

Als er wieder zu sprechen begann, fuhr er im selben Ton fort, in dem er vor dem Spiel am Nest gesprochen hatte.

Jetzt, wo du weißt, daß die Gleichgültigkeit das Grundgesetz der Welt ist, kannst du meinen Gedanken über die Einrichtung der menschlichen Gemeinschaft in einer solchen Welt folgen, eine Einrichtung, die mit ihr und ihren Grundgesetzen übereinzustimmen hätte, sagte Demir und begann seine Lehre von der Herrschaft über die Menschen und zwischen den Menschen darzulegen, wobei er behauptete, daß diese Lehre einfach aus der Natur der Welt und ihren Grundgesetzen abgeleitet sei.

Er sprach davon, daß die Imame als Dolmetscher des GÖTTLICHEN WILLENS in Wirklichkeit nicht benötigt würden, wovon die großen Zeitabschnitte zeugten, in denen sie nicht sichtbar seien. Selbst wenn sie sichtbar und anwesend seien, würden sie nicht benötigt, weil der WILLE entweder den Menschen eingeschrieben ist und deshalb keiner Auslegung durch andere bedarf; oder weil er sich nicht auf die Menschen bezieht, da er ihnen gegenüber gleichgültig ist. Dennoch würden die Imame von den Menschen und ihrer Gemeinschaft notwendig gebraucht, da sie das höchste innere Wissen besitzen und besser als alle anderen Menschen die geheimen Gesetze der Welt kennen. Deshalb solle der

Imam die höchsten Ehren genießen und den ersten Platz in der menschlichen Gemeinschaft einnehmen. Den Sultan könne man beibehalten, Demir hätte nichts dagegen, aber der Imam müsse über ihm stehen, der Sultan wäre so etwas wie die Hand und der Imam der Wille, der diese Hand bewegt. Das wäre eine weise Verwaltung, das wäre eine gut geordnete menschliche Gemeinschaft, weil diese menschliche Gemeinschaft die geheimen Gesetze der Welt beachtete und anwendete.

Jetzt erkannte Figani das Kiefernwäldchen, in dem er schon einmal gewesen war, und alles in ihm wehrte sich gegen den Gedanken, diesen Ort in Gesellschaft Demirs erneut aufzusuchen. Er wollte rufen, er wollte bitten, umzukehren oder einen anderen Weg einzuschlagen, er versuchte zu erklären, daß er die Begegnung mit ihr nicht wünsche, nein, nicht ertragen könne, besonders nicht in Demirs Gesellschaft, doch dann wurde ihm bewußt, daß er mit alledem Demir nur zum Lachen bringen würde. Was für eine helle Frau? Was für eine Liebe ist dort so heftig zwischen euch entbrannt? Hast du sie wirklich gesehen? Hast du sie mit diesen Augen hier gesehen, oder seid ihr euch dort begegnet, wo du dich vor mir versteckt hast, in einem deiner Knabenträume?

Er würde lächerlich dastehen. Außerdem war das mit der hellen Frau zu sehr seine innere Sache, in diesen Wachträumen jener Nacht lag zuviel von seinem (ihrem, nur ihrem) Geheimnis, als daß man es vor jemand hätte erwähnen können, erwähnen dürfen, schon gar nicht vor Demir.

Obwohl das genaugenommen unwichtig ist. Er darf heute nicht lächerlich dastehen, nie mehr, ein Lächerlicher kann nicht Idrizens Schutzbefohlener sein, und wenn Gott es fügt... Seit heute morgen, seit Demir zu sprechen begonnen hatte, spürte er, daß die endgültige Abrechnung nahe bevorstand, und je mehr sich ihm

Demirs Auslegung entzog, desto vollständiger und klarer wurde seine Selbstgewißheit. Dabei war er die ganze Zeit ruhig, er empfand den herrlichen inneren Frieden und war aus vielen Gründen stolz darauf. Deshalb durfte er nicht lächerlich dastehen, er war jetzt ruhig und sicher.

Sie näherten sich dem Häuschen von der Rückseite, von jenem frischen Erdhügel her, an dem Figani stand, als ihn Demir so erschreckt hatte.

Hier ist mein Bruder begraben, sagte Demir, als sie neben dem Hügel standen, und blieb still und versunken stehen.

Ist er vor kurzem gestorben? fragte Figani, als der Lehrer sein unhörbares Gebet beendet hatte.

Vor etwas mehr als zwei Jahren, aber ich habe ihn vor kurzem hierher überführt. Er hat diese Stelle geliebt, er sagte, er liebe sie mehr als alle, an denen er gewesen ist, und er würde gern hier liegen, auch wenn das gegen jede Ordnung ist. Komm, wir wollen uns hierhersetzen, damit ich dir meine letzten Geheimnisse enthülle.

Sie gingen um das Häuschen herum, überquerten die kleine Lichtung und traten unter die Kiefern. Unter einem der Bäume, dem zweiten vom Rand der Lichtung aus, lag ein länglicher, flacher Stein, auf den sie sich nebeneinander setzten wie auf eine Bank.

Demir erklärte ihm, daß Scheich Bedreddin, der ihm in der siebenundzwanzigsten Nacht des Ramadan vor vier Jahren erschienen sei, über das Wasser des Goldenen Horns schreitend, dort, in der Verborgenheit, die Weihe zum Imam von Imam Hussein empfangen habe. Das habe er ihm im Verlauf jenes ganznächtlichen Gesprächs offenbart. Am Morgen, bevor er in ihn eingegangen sei, habe er ihn, Demir, zum Imam und zu seinem Nachfolger geweiht. Im selben Gespräch habe er ihm gesagt, in naher Zukunft werde Bayezids Sohn Mustafa aus der Verborgenheit zurückkehren, der beste unter Bayezids Söhnen und der einzige unter den Prinzen, der nicht die Hand gegen den Bruder erhoben habe und der in der Schlacht bei Angora verschwunden sei, als Bayezid von Timur geschlagen und gefangengenommen wurde. Du weißt, daß Mustafa in dieser Schlacht weder gefangengenommen wurde noch gefallen ist noch wie andere aus dieser Schlacht geflohen ist. Man sprach davon, daß er verschwunden sei, einige böse Zungen erzählten, er habe sich in eine Frau verkleidet und einige Zeit im Harem verborgen, bis sich ihm die Gelegenheit geboten habe, über das Meer in die lateinischen Länder zu fliehen. Aber die Wahrheit ist, daß er sich in die Abwesenheit oder Unsichtbarkeit zurückgezogen hat, denn als Gerechter wußte er, daß diese Schlacht im vorhinein als Unglück und uns zur Warnung bestimmt war. Unter den Zeitgenossen kannte lediglich Musa die Wahrheit, jener unter den Prinzen aus Bayezids Lende, den der größte Scheich dieser Zeit, Bedreddin von Simavne, bei sich aufgenommen und erzogen und am meisten geliebt hat. Jener Bedreddin, der vor vier Jahren in der Nacht der Nächte über das Wasser zu mir gekommen ist.

Diese Wahrheit hat Scheich Bedreddin in einer mystischen Schrift dargelegt, die ich in Kairo entdeckt habe, er hat sie dem Prinzen Musa, seinem Schüler, offenbart und anschließend mir persönlich enthüllt, als er aus der unsichtbaren Welt zu mir kam. Mustafa hatte sich in der Unsichtbarkeit verborgen, er hatte sich aus dieser Welt zurückgezogen, um die Zeit zu erwarten, in der es möglich sein werde, über das Reich zu herrschen, ohne die Hand gegen den Bruder zu erheben, und die geheimen Gesetze der Welt zu verstehen. Damals hat mir Bedreddin gesagt, daß Mustafa in unserer Zeit wiederkehren werde, weil das Reich heute stark genug sei,

um seiner Regierung wert zu sein, und reich genug, um
mit Friede, Güte und Weisheit regiert zu werden. Er hat
mich dann unterrichtet, wie ich Mustafa erkennen und
wie ich ihn auf den Thron und an den Ort führen werde,
der ihm zukommt. Ich habe ihm zugehört, mir alles gemerkt, was er sagte, und habe gelauscht. Ich habe Mustafa gefunden, und er ist hier in diesem Haus.

Demir zeigte auf das Häuschen, in dem Figani seine
helle Liebe gesehen hatte, erhob sich und schritt auf
die Tür zu. Figani begleitete ihn unentschlossen, weil
er nicht aufgefordert worden war einzutreten, doch
dann trug ihm der Lehrer auf, im Haus zu schweigen,
was immer er sehen und was immer geschehen würde.
Daraus schloß er, daß er eingeladen war und eintreten
sollte, und folgte dem Lehrer auf dem Fuß.

Im ersten Zimmer erwartete sie ein hagerer, dunkelhäutiger Mann, der sich vor Figani im Vorübergehen
verbeugte und Demir mit viel Ehrerbietung begrüßte,
wobei er ihn Hussein nannte. Er lud sie ein, Platz zu
nehmen und benahm sich auch sonst wie ein Hausherr,
aber er machte keinerlei Anstalten, sie mit etwas zu beehren oder ihnen zumindest der Ordnung halber aufzuwarten. Und er plazierte sie anscheinend gegen die
Gewohnheit – Figani auf einen Platz an der Wand, links
von der Tür, obwohl er dieses Haus zum ersten Mal betrat und nur nach Aufforderung seines Lehrers, und
Demir und sich selbst auf eine höhere Bank unter dem
Fenster, der Tür gegenüber. Und zwar Demir auf ein
höheres Kissen, woran man sehen konnte, daß er in diesem Haus vielleicht der Hausherr, Demir aber der Herr
war.

Die beiden sprachen leise miteinander, aber Figani
hörte ihnen auch nicht zu, nicht deshalb, weil ihn ihr
Gespräch nicht interessiert hätte, sondern weil man ein
fernes und leises Gespräch nur belauschen kann, wenn

man sich völlig darauf konzentriert. Figani hätte sich auch gar nicht darauf konzentrieren können, selbst wenn sie über sein Leben entschieden hätten, er konnte sich nicht einmal auf sich selbst und sein Atmen konzentrieren, und so verbrachte er die ganze Zeit in diesem Haus mit weniger als dem halben Atem. Sosehr hatte ihn die süße, schmerzliche Furcht und der Zusammenprall zweier unvereinbarer Wünsche zerrissen. Alles in ihm erbebte und verkrampfte sich bis zum Schmerz in der Erwartung, plötzlich und unvermittelt werde SIE erscheinen. Die Angst, SIE könnte erscheinen, der Wunsch, SIE möge erscheinen, der Wunsch, SIE möge so unmittelbar niemals vor seinen Augen erscheinen. Und die unhörbaren sehnsüchtigen Rufe, damit SIE seine Anwesenheit spüren und ihm, auch ohne zu erscheinen, ein Zeichen IHRER Anwesenheit in diesem Haus geben möge, ein Zeichen, daß SIE um sein Hiersein wisse.

Er war überrascht, als Demir ihn zum Heimkehren aufforderte, so sehr war er mit seiner inneren Verwirrung beschäftigt. Demir mußte ihn an der Schulter rütteln, denn andere Zeichen nahm Figani einfach nicht wahr, er hatte keinerlei Aufforderung gehört und auf nichts reagiert.

Was sagst du? fragte Demir, als sie sich wieder auf der Lichtung vor dem Haus befanden.

Warum nennt er dich Hussein? fragte Figani, der nichts anderes zu sagen hatte, weil er nichts anderes gehört hatte und über Mustafa nichts sagen wollte, da es über einen so schlechten Gastgeber und zudem so unansehnlichen Mann nichts zu sagen gab.

Weil Bedreddin den Namen Husseins bekommen hat, als er dort, in der Verborgenheit, zum Imam geweiht wurde, und so habe auch ich den Namen Hussein bekommen, als mich Bedreddin vor vier Jahren zum

Imam weihte. Das wird mein Name als Imam sein, ich werde Hussein sein, wenn Mustafa Sultan wird und ich der Imam, des Sultans Wille. Und es wird der Name aller Imame sein, von mir an gerechnet.

Auf dem Rückweg schwieg Figani und versuchte, sich aus seiner Verwirrung zu befreien, doch Demir sprach weiter über die künftige Verwaltung des Reichs und der gesamten menschlichen Gemeinschaft. Vor dem Haus wurde Figani mit dem Hinweis entlassen, daß sie sich für einige Tage nicht sehen würden, was aber jetzt unwichtig sei, denn Figani sei endgültig und unumkehrbar sein Schüler und Freund.

4

Als er sich von seiner schmerzlichen Erwartung, die ihn in dem Häuschen befallen, erholt hatte, versuchte Figani in seinem Zimmer alles an diesem Tag Erfahrene zusammenzubringen.

Hat Demir, der Bedreddin ist und Hussein sein wird, wirklich geplant, all dies jemand zu erzählen? Hat er ihm die ganze Verschwörung entdeckt, damit er, Figani, sie Scheich Jakub überbringe, oder sah er in ihm tatsächlich einen der Seinen? Ist er verrückt, oder hat man ihn heute in jenes Geheimnis eingeweiht, das an jenem bewußten Tag Abdul Kerim, den Burschen für alles und Demir selbst mit jener qualvollen Starre geschlagen hatte?

Soll er sofort zu Idriz laufen? Ist dies nach dessen Maßstäben dringend und wichtig genug? Oder wäre es aufdringlich, sich schon heute zu melden und etwas von der Zuneigung zu verlieren, die der große Mann so deutlich bewiesen hat?

Was hat er im übrigen Idriz zu sagen? Was hat ihm

Demir heute entdeckt? Welche Einzelheit? Was tatsächlich? Alles nur Gedanken, Ideen, Lehren, die vielleicht irgendwann einmal zu einem Ereignis werden können.

In Wirklichkeit hatte er ihm das wiederholt, was Idriz ihm gestern erzählt hatte, nur, daß er lobend, Idriz hingegen verurteilend und wütend über Bedreddin gesprochen hatte. Er hat heute von Demir genau das erfahren, was er gestern von Idriz erfahren hat, der alles nur vermutet und aus dem ableitet, daß sich Demir jetzt als Bedreddin vorstellt. Und jetzt soll er zu Idriz gehen, der immerhin ein vielbeschäftigter Mann ist, und ihm etwas angeblich Dringendes und Wichtiges erzählen, was dieser Idriz ihm gestern selbst erzählt hat. Dumm.

Als er sich Wort für Wort an Idrizens gestrige Geschichte erinnerte, stockte er beim Namen Mustafa. Man muß herauskriegen, wer sein Mustafa ist. So hatte Idriz gesagt, und er hat heute diesen Mustafa gesehen und kennengelernt.

Dummheiten. Ein so unansehnlicher Mensch kann nicht Mustafa sein. Nicht der wahre Mustafa. Nicht einmal Schafe würden sich von ihm bewachen lassen, geschweige denn, daß sich Tausende, Hunderttausende Menschen hinter ihm aufstellen und seinetwegen in den Tod gehen würden. Gekreuzigt und gesteinigt auf einer Kamelstute! Unmöglich, so etwas gibt es nicht, auch nicht im verrücktesten Plan.

Aber auch das ist nicht dringend. Idriz hat aus einem einzigen Namen Demirs ganze Idee erkannt und vollständig begriffen, das heißt, Demir kann gar nicht gefährlich sein, wenn Idriz von ihm weiß und sich ihm entgegenstellt. Hier gibt es keine Gefahr, nichts ist dringend, solange Idriz da ist, um die Welt zu verteidigen.

Nach langem Überlegen, innerer Sammlung und

Schwanken entschloß er sich, mit der Übersetzung der persischen Schrift zu beginnen. Von allem, was er jetzt tun kann, ist das offensichtlich das einzige, was nicht dumm ist. Wenn zumindest der größere Teil übersetzt ist, hat er einen Grund, zu Idriz zu gehen, um ihm alles zu erzählen, und nebenbei wird er ihn damit auch an sich selbst erinnern. Demir wird ihn bis dahin nicht anrühren, er ist der Tor, durch den Demir seinen Gegnern Botschaften schickt, so hatte ihm Idriz gestern gesagt, als er ihn ermutigte, hierher zurückzukehren. Er kann die Schriftrollen ruhig lesen und übersetzen.

Er nahm die vergilbten Rollen, wickelte die erste vorsichtig auf und breitete sie auf dem Boden aus, wobei sie an drei Stellen brach. Ganz oben las er: ANKUNFT IN URUK.

Ankunft in Uruk

Die Geschichte

I

Am achtzehnten Sivan, dem ersten Monat im Sommer, auch Monat der Ziegel genannt, strömt alles, was Beine hat, auf den Markt, selbst die Lahmen, die einen Sklaven oder einen gutmütigen Verwandten oder sonst jemanden bitten können, sie hinzutragen. Die Menschen müssen heute auf den Markt, wenn sie etwas zu verkaufen haben oder etwas kaufen wollen, wenn sie jemanden sehen müssen oder auf Neuigkeiten erpicht sind, aber auch, wenn sie weder etwas verkaufen oder kaufen wollen und weder sehen noch hören können. Was für Wünsche und Absichten sie auch haben, die Menschen müssen heute einfach auf den Markt, denn es ist Enkis Tag, der Tag des großen Lichts. Der Tag, an dem der Mensch seinem Schicksal begegnet, wenn er die Zeichen zu deuten vermag, durch die es sich ihm offenbart. Das ist der Tag, an dem sich uns Abwesendes nähert, Unsichtbares zeigt und Unhörbares ins Ohr dringt, der Tag, an dem wir Zukünftiges wissen, als ob wir uns seiner erinnerten, und an dem alles Ferne zu dem kommt, der versteht. Das ist der Tag, an dem sich Enkis Begegnung mit seiner Gefährtin Nin-tu jährt, der Tag, an dem er aus endlosem Schlaf in die Welt getreten ist und den Menschen die notwendigen Dinge aus der Abwesenheit gebracht hat. Deshalb müssen die Menschen heute auf den Markt – vielleicht begegnen sie ihrem Schicksal, auf dem Markt oder auf der Straße, vor dem Haus oder am

Kanal, beim Tempel oder auf dem Ruhelager im eigenen Haus.

An diesem Tag strömen die Menschen auch deshalb auf den Markt, weil im vergangenen Jahr der glückliche Scharu-Kin, der König der vier Himmelsrichtungen, seine Herrschaft über die Welt von den Zedernwäldern bis zu den Silberbergen angetreten hat, entschlossen, Enkis Nachfolger zu sein und sein Glück am Tage Enkis zu feiern. Deshalb hat er befohlen, daß die ganze Welt an diesem Tage hinausgehe und die Männer abends, wenn das Schiff des Sin über den Himmel fährt, an den Ufern der Kanäle und Flüsse Schilffeuer entzünden und sich aus voller Seele freuen sollen, während ihre Frauen und Sklaven Öl und Ton bereiten, die sie mit der Asche dieser Freudenfeuer vermischen, um in der Nacht des großen Wassers, in der Nacht, in der Sins Schiff nicht über den Himmel schwimmt, eine Mixtur zum Waschen herzustellen, mit der sich die Männer, gemeinsam mit ihren Frauen und Sklaven, mit Priestern und Kindern, in den Kanälen und Flüssen waschen werden. Übel würde es dem ergehen, der an Enkis Tag nicht hinausginge, um das Glück des großen Scharu-Kin zu feiern. Er könnte sein Schicksal verfehlen, aber er könnte ihm auch begegnen, wenn ihn nämlich die Wächter im Hause fänden, nur würde er ihm in allzu deutlicher, unmißverständlicher Form begegnen.

Im zweiten Jahr des Scharu-Kin wurde die größte Feier des Enki-Tages in der Stadt Uruk begangen, wo unlängst der größte Tempel der Welt fertiggestellt worden war, mit des Königs Namen und Widmung auf jedem Steinquader seiner Mauern. Gleich hinter dem Tempel war ein Markt abgeteilt, auf dem man von überallher zusammenströmte und wo es alles Erdenkliche zu kaufen gab. Tuche und schwarze Esel, Holz und Fische, Edelsteine und Sklaven, Eisen aus unbekannten

Gegenden und Kupfer aus Kappadokien, heimisches Öl und Schafe aus den Zedernwäldern, Perlen und Ohrringe, Milch verschiedenster Tiere und Rosenwasser, männliche und weibliche Kinder von reichen und armen Eltern, Körbe und Zicklein, Stickereien und Siegel aus Holz oder Ton, Ringe und Blei, gebackene Heuschrecken und Granatäpfel, Datteln, Mispeln, getrocknete Samenkerne und indische Feigen, Wein von Trauben und Palmenmark aus den Baumwipfeln – alles das und noch vieles mehr an Ungezähltem und Unaussprechlichem wurde auf dem Markt hinter dem neuen Tempel in der freudeerfüllten Stadt Uruk zu Preisen angeboten, die man an jedem anderen Tag höchstens im Scherz oder in der Absicht nennen konnte, den Verkäufer zu beleidigen. Alle Welt schrie, fluchte, pries, überredete und suchte Zeugen, biß sich in die Hand, schlug sich auf die Lenden und klatschte sich auf den Bauch, so daß der vertraute Festlärm vom Markt bis hinauf zu Schamasch und bis hinab zum Apsu wogte und ein Gemisch aus menschlichen Lauten, unbestimmbaren Geräuschen und wütendem Stimmengewirr – Zeichen für das Zusammentreffen der Menschen mit ihrem Schicksal – in alle Richtungen sandte. Und durch diesen Lärm hindurch drangen die klaren, hellen Stimmen von eigens ausgesuchten Leuten, deren Aufgabe es war, allen Umstehenden laut und deutlich zu erklären, daß auf jedem Steinquader in den Wänden, Fundamenten oder im Turm des neuen Tempels mit roten Buchstaben Name und Widmung des glücklichen Scharu-Kin geschrieben stehe und dort so lange wie die Welt bestehen bleiben werde, weil die Blöcke mit den beschriebenen Seiten gegeneinander gekehrt gefugt seien, damit der Name des Herrschers ungeweihten und bösen Augen verborgen bleibe. Die Wogen des Stimmenmeeres, durchzogen von der klaren und verständlichen Rede der Auserwählten, strömten den ganzen Tag über die Welt, vom Markt hinauf an die Himmelsspitze und bis hinab auf den Grund der unterirdischen Tiefen, zum äußersten linken und äußersten rechten Rand der irdischen Welt.

Der Quell des Stimmengewirrs auf dem Markt war schon in der Dunkelheit aufgebrochen, als die Reisenden aus unbekannten Fernen eintrafen und sich einen Platz suchten, an dem sie ihre Ware anbieten würden, oder einen Ort, wo sie sich nach dem beschwerlichen Weg ein wenig ausruhen konnten, bevor das Gedränge des längsten und glänzendsten Tages begann. Bei Sonnenaufgang war der Quell schon groß genug, um dieses Tages würdig zu sein. Mit dem Aufstieg der Sonne war das Stimmengewirr so angewachsen, daß es zu Mittag die Öffnung verstopfen mußte, die der glühende Kreis am Himmel aufgetan hatte, so daß ein Gutteil des Lärms vom Himmel abprallte und nach unten zurückkehrte. Doch dann war das Getöse erstorben, mit der Sonne erloschen, und jetzt, in der Dämmerung, ist der Marktplatz fast leer, und statt der mächtigen Wogen, die bis zum Ende der Welt vom Ruhme Uruks und der Größe des mächtigen Scharu-Kin künden, rinnen die traurigen Bächlein einzelner schwacher Stimmen, die schwerlich den nächsten Kanal erreichen werden.

Zwischen den unzähligen Abfallhaufen streunen und balgen sich Hunde, Katzen und hier und da ausgediente Sklaven. Die wenigen Leute, die auf ihrer Ware sitzengeblieben sind, vertreiben schamhaft und verwirrt die Wolken von Fliegen, die in der Dämmerung zur Erde stürzen, und rufen hin und wieder, wie vor Unglück, die Bezeichnung dessen, was sie verkaufen wollen, viel zu schwach, als daß man sie bis zum anderen Ende des Marktplatzes hören könnte. Ein Strahl der untergehenden Sonne verirrt sich noch hierher oder geht hoch über den Markt hin und verliert sich in der Spitze des Turms, ohne sein Licht herabzusenden unter die Menschen und ohne die Mäuse, Hühner, Ratten und all das andere Kleingetier zu stören, das sich jetzt auf dem Markt benimmt wie auf eigenem Grund und Boden. Die Stimmen und das Gemurmel, die von den Ufern und Terrassen herüberkommen, auf denen in Kürze die Freudenfeuer aufflammen werden, sind lauter als alles, was man hier hören kann, aber auch ihnen fehlt die Kraft des heutigen Tages. In diesem grauen, wüsten Raum klingen die Zeichen der Freude wie ein verlorenes Echo, nicht wie die Stimme des Ruhms. Hier hört und versteht man sie so, auch wenn man weiß, daß dort, wo gejubelt wird, Freude herrscht, weil Freude herrschen muß. Und die Unglücklichen, die hiergeblieben sind mit ihrer Ware, die niemand wollte, hören den Widerhall und lassen die Blicke schweifen, vielleicht auf der Suche nach einem Käufer oder einem Zeichen des Schicksals, dem zu begegnen sie heute morgen aufgebrochen sind.

Ihren suchenden Augen konnte der Fremde nicht entgehen, der den Platz von den Feldern her betreten hatte und direkt auf das traurige Grüppchen neben der ersten Terrasse des Tempelturms zusteuerte. Er rutschte auf den Schalen aus, stapfte über Samenkörner und Fischköpfe, die bereits stanken, stieg über Ratten und Katzen hinweg, die sich in diesem Dämmerkreis wie Freunde benahmen oder zumindest nicht wie Feinde, er ging sicher und rasch, als wäre er mit der kleinen Gruppe verabredet, einem reiferen Mann, einem Mädchen und einem Knaben, die unbeweglich in der Stille an der Mauer der ersten Terrasse standen und leer vor sich hinsahen.

Ich komme von weither und heiße Bell, sagte der Fremde, als er bei ihnen war.

Demnach bist du nichts Besonderes, entgegnete ihm der Mann, der an der Mauer stand und dem deutlich anzusehen war, daß er bessere Zeiten gekannt hat, alle sind heute von weither, heute ist der Tag, an dem sich das Ferne nähert und das Abwesende zu uns kommt.

Aber ich komme bestimmt aus der fernsten der Fernen, behauptete der Fremde stolz und zeigte auf die Staubschicht, die Kleidung, Füße, Gesicht und Hände bedeckte. Dicker Staub lag sogar auf seinem Scheitel und auf den fleischigen, unmenschlich großen Ohren, die zum Vergleich mit den Blättern einer gepflegten Gartenpalme herausforderten. Ohne diese Ohren und ohne den dicken Staub hätte der Fremde wie ein ganz solider Mensch ausgesehen.

Auch wenn das stimmt, bist du nichts Besonderes. Als ob ihn der Stolz des Fremden störte und er ihm deshalb die Freude des Besonderen nicht zugestehen wollte, widersetzte sich der Mann an der Mauer mit unverhohlener Bosheit. Heute ist nun einmal so ein Tag.

Was für ein Tag?

Enkis Tag. Wie ich dir gesagt habe. Heute nähert sich das Ferne und kommt das Abwesende. Heute tritt die Form, die in der unterirdischen Tiefe wohnt, in den Lehm und bereitet ihn darauf vor, ein Krug zu werden, heute gehen die Gedanken in die Menschenmünder ein und werden Namen, heute nähern sich uns die Ereignisse, die uns in der fernen Zukunft erwarten, und berühren uns wie Vertraute. Wenn die Form des Kruges aus Apsu kommen konnte, warum solltest du nicht aus irgendeiner Ferne kommen? Kannst du dir vorstellen, wie viele Dschinns es heute in menschlicher oder sonst einer Gestalt ringsum gegeben hat?

Aber ich bin ein Mensch, rief der Fremde beunruhigt. Sieht man das nicht?

Ich sehe, daß du ein Mensch bist, um so schlimmer

für dich, denn damit bist du nichts Besonderes. Der Mann an der Mauer grinste und feierte einen endgültigen Triumph. Ein bißchen mehr oder weniger, was soll's.

Warum willst du sie verkaufen? fragte der Fremde, nachdem er sich offenbar damit abgefunden hatte, nichts Besonderes zu sein, und deshalb möglichst schnell ein Geschäft abschließen wollte.

Weil sie meine Tochter ist und ich das Recht dazu habe, weil mich das Unglück drückt und die Not dazu treibt, weil ich ein armer Kerl bin, den das Schicksal bestraft hat, seufzte der Mann und senkte den Kopf, damit man nicht übersah, wie arm er dran war, der vom Schicksal Bestrafte.

Und weshalb hast du sie nicht schon verkauft?

Weil den ganzen Tag niemand gekommen ist, und dabei stehe ich seit Sonnenaufgang hier!

Auf diese Worte hin drehte sich das Mädchen zur Wand, mit einer raschen Bewegung, eigentlich nur ein Zucken, dem nicht zu entnehmen war, ob sie der Tadel des Vaters schmerzte oder die Tatsache, daß ihr eigener Vater vor einem Fremden von ihrer Schande und ihrem gemeinsamen Unglück sprach, oder ob sie gemeinsam mit dem Vater trauerte und ihr Gesicht von seiner Trauer abkehrte, um die ihre rein und vollkommen zu erhalten. Unter dem engen Kleid aus dunkelbrauner Jute bebte ihr Körper, aber es war nicht auszumachen, ob vor Wut oder vor Schmerz.

Würdest du sie mir verkaufen? fragte der Fremde.

Nein! Niemandem! schrie der Mann an der Mauer, als wollte man ihm die Haut abziehen. Sie ist Fleisch von meinem Fleisch und Bein von meinem Bein, sie ist die Träne meiner Augen und die Form meiner Seele. Wie kann ich so etwas weggeben, wie kann ich so etwas verkaufen?! Er brach ab. An den Fremden gerichtet, jammerte er: Aber ich muß es tun, ich armer Mensch, vielleicht ist das ein Ausweg, sowohl für sie als auch für mich, und deshalb muß ich sie verkaufen. Egal wem, meinetwegen auch dir.

Wieviel verlangst du für sie?

Aj-aj-aj, ich schulde, ich Armer, vierhundert Schekel Silber. Ich weiß, ich weiß, daß ich nicht so viel bekommen kann, so viel verlange ich auch nicht, ich sage nur, wieviel ich schulde, und ächze über mein Schicksal. Der Mann schlug sich auf die Lenden, um zu zeigen, wie arm er war, doch dann beruhigte er sich und fuhr fast gelassen fort: Gib mir zweihundert und führe sie hinweg, sollen sie sich den Rest von meinem Fleisch nehmen, wenn sie nicht warten können.

Das Mädchen fauchte wie eine Katze, drehte sich mit einem Ruck zu ihnen um, und starrte den Fremden an, als wollte sie ihn auf etwas aufmerksam machen.

Dem guten Bell ist sie lieb, und ich würde sie heiraten, erklärte der Fremde, ich biete dir zwanzig Manu Silber, wenn du sie mir zur Frau gibst.

Das Mädchen stampfte mit dem Fuß auf, der Knabe drängte sich an die Mauer, obwohl niemand von ihm gesprochen hatte, und der Mann breitete die Arme aus und begann wie mit Flügeln zu schlagen, wobei er das Gesicht in die Breite verzog, als müßte er lachen. Der Fremde wand sich wie vor Verlegenheit, als hätte er gerade etwas Unziemliches vor Menschen gesagt, die ihm etwas bedeuten, dann scharrte er mit den Füßen, besann sich und zuckte die Achseln, als könne er das Gesagte ungesagt machen, und als die Antwort auf sein Angebot immer noch nicht kommen wollte, begann er sein Ohrläppchen am riesigen rechten Ohr zu zupfen, zu betasten und in die Länge zu ziehen.

Ich bin Schamschid, ein ehemaliger Händler und armer Kerl, den das Schicksal gestraft hat, sagte der Mann an der Mauer schließlich, trat zu dem Fremden und begann ihm herzlich die Schultern zu drücken.

Ich bin Bell, wie ich dir gesagt habe, antwortete der Fremde eilfertig, auch ich ein Mensch.

Du bist mein Sohn, erklärte Schamschid feierlich, fast verklärt.

Wenn es mit ihm nur nicht so kommt wie mit deinen anderen Söhnen, warf das Mädchen ein.

Ein Mensch, natürlich, und zwar ein guter und weiser Mensch, fuhr Schamschid fort, als hätte er die Bemerkung des Mädchens nicht gehört oder als bemühte er sich, sie zu vertuschen. Weise der Mann, der sich eine Frau nimmt, und noch weiser der Mann, der ein Haus baut. Du wirst auf jeden Fall ein Haus bauen?

Ja, ein Haus, natürlich, stimmte Bell zu.

Du findest bei mir alles, was du brauchst, ermutigte ihn Schamschid, wir sind Menschen, wir können uns verständigen, daß es für beide zum Vorteil ist.

Ja, Menschen, stimmte Bell begeistert zu. Es liegt in der Natur des Menschen, sich zu verständigen?

Das hast du wunderschön gesagt: Es liegt in der Natur des Menschen, sich zu verständigen. Es liegt in der Natur des Menschen, sich zu verständigen, wiederholte Schamschid einige Male gerührt, pendelte im Rhythmus der Worte mit dem Kopf und ließ sich die Äußerung des Fremden wie einen Schwur oder einen Leckerbissen auf der Zunge zergehen.

Dann erledigten sie alles die Hochzeit Betreffende, gleich hier auf dem Markt. Bell wollte so rasch wie möglich heiraten, nach Möglichkeit noch vor Einbruch der Dunkelheit, aber mit allen Riten und sogar feierlich, wenn es irgendwie möglich war und der hiesige Brauch es erlaubte. Schamschid schlug vor, die Verlobungszeremonie zu überspringen und gleich den Ehevertrag zu schließen, doch dem widersetzte sich Bell hartnäckig und verlangte alle Zeremonien bis ins allerkleinste Detail, womit er seine zukünftige Frau so erzürnte, daß sie stotternd und zitternd und hochrot im Gesicht davon sprach, wie sehr sie diese Verhöhnung verletze, denn nichts anderes könne eine Hochzeitsfeier mit jemand sein, den man kurz zuvor auf dem Markt gekauft hat.

Ach laß doch, versuchte ihr Vater sie zu beruhigen und tätschelte ihre Hüften. Du siehst doch, daß du meinem lieben Sohn längst zugedacht bist. Wie ist das schön, wie ist das Schicksal weise, daß es bis zur Dämmerung gewartet hat, jede Hoffnung hatte es uns genommen und uns gequält, doch dann hat es sich als so schön erwiesen!

Dann pries er gnadenlos die Verlobungszeremonie ob ihrer Schönheit und Großartigkeit, wenngleich er kurz zuvor noch selbst vorgeschlagen hatte, sie auszulassen, und erklärte seinem lieben Sohn, er und seine Zukünftige seien offensichtlich füreinander bestimmt, denn er hieße Bell und sie Belitsilim, was nur beweise, daß sie einander auch mit Namen zugedacht seien. Und dann bemühte er sich, das Mädchen davon zu überzeugen, wie wunderschön, rührend und über die Maßen erhaben das alles sei.

Erstaunlicherweise gelang es ihm trotz seines unablässigen Geschwätzes, die Sache rasch voranzubringen. Im Handumdrehen hatte er auf dem fast menschenleeren Markt einen Alten mit schwärenden Beinen gefunden, bei dem er Wohlgerüche kaufen konnte, er machte Speisen ausfindig, die ihm Bell zu Beginn der Verlobungszeremonie schenken mußte, und fand sogar einen jungen Mann, der bereit war, bei Verlobung und Hochzeit als Zeuge aufzutreten, wenn man ihm seine Zuckermelonen abkaufte. Bell kaufte von allem haufenweise, wobei er mit Silberstäbchen zahlte. Die Speisen schenkte er dem Vater, die Zuckermelonen gab er dem Knaben, denn er hatte bemerkt, wie begehrlich er sie angesehen hatte. Der sehr geehrte Bell, so erklärte er, wünsche dem weisen Bruder seiner zukünftigen Frau ein Geschenk zu machen. Dann trat er zu besagter Frau, um die Verlobungszeremonie mit ihrem wichtigsten Teil abzuschließen.

Da geschah etwas, was nur der Knabe sah, aber nicht erwähnte, weil er nicht glauben konnte, was er sah, und auch wenn er es glauben würde, sich nicht getraut hätte, es zu erwähnen, weil man ihm nicht geglaubt hätte. Selbst wenn man ihm glaubte, würde er es nicht erwähnen, weil man dann die Wahrheit hätte bezweifeln müssen, die der Fremde kurz zuvor ausgesprochen hatte, nämlich, daß er ein Weiser sei. Deshalb schwieg der Knabe klug, im Wissen, daß die Leute schon irgendeine Erklärung finden oder erfinden würden, nur um nicht ernsthaft über das nachdenken zu müssen, worauf er sie hätte aufmerksam machen können. Vielleicht hätten sie alles mit dem Zwielicht der Dämmerung erklärt, vielleicht mit seinem jugendlichen Alter, wahrscheinlicher aber war, wie ihm seine Erfahrung sagte, daß sie ihn einen Narren gescholten und verprügelt hätten. Aber er hatte es gesehen, er hatte es ganz deutlich gesehen, er wußte, daß es so gewesen war, auch wenn er es selbst nicht glauben konnte.

Im abschließenden und feierlichsten Akt der Zeremonie, nachdem der Bräutigam den Brauteltern so viele Eßwaren überreicht hat wie möglich, tritt er zum Mädchen und schüttet Wohlgerüche über ihrem Kopf aus, womit er sie für immer als die Seine kennzeichnet. Belitsilim indessen wollte nicht niederknien, sie wollte nicht einmal den Kopf neigen, als Bell zu ihr trat, um ihr das Myrrhenöl auf den Kopf zu träufeln und sie zu seiner Verlobten zu machen, und so war es für ihn schier unmöglich, weil die beiden fast gleich groß waren. Da reckte sich Bell und wurde lang und dünn, so daß er seine zukünftige Frau um einen Kopf überragte, und hob ganz langsam die rechte Hand mit der Keramikschale voll Myrrhenöl über ihren Scheitel. Einen Augenblick hielt er inne, als zögerte er, als wollte er diesen Augenblick verlängern oder seine Erhabenheit auskosten, dann neigte er das Gefäß und begoß Belitsilim mit dem Myrrhenöl. Im Zwielicht des öden Marktes atmeten alle auf und klatschten in die Hände, doch Belitsilim schüttelte sich und wandte den Blick von Bell ab, dem sie die ganze Zeit mit weitaufgerissenen Augen ins Gesicht gestarrt hatte. Der Knabe schwieg weiterhin und schaute zu, um sich alles genau so zu merken, wie es sich abgespielt hatte, um später, viel später, wenn es genaugenommen zu spät sein würde, alles getreulich und wahrheitsgemäß zu berichten.

Schamschid brachte einen Schreiber an, den er gleichsam aus dem Nichts erschaffen hatte, denn niemand von den Anwesenden hatte gesehen, wann oder wo er ihn gesucht hätte. Ein Vertrag wurde aufgesetzt des Inhalts, daß Belitsilim keine Mitgift schuldig sei und daß die Hochzeitsgeschenke für immer ihr und ihrem Vater gehörten (Bell erlaubte nicht die Formulierung «was immer mit ihrer Ehe werde»), und nun blieb nur noch eines zu tun, nämlich daß Bell den Schleier über sie warf und den Satz sprach: «Sie ist meine Frau.» Aber es gab keinen Schleier, weil Schamschid in dieser kurzen Zeit keinen hatte finden können. Sein Wehgeschrei wurde jedoch von Bell unterbrochen, der erklärte, er habe einen Schleier, denn er sei ja mit der Absicht nach Uruk gezogen, sich hier Weib und Haus zu gewinnen. Er drehte ihnen den Rücken zu, lüpfte seinen Kittel und machte sich an seinem Hemd zu schaffen, und als er sich wieder umdrehte, hielt er einen weißen, durchsichtigen Schleier in Händen, der wie aus funkelnden

Strahlen gewebt war. Er holte mit dem Schleier aus, um ihn über das Mädchen zu werfen, und der Knabe erzitterte in der Erwartung, daß das leuchtende Gewebe zerfließen und zersprühen werde wie zurückgeworfene Lichtstrahlen, aber nichts dergleichen geschah, weil sich das Gewebe leicht wie ein Seufzer über seine Schwester legte und wie durch ein schönes Wunder etwas von seinem Glanz auf ihr Gesicht und ihr Haar übertrug. «Sie ist meine Frau», rief Bell mit bebender, aber kräftiger Stimme, und sein Ausruf erfüllte den ganzen umgebenden Raum. Und allen schien es, daß der Ausruf von der Mauer zurückkehrte und noch einmal bestätigte, daß die Ehe geschlossen sei.

Der Schreiber überreichte Bell das Täfelchen mit dem Ehevertrag, und Bell, der mit der Linken die Hand seiner Frau hielt, überreichte es ihr mit der Rechten.

Ich wünsche, daß dieses Täfelchen gebrannt wird, sagte er. So wirst du für immer und ewig meine Frau sein. Wenn diese Stadt und dieser Zikkurat längst in Trümmern liegen, wenn Uruk eine grasüberwachsene Ebene sein wird, wenn der Regen alles aufgeweicht hat und wenn den Menschen das Gebein vor Feuchtigkeit mit Moos überwachsen sein wird, wenn die Erde eingeebnet sein und es auf der Welt keine Flüche mehr geben wird, weil niemand zum Fluchen und Verfluchen mehr da ist, auch dann noch wirst du meine Frau sein, wovon unser gebranntes Täfelchen zeugen wird. Ich schenke es dir und mir.

Schamschid schniefte und schlug sich gegen die Brust, um zu zeigen, daß er aufrichtig gerührt war, der Knabe war mit der Frage beschäftigt, ob es auf der Erde große Zuckermelonen geben könne, wenn sie vollständig eingeebnet sein würde, und der Schreiber wartete auf die Belohnung, um zu den Freudenfeuern zu gehen. Belitsilim nahm das Täfelchen und bemerkte, daß es ungewöhnlich leicht, wahrscheinlich sogar bereits gebrannt war, aber sie ließ sich ihre Beobachtung nicht anmerken. Auch nach der Verwirrung um die Verlobungszeremonie hatte sie sich nichts anmerken lassen, und niemand der Anwesenden hatte sie richtig beachtet und gesehen, was vor sich gegangen war. Nur der Knabe hatte bemerkt, daß ihr aus den weitgeöffneten Augen Tränen über das unbewegte Gesicht flossen. Still und rasch, wahrscheinlich deshalb, weil sie groß und schwer waren.

Sie entlohnten den Schreiber, beschenkten den Zeugen und brachen auf Schamschids Aufforderung hin zu seinem Haus auf. Hinter ihnen blieb der Markt zurück mit seinen Abfällen, den vereinzelten reglosen Menschen, den eiligen Ratten und den flimmernden Fliegensäulen über den klebrigen und glitschigen Stellen, den Überbleibseln von zerschlagenen Zuckermelonen, zerquetschten Orangen, einer zertretenen Maus oder Eidechse. Im Bemühen, mit dem eiligen Schamschid Schritt zu halten, strebten sie durch die Dämmerung, das junge Paar und der Knabe, der an diesem Tag nicht verkauft worden war – verwirrt, feierlich und traurig.

2

Möchtest du schlafen, soll ich die Lampe löschen? fragte Bell seine Frau irgendwann in der Nacht. Das wäre schön: du schläfst, und ich sitze bei dir und beschütze dich.

Wie willst du mich beschützen, wenn es dunkel ist? erwiderte Belitsilim ungeduldig, die zusammengekauert neben der Tür saß und zu Bell aufschaute, der neben ihr stand. Oder glaubst du, daß du sie auch in der Finsternis sehen kannst?

Wen?

Die Schaben, die Ameisen, all die Insekten, von denen es hier wimmelt, wenn es dunkel ist. Und alle sind braun, alles hier ist dunkelbraun, auch die Luft in diesem Haus ist dunkelbraun. Braune Schaben, braune Ameisen, braune Fliegen und braune Würmer mit vielen dünnen braunen Beinchen. Sie kriechen aus dem Boden, aus den Wänden, der Tür, von überall. Auch wir sind braun, es ist bereits in uns, du kannst mich davor nicht beschützen.

Dennoch würde ich dich beschützen, du bist dem guten Bell teuer. Bells Gesicht, von den vorstehenden Ohren umrahmt, lächelte auf sie herab. Meinen Füßen und Händen, meinem Bauch und Rücken, meinem langen Haar, allem bist du teuer, und deshalb möchte ich dich beschützen vor allem, auch vor dem, was schon in dir ist.

Vielleicht kannst du in der braunen Dunkelheit die braunen Insekten sehen und mich auch vor ihnen beschützen? Alle Achtung, wenn du das kannst, und Dank sei dir, wenn du es tust. Aber wie willst du mich vor den Erinnerungen schützen? Meine Hände und mein Gesicht erinnern sich an die Beinchen, die über sie hinweggerannt sind, meine Träume sind voll des schnellen Gewimmels der dünnen braunen Beinchen, mein Leib erinnert sich an den Geschmack der braunen Insekten, die ich, ohne es zu wollen, in diesem Haus gegessen oder eingeatmet habe. Dieses Haus ist voller brauner Insekten, und meine Erinnerung besteht ganz aus braunen Insekten. Wie gedenkst du mich davor zu schützen?

Warum sind es so viele?

Sie sind mit der Armut gekommen, wie die anderen Plagen auch. Vielleicht glaubst du, ich denke mir etwas aus, du wirst sagen, es kommt mir nur so vor, aber ich bin sicher, völlig sicher, daß es sie bis vor einem Jahr nicht gegeben hat. Natürlich gab es immer welche, wie in anderen Häusern auch, aber nie viele und nur spät in der Nacht, wenn sie niemand sah und wenn sie nicht störten, wenn sie die Erinnerung und den Geschmackssinn nicht in Beschlag nehmen konnten. Aber seit die Armut gekommen ist, seit alles verlassen ist, sind sie auf dem Vormarsch und belagern uns, sie bedecken dich und kriechen dir in die Nase, sobald das Licht erlischt.

Belitsilim sprach hastig und erbittert, als wäre Bell persönlich schuld an den Insekten und dem Fluch über ihrem Elternhaus. Er hatte ihr vorgeschlagen, die Lampe zu löschen, weil sie voll Wut und Scham von dem armseligen Licht des Sesamöls gesprochen hatte und davon, daß in diesem Augenblick irgendwo eine mit Steinöl gefüllte Lampe brannte, aber daß sie nicht dort sei und vielleicht nie dort sein werde, wo eine solche Lampe brennt und die Nacht zum Tag macht und das Haus in ein schönes Traumgebilde verwandelt, zumal wenn die Wände weiß gestrichen sind. Er hatte ja gesehen, wie sehr sie sich schämte und wie sehr sie es haßte, daß die Lampe mit Sesamöl gefüllt war, welches blakte und qualmte statt zu leuchten. Und das Schlafen hatte er natürlich nur deshalb erwähnt, weil er sah, daß sie die Augen nur unter äußerster Anstrengung offenhielt. Er verstand ihre Wut nicht, und ihre Ablehnung, die sie nicht verbergen konnte, war ihm unklar, er begriff nicht, wessen sie ihn eigentlich beschuldigte, und seine Augen wurden groß vor ehrlicher Verwunderung. Belitsilim sprach mit einer Verbitterung, die er förmlich sehen und in seinen Händen spüren konnte, also verstand er sie doch und ohne jede Schwierigkeit, dann aber fühlte er sich – vermutlich deshalb – auch sogleich schuldig an allen ihren Schmerzen, an der Beschämung und den Erniedrigungen, an allem, was diese ekstatische Verbitterung bewirkt hatte. Aber wessen sie ihn im besonderen beschuldigte, das konnte er nicht enträtseln. Und warum gerade in diesem Augenblick? Er hielt ihr die geöffneten Hände hin, und diese Geste sagte jedem empfindsamen Auge, und so auch dem Auge des Knaben, der nicht verkauft worden war und nicht verkauft werden würde, daß er auch mit der Schuld und ihrer Sühne einverstanden wäre, wenn man ihm nur erklärte, wie und warum.

Ich wollte dir nur helfen, sagte Bell mit großen Augen.

Räche mich, und du hast mir geholfen, rief, ja kreischte Belitsilim und erhob sich auf die Knie, als hätte man sie durchbohrt oder als wollte sie sich auf jemanden stürzen.

Wie denn?

Bestrafe ihn!

Belitsilim hatte so laut geschrien, daß ihr Mann zurückprallte. Nach diesem Schrei war es so still, daß nicht einmal das träge Knistern der Lampe mit dem verhaßten Sesamöl zu hören war. Nur ein Augenblick, in dem man selbst ein Blinzeln gehört hätte, ein Augenblick vollkommener Stille, dann setzte sich Belitsilim wieder hin, nachdem sie zuvor mit der Hand abgewunken hatte wie zum Verzicht.

Du bist ein Narr, und ich bin eine Närrin, wenn ich von dir verlange, es nicht zu sein. Du verstehst die Menschen einfach nicht.

Wieso nicht?! Ich bin doch auch ein Mensch.

Du bist ein Narr, habe ich gesagt.

Auch ein Narr ist ein Mensch.

Ja, ein ganz besonderer. So einer wie du.

Warum? Warum bin ich das?

Weil du für mich ein Vermögen hergibst, wo er mich hergeschenkt hätte, nur um mich loszuwerden. Weil du ihm Hochzeitsgaben gibst, die mir zukommen. Weil du kommst, um bei ihm zu leben, obwohl dir klar ist, daß er uns ausplündern wird. Ich weiß, du wirst sagen, daß du es auch mir gibst, aber das ist nicht wahr, so kann man nur mit einem Narren umspringen, wie du einer bist. Er ist gerissen und verrückt, er wird dir alles abschwatzen, und schon morgen wird keiner von uns, du nicht, er nicht, ich nicht, irgend etwas davon haben. Deshalb bist du ein Narr: Du gibst ihm deinen Reichtum, und dabei müßte man ihm den Kopf zertreten wie einer Eidechse. Oder weglaufen, sofort und so weit weg wie möglich.

Er sagt, er habe es aus eigener Kraft vom Hungerleider bis zu einem Geschäft am Kai gebracht.

Hochgebracht und vernichtet, sich und vor allem uns. Man muß ihn umbringen oder ihn in seinem Wahnsinn verrecken lassen. Bring mich weg von hier, ich bitte dich, rette mich, rette dich selbst.

Erlaube mir, dich zu verstehen, dann werden wir alles in die schönste Ordnung bringen. Vorher kann ich es nicht, Bell ist liebenswürdig, und das wäre völlig unliebenswürdig.

Wir können hinausgehen und herumlaufen. Uns die Freudenfeuer ansehen, vielleicht brennen noch immer irgendwo Freudenfeuer.

Aber wir wurden gebeten, unsere Ehe zu genießen, und das muß man im Haus, wenn ich es richtig verstanden habe. Deshalb wurde uns ja das Haus liebenswürdigerweise überlassen.

Der Knabe war Zeuge, daß Bell sich quälte wie ein wildes Tier in der Falle: er mußte seine junge, außer sich geratene Frau zufriedenstellen, und er mußte zugleich Dankbarkeit zeigen und die Güte seines teuren neuen Vaters ausnützen, der ihnen das Haus überlassen hatte, ohne sich oder sie danach zu fragen, wie er selbst diese Nacht verbringen würde, er hatte sie sogar mit der Bitte verlassen, sich nicht darum zu kümmern, und von ihnen verlangt, nicht weiter zu fragen. Mit diesen Worten war Schamschid aus dem Haus gegangen und hatte das junge Paar mit dem Knaben zurückgelassen, der noch klein und dumm genug war, um niemanden zu stören.

Schamschid war eigentlich die ganze Zeit über außerordentlich liebenswürdig gewesen und hatte von jenem Augenblick an, als er Bell seinen Namen gesagt hatte, alles getan, um ihm entgegenzukommen. Auf dem Weg vom Markt nach Hause erklärte er ihm, daß ihn das Schicksal bestraft habe, indem er sich mit seiner Weisheit und Arbeit zuerst vom hungernden Dienstknecht bis zum reichen Kaufmann mit einem Platz am Kai hinaufgearbeitet habe und dann, ebenfalls dank seiner Weisheit und Arbeit, wieder in Armut gestürzt sei, die ihn zum Verkauf seiner Familie zwinge. Dabei hatte er aufrichtig und bewegt gesprochen, ohne seinen Stolz und seine Trauer zu verbergen, er hatte alles Notwendige getan, um seine Seele vollständig zu offenbaren und dabei dem zu gefallen, den er hartnäckig als seinen neuen Sohn bezeichnete. Offensichtlich hatte er Erfolg, denn Bell flüsterte beim Betreten des Hauses dem Knaben zu, daß Schamschid vielleicht kein besonders heller Kopf, aber doch gewiß ein interessanter und aufrichtiger Mensch sei, der in mancher Hinsicht sogar angenehm sein könne.

Zu Hause hatte der Alte, die Tür hinter sich schließend, laut aufgejauchzt und zu Bell gesagt, das sei der Ausdruck seiner gewaltigen Freude über alles, was geschehen war, und besonders darüber, daß er ihn zum Sohn bekommen habe.

Ich hätte es nicht ausgehalten, glaube mir, ich hätte es nicht ausgehalten, das Herz wäre mir zersprungen, jubelte er und schlug dem Schwiegersohn vor Freude auf die Schulter. Mein Ellbogen hätte gejauchzt, mein Herz hätte gejauchzt, wenn ich es nicht getan hätte.

Ich verstehe dich vollkommen, stimmte Bell zu. Alles mögliche jauchzt einem in solchen Zuständen. Bei mir zum Beispiel jauchzt am liebsten mein dicker Bauch, ganz unbeschreiblich, und manchmal jauchzen sogar meine Ohren.

Im Haus gab es nur ein einziges Kissen, genaugenommen ein zusammengeschnürtes Stück dunkelbrauner Jute, das mit Gras ausgestopft war, und Schamschid hatte Bell schon in der Tür bedeutet, sich darauf zu setzen. Als er sah, daß Bell zögerte, weil eine Eidechse es sich auf dem Kissen bequem gemacht hatte, sprang Schamschid hinzu, ergriff die Eidechse und warf sie unter lautem «Oj, oj, oj» durch die Tür. Dann füllte er die Lebensmittel, die er als Hochzeitsgabe erhalten hatte, in große Tonkrüge, die, nach der Leichtigkeit zu urteilen, mit der Schamschid sie verrückte, leer waren. Von jeder Speise bot er Bell etwas an, bevor er sie wegräumte, und kostete zwischendurch auch selbst ein wenig, wobei er die Bezeichnungen des Angebotenen und Gekosteten voller Zärtlichkeit aussprach.

Möchtest du etwas Käse probieren, fetten Ziegenkäse aus dem Norden? sagte er zum Beispiel, als er einen Klumpen Käse verstaute, den sie kurz zuvor auf dem Markt von einem Kahlkopf mit fettigen Händen, fast so klein wie die einer Frau, gekauft hatten.

Als das Fleisch und die Innereien an die Reihe kamen, bot er «das Herzelein einer Kamelstute» an oder «ein süßes rosa Stückchen einer Gazelle». So hatte Bell Gelegenheit, die Milch einer «edlen, vielleicht sogar königlichen Stute» abzulehnen, «die süßesten Palmenfrüchte, direkt aus dem Wipfel», Stücke einer Zuckermelone, die «mit Käse gegessen, Seele und Verstand des Menschen heben» und noch vieles andere, was er mit eigener Hand auf dem Markt bezahlt hatte. Alles, was sein neuer Sohn ausschlug – und er schlug alles aus, was ihm angeboten wurde und was Schamschid begeistert und selbstlos pries –, tat der neue Vater in die Krüge, bedeckte sie mit Stoff und schnürte sie mit gesponnenen Jutebändern zu. Die Krüge stellte er an der Wand gegenüber der Tür in einer Reihe auf. Dann verrührte er in einer Ecke Lehm mit seinem Urin, weil er, so erklärte er, keine Lust hätte, erst nach Wasser zu suchen, verklebte damit die Schnurenden und preßte in jedes Tonstück ein Siegel. «Ist die Nahrung sicher, so ist auch das Herz ruhig», erklärte er und nickte Bell bedeutungsvoll zu.

Jetzt widmet euch eurer Ehe, sagte er, als er alles Notwendige untergebracht hatte. Hier habt ihr das Haus, macht es euch bequem, vergnügt euch. Mir macht es nichts, ich bin ein alter Mann, und ein alter Mann ist weise, wenn er sich zurückzieht und nicht stört. Deshalb gehe ich, ich möchte euch nicht stören, aber ich würde euch stören, wenn ich hier bliebe. He-he-he, ist es nicht so?! Ich kann aufs Dach steigen und mir die Feuer ansehen, ich kann ein wenig spazierengehen, wie es mir gefällt, doch ihr sollt euch vergnügen.

Gegenüber der wütenden Forderung seiner Frau fühlte Bell sich hilflos: Vor ihm lag die Verpflichtung, sich in der Ehe zu vergnügen und damit zu zeigen, daß er menschliche Liebenswürdigkeit zu schätzen wußte, zugleich aber war er verpflichtet, seiner Frau nachzugeben und sie irgendwohin zu bringen, fort aus dem Haus, das sie offensichtlich nicht ertrug. Seine Hilflosigkeit reizte Belitsilim aufs äußerste, zornig schlug sie mit der Hand auf den Boden, spuckte aus und drehte sich zur Wand, wie vorhin auf dem Markt. Bell wußte, daß sich diese Wut gegen ihn richtete und daß er etwas unternehmen mußte, doch der Knabe befreite ihn von der Notwendigkeit, sich danach zu erkundigen, denn er fragte ihn, ob er sich aus einem der Krüge etwas nehmen dürfe, er werde alles wieder verschließen, damit der Diebstahl unerkannt bliebe. Das wäre zu schön, denn er sei hungrig wie ein Wolf, er könne nicht den ganzen Tag von einer Zuckermelone leben, so groß sie auch gewesen sei.

Da begann Belitsilim, die gegen die Wand starrte und regungslos neben Bell lag, zu erzählen. Sie sprach leise, mit gleichmäßiger Stimme, schnell und ohne Atempause, als fürchtete sie die geringste Unterbrechung, nach der sie nicht mehr fortfahren könnte, aus Rücksicht auf sich und die anderen, wegen äußerer oder innerer Hemmnisse, als müßte sie sprechen, weil alles, was sich in ihr angesammelt hatte und sie zu ersticken drohte, herausmußte. Ohne die Leidenschaft von vorhin, ohne Wut und Unrast, ohne sich darum zu kümmern, ob, was sie sagte, auch gehört oder verstanden würde, erzählte sie der Wand die Geschichte ihres Vaters. So erfuhr der Knabe viel über seinen Erzeuger, den er im Grunde nicht kannte, weil er ihn selten sah, meistens nur nachts, wenn alles vom Schlaf umfangen war, und auch dann erfuhr er nur, daß der Vater viel zu reden und seine eigenen Kinder zu verkaufen pflegte. Vielleicht hörte er deshalb allzu vertrauensselig zu und fragte sich nicht, woher seine große Schwester all das wußte, was sie sagte, warum sie sich so sehr mit dem Vater beschäftigt hatte, daß sie von ihm erzählen konnte, als stecke sie in seiner Haut, wobei sie das, was er planen und denken mochte, mit größerer Bestimmtheit formulierte, als er es wahrscheinlich selbst getan hätte.

Schamschid hatte sich in seiner Jugend als Mietknecht am Kai durchgeschlagen. An seine Eltern konnte er sich nicht erinnern (zumindest hatte er sie niemals vor ihr erwähnt), aber wie durch ein Wunder blieb er frei und schlug sich durch, indem er kleinere Aufträge für die Händler und andere Leute ausführte, die am Kai stets zu finden sind. So lernte er die Händler, Handwerker und Sklaven kennen, die für die Tempel arbeiteten, und auch manchen Priester, er lernte Besitzer von Gufen, Keleks und richtigen Schiffen kennen und die Sklaven, die beim Verladen arbeiteten. Eines Tages beschloß er, selbst Handel zu treiben, mit dem einzigen Gut, das er besaß – mit seiner Kenntnis all dieser Menschen. Er bewies den Schiffsleuten und Flößern, daß er ihnen bei den Händlern, die er kannte, reichlich Arbeit und Verdienst sichern könne; er bewies den Händlern und Handwerkern, daß er für sie Gufe, Keleks, aber auch ein richtiges Schiff oder großes Floß auftreiben könne, wann immer und wie viele immer sie brauchten. Und dann begann er für seine Vermittlung zu kassieren, und schon bald fragten die Händler bei ihm nach Transportmöglichkeiten und die Spediteure nach Ladung. Er kam zu Reichtum und Bedeutung.

Bevor er so viel erworben hatte, daß er einen Verlust nicht wie einen Schicksalsschlag hätte fürchten müssen, begann er die Spediteure, denen er nicht ausreichend Arbeit beschaffen konnte, zu Gruppen zusammenzustellen und nach Norden zu schicken, um Wälder zu roden, die Stämme zu großen Keleks oder zu einer Art Schiff zusammenzubinden und dann auf ihnen flußabwärts zu fahren. Rasch, vielleicht allzu rasch erlangte er großen Reichtum, indem er mit dem auf diese Weise beschafften Bauholz Handel trieb. Ein Reichtum, der nicht verborgen blieb und der auch nicht in den Händen eines einzelnen ruhen konnte und wollte, vor allem wenn dieser gestern noch ein Mietknecht war. Das sagten auch die Händler, mit denen er zusammenarbeitete, doch er lachte und erwiderte, er verstehe sie nicht; das sagten auch die reichen Sklaven und die Fremden, die die Handelsgeschäfte bei den Tempeln führten, er aber gab ihnen bescheidene Geschenke, mit denen er sich für die freundschaftliche Sorge und die Ratschläge bedankte, die ihm nicht klar, aber lieb seien und Freude in sein Herz trügen, weil es schön ist zu wissen, daß es jemanden gibt, der sich um einen sorgt und von dem man einen Rat bekommen kann, wenn man ihn braucht; das teilten ihm die Priester mit, die davon sprachen, daß auch sie ihn gern besuchen würden, wenn er etwas angesehener wäre und sich etwas mehr um die Religion, den Staat und die ganze Welt kümmern wolle. «Wenn es dem Ganzen gutgeht», sagten die Abgesandten der Priester zu ihm, die sich seiner erinnert hatten, «geht es auch jedem einzelnen Teil gut. Aber wenn ein Teil zu stark, zu groß oder zu begabt ist, gefährdet er das Ganze, wenn er das vielleicht auch nicht beabsichtigt hat. Eine Hand schwillt, wenn der Mensch von etwas gebissen oder wenn er von bösen Geistern besessen wird, die ihm die Hand aufblasen. Unklug ist ein großer Kopf, ein allzu großer Kopf bedeutet Unglück, wenn er für den Hals zu schwer und für den Körper unpassend ist. Eine allzu große Hand gehört auf ihr Maß zurückgebracht oder abgeschnitten, auf daß der Mensch wieder gesunde.»

Schamschid dankte dem Schicksal laut und vor Zeugen, daß es so kluge Leute gebe, deren klare Lehre jeder Verständige sofort verstehe. Dann wurde er von einem wahren Rausch gepackt, er begann Söhne von Veteranen zu adoptieren, denen der König Land für ihre Verdienste im Krieg geschenkt hatte. Die Nachkommen der so belohnten Soldaten durften die ererbten Besitztümer nicht verkaufen, konnten sie aber demjenigen schenken, der sie adoptierte und ihnen den Vater ersetzte. Seine neuen Söhne beschenkte Schamschid bei der Adoption mit Silber, Gold, Geweben oder Bauholz im Werte ihres Besitzes, und sie übertrugen ihm ihr Land, mit dem sie ohnehin nichts anzufangen wußten. Er wiederum schenkte es den Tempeln und gab es auf diese Weise der Welt zurück, der es am Anfang gehört hatte. So kam er zu Ansehen, er wurde bekannt und entdeckte, daß ihn das Schicksal mit der Liebe wertvoller Menschen beschenkte.

Er gewann auch die Gunst des neuen Königs Scharu-Kin, der ihm durch seinen Großen Mundschenk Muranu ausrichten ließ, daß er ihn liebe, weil er alle Menschen liebe, die nicht zuließen, daß das Ganze der Welt verlorengeht, daß die Welt zerfällt und zerschlagen wird, so daß statt einer großen viele kleine Welten entstehen, von denen keine einzige die Mühe lohnt, daß der Mensch auf sie spuckt. Der König müsse den großen Kriegern das Land für alle Zeiten schenken, aber dieses Land müsse natürlich zu sich selbst, zum Land, zur Welt, zurückkehren, und deshalb sei es aller königlichen Liebe wert, was er, Schamschid, tue. Mit dieser Unterredung gewann Schamschid dreierlei: das Recht, die abgekauften Besitzungen auch dem Thron zu schenken und nicht nur den Tempeln, die Freundschaft des Großen Mundschenks Muranu und die Aussicht auf Erfüllung seines leidenschaftlichen Wunsches, einmal den Palast betreten und vielleicht sogar vor dem König erscheinen zu dürfen, was Muranu als Möglichkeit wohl auch schon angedeutet hatte.

Der Traum von einer Audienz beim König, so unverhofft und so stark, verstörte ihn, wie jede schicksalhafte Entdeckung einen Menschen verstören muß. Zuerst verstörten ihn ein paar einfache Erkenntnisse, zum Beispiel, daß er bis jetzt weder gewußt noch sich gefragt hatte, warum er lebe und wie, daß ein solch unwissendes Leben widerwärtig sei, daß es schrecklich sein müsse, so zu leben, er aber seltsamerweise noch nie auf den Gedanken gekommen war, sein Leben könne widerwärtig sein, und weder geahnt noch gewußt hatte, daß es für ihn schrecklich sei zu leben. Aber wann hätte der Arme das bei soviel Arbeit auch entdecken sollen?! Diese Erkenntnisse stürzten ihn in eine unbeschreibliche Konfusion und warfen unzählige unbeantwortbare Fragen auf, und was noch viel schlimmer war, keine war wirklich eine verständliche Frage, die ihn einfach umgestülpt hätte wie einen Sack. Es war viel schlimmer, denn einen Sack kennt man, jeder sieht, daß er ein umgewendeter Sack ist, aber hinter dem neuen Schamschid war der alte nicht einmal zu ahnen. Er begann sich in Luxus zu kleiden, ohne jedes Maß, er begann sich zu schmücken, wie es niemandem guttut, der das Schicksal nicht herausfordern will und der nicht der König ist; er begann an der Nahrung herumzunörgeln und über das Haus zu jammern; er begann feierlich zu reden, mit der gezwungenen Liebenswürdigkeit und gütigen Unterwürfigkeit jener, die unermeßlich hoch über den Menschen stehen, fast wie ein Oberpriester; er begann wie besessen Kinder ehemaliger Soldaten zu adoptieren, so daß er nach ein paar Monaten, in der Zeit von Elul bis Adar, halb Uruk mit seinen neuen Söhnen hätte besiedeln können.

Nur wenig von dem neuen Land, das er durch Adoption bekam, schenkte er den Tempeln, sogar sehr wenig, und das rechtfertigte er damit, daß es schöner sei, wenn der König die Tempel beschenke, als wenn es ein gewöhnlicher Sterblicher tue. «Das Land gehört ohnehin dem König», sagte er, wenn ihm jemand vorhielt, der Tempel gehöre jedem, das heißt, wir gehören alle dem Tempel und jeder Sterbliche sei verpflichtet, ihn nach seinem Vermögen zu beschenken: «Ich gebe ihm nur zurück, was Sein ist, und Seine Gnade möge damit tun, was Ihr beliebt.» Dabei bedachte er nicht, daß die ehemaligen Krieger gutes Land bekommen hatten und daß Reichtum tollwütig machen kann und müden oder schwachen Armen leicht zu entwinden ist, wie ihm vor langer Zeit jemand erzählt hatte. Ende letzten Jahres hatte er nichts mehr, um seine neuen Söhne damit zu beschenken, und so konnte er auch keine mehr adoptieren. Und auch vor den König war er noch nicht hingetreten, im Palast war er nur bis zum Zimmer seines Freundes Muranu gekommen, des Großen Mundschenks, das leuchtende Antlitz des Herrschers hatte sich ihm nicht einmal von ferne gezeigt.

Freunde dienen dazu, das Große zu vergrößern und das Kleine zu beenden, sagte Schamschid in der Zeit seiner Raserei, wenn er zu später Stunde seine Familie um sich versammelte und zu philosophieren begann. Er entzündete zwei mit dem teuersten Öl, dem Steinöl, gefüllte Lampen, verteilte Frau, drei Töchter und zwei Söhne auf Kissen und Lager und verstieg sich in wilde Träume, in denen er am Bett des Königs stand oder gemeinsam mit dem König den Löwen jagte, wobei er ihn erlegte, sich aber vor dem König bemühte, es zu verbergen, denn nicht an ihm war es, den König der Tiere zu töten, solange der König der Menschen in der Nähe ist; und es war ja auch ihm und dem König lieb, daß alles so war, wie es war, und daß er wie alle weisen und großen Männer wußte, wo sein Platz ist und was ihm geziemt; nach den kühnen Träumen, die er offensichtlich nur vor den Seinigen ausbreitete, weil ihm bis dahin nichts widerfahren war, pflegte er den Gedanken zu entwikkeln, daß uns nur schmerzt, was schön und erhaben ist, nicht aber, was leer und ohne Wahrheit in sich selbst ist, so daß wir den ruhigen Schlaf und Frieden, Freude und Hunger verloren haben, seit wir unser hohes und erhabenes Ziel kennen, während wir früher, als wir ohne Bedenken lebten, gut aßen und gut schliefen, lachten und glaubten, das Schicksal meine es gut mit uns. Wie ist es dazu gekommen und warum? fragte sich Schamschid in diesen nächtlichen Ritualen oft. Alle schwiegen, ohne eine Antwort zu wagen, denn in jener Nacht, in der dem Vater diese Frage zum ersten Mal gekommen war, hatte der jüngste Sohn – jener Knabe, der in der Ecke döste, während Belitsilim erzählte – Prügel bezogen, weil er eine Antwort angeboten hatte. Er wisse nicht, was der Vater frage, hatte er gesagt, er wisse nur, daß er keinen Schlaf finde, weil ihn der Vater jede Nacht wecke und mit langweiligen Erzählungen und dummen Fragen quäle. Diese Nacht mußte auch Belitsilim Schläge einstecken, weil sie, den Knaben tröstend im Arm haltend, dem Vater gesagt hatte, sie hasse ihn. Seit dieser Nacht lag ein Fluch auf dem Haus.

Schamschid konnte sich schon bald von der Wahrhaftigkeit seines Gedankens über die Freundschaft überzeugen, indem er einen Plan ins Werk setzte, den er mit seinem Freund Muranu erdacht hatte, dem königlichen Mundschenk, der angeblich eine ferne, nicht gerade überzeugende Verwandtschaft mit Schamschid entdeckt hatte, die er aber fürs erste als ihrer beider Geheimnis hüten wollte. Um seinen hingeschwundenen Reichtum zu erneuern, entschloß sich Schamschid, Lehmziegel zu brennen, eine neue Art Ziegel, besser als die bisher bekannten, größer und fester, mit einer Armatur von in dünne Streifen geschnittenen Palmblättern, Ziegel, mit denen man schneller und solider mauern konnte. Muranu war von dieser Idee so begeistert, daß er von einer schrittweisen Erneuerung des einstigen Reichtums durch den Verkauf kleiner Mengen der neuen Ziegel nichts hören wollte. Nein, es galt sofort alles zu wagen und die Gelegenheit wie eine Schlange im Nacken zu packen. Sehr gut seien die Aussichten, ihn bald vor den König zu bringen, denn er sei so frei gewesen und habe dem König bereits alles dargelegt, was Schamschid für den Thron getan habe, und der König habe erklärt, daß er einen solchen Mann mit eigener Stimme begrüßen wolle. Deshalb sollte man jetzt mit Geschenken nachstoßen, für die aber bedürfe es großen Reichtums.

Wenige Tage später hatte Muranu seinen Plan fertig: Man müsse fremde Kaufleute finden, deren König verrückt genug sei, uns anzugreifen; diese müsse man verjagen, ihnen die Waren abnehmen und sie erniedrigen, damit sich ihr König erniedrigt fühle; bis dahin müsse man genügend Ziegel hergestellt haben, um eine ganze Stadt wieder aufbauen zu können; man müsse die Ziegel ins Grenzgebiet transportieren, wo am meisten zerstört werden würde. Schamschid meinte, es sei am besten, die kimmerischen Kaufleute zu verjagen, weil sie die reichsten seien und die Kimmerier sich für gute Krieger hielten. Muranu war begeistert und eilte, den König zu überreden, die kimmerischen Kaufleute zu verjagen, und schon wenige Tage später brachte er seinem Freund und Verwandten die Zustimmung des Königs. Er brachte auch einen beträchtlichen Reichtum mit, den er Schamschid mit geringeren Zinsen als üblich lieh.

Alles war, wie man es sich nur wünschen konnte: die Kimmerier wurden ausgeraubt, erniedrigt und verjagt; der kimmerische König mußte in den Krieg ziehen, wenn er nicht als Idiot dastehen wollte; der Krieg mußte wenigstens zwei Städte zerstören, und dann mußten die Leute Ziegel kaufen; dem König mußte man Ziegel für die Tempel schenken, und dann könnte der Schenkende den Preis festsetzen. Schamschid lieh, so viel er konnte, und machte mehr Ziegel, als er mit den Augen überblicken konnte, aber es gab keinen Grund, sie ins Grenzgebiet zu transportieren, weil der kimmerische König als Idiot dastehen wollte.

Es gab keinen Krieg, die Lehmziegel wurden nicht gebraucht, aber die Schulden mußten zurückbezahlt werden. So schmolz dahin, was nach unzähligen Adoptionen übriggeblieben war, so gelangten Frau und Kinder auf den Markt, und so erwachte Schamschid wieder ohne Schmuck und im abgetragenen Kittel aus dunkelbrauner Jute. Aber mit dem Gewand war nicht seine alte Natur zurückgekehrt: noch immer träumte er von einer Audienz vor dem leuchtenden Antlitz, noch immer redete er liebenswürdig und mit der klebrigen Unterwürfigkeit der Erhabenen, und noch immer spann er seine wirren Fragen, ohne die Wirklichkeit um sich zu sehen. Nur war jetzt seine Unterwürfigkeit so konfus wie die Fragen, die er spann, weil sich in ihr die Zerknirschtheit des Armen mit der Demut großer Menschen vermischte, die über der Welt stehen; aber mehr als alles waren in ihr Stolz und Eigenliebe, vielleicht mehr als früher, als er reich gewesen war und keinen Grund zur Zerknirschtheit gehabt hatte.

Ansonsten sprach Schamschid gern und mit Stolz von seinem Untergang, manchmal sogar prahlerisch, als erblicke er darin einen besonderen Wert, als fände er darin einen Genuß besonderer Art, als wäre er das Beste und Größte, was er im Leben je vollbracht hatte. Wenn es etwas Schlimmeres gab als jenes nächtliche Philosophieren, dann war es der selbstverliebte Genuß am Untergang, sagte Belitsilim. Und wenn es etwas noch Schlimmeres gab, dann das törichte Vertrauen auf Muranu, jenes schleimige Ekel, der als erster seine Schulden eintreiben kam, weil er als einziger nicht warten wollte, daß zumindest etwas von jenem Berg armierter Lehmziegel verkauft würde, mit denen man schneller und sicherer bauen konnte. Das hatte aber Schamschids Vertrauen in den Freund und geheimen Verwandten nicht geschmälert, sondern noch vergrößert, so daß er schon einen Monat später, nachdem der Ruin auch ihm selbst sonnenklar geworden war, herumphantasierte und ein Wunder erwartete, überzeugt, daß Muranu demnächst mit der Aufforderung zu ihm kommen werde, vor den König zu treten, und dann würde das leuchtende Antlitz mit seinen Fähigkeiten und Verdiensten Bekanntschaft schließen... Der König wußte sicher um seinen Ruin, Muranu hatte ihm sicher alles genau erklärt, denn man mußte bemerkt haben, daß es im Lande schon lange keine Geschenke mehr von ihm gab... Entsetzlich.

Nun werden sie von Staub, Not und Insekten im Haus zerfressen, der Vater sinkt in immer dumpferen Verfall, und sie beide sind so schwach, daß sie offenbar nicht einmal verkauft werden können.

Doch jetzt ist alles gut, sagte Bell gerührt, nachdem Belitsilim verstummt war. Deine Probleme gibt es nicht mehr, denn es gibt keine Armut mehr, ich werde alles lösen.

Mein Gott, wie bist du dumm. Belitsilim lächelte traurig über seine freudige Erklärung. Wäre er damals zugrunde gegangen, als er zum ersten Mal die Leute in den Norden schickte, hätte ich mich freudig zum Verkauf angeboten. Ich hätte ihn geliebt und hätte auch gewußt warum. Aber so...

In beiden Fällen ist es die Armut, und das kann man lösen, ich werde es lösen.

Ich spreche nicht von der Armut, die ist das geringste Unglück. Ich spreche von ihm, von der Erniedrigung. Ich sage dir ja, ich hätte mich gefreut, wäre er damals untergegangen und hätte von mir ein Opfer verlangt. Er war wagemutig, er war schön, ein wahrer Vater. Jetzt ist er ein Jammerlappen. Er ist nicht auf Grund seiner Kühnheit untergegangen, sondern weil er schleimig ist. Weißt du, wie viele Kaufleute bis heute Holz auf seine

Art liefern? Kein einziger! Sie trauen sich nicht, dazu bedarf es Kühnheit und Kraft. Aber er brüstet sich damit, daß er untergegangen ist, er berauscht sich an seinem Unglück und erwartet Gnade von diesem sauren Frosch Muranu. Aber da ist noch etwas anderes, Schlimmeres.

Sag.

Ich kann nicht, es gibt Gedanken, die für niemandes Ohren bestimmt sind.

Nennt man das Gefühle?

Nein, das nennt man Aufrichtigkeit. Und aufrichtige Worte sind für niemandes Ohren bestimmt.

Ich weiß nicht, ob ich dich verstehe.

Da gibt es nichts zu verstehen. Wenn man mir ein offenes und vertrauenswürdiges Ohr leiht, werde ich auch das sagen, was ich nicht sagen dürfte. Ich denke es wohl, aber nicht so, wie man es aussprechen muß, ich denke es, sagen wir, abgemildert oder halb oder zumindest unklarer. Wenn man es ausspricht, ist es endgültig. Deshalb ist es besser für mich, es nicht zu sagen: wenn es ungesagt in mir bleibt, scheine ich besser als ich bin, jedenfalls bin ich nicht so schlecht, wie wenn ich alles sagte, was ich denke.

Ist das immer so oder nur mit unklaren Gedanken?

Ich habe gleich gewußt, daß du widerlich bist! Nur ein ekelhafter Mensch kann ein Vergnügen darin finden, eine zur Frau zu nehmen, die keiner geschenkt wollte; nur ein widerwärtiger Mensch kann so herumscherzen wie du jetzt mit mir; nur ein ekelhafter Mensch kann mir die ganze Nacht zuhören und dabei über meinem Kopf stehen. Aber auch in deinen Scherzen bist du erbärmlich.

Belitsilim riß fast die Tür aus den Angeln und rannte aus dem Haus. Bell und der Knabe sahen, daß die Nacht bereits vorüber war und von draußen ein feuchtes Licht hereinsickerte. Noch dämmerte es nicht, aber gewiß würde es wieder dämmern.

Ich habe keine Scherze gemacht, ich habe nur gefragt, mich interessiert das mit den Gedanken, was sie gesagt hat, erklärte Bell dem Knaben, der auf die Tür starrte wie er, ohne zu wissen, was der nächste Tag bringen würde, dem man nicht entkommen kann.

3

Möchtest du gleich essen, oder möchtest du erst dein Vergnügen mit deiner Frau? fragte Belitsilim, als Bell in der Abenddämmerung nach Hause kam. Es war ihr erster Tag im eigenen Haus.

Nein, ich möchte nicht essen, ich hätte gern mein Vergnügen mit meiner Frau.

Dann schließe bitte die Tür, damit nichts und niemand ungebeten hereinkommt.

Soll ich vorher die Lampe entzünden? fragte Bell verwirrt, der offenbar nicht einsah, warum er sein Vergnügen in der Finsternis finden sollte, die herrschen würde, wenn man die Tür schloß.

Nicht beim ersten Mal, bat Belitsilim. Vielleicht später, wenn du es möchtest, aber jetzt nicht. Mir zuliebe. Einverstanden?

Natürlich, ich habe nur gedacht, daß es besser ist, wenn ich dich zugleich höre und sehe, antwortete Bell und ging zur Tür, während sich Belitsilim zu entkleiden begann und ihn dadurch so sehr verwirrte, daß er seine Überraschung nicht einmal zu verbergen oder sie zu beherrschen suchte. Warum ziehst du das Kleid aus?

Erkennst du mich als deine Frau an? Bin ich eine Frau? Bin ich deine Frau?! Du wolltest mich doch?

Natürlich, in Ewigkeit bist du meine Frau. Wir haben

einen Vertrag darüber, und gerade wollte ich das Täfelchen mit dem Vertrag brennen lassen. Denn es ist für mich notwendig, daß es für immer und in alle Ewigkeit bezeugt, daß wir Mann und Frau sind. Warum glaubst du mir nicht?

Und was geschieht jetzt?

Nichts, ich sehe nur keinen wirklichen Grund, daß sich der Mensch entkleidet, nur weil er einen Vertrag hat.

So standen sie da, jeder an seinem Platz, jeder mit seinen Fragen, jeder auf seine Art verwirrt: Bell in der Türöffnung, am Rand der Dämmerung, die die Welt in rötliche oder, eher noch, braune Farbe tauchte, den Blick starr auf seine Frau gerichtet und in einer Haltung aufrichtigsten Fragens; Belitsilim neben dem Ruhelager, das Kleid aus dunkelbrauner Jute halb abgestreift, in der Bewegung innehaltend und mit einem Gesichtsausdruck, der zwischen Schmerz und Wut schwankte.

Begehrst du mich nicht?

Hör bitte auf, so zu reden! Du bist meine Frau, ich will dich, und ich will, daß du immer meine Frau bleibst. Habe ich dir einen Grund zum Zweifel gegeben? Warum zweifelst du ständig?

Warum möchtest du nicht, daß ich mich entkleide? Ich wollte es tun, damit du es genießt.

Glaubst du denn, daß ich es genieße, wenn du frierst? Hier ist noch alles voller Feuchtigkeit, klebrig und kalt, es kann nicht schön für dich sein, nackt herumzusitzen. Warum sollte ich etwas genießen, was für dich nicht schön sein kann?

Mit einer heftigen Bewegung zog Belitsilim das Kleid wieder über und setzte sich neben das Lager. Mit weit aufgerissenen Augen starrte sie Bell an, und ihr Gesicht verkrampfte sich, als kämpfte sie mit jemand Unsichtbarem und Starkem, vielleicht mit jemandem in sich, der hinaus oder tiefer hinein wollte.

Ich habe es gewußt, schon vor drei Tagen auf dem Markt habe ich es gewußt, begann sie nach geraumer Zeit. Bell stand immer noch im Türrahmen. Warum sollte ein Mann beschließen, ein so erniedrigtes Mädchen zu heiraten, eine Frau, die den ganzen Tag auf dem Markt feilgeboten wird und an der niemand Interesse zeigt? Ich habe es geahnt, daß das ein besonderer Mensch sein muß, daß er einen ganz besonderen Grund haben muß, aber ich Arme konnte die Natur dieser Besonderheit nicht ahnen. Bist du zufrieden? Ist das, was mir jetzt aufgegangen ist, dein Grund?

Belitsilim sprach abgehackt, oft unterbrach sie sogar das einzelne Wort mit kurzem Atemholen, womit sie sich vermutlich vor dem Ersticken schützte. Sie sprach, ohne die Stimme zu heben oder zu senken, als sei es für sie von allergrößter Wichtigkeit, die Aussage in einem Ton bis zum Ende zu bringen.

Ein normaler Mann wird von einer solchen Frau bedauernd die Augen abkehren, weil ihn der Anblick nur traurig macht, aber einen besonderen Mann wird das erregen und in Ekstase versetzen, so wie es dich damals auf dem Markt erregt hat, weil der Anblick eine Herausforderung darstellt, der ihr nicht widerstehen könnt. Kann man eine Frau, die vollkommen erniedrigt ist, noch weiter erniedrigen? Kann man jemanden, der in der Erniedrigung wie ein Stück Erde abgestumpft ist, dazu bringen, diese Erniedrigung tiefer zu empfinden als alles, was man sich vorstellen kann? War das die Herausforderung, auf die du reagiert hast? Bist du jetzt befriedigt?

Wie ist das dumm! rief Bell und schlug mit den Armen, als wollte er die Fliegen und Mücken vertreiben, die seinen Kopf in Klumpen umschwirrten, so dumm, daß ich nicht weiß, was ich antworten soll.

Er trat zu Belitsilim, kniete sich neben sie und streichelte ihren rechten Oberarm, offensichtlich darauf bedacht, daß dies die einzige Berührung zwischen ihnen blieb, und fuhr in beruhigendem Ton fort.

Meine Liebe, meine Ärmste, töricht ist, was du dir ausgedacht hast, unbeschreiblich töricht. Es wäre sehr schön, sich so phantasievolle Dummheiten auszudenken, wenn du deshalb nicht leiden würdest. Hör auf damit, laß es, du wirst etwas noch Dümmeres finden, was dich nicht schmerzen wird, und dann werden wir beide uns darauf einigen, daß das der Grund sein soll.

Vielleicht dank der Berührung, die sich gleichförmig wiederholte, und des gleichmäßigen langsamen Zuredens beruhigte sich Belitsilim allmählich. Ihr Zucken milderte sich zu einem Beben, ihr Gesicht wurde nicht mehr durch törichte Grimassen verunstaltet. Als sie sich schon beruhigt zu haben schien, schrie sie plötzlich auf, schluchzte und brach in Tränen aus, wobei sie unter den starken Zuckungen, die den ganzen Körper erschütterten, alle Augenblicke den Atem verlor.

Belitsilim weinte, als wäre etwas in ihr zerbrochen oder als wäre ihr etwas Unwiderrufliches zugestoßen. So weint ein Kind, wenn es entdeckt, daß die Schildkröte nicht seinetwegen zum Spielen gekommen ist, sondern wegen der Erwachsenen, denen sie zur Nahrung und verschiedenem anderen dient. Diese Entdeckung erfüllt es für immer mit Angst und Einsamkeit, und Angst und Einsamkeit sagen ihm, daß es nach dieser Entdeckung eine Reihe weiterer Entdeckungen geben wird, die die Angst und Einsamkeit in ihm ständig vergrößern und ihm sagen werden, daß auch die Erwachsenen nicht seinetwegen gekommen sind, daß der Innenhof nicht seinetwegen angelegt wurde, daß die Palmen nicht seinetwegen blühen… Das Kind muß die nachfolgenden Entdeckungen nicht kennen und kennt sie vermutlich auch nicht, aber sein Körper und sein Gefühl erahnen sie und sagen ihm, daß die Kette solcher Entdeckungen ohne Ende ist und daß sich nach allem immer noch etwas finden wird, was nicht zu ihm gekommen ist; sie sagen ihm, daß sein Aufenthalt hier ohne Grund ist, weil nichts, aber auch gar nichts seinetwegen da ist, sie sagen ihm, daß alles gleich ist, ob es nun da ist oder nicht; sie sagen ihm, daß sich der Rest seines Lebens in ein Entdecken von Dingen verwandeln wird, die nicht seinetwegen da sind... Deshalb hat sich dem Kind mit der Schildkröte die Gleichgültigkeit offenbart, und deshalb weint es mit so schrecklicher Ruhe. Es weint friedlich, schrecklich friedlich. Es weint so, wie Belitsilim weint, während ihr Mann mit gleichförmiger Bewegung ihren Oberarm streichelt.

Im Verlauf des heutigen Tages war sie in heiterer Stimmung gekommen und hatte sich von jenem wütenden Trotz frei gemacht, mit dem sie sich gegen alles wehrte, seit ihr Vater verrückt geworden und ihr nichts als Trotz übriggeblieben war. Deshalb hatte sie jetzt nichts mehr, das sie vor der Gleichgültigkeit beschirmen konnte, und vermutlich weinte sie deshalb so untröstlich. Weil ihr heute, bis zu diesem Moment, nur schöne Dinge widerfahren waren, die auch jemanden schutzlos preisgegeben hätten, der viel beschirmter war als sie.

Im Morgengrauen, als rötliches Licht vom Himmel sickerte, das noch zu schwach war, um die Erde zu überziehen und die Formen auf ihr zu vollenden, war Bell zu ihr gekommen, um sie aus dem Haus ihres Vaters in ihr neues Heim zu führen. Es war in nur drei Tagen fertig geworden – der Preis sollte keine Rolle spielen, wenn es nur rasch fertig würde –, mit Schamschids Lehmziegeln am Stadtrand errichtet, wo man noch einen kleinen Garten und genügend Ruhe haben würde. Bell hastete, plapperte, versuchte sie zu überzeugen, daß alles genau ihren Wünschen entspreche, und wenn etwas nicht so sein sollte – das ließe sich leicht korrigieren, sie solle sich einfach nur freuen und endlich lächeln. Er zog sie, zeitweilig trug er sie sogar, damit sie so rasch wie möglich an den Ort kämen, wo sie ihre innere Harmonie wiederfinden würde. Und jetzt werde er sie endlich auch vollkommen lieben können, jetzt würden sie sich lieben... Und dann werde sie lachen, sie werden lachen und ein schönes Leben führen.

Bells fröhliches Plappern, die Hast, das Stürmen durch die menschenleere Stadt, das Schlittern und Stolpern über Abfälle und schlafende Hunde, das ungeduldige Schmieden und Verwerfen von Plänen hatte sie mit einer Freude erfüllt, die sie nicht kannte, eine Freude, die man zeigen muß und die sich oft in einem Nörgeln zeigt. Sie liebte ihre Freude, aber sie nörgelte ungnädig und dachte sich alles mögliche aus. Sie schalt ihren Mann, weil er dem Haufen fauler Aprikosen nicht ausgewichen, sondern darüber hinweggeschlittert war, und auch noch mit ihr auf den Armen. Sie tat so, als sei sie über seine Erklärung verärgert, man müsse so rasch wie möglich dorthin, wo sie die Herrin sein würde, und es sei keine Zeit mit Umwegen zu verlieren... Erstaunlich schnell hatten sie die ganze Stadt durchmessen, vor dem Haus hatte Bell sie wieder auf die Arme genommen und erklärt, daß schöne Bräuche noch schöner seien, wenn sie verlangten, daß man eine schöne Frau auf den Armen trage. Und dieser schöne Brauch und die Freude seiner erfreuten Person verlangten es nun, daß er seine Frau auf den Armen über die Schwelle trage.

Die schönen Bräuche verlangen, daß du zuvor die Tür öffnest, hatte Belitsilim gesagt, es klang wie ein Vorwurf. Aber das verlangt auch meine Person, die normalerweise nicht durch geschlossene Türen geht.

Das ist wahr, du kannst nicht durch die Tür, war Bell

eingefallen, und er hatte sie hinuntergelassen, war hingelaufen, um die Tür zu öffnen, wobei er die Füße hochriß, als würde er sie aus dem Schlamm ziehen, und hatte über sein eigenes Spiel gelacht.

Im Haus war schon der Knabe, der nach Belitsilims Wunsch mit ihnen zusammenleben sollte und der den Bau des Hauses durch seine begeisterte Mithilfe keineswegs verzögert hatte. Da er vor Angst die ganze Nacht kein Auge zugetan hatte (er mußte hierbleiben, um das Haus zu bewachen, wenn sie es schon so schön errichtet hatten), sank er in Schlaf, kaum daß sie ihn aufs Ruhelager gebettet hatten, und so konnten sie allein und mit ungeteilter Freude ihr erstes Heim besichtigen. Alles war so, wie sie es verlangt hatte: zur Straße hin ein großes Zimmer, das auch von anderen betreten werden konnte, an beiden Seiten des Innenhofs das Zimmer des Knaben und der Raum für die Lebensmittel, und hinten im Hof ihr geheimes Zimmer, in das kein Fremder hineinschauen durfte. Und was das Wichtigste war, das flache Dach war von allen Seiten von einer halbhohen Mauer umgeben, so daß man dort oben sitzen und schlafen konnte wie in einem Zimmer, geschützt vor fremden Blicken, Stimmen und Gestank, die sonst von der Straße auf die offenen Dächer hinaufdrangen. Nachdem Bell ihr alles gezeigt hatte, war er weggegangen, damit sie noch einmal in Ruhe alles in Augenschein nehmen konnte, ob es wirklich genauso war, wie sie es sich gewünscht hatte.

Das ist wichtig, hatte er beim Weggehen zu ihr gesagt. Ich lasse dich nämlich nicht mehr weg, wenn du erst einmal hier eingetreten bist. Merke dir, du bist meine Frau, und zwar für immer. Deshalb prüfe alles, ob du es für immer ertragen kannst.

Sie prüfte nichts, aber sie ging noch einmal aus reiner Freude das ganze Haus ab. Keine Schaben, keine Fliegen, keine Mücken, keine Spinnen. Keine Eidechsen, keine Schlangen, keine Mäuse und kein beißender Gestank. Freilich war da noch der Geruch des getrockneten Lehms, aber der war weit besser als jener scharfe, beißende Gestank, den die Wände ihres Vaterhauses ausatmeten, die Wände aller älteren Häuser, die mit dem Geruch von Schweiß, Urin, Feuchtigkeit und abgestandener Luft getränkt waren. Wenn man die Wände weiß streichen könnte, damit wenigstens etwas auf dieser Welt nicht braun wäre... Oder wenn man sein Zimmer mit gebrannten Täfelchen verkleiden könnte, damit es trocken und rein wäre, wie von einer anderen Welt.

Voller Freude, die sich zeigen muß, aber allein und ohne die Gelegenheit, ihre Freude durch Nörgeln zu äußern, hatte sich Belitsilim auf die Einrichtung des Hauses und die Vervollkommnung jener Kleinigkeiten gestürzt, ohne die ein Haus nicht fertig ist. Mit leuchtendem Rot hatte sie nicht nur den Türstock gestrichen, sondern auch die Tür, damit die bösen Dschinns, die Krankheit und Zwietracht bringen, nicht ins Haus eindringen können, und dann hatte sie das Dach und die Wände ringsum in regelmäßigen Abständen durch Zeichen aus drei gekreuzten Linien geschützt, damit auch von dieser Seite das Böse nicht in ihr Heim gelangen konnte. Dann hatte sie die Lebensmittel verstaut und gespürt, wie ihr die Augen schwer wurden von Tränen, denn Bell hatte das Haus mit vielerlei Reichtümern gefüllt und kein einziges Gefäß versiegelt oder zugebunden, sondern sie nur mit einem Stück Stoff zugedeckt. Alles hatte er so gemacht, daß sie sich als wahre Hausherrin fühlen konnte. Auf dem Bänkchen aus Palmenholz neben dem Ruhelager hatte er sogar ein paar Silberstäbchen zurückgelassen, wohl damit sie sich während seiner Abwesenheit kaufen könne, wonach ihr der Sinn stand.

Unter den Lebensmitteln war nichts, was sie an diesem Tag hätte essen können. Deshalb ging sie hinaus, um etwas Besonderes zu finden, etwas, das nicht besser, dafür aber völlig anders sein mußte als alles, was man an normalen Tagen in menschlichen Behausungen ißt. Sie wußte, daß sie auf ihrer Suche den Kai passieren mußte und sich wie nebenbei die gebrannten Kacheln ansehen würde, wobei sie sich fragte, welche von den angebotenen ihr Zimmer am besten aus dieser feuchten dunkelbraunen Welt herausheben würden. Sie wußte genau, daß diese Stadt heute für sie häßlicher sein würde als je zuvor, daß sie sie aber auch leichter und schöner durchqueren würde als je zuvor, denn eines ist es, die Stadt nur so zu durchqueren, und etwas ganz anderes, sie als Ehefrau zu durchqueren, die mit ihrem Haus beschäftigt ist und es gerade vollendet. Frauen, die mit ihrem Haus beschäftigt sind, gehen anders und sind der braunen Scheußlichkeit der Welt weniger ausgesetzt.

Am Kleinen Kanal hatte sie einen Menschen gefunden, bei dem sie in jener kurzen Zeit, in der Schamschid bedeutend und anspruchsvoll gewesen war, Fische und Krebse gekauft hatte. Während sie mit ihm sprach und ihm klagte, daß sie nicht wisse, was sie essen solle und was für eine Speise diesem Tage angemessen sei, hatte er einen großen, mit goldenen Punkten übersäten Fisch herausgezogen. Als stünde er mit diesen goldenen Punkten auf dem Fischkörper geschrieben, hatte sie ihren Wunsch erkannt und den Fisch gekauft und dazu alles Nötige, um ihn so zuzubereiten, wie sie es wünschte und kannte, und war nach Hause zurückgekehrt.

Sie hatte den Fisch an Kopf und Schwanz geöffnet, die Innereien herausgenommen und die Bauchhöhle sorgfältig gesäubert. Dann hatte sie Pfefferminzkraut, Majoran, Safran, Beifuß und Basilikum, vermischt mit Vogelspeck, hineingetan und den Fisch von beiden Seiten mit zerschnittenen Feigen verschlossen. An den Seiten wurden je drei Einschnitte gemacht, und dann wurde der Fisch noch mit Vogelspeck in Fenchel und Knoblauch gespickt und das Ganze zum Kochen in Stutenmilch gelegt. Den gekochten Fisch hatte sie in Sesamöl gebraten und ihn mit einem Sud von überbrühter Gerste begossen, um mit zähflüssigem Wermut die starken Gerüche zu mildern, mit denen sich das Fleisch vollsaugen mußte. Sie hatte nicht gewußt, ob ihr erstes Mahl im eigenen Haus genießbar sein würde, aber sie war sich sicher, daß es etwas ganz Besonderes und ihrer Freude ebenbürtig sein würde, ein Beweis ihrer Liebe zu ihm. Deshalb hatte sie Bell mit so großer Unruhe erwartet, und deshalb war sie in Tränen ausgebrochen, als er weder sie noch ihr Essen wollte.

Soll ich gehen? fragte Belitsilim, nachdem sie sich ausgeweint und lange, lange gebraucht hatte, um sich in der Stille, die nur durch zeitweilige Seufzer und tiefes, ihren ganzen Körper erschütterndes Ächzen unterbrochen wurde, zu beruhigen. Wie jenes Kind nach der Entdeckung mit der Schildkröte.

Wohin? fragte Bell verwundert.

Ich weiß nicht. Weg von hier.

Dies ist dein Haus, da geht man nicht weg, antwortete Bell ruhig. Es ist ganz unvernünftig, sein Haus zu verlassen, vor allem, wenn man ein Mensch ist. Das Haus ist das Ziel, denn es ist jener Ort, wo menschliche Zwecke und Ziele zusammenkommen, und ein vernünftiger Mensch lebt seinem Haus gemäß, geht zu ihm und ordnet alles nach ihm. Du darfst nicht von hier weggehen, aus deinem Haus.

Aber du brauchst mich nicht. Und nichts von mir.

Fang bitte nicht wieder an. Ich liebe dich, du bist mir das Teuerste.

Das Essen hast du auch verschmäht, erklärte Belitsilim nach einer Pause, die Stimme voller Tränen und Anklage.

Ich brauche keine Nahrung. Nicht solche, antwortete Bell voll Unbehagen und blickte zur Seite.

Weil sie von mir kommt?

Aber nein, ich brauche sie nicht, weil ich nicht hungrig bin.

Du hast in der Stadt gegessen, obwohl ich zu Hause war? Davon spreche ich, deshalb möchte ich gehen.

Wie soll ich es dir erklären? Bell stand auf und begann mit offensichtlichem Unbehagen zu gestikulieren und auf und ab zu gehen. Ich esse nicht, verstehst du? Es liegt nicht an deiner Speise, irgendwann einmal werde ich sie mit Genuß und Dankbarkeit essen. Es ist einfach so, daß ich nicht esse, vorerst. Ich esse auch sonst nicht.

Wie?

Ich esse einfach nicht. Überhaupt nicht. Ich bin so. Glaub mir, daß es in diesem Moment völlig in Ordnung ist.

Bist du krank, und hast du deshalb aufgehört?

Sagen wir, daß es so ist.

Sagen wir es nicht, wenn es nicht so ist. Oder willst du es mir nicht erklären, glaubst du, daß ich deines Geheimnisses unwürdig bin?

Nein, sprich nicht so. Kannst du mir glauben, daß es besser ist, wenn ich es dir nicht erkläre?

Das kann ich nicht.

Bist du sicher, daß ich es dir sagen muß?

Ja, ich kann dich verstehen, ich kann dir helfen, ich kann es ertragen. Und wenn es etwas Schreckliches ist, kann ich dich besser entschuldigen als du dich selbst. Ganz sicher.

Ich bin ein Dschinn, sagte Bell, in der Tür stehend und hinaussehend.

War es deshalb mit dem anderen auch so? fragte Belitsilim nach kurzer Stille, die nur von einem tiefen und schnellen Atemzug unterbrochen wurde.

Ja. Aber es gefällt mir auch nicht, wie die Menschen es tun, es genügt nicht: ihr vermischt euch nur mit einem kleinen Teil des Körpers, ihr berührt euch nur mit einer Seite... Mach dir keine Sorgen, ich werde essen und es tun, sobald ich ein Mensch sein werde. Ich sage nur, es gefällt mir nicht.

Und wie tut ihr es? Vermischt ihr euch vollständig?

Wie zweierlei Rauch oder zweierlei Wasser. Das eine Wasser ist klarer, und der eine Rauch ist dunkler, aber sie gleichen sich aus, wenn sie sich vermischen, und strömen weiter als ein Wasser und ein Rauch. Es muß nicht so sein, aber nehmen wir einmal an, daß es so ist. Wenn sie sich wieder in zwei Ströme trennen, und sie müssen sich trennen, wird man keinen Unterschied sehen. Es ist eine vollkommene Vermischung, und nicht wie bei euch, wo es bei der bloßen Berührung bleibt.

Und was war es, daß du zu mir gekommen bist? fragte Belitsilim, als wäre sie aus dem Schlaf aufgeschreckt.

Damit ich ein Mensch werde. Ich glaube, daß ich nur lange genug alles wie ein Mensch tun muß, um einer zu werden.

Ein großer Gewinn, vor allem hier und mit mir.

Möchtest du, daß ich gehe? Ich habe dich doch gefragt, ob du dir sicher bist, daß ich es sagen soll.

Sei mir willkommen. Du bist mein Mann, und ich freue mich an dir. Nicht neulich, erst heute habe ich dich erwählt, ich erwähle dich wieder, hier und jetzt, und ich möchte nie mehr ohne dich sein. Nun versuche ich dich zu verstehen, wie du sagen würdest.

Ihr habt einen Körper und Gefühle, ihr wünscht und sehnt euch. Schön ist das: zu fühlen, zu begehren. Groß ist das. Einen Körper zu haben.

Wir haben einen Körper, damit er schmerzt, wir haben Gefühle, damit wir zurückgewiesen und erniedrigt werden. Aber auch du hast doch einen Körper, völlig annehmbar, abgesehen von den Ohren.

Habe ich nicht, er hat kein Gewicht, widersprach Bell und erhob sich um eine ganze Elle über die Erde. Dann biß er sich kräftig in die Hand und streckte sie, ohne jede Spur, seiner Frau hin. Sie fühlt nichts, keinen Schmerz.

Man kann Schmerz, Erniedrigung, Schmutz ertragen, versuchte Belitsilim zu erklären, und aus dem Ton wurde deutlich, daß sie nicht wußte, ob sie ihr Gegenüber trösten, zurückhalten oder ermutigen sollte. Du gewöhnst dich daran, du erwirbst dir Gleichgültigkeit oder Trotz als Schutzschild. Aber warum?! Weder Gleichgültigkeit noch Gewohnheit noch Trotz geben uns einen Grund dazusein, sie schützen uns auch nicht davor, diesen Grund wissen zu wollen.

Hungrig sein, Hartes und Weiches empfinden, eine Hand haben, die heiß ist und schmerzt, rief Bell aus und zählte die den Menschen geschenkten Schönheiten mit solcher Freude auf, als wären sie sein eigenes Werk. Einen Magen, der Nahrung will und schwer ist. Einen Rücken, der sich biegt. Einen Kopf, der mit kräftigem Haar bewachsen ist. Beine, die müde werden und spüren, wie sie im Schlamm steckenbleiben. Und das Lachen. Das Lachen voller Freude darüber, daß du deinen Körper spürst. Das fröhliche Lachen über eine fremde Ungeschicklichkeit. Das harmlose Lachen über deine Naivität. Das geteilte Lachen, in dem Schmerz und Genuß vermischt sind. Das grundlose Lachen, das Lachen über etwas Riesiges oder Winziges, das Lachen, mit dem sich das Leben selbst feiert.

Und der Tod, fügte Belitsilim hinzu und lächelte.

Sicher doch, vor allem der Tod, stimmte Bell erregt

zu. Das ist etwas Großes: zu sterben. Du kannst lachen, wenn du weißt, daß du sterben wirst, dann kannst du dich freuen und lachen.

Ich habe nicht gewußt, daß das so gut ist.

Es ist das Größte. Es verleiht Form.

Was für eine Form?

Eine verständliche. Ausgerichtet nach dem Inneren, nach dem Grund und nach der Natur dessen, was geformt ist. Es wäre schrecklich für euch, wenn es keinen Tod gäbe. Oder auch nicht, denn dann wäret ihr keine Menschen. Dem Fluß ist es nicht gleichgültig, wieviel zwischen seiner Quelle und der Mündung liegt, aber es ist ihm weniger wichtig als die Tatsache, daß er überhaupt eine Quelle, einen Lauf und eine Mündung hat. Ohne Mündung wäre er kein Fluß oder würde nirgendwohin fließen, nirgendwohin aber kann man nicht fließen.

Ich gebe zu, daß ich dir gern zuhöre, sagte Belitsilim. Ich bin nicht sicher, ob ich dich verstehe, aber ich genieße es.

Möchtest du, daß wir uns unterhalten? Sicher werden wir einander verstehen, wichtig ist, daß wir viel miteinander sprechen und uns lieben, dann wird alles übrige daraus hervorgehen.

Wir lieben einander im Gespräch, lächelte Belitsilim. Es genügt, wenn wir einander lieben und gut miteinander sprechen.

Bell kam und setzte sich zu ihr, sie streckte sich auf dem Boden aus und legte ihren Kopf in seinen Schoß. Dann machte Bell es sich auf dem Ruhelager bequem und lud sie zu sich ein, vermutlich deshalb, weil er nicht wollte, daß seine Frau auf der gestampften Erde lag.

Erzählen wir uns etwas? fragte Bell, als sie sich wieder in seinem Schoß zurechtgerückt hatte.

Erzähl mir von der Quelle und davon, wie du zu mir

gekommen bist. Erzähl mir von dir selbst und davon, wie du den Körper fühlen möchtest. Erzähle mir, als hätten wir uns schon verstanden, und wenn ich einschlafe, werde ich deine Geschichte im Schlafen hören oder sie träumen.

Die Nacht umhüllte die tönerne Stadt an den Kanälen mit Feuchtigkeit und erinnerte mit ihrer Finsternis und Furchtsamkeit daran, daß ganz in der Nähe der große Fluß war. Hunde und Katzen waren verstummt, die Menschen hatten ihre Türen hinter sich geschlossen und waren wahrscheinlich schon in den Schlaf gesunken. Aber hier, im unbeleuchteten Zimmer hinter der geöffneten Tür, hörte der Knabe, der sich im Lauf des Tages gut ausgeschlafen hatte, die Erzählung, die das Gesicht hinab über den Körper seiner großen Schwester strömte.

Die Geschichte des Begehrens
An der Stätte Dilmun, der Grenzwelt, hinter der etwas ganz anderes beginnt, weilte vor allem Anfang der schlafende Enki. Dilmun ist die Grenzwelt, eine Welt der mannigfachen Möglichkeiten, in der alles angelegt ist, was einmal Ding, Wesen oder Ereignis sein wird. Doch damals, als Enki noch schlief, waren diese Möglichkeiten verworren, verdeckt und ungeordnet. Enki schlief, und auch die Welt, in der er schlief, war wie im Schlaf, und auch die Möglichkeiten dieser Welt waren wie im Schlaf. Es waren da alle möglichen Namen, denn alle Teile aller Namen existierten damals schon in Dilmun, aber die Teile waren in Unordnung, so daß es keinen fertigen Namen gab, geschweige denn eine Sprache, in der es alle Namen gab. Die Keime aller Dinge waren da: Feuer und Wasser, Luft und Erde, aber getrennt und ohne gegenseitige Beziehung, in denen sie sich zu Dingen oder Wesen verbunden hätten. Von

allem war genügend da für mehr als eine Welt, aber Enki schlief, und es gab niemanden, der solche Beziehung, solch verbindende Ordnung errichtet hätte. Oder waren all diese Keime, diese Teile möglicher Namen und Sprachen, all diese Möglichkeiten, denen nur noch Ordnung und Beziehung fehlten, nichts weiter als Enkis Traum? Denn wie sonst hätte all das erscheinen können, solange Enki schlief und nichts beginnen konnte?

Es konnte nichts beginnen, solange sich in Enki nicht das Begehren meldete. Ein großes, starkes Begehren, so stark, wie es sich nur in ihm bilden konnte. Stark genug, um ihn, von Begehren erfüllt, zu wecken.

Enki wußte, daß er allein sich selbst begehren konnte, denn alles übrige waren nur Möglichkeiten, die er träumte. Er wußte, daß er sein Begehren einzig durch sich selbst befriedigen konnte, und zwar so, daß er unmittelbar er war, aber außerhalb seiner, sich selbst entgegengesetzt und doch weiterhin er. Er wußte, daß er das Begehren nicht befriedigen konnte, solange er nicht aus sich selbst heraustrat, und daß er es einzig auf etwas richten konnte, das verschieden von ihm war, ja, ihm entgegengesetzt. Und er wußte, daß dies dennoch er sein mußte, denn etwas anderes gab es nicht, und wenn, so würde es ihn nicht annehmen.

Deshalb sprach Enki den Namen seines weiblichen Teils aus, den er begehrte, aber auf den er sein Begehren nicht richten konnte, weil dieser weibliche Teil in ihm war. Deshalb sprach er den Namen Nin-tu aus, den Namen des Weiblichen seiner selbst. Deshalb ließ er zu, daß Nin-tu aus ihm ausfloß, deshalb war er voller Freude, als sie sich ihm gegenüber vollendete: ihm entgegengesetzt und doch er, völlig außerhalb seiner und ihm vertrauter als alles Seine. Deshalb war er zufrieden, daß er erwacht war.

Sie standen einander gegenüber, von Begehren erfüllt: Enki und Nin-tu, das Männliche und das Weibliche, das Eine und das Entgegengesetzte. So sehr begehrten sie einander, so sehr waren sie aufeinander gerichtet, daß sich ihre Teile zusammenfügten und zu vollkommener Harmonie ordneten. Gemäß dem Namen, der durch das Zusammenfügen und Ordnen der Teile Enkis entstand, ward der Gegenstand, der in Nin-tu entstand durch Zusammenfügen und Ordnen seiner Teile. Nach den Möglichkeiten in Enki ward die Verbindung der Elemente oder das Geschehen in Nin-tu. Nach der Form in Enki ward der Gegenstand in Nin-tu.

So entstanden zwei Welten: Enki und Nin-tu, Dilmun und unsere diesseitige Welt. In Dilmun sind die Möglichkeiten, sind Sprache und Form, in Dilmun ist Enki. Hier sind die Gegenstände, Ereignisse, Körper, hier ist Nin-tu. Enki und Nin-tu, Dilmun und diese Welt sind aufeinander gerichtet, sie begehren, sie ersehnen einander. Dieses Sehnen aber sind wir, die Dschinns. Wir sind das Sehnen Enkis nach Nin-tu, wir sind das Verlangen Nin-tus nach Enki. Wir sind das Verlangen der Dinge nach ihrem Namen, wir sind das Verlangen der Namen nach den Dingen. In Dilmun sind wir Begehren, Gerichtetheit, Wollen. Hier sind wir das Feuer in einem seiner Zustände.

Viele Dinge sind in dieser Welt, viele Namen sind in Dilmun. Viele Ereignisse sind in dieser Welt und viele Möglichkeiten in Dilmun. Deshalb sind wir so viele und von so verschiedener Art, so viele Arten, wie ihr an Formen und Merkmalen des Feuers kennengelernt habt.

Die eine Art sind die guten Dschinns. Sie sind aus Licht gemacht, sie sind das Begehren Dilmuns, das dieser Welt gilt, sie sind das Begehren dieser Welt, das Dilmun gilt. Sie sind das Gerichtetsein des Gegenstandes auf den Namen, sie sind das Verlangen des Namens nach dem Gegenstand. Sie sind gut, weil sie das Ganze bewahren, sie sagen, daß Enki und Nin-tu einander lieben. Sie verweisen Enki auf Nin-tu, sie sind die Erinnerung Nin-tus an Enki, aus dem sie ausgeflossen ist. Sie erlauben dem Gegenstand nicht, seinen Namen zu vergessen, sie lassen nicht zu, daß sich der Name von seinem Gegenstand lossagt. Wenn die guten Dschinns schnell sind, wenn sie zu mehreren und stärker sind, verhalten sich beide Welten zueinander wie zwei Seiten eines Palmblattes. Wenn es viele gute Dschinns gibt, wird Enki nicht vergessen, daß er einzig Nin-tu begehren, daß er sein Begehren einzig auf sie richten kann, denn sie ist einzig ihm gegenüber und doch er, außerhalb seiner und ihm vertrauter als er selbst. Wenn es viele gute Dschinns gibt, weiß Nin-tu, daß sie einzig Enki wirklich begehren kann, weil einzig er ihren Namen kennt und weil er alle ihre Erinnerungen ist. Gut ist es, wenn es viele gute Dschinns gibt. Dann ist die Welt ganz, von allen Seiten sich selbst gleich und überall unendlich. Dann ist die Welt wohlgerundet und freut sich an ihrer selbstgenügsamen Rundheit.

Die bösen Dschinns beneiden die guten um ihre Freude und hassen sie. Sie sind aus heißem Feuer, sie sind das Verlangen einer Sache nach der anderen oder das Verlangen einer Sache nach sich selbst. Sie sind das Verlangen des Namens nach dem Namen oder das Verlangen des Namens nach sich selbst. Sie sind Enkis schläfrige Selbstzufriedenheit, sie sind das Vergessen Nin-tus. Wenn die bösen Dschinns schnell sind, wenn es ihrer viele gibt und sie stärker sind, tut Dilmun so, als wüßte er nicht um diese Welt, und diese Welt tut so, als gäbe es Dilmun nicht. Wenn es mehrere böse Dschinns gibt, begehrt Enki sich selbst, als wäre Nin-tu nicht aus ihm ausgeflossen und als könnte das Begehren wahrhaftig sein, wenn es nicht auf jemanden gerichtet ist, der außerhalb und dir entgegengesetzt ist, aber dir vertrauter als du dir selbst. Wenn es mehrere böse Dschinns gibt, vergißt Nin-tu Enki und begehrt sich selbst, als könnte sie ohne Namen sein. Durch die Wirkung der bösen Dschinns vermehren sich die Dinge, ohne auf die Namen zu achten, als könnten sie entstehen, ohne einen Namen zu haben. Durch die Wirkung der bösen Dschinns vermehren sich die Namen ohne Rücksicht auf die Dinge, als wären sie sich selbst genug und als könnten sie allein sein, wenn Enki wach ist. Während der Übermacht der bösen Dschinns begehrt alles, was besteht, sich selbst und glaubt, daß es sich selbst genügt. Die bösen Dschinns sind ein herbes und fruchtloses Verlangen nach sich selbst, die bösen Dschinns sind wie eine Quelle, die keinen Lauf und keine Mündung kennt.

Die dritte Art ist schwach und gering an Zahl. Sie sind von jener schönen Ausstrahlung ohne besondere Wärme, wie sie die Glut verstrahlt, bevor sie erlischt. Wenn die Glut, in die sich der entzündete Viehmist oder das Holz verwandelt hat, ihre Wärme verliert, überzieht sie sich mit einer grauen Haut, aber in einem Augenblick, bevor die graue Haut erscheint, wenn es keine Hitze mehr gibt oder die Haut sich noch nicht gebildet hat, läßt die Glut ein helles Strahlen frei, kurz wie ein Zittern und rein wie der Name des Lichts. Sie sind dieses Strahlen. Sie sind in sich zwiefach, denn sie sind von dem feuergeborenen Licht, sie sind aus Licht und aus Feuer. Sie sind Helligkeit und Feuer, sie fügen dem Körper die Erinnerung hinzu und verweisen die Erinnerung darauf, daß sie einen Körper braucht. Sie sind Enkis Begehren und Nin-tus Erinnerung, sie sind das Männliche und das Weibliche in eins.

Sie sind nicht gut und nicht böse, sie sind zwiefach. Ihnen ist nicht daran gelegen, Gutes oder Böses, Nutzen oder Schaden zu bringen, ihnen ist daran gelegen, stets an die andere Seite zu erinnern und das Ganze zu bewahren. Deshalb sind sie überall Fremde und überall eine Störung, vor allem in Zeiten, in denen die bösen Dschinns die Übermacht gewinnen.

Die Menschen können die guten von den bösen Dschinns leicht unterscheiden. Die guten Dschinns lieben goldenes Haar und die bösen rotes, die guten Dschinns lieben die Liebe zum anderen und die Werke voll Weisheit, die bösen hingegen lieben die Liebe zu sich selbst und die Werke zu bloßem Vergnügen. Es ist nicht schwer, die guten von den bösen Dschinns zu unterscheiden, denn die Menschen sind von Erinnerung geprägt, und wie die Dschinns wohnen auch sie in Enki und zugleich in Nin-tu und sind sowohl an Dilmun als auch an diese Welt gebunden. Nur die dritte Art der Dschinns erkennen die Menschen nicht, weil sie sie nicht von den beiden anderen unterscheiden können: diese Dschinns lieben alles, weil sie dem Ganzen dienen. Sie lieben rotes und goldenes Haar, denn sie lieben den Namen und den Körper des Haars. Sie lieben das Lachen und die Trauer, sie lieben das Weiße und das Grüne, sie lieben den Schmerz und den Genuß, denn sie lieben das Ganze, und dem Ganzen gehört alles an, was sein kann. Dem Ganzen gehören auch die Teile einer Möglichkeit an, die in Enkis Schlaf bestand, dem Ganzen gehören die Namen an, die es noch nicht gibt, dem Ganzen gehören Ahnung und Erinnerung an, Lehm und Wasser, Fischkopf und Knieschmerz. Das Ganze sind diese Welt und Dilmun, das Ganze sind Nin-tu und Enki, wenn sie einander begehren und sich im Begehren ineinander ergießen wie zwei klare Wasser.

Manchmal scheint mir, daß wir (diese dritte Sorte Dschinns) in Enkis Traum entstanden und in ihm geblieben sind, mehr eine Traumverwirrung als Dschinns wie die anderen. Wir sind nicht das Verlangen des einen nach dem anderen, wir sind das Verlangen, das von Verlangen gequält wird. Wir sind Fehler oder Verwirrung, wir sind entweder der Traum vom Ganzen, oder wir sind nicht möglich. Wir sind wie das Auge, das sich selbst sieht, wie die Sonne, die sich selbst bescheint. Deshalb ist es mir schrecklich.

Es ist nicht schwer, Begehren zu sein. Ich glaube, daß es sehr schön ist und ein Beweis, daß du möglich und daß du wirklich bist. Aber schrecklich ist es, Begehren zu sein, das begehrt, denn das ist der Beweis, daß du nicht möglich bist, wie wirklich du auch sein magst, das ist das Zeichen, daß du nicht sein kannst, wie sehr es dich auch gibt. Vermutlich ist alles so, weil uns das Ganze zur Sorge und Verteidigung überlassen ist, und deshalb glaube ich auch, daß wir die ältesten sind und aus Enkis Traum stammen. Es ist uns so schrecklich, weil Enki nicht mehr schläft. Enki schläft überhaupt nicht mehr, seit Nin-tu aus ihm ausgeflossen ist.

Deshalb bemühen wir uns, das eine oder das andere zu werden, wir bemühen uns, Begehren zu sein oder Begehrende. Wir bemühen uns, nicht das Ganze zu sein, denn das Ganze scheint nicht mehr möglich, seit Nin-tu aus Enki ausgeflossen ist. Deshalb bemühen wir uns, gut oder böse zu werden und richtige Dschinns zu sein. Wir bemühen uns, Begehren zu sein, das sich selbst nicht empfindet. Aber es gelingt uns nicht.

Einige von uns wollten böse sein, sie wollten das Begehren, das Verlangen der Dinge sein, das sich auf andere Dinge richtet, oder das Begehren der Namen, das anderen Namen gilt. Sie wollten zum Beispiel das Verlangen des Hauses nach anderen Häusern sein, sie wollten das sein, was einem Haus das Bedürfnis nach dem Namen raubt und in ihm das Bedürfnis nach Reihen anderer Häuser erweckt. Der Name, nicht wahr, bestimmt die innere Natur der Dinge, und so ist der Name des Hauses das, wonach das Haus, als soundso viele Mauern, soundso angeordnet, die Form von irgend jemandes Angst, den Geruch gerade dieses Körpers angenommen hat, die Wärme bewahrt und sich vor der Kälte verbirgt, oder den Schatten bewahrt und gegen die Hitze schützt. Von diesem Bedürfnis wollten einige von uns das Haus befreien, sie wollten sein Verlangen nach anderen Häusern sein, genaugenommen nach anderen Mauern, die in einer Reihe stünden, ohne Namen des Hauses oder ohne Wunsch nach ihm, die einen den anderen mehr oder weniger ähnlich. So wurden sie das Verlangen gerader Mauern nach anderen geraden Mauern, verlangten aber auch sehnsüchtig nach dem Namen des Hauses, sie wurden in sich selbst Verlangen nach häuslichem Schutz und die Form irgend jemandes Angst, Verlangen nach Erinnerung eines Geruchs und nach dem Gefühl von Geborgenheit. So mußte es geschehen, denn sie kennen das Ganze, sie sind das Ganze, sie sorgen sich um das Ganze. Und so kam es, daß jene unter uns, die böse Dschinns werden wollten, genaugenommen zwei einander entgegengesetzte Begehren sind, sie sind zwei Richtungen, die sich aufheben und jede Bewegung unmöglich machen. Und so wurden jene unter uns, die böse Dschinns werden wollten, gleichgültig, sie wurden zur Gleichgültigkeit.

Und so war es auch mit jenen, die gute Dschinns werden wollten. Sie waren das Verlangen der Dinge nach dem Namen, und sie waren das Verlangen der Namen nach dem Körper, aber sie selbst verlangten, daß sich die Dinge mit anderen Dingen zu Reihen verbanden, ohne Berührung mit den Namen, und daß sich die Namen mit anderen Namen zu Reihen verbanden, ohne Berührung mit den Körpern, die Nin-tu sind. Sie waren Begehren und begehrten, sie gaben Gutes und waren Böses, denn sie waren das Ganze. Wir sind das Ganze und begehren das Ganze. Deshalb wurden auch sie gleichgültig, deshalb kam auch ihretwegen Gleichgültigkeit auf. Wir haben die Gleichgültigkeit geschaffen.

Kannst du dir vorstellen, wie schrecklich es ist, unsterblich und gleichgültig zu sein? Vielleicht kann das eine nicht ohne das andere sein, vielleicht sind das zwei Formen ein und desselben Namens, aber uns enthüllt sich gerade in dieser Verbindung das Grauen. Die Gleichgültigkeit wäre noch erträglich, wenn sie endlich wäre. Wenn wir endlich wären. Unerträglich ist es, gleichgültig zu sein und zu wissen, daß es kein Ende gibt; unerträglich ist es zu wissen, daß es kein Ende gibt und du deshalb gleichgültig bist; unerträglich ist es, gleichgültig zu sein, weil es für dich kein Ende gibt; unerträglich ist diese Verbindung, denn dir, dem Gleichgültigen, ist das Ende gleichgültig wie auch alles übrige, und ein Ende kann nicht sein, wie auch nichts übriges.

So habe ich gedacht, und so habe ich entdeckt, daß ich genau das Gegenteil tun kann. Ich kann endlich werden, ich kann jener werden, der begehrt, aber nicht das Begehren ist, ich kann mich von der Gleichgültigkeit befreien. Ich kann ein Mensch werden.

Ich weiß nicht, ob ich versucht habe, ein guter oder ein böser Dschinn zu werden. Viele von uns haben es versucht, und alle sind gleichgültig geworden. Wahrscheinlich habe ich es auch versucht, denn in der endlosen Zeit, die uns beschieden ist, müssen wir alles versuchen und alles sein. Für alle, die es versucht haben, war es schrecklich, denn sie wurden gleichgültig, das aber bedeutet, daß es auch für mich schrecklich war, nur habe ich es vergessen, weil ich gleichgültig wurde.

Ich kann nicht wissen, ob jemand von uns schon einmal versucht hat, ein Mensch zu werden. Denn er ist gestorben, wenn es ihm gelungen ist, und gleichgültig geblieben, wenn es ihm nicht gelungen ist; in beiden

Fällen ist das Resultat vor mir verborgen. Wenn ich es selbst versucht habe, ist es mir nicht gelungen, und ich bin leider noch immer unsterblich. Oder es ist mir gelungen, und ich bin gestorben und durch den Tod in die Natur eines Dschinn zurückgekehrt, der sich um das Ganze sorgt und das Ganze ist.

Ich weiß, daß man es versuchen muß, und seit ich das weiß, scheint mir, als verließe mich die Gleichgültigkeit.

Ich stelle mir vor, daß ich einen Körper habe, und freue mich darüber. Einen schweren, empfindenden und vergänglichen Körper. Ich stelle mir vor, wie ich die Hand hebe, und die Hand hat ihre Schwere, und ich empfinde diese Schwere. Ich stelle mir vor, wie Hunger in meinem Leib ist, und ich empfinde die Form dieses Hungers, ich empfinde, wie mich das Verlangen nach Nahrung erfüllt, der Wunsch, dieses oder jenes zu essen, weil mein Hunger diese oder jene Form hat. Ich stelle mir den Schmerz vor, ich stelle mir vor, Schmerzen zu haben. Ich empfinde (ich stelle mir vor, daß ich empfinde), wie mir die Mitte der Hand vor Schmerz weißglühend wird und wie aus dieser Mitte Wellen ausströmen, die die ganze Hand bedecken und den Arm hinauf in den Leib wandern, der von Schmerzkrämpfen erfaßt wird.

Ich stelle mir vor, einen Leib zu haben. Einen Leib! Ich habe einen klar geformten äußeren Körper mit eigenem Gewicht und der Fähigkeit zu empfinden und zu wollen, und dann, in ihm, einen Leib mit Gedärm, mit einem Herzen, mit all jenem, was schmerzen kann, was sich vor Angst verkrampfen oder Behagen empfinden kann.

All das stelle ich mir vor und fühle, wie ich mich freue, ich glaube, daß ich empfinde, wie ich mich freue. Man kann nicht gleichgültig sein, wenn man all das hat und wenn all das ein Ende haben kann. Wenn du ein Ende haben kannst. Hast du einen Körper – hast du auch Begehren, aber du kannst nicht Begehren sein, weil du Körper bist, der begehrt und Schmerz, Kaltes, Angst empfindet. So glaube ich.

Und ich glaube, daß ich all das erlangen kann. Wenn ich die Gestalt eines Körpers annehme und diese Form lange nicht wechsle, lange genug, und sei es auch endlos lange, so lang mir beschieden ist; wenn ich in dieser Form all das tue, was ein Mensch tut, wenn ich in allem so verfahre, wie ein Mensch verfährt, der einen Körper mit dem Namen eines Körpers hat; wenn ich mir einen menschlichen Namen gebe und alles bei mir so geschieht wie bei den Menschen auch... Wenn all das so ist, muß sich einmal die Natur des menschlichen Körpers melden, muß in meine Gestalt der Name einziehen, muß ich Begehren empfinden, nur empfinden, muß ich zum Begehrenden werden, und nichts mehr als das, und dann muß ein Ende kommen. Es muß kommen.

Deshalb bist du das Wertvollste, das ich habe. Es bedarf nur eines Augenblicks, in dem ich dich begehre, und ich bin ein Mensch, von der Gleichgültigkeit befreit, dein richtiger Mann. Ich werde dem Begehren nicht erlauben wegzugehen, wenn es kommt, ich werde dich ohne Unterlaß begehren und dir begegnen, bis wir uns wie zweierlei Rauch von zwei Feuern vermischen. Weil ich dich begehre, werde ich meiner Unsterblichkeit entsagen, ich werde die Unsterblichkeit verlieren, um dich zu begehren, ich werde mich dem Tod überlassen, dich begehrend. Seit ich dich gesehen habe, ist der Grund meines Hierseins das Verlangen, der Augenblick, in dem ich Verlangen nach dir empfinden werde. Dann wird mein Körper zu deinem kommen, und wir werden uns vereinigen und uns niemals mehr trennen. Nur müssen wir ganze Menschen sein und uns eine ganze menschliche Welt errichten, und das können wir hier, denn hier haben wir alles außer dem Lachen, und auch das Lachen werden wir auf irgendeine Weise herbeirufen. So wird es sein.

Wir werden uns fortpflanzen, du wirst mir einen Nachkommen gebären, daß er von meinem Körper zeugt und von dem Verlangen, das du geweckt hast. So wird es sein, auch wenn ich kein Mensch werde, ich weiß nicht wie, aber es wird genauso geschehen, weil es so sein muß. Wir können uns befruchten, das dem Feuer entströmende Licht kann sich mit dem menschlichen Körper befruchten, wenn beide wirklich wollen. Wenn wir keinen Menschen zeugen können, werden wir einen Farnak gebären, unser Kind. Und wir werden es lieben. Nur glaube mir, sei geduldig und liebe mich. Es ist überaus wichtig, daß du mir glaubst und daß du mich willst. Ich will dich.

4

Am dritten Tag nach diesem Gespräch erwachte Belitsilim spät. Der Tag war schon weit vorgerückt und die Sonne bereits auf halbem Weg zu ihrem Tagesgipfel. So spät war sie noch nie aufgestanden, sie hätte nie gedacht, daß man so spät aufstehen könnte, sicher war kein nützliches menschliches Wesen jemals so spät aufgestanden. «Ich habe geschlafen wie Bells Enki vor Anbeginn der Welt», dachte sie, als sie den Innenhof betrat, wo der Knabe die leere Körnermühle drehte, und das offenbar schon sehr lange, denn vor Müdigkeit sank er fast um.

Bell hat mich hergeschickt, um dich nicht zu wecken, sagte er, aber es schien, als wüßte er selbst nicht, ob es als Entschuldigung gemeint war, daß er die Mühle leer drehte und damit beschädigte, oder als Vorwurf, daß sie erst zu so später Stunde aufgestanden war.

Belitsilim lachte laut, das erste Mal in ihrem Leben. Erst diese Unsicherheit des Knaben zeigte ihr, daß sie gar nicht darauf gekommen war, sich wegen des späten Aufstehens schuldig zu fühlen. Sie hatte sich dem angenehmen Gefühl des vom langen Schlaf schwer gewordenen Körpers überlassen, als ob es für eine erwachsene Frau nichts Wichtigeres auf der Welt gäbe, als bis in den hellen Tag zu schlafen. Zum ersten Mal, seit sie denken konnte, war sie heute nach dem Wachwerden auf dem Ruhelager liegengeblieben, hatte dann und wann ein Bein oder einen Arm ausgestreckt, den Oberkörper gedreht, die Arme gereckt und einen Genuß darin gefunden, den ihr nur ein vom Schlaf benommener und deshalb der Selbstempfindung fähiger Körper gewähren konnte. Noch bevor sie die Muskeln spannte, um den Fuß zu heben, konnte sie sein Gewicht, seine Form, seine Größe spüren, all das eine Quelle des Genusses, sie spürte, daß die Bewegung des Beines eine süße Anstrengung ist, von der man ablassen muß, um einen noch größeren Genuß zu empfinden. So ließ sie davon ab und spürte, wie eine Zufriedenheit sie durchflutete, ein Bein von solcher Form und Länge zu besitzen, gerade schwer genug, um es bewegen zu können, wann man will, und dafür gerade genug Anstrengung aufzubringen, um eine Süße zu empfinden, der gegenüber einzig das Ablassen von dieser Bewegung und ihrer Anstrengung süßer ist. Sie wiederholte dasselbe Spiel erst mit dem einen, dann mit dem anderen Arm, dann mit dem Oberkörper, den sie nach links und rechts drehte, um auf diese Weise ihren Körper zu spüren, indem sie immer wieder von einer Bewegung abließ.

Als sie aus diesem Spiel allen Genuß gesogen hatte, den es barg, war sie aufgestanden, zwischen Bettstatt und

Innenhof aber noch zweimal stehengeblieben, um sich zu recken und alle Glieder zu dehnen und sich erneut an ihrer Form zu freuen, an ihrer Körperlichkeit und überhaupt an ihrem Dasein.

Als sie den Hof betrat und für einen Moment daran denken mußte, daß sie wie Enki vor Anbeginn der Welt geschlafen hatte, war es eher wie eine Ahnung als ein Gedanke. Ihr Körper wurde von dem Gefühl durchströmt, daß vielleicht aus einem ähnlich langen und süßen Traum die Welt hervorgegangen und ihr Körper entstanden war, aber diese augenblickliche Glücksempfindung war weit entfernt von allen Worten und der klaren Form, die sie verleihen, sie glich mehr einem Traumbild als dem, was man von ausgesprochenen Wörtern bekommt. Darin war eine große stille Freude, die keines Ausdrucks bedurfte und die genaugenommen auch kein Vorzeigen ertrug, wogegen es in den Worten «Ich schlief wie Enki vor Anbeginn der Welt» keine Spur von Freude gab. Und jene Lust, die in ihrem Empfinden geradezu überschäumte, konnte es darin erst recht nicht geben.

Diese Freude prallte gegen die Worte des Knaben, und sie mußte laut lachen. Hatte Bells Name den Genuß so sehr verdichtet, daß er durch Lachen heraussprühen mußte? Spürte sie seine Sorge um ihren Schlaf einfach körperlich, wie sie im Spiel ihr Bein, den Arm, die Hüften oder die Schultern gespürt hatte? Darüber konnte man nicht sprechen, denn davon gibt es kein übertragbares Wissen; ein solches Erlebnis hat man oder hat man nicht, so daß man es weiß oder nicht weiß. Sicher ist, daß sie in ihrem Freudenausbruch laut auflachte und dann auf den von ihrem Lachen überraschten Knaben zustürzte, ihn abküßte und herumwirbelte, wobei sie seine Hände in ihren hielt, ihn dann losließ und, sein Gesicht in ihren Händen, still erglüht lächelte.

Sie aß im Hof, ohne dem Knaben etwas anzubieten und ohne zu wissen, was sie aß, mitunter vergaß sie den Bissen im Mund. Und nach dem viel zu langen Frühstück – der Tag war schon halb vorüber – ging sie zum Kanal, um zu baden. Alles bereitete ihr an diesem Tag Genuß, alles begegnete ihr und widerfuhr ihr nur, um ihre verhohlene Freude zu verstärken, ihren Genuß zu mehren, ihr Gefühl für den eigenen Körper zu verstärken. Es stimmt zwar, daß eine erwachsene Frau, mit Haus und Mann, nicht so lange schlafen darf, es stimmt, daß niemand, schon gar nicht eine verheiratete Frau, so lange frühstücken darf, daß sie den Bissen im Mund vergißt, es stimmt, daß um diese Tageszeit weder die Sklaven noch die Menschen baden, weil die Arbeiten stillstehen und sie den Blicken von Vorübergehenden und Tagedieben ausgesetzt wären... Aber die Freude in ihrem Körper will gerade das, und sie tut gerade das, um ihre Freude zu verstärken. Wenn sie wegen aller dieser Verfehlungen ihre Gestalt so gut spürt, wenn sich ihr Körper mit so viel Genuß am Verbotenen meldet, ist es gut, soll sie es tun, wird sie es wieder tun. Aber es ist nicht deshalb, sie weiß, daß es nicht deshalb ist, es ist nur so, daß sie sich heute selbst annimmt, daß sie in herrlicher Übereinstimmung mit ihrem Körper ist und daß darin so viel Freude und Genießen ist, daß sich alles, was sie tut, in Freude und Genießen verwandelt. Obwohl man zugeben muß, daß es eine gewisse Befriedigung im späten Aufstehen, langen Frühstücken, verbotenen Baden gibt... Süß ist es, gegen die Ordnung zu verstoßen, vor allem, wenn eine Frau sich selbst genießt und sich das erste Mal wohl fühlt in ihrer Haut.

Sie dachte daran, sich nach der Rückkehr vom Baden im Haus zu schaffen zu machen, zumindest eine Mahlzeit anzurichten, die sie ihrem Mann anbieten und die sie und der Knabe essen würden. Aber nach dem Baden fühlte sie sich zu rein und zu leicht für das Jutekleid, schon den ganzen Tag fühlte sie sich viel zu gut für dieses Kleid, dessen Häßlichkeit sie verletzte, seit sie es zum ersten Mal erblickt hatte, und das zu tragen sie als unverdiente Strafe empfand. Heute mußte sie schön sein, ihr ganzes Wesen verlangte danach, aber sie konnte nicht schön sein mit glanzlosem Haar und in diesem traurigen Fetzen, der den Körper nicht nur verhüllte, sondern sogar unkenntlich machte.

Deshalb rieb sie ihr Haar mit Öl ein, nahm Pottasche, um es aufzuhellen, damit es jenen goldenen Glanz bekam, den sie vom Haar ihrer Mutter kannte und dessentwegen sie ihre Mutter manchmal tatsächlich wie ein Strahlen empfunden hatte, in dem untrüglichen Gefühl, daß dieser goldene Glanz etwas war, was ihr gehörte, was die Mutter nur an sich genommen hatte und was sie ihr zurückgab, wann immer sich die Sonne in ihrem Haar verfing. Sie stellte sich vor, wie der Glanz des Haares zunahm und jener goldene Widerschein sich meldete, der die dunkle Grundfarbe der Strähnen nicht zerstörte, sondern hinzutrat, nicht als Gegensatz, sondern als eine ihrer Möglichkeiten. Der goldene Widerschein von schwarzem, völlig schwarzem Haar.

Das Wohlbehagen strömte aus den Fingern vom Scheitel herab über den ganzen Körper. Bell hatte dem Knaben nicht erlaubt, sie zu wecken; er wachte, unsichtbar und in Abwesenheit, über ihren Schlaf, er wußte, daß nichts so süß ist wie eine harmlose Sünde, und deshalb wollte er, daß sie schlief, daß sie sich badete und daß sie sich schön machte, anstatt sich nützlich zu machen. Er sicht vielleicht auch jetzt zu, wie sie mit den Fingern durch das Haar streicht und genießt es ebenso sehr wie sie, vielleicht noch mehr, denn mehr Wissen über das, was nötig ist, bringt mehr Genuß in dem, was nicht nötig ist.

Vieles weiß er, alles weiß er, und doch ist er komisch, weil er nichts versteht. Er versteht noch weniger als der Knabe, ihr kleiner Bruder, dem nicht beschieden ist, verkauft zu werden, der jetzt mit den Krügen scheppert, in den Schüsseln stöbert und stöhnt und zu erkennen gibt, daß er Hunger hat, während seine Schwester im Innenhof sitzt und sich mit den Fingern, unnötigerweise, das Haar strähnt. Der Knabe versteht ihre Gründe nicht, und noch weniger, wenn das überhaupt möglich ist, versteht sie der allwissende Bell. Er hat ihr, am Tag nach ihrem Liebesgespräch, ein Kleid aus so feinem, weichem und zartem Stoff mitgebracht, wie sie es sich nicht einmal hätte vorstellen können. Der Ärmste war überzeugt gewesen, daß es zu jenem Mißverständnis zwischen ihnen beiden deshalb gekommen war, weil sie sich ohnehin entkleiden wollte, und daß sie das nur deshalb so sehr wollte, weil sie ihr Jutekleid nicht länger ertrug. So komisch ist das, so süß, daß sie sich wahrhaftig freuen muß, ihn zum Manne zu haben, und sich beim Gedanken an ihn richtig wohl fühlt.

Lange prüfte sie Bells Kleid, bevor sie es anlegte. Dies ist keine Wolle, Wolle läßt sich nicht so fein verarbeiten. Kamelhaar schon gar nicht. Es ist kein Leinen, es ist sogar feiner und weicher als reines Leinen, wenn es nicht sogar ein Gewebe aus Bells Dilmun ist. Das ist fast anzunehmen, weil in dieser Welt ein solches Gewebe bisher nicht gesehen wurde, wenigstens ihr ist noch keines unter die Augen gekommen, und auch denen nicht, die sie kennt. Der Faden ist fein und dünn wie ein Gedanke, ein Gespinst so leicht wie Spinnweben und Mondstrahlen über einem Sumpf. Es ist nicht durchsichtig, aber man ahnt den Umriß der Hand, wenn es sie bedeckt und dem Auge entzieht. Man ahnt sogar die Farbe des Fleisches, man sieht sie nicht, aber man ahnt sie, und das ist schamlos und wunderschön.

Sie faßte das Kleid mit einem silbernen Gürtel, den sie dazubekommen hatte. Er bestand aus quadratischen Plättchen von massivem Silber, in die reliefartig Margeritenblüten aus feinem, vollkommen reinem, wie Lichtstrahlen glänzendem Silberdraht eingearbeitet waren. Den Mittelpunkt der kreisrunden Blume bildete ein runder gelber Saphir, der vom Silberdraht nicht eingefaßt, sondern nur umfangen und gehalten wurde, so daß der volle gelbe Mittelpunkt im Kreis der Blütenblätter deutlich zu sehen war und zur Wirkung kam. Die Gürtelschnalle wurde von drei Drachenköpfen gebildet, von denen lediglich der mittlere Kopf wirklich notwendig war, weil unter seiner Zunge der Gürtel geschlossen wurde. Aus diesem mittleren Kopf züngelte Rauch und Feuer, während aus den beiden anderen, die nach unten und oben gewandt waren, zwei aus reinem Silber gefertigte Zünglein hervorragten, die zusammenstießen und miteinander verschmolzen, so daß man nicht genau sagen konnte, wo die gekrümmte Zunge des Drachen aufhörte und wo sie in die Flammenzunge überging. All das war an den Rändern von Rauch verhüllt, von geradezu närrischem Flechtwerk aus dünnem Silberdraht, das wegen der Feinheit des Drahtes und der verwirrenden Formen, gerundet und doch irgendwie verkrampft, so sehr Rauch ähnelte, daß es fast Rauch war. Sie lächelte, als sie den Gürtel zuschnappen ließ, weil fast die ganze Magengegend von den silbernen Drachenköpfen bedeckt wurde.

Sie mußte geradezu lachen über die Verwandlung in ihrem Körper; der Körper drückte die Verwandlung seines Selbstempfindens durch Lachen aus. Das Kleid hatte ihre Haut beunruhigt, während sie es durch die Hände gleiten ließ, doch als sie es anzog, hatte sie das Gefühl, daß die Haut prickelte, als ob sie das leichte Gewebe des Kleides aus sich ausschied, so daß es in Wahrheit kein Gewand war, das dem Körper übergezogen wurde, sondern ein Erstrahlen des Körpers selbst. Von diesem Gefühl bedeckte sie zur Gänze ein wohliges Kribbeln, das in eine Empfindung umschlug, als fühlte sich ihre Haut fein, glatt und weich an wie junger Käse. Doch dann, als sie den Gürtel angelegt hatte, verdichtete sich dieses Gefühl auf der von ihm bedeckten Oberfläche rasch und verwandelte sich in ein Zucken, das als Lachen aus ihr herausbrach. Der Gürtel drückte auf Magen und Hüften, er lastete auf ihr, Beschlag wie Schmuck, und sie empfand seine Schwere so, wie sie die Schwere ihres Beines oder Armes empfand – angenehm und vertraut. Diesem Gefühl hingegeben, verlor sie das Bedürfnis zu lachen und ließ sich entspannt auf das Ruhelager nieder.

Sie wollte sich nicht im Spiegel besehen, in jener Kupferplatte, die mit einer dünnen Zinnschicht überzogen und dann sorgsam poliert worden war. Obwohl sie schon in zarten Jahren einen eigenen Spiegel besessen hatte und sehr stolz auf ihn gewesen war (es gelang ihr sogar, ihn vor dem Vater zu retten, als er in den Tagen seines Verrücktspielens alles zum Haus Gehörige verkaufte, auch die Bewohner), wollte sie es nicht, weil sie wußte, daß sie sich heute auch ohne ihn schön machen konnte, was immer sie heute tat, sie würde wunderschön sein, denn alles, was ihr heute widerfuhr, kam nur ihrer Schönheit und ihrem wohligen Selbstgefühl zugute. Sie bestrich Lider und Lippen mit rotem Puder, warf den Kopf zurück, sah an die schön gefügten Palmbretter an der Decke und dachte (ahnte), wie schade es sei, daß jene, die Armen, nicht sehen und empfinden können, was sie jetzt empfindet und was sie jetzt ist.

Dann überflutete sie das Licht, das von Bell ausging, als er die Tür öffnete. Die Sonnenstrahlen fielen direkt auf sie und hüllten sie in eine milde Lichtwolke, die aussah, als käme sie aus ihr selbst, vielleicht so, wie ihr neues Kleid aussehen würde, wenn ihre Haut es tatsächlich aus sich selbst hervorgebracht hätte und es dann von irgend etwas aufgebauscht oder zumindest gekräuselt würde. Aber gerade rollte die Sonne über den Horizont, in einem jener entsetzlichen flachländischen Sonnenuntergänge, die so unendlich lange dauern und nichts versprechen, nur öde, zähe Traurigkeit, von der der Mensch alles zu erwarten hat, nur nicht daß sie vergeht. Nur daß diesmal Bell die Sonne hereinbrachte, indem er die Tür aufmachte und seine Frau in eine helle Wolke hüllte.

Sofort trat er zur Seite und gebot Belitsilim mit einer Geste, in der halben Bewegung innezuhalten, mit der sie ihm entgegenlaufen wollte.

Bleib so, daß ich dich ansehen kann, du bist schön, sagte Bell und ließ die Tür offen.

Und ich bin hungrig, meldete sich der Knabe zornig, dem offensichtlich alles bis obenhin stand.

Ist etwas nicht so, wie es sein sollte? fragte Bell ihn und sah weiterhin auf seine helle Frau.

Allerdings nicht, wie auch! Alles ist genauso, wie es sein soll: es wird nicht gegessen, nicht gearbeitet, man steht mittags auf, und dann legt man sich hin und macht sich schön. Aber so muß es auch sein, wir sollen schön sein, und das übrige kommt von selbst, schimpfte der Knabe und ließ seinem Zorn, der sich an diesem Tage aufgestaut hatte, weil ihn niemand angesehen, geschweige denn verstanden und sich um ihn gekümmert hatte, freien Lauf.

Beide brachen zur gleichen Zeit in Lachen aus – Bell und Belitsilim, Mann und Frau. Fröhlich und aufgeregt, voller Lust und Mutwillen, die Ordnung absichtsvoll zu zerstören. Sie verstanden und glichen einander und freuten sich darüber.

Belitsilim trug auf, was sich im Haus fand – ein wenig Käse, eine Handvoll Heuschrecken und ein, zwei Schluck Milch. Es fand sich, was das wichtigste war, eine kleine Zuckermelone, um den Zorn des Knaben zu besänftigen und ihn zufrieden ins Bett zu schicken.

Es würde mich freuen, wenn auch du einen Bissen nähmest, flüsterte Belitsilim, nachdem sie den Knaben zu seinem Ruhelager geführt hatte. Es gab keinen Grund zu flüstern, denn der Knabe konnte sie in seinem Zimmer nicht hören, aber ihre Stimme war von selbst leiser geworden, vielleicht weil sie wußte, daß es schön für sie sein würde, wenn sie heimlich mit ihrem Mann spräche. Es wäre schön, zusammen zu essen.

Ja, erwiderte Bell flüsternd und gab sich ganz dem Schönen hin, das seine Frau erfaßt hatte. Soll ich es noch einmal mit Käse versuchen?

Laß es uns gemeinsam versuchen. Auch für mich ist es wie das erste Mal. Für uns beide ist es das erste Mal.

Stell dir vor, ich würde Hunger und Genuß empfinden!?

Einmal werden wir es empfinden, wir werden alles gemeinsam entdecken.

Während des Essens entwickelten sie ein ganzes Spiel von Blicken, Berührungen und Mienen, mit denen sie sich verständigten und die Freude, die Erregung, die Spannung und den Wunsch aufeinander übertrugen, dieses erste Mal möge das Glück ihnen hold sein. Dabei herrschte Schweigen zwischen ihnen, denn nur mit diesem Spiel in völliger Stille, die von dem Schlaf des Knaben im Nachbarraum gehütet wurde, konnten sie einander mitteilen, was mit ihnen und in ihnen vorging. Das Spiel aber hatte sich absichtslos entwickelt, aus dem Bestreben Belitsilims, winzige, kaum sichtbare Kügelchen aus Käse zu machen, die ihr Mann zu sich nehmen konnte, wenn er zum ersten Mal aß – nur um mit ihr zu essen und mit ihr etwas Gemeinsames zu tun.

Nach dem Essen wollten sie sehen, was mit Bell geschah, wie es sich an ihm bemerkbar machte, daß er gegessen hatte. Und sie sahen, daß sich nichts bemerkbar machte, weil man dort, wo auch bei ihm der Magen war, nichts sah. Er spürte nur, daß er die Bröckchen in sich hatte, daß sie ihn drückten und daß er zum ersten Mal eine Schwere fühlte, die ihn verwirrte und die er freudig ertragen würde, wenn mit ihr die Verwandlung einsetzte, an der ihm gelegen war.

Ich werde dich von dieser Last befreien, ich kann es, glaube mir, sagte Belitsilim und übertrug ihre Überzeugtheit nicht nur auf Bell, sondern auch auf die Wände, auf die Dinge, auf die ganze Welt. Sie verlangte, daß sie sich hinlegten, sie mit dem Kopf auf Bells Magen.

Bells Magen befand sich in völliger Ruhe. Kein Pulsieren, kein Heben und Senken, wie man es am Magen auch wahrnimmt, wenn jemand nur atmet, überhaupt keine Bewegung. Nur warm und weich war es. Keine Ähnlichkeit mit bekannten Erlebnissen, ohne Vergleich mit irgendeiner Erfahrung. Und ziemlich warm, wahrscheinlich wärmer als auf einem normalen menschlichen Magen.

Es war angenehm, so zu liegen und zu lauschen und angespannt auf eine Regung, auf ein Zittern, auf irgendein Ereignis zu warten. Sie empfand sich selbst, wie sie es niemals für möglich gehalten hätte, sie versank in eine wunderbare Benommenheit, die wie ein Schlaf war, aber ein Schlaf, in dem sie weiterhin ihren Körper spürte – ihre Haut, die weiterhin das neue Gewand aus sich selbst heraus webte, der Gürtelbeschlag, der auch weiterhin auf ihre Hüften drückte. Ein Schlafen, in dem sie nicht aus sich selbst hinausgelangte, sondern sich in sich selbst konzentrierte, soweit das überhaupt möglich war.

Zu Beginn lag sie angekleidet auf dem Ruhelager in ihrem Zimmer. Aber eigentlich blieb nur sie sich gleich, denn im Schlaf war das Zimmer viel größer und ganz hell, und das Ruhelager von dunkelblauer Farbe war hoch über den Boden erhoben und sehr breit, aber sie wußte, daß es dieses Zimmer und dieses Ruhelager waren, und so waren es, bei allen Unterschieden, die ihr auch im Schlaf bewußt waren, genau ihr Zimmer und ihr Ruhelager. Sie lag auf der rechten Seite, den Kopf in die Hand gestützt, das angewinkelte rechte Bein fast an den Körper geschmiegt, das linke Bein ausgestreckt, und sah auf die Wand gegenüber. Auf einmal tat sich an dieser Wand eine unsichtbare Tür auf und gab einen zweiten Raum frei, viel größer und heller als dieser, so hell, daß der Übergang aus diesem Zimmer in jenes wie das Heraustreten aus einem normalen Haus in einen sonnigen und heißen Tag war. Und noch bevor sie den Wunsch verspüren konnte hinüberzugehen, tat sich dort an der gegenüberliegenden Wand eine unsichtbare Tür auf und gab einen weiteren Raum frei, noch größer und noch heller, und dann tat sich an der gegenüberliegenden Wand dieses Raumes eine weitere unsichtbare Tür auf und gab noch einen Raum frei, größer und heller als alle bisherigen, und dann... sieben Türen und sieben Räume in einer Reihe, jeder größer und heller als der vorangegangene, so daß der letzte, der siebente, reines Licht war, eine Flut von Licht, die das Auge nicht zu durchdringen vermochte und worin man nicht wissen konnte, ob man die gegenüberliegende Wand mit der achten Tür nicht sah oder ob der Raum überhaupt keine Wand hatte. Wenn es ein Raum war und nicht nur weißglühende Helligkeit. Aber so wie die Räume und das Licht in ihnen zunahmen, nahm auch ihre Konzentration zu, ihre Sammlung um den einen Ort in sich, aus dem alles entspringt und in den alles mündet, was sie ist. Deshalb war sie beim Aufgehen der letzten Tür und der Entdeckung des großen, vielleicht unendlichen Raumes mit dem stärksten Licht, des Raumes, der nur Licht ist, am ganzen Körper erbebt und hatte sich in sich selbst ergossen, um dann lange und langsam, langsam, wieder in sich verströmend, aus sich abzufließen.

Die ganze Zeit fragte sie sich, warum sie nicht durch die Tür gehen wollte, die ihre Flügel vor ihr auftat. Und zugleich wußte sie, daß sie träumte und ihre Frage deshalb nicht wirklich war. Zugleich spürte sie, daß die Frage dennoch wahrhaftig war und sie es wünschte und sie irgendwann einmal durch die Tür gehen und die von überallher erleuchteten Gemächer durchschreiten würde, Gemächer ohne sichtbaren Ursprung des Lichts und doch so hell wie möglich. Sicher wird sie sie durchschreiten, und sicher wird dieses Durchschreiten mit einem Ergießen aus sich selbst und einem Einströmen in sich selbst zu Ende gehen, nur daß sie dann abfließen und jemand anderer sich in sie ergießen wird. Etwas anderes, etwas ganz anderes. Das wird wundervoll sein, hellglühend, das wird Licht sein, wie jener letzte, der siebente, der unendliche Raum. Sie wußte es so, wie man es im Schlaf weiß – ohne klare Ursache, ohne die Stütze des Verstandes. Sie wußte es einfach.

Dann wird sie einst durch die hellen Gemächer schreiten, genauso gekleidet wie jetzt, aber prächtig geschmückt und wunderschön hergerichtet; sie wird von allein gehen, aber auf einen Ruf hin (vielleicht von Bell, vielleicht aus jenem unendlichen Raum?), den sie in sich spüren wird, denn ein solcher Ruf ist unhörbar. Sie wußte es so sicher, wie man es nur im Schlaf wissen kann, daß an jeder Tür irgendwelche Wächter sie aufhalten werden, die jetzt nicht zu sehen sind und die man vielleicht auch dann nicht sehen wird, die aber jedesmal, an jeder Tür, etwas von ihr abnehmen und sie erst dann weitergehen lassen. Sie wußte auch, wie das aussehen würde. Sie wußte, daß man ihr an der ersten Tür die Fingerringe abnehmen würde, an der zweiten die Arm- und Fußbänder, an der dritten die Kette, an der vierten das Schmuckband aus dem Haar, an der fünften den Gürtel und an der sechsten das Kleid. Sie wußte, daß es ihr an der siebenten Tür am schwersten sein würde, weil man ihr zuletzt das Henna, mit dem sie sich geschminkt hatte, von den Augenlidern, Lippen und Fingernägeln nehmen würde. Sie wußte, daß sie bei jeder Tür wünschen würde, zurückkehren zu können, und daß sie jedesmal fortschreiten würde, unfähig, sich dem Ruf zu widersetzen, den sie in ihrer Mitte, den sie mit ihrer eigenen Mitte hört, mit jenem Punkt, aus dem alles entspringt und in den alles mündet, was sie ist, dem Ruf, der mit jeder neuen Tür immer deutlicher, immer stärker und immer mehr ihr innerer Auftrag werden würde. Sie wußte, daß sie am Ende, völlig nackt und völlig erniedrigt, in das siebente Gemach eintreten und sich seinem Glanz überlassen würde. Einem Glanz, in dem sie vielleicht nicht zersprühen, mit dem sie aber gewiß zu einer schönen leuchtenden Einheit verschmelzen würde, in dem sie vergehen will, mehr sie selbst bleibend, als sie es jemals war.

Sie wußte, daß ihr dieser Weg bevorstand, sie wußte, daß dieser Ruf kommen und sie ihm folgen würde und daß der Beginn dieses Weges von ihrer Entscheidung abhing. Die Tür war für sie offen, und nur von ihr hing es ab, wann sie aufbrechen würde. Einmal würde sie es tun. Vielleicht verspürte sie jetzt nicht den Wunsch, diese Tür zu durchschreiten und sich dem Glanz hinzugeben, weil sie so zuverlässig wußte, daß sie es einmal wollen würde. Und vielleicht genoß sie jetzt deshalb so sehr dieses sanfte Verströmen aus sich selbst und das noch sanftere Insichergießen. Man kann in reinem Behagen genießen, wenn man weiß, daß uns Glanz und Vereinigung mit ihm erwarten, sicherer als der neue Tag.

All das wußte sie so, wie man etwas im Schlaf weiß, weil sie alles geträumt hatte, aber sie wußte es auch anders, so wie man es in dieser Welt weiß, gänzlich äußerlich. Schon jetzt, während sie schlief, wußte sie, daß sie all dies genauso morgen wissen würde, wenn sie erwachen, und übermorgen abend, wenn sie einschlafen würde, und so für immer. Und dann, wenn sie den gleichen Weg gehen wird wie Ischtar. Bis zum Ende ihres Lebens wird in ihr das Wissen von den weit geöffneten Türen und den hellen Gemächern bleiben, die sie durchschreiten wird, um mit dem Glanz zu verschmelzen. Mit Bell? Dann, wenn ihr danach ist, vielleicht wenn sie bereit ist. Deshalb kann sie so ruhig auf der rechten Seite schlafen, mit ausgestrecktem linkem Bein und ganz an den Körper geschmiegtem rechtem, mit dem Kopf auf dem Magen, in dem sich zum ersten Mal Käseklümpchen befinden, von ihren Händen gemacht.

Das Ereignis

I

Sivan und der halbe Dumuzi, der zweite Sommermonat, waren vorüber, als Schamschid zum ersten Mal im Haus «seiner lieben Kinder, vor allem seines neuen Sohnes» erschien. Er kam am späten Nachmittag, machte viele schöne Worte und entschuldigte sich, bisher nicht gekommen und in diesem schönen Heim noch nicht so zu Hause zu sein, wie es sich gehörte, denn immerhin sei er der Vater und ein vom Schicksal geschlagener Mann.

Du brauchst dich nicht schuldig zu fühlen, sagte Bell. Du bist nicht verpflichtet, dort zu erscheinen, wo man deinen Namen nicht ausspricht.

Schamschid verschluckte sich fast an Bells Trost und schwieg. Belitsilim wandte sich ab, um ihr Grinsen zu verbergen. Sie tat so, als sähe sie nach den Krügen und suchte etwas, um es dem Vater anzubieten. Bell war verwirrt, er hatte nichts Besonderes sagen wollen.

Ich wollte sagen, wir haben dich einfach nicht erwähnt. Belitsilim hat wohl ein- oder zweimal deinen Namen fallenlassen, als sie vom Unterschied zwischen ihrem Heim und dem Elternhaus sprach, aber der Knabe und ich haben dich nie genannt. Also ist es unsere Schuld und nicht deine, weil du vielleicht früher gekommen wärest, wenn wir dich erwähnt hätten.

Der Knabe ging rasch hinaus in den Innenhof, ohne die Tür hinter sich zu schließen, Belitsilim senkte ihren

Blick in den großen Krug mit den Palmensamen, und Schamschid ließ den Kopf hängen. Bells liebenswürdiger Trost hatte Unordnung hervorgerufen, aber man sah nicht, was in Unordnung geraten war, und noch weniger, wie es wieder in Ordnung gebracht werden könnte, wenn selbst das allerherzlichste Aufsichnehmen der Schuld nicht half. Er und der Knabe hatten in der Tat nie von Schamschid gesprochen, während Belitsilim, wenn sie von ihrer Freude im neuen Heim sprach, ihn ein paarmal erwähnt hatte, aber nicht im Guten. Er hatte dazu geschwiegen, weil er meinte, er sei nicht verpflichtet, sich über die Art und Weise zu äußern, in der ihr lieber Vater und Märtyrer in ihrem Heim erwähnt wurde. Jedenfalls machte Schamschid den Eindruck, als schwanke er zwischen Weggehen und Bleiben und sei beleidigt. Entweder war Schamschid ein Dschinn wie er und reich an Wissen und wußte auch die Dinge, bei denen er nicht zugegen gewesen war, oder er hatte doch etwas Unnötiges gesagt und damit die Familienfeier verdorben.

Hast du es schön mit meiner Tochter? fragte Schamschid, nachdem das Bedürfnis zu bleiben gesiegt hatte.

Wunderschön. Ich habe nicht gewußt, daß es so etwas geben könnte. Stell dir vor.

Und ich habe sie dir gegeben, als ich zu Recht annehmen mußte, du wärest ein Vagabund. Stell dir vor. Habe ich recht?

Ja, vollkommen. Du hast mich für einen Vagabunden halten müssen, denn ich habe ausgesehen wie jemand, der einen unendlich langen Weg hinter sich hat, und so einer kann schließlich nur ein Vagabund sein, nicht wahr?

Aber meine Tochter habe ich dir trotzdem gegeben, rief Schamschid anklagend.

Ja, und das ist auch gut, ich kann dir gar nicht sagen,

wie gut das ist, sagte Bell, der offenbar beschlossen hatte, allem zuzustimmen, und zwar so unmißverständlich wie möglich. Nur das Lachen fehlt noch, und so wird alles langsamer vonstatten gehen, aber auch das Lachen wird kommen.

Eigentlich weiß ich noch immer nichts von dir, sagte Schamschid nachdenklich und sah an Bell vorbei, als wollte er ihm ausweichen. Du könntest ein Vagabund sein oder ein Flüchtling, ein Dieb, ein Fremder. Hab ich nicht recht?

Gewiß, ich könnte alles sein, was ein Mensch sein kann.

Jedenfalls weißt du genug, meldete sich Belitsilim aus dem dunkleren Teil des Zimmers. Du weißt, daß er jetzt mein Mann und Herr ist, und ich füge hinzu, er ist ein guter Mann. Der beste überhaupt. Und er hat Geschenke bezahlt, vor denen es dir den Atem verschlägt.

Aber über ihn, meine liebe Tochter, über ihn weiß ich nichts. Er ist dir ein guter Mann? Wen könnte das mehr freuen als deinen Vater?! Aber was ist mit ihm? Wer ist er? Muß ich mich morgen dafür verantworten, daß er ein Flüchtling ist, den ich in meinem Hause aufgenommen und versteckt habe? Davon spreche ich, mein liebes Kind. Nein, ich bedaure es nicht, ich habe weder Ängste noch Befürchtungen. Schamschid stand plötzlich auf und begann zu brüllen. Vielleicht glaubte er, die beiden könnten ihn besser begreifen, wenn er hoch aufgerichtet vor ihnen stünde und sie ihn gut, nur zu gut, hörten. Ich fürchte nichts, und ich stehe hinter allem, was ich getan habe. Ich habe ihm eine Zuflucht und ein Heim geboten, und dafür stehe ich ein. Gut! Aber warum, ich möchte nur wissen warum.

Wir sind hier nicht in deinem Haus, empörte sich Belitsilim. Du bist nicht für uns verantwortlich.

Ich bin sehr wohl verantwortlich, schrie Schamschid. Ich bin für alles verantwortlich, was ich tue, also auch dafür. Ich muß wissen, wem ich meine Tochter gegeben habe, wem ich das wärmste Blut meines Herzens eingeschenkt und wen ich bei mir aufgenommen habe. Das will ich wissen, und das frage ich.

Ich habe es dir gesagt: einem guten Menschen und Mann, sagte Belitsilim bebend und flehend, wie zu Tode erschrocken vor etwas, was sie hinter der aufgeflammten Vaterliebe erahnte.

Das ist meine Freude, das Herz hüpft mir im Leibe, rief Schamschid. Aber ich spreche von etwas anderem, mein Kind. Was macht dein Mann? Womit beschäftigt er sich? Woher kommt er? Er hat mir einen wahren Reichtum zum Geschenk gemacht, was du selbst bezeugen kannst, und falls es notwendig werden sollte, auch müßtest. Er hat ein neues Haus errichtet an der besten Stelle der Stadt. Dafür braucht man ein Vermögen, und ein Vermögen bedarf der Herkunft oder der Arbeit. Was für eine Herkunft? Welche Arbeit? Das frage ich, weil mich das die Leute fragen. Es gibt viele Leute am Kai, die all das wissen möchten, es gibt viele Leute in der Stadt, die mit einem reichen und ehrenhaften Mann ins Geschäft kommen wollen. Aber was für ein Geschäft? Und mit wem? Was soll ich auf all das sagen? Aber die Leute fragen, viele fragen, es fragen auch Leute, deren Fragen man auf jeden Fall beantworten muß.

Warum lachen die Menschen hier nicht? unterbrach ihn Bell, als sei ihm plötzlich etwas Wichtiges eingefallen. Du sprichst von den Leuten und vom Kai. Ich habe dort viel Zeit verbracht und genügend Leute gesehen, aber keinen einzigen, der gelacht hätte. Das ist nicht gut, eine ganze Seite der Welt fehlt hier. Auch Belitsilim lacht nicht. Sie sagt, sie habe es schön und freue sich, sie sagt, sie sei noch nie so ruhig und zufrieden gewesen, aber sie lacht nicht. Warum? Warum ist hier alles so trübselig?

Versuch nicht abzulenken, erwiderte Schamschid empört. Ich frage dich, was du am Kai getan hast, wenn du nicht arbeitest und dich mit nichts Nützlichem beschäftigst.

Ich habe mich umgesehen, Leute beobachtet und zugeschaut, womit sie sich beschäftigen. Aber ich konnte nicht herausfinden, warum sie nicht lachen. Vielleicht geht es ihnen nicht gut? Es ist, als würden sie nichts empfinden, als wären sie außerhalb ihrer selbst.

Wer sagt dir, daß es ihnen gutgehen muß? Die Menschen sind nicht hier, um zu empfinden, sondern um ihre Arbeit zu tun. Aber mich interessiert, worin deine Arbeit besteht, auf diese Frage erwarte ich eine Antwort. Es ist ganz gut möglich, daß du ein Dieb bist?

Allerdings.

Ich meine es ernst, fuhr Schamschid fort. Deine Frau ist geschmückt wie eine wandelnde Schatzkammer, du bist ein vielbeachteter Mann mit ernstzunehmendem Wohlstand, der auch sichtbar ist. Du bist viele Male am Kai gewesen, und die Leute haben dich gesehen, sie erwarten etwas von dir, sie würden gern mit dir zusammenarbeiten. Aber du beobachtest sie, siehst dich nur um, besitzt ein Vermögen und arbeitest nicht. Das geht nicht, mein Lieber, das geht einfach nicht.

Und was soll ich tun?

Vor allem solltest du nicht auffallen. Du bist ein Fremder, für dich wäre es am wichtigsten, keine Aufmerksamkeit zu erregen, aber du hast sie schon über alle Maßen erregt. Das ist es, was mich beunruhigt, denn ich mag dich. Ich habe Angst um dich, darum geht es.

Aber ich muß auffallen, wenn ich einen Körper habe, empörte sich Bell. Ein Körper ist etwas Sichtbares, und was sichtbar ist, kann auch Aufmerksamkeit erregen.

Du mußt arbeiten, du mußt es so machen wie die anderen. Du bist reich und brauchst nicht zu arbeiten, dadurch unterscheidest du dich von anderen und wirst sichtbar. Aber das ist nicht schlimm, wenn du einer von hier bist, dem Hof oder dem Tempel nahestehst, so daß die Menschen daran gewöhnt sind, dich zu bewundern oder dich aus verständlicher Furcht bewundern zu müssen. Dann ist dein Anderssein der Grund für ihre Bewunderung, es ist geradezu deine Pflicht aufzufallen, und wehe denen, die dich aus Faulheit oder Nachlässigkeit nicht wahrnehmen. Aber etwas völlig anderes ist es, wenn du ein Fremder bist und nichts hast, wovor sich die Leute fürchten müßten. Dann ist dein Anderssein der Grund für Wut, Haß und alle erdenklichen Ärgernisse. Meinst du, es gibt in der Stadt nicht genug Leute, die so viel haben, daß sie nicht zu arbeiten brauchen? Aber sie arbeiten und strengen sich an, um so zu sein wie alle anderen und nicht aufzufallen. Meinst du etwa, hier lebten nicht genug Leute, die dem Tempel mehr geben könnten, als sie geben und zu geben schuldig sind? Aber sie tun es nicht, denn wer viel gibt, wird viel gesehen, und wer sichtbar ist, den vergessen die Menschen nicht, weder der Tempel noch der Hof noch die Nachbarn vergessen ihn, und dann beschäftigen sich alle mit ihm, weil sich die Menschen mit dem beschäftigen, den alle sehen und den sie nicht vergessen können. Aber daß sich alle mit einem beschäftigen, ist das Schlimmste, was einem Menschen passieren kann. Daran denke ich, mein liebster Sohn, wenn ich davon spreche, daß du irgendein Geschäft anfangen mußt. Mir ist nicht daran gelegen, dich von meiner Tochter, dem Licht meiner Augen, zu entfernen, sondern ich möchte, daß du nicht auffällst, damit euch ein langes, ruhiges und zufriedenes Leben sicher ist. Es gilt auch aus meinem traurigen Fall eine Lehre zu ziehen.

Ich weiß nicht, ob ich fähig bin, irgendeine Arbeit auch gut zu verrichten, seufzte Bell besorgt.

Ich war am Kai, ich kenne Leute, die beschlagen sind. Ich glaube, daß auch ich beschlagen bin, früher habe ich einmal gut und viel gearbeitet. Finde dich irgendwo ein, zeige dich gelegentlich besorgt, erkundige dich und sprich von Plänen, die du noch nicht enthüllen möchtest, weil sie groß sind, und von denen du hoffst, daß sie gut sind... Sei einfach wie die anderen.

Gut, wenn ihr glaubt, daß es nötig ist. Bell breitete hilflos die Arme aus und sah Belitsilim an.

Ich würde nicht davon reden, wenn es nicht nötig wäre, rief Schamschid ungeduldig.

Ich fürchte, es ist wirklich nötig, seufzte Belitsilim, auf deren Gesicht die Sorge allzu sichtbar war. Vielleicht war es das, was ihren besorgten Vater so sehr reizte.

Dann werden wir es so machen, beschloß Bell und erhob sich mit einem tiefen Seufzer, als hätte er gerade eine schwere Arbeit hinter sich.

Wie? fragte Schamschid heiter und überlegen.

Wie wir gesagt haben: eine Arbeit. Du triffst dich mit ein paar Leuten, oder du arbeitest, wenn dir darum zu tun ist, und ich werde zuschauen und lernen, damit ich so werde wie die anderen.

Welche Arbeit? Was für Leute?

Am besten überlassen wir alles dir, antwortete Bell und sah hartnäckig Belitsilim an. Sein Ton verriet, daß er von dem Gespräch genug hatte.

Gut, seufzte Schamschid, rieb sich aber doch zufrieden die Hände und begann einen Plan darzulegen, den er offensichtlich schon lange vorbereitet hatte. Ein paar verwegene Leute haben oben im Norden, jenseits der Zedernwälder, Zinn und Blei gefunden. Mit ihnen müßte man sich zusammentun, das könnte das wahre Geschäft werden. Mein Geschäft. Ich habe früher schon einmal mit einer ähnlichen Sache alles durcheinandergewirbelt, und jetzt könnte es mich wieder auf die Beine bringen, damit würde ich auf den Kai und unter die Leute zurückkehren: Schamschid ist wieder da, der alte Schamschid, der Verwegene, der durch die ganze Welt zieht und stark genug ist, etwas auf der anderen Seite der Welt zu gewinnen und herzubringen. So wollen wir es machen, wir schaffen es. Ich habe gewußt, du wirst mich neu gebären, du wirst mich wiedergebären, ich habe es gleich gespürt, als ich dich sah, und ich habe mich nicht getäuscht. Mein Sohn! Mein allerliebstes Kind! Wieviel hast du, mit wieviel kann ich rechnen?

Die ersten Worte hatte Schamschid noch normal gesprochen, doch dann begann seine Stimme vor Erregung zu zittern und steigerte sich zu feurigem Enthusiasmus, so daß er sich verschluckte und es ihm für einen Moment die Stimme verschlug. Diesen Enthusiasmus hätte auch ein kräftigerer Mann nicht vertragen, ein unvernünftiger Enthusiasmus ist das, aber einen Menschen seines Alters so voller Glauben, Kraft und Hoffnung zu sehen, ist berührend und schön. Er hatte nach Atem ringen müssen, bevor er die Schlußfrage stellen konnte.

Bell hat dir schönes Silber für mich gegeben, könntest du nicht damit beginnen? fragte Belitsilim.

Mein liebes Kind, meine unvernünftige Tochter, du Blick meiner Augen und Herz meines Herzens! Wie kannst du so etwas fragen? Mir ist wenig geblieben, viel zuwenig für ein so ernsthaftes Geschäft. Nachdem ich meine Schulden beglichen habe und wieder auf die

Beine gekommen bin, ist wenig übriggeblieben, meine lieben Kinder. Wenig, allzuwenig, aber genug, um damit etwas anzufangen, sollte mein lieber Sohn etwas Ernstzunehmendes zur Verfügung haben. Schamschid wird wieder am Kai zu sehen sein, und wieder werden ihn die Leute heimlich, hinter seinem Rücken mit Furcht und Neid den Löwen vom Kai nennen. He-he, das war ich: blutrünstig, böse, kühn und edel. So war ich. Das würde man von mir, dem Heutigen, nicht sagen, aber ich war es, ich war es wirklich. So bin ich, der, den du hier siehst. Hättest du das gedacht? Der Löwe vom Kai!

Belitsilim versuchte Bell mit dem Gesicht, mit den Augen, mit den Fingern Zeichen zu geben, und er antwortete mit ähnlichen Gesten und lächelte, er meinte wohl, das sei ihr Liebesspiel. Deshalb nutzte sie die Begeisterung des Vaters, der sich erhoben und sein Profil Bell zugewandt hatte, wobei er den Blick seiner weit geöffneten Augen an die Decke heftete, vermutlich überzeugt, daß man so doch sehen müsse, wie sehr er noch immer der Löwe vom Kai war, und deutete ihrem Mann mit auf die Lippen gelegtem Finger und fest geschlossenen Augen an, er habe jetzt absolut still zu schweigen. Und als Schamschid in seiner Position lange genug verharrt hatte, um jeden davon zu überzeugen, daß er wieder der Löwe vom Kai werden und an seinen Platz zurückkehren könne, griff Belitsilim unter dem Ruhelager nach dem silbernen Halsreif, den sie nicht tragen wollte, obwohl er von Bell war, und reichte ihn dem Vater mit der Frage, ob das für den Anfang genüge.

Diesen Halsreif hatte Bell ihr vor ein paar Tagen mitgebracht, er war so voller Freude und Stolz gewesen, daß er ihn seiner Frau nicht wie gewöhnlich, sondern ausgesprochen feierlich überreicht hatte. «Und, was sagst du dazu?» hatte er ungeduldig ausgerufen, und als Belitsilim zögerte und meinte, der Gürtel sei ihr teurer, rief er verblüfft: «Der ist doch nichts als ein Kreis im Quadrat, aber das hier sind Spiralen, drei auf besondere Weise miteinander verbundene Spiralen!» Dann zeigte er ihr, daß der Halsreif aus drei ineinander verschlungenen silbernen Schlangen gefertigt war, die nicht wie üblich einen Zopf, sondern drei vollkommene und selbständige Spiralen bildeten, eine in die andere gewunden. «Jede ist für sich selbst gemacht», erklärte Bell, «eine silberne Spirale in einen fast geschlossenen Kreis gewunden. Aber nicht vollständig geschlossen, denn dann gäbe es keinen Ausgang, und man würde kein Labyrinth bekommen. So ist eine in die andere geflochten, und zusammen bilden sie eine Figur, bei der der Anfang der einen Spirale an der Mündung der anderen sitzt, wenn wir den Schlangenkopf die Quelle und das Schwanzende die Mündung nennen. Drei Schlangenköpfe, die in einen Schlangenschwanz beißen, aber kein einziger Kopf beißt in seinen eigenen Schwanz. Der erste Kopf beißt in den Schwanz der dritten Schlange, der zweite in den der ersten und der dritte in den der zweiten. Ist es nicht wunderschön!» Bell in seiner Begeisterung war enttäuscht, weil Belitsilim nicht gleich sah, daß sich der Ausgang aus dem Labyrinth an seinem Eingang befand – im Mittelpunkt jenes Dreiecks, das von den drei dreieckigen Schlangenköpfen umschlossen wurde. Aus Silber oder einem ähnlichen, stark glänzenden Metall gemacht, spiegelten sich diese Köpfe, sanft ausgeformt, um die Dreiecksform zu betonen, einer im anderen. Und dabei bildeten sie, jeder in sich und dann von den beiden anderen reflektiert, eine kleine Öffnung, eine Leere im Zentrum des Dreiecks, das sie durch sich selbst beschlossen. Jenes kaum sichtbare Loch, das nach Bells Worten der Eingang in den Halsreif und der Ausgang aus dem Labyrinth war.

Beim Betrachten der Schlangenköpfe und im Bemühen, das unentwirrbare Geflecht des Widerscheins des einen im anderen zu verfolgen, hatte sie ein quälendes Schwindelgefühl und sogar Angst empfunden, eine abscheuliche Angst, daß jenes unzählige Male gespiegelte Loch etwas von ihr einsauge, ihr Allerinnerstes, den Kern ihrer selbst. Sie hatte das Gefühl, wenn sie sich nicht losriß, würde sie aus sich selbst schwinden, ganz ohne Schmerz, ohne Krampf, ohne Abwehr und ohne jede starke Empfindung. Wie ein Seufzer oder etwas noch Schwächeres. Als wäre sie nicht hier, oder noch schlimmer – als wäre sie es nur als Möglichkeit, als existierte sie nur beinahe. Noch vor kurzem hätte sie solchem Hinschwinden zugestimmt, aber jetzt, wo sie einen Mann und ein Heim hatte, konnte sie dem nicht mehr zustimmen, jetzt mußte sie sich dem Schwinden widersetzen, jetzt wird und darf sie nicht davon ablassen, hier zu sein. Denn genau danach würde es aussehen, wenn dieses Etwas aus ihr in das kleine Loch einginge: als hätte sie beinahe existieren können, als wäre sie beinahe hierhermarschiert und hätte dann davon gelassen. Aber jetzt läßt sie nicht davon ab, jetzt weiß sie, daß ihr Platz hier ist, jetzt wird sie die Kraft, diesen Schritt zu tun, ganz sicher finden und herüberkommen. Sie hatte den Blick von dem kleinen Loch losgerissen und den Halsreif weggeworfen, dann hatte sie ihn wieder aufgehoben und ihn sorgfältig unterm Ruhelager verborgen. «Ich werde ihn nicht tragen», hatte sie zu ihrem Mann gesagt. «Hab Dank, er ist wunderschön, doch ich werde ihn nicht tragen, ich will einen Weg finden, daß er Nutzen bringt und ihn dankbar aus dem Haus schaffen.» Jetzt reichte sie ihn mit abgewandtem Blick ihrem Vater und fragte ihn, ob er für den Beginn des großen Geschäfts ausreiche.

Schamschid sah den Halsreif zuerst unwillig an,

nahm ihn dann in die Hand, betrachtete ihn aufmerksamer und sprang plötzlich auf. Wie ein ausgelassener Knabe hüpfte er im Zimmer umher.

Was für ein Stück! brachte er schließlich hervor, viel zu aufgeregt, um sich zu setzen. Damit läßt sich alles mögliche machen, damit kann man Flüsse umleiten, das braucht man nicht fürs bloße Geschäft herzugeben. O-ho-ho! Dies ist kein Menschenwerk, dies ist kein Menschenbesitz, dies gilt es für die richtigen Zwecke gut zu nutzen. Nein, dies ist nicht fürs Geschäft, dies ist für sich allein ein großes Geschäft. Wo hast du ihn her, wo hast du ihn mitgehen lassen?

Du meinst, daß er gut ist? Bell freute sich. Ich liebe ihn sehr. Und dir gefällt er wegen der Spiralen, nicht wahr?

Wegen der Spiralen, wegen der Spiralen, äffte Schamschid ihn nach und hatte eine Art Krampf im Gesicht, weshalb wohl, wenn nicht wegen der Spiralen. Sieh her, ich bitte dich!? Siehst du, wieviel Silber das ist? Wie es gearbeitet ist? Sag mir sofort, wo du das her hast und ob es noch mehr davon gibt. Wieviel hast du davon?

Ich habe davon, so viel du brauchst, lächelte Bell. Nicht gerade solche Wertsachen, das ist eine Sonderanfertigung für meine Frau, aber Silberschmuck, verschiedenen, so viel du willst.

Aber wo hast du es gefunden, gestohlen, kann ich mitkommen?

Nur Verwegene kommen dorthin, lachte Bell, denn dorthin gelangt man auf besonderem Wege. Hinter dem Meer liegt eine andere Welt, und dort gibt es ein anderes Meer, und dort gibt es eine zweite Welt. Dort gibt es davon, so viel du willst, von dort stammt auch dies. Aber alles wird streng bewacht. Es ist eine große, schimmernde Stadt mit gepflasterten Straßen und Plätzen, mit schimmernden Gebäuden, die mit glitzernden gebrannten Täfelchen bedeckt sind. Überall sind Wächter, die die Schätze hüten. Die Schätze liegen vor den Häusern, auf der Straße, hinter jedem Zaun, in jedem Garten. So ist es bei ihnen: überall liegen die Schätze herum, als würden sie feilgeboten, doch wenn jemand davon nimmt, ergreifen ihn die Wächter und verprügeln ihn. Deshalb nimmt niemand davon, sie glauben vermutlich, daß sie auf diese Weise gute und besondere Menschen werden. Ich habe einiges eingesammelt, zwei Doppeltaschen konnte ich füllen, weil ich verschiedene Künste und Tricks benutzt habe, mit denen ich die Aufmerksamkeit der Wächter ablenkte. Trotzdem haben sie mich bemerkt und kamen hinter mir her, so daß ich fliehen mußte. Sie mir nach. Ich fliehe mit zwei Doppeltaschen, die werden mir immer schwerer, der Atem geht mir aus. Sie haben mich fast eingeholt. Angst lähmt mir die Beine, sie kriegen mich sicher, sie sind mir schon im Nacken, gleich haben sie mich. Ich komme an eine Kreuzung, und dort durchzuckt es mich: ich bin erledigt. Aber in meiner Panik erinnere ich mich, daß kluge Diebe sich trennen, um die Verfolger zu verwirren, und so trenne ich mich und verschwinde nach zwei Seiten. Da trennen sie sich auch, und eine Gruppe folgt mir auf der einen, die andere auf der anderen Seite. An jeder Kreuzung und jeder Straßenecke teile ich mich, indem ich in zwei verschiedene Richtungen laufe und auf diese Weise die Verfolger dezimiere, bis sie sich in nichts aufgelöst haben. Dann habe ich den Schatz hierhergebracht, ihn gut versteckt und bin vor dir erschienen, um dich ein neuer Mensch werden zu lassen und zu erfreuen.

Treib nur deinen Spott mit mir, versuchte Schamschid zu scherzen, aber in seinen Worten, in seinem verkrampften Körper und seinem starren Gesicht war keine Spur von Belustigung zu sehen. Mach du nur deine Witze, aber zeig mir, wo es die Schätze gibt und wie ich darankomme.

Ich habe alles versteckt, ich sagte es dir. Es ist viel, zwei Doppeltaschen, antwortete Bell und bemühte sich, ein ernstes Gesicht zu machen. Aber er hielt es nicht mehr aus, sondern brach in lautes Lachen aus, so daß der Knabe aus seinem Versteck im Innenhof hervorspähte.

Große Dinge könnten wir tun, wenn wir nur ein paar dieser Stücke hätten, sagte Schamschid voller Schmerz. Nur ein paar... Ich wäre gerächt, alles würde zu einem guten Ende kommen, hier fänden alle meine Träume ihr Ziel... Alles Bisherige wäre nicht vergebens gewesen, und ich wäre kein Idiot wie jetzt. Ihr wißt es nicht, Kinder, ihr könnt es nicht wissen.

Ich habe ein paar teure, wertvolle Schmuckstücke, sagte Bell mit einer gewissen Entschlossenheit, sie gehören dir. Geh und erobere den Kai, erobere ihn dir zurück.

Aber nein, nicht den Kai, der Kai ist zuwenig. Den Hof! Wir werden den Hof erobern. Wir werden dort wie in unserem eigenen Haus ein- und ausgehen, und wir werden allein im Tempel opfern, und alle werden es wissen... Weißt du, was das bedeutet: heute opfert Schamschid im Tempel, kommt und seht, bewundert und seid dankbar, denn sein Opfer, wenn es angenommen wird, bringt der ganzen Stadt Glück. Betet für Schamschid und dankt ihm, aber kommt nicht näher und bringt nicht eure Opfer, solange er hier ist. Eh! seufzte Schamschid, doch dann zuckte er zusammen, als sei ihm gerade etwas Unangenehmes eingefallen: Aber das ist doch sauber, was du da hast, nicht gestohlen? Ich will keine Scherereien.

Gestohlen und geplündert wäre es nur, wenn das

dicke Ekel Muranu seine Hände im Spiel hätte, meldete sich leidenschaftlich und fast allzu entschlossen Belitsilim zu Wort.

Sie konnte seine Launenhaftigkeit nicht ertragen, die sich ins Unerträgliche gesteigert hatte, seit er mit Muranu zusammen war, das heißt, seit sein Untergang begonnen hatte. Jede gute Aussicht, alles, was etwas Schönes versprach, versetzte ihn schnell in flammende Begeisterung, in eine krampfhafte Erregung, die sich lärmender und stärker äußerte als bei ganz jungen Menschen, um dann in einem einzigen Augenblick, aus dem allergeringsten Grunde in sich zusammenzufallen und sich in kleinliche kalte Angst oder ein allzu vernünftelndes Rechnen zu verwandeln. Im Verlauf eines einzigen Gesprächs konnte er gleich mehrmals aus hellster Begeisterung in tiefste Trauer verfallen, sich dann unvermutet zu neuer Begeisterung aufschwingen und gleich wieder mit unfaßlicher Geschwindigkeit zum ärgsten Zweifler an sich selbst und allen Menschen um sich herum werden, außer an Muranu.

Laß das mit Muranu, sag mir, woher du es hast, ob du etwas Ähnliches machen oder jenen finden könntest, der es kann? Schamschid schüttelte die Tochter ab und stürzte sich auf Bell.

Ich mache das alles selbst. Aber das, was ich mir für meine Frau ausdenke, will ich für niemand anders machen.

Da geht gar nichts, solange Muranu in der Nähe ist. Belitsilim schrie fast. Schick ihn weg, und dann – was immer du willst, bitte.

Und es ist sicher nicht irgendein Betrug dabei? fragte Schamschid noch einmal zweifelnd, aber er war schon an der Tür und stopfte den Halsreif unter den Kittel, so daß er Bells Kopfschütteln nicht mehr sah.

Tu es nicht, Liebster, das ist nicht gut, flüsterte Belitsilim erschrocken, während sich ihr Vater lebhaft durch die Tür entfernte. Sag ihm, daß du es nicht tust, daß du es nicht kannst, halte ihn auf, tu es nicht.

Hab keine Angst, versuchte Bell sie zu trösten, sobald Schamschid außer Sichtweite war. Ihm bedeutet es so viel, und für mich ist es wirklich nicht schwer. Vielleicht wird er auch ein neuer Mensch, so wie er gesagt hat, vielleicht ist er wirklich kein Narr.

Du bist schuld! An allem, was jetzt geschieht, und nichts Gutes wird geschehen, an allem bist du schuld, stürzte sich Belitsilim plötzlich wütend auf Bell. Lauf ihm nach und sag ihm, daß du es nicht tun wirst, oder du wirst Schuld auf dich laden, schwere Schuld. Bitte!

Was für eine Schuld?

An allem Schrecklichen, was kommen wird, wenn er Muranu nicht wegschickt. Wir werden untergehen, alles wird untergehen. Das ist abscheulich und schmutzig, Besessenheit, Krankheit, wieso verstehst du das nicht!?

Belitsilim war wie von Sinnen. Bald sank sie in sich zusammen und sah aus, als resignierte sie, bald drang sie in wütender Entschlossenheit auf Bell ein, er solle von jedem Gespräch, von jeder Verbindung mit ihrem Vater zurücktreten, denn sein wahnsinniger Traum vom Zutritt zum Hof und seine Besessenheit vom dicken Muranu, den er hartnäckig für seinen Freund hielt, werde sie zu einem gräßlichen Ende führen. «Er fühlt sich schuldig wegen seines ersten Untergangs, und jetzt möchte er dich und mich, sich selbst und die ganze Welt als Sühneopfer darbringen. Er wird uns alle in den nächsten Untergang stürzen, um zu zeigen, daß er am ersten nicht schuld ist», rief Belitsilim, doch dann beruhigte sie sich und begann Bell anzuflehen, sie sollten von hier weggehen, egal wohin, nur weit weg, so weit weg wie möglich, denn hier erwarte sie nichts Gutes.

«Und doch, es müßte dauern, all dies müßte dauern, du würdest sicher ein herrlicher Mensch werden», sagte sie am Ende erschöpft, zitternd vor Angst und Schmerz, mit dem sie sich vermutlich gegen etwas wehren wollte, was sie ahnte und von dessen Kommen sie überzeugt war.

2

Am Morgen, nachdem Bell das Haus verlassen hatte, schickte Belitsilim den Knaben zum Großen Kanal, er möge dort beim Herausziehen der Gufe helfen, denn das wäre ein guter Zeitvertreib, und er könnte sich nebenbei etwas verdienen. Der Knabe hatte keine Lust, an den Großen Kanal zu gehen, dort waren immer riesige und grobe Leute, die nur darauf warteten, die kleineren zu verprügeln, dort gab es verunstaltete Sklaven, vor denen sich normale Kinder fürchteten oder von denen man häßliche Träume bekam, es gab auch ältere und stärkere Kinder, die keine anderen duldeten, aber vor allem hatte er keine Lust, beim Herausziehen der Gufe zu helfen, weil man davon Schwielen bekam und Rückenschmerzen und es ohne jeden Nutzen war, weil dir die Älteren und Stärkeren das wegnehmen, was du bekommst, wenn du überhaupt etwas bekommst und nicht ins Wasser fällst, aus dem dich sicher niemand herausholen wird, denn das Geschäft der Leute ist es, die Gufe herauszuziehen, nicht die Kinder. Deshalb versteckte er sich in der Nähe des Hauses, und während er darüber nachgrübelte, was er mit dem Tag, den er am Kanal verbringen sollte, anfangen könnte, schlief er ein.

In dem engen Durchgang zwischen den beiden Häusern, wo er sich versteckt hatte, herrschte ein unangenehmer, geradezu unerträglicher Gestank von allem möglichen Unrat und eine Kälte, die an solchen Stellen erst mit der vollen Sonne vergeht. Deshalb erwachte er bald wieder mit dem Gefühl, bis auf die Knochen von Feuchtigkeit und Gestank durchdrungen zu sein, gerade rechtzeitig, um noch zu sehen, wie seine große Schwester das Haus verließ.

Sobald sie sich entfernt hatte, kam er aus seinem Versteck, lief nach Hause und kletterte aufs Dach, wo er sich, so dachte er, neben der Lüftungsöffnung mit Palmwedeln tarnen konnte, die dort zu Reparaturzwekken und als Regenschutz bereitlagen. Er bedauerte sich aufrichtig wegen der Unbilden, die ihn heimgesucht hatten – Dreck, Unkraut, Verfaultes, die schwesterlichen Missetaten gegen ihn, und malte sich aus, wie er sich bei Bell über all das beklagen würde, wobei besonders zu betonen war, daß er sich auf dem eigenen Dach wie ein Dieb verbergen mußte.

Er hatte es sich noch nicht richtig bequem gemacht, als die Schwester zurückkehrte und etwas Festliches vorzubereiten begann, wie an dem Tag, als sie bis in den Nachmittag hinein gefaulenzt und ihre Lieben hatte hungern lassen. Aber in ihren Vorbereitungen war nichts von jener gebremsten Heiterkeit, jener Selbstgenügsamkeit, jenem selbstbewußten Innehalten. Heute war sie unruhig, verkrampft und fahrig. Sie nahm etwas in die Hand und legte es sofort wieder hin, sie griff nach etwas anderem und nahm dann doch wieder das, was sie gerade weggelegt hatte, indem sie in halber Bewegung innehielt und ohne sichtbaren Grund von ihrer ursprünglichen Absicht abließ. Einmal gab sie ganz auf, nachdem sie einen Armreif in die Hand genommen und ihn zu Boden geworfen hatte, und setzte sich, das Gesicht in die Hände gepreßt, aufs Ruhelager, in einer Haltung, die Wut und Verzweiflung verriet, nicht aber, was stärker war.

Trotzdem fuhr sie mit ihren Vorbereitungen fort und verwandelte sich in eine wahre Schönheit. Als sie völlig nackt war – sie hatte sogar die Ringe abgelegt, mit denen sie schon verwachsen war, als sei sie mit ihnen geboren – legte sie ein Kleid oder eher einen Stoff aus stark gebleichter grober Jute an, der durch das Waschen seine braune Farbe verloren hatte und nun fast weiß war, mit Öffnungen für die Arme und für die Bänder, mit denen man über der Brust zwei überlappende Säume zuschnüren konnte. Dieses Kleid war sie holen gegangen, als der Knabe sie gesehen hatte, es ähnelte jenem, das die Priesterinnen in den Ischtar-Tempeln trugen, nur war es ein wenig enger und kürzer. Sie hatte es auch wirklich von einer Sklavin aus einem Ischtar-Tempel gekauft. Nach unten hin fiel das Kleid ein wenig weiter, weil es die Sklavin an den Hüften enger geschnitten hatte als nötig, vermutlich in dem Bestreben, zumindest einen kleinen Unterschied zu den Priesterinnengewändern zu schaffen. Belitsilim verschloß es mit einer Brosche über dem Bauch, an der rechten Hüfte, in jener Vertiefung zwischen Bauch und Hüfte, wo sich Schweiß und Frösteln sammeln. Jetzt lag das Kleid völlig glatt an und rieb bei jeder Bewegung angenehm auf der Haut.

Sie wollte nicht, daß sich das Kleid anschmiegte, und vor allem wollte sie darin keine Lust empfinden, sie wollte bei nichts von dem, was heute geschehen würde, Lust empfinden, aber jetzt war es zu spät, sie wußte nur, daß sie dergleichen nicht in einem Kleid tun konnte, das Bell berührt oder zumindest an ihr gesehen hatte. Dafür war ein Kleid am geeignetsten, das an das Gewand einer Ischtar-Priesterin zumindest erinnerte, und Belitsilim wußte, daß sie nur so tun konnte, was sie tun mußte. Wenn sie dabei schon etwas empfinden muß, so sollte es Schmerz sein, denn sie war ein Opfer, sie überließ sich dem Schrecklichen um einer Sache willen, die wichtiger war als sie selbst und ihr Wissen überstieg. Sie war mehr als eine Priesterin, heute war sie eine Priesterin, die sich selbst zum Opfer bringt, und deshalb mußte sie das Gewand einer Priesterin tragen und durfte lediglich Schmerz und heiliges Entsetzen empfinden, wenn sie schon etwas empfinden mußte. Und doch empfand sie jenes schöne wohlbekannte Erschauern, das heute nicht sein durfte, das überhaupt nicht sein durfte, solange Bell kein vollständiger Mensch geworden ist. Nichts war so, wie es sein sollte. Kein Schmerz wollte sich einstellen, kein heiliges Entsetzen, über das sie sich sogar freuen würde. Statt dessen Bitternis, Erniedrigung und eine Gereiztheit, die sie einfach nicht hinnehmen konnte. Und jetzt sogar Verzweiflung darüber, daß alles so war.

Schön ist sie, und ihr Körper genießt seine Schönheit wie ein Abtrünniger, neben ihr und genaugenommen gegen sie. Ihre Glieder sind angespannt und bewegen sich von selbst, langsam und mit Innehalten, um diese Spannung auszukosten; ihr Rücken spannt sich und richtet sich von allein auf, indem er den oberen Teil des Körpers so sehr vorschiebt, daß sie sich zu brüsten scheint; alles an ihr hebt sich irgendwie, spannt sich, füllt sich. Und warum das alles? Weil sie Muranu erwartet, das dicke Ekel, dessen Häßlichkeit Übelkeit verursacht und Widerwillen vor dem Anblick, geschweige denn vor einer Berührung.

Vorgestern hatte der Vater es ihr gesagt. Er war während Bells Abwesenheit gekommen und hatte angekündigt, Muranu werde ihm und Bell bei König Scharu-Kin, sein Glück möge sich mehren, eine Audienz besorgen, die Bell den Titel eines königlichen Goldschmiedes verschaffen würde und ihnen beiden das Recht, den Hof wann immer sie wollten zu betreten und je nach Bedarf zum König vorgelassen zu werden, was ihnen allen zu Ansehen und Glück verhülfe. Während sie am Hof weilten, werde Muranu bei ihr sein. Deshalb bemühe dich, hatte er gesagt, unterhalte Muranu und halte ihn möglichst lange auf, damit wir in Ruhe alles durchsehen können und herausfinden, was wir nach dem Gespräch mit dem König erwarten können. Wie überall finden sich auch am Hof Leute, die gern ein schönes Stück Silber annehmen, aber man muß suchen, was sich finden läßt, und für die Suche braucht man Zeit. Deshalb ziehe alles in die Länge, halte ihn hin. Sorge dich nicht um uns, Bell werde ich bis zum Abend aufhalten, und wenn nötig auch die ganze Nacht.

Ich würde mich darüber nicht mit dir unterhalten, hatte Belitsilim ihm geantwortet, ich hätte dir niemals zugehört, wenn du nicht mein Vater wärst. Leider.

Es muß sein, meine liebe Tochter und Freude meiner traurigen Jahre, du weißt selbst, daß ich es nicht verlangen würde, wenn es nicht sein müßte. Wir brauchen noch jemanden am Hof, denn Muranu ist nicht zuverlässig, und selbst wenn er es wäre, er allein genügt nicht. Du wirst nicht einmal einen Blick auf den Hof erhaschen, wenn du dort nicht zumindest zwei von deinen Leuten hast, und du bist erst dann ganz drin, wenn du ihrer fünf dort hast, auf die du dich verlassen kannst. Wie sollen wir sie finden, wenn wir sie nicht suchen. Wir können sie aber nur suchen, wenn Muranu nicht dort ist, er wird uns sonst nicht von der Seite weichen und ständig zu verstehen geben, daß wir von ihm abhängig sind, und damit alle anderen gegen uns kehren oder sie zumindest von uns ablenken. Du bist mein kleines kluges Mädchen, du weißt es, du bist mein Stolz, weil du so klug bist wie schön, und die Klugen wissen, daß eines Menschen Wert durch die Anzahl der

Wege bestimmt wird, die ihm offenstehen. Der Sklave und der Narr sind deshalb ganz unten, weil vor ihnen nur ein einziger Weg liegt, und nicht einmal den konnten sie wählen; ein Mensch ist, wer zwei Wege hat, ein kluger Mensch hat drei, der König aber ist an der Spitze und rührt sich nicht von der Stelle, ihm stehen alle Wege offen, und es gibt für ihn keinen Grund, einen davon zu gehen. Deshalb ist es so wichtig, daß wir uns mehrere Wege zum Hof auftun, aber das wird uns nicht gelingen, wenn dieser Schuft Muranu unsere Absichten entdeckt und wenn er am Hof ist, um uns unmöglich zu machen. Aber dazu wird es nicht kommen, wenn du ihn hier zurückhältst.

Aber ich will nicht, ich habe es dir gesagt, ich bin eine verheiratete Frau, ich habe meinen Mann.

Dein Vater verspricht dir, daß er dir deinen Mann bis zum Einbruch der Dunkelheit zurückbringt. Und es ist schön, daß ihr soviel wie möglich zusammensein wollt. So soll es sein, schloß Schamschid und wollte aufbrechen. Also übermorgen.

Ich habe dir gesagt, daß ich mich darüber nicht einmal unterhalten würde, wenn ich es irgendwie vermeiden könnte.

Aber weshalb?

Weil mir dein Muranu widerlich ist, weil er dich ins Verderben geführt hat und auch mich ins Verderben führen wird, wenn er nur kann, und weil das alles widerwärtig und böse ist und ich an so etwas nicht einmal denken kann, schrie Belitsilim außer sich.

Das ist vielleicht alles richtig, aber du brauchst dich deshalb nicht so aufzuregen, versuchte Schamschid sie zu beruhigen. Vielleicht kannst du nicht daran denken, aber du hast es schon einmal getan, und es ist dir dabei nicht schlecht gegangen. Hast du das vergessen?

Damals warst du mein Herr, ich mußte es tun. Jetzt

habe ich einen Ehemann, der mich verteidigt, jetzt muß ich es nicht, und ich darf es auch nicht.

Du mußt nicht, aber du solltest. Weißt du, welche Reichtümer ich Muranu gegeben habe, damit er mich am Hof einführt, und er hat es nicht getan. Aber jetzt hat er sich bereit erklärt, deinen Mann und mich einzuführen, für einen Tag mit dir. Weißt du, wie sehr dieser Mensch getrauert hat, als er hörte, daß du dich verheiratet hast, weißt du, wie sehr er auf mich eingeschrien hat, daß ich dich nicht ihm gegeben habe und welchen Schatz er jetzt für dich zu zahlen bereit wäre? Dieser Geizkragen!! Ich würde das große Begehren eines solchen Mannes nicht verachten.

Ich bin meinem Manne verpflichtet, ich kann nicht, wehrte sich Belitsilim und bemühte sich, vernünftig zu klingen.

Er verliert nichts, ihn würde ich heraushalten. Hier bist nur du und die grenzenlose Begierde eines Mannes, sein Verlangen nach dir, seine Leidenschaft nach dir, könnte man sagen. Dein Mann ist mit mir am Hof, er weiß von nichts, er hat mit alledem nichts zu tun, und er verliert nichts.

Aber du könntest verlieren. Der große Ur-Nammu sagt, daß du den zweifachen Betrag an Geschenken erstatten mußt, wenn du mich einem anderen gibst.

Niemandem gebe ich dich, ich sage nur, daß Muranu sich nach dir verzehrt. Bell weiß es nicht, er hat damit nichts zu tun und kann daraus nur Nutzen ziehen. Er könnte Unannehmlichkeiten bekommen, wenn du ablehnst. Gräßliche Unannehmlichkeiten. Du weißt, wie groß Muranus Macht ist, und du weißt, daß sich nur sein Verlangen nach dir damit messen kann. Was wird er Bell antun, wenn er erfährt, daß Bell ein Hindernis auf dem Weg zu dir ist? Was werde ich ihm antun, so sehr er mir auch ans Herz gewachsen ist, wenn ich seinetwegen nicht an den Hof gelange, jetzt, wo ich mit einem Fuß bereits dort bin? Doch schau, wenn wir an den Hof kommen, können Bell und ich etwas gegen diesen Muranu unternehmen. Wie gründlich können wir diesen Schuft vernichten und dich und deinen armen Vater rächen! Bedenke das alles, rette deinen Mann und dich selbst, mach deinen Vater und uns alle glücklich, sei, was du auch bist, mein Trost und die Stütze meiner schwachen Jahre. Es wird nur für eine kurze Zeit sein, Muranu wird nur kurz an dir und dieser Welt Genuß haben, wenn ich erst einmal an den Hof gekommen bin. Sei klug, ich bitte dich, sei klug und stark.

Von da an hatten ihre Probleme mit sich selbst begonnen. Als wäre ein Teil von ihr abtrünnig geworden, als hätte sie sich in zwei Personen gespalten, von denen die eine alles gegen die andere tut, die die wahre Belitsilim geblieben ist. Sie begann zu planen und Dinge zu tun, die zu verstehen und zu rechtfertigen ihr erst später und nur mit Mühe gelang. Sie handelte, ohne es zu verstehen und zu rechtfertigen, es handelte der von ihr abgefallene Teil, der die wahre Belitsilim, so schien es, erniedrigen und verletzen wollte. Er hatte sich das Gewand der Ischtar-Priesterin ausgedacht, hatte sie in den Tempel geführt und bei der Sklavin das Gewand bestellt, das sie jetzt trug. Ihr abgefallener Teil war freudig erregt, als die Sklavin das engere und kürzere Kleid vorschlug, weil sie einer Frau von draußen kein richtiges Priesterinnengewand geben dürfe, und genoß auf seine abgefallene Weise die ganze Zeit über die Vorstellung, daß Belitsilim heute vor dem Ekel Muranu im Gewand einer Ischtar-Priesterin erscheinen würde. Das waren wirklich nicht ihre Erfindungen, niemals hätte sich Belitsilim als Ischtar-Priesterin vorstellen können, sie hätte nicht glauben können, daß dergleichen möglich wäre und hätte diese Vorstellung nicht genossen.

Nicht sie war heute morgen zum Tempel geeilt, bei jedem Schritt auf den Zehenspitzen federnd, um die angespannten Beinmuskeln ganz zu straffen, nicht sie hatte diese Anspannung genossen, das angenehme Ziehen, die Feuchtigkeit, die sie mit dem Gefühl der Übereinstimmung mit sich selbst erfüllte. Diese andere, abgefallen von ihr und gegen sie gerichtet, hatte auch die Brosche erdacht, mit der sie das Kleid schloß; diese andere fand Genuß in dem, was sie sich ausgedacht hatte, rieb sich an der geweichten Jute und freute sich. Das ist sie nicht, das ist sie wirklich nicht.

Voller Entsetzen über sich selbst, verwirrt durch diese Spaltung, saß sie auf dem Ruhelager und preßte das Gesicht in die Handflächen. Nicht sie ist es, die Muranu mit süßer Bangigkeit erwartet. Wäre sie überflutet von Schmerz und heiligem Entsetzen, könnte sie Muranu ertragen. Dann könnte sie Bell ins Gesicht sehen, ohne Reue und Scham, denn sie hätte sich für ihn und für ihre Liebe geopfert, anschließend würde sie für immer weggehen, sie hätte ihm alles geschenkt, was sie ihm geben kann, und er würde sich ihrer im Guten erinnern. Aber sie empfindet sich selbst voll süßer Bangigkeit, sie fühlt, wie sie ganz von innerer Feuchtigkeit überflutet wird, und das kann, darf und will sie nicht empfinden.

Vielleicht hat Bell es nicht anders verdient, sein Vertrauen ist so unvernünftig, wie sein Verstehen der Welt und der Menschen unzulänglich ist. Als Schamschid den Halsreif an sich nahm, hatte sie Bell beschworen, von Geschäften mit ihrem Vater die Finger zu lassen. Sie wußte, daß überall Muranu dahintersteckte, und schon damals war die Angst um sie beide über sie hereingebrochen. Sie hatte gebeten, beschworen, gedroht, und er hatte geantwortet, daß ein paar Schmuckstücke nicht viel seien und daß er sich von ihnen gerne lossage, wenn sie ihrem Vater so viel bedeuteten. Soll er ruhig von sich behaupten, daß er viel weiß! Er kennt Dreiecke und Spiralen, aber er weiß nicht, vor wem und wovor seine Frau Angst hat.

Selbst wenn sie wollte, könnte sie ihm nicht erklären, daß sie sich vor dem Kerl fürchtet, den ihr Vater, dieses Ekel, schon einmal angeschleppt hat, damit er sich an ihr vergnügt. Nicht einmal sich selbst kann sie es erklären, es gehört zu jenen Dingen, für die es weder Worte noch Ohren geben dürfte. Sie kann es jetzt ebensowenig wie vorgestern, als sie ihn gebeten, ja, beschworen hatte, von hier zu fliehen. «Eine schreckliche Gefahr hält uns umschlungen», hatte sie gesagt, «glaube mir, ich flehe dich an, wir müssen weg von hier.» Sie sprach sogar davon, daß Muranu ihr Feind sei, sie bezeichnete Schamschid als Ekel und Gauner, von dem ihnen jede Gemeinheit drohe, sie sprach davon, wie schwach und schutzlos sie hier seien, wo alle gegen sie sind, während dort alle für sie sein würden... Vergebens. Er hatte gesagt, daß sie nicht fliehen könnten, man könne weggehen, aber man dürfe nicht fliehen, und im übrigen werde alles gut, denn er habe einen Plan, um den Menschen hier das Lachen zu bringen. In Wirklichkeit hat Bell es verdient, daß man ihn betrog, so vertrauensselig, wie er war, unfähig, die Menschen zu erkennen, obwohl er einer von ihnen sein wollte... So einer will einfach betrogen werden, so einen muß man ja geradezu betrügen. Sie als einzige auf der Welt bringt das nicht fertig, sie braucht es nicht, und sie will es auch nicht.

Während sie so dasaß, das Gesicht in die Hände vergraben, zur Gänze in zwei Personen gespalten, und dies so deutlich wahrnahm, als sähe sie jemand anderen, wie er sich vor ihren Augen teilt, hatte sie endgültig verstanden, daß sie mit jener Feuchtigkeit, mit jener abgefallenen Belitsilim nicht fertig werden würde, oder zumindest sie nicht, die wahre Belitsilim, Bells Frau. Und dann war ihr plötzlich klargeworden, daß sie mit Muranu fertig werden würde, wenn sie schon nicht mit sich selbst fertig wurde. Sie würde ihre Liebe und ihren Mann vor sich selbst schützen, indem sie dieses Ekel besiegte. «Gut ist jene Frau, die Versuchungen meidet, nicht jene, die sie beherrscht», tröstete sie sich, trotz allem voller Freude, daß sie einen Weg gefunden hatte, ihrer Schwäche zu entgehen.

Sie preßte einige große Aloeblätter aus, goß den Saft in einen schönen Krug mit schmalem Hals, schüttete Bier dazu und Mohn und Kümmelsamen. Als sie alles gut durchgeschüttelt hatte, roch sie daran und überzeugte sich, daß ihr Trank berauschend und verlockend duftete. Sie wußte, daß alles davon abhing, ob Muranu eine ausreichende Menge von ihrem Bier trinken würde und ob er es schnell genug tat. Später geschehe, was wolle, dachte sie, sollen sie sich rächen nach Herzenslust, wenn nur der heutige Tag gut vorbeigeht und ihr das, was sie mit Bell gewonnen hat, ganz und rein erhalten bleibt, wenn sie nur Muranu besiegt, wenn sie schon die Abgefallene in sich nicht besiegen kann.

Kaum war sie mit den Vorbereitungen fertig, da verdunkelte Muranus riesige Gestalt die Tür.

Sei willkommen, Herr, begrüßte ihn Belitsilim. Sie kniete nieder und neigte sich vor, bis sie mit der Stirn den Boden berührte. Sei willkommen, mögest du mir Heim und Tag verschönern.

Muranu ging lächelnd auf sie zu, ergriff sie und hob sie auf, wobei er sich bemühte, möglichst sanft zu sein.

Nicht doch, mein schönes Kind, es ziemt dir nicht, vor mir zu knien, du erfreust mein Herz und erneuerst meine Jugend, und dafür brauche ich dein schönes Antlitz. Zeig es mir, sprach Muranu, indem er sich durch das Zimmer schob und eine Bewegung vollführte, die einen Augenblick zuvor noch gänzlich unausführbar schien: über seinen riesigen Bauch hinweg, der mehr einem Sandberg ähnelte als dem Teil eines normalen menschlichen Wesens, verneigte er sich bis zum Boden. «Leicht ist es, Großer Mundschenk zu sein, leicht ist es zu sein, was du willst, wenn du so etwas besitzt», hatte Schamschid immer voller Neid über Muranus Bauch gesagt.

Auf Muranus Worte hin fand sich Belitsilim aufgerichtet, ihr Gesicht vor seinen Lippen und ihre Augen auf die drei dreieckigen Schlangenköpfe des Halsreifs gerichtet, der in den mächtigen Hals einschnitt. Eine solche Freude durchströmte sie, daß sie zu ersticken drohte und anfing zu zittern, worauf sich das Gesicht des Riesen zu einem seligen Lächeln verzog.

So sehr hat mich meine kleine Hindin ersehnt? sagte er sanft und zog sie an seine breite Brust. Du hättest nicht so lange warten müssen, wenn ich gewußt hätte, wie groß deine Sehnsucht ist. Auch meine ist nicht klein, glaub mir, nichts bei mir ist klein, das weißt du. Er lachte vielsagend, ohne dabei etwas von jener Zärtlichkeit zu verlieren, die ihn überflutete.

Belitsilim schob Muranu zum Ruhelager, sie schmiegte sich an ihn, und er, gerührt und selig, freudig erregt durch ihre Leidenschaft und Sehnsucht, die sie nicht einmal so zu verbergen vermochte, wie es der Anstand erforderte, plapperte ihr schöne Worte ins Ohr, ermutigte sie und beteuerte, sie werde niemals mehr so lange fern von ihrem Eber sein. Und als ihm die schönen Worte ausgingen, begann er zu schnurren und zu gurren, wohl ohne zu wissen, was er eigentlich sagte.

Leg dich nieder, schöner Herrscher, nötigte ihn Belitsilim, leg dich nieder und ruh dich aus, betrachte mich und warte noch ein wenig, erlaube mir, mich ein wenig um dich zu kümmern und mich dabei so schön zu erweisen, wie ich kann.

Belitsilim hatte wie befeuert gesprochen und erregend zugleich und dabei ihren Körper gewunden, so gut es das Kleid zuließ, an dessen sanftem Kratzen sie offensichtlich wirklich Genuß empfand. Nachdem sie Muranu gebettet hatte, beugte sie sich über seinen Riesenkörper und legte ihre Hände um sein Kinn, wobei sie den Halsreif berührte, der ihn schmerzhaft einschnüren mußte.

Ich würde diesen Halsreif ablegen, damit du mit Genuß trinken kannst, was ich für dich zubereitet habe. Nur für dich. Aber auch um dich zu erholen, damit du frei und in vollen Zügen atmen kannst, wie es einem Menschen deiner Größe angemessen ist.

Ich würde ihn dir gerne schenken, aber ich habe ihn von deinem Vater bekommen, sagte Muranu, während Belitsilim den Verschluß öffnete, den Halsreif aufklappte und mit den Fingern spielerisch die dunkelrote Spur am Hals rieb.

Ich würde ihn gerne annehmen, aber das wäre die Rücknahme eines Geschenks. Ich habe ihn dem Vater für seine Geschäfte gegeben, weil ich wußte, daß er ihn dir geben wird. Laß etwas von mir stets bei Muranu sein, habe ich gedacht, damit es ihn an mich erinnert. Dies ist, als wäre ich dir stets um den Hals. Sieh nur dieses kleine Loch, zwitscherte Belitsilim und zeigte ihm die Öffnung, durch die sie damals verströmt war, ich wollte, daß du es betrachtest, wenn du an mich denkst, ich möchte, daß du es ständig betrachtest und dieses Löchlein dich Tag für Tag an mich erinnert.

Als sie sicher war, daß Muranu begriffen hatte, was er betrachten sollte, legte sie den Halsreif beiseite, öffnete ihm den Gürtel und streichelte seine unbehaarten fleischigen Brüste mit den Handgelenken und Händen.

Dann riß sie sich mit einem Seufzer los, sie wollte diese nackte Brust in Erinnerung behalten, sie empfand sie als etwas wirklich Schönes und Herrschaftliches, als etwas Betäubendes und Leidenschaftliches. Dabei plapperte sie ohne Unterlaß und erklärte, sie würde nicht von ihm lassen, wenn sie nicht müßte, er solle sie noch ein wenig ansehen, damit sie sich betrachtet fühle und aufmerksam sei, denn dann werde sie – erfüllt von Dienstfertigkeit und dem schönen Anblick – ihren schönen Herrn so entblößen, daß er vor ihr vollkommen offen sein werde, so wie sie vor ihm. Sie erhob sich und ließ Muranu selig stöhnend auf dem Ruhelager in einer bequemen Haltung zurück, in der er ihren Anblick genießen konnte.

Als sie den Krug mit dem für den großen Gast vorbereiteten Trank holen ging, fühlte sie sich wie nie zuvor, ihr war, als könnte sie sich über den Boden erheben und durch die Luft schwimmen, wenn sie nur wollte, oder mit einem Blick oder mit der ausgestreckten Hand die dunklen Teile des Zimmers in Licht tauchen, wenn ihr danach wäre. Sie fühlte, daß ihre Haut, erglüht von der Jute, die sich bei jeder Bewegung an ihr rieb, ein starkes Leuchten verströmte, so daß sich um sie herum eine lichte Wolke bildete, ein leuchtender Kreis, der vielleicht keine Wärme, aber Glanz hatte. Wie das, woraus Bell gemacht war. Wenn er doch hier wäre! Wenn er sie doch fühlen könnte, wie sie sich in diesem Moment fühlt!

Sie hatte den Eindruck, daß sich jede ihrer Bewegungen ins Unendliche verlängerte, daß ihr Bein und die Bewegung dieses Beines sich gegenseitig formten und etwas sich selbst Genügendes schufen, etwas Wunderschönes, etwas von der Welt und von ihr selbst völlig Getrenntes, etwas, das sie von außen sah und von innen fühlte, etwas, aus dem die Lust ist und aus dem sie wie ein Schwall hervorbricht. Zugleich sah und fühlte sie die Form jedes ihrer Glieder, als ob sie sich zugleich von ihr wegbewegten und sich in sie einprägten, so daß sie ihren Fuß und ihre Hand, ihre Lippen und ihren Hals als Abdruck ihrer Glieder nicht nur in sich fühlte, sondern sie zugleich sah, wobei sie sich tatsächlich so sah, wie es vermutlich die begierigen und gebannten Augen Muranus taten. Sie sah von außen und fühlte von innen, wie sie sich auflöste, wie sie in viele wunderschöne Teile zerfiel, die sich selbst genügten und in sich vollkommen waren, und in diesem Zerfallen empfand sie einen solchen Genuß, in dieser Selbstvermehrung erglühte sie derart, daß sie, in Taumel versinkend, außer Atem geriet und krampfhafter zitterte als Muranu. Etwas in ihr schrie, und vielleicht hätte sie auch selbst geschrien, wenn sie Atem gehabt und nicht ihre ganze Lebenskraft auf jenes Zersprühen und Vermehren ihres wunderschönen Körpers verwendet hätte.

Dies habe ich für dich bereitet, Herr, sagte sie atemlos, als sie den Krug mit dem engen Hals brachte. Ich weiß nicht, wie es auf dich wirken wird, niemand hat, glaube ich, je etwas Ähnliches getrunken. Ich habe dieses Getränk für dich erdacht, es hat sich mir entdeckt, während ich so stark, wie man nur kann, an dich dachte. Eigentlich hast du es mir entdeckt, während du abwesend warst und dein Kommen aus der Ferne ankündigtest.

Sie nahm Muranus Kopf in den Schoß und flößte ihm, unter leichtem Neigen des Krugs, den Trank ein. Während der braune Saft in den halbgeöffneten Mund troff, gurgelte Muranu entzückt, seine Augen waren geschlossen, und sein riesiger, vom angenehmen, schweren Duft betäubter Körper zitterte. Mit undeutlichem Ausruf protestierte er, wenn Belitsilim innehielt, um ihm eine Pause zu gönnen, so daß sie fortfuhr und den

Krug neigte, bis ihr großer Gast schließlich alles in einem Zug austrank, was sie für ihn zubereitet hatte. Der so verwöhnte und selige Muranu drehte sich, nachdem er alles ausgetrunken hatte, auf den Bauch und begann seine Lippen, als würde er sie abwischen, an dem Jutekittel zu reiben, verspielt und kosend.

Viel gäbe ich darum, wenn mein Trank so wirkte, wie ich es mir wünsche, o Herr, und daß er dir genau das beschert, was ich dir zugedacht habe, sagte Belitsilim und machte mit den Fingern Falten auf Muranus Scheitel, als würde sie ihn gleichzeitig massieren und streicheln. Ich würde mein halbes Leben geben, das ganze Leben würde ich geben.

Das ist nicht nötig, es genügt, wenn du mir hin und wieder einen Tag schenkst, antwortete Muranu, der sich zusammenkuschelte, sein Gesicht an ihrem Schoß rieb und einen schläfrigen und zärtlichen Ton suchte. Es wirkt genauso, wie du wolltest, alles ist so, wie du es wolltest. Wenn ich nur geahnt hätte, daß du so bist... Ach, alles werden wir nachholen, ich verspreche es dir. Nur weiter so, rief er, als Belitsilim aufhören wollte, mit der Haut auf seinem Scheitel zu spielen, auch den Nakken und den Hals. Das ist so gut, das ist gut.

Muranu war, während er Scheitel, Hals und Nacken der Berührung überließ, die gleichzeitig Kosen und Massage war, in einen Zustand wahrer Betäubung versunken, in dem sich auch die Berge seines Fleisches entspannten und sich sanft und selig beruhigten. Da packte ihn plötzlich ein heftiger Krampf. Verblüffend schnell sprang der Riese auf alle viere, schoß in die Höhe und rannte aus der Tür. All das mit kurzen, schnellen, ruckartigen Bewegungen, die die Größe und Schwere seines Körpers verleugneten. Belitsilim sah ihm nach und ließ sich auf die Seite fallen, richtete sich wieder auf, mit dem Gesicht zur Tür, und begann zu zittern. So hielt sie eine Zeitlang inne, dann drehte sie sich auf die Seite und überließ sich den starken Krämpfen, die ihren ganzen Körper erschütterten.

Der Knabe, verwirrt durch alles, was er gesehen hatte, und besorgt um den großen Freund des Vaters, kroch unter den Palmblättern hervor zum Rand des Daches. Er sah Muranu ächzend dahocken, mit gelüpftem Kittel, ein, zwei Schritte rechts von der Tür. Noch bevor der Knabe es sich bequem machen konnte, hatte sich Muranu beruhigt, war hochgekommen und stand für einen Augenblick unentschlossen da, ob er ins Haus zurückkehren oder weglaufen sollte. Dann entschloß er sich doch zur Flucht und lief zur Straße hinunter, aber bevor er noch zwei Schritte gemacht hatte, hockte er schon wieder, gefällt von der Explosion im Magen, die ihn aus dem Haus getrieben hatte. Nach längerem Dahocken, das ihm vielleicht Erleichterung verschaffte, ihn aber auch schwächen mußte, richtete er sich wieder auf und rief mit schwacher Stimme nach den Sklaven mit der Sänfte. Sie hörten ihn nicht, so daß er lauter rief und dann dem Sklaven, der die Sänfte mit dem Großen Mundschenk durch die Straßen trug, in den Nacken schlug.

Er fragte, ob die Sänfte eine Bodenöffnung habe. Auf die verneinende Antwort des Sklaven heulte er vor Schmerzen, hob sein Gesicht zum Himmel und trat und schlug den Sklaven mit Füßen und Händen.

Sofort ein Loch machen, sofort, befahl Muranu mit schrecklicher Stimme und prügelte auf den Sklaven ein. Von jetzt an mache ich keinen Schritt ohne Bodenöffnung. Keinen Schritt!

Bevor er sich noch richtig hingesetzt hatte, rissen die erschrockenen Sklaven die Sänfte hoch und rannten los, so daß der große Herr umstürzte und zu Boden krachte. Aber auf dem Dach des Hauses war nicht zu hören, ob er deshalb wütend war, ob er drohte und was für eine Strafe die ungeschickten und hastenden Sklaven treffen würde.

Der Knabe erhob sich, setzte sich an den Rand des Daches. Alles mögliche war hier geschehen, aber kein Mensch würde all die Rätsel lösen. Es ist unklar, es ist gefährlich, und es ist konfus. Er hatte verstanden, daß seine Schwester eine Zauberin war und daß sie Beziehungen zu bösen Geistern unterhielt, die den Magen befallen können. Er hatte verstanden, daß sie einen kleinen Magenteufel in den Krug gesperrt und ihn Muranu eingeflößt hatte, worauf dessen Magen explodiert war. Er hatte verstanden, daß er über all das vor Bell und vor der ganzen Welt schweigen mußte, denn die böse Schwester könnte auch ihm etwas Ähnliches antun, wenn er sie anschwärzte. Das war schade, denn man hätte Bell alles mögliche Interessante, Gefährliche und Hinterhältige erzählen können, wenn man nur dürfte. Wie Kinder aus ihrem eigenen Haus getrieben werden, mit schrecklichem Hunger und einem bösen Geist im Magen. Aber man durfte nicht. Schade. Und er begriff, daß alles, was er verstanden hatte, eine Kleinigkeit war gegenüber dem, was geschehen war.

3

Sorgenschwer und traurig saßen Bell und der Knabe in der offenen Tür ihres Hauses und warteten auf die Rückkehr Belitsilims, die am späten Vormittag weggegangen war. Sie warteten immer verzweifelter und fürchteten, sie werde überhaupt nicht zurückkommen, und ihre Trauer wuchs, jene besondere Trauer, die sich in den Verlassenen, in den Überflüssigen, in den Sinnlosen einnistet. Und mit der Trauer wuchs das Bedürfnis zu reden und das Gefühl, nicht reden und nichts sagen zu können, weil alles, was sie hätten sagen können, schon gesagt war oder nicht ausgesprochen werden durfte, denn von überflüssigen Menschen können nur überflüssige Worte kommen.

Das war zu erwarten, sagte der Knabe und schüttelte bedeutungsvoll den Kopf. Bei ihr muß man mit allem rechnen, denn sie ist nicht von dieser Welt.

Sie ist es, aber ich bin es nicht, und darin liegt das Unglück, sagte Bell. Aber ich könnte es mit ihrer Hilfe werden. Bestimmt.

Du bist es, aber sie nicht, sie ist ganz anders. Wenn du wüßtest, was ich weiß, und wenn ich erzählen dürfte!

Es liegt nicht am Wissen, ich weiß ohnehin zuviel, viel mehr als die Menschen brauchen können. Es liegt daran, daß ich nicht fühle, wie ich sollte, erklärte Bell geduldig. Fast hätte ich auch Gefühle erlangt, wenn sie nicht die Geduld verloren hätte und vor etwas erschrocken wäre. Wenn bei ihr nicht diese Angst dazwischengekommen wäre, hätte ich heute vielleicht schon Gewicht, Hunger, Schmerz. An jenem Tag, als Schamschid und ich beim König waren...

Von dem Tag spreche ich ja, denn an diesem Tag ist es geschehen, unterbrach ihn der Knabe. Wenn man nur reden dürfte!

An dem Tag hat sie geschrien und verlangt, daß ich mich beeile, sie hat gefordert, daß ich sie fühle. Und ich habe beinahe gefühlt, glaube mir! Ich habe sie in diesem dummen Kleid aus gebleichter Jute gesehen, ich habe das Licht der Lampe mit ihren Formen spielen sehen, ich habe gefühlt, daß etwas durch meinen Körper strömte, das ohne sie nicht hätte strömen können. In meinem Körper war Schwere, und sie, diese Schwere, machte meine Form zu einer endgültigen, verpflichtenden, gegebenen Form. Darum geht es doch, verstehst du?! Daß ich diese Form nicht nach meinem Willen wähle, sondern als Verpflichtung und als Geschenk erhalte, als etwas, das mir aufgegeben ist, das mich verpflichtet, indem es mir Wahrhaftigkeit und Unabdingbarkeit verleiht. Meine Form ist vor mir da, sie bestimmt mich, und die Schwere gibt ihr Unveränderlichkeit und Unabdingbarkeit, Wahrhaftigkeit und Tatsächlichkeit. Diese Schwere habe ich in mir gespürt, als ich Belitsilim in jener Nacht in ihrem häßlichen Jutekleid sah, ich spürte, daß ich die Form, die ich jetzt habe, nicht mehr verändern kann, daß diese Form, wenn sie Schwere hat und wenn ich Schwere habe, endgültig und für mich bindend ist, daß die Form und ich durch die Schwere, die uns gemeinsam ist, unauflöslich verbunden sind, und daß es das eine ohne das andere nicht gibt. Ihr nennt das Schicksal und Charakter, nicht wahr? Charakter, Schicksal und Form verbinden sich miteinander durch die Schwere, sie sind so ineinander verflochten, daß man nicht weiß, wo was ist. In anderen Welten lassen sie sich vielleicht trennen, aber hier, wo der Mensch Schwere hat, sind sie unwiderruflich miteinander verbunden. Genau das hat sich in jener Nacht ereignet.

Das ist noch das Geringste, was sich damals ereignet hat, lächelte der Knabe geheimnisvoll, offensichtlich in dem Wunsch, Bell möge ihn ausfragen und mit hartnäckigem Nachforschen dazu bringen, die Ereignisse jenes Tages zu erzählen.

Nein, es ist das Höchste, damit wäre meine Übersiedlung abgeschlossen, erklärte Bell aufseufzend. Wenn nur nicht ihre Angst gewesen wäre und sie noch etwas Geduld aufgebracht hätte.

Die braune Dämmerung hüllte die Welt ein und stellte die Formen und die Schwere der Dinge in Frage, und die Trauer und Besorgtheit, die sich schon zu Mittag auf Bell und den Knaben gesenkt hatten, nahmen zu. Beim Blick durch die Tür sahen sie, wie sich die Mauern in das trübe Licht der Dämmerung verwandelten, wie sie mit der Luft und dem braunen Boden hinter ihnen verschmolzen, sie sahen, wie die Katze mit der räudigen Weiche mit der Wand verschmolz und unsichtbar wurde, sie sahen, wie der Haufen Lehmziegel mit den beschädigten Rändern seine klare Form verlor und wie er dem Blick entschwand, als würde er sich auflösen und zum Licht der Dämmerung werden… Sie sahen, wie die Welt Form und Schwere verlor, wie sie eine häßliche Neigung zeigte, bis zu jenem Grad leichter zu werden, da man sich erheben und wegschweben kann, wohin es beliebt, und es keine Schwere mehr gibt und die Form nicht wirklich, nicht auferlegt und bindend ist. Nirgends währt die Dämmerung so lange wie hier, und deshalb sind nirgends auf der Welt Schwere und Form so wichtig wie hier. Vielleicht ist hier deshalb alles so trübsinnig, vielleicht lachen die Leute deshalb nicht und machen mir die Übersiedlung so schwer, dachte Bell beim Anblick der Dämmerung, die alles in Frage stellte, was er kurz zuvor dem Knaben erklärt hatte.

Wegen des Lachens war all dies geschehen. Als er mit Schamschid beim König Scharu-Kin war, hatte er nach dem Lachen gefragt, das heißt, er hatte gefragt, warum es an den Stätten des glücklichen Scharu-Kin kein Lachen gebe. Er hatte den König zu überzeugen versucht, man werde mit dem Errichten von Tempeln und Palästen, Befestigungsanlagen und Treppentürmen wenig ausrichten, solange die Menschen nicht lachten. Ein Herrscher ist groß und bleibt lange im Gedächtnis, wenn die Menschen seiner Zeit gelacht haben, sagte Bell, und der König antwortete, wie ihm auch Schamschid einmal erklärt hatte, daß die Schöpfer der Welt mit der Unsterblichkeit und dem Glück auch das Lachen für sich zurückbehalten hätten und daß für die Menschen und alle anderen Geschöpfe in der Welt nur Tod, Angst und Arbeit geblieben seien. Bell widersetzte sich und versuchte ihn zu überzeugen, daß es nicht so sei, denn die Dinge dieser Welt hätten eine Form erhalten, das heißt, eine Ganzheit, und diese müsse bewahrt werden, aber der König unterbrach ihn gelangweilt und erklärte, ihm sei es so gesagt worden, und soweit er sich erinnere, heiße es so auch in den Liedern und Gebeten, aber er wisse es nicht zuverlässig und es interessiere ihn im übrigen auch nicht, sondern sie beide mögen zu seinem Kammerherrn gehen und sich mit ihm wegen des Schmucks bereden, den sie erwähnt hätten, und könnten sich dann nebenbei auch um dieses Lachen kümmern, falls man hier etwas tun könne, ihm sei es egal, man solle ihn in Ruhe lassen, denn es sei bekannt, daß er allein für das Ganze verantwortlich sei, daß aber für verschiedene Einzeldinge verschiedene Leute verantwortlich seien, und über diese Einzeldinge solle man sich mit jenen Leuten unterreden. Mit diesem Rat entließ er sie.

Der Kammerherr war begeistert, Bell zum Hofjuwelier und Schmuckmeister zu machen, er gab zu, sein Lebtag nicht so schöne Dinge gesehen zu haben wie jene, die er und Schamschid mitgebracht hatten, aber gegen das Lachen sträubte er sich. Weder die Religion noch der Staat könnten vom Lachen Nutzen haben, sagte er, und sie könnten sich um das Lachen auch nicht kümmern, denn es gebe keinen Grund dafür, und Religion und Staat dürften nichts tun ohne Grund. Und nicht allein, daß sie keinen Grund hätten, fügte er hinzu, sondern sie dürften es tatsächlich nicht, denn das könnte ihnen viel Unglück bringen. Man könnte dem Lachen einen Tempel errichten, schlug er vor, allein, was hätten die Priester dieses Tempels zu tun, wie sollten sie sich verhalten? Die Menschen kitzeln? Sie mit gespitzten Schilfrohren stechen? Was wären das für Priester? Was für ein Zerrbild eines Tempels und einer Religion wäre das wohl? Wie und wann würde sich das alles auf die anderen Tempel, auf die gesamte Religion, auf den Staat übertragen? Und übertragen würde es sich, denn es läßt sich nicht aufhalten, wenn es einmal in Bewegung gekommen ist. Lachen bedeute außerdem Geringschätzung, Religion und Staat aber dürfen nicht geringgeschätzt werden. Das kann man keinesfalls dulden.

Bell lag es schon auf der Zunge, ihm zu erklären, daß er an einem Ort, wo es kein Lachen gibt, nicht Mensch werden könne, aber im letzten Moment erinnerte er sich, daß das für den Kammerherrn kein Grund wäre, und versuchte statt dessen zu erklären, daß es verschiedene Arten des Lachens gebe und daß diejenige, mit der man Geringschätzung ausdrücke, die niedrigste Art sei, wie schon ihr Name sage, jene armselige Art, zu der müde und hilflose Menschen verurteilt seien, die sich einzureden versuchen, sie hätten Macht. Aber es gibt das Lachen der Kinder, erklärte Bell, das fröhliche Lachen des Körpers, der sich selbst erkennt und sich dieser Erkenntnis freut; es gibt das zweideutige Lachen des Wissenden, das gleichzeitig erhebt und erniedrigt, erfreut und schmerzt, jenes Lachen, das Ähnlichkeiten und Verbindungen zwischen Dingen und Erscheinungen entdeckt, die auf den ersten Blick völlig unvereinbar sind; es gibt das Lachen aus Wonne, jenes Lachen, mit dem wir geliebten Menschen und der Wonne begegnen, mit der sie sich uns zuwenden. Am wenigsten wahrhaftig und am wenigsten wirklich ist jenes Lachen, vor dem ihr euch fürchtet, du, der Staat und die Religion, rief Bell, im Bemühen, den großen königlichen Kammerherrn zu überzeugen, der am Ende bereit war, allem zuzustimmen, nur um dem lästigen Bittsteller zu willfahren, der Kleinodien brachte und Hofjuwelier und Schmuckmeister werden wollte.

Aber wie? Jeder Art Lachen einen Tempel errichten? Alle bestehenden Tempel dem Lachen weihen? Was können Religion und Staat überhaupt für das Lachen bewirken? Wenn es tatsächlich so wichtig ist, müßte dein Lachen wohl auch entsprechend stark sein, wenn es aber so stark ist, dann soll es für sich selbst sorgen, warum sollen der Staat und die ernsthafte Religion dafür sorgen. Ich kann an das nicht glauben, was im Innern ist, wenn es nicht fähig ist, einen Weg hinaus zu finden und draußen ein wenig Wirklichkeit für sich zu erobern, sagte der Kammerherr. Du kannst mir glauben, daß es nicht lohnt, einen Sinn zu kennen, der nicht imstande ist, sich selbst und ohne fremde Hilfe einen Körper zu schaffen. So sprach der Große Kammerherr des großen Königs Scharu-Kin, der verantwortlich war für den Schmuck und einige andere Dinge, unzufrieden damit, daß ihm Bell auch die Sorge um das Lachen aufgebürdet hatte.

Nach der Rückkehr vom Hof hatte Bell seine Frau gefragt, wie man etwas für das Lachen tun und was er dem Kammerherrn vorschlagen könne, der seine Hilfe zugesagt habe, wenn er ihm etwas Vernünftiges und für den Hof Nützliches vorschlage. Eigentlich hatte ihn Belitsilim zuvor gefragt, ob er spüre, ob er sehe, wie schön und strahlend sie sei, ob er wisse, wie gut und wie sehr sie sein sei, obwohl sie das schäbige Gewand einer Ischtar-Priesterin trage, und dann hatte sie ihn aufgefordert, hatte verlangt und gebeten, er solle sie fühlen, er solle sie so fühlen, wie sie sich und ihn fühlt, er solle sie vollkommen fühlen, und zwar gleich, jetzt, sofort. Als sie sich ein wenig beruhigt hatte, erzählte er ihr von seinem Besuch bei Hof, vom Lachen, davon, daß er dank ihrer vielleicht schon ein Mensch wäre, wenn es hier Lachen gäbe und wenn die Menschen hier ganz wären. Selbst wenn ich kein Mensch sein wollte, würde ich hier an das Lachen erinnern, sagte Bell, ich müßte es einfach, denn Dschinns meiner Art brauchen die Ganzheit, sie träumen von ihr und hüten sie. Ich kann nur ein ganzer Mensch werden, und wenn ich ein Mensch sein möchte, muß ich Lachen und Traurigkeit miteinander verbinden. Aber ihr lacht nicht, weder du noch Schamschid habt über meine Geschichte vom Diebstahl des Schmucks gelacht. Diese Geschichte ist heiter und ausgedacht, sie ist harmlos und nimmt ein gutes Ende, aber ihr habt nicht gelacht, sagte Bell.

Im Verlauf dieses Gesprächs wich die Unruhe von Belitsilim. Das Hochgefühl, in dem sie ihren Mann erwartet hatte, rann aus ihr aus, sie versank in eine müde, sorgenvolle, fast stumpfe Ruhe. Als hätte sie die Begeisterung, in der sie sich zuvor befunden, vor der Angst geschützt und als hätte ihre Ernüchterung dieser Angst, dem Mißtrauen und der Beklemmung den Weg geöffnet. Wieder bat sie, sie sollten wegziehen, wieder fürchtete sie sich vor dem Hof und vor Schamschid, wieder versuchte sie, glaubhaft zu machen, daß ihre Ahnungen wahr seien und daß durch seinen Aufenthalt am Hof nichts Gutes auf sie zukommen werde. Diese Nacht hatten sie in trauriger Stimmung verbracht, es war ihre erste traurige Nacht im neuen Heim. Und am nächsten Morgen war sie in aller Frühe irgendwohin verschwunden und erst nach Mittag zurückgekehrt, wütend und erschrocken wie nie zuvor.

Schamschid ist ein Schurke und Gauner, und du bist ein ekelhafter, dummer Narr, schrie sie auf Bell ein, als sie zurückgekehrt war. Sie hatte noch alles mögliche geschrien, sie hatte gesagt, Bell sei egoistisch, denn er spüre nicht, wie sehr sie ihn brauche, und schone sich deshalb nicht für sie, sie beschuldigte ihn, er sei dumm, denn er sehe nur seine Gründe und nicht das, was gegen sein Ziel gerichtet sei... Lange hatte sie so gewütet und war dann in Tränen ausgebrochen und hatte sich wieder beruhigt und erzählt, was ihr an diesem Tag widerfahren war.

Sie sei erst in Schamschids Haus gewesen, dann am Kai, und schließlich habe sie sich zum Hof Zutritt verschafft, indem sie sich auf Muranu berief, weil sie ahnte, daß ihr Vater dort umherschlich und Intrigen ersann, um seinen Wahnsinnstraum von einer ständigen Position am Hof zu verwirklichen, wobei ihm das nie gesehene Juwelenkunsthandwerk seines Schwiegersohns eine Hilfe sein sollte. Sie habe Muranu übellaunig und matt angetroffen, versunken in den Anblick der drei dreieckigen Schlangenköpfe und gleichgültig gegenüber allem auf der Welt, außer jenem kleinen Loch im Zentrum des Dreiecks. Auf ihre Frage, wann er zu ihr kommen werde, um das nachzuholen, was sie versäumt hätten, habe er nur abgewehrt, sichtbar verwundert darüber, daß ein normaler Mensch den Wunsch verspüren könne, zu ihr oder einer anderen Frau oder zu sonst einem Menschen zu gehen, wenn er statt dessen dasitzen und dieses kleine Loch studieren könne. Einzig beim Gespräch über den Magen und über Örtlichkeiten, an denen er sich erleichterte, sei Muranu aufgelebt und habe ein wenig Interesse gezeigt, und auf die Frage, wo Schamschid in diesem Moment sein könnte, habe er mit der Hand einen Kreis beschrieben und gesagt: «Hier irgendwo.»

Schamschid sei beim Kammerherrn gewesen und habe Belitsilim häßlich angeschnauzt, nicht wiederzuerkennen. Seinerzeit, als er schon zugrunde gegangen war, es aber noch nicht begreifen wollte und sich etwas vorzumachen versuchte, habe er noch immer so getan, als trügen an seinen kleinen Problemen einzig die Menschen in seiner Umgebung die Schuld. Er habe damals wohl auch geschrien und auf alle geschimpft. Aber jetzt habe er sie irgendwie anders angefahren, nicht mit dieser harmlosen Verbitterung wie damals, sondern mit einer weit häßlicheren, verletzenden Anmaßung hatte er sie angefahren, wie man einen Straßenköter anschreit oder eine Fliege verscheucht. Er mußte sich eine Gemeinheit ausgedacht haben, irgendeine unbeschreibliche Hinterhältigkeit, und es mußte ihm gelungen sein, den Kammerherrn dafür zu erwärmen (er wäre nicht so aufgeplustert auf sie losgegangen, wenn er nicht längst mit dem Kammerherrn unter einer Decke steckte). Für den Kammerherrn aber sei Schamschids hinterhältiger Plan ein Himmelsgeschenk gewesen, denn er mußte gesehen haben, daß Muranu am Ende war und er mit einem geschickten Zug die Stellung des Mundschenks erobern könnte, die ihn zu weiteren Gemeinheiten verpflichten würde. So war es an diesem Tag gewesen, und damit endete Belitsilims Geschichte.

Gestern nun war Bell an den Hof gerufen worden, und der Kammerherr hatte zu ihm gesagt, nach langer Überlegung habe er einen Weg gefunden, etwas für das Lachen zu tun. Der einzige Weg, so sagte der Kammerherr, sei, daß er, Bell, ein Puhu werde. Wann immer er etwas Bedrohliches, Häßliches oder Unziemliches ahne, ziehe sich der König in die Unsichtbarkeit zurück, und ins Zentrum trete der Stellvertreter, der Puhu, der die Gefahr auf sich zieht oder das tut, was der wahre König nicht kann, weil es für ihn unziemlich wäre. Mir ist die Idee gekommen, hatte der Kammerherr gesagt, du könntest den Puhu machen, und zur Zeit der Unsichtbarkeit des Königs und deines Aufenthalts im Zentrum würde den Leuten erlaubt, alles zu tun, was sie zum Lachen bringt. Wir werden für diese Zeit einen

Tempel errichten, in den du dich später als Priester zurückziehen kannst, die Menschen werden in deinen Tempel kommen, um sich mit Opfern reuevoll von allem Schäbigen, das sie an diesen Tagen begangen haben, zu reinigen und sich ihrer möglichen Sünden zu entledigen.

Das könnte eine gute Sache werden, aber ich weiß nicht, ob Reue und Opfer nötig sind. Ist das denn wahres Lachen, wenn du danach bereust? fragte Bell den Kammerherrn, der sich schon benahm, als wäre er der Mundschenk.

Du kennst die hiesigen Menschen nicht, winkte der Kammerherr traurig ab, als graute ihm. Für sie ist das Lachen mit Ekstase verbunden, sie glauben, die Ekstase ist nur echt, wenn sie darin etwas tun, dessen sie sich später schämen werden. Die Ekstase ist für sie Selbstvergessenheit, und die Selbstvergessenheit rechtfertigt alle Schändlichkeiten. Wir müssen die Reue hinzufügen, ohne sie und ohne das Opfer ist es, als hätten wir nichts getan.

Glaubst du, es muß wirklich so sein? Glaubst du, es gibt kein Lachen ohne diese Einschränkung?

Entweder so, oder wir müssen das Lachen einschränken: über das eine kann man lachen, über das andere nicht. Doch was ist das für ein Lachen?! Ist es lustig, wenn du einen Lahmen vor den Wagen spannst? Ja. Muß man sich danach schämen? Ja. Hast du das große, das staatliche Lachen gewonnen, wenn du das Einspannen eines Lahmen verbietest? Nein. Muß man es also erlauben? Ja. Muß man es den Menschen anbieten, damit sie danach bereuen? Ja. Das ist es, was ich dir sage.

Dann machen wir es so?

Ja. Du bekommst einen Tempel und wirst Priester. Nebenbei machst du Schmuck für den Hof, dafür wirst du genügend Zeit haben, nur bezahlt wirst du nicht dafür, das wäre unstatthaft. In Ordnung?

In Ordnung, ich brauche keine Bezahlung, ich erfinde gern Schmuck.

Aber du mußt mir einen Gefallen tun. Verlange nicht die Hochzeitsgaben von deinem Schwiegervater zurück, der Mann ist arm, er hat keine Möglichkeit, sie zurückzugeben. Und was solltest du auch damit, im Tempel kannst du davon nichts gebrauchen.

Warum sollte ich sie zurückverlangen? Ich trenne mich doch nicht von meiner Frau.

Natürlich trennst du dich. Du kannst nicht Priester sein und zugleich eine Frau haben, das geht nicht einmal im Tempel des Lachens.

Das kann ich nicht, du weißt selbst, daß ich das nicht kann. Auch sie kann es nicht.

Sorg dich nicht um sie, jemand wird sich um sie kümmern. Sie hat einen Vater. Es muß sein, dabei kann ich dir nicht helfen.

Und wenn wir auf den Tempel verzichten?

Irgendwo müssen die Menschen ihre Ekstase bereuen. Jede große Ekstase, aber auch jedes große Lachen, muß in einer Schweinerei enden, und diese Schweinerei muß anschließend durch Reue und Opfer abgewaschen werden. Es muß sein, so sind die Menschen.

Es muß nicht sein, ich glaube, ich habe eine bessere Lösung, sagte Bell nach kurzer, panischer Überlegung, während er hastig die verschiedenen Möglichkeiten überschlug, so konzentriert, daß er für einen Augenblick Schmerz zu empfinden glaubte. Wir könnten zum Schluß mich selbst zum Opfer bringen. Laß dieses Opfer den bitteren und schändlichen Höhepunkt der Ekstase sein und zugleich die Erlösung für alle. Damit sind sie von zusätzlichen Opfern frei, und von der Reue werden sie sich selbst befreien, denn sie haben die Schändlichkeit gemeinschaftlich begangen, und jeder von ihnen kann sich selbst davon überzeugen, daß sein Anteil unerheblich ist.

Aber was machen wir dann ohne dich? Wer wird Schmuck herstellen, wenn wir dich opfern? Was machen wir, wenn wir später einmal ein Lachen brauchen? Und überhaupt, wozu machst du dir so viele Sorgen um deine Nächsten?

Laß das Opfer so sein, daß ich überleben kann, laß sie mich verprügeln oder so. Ich habe ja nicht an ein vollständiges Opfer gedacht.

Der Kammerherr war einverstanden, betonte aber, daß ihm Bell und sein heftiger Wunsch, das Leben der hiesigen Menschen zu verschönern, völlig unverständlich sei, doch Bell schlug alle Zweifel in den Wind und lief nach Hause, um seiner Frau zu erzählen, wie listig er alles Verlangte bekommen habe. Er war stolz auf seine große Täuschung und überzeugt, Belitsilim werde mindestens so stolz sein wie er, weil es ihm gelungen war, jene Betrüger zu betrügen, die sie nicht ertragen konnte und vor denen sie sich so sehr fürchtete: er hatte den Tempel und den Priesterberuf umgangen, die Trennung von seiner Frau abgewendet und alles bekommen, was er brauchte – Tage des Lachens, ganze Menschen und die Möglichkeit, ein Mensch zu werden, was ja nur geht in einer Welt, die ganz ist und von ganzen Menschen bewohnt wird. Und all das hatte er ohne jeden Schaden bekommen, dank seiner Schlauheit, dank eines Augenblicks der Erleuchtung, als ihm die Idee gekommen war, jenes Opfer, mit dem sich die Menschen für das häßliche Lachen freikaufen, auf sich zu nehmen. Sollen sie ihn Spießruten laufen lassen, ihn mit Lehmziegeln und Erdklumpen steinigen, sollen sie sich jede mögliche Strafe für ihn ausdenken, sie werden ihm keinen Schaden zufügen können, denn er empfindet keinen Schmerz, und er kann noch immer nicht sterben. Selbst der Zweifel des Kammerherrn war ihm willkommen, denn seinetwegen hatten sie ausgemacht, daß die Strafe das Überleben erlauben sollte, so daß der Kammerherr und all die anderen sich nicht wunderten, wenn er überlebte, und ihm nicht weiter nachschnüffelten.

Doch Belitsilim war weder stolz noch erfreut. Seit jenem Tag, als sie sich Zutritt zum Hof verschafft und Schamschid mit dem Kammerherrn angetroffen hatte, wurde sie von bösen Ahnungen heimgesucht, die sie keinen Augenblick in Ruhe ließen. Das versetzte sie in eine fieberhafte Betriebsamkeit, als könnte sie mit ihrer Arbeit, mit ihrer Geschäftigkeit im Haus und dem Durch-die-Stadt-Hasten, mit eiligem Sprechen und hartnäckigem Überreden zur Flucht das Unglück abwenden, das sie und ihr Haus zu umschlingen drohte, das Unglück, das sie seit jenem Besuch bei Hof ahnte und das keinen Augenblick mehr weichen wollte. Alles hatte sich seit jenem Tag zu einer Beklemmung ausgewachsen, die verlangte, daß etwas getan werde, und gleichzeitig verhinderte, daß irgend etwas getan wurde, so daß sie seit jenem Tag keinen Augenblick mehr jene ruhig-heitere Freude empfand, die sie seit der Ankunft in ihrer beider Haus empfunden und mit der sie dieses Haus stets erfüllt hatte. Bells prahlerischen Bericht hörte sie mit vielen kurzen Zwischenrufen an, unter Ver- und Entflechten der Finger, Mit-den-Fingern-durchs-Haar-Fahren und anschließendem Aufdrehen der Strähnen, die sie gerade erst gekämmt hatte, unter Herumnesteln am Kleid und Herumzerren am Ziegenfell, auf dem sie saß. Schließlich stand sie auf und trat auf der Stelle, wobei sie das Gewicht ihres Körpers von einem Fuß auf den anderen verlagerte und immer wieder die Arme ausbreitete.

Es hat keinen Zweck, dir zureden zu wollen, denn du weißt es nicht und kannst es nicht wissen, seufzte sie nach Bells Geschichte und begann im Zimmer auf- und abzugehen. Es hat keinen Zweck, es ist alles vergeblich.

Aber es ist in meiner Natur, alles zu wissen, widersprach Bell.

Diese wichtigen Kenntnisse, die man sich nur durch das Gefühl erwirbt, kannst du gar nicht haben. Du kannst nicht wissen, wie gut ich bin, wie groß meine Angst ist, schon seit Tagen, du kannst nicht wissen, daß ich jetzt besser bin als vor sechs Monaten, und wie schön dieses Gute ist, das in mir zur Erscheinung kommt. Du kannst nicht wissen, wie schwer meine Bedrängnis ist. Was es bedeutet, etwas tun zu müssen, aber nichts tun zu können, du kannst nicht wissen, wie sehr es mich schmerzt, daß wir uns verlieren, und wie leicht alles wird, wenn du auf dich selbst und das Deine verzichtest. Du kannst nicht wissen, wie verlockend diese Erleichterung ist, wie sehr ich sie jetzt ersehne, und wieviel Kraft ich brauche, um mich diesem Wunsch zu widersetzen. Nichts kannst du wissen, mein lieber Mann, denn du kennst keine Angst, du kennst keine Scham und weißt nicht, wie es ist, wenn wir jemanden brauchen. Doch wenn du wüßtest, wie ich... Dummheiten, es gibt keinen Grund, und es hat keinen Zweck.

Belitsilim brach in jenes Weinen aus, mit dem sich Kinder vor der Welt schützen, ein Weinen, das keinen Grund kennt und durch kein Zureden gestillt werden kann. Zu gut kannte sie dieses Kinderweinen, das sie in der Kindheit nicht geweint hatte, denn seit jenem Besuch bei Hof mußte sie oft weinen, und wenn sie einmal angefangen hatte, konnte sie nicht wieder aufhören. Als hätte sie damals, in dem Zimmer, in dem der Kammerherr und ihr Vater miteinander flüsterten, das Urteil erfahren, mit dem sie nicht einverstanden sein und dem sie nicht entgehen konnte, denn so war es, auch ihr Mann verstand sie nicht und hörte nicht zu. Vergebens gelobte Bell, er würde für immer und weit weggehen, sobald er vom Hof als ganzer Mensch zurückgekehrt wäre, umsonst erinnerte der Knabe daran, daß das Recht auf Tränen mit dem Heranwachsen des Menschen geringer wird und daß er, obwohl kleiner als seine Schwester, weder geweint habe, als man ihn verkaufen wollte, noch als man ihn aus dem Haus auf den Kai getrieben habe, damit er verdienen sollte, und er weine auch jetzt nicht, wenn Bell an den Hof geht, um ein Puhu zu werden, obwohl Bell sein Freund sei, für seine große Schwester hingegen nur der Mann. Alles vergebens. Belitsilim weinte unhörbar, unbeweglich und untröstlich, und Bell fühlte, fühlte wirklich das starke Bedürfnis, sie zu umarmen und an sich zu ziehen. Er tat es nicht, denn er wußte nicht, daß man es einfach tun mußte, er konnte nicht wissen, daß man es tun muß, und auch deshalb war er so vollständig verwirrt durch das, was ihm das erste Mal widerfuhr. So war es in der vergangenen Nacht gewesen.

Doch jetzt, hier neben dem Knaben sitzend, betäubt von der langen klebrigen Dämmerung des traurigen Zweistromlandes, verwirrt und besorgt wegen des langen Ausbleibens seiner Frau, bedauerte er, es nicht getan zu haben. Vielleicht besaß er noch immer keinen schweren und klar geformten menschlichen Körper, der sich von allein erinnerte, obwohl er gestern abend ein solches Bedürfnis gehabt hatte, sie zu umarmen und sich an sie zu schmiegen, so stark war der Wunsch gewesen, sie zu berühren, daß sich die Erinnerung daran sicher, ganz sicher auch seinem Luftkörper eingeprägt hätte, der sich so leicht verändert und deshalb nur eine schwache und kurze Erinnerung besitzt. Sicher hätte sie sich ihm eingeprägt, und das bräuchte er jetzt, denn

Form und Schwere oder wenigstens die Grundlage dafür waren dort, wo es Erinnerung gab; wenn er sich erinnerte, wäre er sicherlich ein Mensch, weil er mit Bestimmtheit Form und Schwere besäße und weil der Mensch sich erinnernde Form und Schwere sei.

Außerdem fiele ihm dieses dumpfe Warten leichter, die Dämmerung mit ihrer Auflösung der Formen wäre weniger schmerzlich, wenn sein Körper sich der Berührung seiner Frau erinnerte. Er würde sich nicht auf derart dumme Weise als Versager fühlen, der seine Frau nicht in dem Moment umarmt hat, als es nötig war und als er es ersehnte, als er es zum ersten Mal mit dem Körper ersehnte. Vermutlich ist dies jenes gewichtige Wissen, von dem Belitsilim gestern abend gesprochen hatte: auch wenn sie jetzt zurückkehrt, und auch wenn er vom Hof zurückkehrt, nachdem er das Lachen befreit hat; auch wenn alles gut wird, auch wenn er sie umarmt, sobald sie das Haus betreten hat, auch wenn er sie umarmt bis zum Ende der Welt – jene Umarmung, die er gestern abend versäumt hat, wird er niemals nachholen. Zu wissen, daß etwas nur einmal sein kann, nur jetzt, nur dann, wenn es sein muß. Entweder in diesem Augenblick – oder niemals mehr. Wie kann das sein? Einmal kann man es, und dann kann man es nicht mehr. Das ist dumm. Aber anscheinend ist es bei den Menschen so, und anscheinend ist es überall so, wo ein Körper ist, denn ihn schmerzt es jetzt, daß er gestern abend nicht seine Frau umarmt hat, und er fühlt sich jetzt als ein Gescheiterter, weil sein Körper sie nicht in der Erinnerung bewahrt und weil sie jetzt nicht hier ist und weil er jene versäumte Umarmung niemals wird nachholen können und weil es ihr jetzt vielleicht schlechtgeht und er nicht da ist. Vielleicht ist dies das wichtige Wissen, das er erlangen mußte, aber er würde nicht sagen...

Belitsilim kam trotzig, entschlossen und zugleich

verängstigt herein, ganz die gleiche, wie sie Bell in der Dämmerung des Enki-Tages auf dem Markt kennengelernt hatte, nur noch trotziger und angstvoller. Außer Atem erzählte sie, daß sie Schamschid aufgetrieben habe, der fast ganz an den Hof übersiedelt sei, weil er mit dem Kammerherrn paktiere. Aber sie habe gar nicht erst versucht, ihn dort zu finden, weil sie wußte, daß Muranus Name keine einzige Tür mehr öffnet. Sie habe daheim auf ihn gewartet, gewartet, gewartet und ihn schließlich abgepaßt, als er nach Hause kam, um den Halsreif zu verstecken, den er seinerzeit Muranu zum Geschenk gemacht hatte und den ganz sicher bald der Kammerherr bekommen würde, und sofort habe sie ihn angesprungen, um ihm in aller Deutlichkeit zu sagen, was sie ihm zu sagen hatte: Sie und Bell wüßten zwar nicht, was er mit dem Kammerherrn ausgeheckt hätte, sie wüßten nur mit Bestimmtheit, daß es sich um eine Gemeinheit handelte, die gegen ihren Mann gerichtet sei, denn ihrem lieben und ehrenhaften Vater sei offenbar der Wunsch gekommen, mit ihr wieder sein Geschäft zu machen und sie diesmal dem Kammerherrn abzutreten. Schamschid habe süß gelächelt und erklärt, sie sei nicht ohne Grund sein Stolz, denn es sei ein Zeichen wahrhafter Weisheit, seine eigenen Wünsche als die Absichten eines anderen darzustellen. Wahre Bewunderung aber verdiene eine Tochter, die ihrem Vater ihre Wünsche so zu erkennen gebe, daß sie ihn beschuldige, jene gemeine Tat zu planen, die sie selbst so herbeisehne. Aber gut, ihre Wünsche seien weise, und er verstehe sie, er habe sie nur von ihrem ach so dummen Mann befreien wollen, er habe dabei nicht einmal an den Kammerherrn gedacht, aber sie selbst habe sich seiner erinnert, und das sei gut so, man müsse das Nötige tun, damit ihr Wunsch in Erfüllung gehe.

Hast du gesehen, was mit Muranu geschehen ist?

habe ihn Belitsilim gefragt. Das war ich, und ich werde das mit allen tun, die mich von meinem Mann zu trennen versuchen oder ihm etwas zuleide tun wollen. Mit allen, auch mit dir. Glaub mir, es ist gut für dich, wenn du mir glaubst.

Was ist mit dir, Tochter? So kenne ich dich nicht. Schamschid habe sie verblüfft angestarrt.

Laß das, ich rede ernst und endgültig zu dir. Ich werde mich an dir rächen, wenn du Bell ins Unglück stürzt, ich werde mich schrecklich an dir rächen. Ich will nicht ohne ihn sein, ich werde nur noch für die Rache leben, wenn ihr ihm etwas antut. Belitsilim wollte gehen.

Schamschid habe sie aufgehalten, um das Mißverständnis aufzuklären, zu dem es hier offensichtlich gekommen sei. Er habe zu ihr geredet, wie er vor seiner unglücklichen Begegnung mit Muranu zu reden verstanden habe, ruhig, ernst und aufrichtig. Er habe beteuert, nichts Schändliches zu planen, alle Absichten liefen einzig darauf hinaus, all die kostbaren Dinge einem Narren abzunehmen, der so viel davon hat und sie gerne hergibt. Es stimme, sie hätten die Absicht gehabt, sie zu trennen und sie, Belitsilim, mit dem Kammerherrn zu verkuppeln, aber er schwöre, es ihretwegen gewollt zu haben, nur um ihres Glückes willen, weil ihm klar sei, daß es einer Frau mit einem solchen Narren nicht gutgehen kann, vor allem nicht einer Frau, die zuvor einen solchen Schuft kennengelernt hat, wie es der arme Muranu war. Andere Absichten mit ihrem herrlichen Mann hätten sie nicht, wirklich nicht.

Diesem Mummenschanz mit dem Lachen, das Bell als Puhu erlauben und erzeugen wird, hätten sie zugestimmt, um ihn in gute Laune zu bringen, denn ein gutgelaunter Narr sei formbarer und nützlicher als ein mürrischer, er sei viel freigebiger, aber weiter sei nichts, und andere Absichten steckten nicht dahinter. Wenn es ihre endgültige Entscheidung sei, mit ihm zusammenzubleiben, würden sie keinen Weg suchen, sie zu trennen. Bell selbst habe den Vorschlag gemacht, und sie wären darauf eingegangen, daß dieser Mummenschanz mit seinem Opfer enden solle, dann wären sie auf den Einfall gekommen, daß dieses Opfer ein Zug durch die Stadt auf einem Esel sein solle, mit dem Gesicht zum Schwanz, und jeder Vorübergehende hätte das Recht, mit allem, was ihm zur Hand sei, nach ihm zu werfen. Sie müsse doch einsehen, daß hinter alledem keinerlei Betrug und keinerlei böse Absichten stecken, und er werde sich ihretwegen bemühen, Bells Aufenthalt am Hof soweit wie möglich abzukürzen und ihr so früh wie möglich den Mann zurückzugeben, der dies alles ja selbst vorgeschlagen habe. Er werde sich sogar noch darum bemühen, einen Menschen zu finden, der ihn, wenn alles vorbei sei, durch ruhigere Straßen zurückführen werde, und danach werde er sich bemühen, ihr und ihrem Mann aus dem Wege zu gehen, denn jetzt, nachdem er endgültig an den Hof gelangt sei, könne er Probleme am allerwenigsten brauchen, Probleme aber müssen dort auftreten, wo ein Kluger einen Dummkopf vor sich selbst zu schützen sucht. Und auch wenn er ihn nicht schützte, wären sie nicht zu vermeiden, denn Narren und Probleme seien Brüder, und sie und ihr herrlicher Mann seien Narren, das müsse sie doch wohl zugeben. Er hingegen, der gute Vater, werde den Narren dieses Mal trotzdem schützen, und zwar auf Verlangen der Frau des Narren, die vernünftig sei und gegen ihren Willen arbeite, die manchmal vielleicht allzu vernünftig sei, vernünftiger als ihr kluger Vater, ja so sehr, daß es für ihn als klugen Menschen schwer zu ertragen sei.

Das Schlimmste ist, daß er ehrlich gesprochen hat,

ganz ehrlich, endete Belitsilim, doch Bedrückung, Angst und böse Ahnungen wollen mich nicht verlassen.

Bell und der Knabe sahen einander verwirrt an, sie konnten nichts Schlechtes darin finden, daß Schamschid wieder zu sich gekommen war und beschlossen hatte, ihnen nach Kräften zu helfen.

Du sagst, er sei wie in seinen besten Tagen gewesen? fragte Bell, um sich noch einmal zu vergewissern.

Genauso. Ruhig, verläßlich und vernünftig, so wie ich ihn geliebt habe. In diesem Augenblick hat er mich sogar geliebt, da bin ich mir sicher.

Und was ist dann nicht in Ordnung?

Daß er die Wahrheit gesagt hat. Sie planen keinen Betrug, sie haben keine Gemeinheit ersonnen, aber ein Unglück wird trotzdem geschehen, antwortete Belitsilim ohne Zweifel in der Stimme, als wäre alles schon geschehen und sie versuche nur sich damit abzufinden. Mir wäre es lieber, wenn sie etwas im Schilde führten, dann könnte ich kämpfen, mich wehren, ich könnte mich rächen und mich selbst verfluchen, wenn es mir nicht gelänge, es zu verhindern. So aber kann ich nichts tun, jenes aber wird geschehen.

Du bist müde und hältst die Müdigkeit für Angst, und deshalb ahnst du ein Unglück.

Und du bist ein Narr, der Dummheit für etwas Gutes hält, und hörst deshalb nicht auf deine Frau, lächelte Belitsilim. Erst nach dem Gespräch mit ihm hat sich meine Bedrückung so sehr verstärkt, daß sie jetzt unerträglich geworden ist. Ich weiß, daß es schrecklich sein wird, begreife doch, man kann nicht so stark fühlen, ohne zu wissen. Begreife, daß ich dich nicht zur Flucht überreden wollte, um mein Haus zu verlassen, sondern weil ich etwas tun mußte oder es zumindest versuchte. Doch jetzt verzichte ich. Kannst du dir vorstellen, wie es ist, auf sich selbst zu verzichten, auf alles Eigene. Deinetwegen verzichte ich, weil du dir in den Kopf gesetzt hast, es tun zu müssen. Ich verzichte und warte auf das Unglück, und ich weiß, daß ich mich weder rächen noch mich verwünschen kann, wenn es so kommt, wie ich fürchte. Weißt du das, kannst du dir vorstellen, wie das ist?

Wer von uns beiden ist in alle Geheimnisse eingeweiht? Bell versuchte zu scherzen. Wer sind wir beide?

Wir sind ein Narr und eine Frau, die einen Narren liebt, antwortete Belitsilim traurig. Du kannst mich nicht fröhlich machen, versuche es gar nicht, allzu weh tut das alles.

Gibt es einen Weg, dich fröhlich zu machen oder zumindest zu trösten? fragte Bell wie entrückt.

Ja, daß wir jetzt aufbrechen und bis übermorgen früh nicht stehenbleiben.

Du weißt, daß das nicht geht. Ich bin schon fast ein Mensch geworden, anschließend kehre ich ganz und gar als der Deine zu dir zurück. Wenn ich jetzt aufgebe, war alles umsonst. Du brauchst keine Angst zu haben, glaub mir. Ich werde für kurze Zeit ein Puhu sein und das Land mit Lachen überziehen, und danach wird man mich auf einem Esel durch die Stadt führen und mit allem Greifbaren bewerfen. All das wird mir nichts anhaben, ich werde es nicht einmal spüren, aber die Menschen werden ganz Mensch werden, und die Welt wird die Ganzheit zurückerhalten, und ich werde ein Mensch wie andere Menschen auch. Du weißt, daß wir nicht aufgeben dürfen, du weißt, daß ich morgen aufbrechen muß.

Ich weiß, und deshalb versuche ich auch nicht, dich zu überreden. Ich habe verzichtet, siehst du das nicht? Belitsilim begann wütend und verzweifelt zu schreien, wodurch allerdings nicht erkennbar wurde, daß sie verzichtet hatte.

Trotzdem machst du mir Vorwürfe, und das bedrückt mich, widersprach ihr Bell sanft. Ich erkenne es an deiner Stimme.

Wieso begreift er nichts!? Belitsilim schrie ihren Jammer durch die offene Tür in die Nacht hinaus. Er weiß überhaupt nicht, wie schön, groß und wichtig das ist, was wir bekommen haben, er weiß überhaupt nicht, was er mir damit antut, daß ich sowohl auf dieses Schöne als auch auf den Versuch verzichten muß, etwas zu tun, womit ich jenes andere aufhalten könnte, er weiß überhaupt nicht, daß er mir jeden weiteren Trost, alle Rache und Haß genommen hat. Nichts davon begreift er, nichts davon weiß er, und ich bin eine Närrin, daß ich so viel auf ihn einrede.

Die Nacht legte sich auf die Stadt und ließ ihr Zimmer eins werden mit der Straße, mit den umgebenden Mauern, mit dem Feld, das sich hinter den letzten Häusern zur Stadtbefestigung hin erstreckte. In all dem lösten auch sie sich auf, gleichgültig und müde. Für einen Augenblick entzündete der Knabe die Lampe, wobei er irgend etwas sagte wie, es sei wohl in Ordnung, am Tage wach zu sein, aber in der Dunkelheit sei es dumm und verkehrt, doch Belitsilim warf ihm einen Blick zu, der ihn sofort verstummen und die Lampe löschen ließ. So saßen sie weiter in der Dunkelheit, eins mit allem Dunklen und Gleichgültigen, und nicht bereit für den Schlaf. Manchmal war von irgendwoher ein Quieken zu hören, hier und dort ein Schnalzen, aber dadurch wurde die gleichgültige Stille nur verstärkt, wie auch durch die zeitweiligen Seufzer des Knaben, die wohl anzeigen sollten, daß auch er es nicht leicht hatte. Und irgend etwas, vielleicht auch diese Laute, verrieten, daß draußen eine Feuchtigkeit war, die sich auf alles legte und durch die im Morgengrauen Bell zum Hof aufbrechen würde.

Die Moral

I

Die Krönungsfeierlichkeiten beginnen mit Aufgang der Sonne und steigern sich mit ihrem Anstieg, um damit die Ähnlichkeit zwischen der himmlischen und der irdischen Gewalt anzuzeigen. Mit Sonnenaufgang besteigt auch der König seinen Thron, der von den Dienern auf dem Rücken zum Enki-Tempel getragen wird, wo die Priester schon die Trommeln schlagen und die Familienbande zwischen Himmelslicht und Erdenherrscher verkünden, die beide zur selben Zeit ihren Aufstieg begonnen haben. Die Menschen zu beiden Seiten des Festzuges müssen sich zu Boden werfen, damit sie den König in seinem Aufstieg nicht sehen und sein Anblick sie nicht blendet, wie sie ja auch die aufgehende Sonne blenden muß. Nach seinem Einzug in den Tempel steigt der König vom Thron, verneigt sich vor dem Opferaltar, breitet ein gold- und silbergewirktes Gewand aus Leinen und Seide aus (manche meinen, dieses Gewand gehe nach dem Ritual ins Eigentum des Oberpriesters über, da die Gottheit, der es zugedacht ist, es nicht braucht), entzündet Räuchergewürze und legt reiche Gaben auf einen Opfertisch, den er für die Zeremonie vorbereitet hat. Anschließend empfängt er die Insignien der Königswürde und des göttlichen Segens, die im Verlauf des Rituals vom Priester aus dem Enlil-Tempel geholt werden, wo sie in derselben Anordnung vor dem Altar gelegen haben wie oben im

Himmel vor Enlils Thron. Aus den Händen des Oberpriesters nimmt der König Diadem, Krone und Zepter entgegen und besteigt, nunmehr zum Herrscher geweiht, wieder den Thron, den die Diener auf den Rücken nehmen und zum Hof zurücktragen, durch Straßen, in denen sich eine lärmende, begeisterte Menge drängt, deren Hochrufe der König mit Geschenken beantwortet.

Am Hof wird der König, der seinen Thron keinen Augenblick verlassen hat, am Ende des Thronsaals auf einem niedrigen Podest abgesetzt, woraufhin eine Prozession von Würdenträgern am Thron vorüberzieht, sich vor dem König verneigt und ihn bittet, ihnen seine Gnade nicht zu entziehen. An der Spitze der Prozession schreiten die Kriegskommandeure, die dem König die Insignien der Befehlsgewalt über Heer und Waffen übergeben – Marschallstab, Bogen, Schild und Speer. Nach ihnen kommen die Würdenträger des Hofes, die vor dem Thron die Zeichen ihrer Ämter auf den Boden legen, der Mundschenk einen Becher, der Schatzmeister die Schlüssel der Schatzkammer, der Leiter der Hofkapelle seine Harfe… Nun fordert der König jene auf, die er im Dienst zu behalten gedenkt, die Insignien ihrer Würde wieder aufzunehmen, und teilt die übrigen neuen Bediensteten zu. Damit ist das Ritual der weltlichen Krönung abgeschlossen. Von nun an ist der König für das Ganze verantwortlich, die Würdenträger hingegen nur für jenen Tätigkeitsbereich, dessen Insignien sie gerade übernommen haben.

So läuft es ab, wenn ein richtiger König zum Herrscher geweiht wird. Wird hingegen sein Stellvertreter, der Puhu, geweiht, wird das Ritual im Tempel ausgelassen, weil die Wahl des Ersatzkönigs nicht von oben erfolgt und er die Herrschaft nicht wirklich und nicht im Namen der Wahrheit übernimmt. Und auch in der

Prozession, die sich vor dem Erwählten verneigt, ziehen nicht alle Würdenträger an dem Ersatzkönig vorüber, sondern nur einige wenige, in der Regel jene, deren Verpflichtungen mit den Gründen zusammenhängen, deretwegen der Puhu den König vertreten soll. Wenn etwa dem König, den Himmelszeichen und Opferdeutungen zufolge, eine Krankheit droht und ein Stellvertreter gewählt werden muß, der die Krankheit auf sich nimmt, wird die Huldigungsprozession aus Ärzten, Köchen, Kammerherren und anderen bestehen, die sich um den Leib des Königs kümmern. Und wenn die drohende Krankheit tödlich sein kann, stößt auch der Lanzenträger hinzu, weil man weiß, daß er, stirbt in kürzester Zeit nicht ein anderer am Hof, sich sehr bald des Ersatzkönigs anzunehmen hat. Dann ist es nämlich der Ersatzkönig, der seinem Schicksal begegnet, denn der Tod hat sich angekündigt, und jemand muß ihn empfangen, damit er auf seiner Suche nicht bis zum König kommt.

Bells Krönung hatte mit alldem keinerlei Ähnlichkeit, denn Schamschid und der Kammerherr rechneten damit, daß ein Stellvertreter, der Lachen hervorrufen soll, sich von einem Stellvertreter unterscheiden müsse, der eine Krankheit auf sich ziehen oder fremde Kaufleute ausrauben soll. Wegen dieses Unterschieds hatten sie sich ein Ritual ausgedacht, das sich von dem für den richtigen König und von dem für normale Ersatzkönige abhob. Zuerst hatten sie entschieden, das Ritual für den lustigen Ersatzkönig müsse lustig sein, dann hatten sie das Ritual mit allem ergänzt, was ihrer Meinung nach lustig sein könnte, schließlich hatten sie auch noch entschieden, das Lachen nicht völlig vom Tempel zu trennen und dem weltlichen Ritual auch ein Tempelritual beizugeben.

Zuerst wurde Bell auf einen Thron gesetzt, der aussah wie jener Leibstuhl, auf dem der König und seine

Würdenträger ihre Gedärme erleichterten, also ein reich geschmückter und prächtig bemalter Sitz mit einem Loch in der Mitte, groß genug, daß auch ein Hintern so gewaltig wie der Muranus hinaufpaßte, und mit dicken, verzierten Trägern, denen man einen schweren Körper gefahrlos anvertrauen konnte. Diesen Leibstuhl, der sonst von zwölf Leuten getragen wurde, hoben jetzt, da er zum Thron des lustigen Puhu geworden war, acht Leute auf, die mit Eselsohren und je einem zwischen die Beine gehefteten Eselsfuß geschmückt waren. Sie mußten traben und dabei so hoch hüpfen, wie es Leibstuhl und Gewicht des Puhu erlaubten, damit Bell auf seinem Thron zur Erleichterung seiner Gedärme richtig durchgeschüttelt wurde, und während des Zugs zum Tempel mußte Bell den Zuschauern am Weg versprechen, daß es während seiner Herrschaft Fell und Leinen für alle geben werde, daß sie dank seiner Person Häuser aus Holz bauen werden, daß es infolge Regens keine Fronarbeit an den Kanälen geben werde und die Kinder das Recht hätten, ihre verschuldeten Eltern zu verkaufen, und daß die Flüsse dann fließen werden, wenn sie gebraucht werden, und nicht, wenn es ihnen gefällt.

Vor dem Enki-Tempel erwartete sie eine Menge von Zuschauern, die in Tierfelle gekleidet waren und hinten oder vorne Schwänze befestigt hatten. Als die Prozession mit Bell auftauchte, brachen die Leute in ein ohrenbetäubendes Hüpfen, Trommeln und Topfschlagen aus, in ein Gepfeife und Gejohle mit Rasseln und Rohrflöten verschiedener Stärke, manche konnten sogar Tierstimmen, Mißtöne und solche Geräusche hervorbringen, die der menschliche Bauch an seinem zweiten Ausgang freiläßt. Kurz, Bell und seine Begleiter wurden von einem Tumult empfangen, bei dem man nicht wußte, ob er sie begrüßen oder verjagen sollte. Und während der Lärm, von dem einem fast der Kopf platzte, seinen Höhepunkt erreichte und der Umzug mit dem thronenden Bell hin und her schwankte, als wüßte er nicht, ob er zum Angriff übergehen oder fliehen sollte, brach vom Enlil-Tempel her ein zweiter Haufen mit Huldigungsbeweisen für Bell über die Prozession herein. Da gab es eine tönerne Krone in Form eines Nachtgeschirrs und ein dickes Zepter, schön gearbeitet in Form eines geschwollenen Mannesstolzes, aus rotbemaltem Holz und mit diesem Rot vor allen bösen Geistern und widrigen magischen Kräften geschützt. Die Träger setzten Bell ab, allerdings ohne ihm zu erlauben, seinen Thron zu verlassen, und der Führer der neuen Gruppe, geschmückt mit einem Ochsenkopf, krönte ihn mit dem Nachtgeschirr und überreichte ihm das Zepter unter vielerlei Gesten, die Gegenstände dieser Form auch sonst interessant und beliebt machen. Unterdessen waren ringsum alle am Stöhnen und gaben unter Geschrei, als würde ihnen die Haut abgezogen, Zeichen der Erleichterung von sich.

Am Hof, im Rahmen des weltlichen Rituals, zog mit Geschenken und Treueeiden vor dem noch immer thronenden Bell eine neue Prozession vorüber: Küchenpersonal, Masseure, Bader, Bedienstete aus den Frauengemächern, alle möglichen Leute, deren wahres Geschäft niemand kannte, von denen man nur wußte, daß sie sich um die geheimen Körpergegenden kümmerten, Vorkoster von Nahrung und Getränken, die viel schwerer an sich selbst zu tragen hatten als an ihrem Schicksal, aufgedunsene Kerle, die mit der Herstellung von Bier und anderen berauschenden Getränken, ihrer Zubereitung und Aufbewahrung befaßt waren, Ärzte, die für die Verdauung und Erleichterung des Leibes verantwortlich zeichneten, zerlumpte Burschen, die die niederen Örtlichkeiten zu säubern hatten… Sie übergaben Bell Insignien der Würde, wie man sie von ihnen auch erwarten konnte – einen großen Suppenteller statt des Königsschildes, einen aus Tierdärmen geflochtenen Gürtel und den Schenkelknochen einer Hindin als Kampfwaffe.

Auf die vorgeschriebenen Zeremonien folgte ein Festmahl, bei dem der Kammerherr, der die Lustbarkeiten offenbar leitete, Bell wissen ließ, er habe in den drei kommenden Tagen, solange er Puhu sein werde, das Recht auf drei Frauen täglich.

Bell war hocherfreut, ihn dünkte es gut, wenn er an seiner Frau Genuß hätte, so wie sie es von ihm verlangte, hier und jetzt, während dieser verrückten, auf den Kopf gestellten Festlichkeiten, die er zwar ausgelöst hatte, die ihm aber nicht gefielen, sondern ihn geradezu abstießen wegen ihrer verordneten, allzugut geplanten Verdrehtheit, die aber doch gut und aufreizend waren aus Gründen, die ihm nicht klar wurden, vielleicht weil er immer noch kein richtiger Mensch war. Er hätte es gern gesehen, wenn Belitsilim während dieser drei Tage hier gewesen wäre, wenn sie einander begegnen könnten, wie sie es verlangt hatte, soll doch während seines zweiten Zugs durch die Stadt geschehen, was wolle. Er hatte seine Frau damals nicht verstanden, als sie ihn einlud, an ihr Genuß zu haben, wie hätte er sie auch verstehen können, ihm war ja nicht klar, was für ein Genuß das sein konnte, und es hatte ihm auch nichts bedeutet, auf diese Weise zu genießen, von ihm aus gesehen konnte man so nicht genießen. Jetzt aber hatte er starkes Verlangen danach, jetzt würde sich sein ganzes Sein, vor allem aber das, was verlangen sollte, gern seiner Frau zuwenden, auf die Weise, an die auch sie gedacht hatte.

Deshalb sagte er zum Kammerherrn, er wolle nicht an drei Tagen je drei Frauen, sondern alle drei Tage nur eine einzige, und zwar seine eigene. Das kam nicht in Frage, darüber wollte der Kammerherr nicht einmal reden, am Hof gibt es keine Frauen von draußen, das heißt, Frauen aus der Stadt, nicht einmal für den König. Der Hof ist voll der verschiedensten Frauen, denen sich verschiedene Leute auf unterschiedlichste Weise zuwenden. Man weiß, wer welcher und wie, und man läßt zu, daß an dieser Ordnung heimlich gerüttelt wird. Man läßt allerdings nicht zu, daß sich irgend etwas an der Zusammensetzung der Frauen ändert, dergleichen kann nicht einmal gedacht, geschweige denn ausgesprochen werden. Der König kann diese inneren Frauen genießen, so sehr es seiner Gnade beliebt, ein Diener hingegen kann seine eigene Frau nur genießen, wenn es seines Herrn Wille ist, während alle anderen am Hof zwischen diesen beiden Stufen stehen. Aber die Welt würde nicht einstürzen, wenn er sich heimlich einer Frau höheren Ranges zuwendete; sie würden bestraft werden, und man wüßte, daß das Gesetz eine Störung erfahren hat, aber alle übrigen wären ruhig, weil man wüßte, daß die auf den Gesetzen errichtete Welt nicht gestört wurde, weil das Gesetzesgefüge unversehrt geblieben war. Alles wäre indes anders, wenn Frauen von draußen an den Hof kämen, selbst wenn der König nur eine einzige Frau von draußen hereinbrächte, denn damit würde eintreten, was es nicht gibt, nicht geben kann. Ordnung und Welt wären gestört, kein einzelnes Gesetz wäre übertreten, sondern das ganze Gefüge wäre verschoben. Es gibt kein Gesetz gegen Frauen von draußen – so wenig wie eines gegen fliegende Diebe. Man braucht kein Gesetz gegen etwas, was es nicht geben kann. Die einzigen Frauen, die an den Hof dürfen, sind Ischtar-Priesterinnen, aber sie kommen nicht von draußen, sie kommen vom Rand, sie sind die Grenze, sie sind wie die Haut zwischen innen und außen. Eine

Frau kann den Hof verlassen, aber keine Frau von draußen kann an den Hof. Unter keinen Umständen. Nie.

So blieb Bell drei Tage ungezügelt und von einer ungezügelten Welt umgeben, voll Verlangen nach seiner Frau. Nach seiner eigenen, der einzigen. Er spürte, wie sehr es ihn nach ihr verlangte, er wußte, daß er nach ihr verlangte, und darüber freute er sich. Vor lauter Freude konnte er nicht denken, vor allem nicht an das, was danach kam.

2

Am Mittag, als die Sonne senkrecht von oben einfiel und die Welt zu einer ebenen Fläche ohne Schatten machte, ohne Vertiefungen und dunkle Stellen, ohne den geringsten Winkel, wo sich der Mensch mit all dem Unklaren und Trüben in sich verkriechen könnte, in der Hoffnung, er und seine Schatten könnten hier, in diesem schattigen Winkel, mit der Umgebung verschmelzen und in ihr aufgehen, setzte sich vor dem Hof die Prozession wieder in Bewegung, angeführt von Bell, der jetzt auf einen Esel geschnallt war, das Gesicht zum Schwanz, so daß die eine Bresche schlagende Vorhut des Zuges aus der Eselsstirn und Bells Nacken bestand. Bell trug alle Insignien seiner Stellvertreterwürde – die tönerne Krone in Form eines Nachtgeschirrs, den Schild in Form eines Tellers, den Gürtel aus Därmen, das Zepter aus einem rotbemalten Stück Holz und den Schenkelknochen einer jungen Hindin als wichtigste Waffe.

Mit ohrenbetäubendem, bestelltem und deshalb vermutlich um so stärkerem Lärm setzten sie sich in Bewegung. Wer hatte schon Lust zum Lärmen, in dieser Hitze, unter diesem irren Licht, das die verborgenste

Greisenfalte bis auf den Grund ausleuchtete, um mit schamloser Deutlichkeit ihre Form und Farbe preiszugeben? Die Menschen verlangt es am Mittag nach schattigen, stillen Orten, wo man sich mit seinen Geheimnissen verkriechen und vor neugierigen Blicken schützen kann, vor den eigenen wie vor den fremden, weshalb sich jeder, der dazu in der Lage ist, in ein Loch verzieht, in dem er hecheln und blinzeln kann, Bruder Hund zur Seite, der hechelt und blinzelt wie er und dem Menschen neben sich ähnlicher und näher ist als jeder andere, sich selbst eingeschlossen.

An einem solchen Mittag, wenn alle Schatten und dunklen Stellen die Welt fliehen und sie wie einen glühenden Handteller zurücklassen, wenn alles flammt und strahlt wie eine Pupille, könntest du vielleicht die Welt noch aushalten, dich selbst aber nicht mehr. Du weißt, daß du dich nicht ertragen kannst, und es hat seine Ordnung, denn kein Mensch erträgt sich selbst so vollständig erkennbar und bis ins letzte ausgeleuchtet. Der Mensch ist im Grunde ehrlich und anständig, er kennt sich, deshalb erträgt er sich nicht, sondern verbirgt sich zu Mittag vor der Sonne. Ein Mensch ohne Schatten ist weniger als die Hälfte seiner selbst, ein völlig ausgeleuchteter und preisgegebener Mensch ist weniger als ein Haufen Scheiße. Zu Mittag schweigen Mensch und Tier, und jenes durchdringende Zirpen und Knirschen, das nur das Schweigen verstärkt, ist nichts als ein Sichkundtun der Pflanzen und ein Knirschen der Welt, die allzu ausgeleuchtet trauert, weil alle ihre Schatten den Blicken und dem Licht preisgegeben sind.

Sie aber hat man an diesem Mittag hinausgetrieben, um hinter dem Esel herzulaufen und zu lärmen, aufgeputzt, als wären sie verrückt geworden. Man hat sie in diese Sonne hinausgetrieben und gezwungen zu brüllen, zu schreien, fröhlich zu sein und alle Art Lärm zu machen. Deshalb ist ihr Lärm eine so traurige Musik mit mehr Wut als Freude darin, deshalb verletzt sie das Ohr mehr, als daß sie die Welt erfüllte und zu einem Ort machte, an dem man gerne weilt.

So erklärte es Belitsilim dem Knaben, während sie am Rand des Platzes vor dem Hof standen und auf den Abmarsch der Prozession warteten. Ob er bemerkt habe, daß die Jubelrufe der Menge eher an Schreie denn an Freudensausbrüche erinnerten, ja eigentlich an ein Brüllen, in dem mehr Wut als Kraft oder gar Wonne war? Auch sie hätte gern getobt vor Wut, wäre sie nicht so voller Sorge gewesen. Selbst ein Grashalm wäre wütend geworden, wenn er nach so langem Warten immer noch an ein und derselben Stelle stehen müßte. Im Morgengrauen hatten der Knabe und sie sich hier auf dem Platz am Fuß des Pilasters eingefunden, auf dessen Flächen der Großkönig Scharu-Kin mit unterschiedlichsten Waffen Löwen, Bisons, Hirschkühe und Adler tötet. Seit Tagesanbruch stehen sie hier und warten darauf, daß sich der Zug mit Bell in Marsch setzt.

Zuerst ging es zum Westtor, auf dem Enlil-Weg, der wie eine gerade Schneise zwischen die zu kleinen Gruppen zusammengedrängten Häuser hindurchgeschlagen war, mit bald schmaleren, bald breiteren verwinkelten Durchlässen zwischen den dichtgedrängten braunen, windschiefen und schmutzigen Gebäuden. An den Wegrändern standen Gruppen von Menschen wie Spiegelbilder ihrer Häuser, genauso braun, zerdrückt und schmutzig und zu ebensolchen unregelmäßigen Häuflein verschiedener Dichte und Größe, Form und Stellung zusammengeschoben, alle gleich trübsinnig und müde. Noch immer drängten, während sich der Zug vorbeischob, braune Menschen aus den braunen Hütten und schlossen sich den Gruppen beiderseits des

Enlil-Weges an, herausgetrieben durch einen Befehl vom Hof oder durch den Wahnsinnslärm der Trommeln, Rasseln, Töpfe, Schreie. Sie zwängten sich hinaus, schlossen sich den Gruppen an, die sie als die ihren erkannten, und schwiegen. Es war nicht so, daß sie von Bells Eskorte nicht gehört oder daß sie nicht selbst gern Lärm gemacht hätten, aber nachdem sie drei Tage hatten fröhlich sein und Lärm machen müssen, wollten sie nicht mehr. Vermutlich war ihnen in dieser Hitze und zu dieser Stunde einfach nur nach Schweigen. Nichts an ihnen ließ erkennen, daß der lustige Stellvertreter schon seit drei Tagen herrschte, sie absolvierten ihre Feierei ohne jeden Lärm, ohne die geringste Spur von Rebellion, aber auch ohne Anzeichen, sich doch noch mit Begeisterung anzuschließen.

Vor dem Enlil-Tempel erwartete sie eine Menge, die mit Lärmen und Kreischen, mit faulem Obst und trockenen Schalen, mit denen sie nach Bell und dem Esel, aber auch nach jenen hinter ihnen zielten, den Zug nach Süden umlenkte, zum Enki-Tempel und zum Großen Platz, und ihm so den Zutritt zum Enlil-Tempel verwehrte. Einige aus der Menge schlossen sich der Prozession an und luden auch die Abseitsstehenden ein, es ihnen gleichzutun. Diese Neuankömmlinge brüllten mit mehr Wut und Leidenschaft als jene, die schon vom Hof an dabei waren; vermutlich waren sie weniger müde und nicht so angewidert von den dummen Vorbereitungen und dem überflüssigen Geschrei beim Aufbruch. Sie waren bedeutend lebhafter, zeigten mehr Bereitschaft, bei diesem Unternehmen mitzutun, und bemühten sich, alles so ablaufen zu lassen, wie es von irgendwem geplant war. Sie traten immer wieder aus dem Zug heraus, um vor einem Haus am Weg Abfälle, fauliges Grünzeug oder sonstigen Unrat aufzusammeln oder es einem der Gaffer abzunehmen und damit nach Bell zu werfen, der immer noch, auf den Esel geschnallt und von Teller und Krone geschützt, an der Spitze des Zuges ritt. Sie warfen nach ihm und grölten, lachten dröhnend bei jedem Treffer und forderten bei jedem Fehlwurf die anderen auf, es besser zu machen.

Belitsilim, mit dem Pöbel schiebend, stolpernd, sich streitend und um Durchlaß flehend, wo sie sich nicht durchdrängeln konnte, hielt Schritt mit dem Esel, immer weniger wütend, immer angewiderter, und doch behende aus neuerwachter Hoffnung. Sie erklärte dem Knaben, den sie die ganze Zeit hinter sich herzerrte, daß alles einen guten Anfang genommen habe und auch ein gutes Ende nehmen werde; vom Großen Platz würden sie zum Hof zurückkehren, wo der Zug zu Ende sei. So hatte ihr Schamschid versprochen, und bisher gab es keinen Grund, ihm nicht zu glauben. Er hatte gesagt, sie würden gegen Mittag aufbrechen, wenn den Menschen nicht nach Wut oder Frohsinn sei; sie würden durch schmale Gassen ziehen, wo weniger Menschen wären; es würden nur ein paar Leute dastehen, die fröhlich zu sein und die anderen zur Fröhlichkeit anzustacheln hätten. Und wirklich war alles so, wie er gesagt hatte, sogar besser, denn jene, die sehr fröhlich zu sein hatten, waren erst beim Enlil-Tempel dazugestoßen.

Bells Gesicht war nichts anzusehen, weder Müdigkeit noch Schmerz. Demnach war er noch nicht von etwas Hartem oder Schwerem getroffen worden, und all die ekelhaften Dinge, mit denen man nach ihm zielte, die fauligen Früchte, die Pferdeäpfel und Kuhfladen, die trockenen Schalen, hier eine zerquetschte Maus, dort eine Palmschindel, hatten keinen Schmerz und ernsthaften Schaden verursacht. Davon wird man höchstens dreckig und ekelt sich. Gut geht es, fürs erste geht alles gut, wenn es nur so bleibt, sie wird ihn waschen und baden, sie wird ihn von alldem säubern, daß er reiner sein wird als damals, als es das Feuer danach verlangte, Bell zu werden, und es seinen besten Teil, sein Glühen, in ihn verwandelte.

Trotzdem schaute sie scheu umher und versuchte sich jene zu merken, die aus dem Zug heraustraten, um etwas zum Werfen zu nehmen und die Umstehenden zu ermutigen mitzutun, zu brüllen und den lustigen Stellvertreter zu bewerfen. Die galt es sich zu merken, sie würde einen Weg finden, ihnen alles heimzuzahlen, zuvor aber galt es, sie wiederzufinden. Sollte das Schreckliche, das sie nicht denken darf, eintreten, so schwor sie bei sich, werde sie den Rest ihres Lebens darauf verwenden, es allen heimzuzahlen, allen, auch dem eigenen Vater. Und auch denen hier wird sie es heimzahlen, denn die haben aufgehetzt, aufgewiegelt, angestachelt und ein Beispiel gegeben, die haben gelacht und ihre Schadenfreude gezeigt, die haben getan, als ob sie alles wüßten und alles verstünden.

Nur durch ihren Einsatz und ihr Hetzen kam Leben in den Haufen am Wegrand, er begann zu wogen, kam in Bewegung, ohne dabei seinen Mißmut und Abscheu zu verlieren, vor dem der Mensch in der Mittagsglut vergeht. Durch ihr Hetzen verwandelten sich Mißmut und Abscheu in Wut auf den, um dessen Opfer willen sie in das grelle Licht herausgezerrt worden waren. Ihretwegen hatte sich in dem Haufen am Wegrand die Wut angestaut, und ihretwegen hatte sich die Wut der Nachdrängenden allmählich in Haß gegen Bell verwandelt. Als würde ihre Finsternis nur seinetwegen ans Licht gezerrt.

Eine hochragende, dürre Jammergestalt mit ungewöhnlich schmalem Gesicht und gebrochener Nase prägte sich ihr tief ein. Der Mann drängelte sich durch eine Gruppe, die vor einem zerfallenen Haus versammelt war, nahm einen Lehmziegel, warf ihn nach Bell und traf ihn am Bein. Dann riß er einem Knaben ein gelbes Hündchen aus dem Arm, warf es ebenfalls nach Bell und begann schreiend mit ausgebreiteten Armen umherzuhüpfen. Das rief in der Gruppe vor dem Trümmerhaus Gelächter und einen regelrechten Fröhlichkeitsausbruch hervor, so daß sich alle auf die Lehmziegel stürzten und den lustigen Ersatzkönig damit eindeckten.

Ganz von allein, ohne sichtbares Zutun von außen, sprang die Begeisterung dieser Gruppe auf die Umstehenden über, und ein wahrer Regen an Lehmziegeln, gebrannten Tonklumpen, Mistfladen und toten Ratten ging auf Bell nieder. Von den Eifrigsten wurden sogar Katzen eingefangen und geworfen, was neue Lachstürme hervorrief und die Begeisterung des aufgeputschten Pöbels bis zur Weißglut steigerte. Mit der Haut konnte man fühlen, wie die Ekstase zunahm und wie ihr Feuer alle Unterschiede einschmolz, indem sie die Menge zu einem Ganzen verwandelte, das homogener und fester war, als es ein einzelner je sein kann. Die vielen Menschen wurden zu einem wogenden Haufen zitternden, aufgewühlten Fleisches, vollkommen hingegeben einer einzigen gemeinsamen Leidenschaft. Ein seltsames völliges Einssein, wie es ein Mensch in der Einsamkeit nicht kennenlernen und wie er es in sich allein nicht erreichen kann.

Belitsilim sah, wie sich Bells Gesicht verkrampfte, daran erkannte sie, daß er ihrer beider geheimes Ziel erreicht hatte. (Ein trauriges Ziel, wenn man es so erreichen muß!) Sie sah, wie aus einer Wunde auf der Wange Blut rann, und schmerzlich durchfuhr es sie, was sie hätten tun können, sollen, müssen...

Der Esel rannte wie wahnsinnig geworden nach Süden, stockte vor den Leuten, die ihm in den Weg sprangen, schüttelte sich, drehte sich im Kreis, stampfte auf der Stelle, bäumte sich lustig auf (tat so, als wollte er sich aufrichten) und fiel wieder in panischen Trab, wobei er alle niederrannte, die ihn aufzuhalten oder umzulenken versuchten. Doch wie sehr er auch rannte, stets holte ihn die trunkene Ekstase des Pöbels wieder ein, der nach ihm und seinem kläglichen Reiter warf, an ihm zerrte, rüttelte, ihn schlug und bespuckte. Stets war ihre Ekstase über oder vor der Angst des Esels...

Mitten im Wogen und Schieben riß der Haufen Belitsilim und den Knaben zu Boden, so daß sie untergingen, verschluckt vom Wirbel aus Staub und Füßen, die über sie hinwegstampften, über ihnen zusammenschlugen, schorfig, von Dreck und Staub verschmiert, barfuß oder in Lappen gewickelt. Als hätte der Schmerz, der sie in Stößen durchfuhr, die unablässig drohende Ahnung endgültig aufblitzen lassen, erkannte Belitsilim genau in dem Moment, als sie unter den Füßen versank, daß sie von Anfang an gewußt hatte, was geschehen würde, und daß sie es seit jenem Moment, als Bell vom Lachen sprach, erwartet hatte. Etwas in ihr hatte es gewußt: das einmal in Ekstase geratene Lachen wird seinen Ursprung vernichten; der von der Ekstase gepackte Haufe wird zerstören, woran sich seine Begeisterung entzündet hat. Sie hatte es gewußt, und aus diesem Wissen war ihr die schmerzliche Ahnung zugeflossen, die die letzten Tage mit Bell so bedrückend traurig hatte werden lassen.

Unter Drängeln und Sichwinden, das Gesicht mit den Unterarmen schützend, die Ellbogen gegen fremde Beine stemmend, gelang es ihnen, aus dem Zentrum des Wütens an den Rand zu kriechen und sich zu retten, bevor sie vom Beinewirbel zermalmt wurden. Sie drängten sich stolpernd und neuen Sturz fürchtend in einen Durchgang, häuserweit entfernt von Enkis Weg, und hasteten weiter durch andere Durchgänge, über Unrat,

Fäulnis, von Urin oder ausgeschüttetem Wasser durchnäßten Lehm, zum Südtor und zum Enki-Tempel, wohin Bell kommen mußte, weil sich die Stoßkraft der Menge, jene wirkende Gewalt, die die Menge dirigierte und zum Mitmachen zwang, zum Südtor gewendet hatte.

Sie hasteten und irrten umher, verloren den Weg, blieben zurück. Sie liefen durch einen breiteren Durchgang, in der Meinung, er sei sicherer, und kamen bis vor die Rückwand eines Hauses, kehrten um und setzten ihren Weg nach Süden durch einen schmaleren Durchlaß fort, ohne die geringste Gewißheit, auf dem richtigen Weg zu sein. Sie stießen mit Hunden und Ziegen zusammen, stolperten über schlummernde Katzen und flüchteten vor bösen Hunden, stießen gegen Auswölbungen an immer unregelmäßigeren Mauern und rutschten auf glitschigen Stellen aus, die jedes Haus umgaben. Einmal stürzte Belitsilim und schlug gegen die Wand, an der sie sich im Fallen das Gesicht aufschrammte, ein andermal brach der Knabe in Weinen aus, weil er mit den Händen in einen Haufen Menschenkot gefallen war. Sie keuchten, verloren den Atem, kämpften mit der Erschöpfung, müde, zerschlagen, zermartert. Unablässig getrieben von der Eile, hasteten sie immer mehr mit immer weniger Kraft. Nur beim Enki-Tempel sein, wenn Bell auf dem Esel dort eintraf. Nur dort hinkommen, ihn packen und mit ihm ans Ende der Welt laufen, so weit weg wie möglich.

Wenn seine Verwandlung in einen Menschen noch nicht völlig abgeschlossen ist. Doch wenn sie es ist... Auch dann ist es wichtig, rechtzeitig zu kommen, vielleicht noch wichtiger.

Endlich waren sie beim Enki-Tempel, sie liefen um ihn herum und fanden an seiner Rückwand, auf einem

Abfallhaufen, zwischen fauligem Laub und Obst, Aschenbergen und Knochenhaufen, den erschlagenen Esel und Bell in Gesellschaft einer räudigen Katze. Tot.

3

Wie soll ich sie beenden, diese wahre Geschichte, die eigentlich ein Bekenntnis meines zarten Alters und meines Lebens in jenen Jahren ist? Am besten ende ich sie mit einigen kurzen Angaben, die meinem Zeugnis den Anschein von Abgeschlossenheit geben, wobei ich mich des Ausdeutens in der Überzeugung enthalten werde, daß die Bilder, von denen ich in der Hoffnung erzählt habe, ihren Einfluß auf mein jetziges Leben abzuwehren, auch eine Lehre enthalten mögen, die den Menschen nützlich sein könnte.

Kurze Zeit nach jenen traurigen Ereignissen bemerkte meine Schwester Belitsilim, daß ihr Bauch anschwoll, obwohl sie weder an Übelkeit, Erbrechen oder Weinerlichkeit litt oder es sonst ein Anzeichen gab, von dem jener besondere Zustand der Frauen begleitet wird. Sie hatte außerdem gar nicht schwanger werden können, weil sie das zurückgezogenste, das denkbar tugendhafteste Leben führte, während sie die Erinnerung an ihren Mann hegte, den sie sich selbst geboren zu haben schien. Das kann man durchaus so sagen, denn dank ihrer war Bell aus einem Dschinn zu einem Menschen geworden.

Als klar war, daß sie dennoch schwanger war, suchten wir nach einer Erklärung für diesen Umstand und kamen auf diese: als wir damals Bell hinter dem Enki-Tempel fanden, waren seine Kleider zerrissen und unziemlich verschoben, so daß er vom Gürtel an abwärts entblößt war. Auf Grund dieser Blöße war zu sehen, daß er am Bauch und darunter feucht war, als hätte er im Augenblick des Todes Samen gelassen. Als ihn Belitsilim zudeckte und auf den Esel hob, damit wir ihn nach Hause bringen und bestatten konnten, war ihr etwas von dieser Feuchtigkeit an den Händen geblieben, und sie hatte sie, absichtlich oder unwissend, in sich eingeführt. (Wir haben nie darüber gesprochen, ich war noch ein Kind, aber ich würde jetzt, meiner Erinnerung folgend, sagen, daß darin sowohl Absicht als auch Wissen war und ein starkes Verlangen nach Bell. Ich sollte es vielleicht nicht sagen, aber wenn ich darüber nachdenke, steigt aus meiner tiefsten Erinnerung das Bild meiner Schwester empor, wie sie sich mit eben diesen befeuchteten Händen unziemlich kost. Ist es damals so gewesen, ist es überhaupt irgendwann gewesen? Hat sich meine Verderbtheit das ausgedacht, oder ist es meine wahrhaftige Erinnerung? Ich weiß es nicht, und deshalb sage ich nichts mehr.)

Sie gebar einen Knaben, an den ich mich nur schwach erinnere, obwohl wir zusammen aufwuchsen wie Brüder. Viel später erklärte mir meine Schwester, er sei ein Farnak, vielleicht der erste einer ganzen Gattung, die sie und ihr Mann hätten zeugen müssen, und zwar auf genau diese Weise.

Soweit ich weiß (von ihr, aus eigener Erinnerung an meinen kleinen Bruder und von Menschen, von denen man etwas erfahren konnte) sind Farnaks Bastarde, die angeblich auch heute noch unter uns leben und die man daran erkennen kann, daß sie allergrößten Wert auf Heiterkeit und Reinlichkeit legen. Nicht daß sie Reinlichkeitsfanatiker wären, aber Dinge dieser Welt wie Dreck, Schweiß und Betrug bleiben einfach nicht an ihnen haften, sie selbst halten sich fern davon, nicht aus eigenem Wollen, sondern auf Grund ihrer Natur. Es fehlt ihnen an Lebenskraft, weil sie mittelbar gezeugt sind, ohne jenes starke Umschlingen und Verflechten zweier Leiber, worin wir Menschen zeugen, und deshalb hinterlassen sie auf der Welt keine tiefere Spur. Sie können keine tiefere Spur hinterlassen, denn sie gehen frei von der Ursünde und ihrem Siegel durchs Leben, damit aber zugleich aller Kraft und Leidenschaft ledig, die dieses Siegel uns aufprägt. So durchwandern sie das Leben, ohne starke Gefühle und Leidenschaften zu äußern oder an sich zu binden, mittelbar und auf Distanz lebend und ebenso geliebt, heiter, rein und unnütz. Aus einem unbekannten Grund hinterläßt ihre Existenz den Eindruck von Trauer, aber ich kann bezeugen, daß dieser Eindruck, wenn ich mich an meinen kleinen Bruder erinnere, völlig falsch ist. Sie sehnen sich lediglich nach der Ganzheit, weil sie in ihrer Natur liegt. Die Trauer hingegen scheint uns nur so, vielleicht deshalb, weil sie eine solche Fülle an Wissen haben, an geheimnisvollem Wissen, das sich uns entzieht.

Ein solcher Farnak war auch der Sohn meiner Schwester, der mir wie ein Bruder war, und ein solcher Farnak ist er noch immer, wenn er nicht jenem Wissen nachgefolgt ist, das sich mir entzieht, das er hingegen seit seiner Geburt besaß.

In ihrer Sorge um ihn und mich kam Belitsilim nicht dazu, ihre Rache zu planen geschweige denn auszuführen, und so zeigte sich, daß sie sich jenen hageren Kerl mit der gebrochenen Nase grundlos gemerkt hatte. In der ersten Zeit sprach sie manchmal davon, aber ohne Überzeugung und wahre Leidenschaft, dann immer seltener, bis sie schließlich ganz davon aufhörte. Zugegeben, ich weiß nicht, was ich davon halten und wie ich gefühlsmäßig auf ihren Verzicht reagieren soll. Manchmal scheint mir, daß ich oder etwas in mir es übelnimmt, daß sie ihr Leben nicht der Rache geweiht hat, dann wiederum möchte ich mich am liebsten freuen und sogar stolz sein, daß es gerade so gekommen ist. Als hätte sie mit dem Austragen und Aufziehen ihres Farnaks etwas erkannt und verstanden, was mir unzugänglich ist. Ich gebe mir selbst die Schuld, sie nicht danach gefragt zu haben, solange Gelegenheit dazu war, obwohl vermutlich weder sie meine Frage noch ich ihre Antwort verstanden hätte, wenn es eine gegeben hätte.

Mein Bekenntnis endend stelle ich fest, daß ich von mir selbst fast gar nicht gesprochen habe. Das ist traurig, aber es verwirrt mich nicht, denn in meinem Leben hat es keine besonderen Ereignisse gegeben, weder an Schönem noch an Häßlichem, es hat nichts gegeben, von dem ich unbedingt hätte erzählen müssen. Alles wovon erzählt werden muß und was mir widerfahren ist, hat mit den beiden zu tun, und deshalb ist meine Geschichte ein Gewebe aus Erinnerungen und Träumen. Deshalb ist es nur zu wahrscheinlich, daß ich Zeit meines Lebens, vor allem aber jetzt, wo ich ohne ersichtlichen Grund so unsäglich müde bin, ein blöder Knabe war, dem es nicht beschieden gewesen ist, verkauft zu werden, und dem das Schicksal selbst diese Erfahrung vorenthalten hat.

Der Fall

1

In den folgenden zehn Tagen arbeitete Figani voller Eifer an der Übersetzung der Schrift, die er von Idriz erhalten hatte, doch er quälte sich wie keiner vor ihm, weniger wegen der Sprache und anderer Mühsale der übersetzerischen Tätigkeit, als wegen des Zustandes, in dem sich die Schrift selbst befand. Man hätte an Idrizens Gelehrtheit, zumindest an seiner Liebe zum Altertum, vor allem aber zu alten Handschriften zweifeln können, wenn man sah, in welch traurigem Zustand sich diese uralte persische Schrift befand.

Es waren nicht die verblaßten Stellen; im Lauf der Jahre verblassen die Buchstaben, und einzelne Wörter werden unleserlich. Wer aber Bücher liebt, auf seine Bibliothek stolz ist und von Zeit zu Zeit eine Schrift zur Hand nimmt, der restauriert, was verblaßt ist, um seiner selbst und des abermaligen Lesens willen, zu dem es sicher kommen wird, ja kommen muß, weil sich, in Scheich Atas Worten, mit den Jahren die Neugier immer mehr auf die eigene Bibliothek beschränkt; man liest immer wieder aufs neue, was man im Hause hat.

Gut, man kann verstehen, daß Idriz bei seinen vielen Geschäften nicht dazu kam, alles im Haus Befindliche wieder und wieder zu lesen, auch diese Schrift nicht, die ihren Wert mehr ihrem Alter verdankte als den Gedanken, die sie enthielt. Aber unbegreiflich ist, daß man eine Handschrift als Gegenstand derart vernachlässigt, unbegreiflich ist, daß ein so großer Gelehrter die Handschriften nicht an sich liebt und hütet. Du kannst nicht regelmäßig alles lesen, was du besitzt, aber du mußt es lieben, und aus Liebe mußt du von Zeit zu Zeit den Staub von den Büchern, den Rollen und den Papieren entfernen. Ein ernsthafter Gelehrter hat diese Dinge lernen müssen, bevor er zu solchen Schriften vorgelassen wird. Aber Idriz hat es nicht getan. Entweder hat er es nicht gelernt, oder ihm fehlt die Liebe.

Die Schrift war auf Pergament aufgezeichnet, und sobald Figani eine der Rollen aufzuwickeln versuchte, brachen schon bei der bloßen Berührung Stücke der vertrockneten Haut ab; an einer Rolle war der untere Rand einfach zerfallen. Kein einziges der Päckchen war gekennzeichnet, so daß er unter großer Mühe zuerst die ganze Schrift lesen und die Rollen der Reihenfolge nach auflegen mußte, um mit der Übersetzung beginnen zu können, stets darauf achtend, die Rolle, aus der er gerade übersetzte, so selten wie möglich zu berühren. Diese Anstrengung schuf eine starke innere Verbindung mit der Übersetzung, die noch stärker wurde, als er begann, die verblichenen Stellen zu ergänzen und dort, wo die uralte Schrift zusammen mit den geschriebenen Wörtern zu Staub zerfiel, neue Sätze nach eigenem Empfinden und Gestaltungsbedürfnis einzufügen, die nur lose miteinander verbundenen Teile der Erzählung fester zu verknüpfen und sie nach Gefühl, nicht nach der durch Zahlen festgelegten Ordnung, zu einem Ganzen zu formen. Er entwickelte eine Liebe zu dieser Tätigkeit, nicht so, wie zu seinen kläglichen Versen, sondern empfindsam und ohne Selbstgefälligkeit, mit offenem Herzen und ohne den Wunsch, sich in ihr selbst darzustellen.

Trotzdem ging er in diesen zehn Tagen zweimal zu Idriz. Das erste Mal ließ ihm sein neuer Schirmherr durch einen Diener ausrichten, daß er keine Zeit für ihn habe, das zweite Mal unterrichtete ihn der Diener über den Tag, der für seinen Empfang festgesetzt war, wenn er schon so sehr darauf drängte, er betonte, daß der Herr streng aufgetragen habe, er solle an diesem Tag mit der fertigen Übersetzung und mit der Handschrift, aus der er übersetze, vor ihm erscheinen.

Am angegebenen Tag brach Figani am frühen Morgen auf, ohne die Verpflichtung einzuhalten, sich bei Demir zu melden oder ihm zumindest mitzuteilen, daß er wegging und wohin und in welcher Angelegenheit. Es ist nicht schwer, sich in einer so großen Stadt etwas auszudenken, doch ihm wollte wie zum Trotz nichts einfallen. Aber ruhig zu Hause bleiben, darauf warten, daß ihm etwas einfiel, um dann zur angemessenen Zeit wegzugehen, das konnte er sowenig wie noch länger über die Gründe rätseln, deretwegen sich Idriz so plötzlich und offensichtlich von ihm abgewandt hatte. Er hielt die Ungewißheit, was aus ihm würde, nicht länger aus und glaubte, daß er seine Unruhe, die Angst und qualvolle Erwartung leichter ertragen könne, wenn er umherging, sich umsah und unter Menschen war. Draußen mußte es ihm einfach besser gehen, genaugenommen konnte es nirgends schlimmer sein als im Zimmer, wo ihn ohne Unterlaß gleichgültige oder mißgünstige Augen beobachteten, dieselben Augen, die ihn vor seiner Begegnung mit Idriz verfolgt hatten und die er wieder spürte, seit jener sich unbegreiflicherweise von ihm abgewandt hatte.

Er hatte sich getäuscht. Auf der Straße war es noch schlimmer, auf der Straße vermehrten sich die gleichgültigen oder feindlich gesinnten Augen, von überall beobachteten sie ihn, kamen näher und klebten sich an ihn, drangen in ihn ein und betrachteten ihn von innen, beäugten und wägten gleichgültig das innerste Herz seiner Furcht. Auf der Straße war es noch schlimmer als im Haus oder im Zimmer, auf der Straße war es wie in ihm selbst oder noch schlimmer.

Er mußte in der Menge untertauchen, sich unter die Leute drängen, so sehr mit ihnen eins werden, daß sich sein Atem mit dem von zehn anderen vermischte. Er mußte auf den Basar, auf dem Kapali-Markt würde ihn die Menschenmenge einfach verschlucken und unsichtbar machen.

Wieder hatte er sich getäuscht. In der Teestube, in die er einkehrte, weil ihm schien, daß sich die Menschen hier am dichtesten drängten, wurde er mit Ehrerbietung empfangen; man machte ihm sofort Platz. Ein Alter mit ungepflegtem Bart rückte sogar zur Seite, anscheinend war er der Besitzer oder ein Stammgast der Teestube, dem auch der Besitzer seine Ehrerbietung erweist. Er maß ihn mit dem Blick und murmelte etwas.

Was hast du gesagt? fragte der verwirrte Figani.

Ich habe gesagt, daß du auf jeden Fall ein toller Kerl bist, obwohl das deinem Aussehen nach niemand vermuten würde, antwortete der Alte. Irgendwie bist du fleckig, ganz gelblich, aber ein Held. Ein richtiger Held.

Hast du da nicht etwas durcheinandergebracht und mich mit jemand verwechselt? fragte Figani unsicher, als wollte er zeigen, wie wenig er ein Held sei.

Die Leute in der Teestube sahen sich an und lächelten, einige zweifelnd, andere belustigt und etliche spöttisch. Aber es waren jene in der Mehrzahl, die selbstüberzeugt aussahen und lächelten, als wollten sie sagen «Wir und etwas durcheinanderbringen!», und diese gaben beim gegenseitigen Anstoßen den Ton an. Figani sah, daß das Lachen als Lob für ihn gemeint war, daß ihn die Besucher der Teestube zu ihrem Helden erkoren hatten und sich in ihrer Wahl völlig sicher waren. Und es gefiel ihnen und bestätigte sie nur in ihrer Wahl, daß er so tat, als würde er sich wundern und sich in der Rolle ihres Helden unbehaglich fühlen.

Bald stand vor ihm eine volle Schale in Honig eingelegter, mit Walnußkernen gefüllter Dörrpflaumen; bevor er noch selbst etwas bestellen konnte, brachte ein Bursche schon den Tee und klopfte ihm vertraulich auf den Rücken.

Greif nur zu, tätschelte ihn auch der Alte mit dem ungepflegten Bart, zwinkerte listig und stieß ihn in die Rippen. Aber es läßt sich auch etwas Scharfes auftreiben, wenn du daran Interesse hast, alles läßt sich hier für dich auftreiben, du brauchst es nur zu sagen.

Der verwirrte Figani fand sich damit ab, daß er hier bedeutend war und ein Held, aber er konnte sich nicht damit abfinden, daß er den Grund nicht wußte. Deshalb beschloß er, die ihm erwiesenen Ehren anzunehmen und alles aufmerksam zu beobachten, in der Hoffnung, aus einer Geste oder einem zufälligen Wort den Grund seiner Wichtigkeit zu enträtseln.

Er nahm eine Pflaume aus dem Honig und begann zu essen, wobei er so tat, als würde er sich ganz auf das Zerbeißen des Nußkerns konzentrieren. Aber es fiel ihm wirklich schwer, weil sich die Leute in der Teestube anstießen, vielsagend lächelten und die Köpfe verdrehten, offen auf ihn deuteten und ihm zuzwinkerten. Kein Mensch kann ruhig, konzentriert und aufmerksam kauen, wenn er sich im Mittelpunkt der Aufmerksamkeit sieht, jedenfalls wenn er sich nicht auf die Zunge beißen will.

Endlich enthüllte der Greis neben ihm das Geheimnis, als er ihn warm und freundlich anstieß.

Wie hast du noch gesagt: zwei Ibrahime, und nicht die geringste Ähnlichkeit zwischen beiden? fragte er, das Gesicht nah an dem seinen und den Atem mit seinem mischend, wie es Figani selbst kurz zuvor auf der Straße gewollt hatte.

Der Held der Teestube sah ihn zuerst verständnislos, genaugenommen verblüfft an, doch dann wurde ihm plötzlich sonnenklar, daß sie ihn wegen jenes Einfalls feierten, mit dem er sich am ersten Tag seines Aufenthalts in Istanbul einen Namen gemacht hatte. Er war entsetzt.

Solch Aberwitz konnte nur ihm widerfahren – wegen eines beiläufigen Einfalls zum Helden der Tagediebe auf dem Markt zu werden und den Schutz des Großwesirs zu verlieren. Sollte sein Ruhm auf dem Markt auch bis zu Idriz gelangt sein? Und war es dann nicht völlig natürlich, daß Idriz ihm gegenüber erkaltete, nachdem er gehört hatte, wessen Held er geworden ist, und vor allem, weshalb er es geworden ist? Aber dies alles ist ohne sein Zutun geschehen, er hat kein einziges Wort gesagt, er hat nur eine Geschichte in zwei Verse zusammengefaßt, die er von derlei Leuten in ihrer Teestube unten am Hafen gehört hatte.

Wie Idriz erklären, daß er nicht deshalb zum Helden des Marktes geworden ist, weil er etwas gesagt oder getan hat, sondern nur deshalb, weil er der erste Fremde war, der sich eingefunden und gesagt hat, was auf dem Markt seit langem alle Welt sagt? Ahnt denn Idriz überhaupt, daß der Markt nur einen Fremden zu seinem Helden machen kann und daß er, Figani, nicht deshalb sein Held ist, weil er etwas gesagt hat, sondern weil er ein Fremder ist? Der Markt, die Čaršija lebt in der Überzeugung, daß alle Bewohner vollkommen gleich, untereinander austauschbar, genaugenommen identisch, das heißt, nicht besonders real, aber in jedem Fall überflüssig sind. Diese vollkommene Gleichheit, diese Verschwisterung aus der Nichtigkeit jedes einzelnen heraus, erlaubt es der Čaršija nicht, einen Helden in den Reihen der eigenen Bewohner zu haben. Ein Mensch von der Čaršija kann wahre Wunder vollbringen – die Čaršija wird über ihn schweigen und ihn daran messen, wie viele Stunden er auf der Čaršija vergeudet hat und wie; er kann reden, was er will, er kann Wörter einer nicht existierenden Sprache verwenden – alle seine Gesprächspartner von der Čaršija werden nur das hören, was jeder von ihnen sagen würde. Deshalb kann er niemals ihr Held sein, deshalb kann hier lediglich ein Fremder zum Helden werden: wenn man innerhalb der Čaršija das Recht auf Unterschied anerkennte, oder zumindest die Möglichkeit eines Unterschiedes zwischen den Bewohnern, würde die Čaršija selbst unmöglich werden, denn die Grundregel ihrer Existenz ist die völlige Gleichheit und Austauschbarkeit ihrer Glieder. Deshalb ist der Unglückliche von der Čaršija, der sich ihr als Held anbietet, in jenem Augenblick zum Fremden geworden, in dem ihn einer seiner Kameraden als Helden ansieht. Figani hatte mit seinem Zweizeiler nur wiederholt, was jeder Mann in dieser Čaršija mindestens zehnmal vor ihm gesagt hatte, aber er war der erste Fremde gewesen, der es ausgesprochen hatte, und deshalb war der Held eben er.

Wie dies Idriz erklären? Wird er Gelegenheit zu einem Erklärungsversuch bekommen? Es wäre doch wirklich dumm und allzu traurig, einen so hochgestellten Beschützer deshalb zu verlieren, weil man in einem bestimmten Augenblick an einem bestimmten Ort war. Um nichts weiter handelt es sich. Er war hier gewesen und hatte geistreich sein wollen.

Wie auf Nadeln saß er neben dem Alten mit dem ungepflegten Bart. Er wollte weder allzu rasch weggehen, um die Leute nicht zu verletzen oder zu erzürnen, noch hatte er Lust zu bleiben. Etwas trieb ihn fort, als könnte ein zu langer Aufenthalt als Beweis seines unziemlichen Ruhms unter den Tagedieben dienen. Deshalb saß er da, schluckte Pflaumen, ohne zu kauen, und goß Tee nach, von dem er weder den Geschmack noch den Geruch bestimmen konnte.

Als er fühlte, daß er nicht mehr konnte, verneigte er sich ungelenk gegen den Alten und nach allen Seiten, in der Meinung, das sei ein hinreichend wohlerzogener Gruß an die übrigen, und trat hinaus auf die Straße. Draußen wußte er, daß er jetzt zu Idriz gehen und vor seiner Tür die angesagte Stunde erwarten würde. Er wußte, daß es das schwerste war, was er tun konnte, und daß das Warten dort für ihn schlimmer sein würde, als das Warten auf das Wachsen einer Pflanze, die jemand als Arznei benötigte, aber genau das würde er tun, weil er es tun mußte. Vielleicht konnte er sich mit dem Aufsichnehmen dieser Strafe von der Sünde aus der Hafenteestube freikaufen und würde, wenn er vor Idriz erschiene, rein und unschuldig sein wie ein Kind.

Vielleicht war Idriz ja gar nichts von seinem berühmten Einfall zu Ohren gekommen, er war ein viel zu kluger und vielbeschäftigter Mann, um auf die Čaršija zu horchen und die Helden ihrer Tagediebe bei ihrem Tun zu beobachten. Vielleicht hatte er sich gar nicht ungnädig zeigen wollen, als er dieser Tage unzugänglich war, vielleicht war er wirklich in so großen Geschäften gewesen und hatte ihn deshalb nicht empfangen können. Vielleicht hatte er ihm die Fülle seiner Gnade und Güte nur deshalb verwehrt, weil er sich vor lauter Geschäften nicht mit ihm unterhalten konnte. Unsinn. Auch mit Selbsttröstungen sollte man nicht übertreiben, Idriz war schließlich nicht sein Vater.

Er wird sich nicht im voraus rechtfertigen, aber er wird auf der Hut sein, um nicht versehentlich anzudeuten, daß er etwas von jenem Zweizeiler weiß. Wenn Idriz ihn erinnern sollte, wird er sich dumm stellen und jede Verbindung und jede Kenntnis abstreiten. Er hat das Recht dazu, er hat diese Verse ja nicht ersonnen. Das sind nicht seine Gedanken, in ihnen ist nichts, was er als seine Frage empfinden würde, es sind nicht einmal seine Worte. Er hat nur in aller Kürze ausgedrückt, was andere vor ihm gesagt haben, sein Bemühen bestand in nichts anderem, als ihre Gedanken schön und geistreich zu formulieren. Nicht mehr als das, und das reicht nicht aus, ihn der Urheberschaft zu zeihen.

Idriz empfing ihn stehend und gab ihm damit zu verstehen, daß auch er nicht das Recht habe sich zu setzen oder sich auf andere Weise willkommen zu fühlen. Aber deshalb hätte man nicht sagen können, daß er ihn unliebenswürdig begrüßte, denn er begrüßte ihn ganz einfach überhaupt nicht.

Hast du die Reinschrift der Übersetzung mitgebracht?

Ja, aber ich wollte dir sagen …

Idriz streckte die Hand aus und sah ihn so an, daß der unglückliche Figani sofort verstummte, selbst der Wunsch zu reden mußte ihm vergehen, als ihn dieser Blick traf. Er übergab ihm die Stücke der persischen Handschrift, eingewickelt in sein schönstes Hemd, jenes, das er aus Trapezunt für die Feierlichkeit mitgebracht hatte, bei der er den Titel eines Lehrers bekommen würde. Idriz begann das Hemd und das darin Eingewickelte mit den Händen zu kneten, und sein verhinderter Schützling krampfte sich zusammen, als er hörte, wie die trockene Haut der ausgebleichten Schriftrollen brach.

Idriz reichte das Hemd einem Diener, sagte kurz «Wegwerfen» und blätterte in Figanis Übersetzung, wobei er an dieser oder jener Stelle innehielt.

Du hast deine Verse nicht hinzugefügt? fragte er.

Täuschte sich Figani, oder war in dieser Frage wirklich mehr Drohung als Hohn, obwohl auch der Hohn völlig hingereicht hätte.

Nein, und auch sonst... Figani versuchte sofort darauf hinzuweisen, daß er seine Verse nur selten aufsage und sie noch seltener herzeige und daß er mit irgendwelchen Spottversen, die ihm zugeschrieben werden, in Wirklichkeit nichts zu tun habe. Das wollte er erklären, weil ihm schien, daß die Gründe für Idrizens Ungnade nach der Anspielung auf die Verse völlig klar waren, aber er konnte es nicht, er brachte es nicht fertig, darauf hinzuweisen, es wollte ihm nicht einmal gelingen, so Luft zu holen, wie es sich gehört.

Der Großwesir erwartet uns. Vor ihm wirst du in den Staub fallen wie vor dem Sultan, das ist zu deinem Besten, betonte Idriz und ging voran.

Figani ihm nach.

Der Großwesir Ibrahim war gerade aus Ägypten zurückgekehrt, wo er große und äußerst gefährliche Aufstände erstickt hatte. Er war auf dem Gipfel seines Ruhms, seiner Herrschaft und Ehre. Bis gestern Haremssklave, war ihm doch sogar widerfahren, daß Sultan Süleyman – ALLAH mehre seinen Ruhm – ihm zu seinem Empfang und als Zeichen der Ehrung und Dankbarkeit von weither entgegengeritten kam. Die Metzeleien und unehrenhaften Taten in Ägypten hatte er ihm nicht übelgenommen, er hatte ihm nicht übelgenommen, daß er (der gestern noch ein Sklave gewesen war!) an einigen Orten als Sultan des gesamten Heeres unterschrieben hatte, er ließ sich nicht anmerken, daß die Stimmen ehrwürdiger Weiser an ihn gelangt waren, es sei allein Ibrahims Schuld, wenn der türkische Sultan als erster seit Bestehen des Reiches seine unbesiegbaren Waffen gegen den eigenen Glauben richten mußte. Im Gegenteil, er hatte ihn als einen Ranggleichen, als Bruder begrüßt, dort, wo er hinausgeritten war, seinen einstigen Sklaven zu erwarten.

Und jetzt müssen hier auch die Untertanen vor Ibrahim in den Staub fallen, als befänden sie sich vor dem Sultan selbst.

Ausgesöhnt mit seinem Schicksal und der offensichtlichen Verderbnis der Welt, fiel Figani in den Staub und wurde im selben Augenblick von Angst durchbohrt, denn Idriz begrüßte den Großwesir nur mit einer kurzen Verbeugung. War dies Betrug? War er in eine Falle gegangen? Jetzt wird ihn der Wesir natürlich bestrafen, und das zu Recht – schon die Kinder müssen wissen, daß man Ehren, die dem Sultan zukommen, lediglich dem Sultan erweisen darf, doch wenn erwachsene Menschen das nicht wissen...

Dieser Jüngling hat eine von seinen Schriften gebracht, die er deiner Gnade empfehlen möchte, sagte Idriz nach einem Gruß, den man ebenso ahnden könnte wie den Figanis, nur aus anderen Gründen.

Der Großwesir saß etwas weiter entfernt von ihnen, so daß man sehr laut reden mußte, wenn man wollte, daß er einen hörte. Und es war empfehlenswert, daß er einen hörte, nur ein Tor und ein Mensch, dem das Leben zuwider geworden ist, wird vor den Mächtigen reden, ohne sich darüber Rechenschaft abzulegen, ob sie auch hören, was er sagt. Im Rücken des Wesirs war ein großes Fenster, genaugenommen eine halbe Wand aus Glas, so daß das Gesicht kaum zu erkennen war – der Wesir, sein prächtiger Turban und der Umhang waren im Gegenlicht nur als Umriß auszumachen. Weder ein Gesicht noch ein menschlicher Körper, nur die stark betonten Insignien der Macht und des Reichtums.

Er habe, sagt er, außerdem etwas Interessantes zu berichten. Er will eine Verschwörung entdeckt haben, mit der er deine Gnaden bekannt machen möchte, fuhr

Idriz fort, auf den unbeweglichen Umriß vor dem hellen Grund einzuschreien.

Was für eine Schrift soll das sein? kam die Stimme des Wesirs von oben.

Ich weiß nicht, ich habe sie nur überflogen. Ich würde nicht sagen, daß es etwas Vernünftiges ist, eine Art Erzählung eben. Ich würde auch nicht sagen, daß sie ganz frei von Häresie ist, aber ich will nicht urteilen, bevor ich sie nicht durchgesehen habe.

Also war die Falle nicht der Gruß, sondern die Schrift, aber eine Falle ist es gewiß. Wird der Wesir ihm glauben oder dem Lehrer seiner Kinder? Bestimmt letzteres, er wäre nicht der Wesir, wenn er jedem glaubte. Schweig, du Narr, nimm alles auf dich, was sie dir jetzt anhängen, und bitte Gott, daß du hier lebend herauskommst! Vielleicht werden sie dich fürs erste sogar entlassen, wenn sie glauben, daß du mit allem einverstanden bist und sie mit dir machen können, was sie wollen.

Erzähle von dieser Verschwörung, aber fasse dich kurz.

Bestrebt, rasch und verständlich zu sprechen, erzählte Figani alles, was Demir an jenem Tag zu ihm gesagt hatte, so kurz wie möglich, aber umfassend, wie ihm schien. Er verschwieg seine Begegnungen mit Jakub und Idriz, denn von beiden hatte er keinerlei Angaben erhalten noch etwas gehört, was nicht bereits in Demirs Worten enthalten gewesen wäre seit jenem Tag, als er ihn unter seine auserwählten Schüler aufnahm. Außerdem hatte er das Gefühl, daß sich beide von ihm abgekehrt hatten, und Menschen in sein Schicksal hineinzuziehen, die nichts mehr von ihm wissen wollten, lag ihm fern. Auch schien es das Sicherste zu sein, denn Idriz wollte in diesem Bericht offensichtlich ausgespart bleiben, und so würde er seinen verrückten Kopf heute vielleicht nur dann aus der Schlinge ziehen, wenn er

Idriz vollkommen zufriedenstellte, diesen Idriz, von dem sein Kopf anscheinend mehr abhing als vom Großwesir. Deshalb verschwieg er die Begegnungen mit den beiden Lehrern, verschwieg die Gedanken über Scheich Ata, verschwieg alle seine Ängste und Zweifel, verschwieg den Weg, auf dem er zu diesen Ängsten gekommen war, verschwieg alles bis auf jenen Tag mit Demir, der Bedreddin ist, der Hussein ist, aber auch von diesem Tag verschwieg er den größten Teil, denn er wiederholte nur Demirs Worte und was diese Worte über Demirs Idee aussagten.

Ich liebe vertrauenswürdige Menschen, mein Bruder, erklärte der Großwesir, nachdem Figani geendet hatte. Da erzählt der Lehrer etwas seinem ersten, seinem liebsten Schüler, jenem, in den er das größte Vertrauen gesetzt hat und von dem er erwartet, daß er ihn richtig begreift, doch der Schüler entdeckt darin eine Verschwörung und eilt mit der Geschichte zum Großwesir. Das habe ich gern, und ich habe die gern, die das tun.

Das habe ich nicht, gnädigster..., stieß Figani hervor.

Er soll schweigen! unterbrach ihn der Wesir mit schrecklicher Stimme. Er soll schweigen und nicht glauben, daß er sich an uns wenden kann. Vor allem soll er nicht glauben, daß wir uns ihm zuwenden könnten. Wer seinen Lehrer verrät, ist keine Person und kann nicht erwarten, daß irgendwer sich ihm zuwendet. Lehrer, wandte sich der Wesir mit großer Ehrerbietung an Idriz, das dort werde entfernt! Du wirst einen Häscher beauftragen, den Fall zu untersuchen. Die Geschichte ist verrückt und kann kaum wahr sein, deshalb finde einen unbeschäftigten Häscher. Aber finde jemand, es ist mein Amt, jede Geschichte zu untersuchen, auch die verrückteste. Schluß.

Figani wurde unter Schweigen hinausgeführt, wobei man sich nicht nur bemühte, kein Wort an ihn zu richten, sondern diese Mühe auch deutlich zeigte. Idriz sah ihn an, er wandte ihm seinen Blick nur deshalb zu, um ihn gleich darauf voller Ekel abzuwenden. Die Diener wiesen ihm mit kurzen Handzeichen den Weg, den man im übrigen gar nicht verfehlen konnte, denn einer der Diener ging voraus. Figani wußte und die Diener wußten, daß es nicht nötig war, aber es war die einzige Möglichkeit zu zeigen, wie eifrig sie das Verbot des Wesirs achteten und wie sorgfältig sie darauf sahen, sich ihm nicht wie einem Menschen zuzuwenden.

Während er hinausbegleitet wurde, sagte sich Figani, daß er all dies verdiene, daß es Besseres für ihn gar nicht geben könne, daß er Derartiges oder noch Schlimmeres sich selbst zuzuschreiben habe, wenn er ehrlich wäre und Gelegenheit hätte, sein eigenes Urteil zu sprechen. Doch was das Schlimmste war, er fühlte, er wußte, daß etwas in ihm vollkommen einverstanden war, daß man ihn nicht mehr als Menschen behandelte. Hatte ihn Demir dazu bereit gemacht? War er so bereits geboren worden?

2

Verstoßen vom Großwesir Ibrahim und wie eine Warenkiste von Idriz abgefertigt, schlenderte Figani durch die Stadt, ohne zu wissen, wohin mit sich. Die großen Hoffnungen, mit denen er heute morgen aus dem Haus ging, waren verflogen und hatten in ihm jene Leere zurückgelassen, die unablässig zunimmt. Das bewahrte ihn vor Trauer, Angst, vor dem Gefühl der Erniedrigung, das bewahrte ihn vor allem, was einem Menschen in seiner Situation das Leben verbittert hätte.

Kaum hatte er den Garten des Wesirs verlassen, da bemerkte er schon, daß er gar nicht betrübt war und sich überhaupt nicht wegen des Unrechts aufregte, das ihm angetan worden war, und er wunderte sich darüber und versuchte, solche Gefühle in sich heraufzurufen. Vergebens. Keine Trauer, keine Auflehnung, keine Angst, kein Gefühl der Verlorenheit und keinerlei Fragen über seine traurige Zukunft. Nur Gleichmut, den ein allzu Wohlmeinender Ruhe nennen würde. Eine schöne friedliche Ruhe, die nur dadurch getrübt wird, daß er sich möglichst rasch verstecken muß und daß es nirgends ein Versteck gibt. All das weiß er und weiß es zugleich nicht, ist aber in Ruhe. Er denkt ruhig, langsam zwar und wie ohne eigenen Willen, aber klar und völlig konzentriert.

Für einen Augenblick dachte er, er könnte sich vielleicht in sein Zimmer in Demirs Haus schleichen, seine Sachen nehmen und fliehen, gab aber auf, bevor er noch einen Schritt in diese Richtung gemacht hatte. Man kommt nicht unbemerkt an so vielen verborgenen Wächtern vorbei, schon in all den Tagen, die er um Demir herumspioniert hatte, war es ihm weder gelungen ihre Anzahl noch ihre Verstecke herauszukriegen, und da sollte er jetzt, derart leer, heimlich bis zu seinem Zimmer gelangen? Sie waren überall, deshalb konnte er auch nie feststellen, wo sie sich gerade aufhielten. Und auch Demir könnte er nicht ertragen, wie sollte er sich jetzt gegen ihn verteidigen, wenn er ihm schon nichts entgegenzusetzen hatte, solange er noch ganz und normal gewesen war. Wo warst du heute? Ich bin dich beim Großwesir anschwärzen gegangen, weil ich glaube, daß du eine große Verschwörung vorbereitest.

Demir würde ihn mit gutem Grund hübsch ordentlich beiseite räumen. Aber das war es nicht, das hätte wenigstens ein Ende bedeutet, und insofern wäre es sogar eine Erlösung, zu Demir zu gehen. Allerdings nur, wenn dieses Ende sofort oder zumindest rasch käme. So schwer ihm das Denken auch fiel, wußte Figani doch schon, bevor er sich die Frage überhaupt gestellt hatte, daß ein Ende gerade dort nicht zu erwarten war. Es würde Fragen geben, falsche Trauer, höhnische und scheinbar schmerzliche Vorwürfe wegen veruntreuter Hoffnungen, alles mögliche war in dieser langweiligen Unendlichkeit zu erwarten – nur ein Ende nicht. Am unerträglichsten aber wäre die Erniedrigung und die unendliche Vernichtung seiner inneren Form, die völlige Zersetzung seiner Person. Demir würde ihn zu bloßer Flüssigkeit auflösen und ihn dann langsam mit der Fußspitze verreiben, wie einen Auswurf.

Er ginge sofort zu ihm, wenn Demir ihn erschlüge wie ein Mensch einen Menschen. Wahrscheinlich liegt es daran, daß er kein Mensch mehr ist und daß Demir dies früher als alle anderen erkannt hat.

Durch die Stadt irrend ohne Ziel und Grund, aber auch ohne die Kraft, irgendwo stehenzubleiben, als würde er zu dieser Bewegung getrieben oder als verspräche ihm diese Bewegung Rettung, gelangte er am späten Nachmittag zur Rustempaşa-Moschee. Er blieb einen Moment lang stehen, weil ihm einfiel, daß er heute weder zum Gebet niedergekniet noch gegessen hatte, er fragte sich, ob er eintreten solle, doch dann erinnerte er sich, daß es unten, unmittelbar am Ufer, eine kleine Moschee gab, deren Namen er nicht kannte, unansehnlich und verlassen. Die würde ihm heute entsprechen, wenn irgendwo, so fände er, wie ihm heute zumute war, dort vielleicht auch Unterschlupf.

Er schlug die Richtung ein und blieb wieder stehen, indem er sich aus irgendeinem Grund fragte, auf welchem Wege er hierhergekommen war. Er wußte nicht weshalb, aber in diesem Augenblick kam es ihm seltsam vor, daß er sich hier befand. Er hätte nicht sagen können, wo er denn sonst hätte sein sollen, denn er war ja einfach umhergeirrt, war ununterbrochen unterwegs gewesen und hatte auf unangenehme Fragen antworten müssen, von denen die schlimmste lautete, was und wohin mit sich selbst, aber er war doch überrascht, sich gerade hier wiederzufinden. Dies hätte er sich genauso verwundert an jedem anderen Ort fragen können, aber er versuchte sich doch an den Weg zu erinnern. Als er erkannte, daß es überhaupt keinen Weg gegeben hatte, gab er es auf.

Er konnte ebenso gut von der Ägyptischen Čaršija gekommen sein wie vom Kapali-Markt oder der Süleyman-Moschee oder von irgendwo dazwischen durch das enge Netz der verflochtenen Gassen. Wenn er sich eines Details erinnern könnte, etwas, was ihm im Blick haften geblieben war, würde er sich vielleicht auch des Weges erinnern. Aber das einzige, an das er sich erinnerte, war ein schwerer, ekelerregender Geruch, von dem einem der Kopf schmerzt und sich der Magen zusammenkrampft, vielleicht der Geruch nach faulem Fisch oder stinkenden Fischabfällen. Aber wann hatte ihn dieser Geruch angefallen und gezwungen, seinen Weg zu ändern – gerade eben erst oder vor ein paar Stunden? Er erinnerte sich auch, daß ihn irgendwo eine Gruppe Menschen umkreist hatte und daß er von ihnen betätschelt worden war. Aber wann und wo? War es die Situation von heute morgen? Nein, heute morgen haben sie ihn nicht betätschelt, das muß nach dem Unglück gewesen sein.

Er gab seinen Versuch, sich zu erinnern, auf und stieg zur kleinen Moschee hinab, in der er sich vielleicht sogar für längere Zeit verbergen konnte. Der Hof war verlassen, alles ringsum war leer und still, auch der Garten hinter der Moschee, offenbar gab es nicht einmal Vögel; das stete Rauschen des Wassers aus dem Brunnen der Moschee verstärkte nur die Stille, bestätigte sie und gab ihr eine Art Verläßlichkeit. Figani nahm den Abdest vor und betrat die leere Moschee, weniger aus dem Wunsch zu beten als aus dem Bedürfnis, sich für einige Zeit zu verbergen. Und er verbarg sich. Als er eingetreten war und die Tür hinter sich geschlossen hatte, fühlte er zum ersten Mal an diesem Tag, daß nicht mehr der Blick jener Augen auf ihm lag (vielleicht vieler Augen), der ihn seit heute morgen begleitet und nicht für einen Moment außer acht gelassen hatte. Dank diesem Blick hatte er entdeckt, wie schrecklich es ist, ohne jeden Menschen und doch nicht allein zu sein, jetzt aber, dank der Tür, die er hinter sich geschlossen hatte, fühlte er, daß die Einsamkeit Sicherheit oder zumindest Trost gewähren konnte.

Er betete ohne inneres Feuer und spürte, daß ihn das Gebet nicht ergriff. Es konnte ihn nicht ergreifen, dachte er, wenn es nicht an jemand gerichtet war, wenn er ohne Ziel sprach, ohne Absicht oder Wunsch, wenn er es nicht als er, sondern als jemand Beliebiger sprach. Doch ein Gebet wird nicht so gesprochen, ein Gebet muß deine und nur deine Rede sein, hatte ihn in einer längst vergangenen Zeit der ferne, vielleicht gar nicht existierende Scheich Ata gelehrt.

Er verließ die Moschee, als das Gefühl des Beschützt- und Geborgenseins aufgebraucht war. Es ist immer besser, draußen zu sein, wenn man sich ausgesetzt fühlt, redete er sich ein.

Er ging hinter die Moschee, in den Garten, vielleicht würde er dort einen Platz finden, an dem er zumindest ein wenig geschützt die sich bereits ankündigende Nacht verbringen könnte. Wenn die rötliche Farbe der Istanbuler Dämmerung dunkler zu werden beginnt und sich die ersten Blautöne zeigen, fehlt nicht mehr viel, und auch die Nacht senkt sich hernieder – soviel wußte er bereits vom Tagesablauf dieser Stadt. Er fand einen

Jasminstrauch, unter dem er sich verbarg, wobei er darauf hoffte, den ihn begleitenden Augen, falls sie auch hier auftauchen sollten, entzogen zu sein, und sich darauf einstellte, daß ihn die nächtliche Feuchtigkeit hier sicher finden würde. Und mit dem Wunsch, genügend Geduld aufzubringen, um das hier durchzustehen, denn auch in diesem Strauch roch es, statt nach Jasmin, nach faulem Fisch und stinkenden Fischinnereien.

Er setzte sich neben den Strauch, kauerte sich zusammen und schlang die Arme um seine Knie. Er sah auf das Wasser, das sich wie eine ebene Steinplatte vor ihm ausbreitete und fragte sich, ob es ihn wohl trüge, wenn er es jetzt zu überqueren versuchte. Wäre er Demirs Bedreddin oder der Kemali Hudbin jenes ersten Bedreddin, trüge es ihn sicherlich, und er könnte auf dem Wasser bis unter Demirs Haus gelangen und sich vielleicht sogar heimlich in sein Zimmer stehlen. So aber – wird es ihn schwerlich tragen, und deshalb ist es klüger, auf sein Zimmer und die Dinge darin zu verzichten.

Obwohl es für ihn jetzt besser sein mochte, daß es ihn nicht trug, bot ihm doch vielleicht gerade die Nachgiebigkeit des Wassers eine Lösung an, die er selbst niemals finden würde. In Zeiten wie diesen war es die einzige Lösung. Es hat keinen Sinn, in dieser Welt zu verweilen, wenn man im Laufe eines Menschenlebens dreimal den Namen, den Charakter und das Schicksal wechseln kann. Was sollen in einer solchen Welt und in einer solchen Zeit Menschen, die lernbegierig sind, weil ihnen gerade an diesen Dingen und an der Wahrheit gelegen ist? Du wählst dir aus der Vergangenheit einen Charakter und ein Schicksal, das dir gefällt, nimmst den Namen dieses Schicksals an und beschließt, es zu sein. Das kannst du tun in Zeiten, in denen die Menschen ohne innere Wahrheit sind, in denen sie sein können, was sie sein wollen. Aber was hat er in solchen Zeiten zu suchen, er, der Scheich Ata vertraut hat, der auch in Trapezunt gespürt hat, daß jeder Mensch einzig ist, nur einer und nur das, was durch die Begegnung und gegenseitige Formung dessen entsteht, was er will und was ihm beschieden ist, was er tut und was mit ihm getan wird. Einer, einzig und unwandelbar. Er. So, wie kein anderer sein kann, weil er nicht er ist.

In diesem Augenblick legte sich eine Hand auf seine Schulter, und ein junger Mann schob sich in seinen Blick.

Ja, du bist es, komm, es war schwierig, dich zu finden, sagte der junge Mann, der sich zu dem Kauernden hinunterbücken mußte, um ihm ins Gesicht zu sehen.

Wer bist du, warum suchst du mich, wohin soll ich mitkommen? fragte Figani mehr überrascht als erschrocken, obwohl auch die Angst nicht fehlte.

Scheich Jakub sucht dich, er hat mich um dich geschickt, er hat dich gesehen, als du unter unserem Fenster vorbeigingst.

Unterwegs erklärte der junge Mann, daß eigentlich er es war, der Figani vor gut einer Stunde an der Süleyman-Medrese hatte vorbeigehen sehen, und daß er sofort vermutet hatte, er suche eine Lehrerstelle an der Medrese, weil er ein paar Tage zuvor zu einem Gespräch bei Scheich Jakub gewesen war. Heute sei er ihm aufgefallen, weil er so seltsam ging, alle Augenblicke stehenblieb, von einer Straßenseite auf die andere wechselte und schwankte wie ein Betrunkener. Schließlich habe er ihn erkannt, doch in dem Glauben, er sei betrunken, habe er Jakub laut gepriesen, daß dieser ihn an jenem Tag, als er zum Gespräch gekommen war, nicht als Lehrer aufgenommen hatte. Jakub aber habe ihn sofort losgeschickt, damit er ihn suche und auf jede erdenkliche Weise herbringe, wobei er davon sprach, daß der Kleine sicher in großen Schwierigkeiten sei.

Da bist du ja wieder. Jakub empfing ihn blinzelnd, vielleicht, um ihn beim Licht der mit Steinöl gefüllten Lampe deutlicher sehen zu können. Was ist über dich gekommen, daß du so umherirrst?

Figani dachte, daß er den morgendlichen Ereignissen dankbar sein mußte, die diese Leere in ihm hinterlassen hatten, weil er sonst aus Rührung und Dankbarkeit vor Jakub in Tränen ausgebrochen wäre. In Augenblicken wie diesen rührt einen jede Besorgnis, noch dazu, wenn sie jemand zeigt, von dem du angenommen hast, du seist ihm gleichgültig und er habe sich von dir abgewandt, noch bevor er dich richtig kennengelernt hat... Er brach nur deshalb nicht in Tränen aus, weil in ihm nichts mehr war, was sich zu Tränen hätte verdichten können, er war ja den ganzen Tag so herrlich leer gewesen, und so konnte er Jakub ruhig und bis in die kleinsten Einzelheiten alles erzählen, was geschehen war, was er entdeckt und vermutet hatte, was ihn zu so großen Erwartungen beflügelt und enttäuscht hatte, angefangen mit ihrer Begegnung bis zu dem Augenblick, als ihn der junge Mann in dem nach faulem Fisch riechenden Jasminstrauch entdeckte.

Es war das erste Mal, daß er so von sich sprach, von dem, was er fühlte, ersehnte und fürchtete, er sprach so ruhig und gesammelt, als ginge es um jemand anderen. Ja, sogar noch ruhiger, so als wiederholte er vor dem Lehrer, was er gelesen hatte. Ohne das Interesse und Mitgefühl, das sich bei ihm immer dann einstellt, wenn er von der Verzweiflung oder Hoffnung eines anderen spricht.

Jakub hörte ihm aufmerksam zu, fragte gelegentlich nach, verlangte, daß er zumindest den Tonfall wiedergebe, in dem Idriz an jenem Tag gesprochen hatte, er interessierte sich für die Größe und den Körperbau jenes Mustafa, den Demir ihm in dem Häuschen gezeigt hatte. Bis in die tiefe Nacht hinein hörte Jakub zu, forschte nach, ermunterte ihn, die Gesprächspartner nachzuahmen, verlangte nach Beschreibung, wenn er schon nicht zeichnen könne, und lobte seine Fähigkeit des Beschreibens, um ihm noch ein Detail aus der Erinnerung zu entlocken.

Gut, sagte er, als seine Neugier endlich befriedigt war. Jetzt könntest du eigentlich schlafen gehen.

Was ist gut? fragte Figani, müde vom Gehen, Hungern und Erzählen.

Ich habe gut verstanden, ich habe alles gut vorhergesehen. Es ist nur schade um Idriz.

Wie sollte es nicht schade sein, wo wäre mein Platz gewesen, wenn er mich nicht entlassen hätte. Und das aus heiterem Himmel, ohne ein Wort der Erklärung.

Ich habe nicht an dich gedacht, sondern an ihn, lächelte Jakub, um ihn ist es schade. Es tut einem leid, wenn ein kluger, in seinem Handwerk geschickter Mann seinen Verstand nicht für das Wohl seines Handwerks, sondern zum Erwerb weltlicher Ehren vergeudet. Was willst du machen, er hatte immer eine viel zu hohe Meinung von sich, nie hat er sich eingestanden, daß er mit seinen eigenen Zähnen Scheiße erzeugt, obwohl er es von allen anderen wußte und behauptete, sie täten es. Es lohnt sich nicht, aber es ist doch schade um ihn.

Wie auch nicht, rief Figani aus, sieh den armen Kerl, wie er im Garten der Moschee schläft, er weiß nicht, was er tun soll, er hat den ganzen Tag nichts zu sich genommen. Ein großer Schade und eine Sünde.

Du sprichst von dir? lächelte Jakub wieder.

Von wem sonst? Nur mir hat er geschadet, nicht sich selbst. Er hat mir das Blaue vom Himmel herunter versprochen, er hat mir die Übersetzung einer kaum lesbaren Schrift aufgedrängt, die kein Ende nahm, und dann hat er mich weggejagt wie einen Hund. Jetzt wird er mir noch anhängen, daß ich sie verfaßt hätte, er wird eine Häresie darin entdecken, und wegen alldem soll ich noch sein Schicksal beklagen.

Nebenbei gesagt, mein Kind, erklärte ihm Jakub geduldig, du bist ein Tor, wie dir bereits klargemacht wurde. Falls du wirklich ins Verderben gehst, wirst du es tun ohne Schuld und Verfehlung. Darum brauchst du dich nicht zu sorgen, und dafür brauchst du dich nicht in die ganze Geschichte hineinzudrängen.

Ich bin schon ins Verderben geraten. Figani blieb störrisch. Ich habe heute gehungert, ich bin ohne Zuflucht und ohne Ausweg, ich habe gearbeitet, und wegen dieser Arbeit muß ich jetzt sehen, wo ich mein Haupt berge. Er aber sitzt in seinem herrlichen Zimmer und ist stolz auf seinen runden Bauch. Da siehst du es!

Ich habe es gesehen.

Und was sagst du dazu? Daß Idriz ein armer Kerl ist und ich ein Tor?

Ich habe nicht gesagt, daß er ein armer Kerl ist. Und es steht zu befürchten, daß er es niemals sein wird, er wird sich immer auf irgendeine Weise herauswinden.

Aber für mich ist es ohnehin egal? fragte Figani wütend.

Entflammst du die Sonne? Trägst du den Mond? Bewegst du die Winde und läßt die Wasser vom Berg? Halte dich zurück, ich beschwöre dich, warum drängst du dich mir ständig unter die Nase?

Ich sage nur, daß du ungerecht bist, du stimmst dein Lied für Idriz an und willst, daß ich über ihn Tränen vergieße, er aber hat mich betrogen. Über mich willst du nicht reden, aber ich frage dich, was ich tun soll.

Blättere. Singe. Sei ein Fisch. Tue, was dir gefällt, du bist der einzige, der keinen Dreck am Stecken hat.

Erbarme dich, Mensch. Ich bin hungrig, man trachtet

mir nach dem Kopf, ich sehe keinen Ausweg und weiß nicht, was ich tun soll.

Wenn du das gleich gesagt hättest, hätten wir viel weniger zu reden gehabt, antwortete Jakub, klatschte in die Hände und bat den jungen Mann, Figani etwas zu essen zu bringen. Wenn es dich nach einem Abendessen verlangt, dann sag Abendessen, und sprich nicht von Gerechtigkeit. Sag, Bruder, daß du hungrig bist, und nicht, daß du betrogen wurdest, wenn du den ganzen Tag nichts gegessen hast. So kann ich dich ja nicht verstehen.

Figani aß, als wollte er mit der Nahrung jene Leere zustopfen, die sich heute morgen in ihm aufgetan hatte, wo sich alle seine schönen Hoffnungen in Erniedrigung verwandelt und fast zum Eingeständnis geführt hatten, kein Mensch zu sein. Aber er aß auch wie jemand, der wirklich den ganzen Tag gehungert hat und den die Leere im Magen nicht weniger schmerzt als jene andere Leere. Jakub schwieg und sah ihm zu, und Figani dachte für Augenblicke, daß vielleicht auch ein wenig Sympathie in diesem Zusehen war; und das flößte ihm Mut ein.

Erkläre mir bitte, was hier vorgeht, bat Figani, als er die Mahlzeit verschlungen hatte. Ich will mich nicht mehr vordrängen, ich will nicht von mir sprechen, ich gäbe nur viel darum zu verstehen.

Jakub lächelte und antwortete, daß es wahres Heldentum sei, ein Geschäft nicht zu verstehen, nachdem dir jene, die dieses Geschäft betreiben, alles Nötige zweimal erklärt hätten. Zuerst habe Figani alles von Idriz erklärt bekommen, dann habe es ihm Demir erklärt, und er habe all diese Leute auch mit eigenen Augen gesehen und Gelegenheit gehabt, alle Vorbereitungen aus der Nähe zu beobachten, und es sei ihm gelungen, immer noch nichts zu begreifen. Aferim! Bravo!

Idriz hat im großen und ganzen die Wahrheit gesagt. Nach Bayezids Niederlage bei Angora war eine Zeit der Gesetzlosigkeit und des Verderbens angebrochen, die Prinzen gerieten gegeneinander und führten Krieg, und die Feinde des Reichs, des Glaubens und jedes menschlichen Wohlergehens taten so, als würden sie ihnen helfen, und weideten sich an unserem Unglück. Leute wie Idriz finden sich in diesem allgemeinen Zerfall am besten zurecht – Leute, die genug Kenntnisse erworben haben, die die Feinheiten eines Handwerks beherrschen, die aber niemals den wahren Glauben erlangen, ein menschliches Antlitz gewinnen und den Wunsch verspüren, für ihr Handwerk und das menschliche Wohl tätig zu werden. Ein solcher Mensch war auch jener Bedreddin von Simavne, von dem dir Idriz erzählt hat. Ein großer Kenner und ein fähiger Mann, aber einer von jenen, die glauben, die Sonne gehe auf, um ihre Herrlichkeit zu bescheinen, und das Wasser fließe, damit sie sich darin baden und verjüngen können. Solche glauben, daß die Reichen nur zum Herrschen da sind, und nicht, damit unter den Menschen eine Ordnung eingeführt wird und Gesetze und Gottesfurcht über sie wachen. Solche Menschen benutzen ihr Handwerk und ihr Wissen falsch, sie glauben, ihrem Handwerk und ihrem Wissen nicht dienen zu müssen, sondern Handwerk und Wissen hätten ihnen zu dienen.

Wenn sie können, schaffen solche Menschen Zeiten der Gesetzlosigkeit und Unordnung, und wenn ihr Glück es will, daß sich solche Zeiten ohne ihr Mitwirken einstellen – nutzen sie sie wie der Fisch das Wasser. Das sind ihre Zeiten, am tatkräftigsten und lebendigsten sind sie, wenn sie vom Unheil der Welt umgeben sind, als ob sie sich alle miteinander von menschlichem Unglück ernährten. Sie ersinnen Lügen, verbreiten

Blendwerk, schmieden Ränke, erfinden neue Lehren, um sich Macht und Ansehen zu verschaffen, was sie ihrem Wissen nach vielleicht verdienen, aber sicher nicht nach ihrem menschlichen Wert und nach der göttlichen Gnade, die ihnen zuteil wurde.

Dieser Bedreddin von Simavne hat ein verrücktes Lehrgebäude errichtet, aus Bestandteilen verschiedener anderer Lehren, er redet von der brüderlichen Gemeinschaft unter den Menschen, von einer Art Gleichheit (er sagt: alle Menschen sind dick und schlaff, wenn du sie anders siehst, kommt das nur daher, daß du falsch siehst) und von dreihundert anderen Wunderdingen, und alles das nur, weil er seinen Anspruch auf den Thron rechtfertigen will. Er plante auch eine Verschwörung, fand Leute, die bereit waren, an dieser Verschwörung mitzuwirken, er lehrte sie, die Taugenichtse zu verführen, und bereitete alles vor, um das Reich zu erobern und sich selbst zum Sultan zu machen.

Das haben dir Idriz und Demir schon erzählt, sie haben dir auch gesagt, wer in diesem ganzen Unternehmen wichtige Rollen innehatte: Bedreddin selbst, sein Komplize Börklüce Mustafa aus Izmir, Kemali Hudbin und noch dieser oder jener Prinz, der mit der Übergabe des Thrones einverstanden gewesen wäre oder zumindest als Rechtfertigung für seine gewaltsame Einnahme hätte dienen können.

Ihr Plan ist mit Gottes Hilfe fehlgeschlagen, aber eine Idee blieb zurück, die gut ausgearbeitet war und Leute dieser Art noch oft motivieren wird, denn die Ideen finden und schaffen sich die Leute, die sie in die Tat umsetzen, wie sehr wir uns auch glauben machen wollen, daß wir es sind, die die Ideen schaffen und erfinden. Aber Bedreddins Plan ist einer jener guten Pläne, für die sich rasch und mühelos Leute finden, die bereit sind, ihnen zu dienen. Du hast Bedreddin und seine Geschicklichkeit, jede Niedertracht als Kampf für die Wahrheit darzustellen und damit zu rechtfertigen. Du hast Mustafa und seinen Wunsch nach Märtyrertum, du hast sein Feuer, das die Menge entflammt und ihr Glaubensbedürfnis ausnützt. Du hast Kemali Hudbin und seine Gaukeleien, die den unkundigen Derwischen und ungebildeten Sufis, den Glaubenslehrern des Volkes, und allen anderen Dienern des Glaubens, die nicht sicher wissen, ob sie am rechten Platz sind, wie Wunderwerke und Gotteszeichen vorkommen müssen. Du hast also alles, was du brauchst, um die Menge zu versklaven und zu führen, wohin es dir beliebt.

Wichtig ist zu bedenken, daß solche Menschen des wahren Glaubens beraubt und gerade deshalb sehr abergläubisch sind. So ein Mensch glaubt nicht an die Wahrheit und an das Gute, dafür glaubt er wie der letzte Narr an das Glück, den Zufall und an seinen Verstand, als ob der die Welt lenkt. Wenn etwas gut Geplantes, aber Verrücktes einmal fehlgeschlagen ist, wird so ein Mensch nicht meinen, es sei deshalb fehlgeschlagen, weil es gegen die Welt und den lieben GOTT gerichtet war, weil es gegen die WAHRHEIT war, so klug und wohldurchdacht es auch gewesen sein mag – er wird denken, es sei deshalb gescheitert, weil der Plan einen Fehler hatte oder weil ihm zu diesem Zeitpunkt das Glück nicht hold war.

Genauso haben auch deine Helden die Verschwörung Bedreddins studiert, sie haben sie klug und wohldurchdacht gefunden und sind zu dem Schluß gekommen, daß den Verschwörern das Glück nicht hold war, sie haben sich zur Wiederholung entschlossen, im Glauben, dieses Mal werde ihnen auch das Glück zur Seite stehen. Sie beseitigten das einzige, was in Bedreddins Plan ein Fehler gewesen sein konnte – den armen Prinzen Musa, der tatsächlich ein Fehler war, wie du es auch wendest. Seinen Platz gedachten sie einem Menschen zu, der schon nahe der Krone war, der sozusagen schon die Hand nach der Krone ausgestreckt hatte und nur noch zuzugreifen brauchte. Und der auch kein Träumer oder Jammerlappen war wie der arme Musa.

So erklärte Jakub Figani, was dieser schon zweimal gehört und mindestens einmal selbst erzählt hatte. Und jetzt verstand er es, zumindest annähernd, und hatte doch nichts auf Jakubs Frage zu erwidern, ob ihm klar sei, was da vorgehe und in was er hineingeraten sei.

Das bisherige ist mir völlig klar, und zwar seit langem, antwortete Figani. Idriz hat mir alles erklärt, und anschließend auch Demir, nur daß der diese Verschwörung lobte.

Jakub schüttelte den Kopf, lächelte jedoch verständnisvoll und fuhr mit der Erklärung fort.

Idriz ist jenem Bedreddin sehr verwandt. Er ist klug, ein großer Kenner, und glaubt, daß den Menschen das Wissen nur deshalb gegeben ist, damit er einmal aufleuchten und glänzen kann. Er glaubt an nichts außer an seinen Verstand und an sein Glück, er billigt keiner Sache eine Berechtigung zu, außer wenn sie ihm dient. In Bedreddins Idee, die er kennengelernt hat, als er in Alexandria war, begegnete er seinem eigenen Wunsch, genaugenommen seiner Idee und sich selbst, aber seinem Charakter nach ist er so geartet, daß er sich nicht einmal vorstellen kann, dieser Plan könnte ihn gefunden und in seinen Dienst gestellt haben. An dem Plan konnte er keinerlei Mangel finden, außer jener Sache mit dem armen Musa, er konnte keinen Fehler finden, war er doch die vollendete Schöpfung eines Verstandes, der nicht dem Guten und der Wahrheit dienen wollte, sondern sich selbst. Weshalb neue Ideen schmieden, weshalb aufs neue den Weg zu unbegrenzter Macht suchen, wenn es hier alles gibt? Man brauchte nur Helfer zu suchen, wie sie jener Bedreddin hatte, und sein Unternehmen zu wiederholen, mit dem richtigen Mann statt des Prinzen Musa.

Er fand einen Helfer in seinem Freund Hussein (den du unter dem Namen Demir kennengelernt hast, weil er sich jetzt für seinen Bruder ausgibt), dem er sich genähert hatte, als er bei den Ismailiten war. Dieser Hussein, Demirs Bruder, der sich als Demir ausgibt, weil er seinen Bruder auf irgendeine Weise beseitigt hat, ist offensichtlich genau das, was er braucht – listig und verlogen, ein Gaukler von unermeßlicher innerer Kraft und ohne einen Funken des wahren Glaubens in sich, wie geschaffen, Menschen, die unsicher über ihre Stellung in der Welt sind, zu blenden und mitzureißen. Er fand auch den Großwesir Ibrahim, der für ihn das sein kann, was der arme Prinz Musa für Bedreddin nicht hat sein können – ein Großwesir braucht ein Heer nicht erst aufzubauen, denn er hat es schon, er braucht den Saraj nicht zu erobern, weil er schon drinnen ist, er muß nicht von weither auf die Krone zugehen, weil er schon unter ihr ist, und er ist unendlich ehrgeizig wie alle, die bis gestern Sklaven waren. Es blieb ihm nur noch, sich des verschwundenen Prinzen Mustafa zu erinnern und einen Plan zu ersinnen, wie er Ibrahim zu Mustafa erklären könne, der aus der Unsichtbarkeit zurückzukehren und sich an die Stelle zu setzen hätte, die wie von selbst für ihn frei geworden war.

Mit seiner Geschicklichkeit, seinem Wissen und dem völligen Mangel an Glauben und Charakter fiel es ihm nicht schwer, Bedreddins Lehre das hinzuzufügen, was ihr fehlte, um sich mit Idrizens Plan zu decken (das ist dieser Unsinn vom Rückzug in die Unsichtbarkeit, vor der Wiederholung der Ereignisse und Schicksale, davon, daß jeder Mensch eines anderen Leben wiederholt, weil er dessen Charakter hat). Alles, was er benötigte, gab es bereits in den Lehren der verschiedenen Sufi-Orden, so daß er einfach nahm, was er brauchte, und es dem hinzufügte, was er bei Bedreddin als Grundlage seines Planes vorgefunden hatte. Das ist nicht schwer für diese Sorte Mensch, denn ihnen ist es nicht wichtig, wieviel Wahrheit in dem ist, was sie sagen, ihnen ist wichtig, daß das, was sie sagen, harmonisch ist, schön aussieht und ihrem Ziel dient. Diese Sorte Mensch mißt ihre Lehre nicht an der Welt und dem lieben GOTT, sie mißt sie nur am eigenen Verstand und achtet darauf, daß diese Lehre in sich gut gefügt ist, wie die Muster in einem Teppich.

Da hast du die Geschichte deiner Freunde, endete Jakub. Ich weiß nicht, ob man dir das Ganze noch aufmalen muß, damit du es begreifst.

Du glaubst also, der Großwesir, Idriz und Demir sind in einer Verschwörung vereint? schloß Figani, der sich über Jakubs gutmütigen Spott nicht ärgerte. Und Idriz ist der eigentliche Anführer?

Ich wußte, daß du es begreifst, lächelte Jakub.

Verzeih bitte, aber jetzt muß ich wieder von mir anfangen, meldete sich Figani nach kurzem Überlegen zu Wort. Wozu diene ich bei alldem? Es wird doch nicht so sein, daß sie sich bei ihrem Geschäft nur ein wenig vergnügen wollten, indem sie mit mir spielten.

Das weiß ich nicht mit Bestimmtheit, antwortete Jakub. Ich kann nur soviel sagen, daß ich es auch mit dir probiert hätte, wenn ich an Idrizens Stelle gewesen wäre. Du hast dir wegen jener Verse über die beiden Ibrahime großes Ansehen bei der Menge erworben, und wäre ich, Gott bewahre, an seiner Stelle, hätte ich das ausgenützt, um die Menge auf meine Seite zu ziehen. Ich hätte dir die Rolle jenes verrückten Mustafa zugedacht.

Wie hättest du das ausgenützt? Was wollten sie ausnützen?

Du hast doch selbst gesagt, daß sie viel zu beschäftigt sind, um aus reinem Vergnügen mit jemand ihr Spiel zu treiben, selbst wenn du es wärst. Aber sie haben dir mehrere Male alles erzählt, das eine Mal so, das andere Mal anders. Das heißt, sie haben versucht herauszufinden, wie geeignet du dafür bist, und die Hände von dir gehoben, als sie sahen, wie wenig du dazu taugst. Und jetzt könnte man sogar ruhig schlafen gehen, wenn dir alles klar ist?

Das ist mir klar, nur…, preßte Figani argwöhnisch hervor und verstummte, als hätte er sich auf die Zunge gebissen.

Sag es frei heraus.

Woher weißt du das alles?

Meinst du, ich habe etwas mit ihnen zu tun? lächelte Jakub. Bist du deshalb verstummt? Hab keine Angst, so ist es nicht. Ich weiß es, weil ich ebenso klug bin wie sie und noch eine ganze Ecke klüger, denn ich habe Vertrauen in die Welt. Sie begehen immer irgendeinen Fehler und verraten sich, weil sie sich so gerne zeigen. Idriz war mir verdächtig, sowie er bei mir auftauchte, denn er kam von den Ismailiten und war voll ihres Geistes. Deshalb habe ich ihn beobachtet. Und dann widmete er mir einen Kommentar zu Bedreddins mystischen Schriften. Verbinde das mit seinem Charakter, und dir ist alles klar – du weißt, was du von ihm zu erwarten hast, und es ist dir klar, was er tun muß, weil er so ist, wie er ist.

Und woher weißt du das alles?

Ich ahne es schon seit etwa zwei Jahren, seit er mir seine Kommentare zu Bedreddins Schriften zugesandt hat. Ich habe sie gelesen, mich seines Vorbildes erinnert, und alles hat sich mir zusammengefügt. Es blieb nur noch zu entschlüsseln, wann er losschlagen wird und mit wem – was er sicher tun wird, weil er es muß.

Und was hast du jetzt vor?

Nach Konya zurückzukehren, allzulange habe ich schon meinen Lehrer nicht mehr gelesen.

Und sie sollen ihre Pläne weiterverfolgen?! Ihre Verschwörung ist ja schon gelungen, es fehlt nur, daß der Sultan Ibrahim die Hand küßt, und da willst du in Konya Mevlana lesen, rief Figani fast schluchzend aus. Nein, bitte nein, enttäusche nicht auch du mich noch.

Ich habe das Meine getan, der Sultan schmeichelt Ibrahim, um seine Aufmerksamkeit zu schwächen. Und du tätest besser daran, dich um dich selbst zu kümmern, als das Reich retten zu wollen. Was hast du vor?

Ich weiß nicht, zu Gott beten, daß sich irgendeine Lösung zeigt.

Du solltest nicht in der Stadt bleiben. Sie fürchten dich nicht und werden dich nicht aus Angst umbringen, aber sie könnten sich irgendeines Weges entsinnen, deinen Tod zu benützen, wenn sie schon sonst keinen Nutzen von dir hatten. Sie könnten auf die Idee kommen, daß dein Tod zumindest die Tagediebe von der Čaršija aufwiegelt, und auch das wäre für sie von Gewinn. Komm morgen nach Mittag in den großen Hafen, dort wird dieser Bursche auf dich warten und dich auf ein Schiff nach Izmir bringen. Und dann wirst du dich irgendwie zu mir durchschlagen.

Jakub löschte die Lampe, nachdem er angedeutet hatte, daß er sich offenbar nur auf diese Weise von Figani befreien und zu seinem Lager gelangen könne.

3

Seit dem frühen Morgen nagte eine süße Unruhe an Figani, die irgendwann unerträglich wurde. Er war in einem Zustand freudiger Erregung, weil er am Ende sogar Jakub gewonnen hatte. Mit stolzem Spott erinnerte er sich seiner, wie er gestern war, verhöhnte den Figani, der aufs Wasser gestarrt und sich ihm hatte überlassen wollen und der nur deshalb davon Abstand nahm, weil ihn Jakubs Bote aufstöberte. Das Wasser lockte ihn, weil es eine Lösung bot, aber der Tod im Wasser stieß ihn ab, weil er ihm kalt und klebrig erschien. Der junge Mann war gerade in dem Moment gekommen, als er darüber nachdachte, wieviel besser als der Wassertod der Tod des verrückten Mustafa gewesen war – gekreuzigt und auf ein Brett genagelt und dann auf eine Kamelstute geschnallt... Trocken und voller Feuer, viel besser als das Wasser, das trüb ist wie der Traum eines phantasielosen Menschen. So gestern in der Dämmerung – doch heute?! Das einzige, was der heutige Tag mit dem gestrigen gemeinsam hat, ist jener quälende Geruch nach faulem Fisch, der auch heute wahrnehmbar ist, von ferne und ganz leicht, aber wahrnehmbar.

Ungeduldig wartete er, daß Jakub ihn rief, aber aus irgendeinem Grund rief er ihn nicht, vielleicht weil er Vernünftigeres zu tun hatte und daher nicht daran dachte, ihn zu rufen. Er wollte etwas tun, aber es gab nichts, er mußte sich bewegen, aber er konnte nicht, denn es war nicht in Ordnung, in einem Haus herumzustöbern, in dem er weder erwünschter Gast noch Hausherr war, sondern nur ein unwillig Aufgenommener. Doch mit dieser Unruhe und Begeisterung im Leib war es nicht mehr im Zimmer auszuhalten. Deshalb brach er lange vor Mittag zum Hafen auf, im Vertrauen, dort zumindest heute noch sicher zu sein, denn so schnell würde ihnen nicht einfallen, wie sein Tod ihnen nützen könnte.

Auf seinem Weg zum Hafen erinnerte er sich eines weiteren Grundes, stolz auf sich zu sein: Jakub hatte ihn zu Idriz geschickt, um ihn auf die Probe zu stellen, dieser Tage haben ihn nicht nur Idriz und Demir auf die Probe gestellt, sondern auch Jakub, der ebenfalls sehen wollte, wie groß seine Eignung zum Verschwörertum war. Und er hatte ihn zu sich genommen (sicher als Schüler, als was denn sonst), als er erkannt hatte, wie groß seine Eignung war. Der große Jakub, der wahre Nachfolger Mevlanas!

Freilich wird er nicht über Jakub zu dem Glanz gelangen, den er ersehnt und den er sich verdienen möchte. Jakub und Ata sind von derselben Art, sie kehren sich ab vom Glanz und von allem, was normalen Menschen wichtig ist. Jakub hat Zutritt zum Sultan, wann immer er will, und trotzdem kann er es kaum erwarten, nach Konya zurückzukehren! Aber mit viel Arbeit, ein wenig Talent und genügend Geschicklichkeit wird es möglich sein, sowohl nach Jakubs Geschmack zu sein, als auch sich einen Platz in Istanbul zu erobern. Er hat Atas Prüfung hinter sich gebracht, er hat Jakubs Prüfung bestanden, er wird auch die übrigen Prüfungen überstehen und sich seinen Platz erobern. Und der sollte dem Glanze nahe sein.

Im Hafen wurde er sofort von ein paar Leuten erkannt, vielleicht von denen, die ihm gestern auf die Schulter geklopft hatten, vielleicht von jenen aus der Teestube, in der er berühmt geworden war. Sie umringten ihn und luden ihn herzlich ein zu Tee und Gespräch. Er sträubte sich ein wenig, nicht weil er Klügeres zu tun gehabt hätte oder in den nächsten ein, zwei Stunden beschäftigt gewesen wäre, sondern gerade, weil er so gern mitgegangen, weil er gern wichtig und ein Held der Teestube gewesen wäre, und weil sie ihn lediglich dann überreden konnten, wenn er sich zierte. Wie sollte er wichtig sein, wenn sie ihn nicht zu überreden brauchten, weil er sofort zusagte? So kam es zu einem kleinen Auflauf, einem ganz kleinen und im Hafen völlig normalen Auflauf, der aber hinreichte, um für einen kurzen Augenblick die Aufmerksamkeit zweier Häscher auf sich zu ziehen. Sie kamen aus Gewohnheit, weil es ihr Geschäft war, dort zu sein, wo fünf Menschen beieinander standen, denn fünf Menschen auf dem Haufen sind ein Auflauf, und sie haben dort zu sein, wo ein Auflauf ist. Sie mischten sich nicht einmal in die Gruppe, sie waren nur gekommen, um zu sehen und abzuschätzen, ob dies ein Auflauf sei, den es auseinanderzutreiben galt oder den man in Ruhe lassen konnte, aber sie bleiben bei Figanis Gruppe länger als nötig stehen und besprachen sich, einer blieb wie zur Bewachung zurück, während der andere wegging. Bald darauf kam er mit einem Älteren zurück, der nach genauerem Blick nickte, zu Figani trat und ihn aufforderte mitzukommen.

Sie führten ihn in die al-Fatih-Moschee, wo Idriz, Demir und ein uralter Mann, dem Haar und Bart dunkel geblieben waren (wie angeklebt, dachte Figani) die Schrift erörterten, die er übersetzt hatte. Ihn sahen sie nicht einmal an, sie diskutierten nur, weil der Alte offensichtlich nicht der Meinung war, daß Figanis Schrift irgendwelche großen Häresien enthielt. Demir schrie, daß es vielleicht tatsächlich keine Häresie sei, aber Dummheit, deretwegen der Mann aufgehängt gehöre, denn einer, der eine so dumme Schrift verbreche, sei auch sonst bereit, alles mögliche Böse zu tun. Idriz beruhigte Demir, er sprach lange, verständig und treffend, er erwähnte Schahrastani und die Magier, erinnerte an die Sure EL-BEKARE, ‹die Kuh›, in der es deutlich heiße, daß Adam alle Namen gesagt bekam und daß ihm die Engel untertan sein sollen. Er aber denke sich irgendeinen Dschinn aus, der weiser sei als die Menschen und mit einer Frau (mit Havvas Nachfolgerin! betonte Idriz) Kinder gezeugt und ein Geschlecht begründet habe, das es im BUCH nicht gibt und demnach niemals geben kann.

Sie diskutierten lange, gelehrt und langweilig, jedenfalls lange genug, um Figani begreifen zu lassen, daß hier eine Art Gericht entweder über ihn oder über seine Schrift gehalten wurde. Flüsternd fragte er den Häscher, der ihm nur so viel zu sagen wußte, daß man ihn seit heute morgen suche. Sie seien heute morgen zusammengerufen worden, er sei ihnen beschrieben worden, und man habe ihnen befohlen, ihn zu suchen. Es sei darauf hingewiesen worden, daß sie besonders auf die Häfen und Stadttore zu achten hätten, weil er sicher versuchen würde, aus der Stadt zu fliehen. Figani fragte ihn noch, woher in der al-Fatih-Moschee der Geruch nach faulem Fisch käme, aber der Häscher befahl ihm zu schweigen und aufmerksam zu sein.

Am Ende kamen Idriz und Demir überein, daß Figanis Schrift wohl doch keine Häresie enthalte, und der dunkle Greis stimmte zu, daß sie eine Aufforderung zur Erneuerung jener wilden Glaubenslehren sein könnte, die es bei manchen der Offenbarung unwürdigen Völkern gegeben habe. Deshalb beschlossen sie, dem Kadi nicht den Tod für ihren Urheber vorzuschlagen, sondern ihn der öffentlichen Schmähung auszusetzen, die ihn zu Verstand bringen und ihm dazu verhelfen würde, in Hinkunft darauf zu achten, was er schriebe.

Als sie hierin übereingekommen, war es Mittag vorbei und das Schiff, auf das Jakubs Bote Figani hätte führen sollen, gewiß schon ausgelaufen.

4

Der Kadi schloß sich der Meinung des Ulemas, der Glaubensversammlung, an und verurteilte Figani zur öffentlichen Schmähung: er solle auf einen Esel gebunden werden, mit dem Gesicht zum Schwanz, und durch die Stadt geführt werden, und man solle bekanntgeben, daß die Leute das Recht hätten, ihn anzuspucken und mit beleidigenden Dingen zu bewerfen, daß sie ihn aber nicht verletzen dürften. Danach habe er zwei Tage im Hafen an den Schandpfahl gebunden zu stehen und solle danach, freigelassen, hingehen können, wohin es ihm beliebt.

Sie holten Figani am späten Vormittag, denn der Zug sollte beginnen, wenn die Menschen zu Mittag beteten. Der Häscher, der ihn holen kam, machte ihm vertrauliche Zeichen und flüsterte ihm zu, während sie ihn wegführten:

Hab keine Angst, ich werde mich um dich kümmern.

Sie schoben ihm einen Stock unter den Achseln hindurch über den Rücken und banden seine Arme so daran fest, daß er wie gekreuzigt oder, besser noch, wie eine Marionette aufgespannt war. Während der Vorbereitungen flüsterte ihm sein vertraulicher Häscher, wann immer sich die Gelegenheit bot, mit heißem Atem ins Ohr:

Mach dir keine Sorgen, ein Dutzend Leute stehen bereit, dich mit Steinen zu bewerfen... Sie werden nicht fehlen, sie werden deinen Kopf treffen, so daß du nicht lange Schmerzen leiden wirst... Dein Freund war vorgestern bei mir, ich habe ihm geschworen, daß du nicht überleben wirst. Wenn doch, so werde ich den Esel mit dir auf die Klippe führen und hinabstoßen, ihr würdet nicht einmal überleben, wenn ihr aus Gummi wäret. Dein Freund ist wirklich ein guter Mensch, er hat mir einen vollen Beutel gegeben... Ich habe zu ihm gesagt, das sei nicht nötig, aber er hat mich geradezu beschworen. «Doch, doch», hat er gesagt, «es soll sich auch für dich lohnen...» Ich würde es auch umsonst tun, wegen der Leute von der Čaršija. Sie lieben dich, und ihretwegen werde ich es tun... Sie hätten es nicht gern, daß du in Entehrung lebst, ich weiß, daß du es genausowenig möchtest, und mich kostet es nichts.

Das Stimmengewirr

I

Die Monate nach ihrem Umzug war Azra mit der fröhlichen Wissenschaft der Geisterbeschwörung beschäftigt. Und lebte eigentlich ein schönes Leben – tief in sich zurückgezogen, ausgeglichen und erfüllt. Wenn sie von der Arbeit kam, kaufte sie unten im Selbstbedienungsladen ein, aß eine Kleinigkeit, wechselte die Kleider, um eine Grenzlinie zwischen ihrer inneren und der Welt draußen zu ziehen, und döste oder träumte bis in die späten Abendstunden; sie schlenderte durch die Wohnung und versuchte mit den Dingen zu kommunizieren, die sie einmal mit Faruk geteilt, also täglich berührt hatte. Sie empfand keine Sehnsucht nach Faruk, sandte ihm weder Seufzer nach noch litt sie oder dachte leidenschaftlich an ihn – sie brauchte ihn nicht. Sie war nur bestrebt, sich in jenen Zustand zurückzuversetzen, in dem sie einmal gewesen war, um die Erinnerung wiederzugewinnen, eine reale Erinnerung, an seinen Körper, seine Stimme, sein Gesicht, an irgend etwas von ihm, den sie nach allem zu urteilen wohl einmal geliebt haben mußte. Spät in der Nacht legte sie sich hin, machte es sich bequem (den Kopf auf den linken Arm gebettet, die Beine angewinkelt und fast bis zum Kinn hinaufgezogen, die Hüften nachlässig bedeckt) und las in Faruks Hinterlassenschaft. In dieser Stellung hatte sie bereits ein gut Teil des Textes gehört, den sie jetzt las, fast alle wirklichen oder ausgedachten Erinnerungen Faruks hatte sie so gehört, das ist die bequemste Stellung, die sie bisher entdeckt hat, und Faruk war sie die liebste gewesen, er behauptete, so daliegend ähnele sie sich selbst am meisten. Er könne ihren Zustand empfinden und somit zuverlässig wissen, daß sie am gelöstesten und am meisten in sich selbst sei, wenn sie es sich auf diese Weise bequem gemacht hatte. So las sie, bis sie merkte, wie der Körper angenehm schwer wurde und ihr die Augen zufielen. Dann schaltete sie die Lampe aus, zog die Decke weiter hinauf und sank in Schlaf.

Einige Teile las sie mehrmals nacheinander, andere übersprang sie und hob sie sich für später auf, manche wiederum überflog sie nur flüchtig. Jedenfalls las sie den Text kein einziges Mal von Anfang bis Schluß in der Reihenfolge, wie Faruk ihn angeordnet und ihr dagelassen hatte, und so geschah es mehrmals, daß sie die Namen der Personen, von denen erzählt wurde, durcheinanderbrachte. Sie machte es absichtlich so, sie wollte die einzelnen Teile, die einzelnen Etappen der Erzählungen in jener Reihenfolge lesen, in der sie entstanden waren, das heißt, wie sie sie damals gehört hatte. In dieser Reihenfolge hatten sie an der Gestaltung ihrer Beziehung zu Faruk mitgewirkt, ihr zumindest einen Ausdruck gegeben, sie beschrieben. Die Erzählungen waren Faruks Versuch gewesen, ihre Beziehung zu verstehen, und in dieser Anordnung waren sie die geheime Geschichte ihrer Liebe. Natürlich interessierte sie diese geheime Reihenfolge, die verborgene innere Logik des Textes. So angeordnet, konnte er nur ihnen beiden etwas bedeuten, jedenfalls mehr, als wenn er für jedermann geordnet gewesen wäre; in dieser Anordnung war er zu einer mächtigen geheimen Chiffre ihrer Beziehung geworden, und aus dieser Chiffre ließ sich die Erinnerung vielleicht erneuern und zurückgewinnen.

Manchmal kam ihr das Bemühen, den Text nach dem

undeutlich erahnten geheimen Schlüssel umzustellen, dessen sie sich, wenn sie weniger müde gewesen wäre oder Faruk nicht alle Markierungen so gründlich beseitigt hätte, vielleicht auch entsonnen hätte, manchmal erinnerte sie dieses flüchtige Überfliegen des Textes, das Umgruppieren, das Notieren von Zahlen oder Initialen an den Rändern der Seiten, an Magie, und sie mußte lachen oder wurde wütend, wenn sie sich fragte, ob sich der Unglückliche freuen würde, wenn er sie so sehr mit seinem Versuch beschäftigt sähe, seinen traurigen Fall zu erklären, indem er ihn den unschuldigen, erfundenen oder zufällig getroffenen Figuren anhängte.

So lebte sie hier seit Mitte Oktober. Sie ging zur Arbeit, aß nebenbei wie ein Spatz und versuchte ihre Erinnerung heraufzubeschwören: aus den Dingen, aus ihrer Körperhaltung, aus dem Text, der mit der Maschine getippt und für irgendwen in eine Anordnung gebracht war, die aber nicht der geheimen, nur ihnen zugehörigen, inneren Logik folgte, die vielleicht die einzig wirkliche und gerade deshalb so tief verborgene war.

Sie hätte es niemand, am wenigsten sich selbst, eingestanden, aber sie lebte in einem ruhigen inneren Feuer.

Manchmal kam der Vermieter mit einer Einladung zum Kaffee und versuchte ihr zuzureden, doch zu ihrem Mann zurückzugehen, wobei er so tat, als wüßte er nicht, warum sich ihr Mann nicht meldete und daß sie schon seit Mai letzten Jahres keinen Kontakt mehr hatten; oder er informierte sie darüber, wo er Konserven gesehen hatte, von denen es vielleicht noch welche gab, oder er fragte sie nach Geld, um für sie etwas einzukaufen, was er irgendwo ausgekundschaftet hatte und was sie sicher würde gebrauchen können, oder er kam einfach mit irgend etwas an. Den Gesprächen mit dem Alten und seiner Fürsorge entnahm sie, daß etwas Bedrohliches heraufzog: Trotz ihres ruhigen inneren

Feuers, das sie so zuverlässig vor der äußeren Welt und dem Alltagsleben beschützte, registrierte sie, daß die Stadt von Angst überflutet wurde, eine Angst, die inzwischen das Leben und die Alltagsverrichtungen der Menschen in den Griff genommen hatte. Azra registrierte eine hysterische Fröhlichkeit, heftige Stimmungswechsel, eine unersättliche Kauflust, übertriebene Liebenswürdigkeit oder Streitsucht. Sie wußte, daß alles mit der Angst zusammenhing, die sich auf die Stadt gelegt hatte; aber es war, als blickte sie durch eine gläserne Wand auf eine Straßenszene, die sie nichts anging. So als wäre sie kraft ihres Zaubers auf schöne Weise vor allem verborgen.

An einem Samstag Ende März kam ihre Mutter schon frühmorgens. Obwohl das milde sommerliche Gefühl der Dankbarkeit ihr gegenüber noch immer anhielt, konnte Azra sich nicht freuen. Dieser Besuch brachte sie um das unendlich teure Ritual des morgendlichen Kaffeetrinkens – im Bett, ohne reden zu müssen, mit der Zeitung von gestern, die sie unendlich lange und so gründlich studierte, daß sie keine einzige Schlagzeile behielt. Vor allem wegen dieses Morgenkaffees war es für sie ganz natürlich gewesen, daß sie und Faruk getrennt wohnten: um mit jemand den Morgenkaffee trinken und sich dabei mit ihm unterhalten zu können, muß er dir viel näher sein als du dir selbst (denn nicht einmal mit dir selbst könntest du beim ersten Morgenkaffee reden, und du freust dich jedesmal, wenn es dir gelingt, dich selbst zu ertragen).

Zuerst jammerte ihre Mutter allgemein über «unser» Schicksal, beklagte das, was «über uns» hereinbrechen werde. Sie versuchte Azra klarzumachen, daß sich Hunger und Angst noch irgendwie ertragen ließen – aber nicht die Flugzeuge. So würde sie zum Beispiel durchaus in «ihrer» Stadt bleiben, denn sie fürchte sich nicht vor dem Tod und wisse, daß wir alle einmal sterben müssen, aber wie soll man bleiben, wenn man weiß, daß die jugoslawische Armee Flugzeuge besitzt und man im Zweiten Weltkrieg als Kind einen Luftangriff mitgemacht hat. Sie würde bleiben, sie würde ihr Haus nicht verlassen, in ihren Jahren baut man sich kein neues Haus mehr, man weiß, wie arm der dran ist, der nicht aus seinem Haus zum Friedhof getragen wird – wenn nur die Flugzeuge nicht wären...

Dann begann sie aus heiterem Himmel über Faruk herzuziehen. Sie bezeichnete ihn als Schurken, Ekel, miesen Kerl und Hund, sie zog die Luft tief ein und ließ sie geräuschvoll wieder aus und dankte Gott, daß Azra rechtzeitig erkannt habe, mit wem sie es zu tun hatte, und sich nicht an so jemand gebunden habe. «Jetzt meldet er sich nicht, er hat seinen Arsch ins trockene gebracht und den Kopf eingezogen wie jeder andere Schuft, er hat Angst, daß wir ihn aufstöbern und ihm den Spaß verderben. Aber solange hier das Glück herrschte, konntest du dich seiner nicht erwehren, jeden Sonntag hat er sich zum Mittagessen aufgedrängt und gefressen, was das Zeug hielt», fauchte die Mutter.

Aber es gibt Gott sei Dank immer noch gute Menschen, und das macht das Leben erträglich. Faruk ist nun einmal so, wie er ist, und auch ihre entfernten Verwandten sind so, wie sie sind: Kinder der Schwester ihrer Mutter, die vor dem Zweiten Weltkrieg in die Türkei ausgewandert ist. Sie kennt diese Leute nicht, vor gut fünfzehn Jahren hat sie mit ihnen ein paar Briefe gewechselt, als sie eine Reise nach Sarajevo planten, weil sich ihre Mutter bis zu ihrem Tode von dieser Stadt innerlich nicht hatte lösen können, dann aber hatten sie sich doch nicht kennengelernt, denn damals waren sie, wenn sich Azra recht erinnert, gerade dabei gewesen, ihr Häuschen in Semizovac fertig zu bauen, und für irgendwelche Gäste und Familientreffen fehlte das Geld. Und jetzt haben sie sich wieder gemeldet, laden sie zu sich in die Türkei ein, denn sie befürchten, hier könne alles mögliche passieren, sie sollen kommen und so lange wie nötig bleiben, irgendwie wird man es schon schaffen. «Es gibt also auch solche Menschen, und ihretwegen ist das Leben erträglich», beendete die Mutter ihren Bericht von den Verwandten in der Türkei, dankte Gott, daß Azra noch eine Familie habe und nicht nur Faruk, und ermahnte sie, unbedingt bis morgen ihre Sachen zu packen.

«Oder würdest du wegen der Arbeit lieber mit Nenad und Amra nach Belgrad gehen?» entsann sich die Mutter einer anderen Möglichkeit. «Sie wollen zu seiner Tante. Er hat natürlich auch Angst, daß sie weiter müssen, wenn Amra erst niedergekommen ist, von dort, sagt er, ist der ganze Wahnsinn ja ausgegangen, und nur ein Depp kann hoffen, daß es für sie beide dort einen Platz gibt, aber die Stadt ist, sagt er, zum Glück groß genug, so daß niemals alle verrückt oder alle vernünftig sein können. Am liebsten würde er aber auch dort nicht bleiben, ihm wäre es nicht unlieb, wenn sie auch aus Belgrad wegmüßten, denn hier hat er keine Chance mehr, er findet sich nicht mehr zurecht und versteht sich selbst nicht mehr, für ihn ist die Welt in zwei Hälften gespalten, denn seine halbe Familie ist in den Wald gegangen, um die Stadt anzugreifen, und die andere Hälfte ist hiergeblieben, und er müßte jetzt entweder die Stadt und die halbe Familie verteidigen, indem er gegen die Familie kämpfte, oder zusammen mit der Familie die Stadt und die halbe Familie angreifen. Deshalb denke ich, daß sie sich irgendwo weiter weg eine Bleibe suchen, in Belgrad werden sie nur so lange sein, bis Amra niederkommt, und das sollte dir auch sagen, daß es klüger wäre, mit uns in die Türkei zu gehen. Mit ihnen kannst du nicht sein, und was willst du denn allein in der Fremde, eine alleinstehende Frau ist eine alleinstehende Frau, ob im eigenen Haus oder irgendwo in der Fremde... So sag doch endlich was, mein Gott noch mal!» schrie, außer sich vor Wut, die Mutter nach einer kurzen Pause, so lang wie der Atemzug, den sie sich nach diesem Wortschwall, der sich seit ihrem Eintreten voller Inbrunst über Azras müdes Haupt ergossen hatte, einfach gönnen mußte.

Was ist mit dir? wunderte sich Azra, nachdem sie sich ein wenig vom Schock erholt und den mütterlichen Aufschrei begriffen hatte.

Sag was, du dumme Ziege! Du läßt es zu, daß ich mich vor dir in Krämpfen winde wie ein Wurm, und es fällt dir in deiner Erhabenheit nicht ein, mir die Hand zu reichen, um es mir irgendwie leichter zu machen.

Wie soll ich es dir leichter machen?

Sag, ob du mit uns gehst oder mit ihnen. Du mußt hier weg, Nenad meint, das Ganze ist ein abgekartetes Spiel, Freunde haben ihm gesagt, er muß bis Ende März verschwunden sein, oder die anderen machen ihn fertig, wenn er nicht mit ihnen geht, zur Armee. Mit wem gehst du?

Mit mir selbst.

Wohin?

Immer nach Hause. Überallhin mit mir selbst.

Ich frage dich ernsthaft!

Und ich meine es ernst. Für mich gibt es kein Wohin. Ich weiß nur, daß wir nirgends hingehen können. Und dem stimme ich zu, immer mehr sogar, je länger ich darüber nachdenke, auch wenn es mich im ersten Moment verletzt hat.

Ich werde dich mit Gewalt wegbringen, ich nehme dich einfach mit, ich muß dich retten, erregte sich die Mutter.

Das erinnert mich an die lustige Geschichte von dem schiffbrüchigen Seemann, der auf den Rücken einer riesigen Schildkröte kroch. Die Schildkröte schwamm mit Gottes Hilfe zum Festland, brachte den Seemann ans Ufer und rettete ihn so vor den Tiefen des Ozeans und einem schrecklichen Tod. Der Seemann zog sie auf den Sand und bedankte sich lange und herzlich, aber die Schildkröte wandte sich zum Wasser und zeigte ihm damit, daß ihr das Meer wichtiger war als seine Dankbarkeit. Der Seemann war der Ansicht, es wäre eine Schande, wenn er ihr nicht seine aufrichtige Dankbarkeit bewiese, und drehte ihren Kopf hartnäckig immer wieder zum Festland. Die Schildkröte aber strebte zu ihrem Meer, während der Seemann alles daransetzte, sie auf seinem Festland zurückzuhalten und ihr seine Dankbarkeit auf eine ihr verständliche Weise, ja sogar mit Küssen zu erweisen, und das dauerte und dauerte... Gott weiß, wie lange es gedauert hätte, wäre der Blick des Seemanns nicht auf den Kopf der Schildkröte gefallen und hätte ihm entdeckt, daß sie keine Ohren besaß. In einem einzigen Augenblick, in einem Blitz der Erleuchtung, offenbarte sich dem Seemann, daß die Schildkröte nur aus dem Grunde nicht die ganze Tiefe seiner Dankbarkeit begreifen konnte, weil sie keine Ohren hatte und deshalb seine Worte nicht hören konnte. Ihm wurde weiterhin klar, daß die Schildkröte alles Schöne, was er ihr zu sagen hatte, nur würde hören können, wenn sie Ohren hätte. Ihm leuchtete ein, daß sie mit Ohren ohnehin vollkommener und attraktiver wäre, so daß er seine Schuld bei ihr vielleicht vollständig abtragen könnte, wenn er ihr solche Ohren schenkte, wie er selbst welche hatte, und auf diese Weise eine Ähnlichkeit zwischen ihnen beiden herstellte, auf der sich eine echte Nähe aufbauen ließe. Beschwingt von dieser Erkenntnis und seiner Dankbarkeit nahm der

Seemann ein Messer und schnitzte der Schildkröte ein Paar Ohren.

Und was soll dieser Schwachsinn bedeuten? fragte die Mutter entsetzt.

Nichts, nur die Bitte, mich nicht retten zu wollen.

Dies löste einen neuen Wortschwall aus, der so heftig über Azra hereinbrach, daß ihr der Kopf dröhnte. Ihre Mutter redete schnell und laut, damit es möglichst wütend, verletzt und drohend klang. Doch Azra erkannte darin den Neid, die Scham, die Dankbarkeit und das Flehen, sie sah die nackte dumpfe Angst. Sie erkannte, wie schrecklich leid ihr die arme Mutter tat und wie sehr sie sie liebte, und daß ihre Liebe in diesem Augenblick trotz des Ärgers über das verdorbene Morgenritual stärker und zärtlicher war als je zuvor, wohl gerade deshalb, weil sie wußte, weil sie sah und fühlte, wie sehr sie ihr Mitgefühl verdiente. Sie umarmte ihre Mutter und begleitete sie bis vors Haus und achtete darauf, daß die Treppenwindungen nicht ihre Umarmung störten. Draußen küßte sie sie, wärmer und liebevoller als jemals, sagte «viel Glück. Wir sehen uns wieder, so Gott will, das mußt du mir glauben» und kehrte rasch ins Haus zurück. Sie wußte, daß es grausam gewesen wäre, der armen alten Frau mit dem Blick zu folgen, sie würde diesen Blick nicht ertragen, denn er würde sie zu der Entscheidung zwingen, etwas zu tun, was sie auf keinen Fall tun durfte, sich aber über alles wünschte – zu der Entscheidung, hierzubleiben. Sie liebte ihre Mutter, sie wußte, wie schwer sie es hatte und daß ihr die Mutter nie die Dankbarkeit verzeihen würde, die sie empfand, als sie sie anzugreifen versuchte, sie wußte, daß sie ihr diesen Augenblick, in dem die alte Frau das tat, was sie tun mußte und was sie um keinen Preis wollte, so leicht wie möglich machen mußte.

Am Nachmittag dieses Tages flogen Militärmaschinen über Sarajevo hinweg. Der Vermieter versuchte Azra einzureden, sie brauchte vor den Flugzeugen keine Angst zu haben, denn die brächten in der Regel ohnehin nur Zivilpersonen den Tod («Der Armee können die überhaupt nichts, außerhalb der Stadt ist ein Flugzeug so stark wie eine Ente»), und der Schwiegersohn des Vermieters bedauerte, unlängst nicht tausend Mark dabeigehabt zu haben, denn für das Geld hätte er ein Gewehr erstehen können («Jetzt wäre ich ein kompletter Mensch und bräuchte mich hier nicht mit euch zu verstecken»). Am Abend desselben Tages las Azra wieder in Faruks Hinterlassenschaft, sie ahnte die wahre Reihenfolge der erzählten Episoden, die Chiffre, die aus diesen Erzählungen die Geschichte ihrer Liebe machte. In einem Moment hörte sie sogar Faruks Stimme, sie hörte, wie er den Satz sagte, den sie in diesem Augenblick las, ganz sicher war sie sich, sie hatte ihn gehört... Doch dann hatte sich alles verloren, wieder war die Wahrheit tief im Innern und weit weg, und um sie war die Nacht von Sarajevo – regungslos vor Angst, mit einzelnen Schußwechseln oder einer Maschinengewehrsalve.

Azra löschte das Licht und beschloß (den Versuch zu machen), sich eine von Faruks Erzählungen in Erinnerung zu rufen, die auch Faruks Stimme zurückbringen müßte, weil sie unmittelbar an diese Stimme geknüpft war, ja nur in ihr existierte. Sie schloß die Augen, beruhigte sich, so gut es ging, konzentrierte sich auf den einen Punkt tief in ihrem Innern (jenen zentralen Punkt, den sie gemeinsam mit Faruk entdeckt hatte), und begann mit ihrer inneren Stimme zu flüstern, als würde sie zaubern: «Es schneite, als rieselte ein Blütenfrühling aus dem Himmelsgarten, und eine Stille senkte sich über die Welt, aus der der schöne weiße Tod leuchtete...» Ganz auf sich konzentriert, belebte sie ihre

Erinnerungen, rief sich den dicken rosigen Ivan Radoš, den Jungen und seine verweinte Mutter vor ihr geistiges Auge, wiederholte ganze Sätze und ließ das Gefühl der absoluten Stille wiedererstehen. Aber nirgends ein Faruk oder irgend etwas von ihm, nirgends sein Gesicht, seine Stimme, sein Tonfall. Nur sanfte Todesstille und der schmerzende Druck wegen der Abwesenheit von etwas, was hier sein sollte.

«Erinnere dich der Geschichten, die du gehört hast, und lies die Geschichten, mit denen dich dein ferner Geliebter grüßt», träumte Azra, eingetaucht in ihre Stille, «das ist alles, was von ihm geblieben ist, wenn er jemals hier war und wenn tatsächlich etwas zurückbleiben konnte. Vielleicht bringen dich die Geschichten auch zu dem anderen, wenn es ein anderes überhaupt gegeben hat, wenn dein Geliebter nicht nur die Sammlung seiner Geschichten ist.»

«Wie der König Schahrijâr», erinnerte sie sich des eigenen Vergleichs mehr als ein Jahr zuvor. Der Großkönig Schahrijâr, der nach dem tausendundzweiten Erwachen die Hand ausstreckt, um seine Frau Scheherezâde zu umarmen und irgendein Instrument zur Stimmwiedergabe ertastet. Starr vor Schrecken, Schmerz und Scham begreift er, wieviel Liebe und Hoffnung er an diesen dummen, häßlichen Apparat verschwendet hat, doch dann fällt sein Blick auf den kleinen Finger der linken Hand, an dem sich ein Ring mit einem großen Rubin befunden hat. An ihn erinnert er sich gut, er weiß ganz sicher, daß er mit diesem Ring seine schöne Frau für die schmerzlich-bittere Geschichte vom unglücklichen Schar-Kan beschenkt hat. Der Ring ist fort – Scheherezâde muß hier gewesen sein, er konnte den Ring nicht einem Stimmapparat geschenkt haben. Daß der Ring fehlt, ist Hoffnung genug, wenn eine Liebe so tief und stark ist wie seine.

Voller Anteilnahme für den König Schahrijâr, eingetaucht in ihre schöne Stille, sank Azra in den Schlaf. Sie wird nicht bei der Hoffnung haltmachen, die aus der Abwesenheit des Ringes kommt, sie wird ihren Liebsten herbeirufen, und müßte sie ihn aus seinen Erzählungen und ihren Erinnerungen zusammensetzen. Seine Hinterlassenschaft wird sie um ihre eigene ergänzen, und dann läßt sich vielleicht doch eine Wahrheit erahnen, ein Körper ihrer Liebe. Eine Liebeshinterlassenschaft à la Frankenstein.

Sie mußte über sich lächeln, auf der Schwelle zwischen Traum und Wachen: Sie spottete über ihren Einfall, und doch freute sie sich darauf, morgen mit der Niederschrift über Faruk zu beginnen, mit dem Niederschreiben Faruks.

2

«Schade, daß Faruk keine drei Kilo Tabak dabeigehabt hat», dachte Azra mit leichtem Spott über sich selbst und ihren Versuch, die Erinnerung an ihre Liebe zu beleben, indem sie alles von ihm niederschrieb, was noch in ihr war, Geschichten also, die vielleicht Beichten oder Erinnerungen waren, aber ohne Zweifel von ihm stammten. «Wenn er drei Kilo Tabak gehabt hätte, herzegowinischen, Sorte Flor, handgeschnitten, hätte ich einen Beweis, amtlich, objektiv und mit Stempel abgesegnet, daß er tatsächlich existiert hat. Mitsamt dem Beiwerk über die Kinder und ihr Alter, seine Auszeichnungen und seine Zugehörigkeit zum Mittelstand. Und wenn mich jemand mitfühlend und besorgt ansieht, als hätte ich den Verstand verloren, weil ich an die Existenz eines Menschen glaube, den ich hier drei Jahre lang auf unterschiedliche Weise geliebt habe, knalle ich ihm das

Dokument mit den drei Kilo Tabak vor die Nase. Übrigens ließe sich leichter damit leben, daß du deinen Mann wegen drei Kilo Tabak eingebüßt hast; drei Kilo Tabak sind immerhin ein Grund, doch warum ich Faruk weggejagt habe, dafür gibt es keine Erklärung. Dir ist die geschmacklose Hochzeit deiner Schwester auf die Nerven gegangen. Eine Schwester muß einem auf die Nerven gehen, und die Hochzeit einer Schwester hat geschmacklos zu sein, aber was hat das alles mit Faruk zu tun?!»

So fand Azra nach einem Aufenthalt im Keller, ein paar Monate nachdem die Beschießung der Stadt mit Artillerie begonnen hatte, im Spott über sich selbst einen Trost. Sie war längere Zeit nicht mehr aus dem Haus gegangen, schon fast vier Wochen, denn beide Eingänge ihres Hauses waren vom Gebäude des Militärkommandos der Stadt aus, wo die jugoslawische Armee saß, vollständig einsehbar. Aus Langeweile oder Verzweiflung, aus Angst oder einfach so, schossen die Soldaten zeitweilig auf die Eingänge und Fenster, die ihnen zugewandt waren, so daß sie sich nicht in der Küche aufhalten und nicht aus dem Haus gehen durfte. Deshalb konnte sie im Zimmer sitzen, sich an Faruks Geschichten vom Weggang seines Vaters erinnern, an die Geschichten vom Begräbnis Hajrudins, vom Schnee und vom Mobiliar, und seine Worte und ihre eigenen Reaktionen notieren, alles notieren, was er gesagt hatte und was zwischen ihnen in Verbindung mit diesen Geschichten geschehen war. Jede Erinnerung, Beichte oder Erzählung ist genaugenommen Teil eines Geschehens, einer Episode in ihrer dreijährigen Gemeinschaft. Es galt das ganze Geschehen wieder heraufzurufen, denn ließen sich nur die Umrisse des Ganzen erahnen, würden sich seine Teile von allein zusammenfügen. So begann sie alles aufzuschreiben, was zwischen ihnen geschehen war, und dabei half ihr das tagtägliche Eingesperrtsein, das die materielle Welt Gottes und ihre Realität so gründlich von ihr abrückte.

Sie schrieb ihre Erinnerungen nieder, wie sie ihr einfielen, überzeugt, daß diese Methode der geheimen Wahrheit ihrer Liebe näher kam als jede andere. Sie begann mit der Beerdigung von Faruks Onkel beziehungsweise mit Faruks wütender Ablehnung der modernen Möbel, und dann trieben die einzelnen Episoden der Reihe nach von allein an die Oberfläche. Eingeschlossen in ihr Zimmer – jeden Tag weiter entfernt von der wirklichen Welt, von der Stadt, wo sich das Leben auf das Schätzen der Explosionsnähe, auf die Frage, ob man in den Keller müsse, wo sich also Gottes schöne Welt auf Explosionen reduziert hatte –, flößte sie ihrer Liebe (die leider die wahre, also endgültige gewesen war, daran konnte es jetzt keinen Zweifel mehr geben) neues Leben ein und schrieb sie Stück für Stück aus der Erinnerung nieder, überzeugt davon, den Beweis zu erbringen, daß sie hier im Besitz der Liebe gewesen und alles, was zu ihr gehörte, Wirklichkeit war.

Die einzelnen Ereignisse dieser Liebe bildeten in der Reihenfolge ihres Auftretens die Form eine Hufeisens, eines sich verengenden Halbkreises, ein großes «U», sie ergaben also eine ganz stupide Form, die in sich keine ruhige Harmonie besaß, keine Vollendung, und die in Azras derzeitiger Situation nur der blanke Hohn war, weil sie etwas versprach, weil sie das Versprechen der Fortsetzung in sich barg, der Weiterführung, mit der sie enden, sich schließen, zu einem Ganzen führen würde.

Je länger die Trennung von der realen Welt anhielt, desto mehr wohnte Azra in ihrer einstigen Liebe. Immer mehr Einzelheiten traten zutage, oft auch solche, die sie seinerzeit nicht bemerkt oder von denen sie nicht mehr wußte, daß sie sie bemerkt hatte. Und dank dessen führte sie ein gutes und auf seine Weise vollständiges Leben. Auf der einen Seite, in der äusseren Realität, konnte sie das Zimmer nicht verlassen, ihr äusserer, sichtbarer Tag war mit dem Abschätzen der Nähe einer Explosion ausgefüllt, dafür erlebte sie auf der anderen Seite, in ihrer inneren Realität und an ihrem inneren Tag, stets wieder etwas Wunderschönes, zum Beispiel entdeckte sie ihren Mittelpunkt (am Tag zuvor war gerade dieses Ereignis aus ihrer Erinnerung heraufgestiegen).

Also wieder ein Hufeisen, wie in ihrer Liebe, wieder die offene, unvollendete Form mit der starken Spannung zwischen beiden Seiten. Wie diese Spannung zwischen Äusserem und Innerem ertragen, wie den Abgrund überbrücken zwischen dem, was hier und heute täglich geschieht, und dem, was sie an dem Tag erlebt, der hier und heute in ihr ist, unsichtbar für jeden fremden Blick? Wie das Abwesende herbeirufen, das sie so stark erlebt, und mit ihm das Anwesende ergänzen und zur Vollständigkeit bringen, das unbestreitbar hier ist und nicht erlebt werden kann, weil es leer ist, fern und unwahr? Alles ist hier, und sie ist mehr und mehr die von damals, schon fühlt sie manchmal genau das gleiche, was sie schon einmal in diesem Zimmer in der und der Nacht empfunden hat... Nur ist da keine Spur von Faruk – weder Stimme noch Tonfall noch eine Erinnerung auf der Haut. Kein Zweifel, dass du verrückt bist, wenn du vor Verzückung nach dir selbst seufzt – du musst einfach nach jemand seufzen, jemand lieben, von jemand erregt werden. Wenn der Kerl wenigstens den Pyjama zurückgelassen hätte, damit sie etwas zum Umarmen hat.

An diesem Tag mussten sie gegen zwei Uhr nachmittags in den Keller, weil so heftig und nah geschossen wurde, als würden gleich die Wände platzen und die erschöpfte und angeekelte Welt aus schierer Verzweiflung explodieren (es mußte, wenn sie richtig gerechnet hatte – die Wahrscheinlichkeit war eher gering –, der 2. Mai sein, der Tag von Amras Hochzeit). Im Keller war es ziemlich lustig. Sie mußten sich zu zehnt in einem Raum zusammendrängen, der gerade für zwei, drei Leute ausreichte. Man konnte weder miteinander reden, weil man sich wegen der starken Explosionen nicht hörte, noch essen oder trinken, denn es gab nichts, noch eine neue Form der Geselligkeit erfinden, weil sich geselliges Miteinander kaum in einer Situation entwikkelt, in der einem weder am Leben noch an der Gesellschaft liegt. Sie saßen da, starrten vor sich hin und schwiegen. Ein paarmal begann das Haus stark zu schwanken, ab und zu ging jemand hinaus, um zu sehen, was los war und ob etwas vom Haus übriggeblieben war, und kehrte zurück, verjagt von einem neuen Treffer, der die Staubwolken vom Boden aufwirbelte.

Gegen neun Uhr abends flaute das Schießen ab, doch niemand dachte im Ernst daran, in seine Wohnung hinaufzugehen. Neben Azra saß auf einer Kiste voll versteinertem Kalk ihr Vermieter, der nach ihrer Hand gegriffen hatte, als das Haus zum ersten Mal erschüttert wurde, und sie jetzt noch immer hielt. In der Stille, die sich auf sie gelegt hatte wie ein schwerer Deckel oder wie Angst, tätschelte er Azras Hand und schloß sie, indem er sie mit seinen beiden Pranken umfaßte. Zuvor hatte er ihr mit der Rechten heimlich einen Bonbon zugesteckt, der ihr jetzt mit seiner seidenartigen Verpakkung in der Hand klebte.

Du mußt keine Angst haben, sagte der alte Mann zu ihr und preßte ihre Hand. Alles kommt so, wie es der liebe Gott bestimmt hat.

Ein Glück, daß Faruk nicht hier ist, bei seiner Geräuschempfindlichkeit hätte ihn dieser Krach wahnsinnig gemacht, versuchte Azra das Gespräch listig auf den zu lenken, über den sie, wenn überhaupt mit jemand auf der Welt, mit dem Alten hätte reden können, der immer viel Sympathie für sie beide, besonders aber für Faruk gezeigt hatte. Vielleicht wäre ein Gespräch mit dem Alten, irgendein Detail, das er zufällig erwähnt, hilfreich, um ihn im Laufe dieser Nacht zurückzurufen, ihn zu spüren, ihn zu erahnen. Und auch wenn er ihr dabei nicht hilft, wird das Gespräch sie in der Überzeugung bestärken, daß ihr Geliebter tatsächlich gelebt hat, was gar nicht so wenig wäre, besonders jetzt, nach einem Monat des Eingesperrtseins im Zimmer oder im Keller, wenn sie immer öfter ihre Hand betrachtet und sich fragt, ob diese Hand wirklich existiert – ja, und auch sie selbst, die sich das fragt.

Der Alte sah sie nach ihrer Äußerung über Faruk mit soviel Mitgefühl und Rührung an, daß alles in ihr gefror. Als hätte sie einen fliegenden Fisch oder den Sultan Alah-ad-Din erwähnt, als hätte sie mit ihrer Erwähnung Faruks den zuverlässigsten Beweis geliefert, endgültig verrückt und unrettbar verloren zu sein. Dieser irritierte und mitleidsvolle Blick, mit dem wir die Narren betrachten, bedeutete, daß der Alte nicht wußte, von wem sie sprach, daß er den von ihr Erwähnten weder je gehört noch gesehen hatte, aber daß er ihr das nicht sagen konnte, wie man ja einem Größenwahnsinnigen auch nicht sagt, daß Napoleon tot ist, oder der Frau eines Selbstmörders, daß ein Strick nicht nur zum Wäscheaufhängen dient. Jetzt bedauerte sie, nicht über eine Anklageschrift oder sonst ein Juristenpapier zu verfügen, das sie dem Alten als Beweis hätte hinknallen können, daß nicht sie verrückt, sondern er senil geworden sei, denn Betreffender habe, wie man sehe, elf Jahre bei ihm gewohnt, davon drei mit der nicht angetrauten, hier anwesenden Gattin, und das bedeutet, daß er als

Vermieter den und den, so und so alt und so weiter, zu kennen hat.

Der arme Mensch, seufzte der Alte tief. Er hätte mit Händen und Füßen gesprochen, hätte ihm der liebe Gott keinen Mund mitgegeben.

Azra merkte im selben Moment, daß es ruhig genug geworden war. Oben in der Wohnung würde ihr nichts Schlimmes passieren, während sie hier erstickte. Sie hielt es nicht länger aus, sie stand auf und ging, ruhig und gefaßt. Niemand machte auch nur den Versuch, sie aufzuhalten.

An der Westwand des einzigen Zimmers, etwa in der Mitte zwischen den beiden Fenstern, die auf den Platz und weiter zum Fluß hinausblicken, gähnte ein rundes Loch im Durchmesser von etwa zwei Metern. Genau über der Liege, die Azra nur mit Mühe unter Ziegeln und Verputz ausgraben und an einen anderen Platz rücken konnte. Sie entschloß sich für die rechte Ecke des Zimmers, unweit des Fensters, nicht so sehr wegen der Überzeugung der Männer im Haus, daß eine Ecke die sicherste Stelle sei, als deshalb, weil dies die einzige von Glas, Putz und zerbrochenen Ziegeln freie Fläche war.

Sie zog die Tagesdecke ab und legte sich hin. Durch die leere Fensterhöhle sah sie, wie der Wind die spärlichen Flaumwolken auseinandertrieb. (Als sie in den Keller gingen, hatte es aus dem grauen Himmel geschüttet; er war von dem etwas höheren Dach aus zum Greifen nah gewesen.) Dann zeigte sich im Fenster der volle Mond, und jetzt war ihr klar, weshalb die Wolken und der Himmel so gut zu sehen waren.

Sie hörte Schritte, ein Schlurfen, Stimmen. Die anderen kehrten aus dem Keller in ihre Wohnungen zurück. Jemand klopfte leise an die Tür und rief nach ihr, aber Azra antwortete nicht.

Der Mond erfüllte das Zimmer mit angenehm kühler

Feuchtigkeit, die sich nirgends niederschlug, sondern alles glücklich voneinander abhob, es mit einer gelben Aureole umgab und ausleuchtete, als würde es vollenden, was sich nicht von allein vollendet hatte und was sich im prosaischen Tageslicht vielleicht auch nicht vollenden kann.

Azra kuschelte sich unter die Decke und ließ nur das Gesicht frei. Sie mußte über ihr kindliches Verhalten lächeln: sie deckte sich zu, als wollte sie sich verteidigen, als wollte sie sich vor der Kälte verbergen, die sie durchströmte, doch sie will es gar nicht, im Gegenteil, am liebsten möchte sie sich dieser erlösenden Kälte von ganzem Herzen hingeben, sie will sie in sich spüren, diese Kälte und die angenehme gelbliche Feuchtigkeit, die alles so schön vollendet, was nach dem Tageslicht unvollständig zurückgeblieben ist, sie sollen mit ihrem Zauber auch ihren Leib überfluten.

Aber sie blieb zugedeckt, nur den Kopf warf sie stärker hin und her und wandte das Gesicht schließlich ganz zum Fenster, in dessen leerer Mitte der volle, runde gelbe Mond stand. Sie konnte jeden einzelnen Strahl genau erkennen, ihn mit dem Blick bis zu seinem Ursprung zurückverfolgen – bis zu dem gelben Kreis, der zugleich hier war, im Fenster, und oben, am Himmel oder wo immer, wenn es den Himmel nicht gab. Es wäre gut, nicht so benommen zu sein, sie könnte den Strahlen nacheinander bis zu ihrem Ursprung folgen und sie verstehen, sich ihnen auf diese Weise vielleicht zugesellen. So klar und schön sind sie, sie könnte sie mit den Händen pflücken, so klar, sich selbst genügend, vollendet sind sie da. Sie pflückt die vielen Mondstrahlen, ein ganzes großes Bukett, und dann knüpft sie daraus einen Strick und hängt sich daran auf. Wenn sie nicht so benommen und starr wäre, könnte sie es tun, und bestimmt würde sie es tun.

Ihr fiel auf, daß keine Hunde zu hören waren. In einer solchen Nacht hätten sie wie rasend bellen müssen, ihre Grundeigenschaft und ihr angeborenes Lebensbedürfnis ist es, den Vollmond anzubellen. Wahrscheinlich ist deshalb die Stille so dicht und schwer. Ein unabdingbarer, natürlicher Bestandteil des Vollmondlichts ist das Hundegebell, es ist sein Klang, so wie das helle Gelb seine Farbe ist. Aber jetzt fehlt es. Ein invalides Mondlicht.

Ein schlechter Schriftsteller hat einmal davon gesprochen, daß im Krieg die Stille am schwersten zu ertragen sei. Ist es ein Gesetz, daß schlechte Schriftsteller die größten Dummheiten als Entdeckungen anbieten? Und warum klingt die Dummheit, sie muß nicht einmal so groß sein, bei schlechten Schriftstellern so beleidigend und monströs?

Es ist wirklich still. Wie eine Schlafdecke kannst du die Stille zwischen den Fingern fühlen. Du versinkst unter ihr, aber du empfindest es als ein leichtes langsames Emporschweben. Alles entschlummert, erstirbt und ist wunderschön. Als würdest du baumeln, aber auf eigene Art, ohne Gewalt und ohne den durchdringenden Schmerz im Hals.

Am Rande des Bewußtseins, eigentlich mit jenem kleinen Teil, der sich noch nicht aufgelöst hatte, gewahrte sie, daß etwas mit ihrem Gesicht vorging. Als würde es glühen. Als würde es von nächtlichem Tau bedeckt. Würde er so sein, würde er sich so anfühlen, der Kuß des Mondlichts?

Ich kann nicht weggehen, liebe Prinzessin. Ich kann nicht weggehen, nicht weil mich hier etwas zurückhielte, sondern weil es mich dort nicht annimmt. Es will mich nicht, mein Weggehen gelingt mir nicht.

Tief in ihr, in jenem inwendigen Raum, den sie gerade entdeckt hatte, in diesem Zimmer, war sie zu hören, sprach sie zu ihr, Faruks Stimme. Faruk ist hier. Sie hat ihn in sich, ganz sicher ist er hier, er ist keine Erinnerung, sondern Gegenwart. Sie fühlte ihn mit dem Körper, mit der Haut, sie war in ihm.

3

Das Wetter in dieser Weltgegend ist schrecklich, und der Vorfrühling unterscheidet sich vom Rest des Jahres dadurch, daß er noch schrecklicher ist. Die Sommerhitze hat buchstäblich alles versengt, was nicht Stein ist, der regnerische Herbst und die Winterfröste haben jetzt, im Vorfrühling, der sich schon Ende Februar ankündigt, alles schwarz verfärbt, was hier noch existiert, ein Schwarz mit viel trauriger Feuchtigkeit, unter einem harten Wind, gegen den es keinen Schutz gibt, und unter einer Sonne, aus der einem Kälte und Nässe entgegenschlagen. Der Vorfrühling ist am schlimmsten, denn dann ähnelt diese Gegend, die zu anderen Zeiten eine Wüste und so gesehen schon erschreckend genug ist, fatal einer Kitsch-Phantasie. Er war einmal mit Azra hier, im August, und nach einer halben Stunde hatte sie gemeint, daß es ihm hier gefallen müsse. «In einer derart konzentrierten, intensiven Ödnis muß sich ein Mensch wie du eigentlich wohl fühlen.» Das waren ihre Worte. Und jetzt, Ende Februar, hätte ein moderner Kitschproduzent nach einer halben Stunde ausgerufen, so habe er sich die Wüste schon immer vorgestellt. Und wie besessen zu fotografieren begonnen. Als ob man den Wind, die Feuchtigkeit und die Kälte, vor der es keine Rettung gibt, fotografieren könnte – und die Trauer des versengten, verbrannten, am Stein klebenden Grases.

Kein Zweifel, daß dies der richtige Ort für das ist, was

er will; wenn irgendwo auf der Welt zu kriegen ist, was er braucht – dann hier. Und daß er diesen Ort so heftig liebt, ist ein Grund mehr, daß es gerade hier geschieht, und ein Grund mehr, überzeugt zu sein, daß es geschehen wird.

Die achteinhalb Monate seit dem Gespräch im Garten von Azras Eltern hatten ihm genügt, sich definitiv von etwas zu überzeugen, was er damals schon ziemlich genau wußte – daß es ohne Azra nicht gehen würde. Er hatte alles getan, wozu er sich verpflichtet glaubte, und das bedeutet, daß er alles probiert hatte, was seiner Fortexistenz förderlich war. Umsonst. Wie er es auch anstellte, was er sich ausdenken mochte, seine Fortdauer reduzierte sich darauf, daß er schlief, um dann wie zerschlagen aufzustehen, mit schmerzenden Gliedern, und sich todmüde durch seine Tage zu schleppen. Seit er von sich weiß, ist es nie anders gewesen, aber jetzt gibt es keinen Grund mehr dafür. Er hatte immer gemeint, man müsse einen Grund für seine Anwesenheit auf dieser beschissenen Welt haben, doch nicht für das Weggehen aus ihr.

Er war nie leicht wie ein Vogel aufgestanden, er hatte nie vor Leidenschaft und Lebensfreude gewiehert, auch nicht, wenn Azra da war; aber damals war es irgendwie selbstverständlich gewesen, daß man aufstehen, etwas tun, essen, die Zähne putzen würde. Er fragte sich nicht nach den Gründen, er brauchte keine. Die allerbescheidenste und kürzestmögliche Lebenserfahrung lehrt auch einen Menschen von geringem Verstand: das wichtigste Merkmal dessen, was man sucht, ist – daß es nicht existiert. Und sicher ist es so auch mit den Gründen und dem Sinn. Wenn du einen Grund suchst, und das tat er seit jenem Gespräch mit Azra, kannst du sicher sein, daß es keinen gibt, selbst wenn es ihn einmal gegeben haben mag. Auch die schönen Erwartungen können es nicht sein: er hat die Vierzig überschritten, und das einzig Schöne, was ihm noch widerfahren kann, ist, hin und wieder schmerzfrei zu pinkeln; er ist Gott sei Dank normal und hat alle Schönheiten des Lebens kennengelernt. Und begriffen, daß sie für ihn nicht mehr da sind, daß er für sie nicht mehr da ist.

Nur muß man das alles irgendwie ausführen... Es wäre schön, vollständig und ganz zu bleiben, die Form ist genaugenommen das einzig Wichtige, denn in ihr treffen sich Seele und Materie, Charakter und Schicksal. Und etwas Spektakuläres wäre auch gut: mit einem Donnerschlag ein Leben beenden, in dem es alles gegeben hat außer Leben und Tod.

Warum nicht zur Faschingszeit nach Cista Provo gehen und sich den Leuten als Karnevalsfigur anbieten? Mit dieser Idee war er hierhergekommen. Alle Leute einzuladen, in Masken mitzumachen, damit sie wirklich fröhlich sein und tun und lassen könnten, wonach ihnen war. Zum Schluß sollten sie anstelle der Karnevalspuppe, auf die sie ihre Sünden werfen, um diese gemeinsam mit ihr zu verbrennen, ihn, Faruk, durch den Ort führen, auf einen Esel gebunden, mit dem Gesicht zum Schwanz. Sie sollten ihn steinigen und mit ihm ihre Sünden töten. Deshalb war er vor zehn Tagen bei Ante in der Dorfkneipe abgestiegen, hatte anfangs vorsichtig und eher unverbindlich mit ihm geredet, doch dann wurde es offen und leidenschaftlich auf beiden Seiten.

Wem steht denn heute der Sinn nach Maskerade und Karneval, Gott erleuchte deinen Verstand? fragte Ante, als er erkannte, daß Faruk es ernst meinte. In Kriegszeiten bist du von Masken umgeben, du brauchst dich gar nicht zu maskieren, um im Maskenzug mitzulaufen. Und selbst eine Maske zu sein.

Dies wäre aber etwas Besonderes, sie hätten einen

lebendigen Menschen als Karnevalsfigur, versuchte es Faruk noch einmal.

Und warum glaubst du, daß ein Narr etwas so Besonderes ist? Sie kriegen einen Narren als Karnevalspuppe, und anschließend hätten sie sich, wenn es herauskäme, für diesen Narren wie für einen gesunden Menschen zu verantworten. So geht das nicht, junger Freund, auf keinen Fall.

Ante hatte viele Gründe, die auch Faruk letzten Endes davon überzeugten, daß sein Plan Mängel aufwies und er der eigentliche Narr war. Die Karnevalsfigur muß eine Puppe sein, denn sie muß ohne Sünde sein, um fremde Sünde auf sich nehmen zu können, aber wie soll das einem Menschen möglich sein, fragte Ante, der doch schon in der Sünde geboren ist. Es ist wichtig, daß die Karnevalsfigur aus dem Stroh von Brotgetreide gemacht ist, denn das ist auf jeden Fall rein und gesegnet – ein Mensch kann niemals rein sein. Und wenn sich am Ende doch einer fände, der die Karnevalsfigur machen könnte, müßte das ein vernünftiger Mensch sein, der für seine Entscheidung die Verantwortung übernehmen kann. Ein Narr könnte das nie.

Faruk hatte diese Gründe akzeptieren müssen und lief jetzt durch diese ihm so liebe Gegend, die nie so öde gewesen war wie jetzt, im Vorfrühling. Er war traurig, daß er in Cista Provo sein letztes Gepäck zurückgelassen hatte. Eigentlich trauerte er nicht dem Gepäck, sondern einem ganz konkreten Pullover nach, der ihn freilich nicht hätte wärmen können, denn in diesem Wind wärmt einen nichts, nur hätte er vielleicht die Kälte ein wenig gemildert. Dies war eine Kälte, die von innen kam, und doch mußte er um etwas trauern, denn durch dieses Trauern konnte er sich einreden, auch eine andere Möglichkeit zu haben. Denn so geht unser Leben: wenn es heute unerträglich ist, bedauern wir, daß wir gestern, als es unerträglich war, nicht die andere Möglichkeit gewählt haben. Wichtig ist, zu trauern und zu glauben, daß alles eine Folge unserer falschen Entscheidung ist.

Unbedacht trat er auf die Spitze eines Felsbrockens, so daß er abrutschte und den Hang hinunterkollerte. Er fiel in einen Haselstrauch und zerschrammte sich Hände und Gesicht. Er setzte sich auf und rieb den stark schmerzenden Knöchel des rechten Fußes, doch als er Blut an seinen Händen sah, hörte er damit auf (aus irgendeinem Grund erschien es ihm unangebracht, die Strümpfe mit Blut zu beschmieren).

Das Dumme ist, daß er weitermachen muß; das Gehen fällt ihm vor Erschöpfung immer schwerer, und obendrein sieht er schlecht, weil ihm vom Wind und dem körnigen Licht des frühen Morgens der Blick verschwimmt, so daß er ständig stolpert, anstößt, umknickt, in einen Felsspalt rutscht, den er nicht gesehen hat, sich an einer scharfen Kante stößt, die irgendwo vorspringt, oder einfach ins Leere tritt.

So geht er seit gestern vormittag. Gegen zehn ist er aufgebrochen, nachdem er sich noch einmal Antes zahlreiche Einwände gegen seinen Plan angehört hat. Gestern hatten ihn diese Gründe, die ihm bis dahin nie sehr einleuchtend und immer konstruiert vorgekommen waren, ziemlich überzeugt, er hatte sie akzeptiert und sich zu eigen gemacht. Er trank noch einen Kaffee mit seinem Wirt und marschierte los. Er wußte nicht wohin, aber er wußte, daß er an seinen wahren Ort kommen würde, wo dieses ganze Theater so zu Ende gehen würde, wie es mußte. Vollständig.

Anfangs ging er fröhlich und ohne Mühe, kletterte wie in Trance über die Felsen, stürmte mit einem heiteren inneren Lächeln die Hänge hinab, ohne daß es ihm etwas ausmachte, hin und wieder zu stürzen, auszurutschen oder zu stolpern. Es stimmte ihn froh, die Landschaft zu sehen, die er immer geliebt und als die Seine empfunden hatte, vor allem aber, daß er seinem Ziel so nahe war und alles zu einer Lösung kam. Doch mit der Kraft wich auch die Fröhlichkeit aus ihm, und in der Dämmerung taumelte er mehr, als daß er ging, und jedes Stolpern und jeden Sturz empfand er als schmerzliche Erniedrigung. Trotzdem ging er immer weiter, schon bald in tiefer Dunkelheit, bis er schließlich haltmachen mußte; seine Furcht, sich ein Bein zu brechen, war begründet, weil sich im Stockfinstern nicht einmal eine einheimische Ziege zu bewegen vermöchte. Doch er darf sich keine Verletzung zuziehen, er muß weiter, er muß so schnell wie möglich an seinen Ort, von dem aus es vielleicht, hoffentlich jedenfalls, möglich ist wegzugehen.

Er machte es sich unter einer hohen Wand bequem, die ihn vor direkten Windstößen schützte. Es wäre gut, einfach einzuschlafen, aber es wäre doch auch dumm, hier zu bleiben, wenn er schon zu seinem wahren Ort aufgebrochen war (an den er noch nicht gelangt war, er hatte noch nicht das Gefühl, angekommen zu sein, das Zeichen, mit dem sich sein Ort zu erkennen geben würde, war noch nicht erschienen). Zum Glück war er so müde und durchgefroren, daß er schlafen mußte, auch wenn er nicht wollte, alles in ihm schlief schon, seine Augen brannten und fielen von selbst zu, und im übrigen ist jeder Ort der richtige, wenn es darum geht, einzuschlafen und im Frieden mit sich selbst in den Schlaf zu gehen. Es ist gut, genau so, wie es sein muß, dunkel, kalt und müde, schon eingeschlafen.

Dann fiel ihm ein, daß er sich nicht von Ante verabschiedet und ihm auch das mit dem Opfer nicht erklärt hatte. Er stand auf, um nach Cista Provo zurückzukehren, besann sich aber eines Besseren. Schade, er war sich sicher, daß in dem, was er Ante zu sagen hatte, viel Wahrheit steckte, aber wie sollte er jetzt... Das ist eine lange und komplizierte, aber sicher aufrichtige Erklärung, und die wichtigste Entdeckung dabei ist, daß diese ganze anstrengende Fortexistenz einen Sinn haben könnte, wenn sich der Mensch am Ende für etwas opfert, was mehr ist als er selbst. Aber unser Problem heute liegt darin, daß unsere Zeit das Opfer verboten und die Dinge abgeschafft hat, für die sich ein normaler Mensch opfern könnte, und so sind wir zu der Überzeugung verurteilt, unsterblich zu sein, wir müssen Diät halten, unsere Kondition stärken, Tote, Kranke, Vogelfreie vor uns verbergen, alles tun beziehungsweise mit uns geschehen lassen, um den Glauben an unsere Unsterblichkeit zu bewahren... Aber nein, das ist es nicht, was er sich über das Opfer zurechtgelegt hat, das ist etwas völlig anderes, selbst er weiß nicht was. Er hatte sich eine gute Rede über das Opfer zurechtgelegt, die Ante sicher überzeugt hätte, und der hätte seine Leute aus Cista Provo bestimmt überredet, ihn auf einen Esel... Aber er hatte es vergessen, und jetzt ist das auch kein Schade mehr, denn in solcher Finsternis gibt es kein Zurück.

Der Vollmond stöberte ihn auf. Es war taghell, und er ging los. Ein paarmal blieb er stehen und fragte sich, ob er wirklich nach Cista Provo zurück wollte, um Ante das mit dem Opfer zu erklären, oder ob er weitergehen sollte zu dem Ort, der auf ihn wartete; jedesmal setzte er seinen Weg fort, ohne eine Antwort zu finden und ohne daraus ein Problem zu machen. Einmal erschrak er bei dem Gedanken, er könnte sich verlaufen haben, aber gleich beruhigte er sich wieder, er wußte ja ohnehin nicht, wohin er ging, und wie soll man sich groß verlaufen, wenn man nicht weiß, wohin man geht. Und so war er zu dem Felsen gekommen, an dem er abgerutscht und in den Haselstrauch gekollert war.

Als der Schmerz im Knöchel nachließ, kletterte er aus dem Haselstrauch heraus und setzte seinen Weg fort. Er wollte an dem bereits angebrochenen Tag sein Ziel erreichen. Erst mußte er den Gipfel des nächsten Hügels erklimmen, um zu sehen, ob sich dahinter nur ein zweiter Hügel erhob oder der Ort lag, der auf ihn wartete und wo er sich endlich würde ausruhen können.

Vom Gipfel des Berges erstreckte sich ein Hang, der allmählich, sanft und in Wellen, nach Duvno abfiel. Am Fuß des Hanges, der in eine flache Hochebene überging, hatte seine Schule gestanden, Hajrudins Schule, und hundert Meter weiter links begann der Berg, an dem einmal Faruks Haus gestanden hatte.

Voll Freude marschierte er los, im versengten Gras würde er vielleicht ein paar Nüsse vom Herbst finden, wenn der Nußbaum hinter dem Haus noch stand. Schade, daß das Haus nicht mehr existierte, es hätte jener Ort sein können. Wenn wenigstens die Ruine stehengeblieben wäre oder ein Haufen Steine, auf dem er sich hätte niederlassen können.

Er begegnete dem Tischler Bego, seinem früheren Nachbarn, und freute sich riesig, daß sie sich so selbstverständlich wiedererkannten. Bego bat ihn sofort herein (er bat jeden in sein Haus, das deshalb immer voll war), in sein jetzt leeres Häuschen, und fragte aufgeregt, was er ihm anbieten dürfe.

Der Nußbaum ist weg, zwei, drei Jahre, nachdem deine Mutter gegangen ist, haben sie ihn gefällt. Du bist nicht mehr hier gewesen seit damals, nicht wahr? Kasim wollte mit seiner Familie in die Türkei, aber dort sind sie nicht angekommen. In Višegrad hat sie noch der verstorbene Karlo getroffen, danach verliert sich ihre Spur. Karlo ist bei Jajce umgekommen, ein Wagen hat zurückgesetzt und ihn überrollt. Euer Sheriff ist nach Australien und dort zugrunde gegangen, mit

Frane und seinen Leuten. Emin hat es in Dretelj erwischt, seine Familie wurde deportiert, keine Ahnung wohin. Die Abdullahs sind nach Deutschland gezogen, man hört nichts von ihnen, und Ahmed und seine Familie sind in Frankreich, genau wie dein Vater. Vielleicht auf demselben Friedhof.

Dann rollte Bego zwei große Bogen Papier vor ihm aus, einen roten mit Kreuzen und einen weißen mit kleinen Kreisen. Er beschwerte die Papiere mit Aschenbecher und Glas, und indem er mit dem Finger hierhin und dorthin zeigte, erklärte er nicht ohne Stolz:

Marijan, Deutschland, Gefängnis, raus aus dem Gefängnis, in Frankfurt auf der Straße umgebracht. Jure – hat sich in Slowenien aufgehängt. Ilija, Australien, hatte einen schönen Tod. Andjelko, wollte nach Italien und ist dabei draufgegangen. Stipe, vor Rijeka über die Reeling gestürzt. Krešo, in Amerika. Mile Radošev, mit Elektroschocks kaputtgemacht, hat sich umgebracht. Ante Krajina, in Zadar umgekommen. Jozo Radin, in Österreich, nichts Näheres bekannt. Und hier unsere Leute, von ihnen fehlt jede Spur: Juso, Mehmed, Ale, Fahrudin, Tahir, Emir, Enver, Vahid, Mahmut, Abid, Husein, Salko. Ich konnte sie hier nur vormerken und ihre Plätze markieren.

Ach... du führst Buch? Warum bist du hiergeblieben? fragte Faruk, irritiert von Begos säuberlichen Zeichnungen und Namen, von denen einige ihm schon nichts mehr sagten.

Ich mußte, jemand muß sie zumindest aufschreiben, wenn es keine andere Spur mehr gibt. Zuerst habe ich zwei Äcker angelegt, einen für sie und einen für uns: wenn von einem die Nachricht kam, habe ich ihm entweder einen Grabstein oder ein Kreuz gesetzt, nach seinem Gesetz und Glauben, so als hätte er hier sein richtiges Grab. Aber die Äcker sind aufgebraucht, und so bin ich auf die Idee gekommen, sie in diese Papiere einzutragen und einzuzeichnen, es paßt mehr drauf: ein kleines Kästchen für den Namen und ein Kreis für unsere oder ein Kreuz für ihre Leute. Ich habe genug Platz für uns alle.

Plötzlich gefiel es Faruk hier nicht mehr, er hatte den Verdacht, daß Bego verrückt geworden war. Er liebte ihn aus ganzer Seele und war ihm dankbar, daß er darauf beharrte, den Seinen zumindest auf dem Papier einen Ruheplatz zu sichern, er beneidete ihn um diese Hartnäckigkeit, die etwas Großartiges hatte, um diese ruhige Überzeugtheit, daß es trotz allem einen Grund geben müsse, und er bewunderte Begos Arbeit, die bis ins letzte Detail ordentlich und wunderschön war. Alles das war erhaben, zweifellos, aber wie alles Erhabene war es irgendwo in seiner Tiefe verrückt. Es war zu schön zu wissen, daß es irgendwo einen Bego gab, der einen hereinbat und präzise Buch führte, aber er mußte weg, fort von Begos ruhiger Gewißheit und dieser morbiden Angst vor dem Wahnsinn.

Er ging den Hügel hinab Richtung Stadtzentrum, wo sich seinerzeit das Gymnasium, Stipes Trafik und Ajsas Kaffeehaus befunden hatten. Fast schon in der Ortsmitte, gleich hinter dem alten Hotel, begegnete er einem Mann, der ihm irgendwie bekannt vorkam; auch er schien bemüht, sich seiner zu erinnern. Einen Schritt vor Faruk blieb der Mann stehen, bohrte ihm den Finger in die Magengrube und rief: «Zwei A.» Im selben Augenblick wußte Faruk, daß vor ihm Krunoslav Dikić stand, mit dem er ins Gymnasium gegangen war, und antwortete dem bohrenden Finger auf dieselbe Weise: «Dritte Bank vom Fenster.» Krunoslav zog die Hand zurück, streckte sie aber gleich wieder mit bohrendem Finger aus und rief «Genau», und Faruk fragte sich, ob das mit dem Finger irgendein Zeichen zwischen ihnen gewesen war, das er vergessen hatte (mußte er die ganze Zeit über so laut schreien und mit der Hand fuchteln, den Finger ausgestreckt, damit ihm Krunoslav glaubte, daß er es tatsächlich war?).

Ich habe dich sofort erkannt, sagte Faruk stolz, den Finger ausgestreckt für alle Fälle, wenngleich etwas leiser als Krunoslav. Obwohl ich dich eine ganze Ewigkeit nicht gesehen habe.

Wen hast du sonst von unseren Leuten gesehen, mit wem kommst du noch zusammen? fragte Krunoslav, und Faruk begann zu rätseln, ob diese Frage normal oder argwöhnisch klang.

Mit niemand, ehrlich gesagt, ich habe alle aus den Augen verloren. Wo ist zum Beispiel Ile Perković?

Er war in Osijek, im Sommer gefallen.

Und Puran, der mit dir in der Bank saß?

In Argentinien. Und erinnerst du dich an Stana Karan, die hinter mir saß?

Die mit den langen Zöpfen? Klar. Was ist mit ihr?

In Rußland. Allen Ernstes, was ganz Gefinkeltes. Sie ist mit der Firma hin, um ein Hotel zu bauen, und geblieben.

Und Jozo Krišto aus der ersten Bank, der mit dem Motorrad, der ständig gesungen hat?

Der war in Split, ich weiß nicht, was mit ihm ist.

Und Zahida, gleich bei der Tür?

Sie hat einen Araber geheiratet und lebt jetzt irgendwo da unten. Erinnerst du dich an einen Faruk Karabeg? Eines Tages habe ich in einem Heft diesen Namen gefunden, aber ich kann mich überhaupt nicht an ihn erinnern, sagte Krunoslav beunruhigt.

Der hat in der letzten Bank bei der Tür gesessen, allein. Faruks Antwort sollte pfiffig sein.

Nein, in der letzten Bank saßen Ruža Kristanović und Stana Momirova, da hast du was verwechselt.

Ich nicht, sondern du hast was verwechselt, beharrte Faruk in dem Gefühl, für etwas Wertvolles zu kämpfen, das man ihm wegnehmen will und das er auf keinen Fall verlieren darf.

Ich habe dich verwechselt, eigentlich erinnere ich mich überhaupt nicht an dich, winkte Krunoslav ein wenig verächtlich ab, ging um ihn herum und setzte seinen Weg fort.

Bist du Krunoslav Dikić? rief Faruk hinter ihm her, um vielleicht zu retten, was noch zu retten war.

Nie gewesen. Mich hast du also auch verwechselt, antwortete der Mensch sichtlich erleichtert und ging weg.

Voller Unruhe sah Faruk dem Unbekannten nach, der zum Glück gleich hinter dem alten Hotel verschwand, und ging mit raschen Schritten Richtung Busbahnhof. Er mußte weg von hier. Hier war es nicht gut; wenn man jemand sah, war er verrückt oder gefährlich oder gar nicht der, der er ist. Es ist trotzdem nicht normal, daß er nur Bego und diesen Unbekannten trifft. Es stimmt, dies ist Duvno, aber selbst für Duvno ist es nicht normal, daß sich dort nur zwei Menschen aufhalten, und die sind auch noch verrückt. Bitte sehr, seit er die Straße hinuntergeht, nirgends ein Mensch. Sicher, er war schon lange nicht mehr hier, aber etwas stimmt nicht, daß die ganze Straße leer ist.

Eine unangenehme Angst, eine Art tiefer Zorn überfiel ihn, als er merkte, daß er den ganzen Weg von der Schule bis zum Busbahnhof buchstäblich allein war. Wie viele Blicke lauerten hinter den Vorhängen, hinter den geschlossenen oder halbgeschlossenen Fenstern? Was bargen diese Blicke, was klebten sie ihm auf, was hielten sie für ihn bereit?

Er schlich sich zu einem Fenster, um heimlich einen Blick ins Innere zu werfen, und blieb verblüfft stehen.

Er preßte die Nase an die Scheibe, umspannte das Gesicht mit den Händen und spähte hinein. Dann ging er zum Fenster des Nachbarhauses, und schließlich sah er auf dieselbe Weise durch die Fenster einer ganzen Reihe von Häusern ringsum. Überall dasselbe. Überall ein Fenster, ordentlich geschlossen und verglast, in einer ordentlich gemauerten und lotrechten Steinwand, doch hinter dem Fenster nichts. Kein Zimmer, kein Fußboden, keine Trennwand, kein Fenster in der gegenüberliegenden Wand, wenn es diese gegenüberliegende Wand überhaupt gab.

So kam er zum Busbahnhof. Er brauchte nur den erstbesten Bus zu nehmen und einfach wegzufahren, denn dies war offensichtlich nicht der richtige Ort, hier konnte man nichts zu Ende bringen und – es muß einmal gesagt werden – nichts beginnen, denn hier begannen nur solche wie er, und das ist nun einmal kein Beginn. Nichts wie weg, je früher und weiter, desto besser, dachte er voller Unbehagen. Es ist angenehm, so zu dösen, im Schutz der Mauer des neuen Hotels und in der schwachen Sonne, aber selbst vor dieser Behaglichkeit mußte er fliehen, mit dem erstbesten Autobus, wohin auch immer.

Er sprang auf und marschierte los, so schnell, wie ihm Erschöpfung, Müdigkeit und Angst erlaubten, so wütend auf sich, daß ihm die Tränen herausschossen. Welcher schwarze Autobus, was ist er nur für ein Idiot geworden?! Auf was für einen Autobus wartet er da, was für Autobusse fahren überhaupt von hier? Das hier ist kein Ort, und Autobusse können nur durch Orte fahren. Das hier ist natürlich nicht sein Ort, das hatte er schon begriffen, das hier ist überhaupt kein Ort, und er, der Idiot, wartet immer noch.

Er muß seinen Ort suchen, einmal findet er ihn bestimmt, einmal wird auch er weggehen können. Mein

Gott, wenn er nur weggehen könnte! Wenn er nur nicht bleiben muß! Über seine Zeit hinaus! Das ist das einzig Wichtige.

4

Brief an Faruk
Dies alles, lieber Freund, habe ich niedergeschrieben, um mir zu beweisen, daß Du existiert hast, daß wir uns begegnet sind und uns geliebt haben. Weiter kann ich nicht, denn es gibt kein Licht zum Schreiben, und ich habe keine Kraft, noch irgend etwas zu verstehen. Ich denke nicht, ich frage nicht, ich verstehe nicht, ich trauere nur ein wenig und sehne mich. Mir geht es gut. Ich weiß nicht mehr, wann Tag ist und wann Nacht. Schon lange spüre ich weder Hunger noch Kälte, ich bin ganz in mir. Zum ersten Mal gefalle ich mir wirklich und bin mit mir zufrieden.

Seit Mitte November wohne ich im Keller. Damals brach die große Kältewelle herein, die in unserer völlig zerstörten Wohnung nicht zu ertragen gewesen wäre. Ich mußte mir den Kellerverschlag herrichten, eine Liege herunterbringen und versuchen, mir etwas einzurichten, was irgendwie nach Leben aussah. (Nur nachts ist es grauenvoll, ich habe weder Kerzen noch Öl für die Lampe, so daß die Finsternis in mich hineinkriecht; tagsüber geht es ganz gut, wenn es draußen hell ist, herrscht im Keller ein mildgraues Licht – das wäre das Richtige für Dich.)

Ich komme nur selten herauf, mir fehlt die Energie. Und es gibt auch keinen Grund – in der Stadt bekommt man nur selten etwas zu kaufen, Brennmaterial brauche ich nicht, ich habe niemand, den ich besuchen könnte oder mit dem ich mich unbedingt unterhalten möchte.

Unser Hauswirt kommt täglich herunter. Er bringt mir etwas zu essen und will mich überreden, bei ihm und seiner Familie zu wohnen, er will mich ein wenig ablenken. Hätte ich zu essen oder Deutschmark, würde ich zu ihnen hinaufziehen, denn das wäre gut für sie und für mich. So kann ich es nicht, es dauert schon alles zu lange, das Unheil ist so groß, daß niemand mehr am anderen Freude hat. Sie haben noch zu essen, deshalb wäre mein Aufenthalt bei ihnen für uns alle unangenehm – sie würden sich verpflichtet fühlen, mir etwas anzubieten, und ich würde mich jedesmal verpflichtet fühlen abzulehnen. Man soll die Güte von Menschen, die tatsächlich gut sind, nicht auf die Probe stellen.

Trotzdem kann ich nicht so allein sein, wie ich möchte, denn der Keller ist oft überfüllt. Aber wenn weniger geschossen wird, bin ich allein, und so in mein Federkissen versunken, träume, schlummere, schlafe ich und tue, was mir gefällt. Alles in allem geht es mir gut, und ich möchte mit niemand tauschen. Das weißt Du auch, mein Freund, so wie ich weiß, wie es Dir geht, während Du Deinen Ort suchst, von dem Du weggehen kannst. Deshalb werde ich nicht versuchen, Dir zu beschreiben, wie gut ich es habe.

Alles Existierende hat eine herrliche Größe gewonnen, außer mir, die ich jetzt etwas kleiner bin. Es gibt keinen Morgen, keinen Tag, keine Dämmerung, keine Nacht mehr, es gibt auch keinen Montag mehr, keinen Dienstag... Hier ist Zeit, einfach Zeit, und zwar ganz und gar meine Zeit. So ist es auch mit der Welt, so ist es mit allem. Sie, die äußere, in Formen und Stücke zerhackte Wirklichkeit, hat mich völlig verlassen, so daß alles übrige ganz in mir und ganz mein ist.

Doch was das wichtigste ist, ich habe erfahren, daß der Brunnen unterhalb Bistriks noch Wasser führt. Von nun an werde ich tagsüber meine Kräfte schonen, damit ich abends Wasser holen kann, so daß ich mich waschen und mich schön machen kann. Ich warte auf Dich. Ich weiß, daß Du kommen wirst, denn wir sind leider für immer vom Tod befreit. In dem, was uns geblieben ist, in dem, was uns beschieden ist, müssen wir uns wiederbegegnen. Gott gebe, daß wir erfahren, warum es gut ist.

Mein Freund, es ist auch genug. Im Fall Du mehr willst lesen, so komm zu mir, wo Du sein kannst, wo Du sein mußt, die Schrift und selbst das Wesen.

Ich, Azra, die Glückliche

Erklärung weniger bekannter Namen und Begriffe

Abdest (pers.)   rituelle Waschung vor dem *Namaz*, dem muslimischen Gebet, das fünfmal am Tag verrichtet wird. *Abdest* oder *Wudu* ist die kleine Waschung, d. h. Waschen des Gesichts, der Hände und Arme bis zum Ellbogen, das Befeuchten von Scheitel und Nacken mit der nassen Hand, das Ausspülen von Nase, Mund und Ohren und das Waschen der Füße und Beine bis zu den Knien.

Adar   zwölfter und letzter Monat des sumerischen Kalenders, Tierkreiszeichen Fische. Entspricht dem II.–III. Monat des gregorianischen Kalenders.

Aleppo (Halep)   Stadt in Syrien; zur Zeit Figanis eine der wichtigsten Städte des Osmanischen Reichs mit rund 50000 Einwohnern.

Apsu   siehe Enki

Schlacht bei Angora   Am 28.7.1402 nach dem gregorianischen Kalender vernichtete Timur Lenk bei *Angora* (als *Ankara* unter Kemal Atatürk zur Hauptstadt der Türkei aufgestiegen) das Heer Bayezids I. und nahm den Sultan gefangen. Die osmanische Historiographie neigt dazu, dieser Schlacht jede geschichtliche Bedeutung abzusprechen und sie nur nebenbei, als Unglücksfall, zu erwähnen, als hätte es sich um ein Erdbeben oder etwas ähnliches gehandelt. Unter den Deutungen dieses Unglücks ist am interessantesten jene, derzufolge die Schlacht einen so verhängnisvollen Ausgang nehmen mußte, weil Bayezid in einem beleidigenden Brief an Timur zwei schwere Sünden beging: erstens habe er Timurs Namen mit schwarzer Farbe unter den seinen gesetzt, der natürlich mit Gold geschrieben war; zweitens habe er auf äußerst unziemliche Weise Timurs Frauenharem erwähnt. Mit der ersten

Sünde habe er gezeigt, daß er mehr sein wollte, als einem Menschen zusteht, und mit der zweiten habe er zu erkennen gegeben, daß er zu Niedrigerem fähig sei, als dem Menschen bestimmt ist. Wegen dieser Sünden, so sagt die hier paraphrasierte Deutung, habe Bayezid die Schlacht verloren, obwohl das Kräfteverhältnis der gegnerischen Heere umgekehrt war.

Bayezid osmanischer Sultan (1389–1402)

Bedreddin von Simavne Kadi (gest. bzw. hingerichtet 1414, anderen Angaben zufolge 1495), einer der wichtigsten Vertreter des Sufismus in der türkischen Tradition, zusammen mit Börklüce Mustafa Anführer eines Volksaufstands zu Beginn des 15. Jahrhunderts in Westanatolien. Der türkische Dichter Nâzım Hikmet hat ihm eine seiner bedeutendsten Dichtungen gewidmet, das «Epos vom Scheich Bedreddin» (1936).

Buch mit großen Initialen immer auf die Offenbarung bezogen, vornehmlich auf den Koran.

Derwische (pers.-armen.) größtenteils schiitische, in Orden zusammengeschlossene «Gottesmänner».

Dilmun in den Mythologien Mesopotamiens das heilige «Land, wo die Sonne aufgeht».

Dschinn (arab. ğinn) Wesen aus Flamme, ansonsten unsichtbar, intelligent, mit der Fähigkeit, in verschiedener Gestalt zu erscheinen. Geschaffen aus rauchlosem Feuer, im Unterschied zu Menschen und Engeln, die aus reiner Erde (Menschen) bzw. Licht (Engel) gemacht sind.

Elul sechster Monat des sumerischen Kalenders, entspricht dem Tierkreiszeichen Jungfrau (VIII.–IX. Monat des gregorianischen Kalenders).

Enki (Ea, Hajja) sum. «Herrscher der Erde», Herrscher der Unterwelt, Schutzgott von Eredu; Herr von Apsu, die unterirdische Ortlosigkeit der süßen Wasser, was semantisch und technisch (praktisch) nicht vom ursprünglichen Chaos zu trennen ist; Herr des Eides und der Magie. Glied der ersten sumerischen «heiligen Dreifaltigkeit» (göttlichen Triade), bestehend aus An (Anu) – sum. Himmel, Enlil – sum. Wind-Herrscher und Enki – Wasser und Erde.

Esoteriker neigen dazu, in Enki ihren Schutzpatron zu sehen, und bringen ihn mit dem melancholischen Einfluß des Saturn sowie mit dem Tierkreiszeichen Wassermann in Verbindung. Deshalb schlagen sie eine ebenso schöne wie wenig überzeugende Interpretation vor, nach der Enki Vorgänger von Anu und Enlil gewesen sei, und stützen diese Interpretation auf ihre (per definitionem undifferenzierten) esoterischen Vorstellungen. An (Himmel) ist ihrer Meinung nach mit «oben, Licht, Haupt, Sonne, Harmonie, Verstand» konnotiert und darüber hinaus, dem Mechanismus der direkten Assoziation gehorchend, auch mit «rational, differenzierend, durchdringend, aktiv»; in einem ähnlichen Paradigma könne man Enlil (Wind) sehen, der «trocken, agil, männlich, der oberste» sei. Enki sei im Gegensatz dazu «unten, dunkel, reglos, passiv, undeutlich, vermischt». An sei die Sonne, Enki der Saturn, An das Prinzip der Analyse, der Unterscheidung, des Differenzierens, der Identität – Enki das Prinzip der Osmose, des Vieldeutigen, des Durchdringens (mit Enki wird der zweigeschlechtliche Isimud in Verbindung gebracht). Die zweite Grundlage der esoterischen Überzeugung, daß Enki An und Enlil vorausgegangen sei, sind die mit diesen Gottheiten verknüpften Elemente: zu Enki gehören die schweren Elemente Wasser und Erde, die Elemente der Fruchtbarkeit, die Elemente des Bauens; An und Enlil kommen die leichten Elemente Luft und Feuer zu, die rein sind, eingeschlechtlich, differenziert, Elemente, aus denen keine anderen entstehen, weil sie nicht weiter bestimmbar sind.

Die Esoteriker berufen sich außerdem darauf, daß die beiden Elemente (Wasser und Erde) in Enki ungeschieden auftreten, während den beiden anderen Gliedern der ursprünglichen göttlichen Dreiheit jeweils nur ein Element zugeordnet ist, was ein Indiz für die lebendige Anwesenheit eines ursprünglichen Synkretismus in Enkis Person ist.

Man könnte indes einwenden, daß die Esoteriker sich nicht so sehr um Enki sorgen als um die Möglichkeit, in ihm jene unmittelbare Innerlichkeit zu erkennen, von der sie so besessen sind, jenes vollkommen Innere, das, wie Johannes Scotus Eriugena sagen würde, für sich allein genommen nichts ist, aber alles sein kann, und deshalb ALLES ist. Wie die berühmte Kugel des Hermetismus, deren Mittelpunkt überall und deren Rand nirgends ist.

Enkis Gattin ist Damgalnuna, sein Sohn ist der Arzt und Schütze («der ins Ziel lenkt») Asalluhi, seine Tochter Nanše. Unklar sind seine äußerst leidenschaftlichen Beziehungen zu Nin-tu («die Frau, die gebiert»), die ihn gefangengenommen, eine Verschwörung gegen ihn geschmiedet, ihn vergiftet hat. Mit Rücksicht darauf, daß sie «Nig-zi-gal-dim-me» ist («die jenem Gestalt gibt, worin der Atem des Lebens ist»), könnte man sagen, daß mit ihrer Hilfe und Liebe Enki die göttlichen Kräfte *me* bewahrt hat.

Enlil siehe *Enki*

Farnak Ableitung aus altiran. *hvarnah* – Licht, Schein, Glanz, Sonne. Im Avesta werden mit *Farn* das lichte Prinzip, das göttliche Feuer und seine materiellen Emanationen bezeichnet. Da es der Name eines Prinzips ist, bedeutet *Farn* auch «guter Teil, Schicksal, Charakter, Würde, Berufung». Vereint mit einem Körper ergibt *Farn* den *Farnak*, ein Bastardwesen, in dem sich beide begegnen, gleich stark und gleich vertreten, gleich konstitutiv und gleich real, endgültiger Körper und göttliche Emanation.

Den *Farnak* kennzeichnet die charakteristische Trauer des Bastards, jene Art von Trauer, die allen Wunder- und Mischwesen eigen ist. Vermutlich rührt sie aus dem Wissen des Bastards, ein Systemfehler zu sein (seine Teile, untrennbar zusammengewachsen, können sich nicht aneinander gewöhnen), weshalb ihn die Welt nicht akzeptieren kann, während er, der Ärmste, sich selbst sehr wohl akzeptieren kann und mit der Welt einverstanden erklären muß.

Die Welt verlassen die Farnaks genauso wie die dualistischen Propheten: zerrissen; selbst hierin müssen sie sich noch von allen anderen unterscheiden, denn die dualistischen Propheten werden von maskierten (zwiefachen) Wesen zerrissen, die Farnaks hingegen von den Menschen. So etwa wurde Zarathustra von turanischen Kriegern zerfleischt, die durch eine Droge betäubt und als Wölfe maskiert waren (man erinnere sich ähnlicher Dinge bei Orpheus, Osiris, Dionysos Zagreus). Die Farnaks hingegen werden von anständigen Leuten, die keine Bastarde und andere Unreine leiden können, auf einem Esel durch die Stadt geführt und anschließend zerrissen. Die Leute sind dabei völlig nüchtern, gepackt nur von einer Massenhysterie, von der Ekstase der Menge, die so den Glauben an ihre eigene Reinheit nährt. Die Farnaks gehen trotzdem freudig dahin, vielleicht deshalb, weil die ganzheitliche *Proportion*, die sie zusammen mit den dualistischen Propheten bilden, ihrer traurigen Seele wohl tut. Das unitäre Wesen der Propheten verhält sich zum dualistischen Wesen der Mörder wie das dualistische Wesen der Farnaks zum unitären Wesen der Mörder. Zu Schönheit und Wert dieser Proportion trägt auch bei, daß der ganzheitliche und in sich einheitliche Prophet die Zwiefältigkeit verkündet, während der bastardische und in sich zwiefache Farnak die Ganzheit lehrt.

al-Fatih (‹der Eroberer›) in der osmanischen Historiographie ein Epitheton, das mit dem Namen Mehmeds II. einhergeht, des Eroberers von Konstantinopel; dieser Typ des Epithetons ist so geläufig, daß er fast als Eigenname funktioniert (der Eigenname aber ist – um der Wahrheit die Ehre zu geben – als Bezeichnung für einen Herrscher ziemlich zweideutig, da seine Verschmelzung mit der Herrscherfunktion etwas ausgesprochen Paradoxales und semiologisch Unhaltbares birgt).

Figani dichterisches Pseudonym des Ramadan-effendi aus Trapezunt, eines osmanischen Dichters aus dem X. (dem gregorianischen XVI.) Jahrhundert. Als er nach Istanbul kam, schloß er sich Iskender Çelebi an. Noch sehr jung, wurde er auf spektakuläre Weise hingerichtet: er wurde auf einem Esel, mit dem Gesicht zum Schwanz, durch die Stadt geführt, mit einer Eskorte, die die am Wegrand Stehenden aufforderte, ihn zu steinigen. Diese Hinrichtungsart hatte Süleymans Großwesir Ibrahim wegen eines Spottverses angeordnet, der lautete:
Der erste Ibrahim stieß die Götzen um –
Der zweite stellt sie wieder auf.
Es gibt zwei Deutungen des Falls, und beide stützen sich darauf, daß Figani die Autorschaft an dem Distichon bestritt, über das Ibrahim so erzürnt war. Eine Deutung besagt, daß Figani von Gegnern verunglimpft wurde, die über seine Annäherung an Ibrahim beunruhigt waren und ihm die Verse andichteten, die sie selbst verfaßt hatten. Die zweite Deutung ist komplexer und überzeugender: Figani hat die fatalen Verse gefügt und die Autorschaft abgestritten, aber so schwachbrüstig, daß nicht der geringste Zweifel blieb, daß diese Verse von ihm wa-

ren. So befriedigte er zwei, dem Anschein nach unversöhnliche Forderungen seines Wesens: als lebendiger Mensch und als biologisches Wesen mußte er sich gegen etwas verteidigen, was ihm den sicheren Tod bringen würde, und hat es deshalb abgestritten; als Dichter mußte er zu seinem Text stehen, koste es, was es wolle, vor allem deshalb, weil er für das Geschriebene die Verantwortung übernehmen wollte. Das Geschriebene sollte auch objektiv die Bedeutung bekommen, die er ihm zuschrieb (und die es für ihn hatte), es sollte gewichtiger, bedeutender und entscheidender sein als alles Speisen, Baden und jeder Sieg auf dem Schlachtfeld. Deshalb war sein Abstreiten so wenig überzeugend, deshalb stritt er so ab, daß er mit dem Abstreiten zugleich bestätigte. Davon legt ein anderer Zweizeiler mittelbar Zeugnis ab, den Figani auch in dem komplizierten Spiel des bestätigenden Abstreitens nicht abgestritten hat:

Blüht die ersehnte Rose nicht auf dieser Welt –
Wozu trauern, Nachtigall? Rosengärten sind auch auf jener.

Gufe runder Korb aus geflochtenem Schilf, mit flachem Boden und niedrigen Seiten. In solchen Körben transportieren die Arbeiter ihre Lasten auf dem Kopf. Wenn man den Boden mit Pech und Wolle verstopft und darüber eine Mischung aus zerstoßener Erde und Bitumen feststampft, damit kein Wasser eindringt, erhält man ein Boot zum Lastentransport. Die Gufe hatte ein Ruder am Heck, in den Kanälen hingegen wurde sie von zwei Ruderern bewegt.

Harem arab. verbotener (abgetrennter) Raum; etwas Heiliges, Unantastbares; weibliches Hausvolk, Ehefrau; umzäunter Moscheenfriedhof; Friedhof; Raum des Intimen.

Havva arab. *Hawwa* – ‹Eva› (Name, der nicht im Koran vorkommt, aber in der islamischen Tradition für die Erstgeschaffene gilt, für Adems [Adams] Weib).

Hotel Europa siehe das Buch «Tagebuch der Aussiedlung» des Autors

Ibrahim (der erste) Abraham, in der islamischen Tradition hochgeehrter Prophet, mit dem die erste Verurteilung von Götzen und Götzenverehrung in Zusammenhang gebracht wird.

Ibrahim (der zweite)   einer der Großwesire von Süleyman dem Prächtigen und dessen Favorit; eines Nachts in Süleymans intimen Gemächern erwürgt, vermutlich wegen ungebührlicher Ansprüche.

Imam   arab. *imam*, Pl. *'imma* – Zeichen, Vorbild, Führer; das Wort wird im Koran siebenmal in der Einzahl und fünfmal in der Mehrzahl verwendet, immer in den erwähnten Bedeutungen; stellt bei den Schiiten die höchste religiöse Autorität unter den Lebenden dar.

Ismailiten   Angehörige einer Schiitensekte, die sich um die Überzeugung sammeln, daß der siebente und letzte Imam Ismail ibn Dschafer ist. Der sechste Imam, Dschafer as-Sadik hatte nämlich zu seinem Nachfolger (dem siebenten Imam) seinen Sohn Ismail bestimmt, der jedoch bereits im Jahre 760 starb, also fünf Jahre vor seinem Vater, so daß er formal, in dieser Wirklichkeit, nicht Imam sein konnte. Die Ismailiten indes meinen, daß Ismail der legale siebente Imam ist und weiterlebt, allerdings verborgen in einer Parallelwelt, aus der er einst als *Mahdi* (Messias) wiederkehren wird.

Ischtar-Priesterin   Titel, den man in den heutigen Sprachgebrauch als «heilige Prostituierte» übersetzen könnte. Es handelte sich um einen Priesterinnendienst in den Ischtartempeln, der eines der Gesichter der Göttin zeigte. Die Verbindung einer Ischtar-Priesterin mit einem Mann ist die Projektion (oder rituelle Wiederholung) des primordialen Aktes, in dem sich Himmel und Erde oder zwei andere Existenzgründe miteinander verbunden und damit die Fruchtbarkeit und das Begehren als ihre erste Ursache geschaffen (in ihrer Verbindung gezeugt) haben.

Herodot berichtet, wie in einer mesopotamischen Stadt das Gesetz allen Frauen, einschließlich der Frau des Herrschers, auferlegte, einen Tag im Jahr auf dem Markt zu verbringen und auf einen Fremden zu warten, der sich ihnen nähern würde. Sie dürfen sich nicht vom Markt entfernen, solange sie nicht einen Interessenten für eine Summe befriedigen, die er selbst festlegt, sagt Herodot (I, 199) und fügt hinzu, daß es einen ähnlichen Brauch auf Zypern gebe. Der wahrheitsliebende Herodot verschweigt eine ähnliche Institution und einen ähnlichen Titel im eigenen Hellas (wo die Damen dieses Berufsstandes Hierodulen hießen), wo wie überall sonst weise Leute das als heilig bezeichneten, was im Menschen tief genug ist, daß man es nicht verstehen, stark genug, daß man es nicht bestreiten kann, persönlich genug, daß es sich von der Gesellschaft nicht kontrollieren läßt, und verschieden genug von allen Formen der Macht, die sich in die Herrschaftsmechanismen einbauen lassen. «Tremendum et fascinosum». Die Alten verstanden es, sich selbst zu willfahren, und wußten, daß es eine hervorragende Rechtfertigung (hinreichende Erklärung) für das gibt, was man nicht tun darf, aber tun muß: es wird für heilig erklärt.

Istanbul (Konstantinopolis, Byzantion, bei einigen Autoren, ohne klaren Grund, dafür aber prätentiös, *Islambul)* die Stadt, in der das sogenannte Mittelalter begann, die Stadt, in der wie in einem Spiegel das Schicksal der Welt reflektiert wird.

Mit der Wiedererrichtung Byzantions durch Konstantin den Großen beginnt in der geistigen Sphäre das Mittelalter, denn es handelte sich um die erste Übertragung (Translatio) in der westlichen Welt, also um den ersten Fall der Trennung des Wesens vom Körper und der Übertragung des Wesens an einen anderen Ort. Konstantins Unternehmen ist nichts anderes als die Translatio Romae, die Übertragung des Wesens Roms auf einen anderen Ort, wobei das erneuerte Byzantion (Konstantinopolis) das Neue Rom, genaugenommen das Wahre Rom ist, ein Ort, an dem von einem bestimmten Moment an der Geist Roms anwesend ist, weil sich hier seine wesentlichen Epitheta befinden: Kaiserkrone, Leib Gottes und Mittelpunkt der Welt. Konstantinopel ist der Widerschein im Spiegel Roms, sein Strukturmodell, sein Bild *(eikon)*, das Bezeichnete: es ist erbaut auf sieben Hügeln, errichtet von einem Herrscher, der sich aus einer bedrohten Stadt in Sicherheit gebracht hatte, es ist von Mauern eingefaßt, innerhalb derer alle Bauelemente des Kosmos in Harmonie versammelt sind (Feuer, Wasser, Luft und Erde). Wie sich im Heiligenbild die Struktur des Himmelsthrones zu erkennen gibt, so zeigt sich in Konstantinopel die Struktur Roms und Rom selbst.

Die Translatio Roms nach Konstantinopel wurde nicht nur auf der Ebene des Wesens realisiert, sondern auch auf der sozialen Ebene, weil Konstantin sowohl sich selbst als auch die Krone, die Regierung und sein Gefolge in die Stadt überführte. Das ist allerdings von geringerer Bedeutung als die Tatsache, daß Konstantinopel das erste und vielleicht wichtigste Beispiel einer konsequent durchgeführten, für die mittelalterliche Welt so charakteristischen «Metaphorisierung der Welt» darstellt, bei der Wesen und Körper getrennt werden: Konstantinopel ist Rom, denn in ihm ist das Wesen Roms, und die materielle Existenz eines anderen Roms kann dabei vernachlässigt werden.

Als wäre es in seinem Archetyp (in der Idee, vom Moment des Entstehens im Ideellen an) der Mittelpunkt der Welt oder sein *eikon*, hat Istanbul «seit jeher» das Schicksal der Welt wie ein Spiegel gespiegelt. Als sich die Gestalt der Welt in den östlichen Kulturen (Mesopotamien, Ägypten) zu verdunkeln begann, was ganz natürlich mit dem drohenden Weltenende einherging, entstand Byzantion (8. bis 7. Jh. v. Chr.) als Spiegel oder Vermittler, um das Wesen nach Westen zu übertragen, unter die barbarischen griechischen Stämme, die zu jenem Augenblick von aller Kultur, die man besitzen kann, nur Versepen ihr eigen nannten. Ungefähr ein Millennium später wurde in dieses Byzanz, das damals Konstantinopel hieß, der Mittelpunkt der Welt aus Rom verlegt, das zu diesem Zeitpunkt dem Ansturm der Barbarenstämme preisgegeben war (die von aller Kultur nur Versepen ihr eigen nannten), uninteressiert am Wesen und nicht bereit für die Sorge um die Form, das einzige in dieser Welt, was das Wesen zu enthalten und damit zu bewahren vermag. Wieder wurde der Weltenbaum an diesen Ort übertragen (Translatio) und vor dem Verdorren bewahrt. Zum dritten Mal geschah das etwa ein Millennium später, als die Stadt zum dritten Mal ihren Namen wechselte. Nach durchaus zuverlässigen Kalendern ging 1492 das siebente Millennium seit der Erschaffung der Welt zu Ende, was bedeutete, das in diesem Jahr die Welt untergehen mußte (man müßte die Korrespondenz dieses siebenten Millenniums mit dem siebenten Äon der Gnostiker untersuchen, doch das läßt sich hier leider nicht durchführen); deshalb erstellte die Kirche, wie erinnerlich, keinen Kalender für die Zeit nach 1492, die Zeit, die es nicht geben würde. Damit sich das Ende der Welt nicht ereignete, wechselte Konstantinopolis vor dem Schicksalsjahr zum dritten Mal den Namen und ermöglichte damit die Übertragung (Translatio) des Weltenbaums. Was wird geschehen, wenn sich das Millennium nach dieser dritten Umbenennung erfüllen wird? Wohin wird der Weltenbaum mittels der Stadt/dem Spiegel verpflanzt werden?

Kelek Floß aus den kräftigsten Schilfrohren oder aus Holz. Wenn unter dem Floß luftgefüllte Bälger befestigt werden, lassen sie sich auch mit ernsthafteren Massen belasten.

Konya Stadt in der Türkei, wo der große Mystiker Rumi lebte. Noch heute Sitz des Mevlevi-Ordens.

al-Mahdi Messias, nach schiitischen Vorstellungen der «verborgene Imam», der am Ende der Zeit kommen und den Glauben erneuern wird.

Manu Gewichtsmaß, 505 gr

Medrese arab. *madrasa*, Bildungsanstalt, entspricht traditionellerweise einem Gymnasium

Melek arab. *mala'ika* – ‹Engel›

Mevlana (Maulānā Jalaluddin Rumi) Ehrenname des großen mystischen Dichters Jalaluddin Ibn Baha'uddin, bekannt auch unter dem Übernamen Rumi (‹Römer›), vielleicht der größte mystische Dichter der islamischen Welt, nach vielen ernst zu nehmenden Meinungen der größte mystische Dichter überhaupt. Rumis Schicksal ist überaus kennzeichnend: der Mystiker und Esoteriker (er überschrieb sein opus magnum mit «Mathnawī-yi ma'nawī» – ‹Das dem Sinn aller Dinge zugekehrte Mathnawī›), der auf dem Weg nach innen die Intuition mit der Logik diszipliniert und objektiviert und mit Intuition die Logik aufbricht und überwindet, wurde der posthume Gründer (wurde dazu erklärt) des Mevlevi-Ordens, im Westen als Orden der Tanzenden Derwische bekannt, der sich noch heute, inzwischen zu einer Art Touristenattraktion geworden, auf ihn beruft.

Musa Name Moses' in der islamischen Tradition

Mutter-Buch Quelle aller Offenbarungen, Ur-Schrift; «Allah löscht aus und bestätigt, was Er will, bei Ihm ist die Mutter der Schrift» (Koran, XIII, 39)

Nacht, siebenundzwanzigste (es ist dabei immer an die 27. Nacht des Ramadan, des muslimischen Fastenmonats, gedacht) Laylat al-Quadr, die Nacht aller Werte, die Nacht der höchsten Werte; die Nacht, in der der Gesandte zum ersten Mal der Offenbarung teilhaftig wurde; die Bezeichnung dieser Nacht stammt aus dem Koran, wo sie als «Nacht, die besser ist als tausend Monde» beschrieben wird, wenn die Meleki (s. dort) auf die Erde herniedersteigen, eine bis zum ersten Erscheinen des Morgenrots gesegnete Nacht.

Nin-tu siehe Enki

Padischah pers. *pad-i shah* – königlicher Herr, Bezeichnung für die Herrscher in islamischen Ländern, hauptsächlich für den Sultan.

Pforte (Hohe) in amtlichen oder literarischen Texten auch «glückliche Pforte», ministerielle Abteilung des Großwesirs; die Bezeichnung des Regierungssitzes als Pforte bzw. Tor oder Eingang ist im Osten sehr verbreitet und im pharaonischen Ägypten, im sassanidischen Iran, im arabischen Kalifat, in Japan eindeutig nachgewiesen; weitere Bedeutungen sind anzunehmen, doch sind die Perspektiven, aus denen sich das Bedürfnis, den Sitz der Regierung auf einen Eingang zu reduzieren, deuten ließen, so zahlreich, daß man nicht mit Bestimmtheit sagen könnte, zu was eine Regierung der Eingang ist.

Rum, Rom griech. *Romä* – Reich der Römer; die türkisch-persische Bezeichnung *Rum* bezieht sich vornehmlich auf das byzantinische Reich, während der westliche Teil des Römischen Reichs als «Lateinerland» bezeichnet wird; dieser Bezeichnung verdankt Mevlana seinen Übernamen Rumi (Romaier, Römer).

Schahrastani (gest. 1153), Autor des «Buches von den Religionen und Sekten» mit der vermutlich ersten wissenschaftlich-systematischen Beschreibung und Klassifizierung der Religionen.

Sandschak Landkreis, Verwaltungseinheit im türkischen Reich

Saraj pers.-türk. *saray* – Wohnung, Sitz, Aufenthaltsort; in Verbindung mit einem anderen Nomen bezeichnet das Wort ein Gebäude besonderer Bestimmung (z. B. *karavan-saray* Herberge der Karawanen); nur für sich verwendet, bezeichnet es einen Regierungssitz, eine Herrscherresidenz oder den Hof schlechthin.

Sarajevo siehe das Buch «Tagebuch der Aussiedlung» des Autors

Schamasch akkad. Name von *Utu*, der sumerischen Gottheit der Sonne und Gerechtigkeit.

Scheich arab. *shaikh*, ursprünglich Bezeichnung für eine Person in den reiferen Jahren; nach allmählicher Bedeutungserweiterung bezeichnet das Wort heute eine Person, die allgemeines gesellschaftliches und geistiges Ansehen genießt, einen Wissenden und wahrhaft gelehrten Menschen.

Schekel Gewichtsmaß, 8,5 g

Selam arab. *salam* – Friede, Gesundheit; Standardgruß in der islamischen Welt

Simurgh nach dem Buch «Vogelgespräche» des persischen Mystikers Fariduddin Attar (gest. um 1220) der «König der Vögel», als mythischer Vogel am Ende der Welt zugleich Symbol für den Sinn und Zweck des Lebens.

Sunja Ort in Kroatien, im Juli 1992 Schauplatz eines Tschetnik-Massakers an der dortigen Bevölkerung.

Sure arab. *sura* – Gestalt, Gesicht, Gesichtsausdruck (surat al-ard bedeutet «Weltkarte»); Bezeichnung für eines der 114 Kapitel des Koran.

Süleyman (der Erste) der jüdische König Salomon, im Koran hochangesehener Gesandter Gottes und Wegbereiter für *Isa* (Jesus) und *Muhammed*, den endgültigen, letzten Gesandten. Unter anderem war Süleyman Herrscher über die Dschinns, gute wie böse.

Süleyman (der Zweite) zehnter Sultan der Osmanischen Dynastie (1520–1566), im Westen «der Prächtige», in der türkischen Tradition *Qanuni* (Gesetzgeber) genannt.

Tevrat arab. *Tawrat*, hebr. *Thora* – im Koran der Name der Offenbarung Ibrahims (Abraham) und Musas (Moses); Altes Testament.

Timur (Lenk) großer Eroberer aus Samarkand, im Westen als Tamerlan bekannt.

Topkapi Stadtteil von Istanbul.

Trapezunt (Trabzon) Stadt am Schwarzen Meer.

Zusammengestellt von Emina Minka Memija

Inhalt

Spuren auf dem Wasser

 Die Stimmen 7

 Die Hinterlassenschaft 91

Scheich Figanis Lehrjahre

 Der Bericht 137

 Die Ermittlung 189

Ankunft in Uruk

 Die Geschichte 237

 Das Ereignis 309

 Die Moral 365

 Der Fall 385

 Das Stimmengewirr 423

Erklärung weniger bekannter Namen und Begriffe 461

Stefan Chwin

Tod in Danzig

Roman
Deutsch von Renate Schmidgall
288 Seiten. Gebunden

Danzig 1945. Die Deutschen verlassen die brennende Stadt. Kurze Zeit später suchen Polen aus den von Rußland besetzten Gebieten in den verlassenen deutschen Häusern ein neues Zuhause. In der Ulica Grottgera 17, der früheren Lessingstraße, verflechten sich die Geschichten der alten und neuen Bewohner. Der Deutsche Hannemann erlebt Danzigs Verwandlung in eine polnische Stadt. Eine aus Litauen vertriebene polnische Familie, Hanka, eine heimatlose Ukrainerin und Adam, ein obdachloser taubstummer Junge, ziehen in sein Haus mit ein. Als der Junge von den Behörden gesucht wird, die gleichzeitig den Deutschen wegen seiner Vergangenheit bedrängen, verschwinden Hanka, Adam und Hannemann auf unabsehbare Zeit.

Chwins suggestive, oft lyrische Prosa umkreist das Thema des Verlusts und der Heimatlosigkeit. Er schildert die Dinge, die dem Untergang geweiht sind, all die Zuckerdosen, Kerzenleuchter, Fächer und Federhalter, von denen einige nach dem Krieg in den polnischen Haushalten weiterleben. Nicht nur in den Geschichten seiner Figuren, sondern vor allem in der detailgetreuen Beschreibung der Orte erschafft er eine Wirklichkeit, die der Zerstörung nicht unterliegt.

Rowohlt · Berlin